삶쓰기 통합논술 교육론

▮지은이▮ 김슬옹

국어교육학 박사인 지은이는 허재영 교수와 공저한 "김슬옹·허재영(1995). ≪통합교과와 생각하기 논술≫. 토담."에서 한국형 통합논술 교육, 삶쓰기로서의 생활논술, 교과논술 강화를 최초로 주창하였다. 이후 또물또 통합 독서논술교육 프로그램을 만들어 20년간 독서논술교육 운동을 벌여왔고 논술교육 전문가들 사이에 이름을 모르는 사람이 없을 만큼 논술교육계 전설로 통한다.

"국어교육 내용으로서의 '맥락' 연구"로 동국대학교 대학원 국어교육학과에서 박사학위를 받았고, 각종 저술과 전국 13개 교육연수원과 각종 연수 강의로 통합논술 교육에 힘써 왔다.

현재 세종국어문화원 원장, 한국외국어대학교 교육대학원 독서논술 담당 객원교수, 전국독서새물결모임 독서교육연구소 소장을 겸직하며 독서·논술토론 교육을 널리 펴는 일에 힘을 쏟고 있다.

대한민국 독서진흥대상, 9회 대한민국 한류대상(한글 공로), 38회 외솔상, 2019 자랑스러운 한국인대상, 칭찬지식인 대상, 3·1 운동 100주년 기념 국가대표 33인상, 문화체육부장관상(한글운동 공로) 등의 상을 받았다.

지은이는 공저 53권 포함 89권 저술, 130편의 논문을 발표하였으며, 청소년 베스트셀러 ≪대중매체 읽고 쓰고 생각하기≫(세종서적), ≪열린 눈으로 생각의 무지개를 펼쳐라≫(글누림) 저자이기도 하다.

삶쓰기 통합논술 교육론
김슬옹 국어교육학 박사의 통합논술 실전 길라잡이

초판 1쇄 인쇄 2021년 3월 2일
초판 1쇄 발행 2021년 3월 12일

지 은 이 김슬옹
펴 낸 이 이대현

책임편집 임애정
편   집 이태곤 권분옥 문선희 강윤경
디 자 인 안혜진 최선주 이경진
마 케 팅 박태훈 안현진

펴 낸 곳 도서출판 역락
주   소 서울시 서초구 동광로46길 6-6 문창빌딩 2층
전   화 02-3409-2058(영업부), 2060(편집부) | 팩시밀리 02-3409-2059
이 메 일 youkrack@hanmail.net
홈페이지 www.youkrackbooks.com
등   록 제303-2002-000014호(등록일 1999년 4월 19일)

I S B N 979-11-6244-637-9 93800

삶쓰기 통합논술 교육론

김슬옹 지음

김슬옹 국어교육학 박사의
통합논술 실전 길라잡이

역락

추천사

이 책은 삶과 쓰기가 분리되는 것이 아니며, 논술과 교육이라는 것도 그것과 결코 떨어질 수 없다는 점을 강조한다. 논술문 쓰기가 삶과 유리되거나 형식 그 자체의 완성도만을 지향한다면, 인간성 고양이라는 인류 보편적 목적에 기여하지 못하기 때문이다.

인간이 글을 쓰는 이유나 목적은 다양할 터인데, 그 가운데 논술문이라는 것은 이치를 조리 있게 따져서 자신의 견해를 드러내고 다른 사람을 설득하고 소통하는 언어 행위가 본질이다. 그러니까 어떤 문제를 두고 관점이 다른 사람과 의견을 나누고, 조율하면서 해결해 나가는 이성적인 소통 행위인 셈이다. 그것은 미적 언어 행위를 통해 세상을 아름답게 가꾸어 가는 것이 아니라, 논리적인 언어 행위를 통해 좀더 살기 좋은 세상을 만드는 일에 기여한다. 따라서 언어의 큰 축을 담당하는 논술 행위야말로 우리의 언어 생활에서 매우 중요한 역할을 한다. 그러니 논술문 쓰기 능력을 길러주는 일을 담당하는 논술교육의 중요성은 새삼스럽게 강조할 필요가 없다.

하지만 우리의 글쓰기 특히 논술문 쓰기와 교육 현실은 만족스럽지 못하다. 글쓰기는 삶 속에 녹아 들어가 있지 못하며, 교육은 그것을 바꾸어 바람직한 방향으로 이끌어가는 데에 역량을 잘 발휘하지 못하고 있다.

이러한 현실에서, 이 책의 저자는 오랫동안 대학과 사회에서 학생들을 가르치면서 글쓰기와 논술교육에 대한 방법적인 이론을 모색하고 실천가로서 모범을 보여 왔다. 저자의 많은 저술들과 이 책에 실린 내용과 구체적인 사례들이 이를 말해 준다.

국어와 국어교육 학자뿐 아니라, 그 실천가로서의 저자의 면모가 이 책에 충실히 담겨 있는 만큼, 논술문 쓰기를 배우거나 가르치는 사람들에게 이 책은 큰 도움이 될 것이라 믿어 의심치 않는다.

한국외국어대학교 교육대학원 국어·독서논술교육전공 주임교수
국어교육학박사 임 경 순

책머리에

논술교육은 교과교육이든 생활교육이든 선택이 아니라 필수다. 논리적인 글쓰기, 논리적으로 주장 펼치기는 글쓰기의 기본일뿐더러 배운 내용을 논리적으로 표현해야 하는 교육의 기본이기도 하다. 그런데도 우리나라 논술교육은 입시에 좌우되고 사교육 문제에 흔들리고 갈피를 못잡고 있다. 요즘은 국제바칼로레아 도입 문제로 시간을 허비하고 있다.

우리나라 논술교육의 첫째 문제는 중고등학교 학생들의 경우에 생활문 쓰기로 정착되어 있지 않다는 것이다. 어떤 문제나 사건에 대해 자신의 의견이나 주장을 펼치는 것은 우리 삶의 기본이고 그것을 글로써 적극적으로 표현하려는 노력이 참삶의 바탕이 되어야 하는데도 논술문 쓰기가 무슨 특별한 글쓰기인 것처럼 되어 있다. 자연스러운 글쓰기 교육과정에서 논술이 강조되지 않고, 입시 차원에서 강조된 탓이다.

둘째 문제는 '서론-본론-결론'으로 상징되는 형식적 틀을 강조하는 논술을 강요하고 있다. '서론-본론-결론'이라는 형식은 논술의 다양한 구성 가운데 하나일 뿐이고 또한 논술문 쓰기에서 그런 형식보다 더 중요한 것은 왜 그런 주장을 하게 되었는지에 대한 문제의식과 그런 문제의식을 이끌어가는 힘일 것이다. 물론 삶쓰기를 위한 통합 논술교육을 강조한다고 해서 서론 쓰기, 본론 쓰기, 결론 쓰기 등과 같은 바탕이 되는 글쓰기 형식 교육에 대한 논의를 가벼이 해서는 안 된다. 따라서 이 책에서는 논술문 쓰기의 기본 내용을 충실하게 하고 논술문 쓰기의 필요에 대한 근본 문제를 더 심도 있게 기술했다. 문제설정이나 관점 구성을 활용한 논술문 쓰기를 앞부분에서 비중있게 다룬 것은 그때문이다.

셋째 문제는 논술을 논리교육쯤으로 생각하는 흐름이 있다. 이는 아마도 논술에서 중요한 논증을 강조하다 보니 그런 치우친 생각이 형성된 것 같다. 논증에서 논리가 중요한 요소이긴 하지만 논리가 전부는 아니며 논리보다 더 중요한 것은 문제를 분석하는 힘이거나 문제를 제대로 보는 통찰력이다. 분석하는 힘이나 통찰력의 핵심이 논리력이라고 할지 모르지만 제대로 된 분석력과 통찰력은 삶에 대한 관심과 애정에서 나온다.

넷째 문제는 논술과목이 국어과목의 전용인 것처럼 여겨지고 있다. 그래서 학교에서건 학원에서건 논술교육을 대부분 국어 교사에게 맡기게 된다. 논술이 필요한 것이 언어능력을 향상하는 것이 아니라 삶의 문제를 해결해 가는 능력을 키우는 것이라면, 굳이 국어 작문 교육으로 가르칠 필요는 없다. 굳이 논술교육의 특수성이나 전문성을 강조한다면 논술과목을 독립시켜 모든 교과와 관련된 도구교과로 설정하는 것이 바람직하다.

다섯째 문제는 고전 논술이 지나치게 강조되고 있다. 고전 논술이 중요하기는 하지만 시사 논술, 생활논술과 더불어서 자리매김할 때 진정한 가치가 있다.

'삶쓰기'는 '삶놀이'다. 논술문 쓰기는 삶의 문제를 해결하고 세상을 바꿔가는 일이므로 결국 즐거운 놀이기 때문이다. 뭔가를 바꾸는 일은 과정은 힘들지만 결과는 즐겁다. 완전한 결과나 이루어진 목표는 없는 것이므로 내내 괴로울 수 있지만, 즐거운 목표를 위한 과정이라면 놀이일 수 있다.

필자는 1995년에 허재영 교수와 함께 ≪통합교과와 생각하기 논술≫(토담), 2000년에 ≪통합교육을 위한 삶쓰기 논술교육≫(인간과 자연사)를 펴낸 바 있다. 그 뒤로 20년이나 흘렀지만 안타깝게도 통합 논술교육은 제자리에 머물러 있거나 오히려 퇴보했다. 2000년~2005년까지 논술교육 열풍은 비록 입시 차원이었지만 대단했다. 물론 필자는 그때도 입시논술이 아니라 교과논술, 생활논술을 주창해 왔지만 그 어떤 방식이든 계속 발전되어 왔다면 국제바칼로레아(IB) 논술형 평가 도입 문제 찬반 논쟁으로 세월을 허비하지는 않았을 것이다.

국제바칼로레아 논술형 평가 도입 문제에 대한 내 생각은 명쾌하다. 우리나라의 객관식 중심의 평가 방식을 바꾸지 않는 한 그 어떤 훌륭한 논술 프로그램이라도 성공할 수 없고 일상 교육이 아니라 특별 교육으로 전락할 것이다. 따라서 우리 실정에 맞는 교과 생활논술 프로그램을 교육 전반에 걸친 개혁(객관식 줄이기 또는 없애기와 같은)과 함께 마련하는 것이 제일 상책이고 그게 어렵다면 국제바칼로레아 논술형 평가를 도입해서라도 논술교육을 강화해야 한다. 결국 가장 하책은 이도저도 안 하고 지금처럼 논술교육을 방치하는 것이다. 궁극적으로는 프랑스처럼 논술교육을 따로 하는 것이 아니라 모든 교과 배움에 논술이 자연스럽게 포함되도록 해야 할 것이다.

이 책은 위와 같은 문제의식을 구체적으로 실천할 수 있는 전반적인 방향과 지도 전략을 찾아본 것이다. 이 책의 모든 내용은 필자는 20년간 중고등, 대학생들을 직접 지도도 하고, 전문가・교사 연수도 진행하면서 현장 경험을 통해 쓴 글들이다.

이 책이 나오기까지 많은 선생님들과 진지하게 논의 하여 왔다. 열린교육을 위해 애쓰고 있는 선생님들과 귀한 생각들을 나누었고 많은 도움을 받았다. '적자생존(적는 자만이 살아남는다)', '쓰고만리(만리를 가기 전에 반드시 쓴다)'의 꿈을 함께 하는 세종 국어문화원 식구들과도 책 발간의 기쁨을 나눈다.

이 책이 나오게 된 직접적인 배경은 한국외국어대학교 교육대학원, 독서논술교육 과정에서 통합 논술교육론을 강의하면서이다. 가배(가르치면서 배우는)와 배가(배우면서 가르치는)의 즐거움을 함께 나눈 김영미, 박순옥, 박진숙, 신지명, 이선애, 이아리, 이혜정, 장동숙, 정미경, 허현, 노현서 그리고 통술연구회 선생님들과의 소통과 나눔이 큰 도움이 되었다.

국어교육의 이정표 역할로, 논술교육을 대학원 교육과정으로 정립해 주신 한국외국어대학교 임경순 교수님께 감사드립니다. 국어교육학의 바른 길을 인도해 주신 김혜숙, 박인기, 윤재웅, 고재석, 김승호, 원진숙, 김동환, 최명환 스승님들께도 감사드립니다. 숭실사이버대학교 이해경, 윤혜순, 허혜정 교수님들께도 감사드립니다.

늘 현장에서 힘을 실어 주시고 고민을 나눠 주신 전국국어교사모임 선생님들과, 독서논술과 토론교육으로 논술교육을 남다르게 실천하고 계신 전국독서새물결모임 임영규 회장님, 세종교육원의 박정애 원장님과 한국디베이트코치협회 최은희 회장님께도 감사드립니다.

30년 넘게 ≪배워서 남주자≫ 월간지로 독서논술교육의 지평을 꾸준히 지키고 가꿔오신 박형만 해오름아카데미 소장님과 논술교육 전문가 양성에 앞장서고 계신 한국외국어대학교 박영기 교수님께도 감사드립니다.

쉽고 바른말 쓰기에 등대가 되고 있는 국어문화운동본부의 남영신 회장님, 조경숙 이사님, 세종국어문화원의 정성현, 서현정, 강석희 선생님, 훈민정음가치연구소의 소희연, 강수현 선생님들과도 출간의 기쁨을 나눕니다.

이 책이 아이들이 삶의 주체로 거듭날 수 있게 하는 교육의 길잡이가 될 수 있도록 국어교육의 마중물 구실을 하고 있는 역락출판사 이대현 대표님과 편집진께도 고마운 마음을 전합니다.

2021년 1월
한글가온길 세종국어문화원에서
김 슬 옹

차례

1부 | 삶쓰기 통합논술 지도

1장 논술과 논술교육의 자리매김

1 | 문제설정

논술교육은 초중등 교육과정에서 선택이 아니라 필수인데도, 우리 교육 현장에서는 마치 선택 교육인 듯 방치되고 있다. 그런데다 특정 대학 입시용으로 전락하여 더욱 문제가 되고 있다. 더욱이 시대착오적인 객관식 평가 방식에 찌들어 논술교육은 더욱 위축되고 있다. 따라서 이 장에서는 논술과 논술교육이 왜 필요한지와 논술에 따른 갈래별 글쓰기의 개념과 의의를 함께 살펴보기로 한다.

논술은 한마디로 논리적인 글쓰기로, 주체적인 생각이나 주장을 중요하게 여기면서도 주관적인 '나'의 주장이나 생각을 극복하는 글쓰기이다. 그런 과정에서 합리적인 글쓰기를 통해 독자를 설득하는 글쓰다. 그러므로 '논리적으로 자기 생각이나 주장을 펼치는 글쓰기'다.

삶쓰기로서의 논술교육을 강조하는 것은 교과논술, 생활논술교육으로 우리 아이들이 삶의 문제를 합리적으로, 때로는 치열하게 해결해 나가는 역량을 키우게 하기 위해서이다. 그렇다고 입시논술을 반대하는 것은 아니다. 삶쓰기로서의 논술교육을 강화하다 보면 입시논술 문제도 해결된다는 것이 필자의 생각이다.

2 | 논술문과 논설문의 개념과 갈래

'논설문'이건 '논술문'이건 핵심은 '논'이다. '논'하는 글쓰기인 셈인데 이때의 '논'은 글쓰기의 동양 고전인 '문심조룡'에서 비롯되었다. 문심조룡은 10권 50편(篇)으로 구성되어 있다.

양(梁)나라 유협(劉勰)이 제대(齊代) 말인 499~501년에 집필한 것으로 추정하고 있다. 전반(前半) 25편에서는 문학의 근본 원리와 문체론을 폈고 후반(後半) 25편에서는 문장 작법과 창작론을 논술하였다. '논설'은 전반 18편에서 다루고 있다. 여기서 유협은 다음과 같이 '논'의 개념을 경서와의 대립 관점에서 출발하고 있다.

聖哲彝訓曰經, 述經敍理曰論, 論者, 倫也; 倫理無爽, 則聖意不墜.

번역 : 성인의 영구불변한 가르침을 경(經)이라 하고, 그 경을 서술하여 이치를 밝힌 것을 논(論)이라 한다. 여기서 논이란 조리를 뜻하는 말이다. 이치를 조리 있게 펼쳐서 사실과 어긋남이 없다면, 성인의 본래 의도는 사라지지 않을 것이다.[1]

'경'이 논할 필요가 없는 절대적인 진리라는 측면이라면, '논'은 이치를 조리 있게 따질 수 있는 절차 측면을 가리킨다. 이렇게 '논'하는 방식이나 글을 '논술'이라 할 수도 있고 '논설'이라 할 수도 있는데 맥락은 다르다. '술'은 이어서 기술한다는 의미로 논리적인 기술을 강조한 것이고, '설'은 독자를 기쁘게 한다는 것으로 '독자'를 강조한 것이다. 따라서 기존의 논의에서 '논술문'은 논증 맥락을 강조한 것으로 '논설문'은 주장 쪽을 강조한 용어로 쓰이는 것은 일리 있다. 독자를 강조한다는 측면에서 보면 독자를 설득하기 위한 주장 쪽이 강조된 것으로 볼 수도 있다. 다만 분명한 것은 '논설'이든 '논술'이든 '논'이 중심이라는 것이다.

역시 문심조룡에 따르면 '술'은 문어 쪽의 용어이고 '설'은 구어 쪽의 용어에 가깝다. 다만 '논술', '논설'에 '-문'이 결합하면 그런 '문어/구어'식의 구별은 의미가 없어지는데, 용어가 다른 만큼 앞 문단에서 지적한 강조점의 차이는 남아 있게 된다. 이런 측면에서 보면, 신문 사설류가 논설문의 대표적인 갈래(장르)가 되고, 칼럼은 논술문의 대표적인 갈래다.

교육과정과 결부하여 좀 더 구체적으로 구별해 보자. 논설문은 일종의 전통적인 갈래별 글쓰기이고 논술문은 2007 교육과정 이후에 새롭게 설정된 갈래이다.

이태준 저/장영우 주해(1940/1948 : 증정 문장강화/1997 : 176-178)에서 논설문을 "논설문이란 종교, 예술, 정치, 경제, 교육, 과학 등 인류 일체 문화에서 일정한 문제를 가지고 자기의 의견을 주장, 진술, 선전, 권유하는 글이다."라고 정의하고 다음과 같은 특성으로 자리매

---

1   최동호 역편(1994 : 233)의 "성인이 설명한 영구불변의 가르침을 경서라 하고, 경서의 내용을 상세히 밝혀서 그 도리를 설명하는 것을 논문이라 한다. 논이란 윤이다. 경서의 도리를 조리 있게 설명하여 잘못이 없게 하면 성인이 의도한 원래의 뜻을 상실하지 않게 될 것이다."를 수정한 것이다.

김한 것도 같은 맥락이다.

> (1) 공명정대할 것,
> (2) 열의가 있어, 먼저 감정적으로 움직여 놓을 것,
> (3) 확호(確乎)한 실례를 들어 의심을 살 여지없이 신임을 받아야 할 것,
> (4) 논리 정연하여 공리공론이 없고 중언부언이 없을 것,
> (5) 엄연미(儼然美)가 있을 것.

결국 논설문은 어떤 문제에 대한 주장을 논리적으로 증명하여 독자를 설득하는 글이다. 논설문은 논리적으로 설득을 해야 하기 때문에 주장과 이에 대한 근거가 글의 핵심이 된다.

국어과 교육과정에서 논술문은 논술형 평가[2]나 논술형 학습용 과제에 따른 글을 말한다. 주어진 논제에 대해 논리적이고 주체적으로 사고하면서 문제를 해결하는 과정을 쓴 글로서 학생들이 논해야 할 주제가 무엇인지 분명히 드러나도록 해야 하며, 학습자는 자신의 주장에 대한 타당한 논거를 활용해 논변력을 드러낼 수 있어야 하는 글이다.

논술문은 학생 개인의 생각이나 주장을 창의적이고 논리적이면서도 설득력 있게 하나의 완결된 구조로 조직한 글로 실제 결과물로서의 글 성격은 논설문과 다를 바가 없다. 논리적인 글로, 논설문, 에세이, 논술, 논평, 평론 등을 설정하고 있으므로 '논술'도 '논술문'에 준하는 글의 갈래로 볼 수도 있다.

다시 정리하면 '논술문'은 특정 과제나 논술 평가에 따라 쓴 논리적인 글로, '논설문'은 주장을 논리적으로 설득하기 위한 독립적인 글로 구별한다. 실제 결과물은 주장에 대한 논리적인 글이라는 점에서 그 성격이 같을 수 있다.

---

2   보통 주관식 평가를 서답형이라 하는데 이는 주어진 물음이나 지시에 따라서 학생이 스스로 답안을 만들어서 서술하고 기록하는 문항 형식의 통칭으로 단답형, 완성형, 서술형, 논술형이 있다. 서술형 평가는 주어진 주제나 요구에 따라 학생이 스스로 서술하여 답하는 문항으로 서술하는 방식이나 형식에 대한 사항은 각 문항에서 제시 좋고 문항에 따라 글의 주제, 목적, 예상 독자, 분량, 시간 등을 제한한다. 논술형 평가는 주어진 논제에 대해 논리적이고 주체적으로 사고하면서 문제를 해결하는 과정을 쓰도록 한 후 평가하는 방식으로 ① 학생들이 논해야 할 주제가 무엇인지 분명히 드러나도록 해야 하고 학습자는 자신의 주장에 대한 타당한 논거를 이용해 논변력을 드러낼 수 있어야 한다. 논술형 문항도 일종의 서술형 문항이기는 하지만, 학생 개인의 생각이나 주장을 창의적이고 논리적이면서도 설득력 있게 하나의 완결된 구조로 조직하는 것을 강조한다는 점에서 서술형과 구별한다.

3 | 논술문 쓰기의 필요성과 의의

논술문은 왜 쓰는가는 결국 논술문 쓰기가 왜 필요한가이다. 이 또한 한 가지로 얘기하기 어렵다. 네 가지 측면에서 그 필요성을 짚어볼 필요가 있다.

첫째는 인성과 사회성 차원에서 생각해 보자. 논술문 쓰기는 당당하게 자기 생각이나 주장을 밝히는 주체로 만들기 위한 전략이다. 논술문은 자기 생각이나 주장을 적극적으로 남에게 밝히는 글이다. 자기 생각, 자기주장이 정체성을 나타내는 것이 기본이라면 논술문이야말로 자신의 정체성을 잘 드러내는 글쓰기이다. 그러한 정체성은 사회적 관계에서 실현된다. 내 정체성이 중요하면 다른 사람의 정체성도 중요하고 서로 다른 정체성의 갈등과 조화가 공존하는 것이 사회적 관계이다. 이러한 관계에서 자신의 생각을 합리적이고 논리적으로 전달하고 토론하는, 능동적 정체성 드러내기가 주체성이면, 논술은 바로 그런 주체성을 살려나가는 효율적인 글쓰기이다. 결국 논술은 능동적인 글쓰기를 이용한 삶의 실천방식 중의 하나이다.

경수필을 통해서도 내 생각을 남에게 밝힐 수 있지만 논술문보다는 '어떤 맥락의 주장'을 전달하기에는 한계가 있다. 잘된 경수필, 잘된 시, 소설이 논술문의 의도보다 더 효과가 큰 경우도 있다. 그러나 그런 경우는 특수한 사례일 뿐이고 그야말로 글 쓰는 재주에 관계없이, 인간을 가르는 여러 장치에 거의 아무런 영향도 받지 않고 누구나 적극적으로 쓸 수 있는 글쓰기는 논술문이다.

둘째는 사고력 차원에서의 논술문 쓰기가 비판적이면서도 논리적인 사고의 계발을 위해서 적절한 도구라는 점이다. 우리 교육 현장에서는 어떤 한 문제에 대해 다각적, 집중적으로 분석하고 그에 따른 논리를 전개하는 힘이 부족하다. 이러한 사고력을 개선하는 데에는 논술문 쓰기가 유용하다. 논술문 쓰기 핵심이 논리적이고 합리적인 사고에 있다면 이러한 사고의 핵심은 통념이 가지고 있는 함정에 대한 문제의식에서 출발한다. 사회에서 일반적으로 널리 통하는 생각이 '통념'이다. 그 통념이 굳어져 한 사람의 마음속에 늘 자리하여 흔들리지 않는 관념을 '고정관념'이라 부른다. 또 어떤 일을 하기 이전부터 머릿속에 고정관념이 들어있다면 그것은 '선입견'이다. 선입견에 의해 공정하지 못하고 한쪽으로 치우친다면 '편견'이 된다.

통념은 세월이 흐르게 되면 역사적·사회적으로 자연히 그렇게 정해진 것처럼 여겨지는 공통의 형식이 생기게 마련인데 이럴 경우 하나의 '양식'으로 자리 잡는다. 보통 사람이 으레 가지고 있는 일반적인 지식이나 판단력 등이 '상식(common sense)'인데 상식을 사회생활이나 학식을 바탕으로 이루어지는 품행과 문화에 대한 지식규범으로 여기면 그것은 '교양'으로 볼 수 있다. 하지만 상식과 교양은 단지 사회 주류층이 정해놓은 규범일 뿐 그것을 진리로 볼 수는 없다. 그렇기 때문에 우리는 통념에 대한 비판의식이 필요하고 논술은 바로 이런 통념에 대한 비판 의식을 기르는 과정이기도 하다. 이것이 논술문의 사고력 차원의 필요성이라 할 수 있다.

셋째는 언어능력 차원에서 독해력과 논리적 표현력을 위해 필요하다. 논술문 쓰기는 다른 사람들과의 생각 차이에 대한 논쟁 과정이다. 남의 생각을 지지하건 반대하건 대상 텍스트에 대한 제대로 된 읽기 과정, 분석 과정을 거쳐 논술문 쓰기가 설정된다. 그러한 독해력을 바탕으로 하되 자기화된 표현 양식으로 전환하는 것이 논술문이다.

넷째는 생활 차원에서의 문제 해결과 정보 활용 능력의 효율적 수단으로 필요하다. 우리 삶은 문제의 연속이고 사건의 연속이다. 글을 쓴다는 것 자체가 우리 삶에 대한 문제를 발견하고 해결해 나가는 과정이다. 우리 개개인이 적극적인 사회적 주체가 될 수 있는 전략이다. 논술이 바로 그런 글쓰기 가운데서도 두드러져 보이는 것은 왜일까. 자기의 생각이나 주장을 적극적으로 내세워야 하기 때문이다. 그러나 진짜 중요한 것은 주장이나 생각에 있지 않다. 왜 그런 주장이나 생각을 내세우려고 하는가가 중요하다. 논술에서 주장보다 논증이나 분석과정이 더 중요하다는 것은 바로 그런 측면에서 하는 말이다.

4 | 논술교육의 필요성

논술 필요성에 논술교육의 필요성이 함의 되어 있지만, 좀 더 구체적인 논술 실천을 위해 논술교육의 필요성을 네 가지 측면에서 정리할 수 있다.

첫째는 일반 교육 차원의 필요성이다. 먼저 21세기 지식인 양성의 효율성 측면에서 논술문 쓰기가 필요하다. 지식인이 지식의 생산과 소통에서 가장 능동적인 자세를 지닌 사람들이라면 그런 지식 소통의 핵심 도구인 언어능력이 중요하고 그러한 언어능력의 핵심이 논술문이라고 할 것이다. 따라서 여러 지식의 통합적 연계성을 강조하는 통합교육 차원에서도 매우 필요하다.

둘째는 입시 차원의 필요성이다. 입시가 대학에서 필요한 수학 능력을 시험하는 과정이라면 논술문 쓰기는 가장 요긴한 평가 도구이다. 대학 교육의 핵심은 바로 학문하는 자세나 전문인으로서의 소양을 키우는 것이고 그러한 핵심 능력은 논문 쓰기를 이용해 길러진다. 바로 논문은 전문적인 또는 학술적인 논술문 쓰기인 것이다.

또한 입시가 전문 지식을 이수할 수 있는 종합적 능력을 시험하는 것이라면 논술문 쓰기는 다른 방식의 시험보다 그러한 종합적 다면적 평가에 유리하다.

셋째는 교과 차원의 필요성이다. 논술은 통합교과적 언어능력이므로 각 교과별 논술문 쓰기를 적극 활용할 필요가 있다. 역사 논술, 음악 논술, 과학 논술 식으로 각 교과 전문 논술 교육이 필요하다.

넷째는 총체적 언어교육 차원이다. 읽기(독해력)와 쓰기의 결합이 필요하다. 토론 능력(말하기/듣기)을 토대로 하는 글쓰기를 해야 한다.

5 | 논술교육의 목표와 전략

그렇다면 우리는 논술교육을 활용해 무엇을 이루고자 하는가. 먼저 학생들을 논술문 쓰기를 즐겨하는 즐거운 논술문 작자로 만들어야 한다. 논술문 쓰기를 즐겨하는 작자의 세 가지 속성은 다음과 같다.

(1) 습관성 : 자주 또는 주기적으로 쓴다.
(2) 자율성 : 시키지 않아도 스스로 쓴다.
(3) 능동성 : 삶의 문제, 사회 문제에 대해 논술문을 활용해 적극적으로 뛰어든다.

다음으로는 논술문 쓰기를 잘하게 하는 것이 목표가 되어야 한다. 유능한 논술문 작자 만들기 전략이다. 그렇다면 논술문을 잘 쓴다는 것은 어떤 능력을 말하는가.

(1) 상황에 맞는 논술문 쓰기를 할 수 있다.
(2) 논리적인 글쓰기를 할 수 있다.

(3) 비판적인 글쓰기를 할 수 있다.

　이상의 목표는 논술교육의 이상적이고도 일반적인 목표이다. 현실적인 맥락에서는 구체적인 전략이 필요하다. 논술문 쓰는 능력은 크게 두 가지로 구성된다.

[논술문 쓰기 능력 구성]

문제의식(열정, 개성, 주장)	논리력(객관성/합리성)
·왜 문제가 되는가 －왜 문제가 되고 있는가 －이 문제를 어떻게 바라볼 것인가? ·그렇다면 어쩌겠다는 것인가(교양인으로서, 청소년으로서) －비교양인, 비청소년 입장 고려는 할 수 있으나 나의 중심 입장이 되어서는 안 됨 －교양을 실천할 수 있는 청소년	·1차 분석 : 이런 방법/주장, 저런 방법/주장, 요런 방법/주장, 그런 방법/주장이 있다. －주관적 가치 개입 : 기준/관점설정 －상당 부분은 구상 단계에 머물 수도 있다. (시간과 분량) ·논증력(2차 분석) : 이러이러하니까 이러이러하다. 저러저러하니까 저러저러하다. 그러므로 요러조러한 것이 더 옳다/합리적이다. －주관적 가치 개입 : 논증의 순서, 강조점, 치열함 －완전히 겉으로 드러나야 한다.

　문제의식 영역과 논리력 영역이다. 문제의식 영역은 문제를 인식하는 총체적 맥락을 말한다. 이 부분은 '왜 문제가 되는가'라는 문제설정 영역과 그렇다면 어떻게 할 것인가에 대한 방향설정으로 이루어진다. 방향 설정 맥락에서는 철저히 주체 의식이 필요하다. 이를테면 환경문제에 대해서라면 어른이나 환경부 장관 입장에서 생각하고 분석할 수는 있으나 그런 입장이 '나'의 중심 입장이 되어서는 안 된다. 되도록 청소년 입장에서 환경문제를 어떻게 풀어갈 것인가를 궁리해야 한다.

　논리력 영역도 두 부분으로 나눌 수 있다. 1차 분석과정에서는 다른 이들의 생각이나 글을 분석해야 한다. 그러니까 어떤 문제에 대해 이런 방법/주장, 저런 방법/주장, 요런 방법/주장, 그런 방법/주장이 있을 수 있음을 따져보는 것이다. 이 부분에서 주관적 가치 개입은 기준/관점설정 정도로 그쳐야 한다. 그리고 이 부분의 분석은 상당 부분은 구상 단계에서 머물 수도 있다. 왜냐하면 분석을 다양하고 치밀하게 해도 그 모든 것을 글에 담는 것은 아니기 때문이다.

다음 그러한 타인의 생각이나 글에 대한 분석을 바탕으로, 그렇다면 나라면 어떻게 할 것인가에 대한 논증이 필요하다. 2차 분석과정이다. "이러이러하니까 이러이러하다. 저러저러하니까 저러저러하다. 그러므로 요로조로한 것이 더 옳다/합리적이다."라고 표현하게 된다. 이때는 주관적이지만 창의적인 전략은 가치 개입, 논증의 순서, 강조점, 치열함 등에서 드러난다. 1차 분석과정은 구상에 그치고 실제는 일부만 드러날 수 있지만 2차 분석·논증과정에서는 완전히 겉으로 드러나야 한다.

이와 같은 성격으로 볼 때 논술교육은 세 가지 핵심 전략을 우리 학생들이 쓰기 역량으로 갖출 수 있도록 지도해야 한다.

첫째, 태도 전략이다. 태도 면에서는 성실한 문제해결자로서 기본은 지킨다는 자세가 필요하다. 왜 문제가 되는가, 무엇을 요구하는가에 충실해야 한다. 교양인으로서의 기본을 지켜 주겠다는 전략 아래 기존 학교 지식을 충실하게 활용하고 기본 개념을 철저히 하고 기본 내용 숙지한 것을 바탕으로 분석과 논증의 타당성, 논거 활용의 적절성, 예비 대학생의 소명의식을 보여 주어야 한다.

둘째는 구성 전략이다. 첫 문단을 어떻게 시작할 것인가(문제 제기), 그 시작을 어떻게 책임질 것인가(몸말), 몸말 곧 본론은 몇 개의 문단으로 분석하고 논증할 것인가, 마무리를 어떻게 할 것인가(맺음말) 등으로 구성 전략을 짤 수 있다.

셋째는 표현 전략이다. 두 가지 표현 전략이 있는데, 하나는 기본적인 소통을 위한 표현 전략으로 맞춤법이나 표준 문법, 원고지 사용법 등을 잘 지켜 쓰는 전략을 말한다. 곧 규범을 철저히 지키는 전략이 필요하다. 두 번째는 좀 더 구체적이고 참신한 표현으로 소통을 넘어 독자를 사로잡기 위한 설득 전략이 필요하다.

이런 세 가지 전략을 갖춘 학습자들이 논술 역량을 교과논술, 생활논술로 이어갈 때 논술 교육은 성취목표를 달성한 것이다.

궁극적으로는 우리 학생들 모두를 칼럼가로 키우는 논술교육이 이루어져야 한다. 모든 교과서에서 배운 지식을 칼럼 형식으로 표현할 수 있어야 하고, 그런 칼럼 형식의 논술이 교과 평가 항목으로 자리잡아야 한다. 궁극적으로 우리 아이들이 사회에 나가 자신들의 직업을 바탕으로 한 또는 교양을 바탕으로 한 칼럼가로 여기저기서 활동할 수 있도록 해야 한다.

6 │ 마무리 : 논술교육의 전망

　이제 논술교육은 일부 학생들만 집중 지도하는 입시교육이 아니라, 일반 교과의 핵심으로 자리 잡아 생활논술교육으로 이어져야 한다. 따라서 국어교과보다는 통합교과로서의 자리매김이 더욱 강화되어야 한다. 그래서 모든 교과에서 자연스런 논술쓰기가 교과활동으로 이루어지고, 더 나아가 모든 학생들이 자유롭게 칼럼(에세이)을 쓸 수 있는, 칼럼가가 될 수 있는 역량을 키우도록 해야 한다.

　국어교과, 특히 작문교과 내의 비중도 높아져야 한다. 논리적인 글쓰기는 모든 글쓰기의 핵심이고 논술교육의 강화는 근본적으로 논술 능력은 사고력, 언어능력 교육의 핵심 분야가 되기 때문이다.

　논술은 논리적인 표현 과정으로서의 글쓰기로도 중요하고, 모든 교과 교육이 논술, 즉 칼럼(에세이) 형식으로 표출되는 융합 역량으로도 중요하다. 결국 논술은 초등 과정이든, 중등 과정이든 융합 역량을 길러주는 핵심 교육 과정으로 자리잡아야 한다.

2장 적극적인 실천, 문제설정 논술 지도

1 | 왜 문제설정 논술인가

글을 쓴다는 것 자체가 우리 삶의 문제를 발견하고 해결해 나가는 과정이다. 쓰기 자체가 우리 개개인이 적극적인 사회적 주체가 될 수 있는 전략이다. 논술이 바로 그런 글쓰기 가운데서도 두드러져 보이는 것은 왜일까. 자기의 생각이나 주장을 적극적으로 내세워야 하기 때문이다.

그러나 진짜 중요한 것은 주장이나 견해보다는 왜 그런 주장이나 견해를 내세우려고 하는가가 중요하다. 논술에서 주장보다 논증이나 분석과정이 더 중요하다는 것은 바로 그런 측면에서 하는 말이다. 그러니까 주장이나 견해보다 논증 분석과정이 더 중요하다는 것은 내용보다 그 내용을 전개하는 과정이 더 중요하다는 것이다. 곧 논술문이 자기의 주장이나 견해를 조리 있게 서술하여 독자를 설득시키는 글이라고 할 경우, 주장이나 견해 등의 논술문의 내용보다 전개법이 더 중요하다는 것이다.

이런 맥락 때문에 대학 입시 논술문에서도 수험생의 지식이나 창의력보다는, 평범한 견해나 주장일지라도 그것을 논리적으로 펼치는 논술력에 훨씬 더 큰 비중을 두어 평가하는 것이 바람직하다.

글의 독창성만 하더라도 그것은 단지 주장이 남과 어떻게 다르냐에서만 드러나지는 않는다. 어떤 맥락에서 남과 다르냐가 중요하며 그러다 보면 논증 분석과정이 중요하다.

내용과 형식(전개법)은 서로 이질적인 것이 아니다. 기존의 논술교육은 내용과 형식을 배타적으로 크게 강조해 왔다. 그래서 형식 위주로 몰아가다 보니 논술은 논리라는 담론까지 등장했다. 물론 이런 맥락에는 그럴 만한 이유가 있다. 하나는 실제 논술고사가 대개 구체적인 논제가 주어지는 상태에서 주장의 창의성을 따지기 어렵다는 점이며, 또한 내 주장은 이렇다, 네 주장은 저렇다 등등 결과(주장) 위주의 논리가 지배적인 사회 현상으로 볼 때 각자의 논술은 논증과정을 중요시해야 한다는 것이다.

그러나 논리는 자기의 생각을 효과적으로 분석하고 전달하기 위한 하나의 장치일 뿐이다. 논리의 중요성을 부인하는 것은 아니지만 그것을 지나치게 강조하면 형식논리 위주의 형식논술 또는 서론-본론-결론이라는 틀에 박힌 논술을 양산하기 때문이다. 언젠가 어느 학생의 질문을 받은 적이 있다. "논술시험을 잘 본다고 그 사람이 꼭 논리적인 생각을 하는 사람이라고 생각하지 않는다. 사람은 자신마다 다른 생각을 하는데 꼭 그것을 틀에 맞춰 형식화하는 것은 별로다."(고3) 이 학생의 반문이 적절한 답이 된다. 그래서 논술 초기 대입논술에서 비슷한 답안을 양산했던 것이며 지금도 서론-본론-결론 식의 도식적인 논술 지도가 꽤 많이 행해지고 있다.

그렇다면 논술문에서 주장이 무엇이냐는 중요하지 않다는 생각은 어떨까. 결코 그렇지 않다. 그런 견해는 채점의 편의를 위해서는 있을 수 있지만 어떤 맥락에서의 주장이냐로 보면 주장도 중요한 것이고 그 주장의 도출과정도 중요한 것이 된다. 이런 측면에서 보면 논술문에서 무슨 요소가 중요하냐는 의미가 없다. 제대로 된 논증과정이 없는 주장이나 주장이 제대로 설정되지 않은 논증은 잘못된 것일 뿐이다. 그렇지만 역시 논술의 매력은 논증과정에 있다. '어떤 맥락의 주장이냐'에서 '어떤 맥락'이 중요하기 때문이다.

우리나라 현실로 볼 때 더욱 그런 측면은 매력적이다. 분단구조에 따른 지배 이데올로기에 따라 특정 주장만을 강요당했고 거친 경제개발 논리에 따라 과정보다는 결과에 길들여져 왔기 때문이다. 주장만 강요당한 것은 아니다. 알량한 논증도 전제와 논거를 통제받았다. 풍성한 주장과 논증이 있었던 듯했지만 그것은 제도 언론이 쏟아낸 겉만 번지르르한 해괴한 논리일 뿐이었다. 또 논증과정이 소중한 것은 논제에 대한 각 개인의 풍부한 개입 전략이 가능하기 때문이다. 논증과정은 이미 주장이 녹아 있고 관점과 세계관, 가치관이 자리하고 있다.

논술문은 논설문보다 폭이 넓은 개념이다. 논설문이 주장을 강조한 글쓰기라면 논술문은 논증과정을 중요하게 여기는 글쓰기다. 실제 결과는 같을 수 있지만 논설문은 기존의 글 갈래는 수필문, 논설문, 설명문, 문예문 등 너무 배타적인 구분 틀에서 설정되지만 논술문은 그렇지 않다. 수필투로 쓴 논술문, 설명문을 포괄하는 논술문은 설정할 수 있지만 수필투로 쓴 논설문, 설명문을 포괄하는 논설문은 설정하기 곤란하다. 기존의 배타적 구별은 도식적인 글쓰기를 양산해 온 셈이다. 논설문과 설명문을 섞어 쓰면 안 되는가. 논설문을 수필처럼 쓰면 안 되는가. 냉장고를 설명하면서 냉장고에 대한 자신의 주장을 담을 수 있다. 그러면 논설문인가 설명문인가. 자기주장과 분석과정이 분명한 중수필이나 칼럼 등은 논설문이 될 수 없는가. 배타적 분류에 따른 문제를 비판하고 있는 것이다. 다만 대입시험에서의 논술문은 제대로 된 논술문 쓰기를 위한 과정의 글쓰기로 보아야 한다. 조건이 따라다니는 논술문이기 때문이다. 조건은 생각의 제약을 가져오며 제약이 따르는 논술문은 완전한 논술문이 아니다.

논술문은 왜 쓰는가. 논술은 삶쓰기이다. 당당하게 자기 생각이나 주장을 밝히는 주체로 만들기 위한 전략이다. 논술문은 자기 생각이나 주장을 적극적으로 남에게 밝히는 글이다. 능동적인 글쓰기를 활용한 삶의 실천 방식 중의 하나이다. 수필로도 내 생각을 남에게 밝힐 수 있지만 논술문보다는 '어떤 맥락의 주장'을 전달하는 데에는 한계가 있다. 잘된 수필, 잘된 시, 소설이 논술문의 의도보다 더 효과가 큰 경우도 있다. 그러나 그런 경우는 특수한 사례일 뿐이고 그야말로 글 쓰는 재주에 관계없이, 인간을 가르는 여러 장치에 거의 아무런 영향도 받지 않고 누구나 적극적으로 쓸 수 있는 글쓰기는 논술문이다.

논술교육마저 주입식이라니 _이한샘/고등학생

일선 고등학교에서 방학 중 보충수업으로 논술교육을 하고 있다. 교육부 방침에 따라 학교마다 기존의 언어영역 학습지 대신 논술교육용 인쇄물로 수업을 진행하는데, 수업을 듣는 처지에서 아쉬운 점이 많다.

우선 교사들의 몸에 밴 형식적인 수업이 큰 문제이다. 모두 그런 건 아니지만 학생들의 창의성을 존중해야 할 교사들이 해답지를 그대로 읽어주고 발표나 토론을 배제한 채 수업을 하고 있다. 논술교육마저 주입식으로 하는 셈이다. 학생들에게 너무 학과 공부만 하도록 강요하는 분위기도 논술교육의 걸림돌이다. 본래 논술은 학과 공부 못지않게 폭넓은 사고와 지식이 있어야 하는데도, 학부모나 교사들은 '학교 공부만 충실히 하면 된다'고 강조한다.

독일에서는 초등학교부터 스스로 생각하는 능력을 기른다고 한다. 교과서는 주로 많은 생각을 유도하는 질문으로 구성되어 있고, 학생들은 특정한 답에 구애받지 않고 토론을 통해 자신의 사고를 키워나간다는 것이다. 또 그 과정에 필요한 지식은 그 수준이 어떠하든 자신에게 맞는 수준을 선택해서 익힐 수 있다고 한다.

우리나라의 논술교육도 이런 패러다임을 바탕으로 더욱 참신한 방식으로 이뤄져야

한다. 사교육을 강화하자는 말이 아니다. 학생들의 다양한 생각을 열어주는 것이 공교
육을 정상화하는 방법이라는 것이다.

— 독자기자석 / ≪한겨레신문≫ 2006년 1월 31일 22쪽.

　인터넷 매체에 보면 다양한 사람들의 다양한 논술문이 올라오는 것을 볼 수 있다. 많은 사람의 글들이 서론-본론-결론 형식을 제대로 갖추지는 않았지만 열정어린 주장이 있고 설득력 있는 논증이 있다. 이런 글을 이용해 기업의 여러 가지 무리가 따른 횡포를 막기도 하고 효과적인 사회운동을 이루어나가는 것을 볼 수 있다. 바로 논술은 이런 능력을 키워주기 위한 장치이다.

　논술문 쓰기의 필요성은 대학에서 학문을 수행하는 능력을 보기 위해서라는 견해가 있다. 이때의 학문이 학자가 되는 장치로서의 좁은 의미라면 현재 우리 대학 실정으로 봤을 때 잘못된 것이다. 학자가 되고자 대학을 가는 사람은 그리 많지 않을 뿐 아니라 실제 대학은 교양 이수 정도로 떨어지고 학자가 되는 길은 대학원 위주로 바뀌어가기 때문이다. 물론 대학을 학자 키우기 위한 기초 단계로 보면 별 무리는 없으나 목표 자체를 그렇게 추상적으로 생각할 필요는 없다는 것이다. 학문은 진리에 대한 의문과 문제의식에 대한 탐구과정이라 폭넓게 보면 학문 수행능력을 시험하기 위해 논술시험을 본다는 말은 타당할 수 있다. 좀 더 구체적으로 바꿔 보면 종합대학은 다양한 전문인을 키우는 곳으로 자리매김하는 것이 무난하다. 학자도 전문인에 포함되니 전통적인 대학의 본질에 걸맞고 현재 대학의 실태를 적절하게 반영하는 것이 되기 때문이다. 이러한 논의를 좀 더 논술 쪽으로 몰아보면 논술시험의 구체적 의의는 일반인으로서 특히 전문인으로서 논술문 쓰기를 이용하여 사회 실천능력을 키워주기 위함이라 정리할 수 있다.

　창의적 사고력이나 종합적 사고력을 키워주기 위해 논술이 필요하다는 식으로 특정 요소를 강조하는 경우가 있다. 물론 논술은 이러한 사고력을 키워주는 좋은 장치이다. 그러나 그것이 목표일 수는 없다. 목표에 대한 부수적 효과라고는 할 수 있다. 창의적 사고력이나 종합적 사고력은 거의 모든 과목에서 강조하는 것이다. 논술은 철저히 글쓰기를 활용하여 사회 실천 능력에 초점을 맞추어야 한다. 특정 재주꾼이나 지식인, 언론인들이 글쓰기를 독점하는 시대는 지났다. 누구나 글을 써야 특정 언론인, 지식인들의 글 폭력을 막을 수 있으며 사회를 바람직한 방향으로 이끌어갈 수 있다.

물론 우리 현실에는 여러 가지 무리가 따른다. 논술이 입시에 도입되었을 때, 어느 학생의 아래와 같은 항변은 아직도 유효하지 않을까.

> 현재의 논술은 너무 피상적입니다. 교육은 12년 내내 주입식 또는 암기식이면서 논술은 전혀 그런 것을 벗어난 통합적 성격을 띠고 있으므로 우리들에게는 벅차지 않을 수 없지요. 논술도 점점 단편적으로 변하지 않을까 생각됩니다. 대학 당국에 바라는 것은 우리 수험생들에게 너무 많은 것을 기대하지 말아달라는 것입니다. 신문이나 뉴스 볼 시간도 제대로 주어지지 않습니다. 그런 우리에게 사회 비판적이고 통합적인 사고능력을 요구하는 것은 무리가 아닐까요? 우리의 입장이 되어주십시오. 이해가 가실 거예요. 참고로 말하자면 학교는 7시까지 가야 하고 10시 10분에 끝납니다. 학교에 7시까지 가려면 5시에 일어나야 되고 10시 10분에 끝나면 집에 가면 11시입니다. 이런 삶을 사는 데 복합적 사고를 하는 여유로움이 있을까요? 문제입니다.
>
> —고 3

위 학생의 항변은 일리가 있다. 논술이 여러모로 장점이 많은 장치이긴 하지만 그렇다고 논술만이 뭔가를 할 수 있다는 견해도 경계해야 논술이 지향하는 효과를 극대화할 수 있다. 아래와 같은 담론은 그런 견해를 지지해 준다.

> 지난 10일 여론광장에 실린 유현동씨의 〈논술교육 재고 필요〉라는 글에 깊이 동감하면서 교사로서 몇 가지 느낀 점을 쓰고 싶다. 많은 사람들은 대학입시에서 논술만이 우리 교육을 살리는 길이며 정상화시키는 것이라고 생각하고 있다. 물론 많은 독서는 사고를 풍부하게 하고 간접 경험을 얻는 데 어느 정도 기여하고 있는 것이 사실이다. 그러나 책상에서 만들어진 논리 정연한 글, 잘 짜인 글재주만으로 결코 그 사람을 평가할 수 없다는 것이다. 중요한 것은 책에서 접한 이론을 얼마나 실생활에 잘 적용해내느냐에 있다. 그동안 우리는 머리만 강조하는 교육에 치중해 왔다. 해마다 일류대 수석 입학생들의 소감은 대체로 없는 사람의 대변자로 가난한 사람을 위해 봉사하겠다는 것이지만, 시간이 지나면서 현실과 타협하며 자신의 명예와 부를 위해 살아가고 있는 것을 볼 수 있다. 이는 인식과 실천이라는 두 개의 다리 중에서 실천의 다리가 없기 때문이다. 때문에 논술 측정보다 더 중요한 것은 얼마나 봉사활동을 했으며 건전한 인생관을 가졌나로 측정해야 할 것이다. 우리에게 시급하고 필요한 교육은 머리만 큰 지식인의 양산이 아니라, 나보다 못사는 이웃을 생각하고 봉사하며 불의에 맞서 용기 있게 행동하는 사람을 길러내는 일일 것이다.
>
> 책을 수백 권이나 읽었어도 그것이 인식으로 끝나버려 생활에 모범을 보이지 않는

다면 논술시험은 공허한 메아리에 불과하다. 따라서 책 읽는 이론교육도 중요하지만 실천교육도 중요하기에 이를 함께 하는 교육제도가 실시되었으면 하는 바람이다.
　　　　　　　　　—이세정, '논술'보다 실천교육이 더 중요, ≪한겨레신문≫ 1995.2.14.

위 글의 내용은 논술이라는 형식적인 글쓰기보다 실제 실천이 중요하다는 것이다. 이런 주장은 현 실정으로 보아 타당성이 있을지 모른다. 그러나 논술과 실천이 따로 있는 것이 아니고 논술은 삶의 실천을 구성하는 한 요소이다. 서로의 생각을 주고받고 그래서 삶의 민주화를 이룰 수 있는 논술의 취지를 살릴 때 위와 같은 이분법적 인식을 벗어날 수 있을 것이다.

2 | 문제설정의 개념과 성격

문제설정은 어떤 대상이나 사물, 또는 사건에 대한 문제를 발견하고 해결하고자 하는 전략을 말한다. 문제 전략이다. "왜 그런가, 왜 그래야만 하는가, 과연 그런가, 그래서 어쨌단 말인가" 등등의 연속적 물음으로 구성된다.

문제설정은 문제의 맥락을 구성하는 것이다. 그렇다면 먼저 무엇이 문제인가를 발견하는 절차가 필요하다. 청소년 드라마를 가지고 문제를 설정한 다음 두 글을 보자.

며칠 전 문화방송의 청소년 드라마 〈나〉를 보았다. 〈사춘기〉가 끝나고 다시 시작하는 이 드라마 역시 청소년들의 순수하고 예민한 부분들을 다룬 내용이어서 성인인 나도 좋아하게 돼 매주 시청하고 있다.

그런데 지난번 내용 가운데 여학생 두 명이 나누는 대화 중 다음과 같은 말이 있었다. "…야, 남자애들이 너 갈구는 거 봤나?" 남학생과 말다툼하던 여학생이 "너 다음엔 거기를 까버린다." "쪽팔려…" 등등.

방송에 나오는 지나친 사투리도 커가는 아이들에겐 영향을 미칠 수 있다. 하물며 나쁜 말이야 어떻겠는가. 과히 듣기 좋은 것이 못되는데 이런 비속어들을 여과 없이 내보내는 방송사 쪽은 좀 더 세심한 배려가 있어야겠다. 요즘 청소년 탈선이 심각한 사회문제가 되고 있는 것을 안다면 가장 큰 영향을 주는 방송부터 건전하고 진솔한 내용을 다뤘으면 한다.
　　　　　　　　　—이화주, 비속어 남발 청소년에 악영향, ≪한겨레신문≫ 1996.9.1.14쪽.

지난 1일 여론광장면에 실린 독자의 글 〈내가 본 프로〉를 읽었다. 고교 3년생이기에 텔레비전을 볼 기회가 별로 없지만, 새로 방영 중인 〈나〉는 가끔 본다. 그 이유는 바로 그 독자가 지적한 '학생들의 신분으로 사용해서는 안 될 언어나 비어의 사용' 때문이다. 가끔씩 청소년 프로라고 이름 붙여진 것들을 보면 기가 막히기 이를 데 없다. 어른들이 '학생들은 이래서는 안 되지' 하고 미화시킬 대로 미화시켜 만들어놓은 인형 같은 아이들의 서툰 연기, 교과서에나 나올 법한 대사, 그런 걸 보고 동감할 사람은 아마 어른들뿐일 것이다. 그게 과연 청소년 프론지, 청소년 프로라고 이름 붙여진 어른들이 만든 세계인지 통 구분이 안 될 때도 있다. 하지만 예컨대 '갈군다'라든가 하는 말은 사실 우리 또래에선 일상어처럼 사용된다. 질 나쁜 아이들이 쓰는 속어가 아니라 또래의 일상어로서 입에 오르내리는 말들이 아직까지 질 나쁘고, 텔레비전을 통해 전해져서는 안 될 말로 취급되는 건 너무 구시대적이고 보수적인 어른들의 사고방식 아닐까.
　　완전히 믿지는 않지만 〈나〉린 프로를 좋게 생각하고 있다. 우리들의 언어로 얘기를 하고 우리들의 사고방식을 보여주니까. 오히려 지적해야 할 것은 선후배나 교사의 폭력을 당연시하는 시각일 것이다.
　　어른들의 기존 보수시각에 우리를 끌어넣어 맞추려 하지 말았으면 한다.
　　—이윤주, 〈어른들 보수적 시각서 재단 말아야〉, 《한겨레신문》 1996.9.8.14쪽.

　　첫 번째 글은 어른들 관점에서 비속어 문제를 중심으로 청소년 드라마가 청소년들에게 악영향을 끼칠 수 있다는 점을, 두 번째 글은 오히려 비속어 자체가 청소년 일상어로 좋은 드라마의 요건일 수 있음을 지적하고 있다. 똑같은 비속어라 할지라도 이화주 관점에서는 문제로 인식되고 이윤주 학생에게는 문제로 인식되지 않는다. 그 대신 이윤주 학생은 비속어가 쓰이지 않은 드라마가 오히려 문제로 인식되고 비속어가 쓰인 드라마에서는 폭력 문제가 주된 문제로 인식된다.

　　이러한 문제설정은 관점과 주장 설정을 포함한다. 어차피 무엇을 문제로 삼을 것인가는 나름대로의 관점과 자신의 생각을 구성해 가는 과정이다. 이화주의 문제설정은 비속어에 대한 부정적 관점, 어른들 관점에서 나온 것이며, 이윤주의 문제설정은 비속어에 대한 긍정적 관점, 청소년의 관점에서 나온 것이다. 당연히 이화주는 청소년 드라마에서 비속어를 쓰면 청소년에게 안 좋으니 쓰지 말자는 주장을, 이윤주는 오히려 일상어인 비속어를 써서 진정한 청소년 드라마가 되어야 함을 주장하고 있다.

　　그렇다고 문제설정이 개인 마음대로 설정되는 것은 아니다. 개인의 능동적인 힘도 중요하지만 그러한 힘이 대상과의 상호작용을 어떻게 하느냐가 중요하다. 상호작용의 과학성을 위해 문제에 대한 분석과정이 필요하다. 여기서의 분석은 세밀한 검증과정을 뜻하지는 않는다. 세밀한 검증은 문제가 1차로 설정된 상태에서 발전적으로 검증된다. 그러니까 1차 문제설정은 분석과정에서 바뀔 수 있다. 주된 분석은 핵심 논증으로 이루어진다. 논증은 원인이나 전제, 논거로 이루어진다. 이화주는 주로 비속어 등이 청소년들에게 잘못된 영향을 미친다는 전제에 기대어 청소년 드라마는 계몽적이어야 한다고 문제를 설정하고 있고, 이윤주는 비속어는 자연스러운 일상어일 뿐이고 청소년 드라마는 청소년 세계를 그대로 보여주어야지 의도적인 계몽성을 띠어서는 안 된다고 문제를 설정하고 있다.

이러한 문제설정은 각자가 주체로 설정될 수 있는 적극적 전략이다. 청소년 드라마에 대한 견해가 서로 다르더라도 두 사람 모두 그러한 사회 현상을 능동적으로 인식하고 참여함으로써 능동적 주체로 구성될 수 있는 것이다. 다시 말하면 아무 문제의식 없이 드라마를 수동적으로 소비한다면 드라마에 종속되는 것이지 즐기는 것은 아니라는 얘기다.

문제설정은 대상을 과학적으로 인식하는 절차이다. 드라마는 당연히 복합적인 구성물이다. 탤런트, 대화, 제작자, 시청자 등 여러 요소가 엉켜 있다. 그리고 문제를 설정함으로써 드라마의 실체를 좀 더 분명하게 인식하게 된다.

그렇다고 문제설정이 대립 의식의 산물은 아니다. 비판적 공존의 밑바탕이다. 위 두 사람이 서로 문제설정으로 토론을 하지 않았다면, 서로의 생각은 독선 그 자체에 머물러 있었을 것이다. 서로가 각자의 주장만이 옳다는 것을 입증하기 위해 토론하는 것은 아니다. 상대방 견해를 받아들이는 것도 토론이다. 물론 두 사람이 한 번의 토론으로 문제가 해결된다는 것은 아니다. 하지만 이런 작은 토론이 해결의 주요 전략이 되어야 한다. 결국 문제설정은 비판적 사고력과 창의적 사고력의 출발 지점이자 도달 지점이다. 문제설정을 제대로 하지 못하는 사람에게 비판력이 있을 수 없고, 창의성이 있을 수 없다.

더욱 중요한 것은 문제설정은 실천적 문제제기이다. 단순하게 문제를 제기하는 데에 그치는 것이 아니라, 어떻게 문제를 해결할 것인가가 함께 고려하여야 하기 때문이다.

3 | 문제설정 방법과 실천

열린교육을 한마디로 지적한다면 학생 스스로 문제설정할 수 있는 능력을 키워주는 것이다. 논술은 그러한 열린교육을 위한 좋은 장치가 될 수 있고 문제설정은 논술에서 아주 큰 구실을 한다.

먼저 맥락이나 배경을 중요하게 여긴다. 맥락은 어떤 사건이 있기까지의 과정이요 흐름이다. 두 해 전에 중학생의 출산 문제 때문에 시끄러운 적이 있었다. 그런데 거의 모든 신문이 청소년들의 성이 문란해졌다는 것을 대대적으로 보도했다. 아무 문제설정 없이 그런 보도를 보면 그저 "과연 심각하구나." 조금 나아가면 "나는 그런 적 없는데 어떤 놈들이 우리 청소년의 물을 흐려놓을까." 정도가 고작이다. 그러한 보도 태도는 맥락을 몰라서이거나 아니면 진짜 원인을 은폐하려는 불순한 의도가 있거나이다. 신문이 떠들어댄 논리대로라면 그 중학생이 성폭행을 당한 것은 성이 문란해서 그런 셈이 된다. 많은 미성년자들이 성폭행이나 성추행을 당하는 것이 그들의 잘못이라는 태도이다. 조금이라도 문제의식을 갖고 읽는다면 이런 주장이 얼마나 비논리적이고 황당한지를 알 수 있다. 가해자들의 대부분은 어른들이며, 그들은 무척 도덕적인데 어쩌다가 그랬다는 말인가. 이러한 입장에 따른 문제설정은 우리 삶을 왜곡하거나 잘못된 방향으로 이끄는 사회의식이나 구조에 종속되는 것을 막아주고 우리 삶에 떳떳한 주체로 서게 한다.

위와 같은 맥락으로 볼 때 문제설정은 결과보다 과정을 중요시한다. 물론 과정이나 결과를 이분법적으로 바라보는 것 자체가 문제다. 결과는 다시 원인으로 구성되기 때문이다.

누구나 다 문제설정을 적극적으로 하는 것도 아니고 또 똑같이 하는 것도 아니라면 문제설정 능력은 어디에서 오는가. 그것은 삶에 대한 진지한 자세와 적극적인 태도에서 온다. 삶에 대한 고민과 사색이라고 해도 좋다. 자율학습이 괴롭더라도 그것에 대해 고민해 보지 않으면, 그래서 그 문제에 대해 골똘하게 생각하지 않으면 문제설정은 제대로 이루어질 수 없다. 일부 사람들은 문제설정 능력이 배경지식에서 온다고 한다. 꼭 그렇지는 않다. 배경지식은 문제설정을 도와줄 뿐이다. 그 잘난 명문대학에서 많은 지식을 쌓았어도 자신의 주변 삶에 대해 문제설정을 한 번도 못하고 살아가는 숱한 사람들을 보고 있지 않은가. 배경지식의 중요성을 과소평가하는 것은 아니다. 배경지식이 없어서 설득력 있는 문제설정을 하지 못하는 경우가 많다. 앞에서 '자율학습'에 대해 문제설정을 했던 학생은 "교육은 다양한 경험으로 창의적인 생각과 행동을 하도록 자극하고 유도하며 길을 열어주는 것이다."라고 중요한 배경지식을 차용하고 있다. 이런 지식이 없다면 위와 같은 문제설정이 힘들었을 것이다. 그렇지만 이 학생에게 더욱 중요한 것은 인간다운 삶은 무엇이며, 학생은 무엇이며 교육은 또 무엇인가 하는, 학생으로서 자신이 처한 삶에 대한 진지한 자세이다. 그래서 교육에 관한 배경지식을 자신의 삶 한복판으로 적극적으로 끌어올 수 있는 것이다. 물론 배경지식은 이런 문제설정을 더욱 구체화하고 논증하는 데에 많은 도움을 준다. 결국 문제의식은 잘못된 지식이나 이념에 종속되는 것을 막아주고 주체로 당당하게 서게 하는 장치이다. 문제의식이 있을 때 우리는 삶의 여러 문제를 깊이 있게, 총체적으로 바라볼 수 있게 된다.

결국 문제를 문제답게 제대로 인식하고 문제 해결을 모색하기 위해 글쓰기 특히 논술문 쓰기는 중요한 구실을 한다. 물론 글 자체가 꼭 그런 문제를 해결한다는 뜻이 아니라 해결을 위한 효과적인 수단 중의 하나이다.

적극적인 문제설정은 적극적인 분석을 낳는다. 그것이 사유다. 다시 강조하거니와 삶의 적극적 인식에 따른 고민은 정당한 문제설정이 되어 합리적인 분석으로 이어질 수 있다. 물론 합리적인 분석은 당당한 주장으로 이어진다.

문제설정은 조금 막연하게 제기될 수도 있고 구체적으로 제기될 수도 있다. 그리고 잘못된 방향으로 설정될 수도 있고 바람직한 방향으로도 설정될 수 있다. 다시 말해 어떤 방식으로 문제를 설정하느냐가 중요하다는 것이다.

4 | 다양한 문제설정과 논술

일단 학생들에게 특정 관점의 문제설정을 유도해서는 안 될 것이다. 다양한 문제설정을 유도하고 토론하여 어떤 문제설정이 우리에게 필요한 것인지 스스로 선택하게 해야 한다. HOT의 강타가 대학 진학을 특차가 아닌 방법으로 철학과에 진학하겠다고 했다가 실제로는 특차로 연극영화과에 진학한 사건을 가지고 문제설정에 따라 논술이 어떻게 이루어지는지 보도록 하자.

〈실망했다 HOT(에이취오타) 강타〉

연말연시 각종 언론 매체의 가요대상을 휩쓴 HOT는 10대 청소년층의 전폭적인 지지를 받고 있는 그룹이다.

바야흐로 팬들은 다른 경쟁그룹이나 가수들에 맞서 이들을 적극적으로 옹호할 뿐 아니라 HOT 멤버 중 누가 더 멋진가를 두고 촉각을 곤두세울 지경에 이르렀다. 어른들이 보기에는 장우혁과 문희준의 차이가 뭐 그리 큰가 싶지만 열성 팬들 사이에서는 이들의 말 한마디, 동작 하나를 놓고 열띤 토론이 벌어진다. 요즘 10대들 입에 자주 오르내리는 젝스키스, 태사자, SES, OPPA, NRG 등 암호에 가까운 이름을 가진 그룹들은 모두 이처럼 조금씩 다른 매력을 갖고 있는 멤버들로 구성되어 있다.

이런 그룹에는 리더가 있기는 하지만 서태지와 아이들처럼 뚜렷하게 부각되는 대장은 없다. 한 멤버가 텔레비전에 출연해서 직접 말했듯이 이들은 모두 춤을 대단히 잘 추고 노래를 썩 잘하며 유머가 있다. 물론 하나같이 잘생겼다. 아니 좀 더 나누어 보자면 예쁘게 생겼거나 귀엽거나 세련됐거나 수줍거나 아니면 터프하다. 그러니까 몇 가지 유형으로 분류되는 순정만화 속 주인공들처럼, 보는 사람들에 따라 각기 다른 동일시를 할 수 있는 노릇을 떠맡고 있는 것이다. 실제로 이들은 각종 쇼프로에서 종종 드라마의 주인공으로 등장한다.

그렇기 때문에 솔직히 말하면 곡의 완성도가 크게 문제 될 것 없고 음악 실력이 차지하는 비중도 그리 크지 않다고 할 수 있다. 그보다는 10대 청소년들과 유사한 처지에 있으면서도 한 발씩 앞서 있는 판타지의 대상으로서 일찌감치 그 스타의 인격 전체가 부각되어 있는 것이다. 그런 맥락에서 이들이 립싱크를 하냐 아니하냐 혹은 이들의 노래가 표절이냐 아니냐는 따질 일도 못된다. 오히려 강타가 번듯한 4년제 대학에 들어갔다는 사실이 훨씬 긴급한 사안이 되어버린다.

놀 때는 놀더라도 공부할 때는 공부해야 한다는 어른들의 환상도 함께 현실화시킨 이 주인공은 왜 대학에 들어가야만 하는가 하는 그 흔한 질문조차 던지지 않는다. 어떤 대학을 가느냐보다는 어느 과를 선택하느냐가 중요했기 때문에 철학과를 갈까 한다는 애초의 그의 발언은 농담이 되어버렸다.

그리하여 이제 특차로 입학한 대학에서 휴학과 복학을 반복하겠지만 그럭저럭 졸업장은 타게 될 거고, 그러다가는 요즘 유행처럼 비슷한 용모에 비슷한 처지의 연예인과 연애결혼에 이르게 될지도 모르겠다. 결국 서로 조금씩 다른 것같이 보였던 그 인물들은 통상적인 규범 질서에서 한치도 벗어나지 않은 채, '따로' 또 '같이'를 외치고 있는 셈이다.

애초 대중문화라는 것이 그렇게 보수적인 거 아니냐고 냉소적으로 되묻는다면 할 말은 없다. 그러나 다양한 문화를 갖지 못한 우리 사회에서는 한 가지 문화에서 서로 다른 역할들을 발견하고 키워나가는 것이 좀 더 현실적 대안일 수 있다는 점을 기억해 둘 필요가 있다. 그런 점에서 강타는 진짜 스타가 될 절호의 기회를 놓쳐버린 셈이다.

— 백지숙, 〈문화 안과 밖〉, ≪한겨레신문≫, 1998.1.8.18쪽.

〈실망했다 HOT…〉를 읽고

나는 고등학교 2학년 학생이다. 문화비평가 백지숙씨의 〈실망했다. HOT 강타〉라는 글을 읽고 필자에게 할 말이 있어 이 글을 쓴다.

필자의 글은 음악성으로 평가받는 가수를 뛰어넘어 하나의 이미지로 청소년들에게 다가간 HOT 멤버 강타의 대학 입학을 문제 삼고 있다. 요지는 다원화한 사회에서 가수라는 구실에만 충실해야 할 강타가 대학에 진학을 한 것과, 철학과를 지망하던 그가 4년제 대학에 가려고(?) 진로를 바꾼 것 때문에 실망했다는 것인데, HOT의 활동을 지켜본 팬의 한 사람으로서 몇 가지 지적하고자 한다.

강타는 대학 입학시험이 있기 전에 철학과에 가고 싶지만 점수가 나올지 모르겠다고 아쉬워하면서 연극영화과나 실용음악과에 진학해서 좀 더 많은 것을 배우고 싶다고 했다. 또, 강타의 4년제 대학 진학은 대학에 꼭 가야만 한다는 사회의 논리를 따른 보수적인 행동이 아니라 연극영화과에 진학해 많은 것을 배우는 다른 연예인들처럼 사회에서 자신이 맡고 있는 역할을 더욱 충실히 이행하려는 것으로 보인다.

나는 그가 연극영화과를 선택한 것이 자신의 소질을 살린 선택이었다고 생각한다. 바로 '서로 다른 역할들을 발견하고 키워나가는 것이 좀 더 현실적인 대안일 수 있다.'는 필자의 논리에 맞고, '왜 대학에 가야 하는가.' 하는 질문에 대한 답이 된다고 본다. 그런데 왜 필자가 실망했는지 알 수 없다.

또 하나는 '강타는 진짜 스타가 될 절호의 기회를 놓쳤다.'는 것에 대해서다. HOT가 엄청난 영향력을 가지게 된 것은 기획과 방송의 구실도 있지만 그들의 노력하는 모습이 많은 이들에게 긍정적으로 와닿았기 때문이다. 가수이기 이전에 학생으로서 자신의 미래 꿈을 위하여 대학에 진학하고 싶은 것도 문제인가. 힘든 스케줄 속에서도 열심히 공부하는 모습을 보고 청소년들이 무엇을 느꼈겠는가. 요즘 청소년들은 꿈이 없고 나약하다고 자주 말한다. 강타는 우리에게 꿈을 위해서라면 노력해야 한다는 당연한 진리를 가르쳐준 것이다. 그것이 진짜 스타가 해야 할 일 아닐까. 차라리 강타보다는 수능시험이 끝난 날 이리저리 불러댄 방송국이 더 실망스럽다.

— 이효인(대일외고2), ≪한겨레신문≫ 1998.1.10.13쪽.

두 사람이 논쟁하게 된 것은 각자의 문제설정이 다음과 같이 다르기 때문이다.

백지숙의 문제설정

진정한 스타란 무엇인가. 상당한 실력도 있고 대중들의 인기도 좋은 그가 통상적·규범적 질서를 꼭 따라야 했나. ➡ 진정한 스타의 길이 아니었다. 실망했다.

이효인의 문제설정

HOT의 연극영화과 대학 진학은 다른 연예인들처럼 사회에서 자신이 맡고 있는 역할을 충실히 하려는 것인데 실망할 필요가 있나. ➡ 강타 대학 진학은 그의 정당한 선택일 뿐이며 우리에게 꿈을 위해서라면 노력해야 한다는 진리를 보여준다. 진정한 스타의 길이다. 실망할 필요가 없다.

그러니까 두 사람은 진정한 스타에 대한 관점이 다르고 문제설정이 달랐기 때문에 대립된 논술을 하게 된 것이다. 그리고 문화평론가와 고등학생을 대등한 입장에서 비교 분석했지만 나는 개인적으로 효인양을 크게 평가하고 싶다. 누가 옳다 그르다를 떠나 입시에 타율학습에 바쁜 고등학생이 전문 평론가의 글에 이의를 제기하며 당당하게 신문에 투고를 하지 않았는가. 효인양은 아래 지적처럼 왜 물어야 하는가를 잘 보여주었다.

　　효인 학생의 글 또한 똑 떨어지고 야물딱지게, 자기 하고 싶은 말을 한 것에 칭찬해 주고 싶다. 자신의 생각을 글로 표현해 보고, 또 그것을 신문이라는 지면에 나오게 했다는 정신이 좋다. 그러나 아직도 많은 아이들이 효인이와 같지 않게 '왜?'라는 단어를 쓰는 데 어색해한다.

　　'왜 그럴까?' '왜 이렇게 하면 안 될까?' '어째서 꼭 그렇게 해야만 되는 걸까?' 하고 길든 순한 양이 되어버린 것에는 우리 선생님들과 부모님들의 책임이 크다고 본다. 어려서부터 그저 하라는 대로 잘하고 어른들에게 대들지 않으면 착하다 착하다 하고, 학교 들어가면 모범생이라는 훈장을 달아주며 이뻐한다.

　　'왜?' 하고 비판하고 대드는 아이에게는 가차 없이 버릇없는 놈이고, 말썽꾸러기라는 딱지를 붙여준다. 그들에게 '왜?' 하고 생각할 여유를 주지 않는다. 생각할 시간을 주고 기다려주지 못하는 우리 어른들 때문에 아이들은 점점 더 생각이 닫혀져만 간다.

그래도 요즘 젊은 신세대 엄마들은 기성세대보다는 많이 나은 것 같아 다행이다. 우리 모두 아이들에게 이야기할 시간을 주고 여유 있게 비판해 주길 기다리자. 그러면 아이들 생각이 창의적으로 열릴 것이다.

―강성열

그럼 여러 선생님과의 토론을 바탕으로 좀 더 풍부한 문제설정의 세계로 들어가 보자. 일단 신문에서의 논쟁은 다음 이석진의 견해까지 실렸다.

문화비평가 백지숙씨의 문화시평 〈실망했다. HOT의 강타〉(≪한겨레신문≫ 8일치 18쪽)에 대한 이효인양의 반론에 대해 다른 의견을 제시하고자 한다.

이효인양의 반론을 보면 이효인양은 기성세대가 만들어놓은 틀 안에 살면서 자신의 선택이 진정한 자신의 선택이라고 믿고 있는 것 같다. 먼저 모든 연예인들이 대학에 진학해 열심히 살고 있다고 했는데, 과연 현실적으로 연예인들이 대학생활을 성실하게 하고 있는지 의심스럽다. 강타의 선택 또한 정당하다고 했는데, 백지숙씨는 강타의 선택이 실망스럽다고 한 것이지 부당하다고 한 것은 아니므로 이는 초점을 벗어난 주장이라고 할 수 있다.

그리고 대학에 가는 것이 백지숙씨가 말한 대로 서로 다른 역할들을 발견하고 키워가는 대안이라고 주장하고 있으나, 어떻게 현재 하는 일이나 평소 지망하던 학과와 관계없이 안전한 합격을 우선한 대학 진학이 서로 다른 역할을 발견하는 것인가. 그것은 우선 대학을 가고 봐야 한다는, 기성사회가 만들어놓은 틀에 불과하다. 백지숙씨가 실망스럽다는 것은 바로 그런 점일 것이다. 또한 HOT는 노력하는 모습을 보여주었다는데, 강타는 특차전형이라는 쉬운 길을 선택한 것뿐이다.

끝으로 한마디 덧붙이고 싶은 말은 HOT는 만들어진 그룹이란 점이다. 그들이 아무리 음악적으로 실력이 있고 다양한 재능을 갖추고 있더라도 현재로서는 자생력이 없기 때문에 스스로 자신들을 단련하지 않으면 언제 대중의 관심으로부터 멀어질지 모르는 것이다. 지금도 팬들의 가슴에 살아 있는 서태지를 다시 떠올려 보기 바란다.

―이석진

이석진은 백지숙의 문제설정을 기성세대의 틀(특차 제도, 스타 시스템)을 강조하면서 지지하고 있다. 그렇다면 기성세대의 관점이 아니라 이효인처럼 청소년들의 관점에서도 문제를 설정할 수 있다.

백지숙님과 이효인 학생의 글을 읽어보니 과연 진정한 스타는 어떤 부류의 사람일까 궁금해신다. 문화비평가인 백지숙씨의 말은 HOT의 강타가 예정대로 '철학과'로 진학을 했더라면 진정한 스타가 될 뻔했는데 아쉽다는 뜻이었다. 강타가—'연극영화과'에 진학한 것으로—진짜 스타가 될 절호의 기회를 놓쳐버렸다고 했는데, 백지숙씨께서는 혹시 '연예인이란 원래 그런 것—한 입 가지고 여러 말 하는—이라는 선입견을 갖고 이 글을 쓴 것이 아닌가 묻고 싶다.

강타 역시 우리 주변의 다른 청소년들과 다를 바 없는, 아직은 기성세대의 따뜻한 보살핌이 더 필요한 그런 아이들 중 한 명이라고 생각한다. 나는 그런 뜻에서 강타가 대중들에게 말했던 '철학과'에 지망하고 싶다던 발언을 지키지 못한 것에 부정적인 생각은 가지고 있지 않다. 아직 인생의 절반도 살지 않은 나이이기에 목표가 바뀔 수도 있지 않은가? 물론 아무리 어린 나이라고 하여 아무런 계획도 없이 이 말 저 말 지키지도 못할 말을 늘어놓는 것은 바람직하지 않지만 지켜보는 우리들이 강타의 뒤바뀐 '전공'을 문제 삼는 것은 지양해야 할 일이라고 생각한다.

또 "특차로 입학한 대학에서 휴학 복학을 반복하겠지만 그럭저럭 졸업장은 따게 될 거고…"라는 말에 이의를 제기하고 싶다. 다수 연예인들의 대학생활이 바쁜 스케줄 핑계로 그렇다고 치자. 그러나 내가 알기로는 여느 학생 못지않은 열의와 정성으로 대학생활을 하는 연예인도 많은 것으로 알고 있다. HOT의 강타는 대학을 아직 입학하기도 전인데, 단지 유명인이라는 이유로 일간지 가십거리로 등장시킨 점은 좀 더 생각해 봐야 할 문제가 아닌가 싶다. 강타 역시 우리 주변의 다른 10대들과 마찬가지로 힘든 10대를 보낸 청소년인데도 불구하고 그는 오히려 입시교육에 찌들어 있는 다른 청소년에게 이어폰 하나만 끼면 잠시라도 힘든 현실에서의 탈출구가 될 수 있게 해 준다. 그 점에 대해 나는 HOT와 청소년들이 열광하는 다른 '스타'들에게 고마움을 전하고 싶은 심정이다. '대중적인 스타'이기 이전에 강타도 입시 위주 교육의 피해자 중 한 사람이라는 것을 강조하고 싶다. 그러므로 나는 이효인 학생의 글에 더 공감하는 바 크다. 진정한 '스타'란 무엇인가?

— 오혜경

오혜경은 강타는 연예인이기 이전에 일반적인 청소년이라는 관점에서 문제를 제기하고 있다. 그렇다면 강타의 선택은 기성세대 틀에 따른 잘못된 선택을 한 주체이기보다는 잘못된 기성세대 틀로 말미암은 피해자일 뿐이라는 것이다. 이런 대립된 문제설정대로라면 결국 세대 차이 문제로 보는 문제설정이 가능하다.

이 글은 HOT 멤버 중 강타에 대한 대학 진학 선택에 따르는 문제의식과 그러한 문제의식을 발전시킨 과정에서 나타난 서로의 견해 차이다.

백지숙씨는 재질 있고 인기를 끌고 있는 강타가 굳이 다른 연예인과 같이 통상적인 길을 따를까 하는 면에 주안점을 둔 반면, 이효인양은 강타의 진학을 연예인으로서의 역할론으로 분석한 점이 다르다.

이렇게 생각이 달라진 것은 대학 진학이란 변화를 바라보는 관점과 스타를 바라보는 관점이 다르기 때문인데, 백지숙씨는 강타의 선택을 통상적인 기존 연예인의 선택과 동일시한 입장에서 바라본 반면 이효인양은 자기실현의 적극적 관점으로 바라본 면이 서로 다르다고 볼 수 있다. 스타에 대한 개념조차도 백지숙씨는 다른 것을 추구하는 개성을 진정한 스타의 요건으로, 이효인양은 강타의 노력하는 자세를 진정한 스타의 요건으로 본 차이다.

아마도 이 글은 기성세대와 신세대의 사고 차이에서 비롯된 것이 아닐까 싶다. 기성세대는 공인으로서의 말에 대한 책임과, 스타는 일반인과는 다른 무엇이 있어야 한다는 개인보다는 전체에 비춰지는 모습을 중요시한 반면, 요즘 자라나는 세대는 남에게 비춰지는 모습보다는 스스로 자신에게 충실하고 노력하는 즉 개인의 의사를 존중하는 시각 차이가 있다고 볼 수 있다.

양쪽 글 모두 공감되는 면이 많다. 단지 어떤 문제가 생기면 문제제기와 더불어 문제의식을 지니고 키워나가야겠다는 생각은 떨쳐버릴 수 없다.

— 백은진

무엇을 더 우월한 가치로 보느냐에 따라 신세대와 기성세대의 관점이 다르게 나타난다. 그런데 이런 식으로 세대의 시각 차이에 대한 문제에만 관점을 두면 강타의 구체적 선택 행위가 주는 의미가 퇴색될 수 있다. 그렇다면 다음으로는 이런 사건이 문제가 되게끔 만든 언론의 보도 태도와 입시제도 자체에 대한 것으로 문제를 설정할 수도 있다.

HOT 강타의 대학 진학 문제가 무슨 논쟁거리가 될까 하고 한참 생각해 보았다. 어느 시대든 그 나름대로의 우상이 존재하듯 각자 나름대로의 요즘 신세대의 우상일 것이다. 그러나 저는 또 다른 의미에서 백지숙씨의 의견에 대해 이렇게 생각한다.

대중문화가 우리에게 미치는 힘은 가히 핵폭발에 가까울 것이다. 그들 중 특히 HOT 멤버들의 동정은 그들의 팬들뿐만 아니라, 많은 사람들의 중요 관심사항이 아닐 수 없다. 그뿐만 아니라 강타의 이번 대학 입학은 각 방송국들의 특별한 관심사항이었을 것이다.

각 방송국들이 수능시험 당일뿐 아니라 그 이전 그 이후에 강타의 일거수일투족을, 앞다투어 경쟁적으로 취재했기에 파파라치에 희생된 영국의 왕세자비 다이애나가 무색할 정도로 그가 곤혹스러웠으리라 생각된다. 강타가 그런 어려움을 겪어내고 자기가 원하던 과는 아니었더라도 자기의 특기를 살릴 수 있는 연극영화과에 입학한 것에 대해 축하의 박수를 보낸다.

강타는 아직 어린 학생이다. 그런 강타에게 너도 별수 없이 특차로 입학한 대학에서 휴학과 복학을 반복하고 그럭저럭 졸업을 하게 될 것이라고 한 필자의 의견에는 동조할 수가 없다.

특차로 입학한 모든 학생이 그럭저럭 해서 졸업이나 하려고 하지는 않을 것이다. 더 열심히 공부하는 학생이 많으리라고 생각한다. 철학과에 간다고 모든 철학과 학생이 철학도가 되는 것도, 연극영화과에 간다고 모두 연예인이 되는 것도 아닐 것이다.

어떤 대학에 가느냐보다 어느 과를 선택하느냐가 중요했기 때문에 철학과를 갈까 한다는 애초의 발언이 농담이 되어버렸다는데, 세상을 많이 살아보지는 않았지만 살아가다 보면 내가 원하던 대로 이루어지는 일은 거의 없을 것이다. 최선의 선택을 할 수 없다면 차선을 택할 수밖에 없는 것이 현실이다.

차선의 선택을 한 강타에게 실망할 것이 아니라 우리나라의 입시제도에 문제점은 없었을까, 생각해 보았다. 대학 입학 때 자기의 진로를 결정하기에는 너무도 어린 나이가 아닐까?

좀 더 공부해 보고 생각해 본 후에 결정되어야 할 것이다.

철학과에 가고 싶다고 했다고 꼭 철학과에 진학해야만 진정한 스타였을까?

지금까지처럼 열심히 노력하고 최선을 다하는 모습을 계속할 수 있다면 단발에 그치는 스타가 아니라 우리의 기억 속에 오래 남을 수 있는 그런 스타가 될 수 있지 않을까.

더욱 열심히 하는 HOT를 기대하면서…

— 손혜정

강타의 선택을 차선의 선택으로 본 것 자체가 강타에 대한 우호적 문제설정임을 알 수 있다. 차선의 선택은 선택 자체를 아예 뒤집은 것이 아니라는 점을 보여주는 것이기 때문이다. 진학 그 자체보다는 자신의 일(노래)에 대한 노력으로 스타성 여부를 평가하자는 관점이다.

이런 측면에서 아래와 같이 공부 위주의 잘못된 우리 사회 모순 비판과 적성의 변화로 강타를 옹호하는 문제설정도 있다.

〈실망했다 HOT 강타〉에 대해서

나는 사실 30대 주부로서 강타에 대해서는 자세히 알지 못한다. TV와 잡지, 일간지 등에 흔히 오르내리는 그들에 대해 초등학교 2학년인 딸만큼도 뭐 하나 알고 있는 것이 없지만, 강타의 대학 진학 문제에는 나도 한 가지 말하고 싶은 것이 있다.

스타 강타가 모든 사람들에게 더욱 인기가 있었던 것은 학력 위주의 우리나라에서 노래를 부르는 가수이기도 하면서 공부를 잘한다는 점이 더욱 매력적으로 느껴졌기 때문일 것이다. 놀 때는 놀고, 공부할 때는 공부하는 그의 모습은 학부모와 10대 학생 모두에게 만족감을 줄 수 있는 모습이었을 테니까 말이다.

그러나 나는 스타가 아닌 한 인간의 모습으로 강타의 대학문제를 들여다보고 싶다. 사람들은 자라나면서 수시로 그의 희망이 바뀌는 것을 볼 수 있다. 그때 그 희망은 상황에 맞추어 조금씩 수정된다. 그리고 거기에 가까이 가는 모습으로 과정도 변화를 거친다. 어려서는 대통령, 좀 더 자라서는 선생님, 더 자란 후에는 그도 저도 아닌 샐러리맨, 사회 봉사자 등 그러나 그중 어느 한순간이 그의 전반적인 인격형성에 크게 영향을 미치지는 않는다고 생각한다. 전체가 계속 변화하면서 매 순간 노력할 때 그 사람의 모습은 빛난다고 본다.

어른 입장에서 공부 쪽에 초점을 맞추어 스타를 결정지으려는 모습은 옳지 못하다는 생각이다. 강타가 더욱 나은 삶을 살기 위해 어떤 생각을 하든 어떤 결정을 내리든 그것은 도덕에 어긋나는 경우가 아닌 한, 더욱이 대학 진학의 문제에서는 그가 스타라는 것에는 별로 변화가 없다고 생각한다. 우리가 그의 노래를 사랑하고 그를 사랑한다면 그의 선택도 존중해 주어야 한다고 생각한다.

— 김종은

우리가 그의 노래를 사랑하는 만큼 그의 선택도 존중해야 한다는 마지막 문장이 너무 인상적이다. 공부를 결합하여 스타성을 따지는 우리 사회 풍토도 마땅히 문제를 삼아야 한다. 그런데 선택이 중요하다면 살아가는 방법도 중요할 것이다. 다음 글은 그런 관점에서의 문제설정이 돋보인다.

가정의 평범한 주부로서 한겨레신문의 백지숙씨 글과 이효인양 글을 읽고 한마디 하고자 한다.

백지숙씨의 글과 이효인양의 글은 어느 쪽에도 치우침이 없을 정도로 공감 가는 글이다. 백지숙씨의 글은 만인의 스타인 공인으로서 책임지지 못할 말을 쉽게 내뱉은 것에 대해 실망했다는 내용인데 그것은 어느 누구나 공감할 수 있는 말이다. 누군가가 철학과를 원한다고 말했다면, 대학보다는 과가 더 중요해서 선택한다고 말했다면, 우리들은 저 사람 그래도 제대로 된 생각을 가지고 있고 가치관이 뚜렷이 정립된 사람이라고 인정할 것이다.

철학과를 선택한다는 마음을 굳히기까지는 분명 쉽지 않았을 것이다. 그것은 그렇게 쉽게 없던 말로 해버릴 만큼 가벼운 결정은 분명 아니다. 그럼에도 불구하고 HOT의 강타는 자신의 진로를 뒤집었다. 그것은 결국 내면에 있는 많은 생각들을 바꾸어버렸다는 이야기라서 그 말의 무책임을 탓하지 않을 수 없다.

이효인양의 글은 자신의 소질을 잘 알고 택한 현명하고 현실적인 선택이었다고 했다. 그렇다. 세상이란 이론으론 안 되는 일투성이이고, 자신의 희망대로 원하는 과를 택하지 못하게 만드는 것은 우리 사회와 기성세대들일 것이다.

강타군이 철학과에 갔다면 어떠했을까? 인생에 대한 많은 것들을 의문시하며 탐구했을까? 그러나 그는 가수이고 가수 생활을 병행하며 철학과를 다닌다면 그의 직업에 충실할 시간은 그만큼 줄어들 것이다. 둘 중의 하나에 몰두해야 하는데 이것도 저것도 아닌 상태가 될 수도 있다. 강타군의 음악적 소질을 위해서라면 철학과를 선택하지 않은 것이 현실적인 방안이었다는 말 또한 공감한다.

그러나 나는 강타군의 선택을 그에게 맡기는 것이 좋지 않을까 한다. 평범한 대한민국의 학생으로서 어느 누구처럼 이럴 수도 저럴 수도 있다. 어떤 결론을 내렸든지 간에 어느 누구도 그만큼 많이 생각하고 고뇌하지는 않았을 거란 생각이다.

어느 과가 중요한 것이 아니고 어떻게 살아가는가가, 얼마나 최선을 다해 사는가가 중요한 것이 아닐까?

— 황영미

그가 그 누구보다 더 많이 고민했을 거라는 타자에 대한 따뜻한 배려, 이것도 귀중한 문제설정이다. 그렇다면 그가 어느 과를 선택했느냐보다는 어떻게 살아가는가를 눈여겨보면 될 것이다. 그렇다면 이제 우리는 백지숙과 이효인의 문제설정을 좀 더 냉정하게 견줘볼 필요가 있다.

특정 연예인인 HOT의 강타가 4년제 대학 연극영화과에 진학한 것에 대해 백지숙씨는 부정적인 시각으로, 이효인양은 긍정적인 관점으로 바라본다.

수많은 고 3 학생들의 대학 진학 중에서 유독 강타의 학과 선택이 문제 삼아지는 이유는 그가 연예인, 흔히 말하는 스타이기 때문이다. 강타는 10대들의 우상이라고 할 만큼 인기 있는 스타이다. 10대들은 그의 옷차림 하나하나, 말투 하나하나도 그냥 흘려보내지 않는다. 팬들의 시선, 더 나아가 온 국민의 시선을 받고 있다는 점에서 연예인은 공인으로 대접받는다. 연예인의 음주운전이 일반인의 음주운전보다도 더 머리기사화 되는 것은 이러한 맥락에서이다.

백지숙씨는 강타가 또래인 10대들에게 영향을 끼칠 수 있는 공인이기에 그의 선택을 안타까워하고 있는 것이다. 강타가 애초의 목표대로 당락에는 상관없이 철학과를 지원했다면 여느 연예인들과는 다른 개성을 지닌 공인이 될 수 있었을 것이다. 이처럼 백지숙씨는 강타가 공인이기에 우리나라의 보수적인 대중문화에서 일탈적인 개성을 보여주기를 바랐던 것이다.

그에 반해 이효인양은 강타를 가수이기 이전에 학생, 공인이기 이전에 한 개인으로서 존중해 주기를 바란다. 스타도 인간이라는 근본적인 전제하에 강타의 노력이 다른 10대들에게 모범이 될 수 있고, 그의 선택은 연예인의 길을 가기 위해서는 정당한 것이라 생각한다.

다만, 시각이 다른 두 사람 모두 강타가 가수 활동과 학교 공부를 동시에 열심히 했다는 점에서는 일치된 의견을 보여준다. 그러나 문제가 된 학교 선택에 대해 나는 두 사람에게 이런 말을 하고 싶다. 만일 백지숙씨의 기대대로 강타가 철학과에 진학을 해서 진짜 스타가 되었다면, 향후 그의 대학생활과 연예활동은 어떠할 것인가? 고등학교 시절과 마찬가지로 둘을 함께 잘해 낼 수도 있을 테지만, 플라톤과 칸트, 하이데거를 배우는 그는 방송 관련 학과를 공부하여 연예활동에서 발전을 보이는 친구들을 부러워하면서 자신의 선택을 후회하게 될지도 모른다.

이효인양은 강타의 학과 선택이 소질을 살린 것이라 했으나, 객관적으로 볼 때 그의 입장에서 철학과로의 지원보다는 연극영화과로의 특차지원이 훨씬 쉬운 대학 진학의 길이다. 이미 같은 팀 멤버인 토니 안이 1년 전 같은 대학 같은 과에 입학하였으며, 다수의 고 3 연예인 학생들의 진학결과도 비슷한 양상이다. 그렇다면 연예 관련 학과의 선택이 연예활동에 필수적인가라는 의문이 생긴다. 일례로 철학과 출신 가수 신해철은 자신만의 독특한 음악 세계를 펼치고 있는 뛰어난 연예인이다. 방송과 전혀 관련이 없는 학과에 진학한다고 해서 연예인으로서의 소질을 계발시키지 못하는 것은 아니다. 강타의 경우, 연극영화과에 진학을 했다는 사실보다는 그가 어렵고 힘든 길을 가기보다는 손쉬운 진학의 길을 택했다는 사실이 오히려 더 문제가 된다. 어렵고 힘든 일을 회피하려는 경향이 강한 신세대들에게 강타의 선택은 이 점에서만큼은 본보기가 되기 어렵다. 스타란 자신의 의지와는 상관없이 공인일 수밖에 없다. 진정한 스타에게는 소신있고 주관이 뚜렷한 공인으로서의 자세가 더욱 필요하다. 그러나 이것이 곧 개성을 의미하는 것은 아니다. 연예인의 연극영화과 선택이 개성 없는 일률적인 통상 규범을 따른 것이라 볼 수는 없다. 학과와 진로 및 직업은 밀접한 관련이 있기 때문이다.

장차 연예계에 뿌리를 내리고자 하는 사람이 관련학과를 지망하는 것은 당연한 이치이다. 중요한 것은 강타가 연극영화과를 공부하는 가수로서 얼마나 자기 철학을 갖고서 앞으로의 연예활동을 해나가는가이다. 질타나 박수는 그 이후의 일로 남겨져야 한다.

―김남연

결국 공인의 긍정적인 측면과 부정적 측면이라는 양면적 가치를 토대로 볼 때 우리가 좀 더 나은 강타의 모습을 기대하는 것은 결국 그를 위한, 스타에 대한 애정이다. 스타는 개성을 먹고사는 사람들이고 그런 면에서 일반 통념에 따른 그가 아쉽다는 것이다. 그러나 그러한 우리의 욕심은 스타를 바라보는 또 다른 관점일 수 있다. 이효인양처럼 진학이라는 사건 그 자체보다는 강타의 평소 생활양식에 주목할 수도 있기 때문이다. 결국 두 사람의 생각은 서로 대립된 관점이라기보다는 강타에 대한 애정과 관심에서 비롯된 것임을 알 수 있다. 그래서 우리는 김남연의 "중요한 것은 강타가 연극영화과를 공부하는 가수로서 얼마나 자기 철학을 갖고서 앞으로의 연예활동을 해나가는가이다. 질타나 박수는 그 이후의 일로 남겨져야 한다."는 말처럼 미래지향적인 또 다른 기대와 관심을 걸 수밖에 없다. 그렇다. 생각(철학)하는 가수. 그렇게 철학과와 연극영화과가 만나면 안 되는가.

5 | 마무리

문제설정은 우리 삶에 대한 관심과 애정이며 과학적 인식과 실천을 위한 전략이다. 관심과 애정이 치열한 과학으로 연결될 때 우리는 진정한 문제설정의 효과를 맛볼 수 있다. 여기서 지금은 먼 과거 얘기가 된 HOT에 대한 논쟁을 소개하면서 많은 선생님들의 글을 길게 인용한 것은 다양한 문제설정의 실제와 효과, 그로 말미암은 글쓰기의 묘미를 보여주고 싶어서였다.

문제설정은 적극적인 문제제기이다. 왜 문제를 제기해야 하는가부터 실천에 이르기까지 치열한 문제의식을 바탕으로 한 실천과정이기도 하다. 논술은 바로 문제설정을 바탕으로 한 논리적인 글쓰기이다.

문제설정에 따라 논술이 이루어지고 논술문 쓰기를 이용해 문제설정은 실천되며 그런 역량은 강화된다. 그러므로 문제설정 교육은 논술교육의 출발이자 그 결실이다. 우리 학생들한테 문제설정 역량을 어떻게 길러줄 것인가를 궁리해야 하는 이유이기도 하다.

3 장

치열한 삶쓰기, 관점설정 논술 지도

1 관점설정 지도의 필요성

관점은 행위의 주체가 사건이나 대상을 바라보거나 개입하는 사유방식이나 행위방식의 주된 방향을 말한다. 관점설정은 문제설정 속에 함의되어 있다. 그럼에도 관점설정을 따로 떼어 설명하려는 것은 관점이 맥락 설정의 일관성과 명징성을 잘 보여주기 때문이다.

그 밖에 실제 이유 몇 가지를 더 들 수 있다. 먼저 교육과 논술이 공동체를 살아가는 개인의 개성과 창의성, 바람직한 실천방식을 가르쳐주는 것이라면 다양한 삶의 양식을 가능케 하는 다양한 관점에 대한 이해와 구성능력이 필요하다. 다양한 관점에 따라 경쟁과 조화의 긴장관계가 조성되는 것이다.

다양한 관점을 강조하는 것은 다양한 사고력이 전제되어야 합리적 주장이 가능하기 때문이다. 그렇다고 다양한 관점을 모두 허용하자는 식의 다원주의를 지향하는 것은 아니다. 다양한 관점에 대한 열린 자세를 바탕으로 자신만의 관점 적절성을 향한 노력이 필요하기 때문이다. 논술 자체가 특정 사건이나 문제에 대한 다양한 사유와 자신만의 생각이나 주장을 요구하고 있다.

2 관점의 갈래

우리는 늘 같은 생각을 주고받기도 하지만, 실제 서로 다른 생각으로 인한 문제가 더 많다. 같은 사건이나 대상에 대해서 다양하게 생각이 있음을 보게 된다. 왜 그럴까. 이 세상을 바라보는 관점이 다양하기 때문이다. 관점이 선명하게 잘 드러나는 글쓰기가 있다면 그것은 논술 글쓰기다. 관점의 선명성은 대개 자기만의 생각이나 주장으로 드러나기 때문이다. 결국 주장은 관점에 따라서 결정된다. 주장 자체가 중요한 것이 아니라 이 세상을 어떻게 바라보느냐가 중요하다고 보면 관점이 논술에서 얼마나 중요한지 알 수 있다.

군이 논술을 위해서가 아니더라도 학생들이 어떤 관점으로 생각하고 행동하느냐는 학생들 스스로뿐만 아니라 우리 모두에게 너무도 중요한 문제다. 그렇다면 학생들의 관점 훈련을 위해 다양한 갈래의 관점을 분석해 보자. 그래서 우리 수험생들은 관점의 다양성을 이해할 수 있어야 하고 자신만의 관점을 설정하는 훈련을 해야 한다. 곧 어떤 관점이 중요하냐를 따지기 이전에 관점의 다양성을 수용할 수 있는 자세가 필요하다. 먼저 갈래별로 따져보자.

첫째 인식론적 관점이 있다. '긍정-부정, 찬성-반대, 소극-적극, 미시-거시' 등의 이분법이나 이분법적 관점을 말한다. 연세대 1997학년도 문제 가운데 유행을 찬성하느냐 반대하느냐는 것이 있었다. 이분법적 관점 이해를 위해 연세대에서 공개한 우수 답안을 함께 읽어 보기로 하자. 첫 번째 글이 유행을 부정적으로 보는 관점이고, 두 번째가 긍정적으로 보는 찬성 관점이다.

우수답안

인간의 역사는 노동을 통해 재화와 용역의 생산량을 증가시키면서 발전했다. 오늘날 우리는 과학 기술에 힘입어 생산량을 극대화시키고 있다. 그에 따라 상품은 소비자에게 팔리기 위해 심리적인 외형을 갖게 되었고, 이는 주기적으로 변동한다. 이렇게 형성된 유행은 기업의 입장에서는 수요의 창출, 소비자에게는 심리적 만족감을 가져왔다. 그러나 유행은 위와 같은 긍정적 효과만을 가져오지 않았다.

유행은 경제, 사회, 문화 등의 다방면에 긍정적 영향보다 더 많은 악영향을 가져왔다. 따라서 유행에 대한 사회적 인식의 재고가 필요한 실정이다.

유행이 사회에 끼치는 영향은 경제적·사회적·문화적 측면으로 나눠 생각할 수 있다.

먼저, 경제적 측면에서 유행은 가치관이 반영되지 않은 수요에 막대한 영향을 끼친다. 따라서 유행은 필요 이상의 과다한 수요를 창출하게 되고 이것은 다시 사치와 과소비를 야기한다. 또한 유행의 변화에 따라 새로운 상품을 만드는 엄청난 비용과 유행이 지난 재고품의 처리와 같은 자원의 비효율적 사용을 야기한다. 소비자의 주체적이고 경제적인 소비의식이 형성되지 않은 사회에서 유행은 그 사회의 경제 질서를 무너뜨릴 수 있다.

다음으로 유행이 심미적인 것을 추구함으로 인한 사회적 문제가 있다. 유행은 시장경제에서 살아남기 위해, 즉 팔리기 위해 심미적인 외형을 가지고 있다. 이것은 상품의 교환가치를 사용가치보다 우선시하는 사회적 경향을 가져온다. 이런 경향은 인간의 노동시장에 그대로 반영되어 인간이 자신을 팔기 위해 내면적 가치보다 외형적 가치를 중요시하는 인간의 상품화 현상을 야기한다. 그리고 인간의 상품화 현상은 인간 소외를 야기한다. 이와 같이 교환가치를 중요시하는 유행은 인간 소외 현상을 가져올 수 있다.

또한 유행은 문화적 측면에도 많은 영향을 끼친다. 요즘 X 세대, 신세대라는 용어는 보편화되어 있다. 이 X 세대, 신세대는 70~80년대의 물질적 풍요와 사회의 민주화 과정에서 자란 이들을 가리키는 용어다. 그런데 모회사 화장품 광고는 X 세대, 신세대란 용어를 TV에 등장시켜 이들의 문화 행태를 가시화시켰다. 그러나 이 용어의 등장 배경이 상업화된 자본에 의한 것이었기 때문에 용어가 지닌 본래적 의미를 상실하고 개성을 위해 소비만을 부추기는 문화 행태를 유행시켰다. 이 같은 유행은 급속도로 번져나가 우리 사회에 왜곡된 의미의 신세대 문화를 정착시켰다. 이와 같이 유행은 문화의 본질 자체를 왜곡시킬 수도 있다.

유행은 인간의 필요를 넘어서 욕망을 부추기는 형태의 문화 양상이다. 요즘 경제성장률의 저하, 경상수지 적자, 과소비 만연 등의 사회적 병폐를 야기한 주원인 중 하나가 유행이다. 이와 같은 현상에서 개성을 위한다는 이유로, 그리고 다른 사람들에게 뒤떨어진다는 이유로 유행을 따른다는 것은 근시안적인 생각이다. 참된 유행의 본질은 사회 정의를 실현시킬 수 있어야 하며 생산을 재창출할 수 있는 것이어야 한다.

우수답안

인간은 끊임없이 변화를 추구한다. 인간이 행하는 모든 행위는 각 분야 나름대로의 성격에 알맞게 변증법적으로 변화하고 있으며 우리는 이런 변화의 일관된 흐름을 유행이라고 부른다. 따라서 인간이 사회에 속해 있는 한 유행의 영향을 받지 않을 수는 없다. 문제는 이러한 유행에 의하여 야기되는 변화가 과연 인간 생활 각 분야에 어떠한 영향을 끼치느냐 하는 것이다. 나는 여기서 유행이 사회 각 분야에 끼치는 긍정적 영향에 대해 논술하겠다.

우리나라는 유교 문화권 국가이다. 어려서부터 자기 자신의 개성보다는 남의 시선과 사회의 일반적인 시각에 맞추어 생활해 왔다. 그리하여 자신이 자신과 비슷한 대중 속에 위치하고 있을 때야 심리적 안정감을 느낀다. 이런 우리 사회의 특수성을 고려해 볼 때 유행이야말로 대중사회에 안정감을 제공할 수 있는 사회적 역할을 수행한다. 예를 들어 서양의 경우에는 남보다는 자신을 중요시하여 개성을 드러낼 수 있는 개인적 유행이 흔한 반면, 우리나라에서는 유행을 따르더라도 대중의 일반적 흐름과 일치해야 한다는 생각에서 비롯되는 '대중적 유행'이 흔한 현상임을 볼 수 있다. 이렇듯 한국 사회라는 특수한 상황에서 유행은, 변화는 추구하되 유별나시 않고 싶은 대중의 심리를 충족시켜 주는 사회적 역할을 수행한다.

우리 사회는 '선성장 후분배' 정책의 일관된 추진으로 단기간에 효과적인 경제성장을 이룰 수 있었다. 하지만 선진국 진입에 다다를 시점에서 이제는 생산 못지않게 소비의 중요성이 인식되고 있다. 생활 수준의 향상으로 소비자의 취향이 다양해지고 있다. 이제는 소비자가 상품에 적응해야 하는 경제가 아닌 상품이 소비자의 기호에 적응하고 요구를 수용해야 하는 경제체제가 성립된 것이다. 이 시점에서 기업은 수많은 소비자의 요구를 골고루 수렴해야 하는 어려움을 안게 되었다. 이러한 상황에서 유행은 기업의 생산 지표로서 활용된다. 가령 컴퓨터를 만드는 회사에서 XT부터 펜티엄까지를 모두 생산해 적자를 보고 있다면 이 회사에서는 소비자들의 유행 구매 모델을 선택해 이 제품에 집중 투자함으로써 기업의 이윤을 볼 수 있는 것이다. 또한 유행의 영향을 받는 시장경제 체제하에서는 비슷한 유행적 상품을 생산하는 기업들이 더 많은 이윤을 얻기 위한 경쟁을 벌이게 되므로 결과적으로 소비자들에게도 이득이 된다. 이렇듯 유행은 시장경제 체제하에서 기업과 소비자 모두에게 이익이 돌아갈 수 있는 역할을 수행한다.

우선 연세대 유행 문제는 바람직하지 않았다. 왜냐하면 극단적인 두 관점(찬성, 반대)을 강요하고 있기 때문이다. 중간 입장도 있을 수 있고, A라는 측면에서는 유행을 찬성하고 B라는 측면에서는 유행을 반대하는 복합 관점도 있기 때문이다. 그러나 수험생이 무슨 힘이 있으랴. 출제자가 요구하는 대로 할 수밖에. 두 학생은 출제자의 요구대로 긍정(찬성), 부정(반대) 두 관점을 분명히 했다.

첫 번째 학생은 부정적 관점에 자리하고 있기 때문에 경제, 사회, 문화 세 방면에서 부정적 측면을 부각하였다. 물론 이 학생이 유행의 긍정적 측면을 무조건 반대한 것은 아니다. 도입 부분에서 긍정성을 인정했고 마지막 문장에서 참된 유행의 본질을 언급함으로써 유행이 긍정적으로 작동할 수 있음을 암시하고 있다. 그래도 이 학생은 부정적 관점을 세밀하게 분석 논증하여 좋은 점수를 받았다.

두 번째 학생과 같이 긍정적 관점에서 쓴 학생들은 독창성 부문에서 상대적으로 이점이 있었다. 왜냐하면 대부분의 학생들이 유행을 부정적으로 바라보았기 때문이다. 이는 아마도 유행을 경박스러운 대중문화 정도로 보고 도덕적인 차원에서 생각했기 때문인 것 같다. 그러니 두 번째 학생처럼 유행을 긍정적으로 바라보면 상대적으로 독창적인 것으로 보이는 것이다. 그리고 이 학생이 찬성하는 관점이 돋보였던 것은 많은 학생들이 유교 문화를 들어서 유행을 반대했는데, 이 학생은 오히려 유교 문화 때문에 유행을 찬성하는 전복적(뒤집는) 관점을 보여주고 있다. 사회적인 통념을 뒤집은 것이다. 그리고 문화와 경제, 사회 심리 등을 결합하는 통합적 관점설정이 뛰어나 아주 좋은 점수를 받았다.

둘째는 주제에 따른 다양한 관점을 들 수가 있다. 청소년 오락 문제에 대한 글을 몇 편 보자.

가 얼마 전 '다마고치'를 사달라고 조르다 거절당하자 옥상에서 뛰어내려 사망한 초등학생이 있었다. 조그만 전자오락기 하나가 죽음까지 초래한 것이다. 요즘 오락물의 내용은 대부분 폭력·선정적이며 강한 중독성을 지니고 있다.

이미 선진국에서는 전자오락의 폐해가 심각한 사회문제로 나타나고 있다. '리세트 증후군'이라는 말을 낳게 한 일본의 엽기적인 초등학생 살인사건. 범인은 지극히 평범한 이웃집 중학생으로 컴퓨터 오락에 심취한 나머지 현실성을 상실한 채 그 같은 일을 저질렀다.

지나친 전자오락은 인성마저 파괴할 만큼 위험할 수 있다. 이렇듯 위험한 전자오락을 금지시킬 수 없는 것이 현실이라면 그것을 규제하고 조절할 수 있는 제도적인 장치가 하루빨리 만들어져야 할 것이다.

—신영근(경기 성남시 중원구 은행동)

나 초등학생을 둔 학부모다. 수업을 마친 후 컴퓨터 앞에 앉아 있는 아들을 보면 때론 화가 치밀어 오른다. 부모의 심정은 그 시간에 공부를 했으면 하는 것이다.

그러다가도 '놀 수 있는 게 왜 저것밖에 없을까.' 하는 생각을 해본다. 놀이문화의 부재가 아이들을 전자오락에 빠져들게 하는 것은 아닌지. 그렇다고 직업을 팽개치고 아이들과 같이 놀아줄 수도 없는 실정이다.

우리의 아이들이 정신적·육체적으로 건전하고 건강하게 자랄 수 있는 사회·가정 환경 조성에 힘써야 할 것 같다. 전자오락 문제도 찬성이냐 반대냐의 이분법적인 사고에서 벗어나 긍정적인 방향으로 유도할 수 있는 지혜를 모아야 할 것이다.

—김승수(서울 강서구 화곡동)

다 기성세대가 붓, 볼펜 등을 사용하는 필기구 세대라면 요즘 청소년들은 키보드나 마우스를 사용하는 전자세대라고 생각한다. 따라서 PC 사용은 당연한 시대적 흐름이며 이에 수반되는 오락물의 확대는 불가피할 것으로 여겨진다. 현재 PC 오락물의 대부분은 미국과 일본에서 이미 만들어진 것을 약간 변형한 것들이며 선정·폭력성이 농후해 사회문제로 대두되곤 한다. 그러나 전자오락이 유해한 측면이 있다고 해서 금지시킬 수는 없다. 그렇게 되지도 않을 것이며 될 수도 없다.

따라서 우리의 정서가 담긴 경쟁력을 갖춘 건전한 오락 프로그램을 만드는 것이 시급하다. 청소년 전자오락이 우리 사회를 지탱하는 문화의 한 축이 될 수 있도록 배려하는 대비책이 필요하다.

— 정경내(부산 진구 연지동)

라 우리의 교육현실은 청소년 전자오락을 유해환경의 한 요소로 평가절하하는 것 같다. 부모들 역시 오락을 공부에 방해가 된다는 이유만으로 막연한 거부반응을 보이기도 한다.

전자오락을 포함한 모든 오락은 스트레스를 해소시키고 지능을 개발하며 여가 선용으로도 훌륭한 역할을 할 수 있다. 지나치게 몰입하는 것은 바람직하지 못하지만, 그것은 정상적인 가정교육으로도 충분히 극복될 수 있는 것이다.

물론 일부 기성세대들의 몰지각으로 제작된 선정·폭력적인 오락과 거기에 대책 없이 빠져드는 청소년들에게도 문제는 있다. 하지만 모든 것을 입시위주의 교육적 잣대로만 평가하는 우리의 그릇된 인식이 전자오락을 자치기, 연날리기, 널뛰기 등과 같은 놀이와 다르다고 생각하는 것은 아닌지. 기성세대들도 진지하게 생각해야 할 것이다.

— 이철영(대전 중구 목동)

마 순수 교육용 소프트웨어를 생산하는 업체에 근무하고 있다. 소프트웨어 시장에서 외제 오락물이나 성인용 오락물에 밀려 교육용은 거의 팔리지 않는 실정이다.

그러나 전자오락이 종종 청소년들에게 나쁜 영향을 끼친다고 해서 그 자체를 막을 수는 없다. 또 놀이시간을 한정하고 감시하는 데도 한계가 있다. 기성세대에게도 청소년 문화가 있었듯이 지금의 청소년들에게 전자오락은 그들의 문화를 대표한다.

폭력이 난무하는 게임을 즐기는 아이들은 현실에서도 폭력적인 행동을 하기 쉽다. 그래서 긍정적인 면에도 불구하고 단속 대상이 되기도 한다. 게임을 즐기는 아이들을 타박할 것이 아니라, 건전한 교육용 만화나 교재를 번갈아볼 수 있게 하는 사회운동을 전개해 나가는 것은 어떨까 한다.

— 강숙자(㈜ 생동컴피아이사), ≪경향신문≫ 1997.8.6.13쪽.

주제별로 보면 신영근님은 법의 관점에서 바라보아 규제를 강조하고 있다. 두 번째 김승수님은 놀이라는 관점에서 긍정적으로 바라보고 있다. 세 번째 정경내님은 프로그램 관점에서 대안 제시를 시도하고 있다. 네 번째 이철영님은 스트레스 해소나 오락 관점에서 바라보고 있다. 그리고 다섯번째 강숙자님은 청소년 문화 관점에서 처리하고 있다.

셋째는 입장에 따른 관점도 있다. 노동자 관점, 자본가 관점, 선생님 관점, 학생들 관점, 작가 관점, 수용자 관점, 남성 관점, 여성 관점 따위를 말한다. 위 전자오락 글에서도 청소년 관점에서 쓴 것도 있고 기성세대 관점을 반영한 것도 있다. 소프트웨어 생산자의 관점도 있다.

그리고 위와 같은 세 부류의 관점은 분석을 위해 나눠 설명한 것이고, 당연히 하나의 완결된 글에서는 복합적으로 나타난다. 연세대 유행 문제의 경우 복합적 관점이 어떻게 나타날 수 있는지 다음의 표를 보자.

[연세대 문제 해설 변형]

구 분		유행을 찬성하는 관점	유행을 반대하는 관점
경제	생산자	• 기술혁신을 촉진한다. • 경쟁을 통한 시장경제가 발전한다. • 광고를 이용해 소비자에게 정보전달이 쉽다.	• 자원을 낭비한다. • 외화를 낭비한다. • 투자 모험을 해야 한다.
	소비자	• 경제활성화에 도움을 줄 수 있다. • 빠른 변화로 상품의 질이 좋아질 수 있다.	• 지나친 과소비에 빠져들 염려가 있다. • 지나친 유행 조장은 상품의 질 저하를 가져올 수 있다.
사회	저연령층	• 동일시하기를 좋아하기 때문에 유행을 따르는 것이 심리적 안정감을 줄 수 있다.	• 유행의 획일성으로 오히려 젊은이의 정체성을 살릴 수 없다.
	고연령층	• 마음이 젊어져 세대 간의 차이를 극복할 수 있다고 생각한다.	• 유행 자체가 젊은 층 위주로 되어 있어 위화감을 조장한다.
	모든 세대	• 사회가 다양화. • 세계화에 이바지한다(외국의 유행). • 자아실현 욕구를 충족시킨다. • 자율적 인간 양성.	• 계층 간, 도농 간의 이질감. • 세대갈등을 촉진(세대 간 이질화). • 과소비성을 촉진. • 타율적 인간.
문 화		• 문화가 다양해진다. • 문화가 선진화된다. • 문화의 창조성.	• 문화가 획일적으로 된다. • 외국 문화에 종속된다. • 말초적 문화가 발전. • 민족(전통)문화가 말살된다.

유행을 반대하는 관점이건 찬성하는 관점이건 경제, 사회, 문화 등 다양한 주제별 관점을 적용할 수 있다. 문화 관점만 하더라도 유행을 따르는 것이 문화가 다양해질 수 있다고 볼 수도 있고 문화가 획일적으로 될 수도 있다는 정반대 평가가 가능하다. 그리고 학생마다 또는 각 직업이나 이해관계에 따라 다양한 입장별 관점이 있을 수 있다. 문제는 그러한 관점을 얼마나 설득력 있게 제시하느냐가 중요하다.

3 | 관점 지도의 유의점

관점이 다양하다는 것은 각 개인이 개성 있는 관점을 얼마든지 추구할 수 있음을 뜻한다. 논술에서 독창적 관점을 강조하는 것도 그런 맥락이다. 물론 독창적이라고 해서 무조건 좋은 것은 아니다. 그렇다면 우리가 추구해야 할 바람직한 관점이 있을 수 있을까. 나는 있다고 생각한다. 그렇지만 어떤 관점이 좋은 관점이라고 분명히 얘기할 수는 없다. 왜냐하면 관점설정은 절대적인 것이 아니라 상대적인 것이기 때문이다. 지금은 이런 관점이 바람직하지만 다음에는 저런 관점이 더 바람직할 수도 있고 이 상황에서는 이런 관점, 저런 상황에서는 저런 관점 등으로 설정될 수 있기 때문이다. 그렇지만 우리는 논술을 위해서건 우리의 바람직한 삶의 양식을 위해서건 대략적인 방향을 설정할 수는 있다. 특히 논술을 위해서 몇 가지를 제시해 보기로 한다.

첫째는 보편적·일반적 관점보다는 개성 있는 관점이 좋다. 창의성 있는 관점설정은 발전과 변혁의 원동력이기 때문이다. 세종은 그 당시 학자들이나 정치가들과는 다른 언어에 대한 관점을 설정함으로써 훈민정음 창제라는 놀라운 업적을 남길 수 있었다. 앞에서 유행을 긍정적으로 바라본 관점도 바로 이런 경우다.

둘째는 큰 힘을 가진 다수 입장보다는 작은 힘을 가진 소수 입장(마이너리티)을 지지해 주는 관점이 좋다. 이를테면 남성보다는 여성, 대학을 간 사람보다는 대학을 가지 못한 사람, 잘 사는 사람보다는 못사는 사람, 자본가보다는 노동자 입장을 반영하는 관점이 좋다는 것이다. 왜냐하면 우리가 열세에 놓여 있는 힘없고 소외받는 사람들의 문제를 해결해 나갈 때 우리 사회는 바람직한 방향으로 발전할 것이기 때문이다. 그리고 남성보다 여성이라고 한 것은 일반적인 흐름을 얘기한 것이지 꼭 그렇다는 것은 아니다. 이를테면 내가 가르친 연세대 어느 과는 여학생이 95%이고 남학생이 5%였으며 여학생들이 남학생들을 억압하는 구도로 되어 있었다. 이때는 당연히 남학생이 열세에 놓여 있는 것이다. 그리고 열세에 놓여 있는 사람들의 관점을 취한다고 해서 열세와 우세로 나누어 이분법적으로 바라보라는 것은 아니다. 열세 쪽의 관점을 취하는 것은 공동체로 보면 결국 우세 쪽을 위한 것이기도 하기 때문이다. 쉽게 얘기해서 여성들을 위한 페미니즘 관점에서 남녀 차별에 관한 여러 문제를 해결함으로써 남성들은 그들을 억압하고 짓누르는 가부장제 이데올로기에서 벗어날 수 있는 것이다.

셋째는 바람직한 상호작용을 강조해 주는 관점이 좋다. 우리의 삶은 관계가 복합적으로 얽혀 있다. 당연히 상호작용의 연속이다. 문제는 어떤 식으로 상호작용을 하느냐이다. 특정 개인이나 특정 집단만을 위한 것은 진정한 상호작용이 아니다. 서로에게 좋은 관점설정이 바람직하다는 것이다. 이를테면 일반적으로 전자오락(게임)에 대해 학생들과 학부모들이 대립되어 있다. 학부모들은 학생들이 주로 단순 폭력 오락게임에 빠져드는 것을 반대하고 학생들은 그 오락성 때문에 몹시 빠져든다. 그러면 오락성도 뛰어나고 학습 효과도 좋은 시뮬레이션 게임을 더욱 확산하자는 관점에 자리함으로써 학부모와 학생들 모두를 위한 해결책이 될 수 있다.

넷째는 개별적 관점보다는 통합적 관점이 좋다. 어떤 문제를 총체적으로 인식하고 구체적인 대안을 마련하기 위해서는 문제의 본질을 다각적으로 분석하는 것이 중요하기 때문이다. 유행을 경제적인 관점에서만 보는 것보다는 문화·사회적 관점도 함께 고려하는 것이 좋다.

이 밖에 논술물의 기술적인 측면에서 글쓴이만의 관점이 분명하게 드러나는 것이 좋다. 뭐니 뭐니 해도 논술은 자기주장을 적극적으로 내세우는 글쓰기다. 그렇다면 논제에 대하여 또는 문제에 대하여 어떤 관점으로 바라볼 것인지, 그것이 어떻게 구성된 것인지를 분명하게 보여주어야 한다. 다음 두 답안을 보자. 비속어의 긍정적·부정적 기능에 대한 문제이다.

최근 발표된 인기 그룹 '패닉'의 2집 〈밑〉이 큰 파문을 일으키고 있다. 그의 실험성도 그렇지만 무엇보다도 권위의 상징인 부모와 교사를 비난했다는 것과 비속어를 사용했다는 점에서 반향을 일으키고 있는 것이다. 〈밑〉에 대한 의견은 다양하다. 가요의 가사로는 두드러진 부모, 교사의 비난에 대한 질책과 아름다워야 할 노래 가사에 비속어를 사용하여 청소년 정서에 해를 끼친다는 의도도 있고 사전심의제 폐지가 낳은 사생아라고도 하고 또한 솔직히 청소년의 마음을 표현해 후련하다고도 한다. 그렇다면 과연 비속어는 어떻게 취급해야 하는 것인가? 사회의 비난을 받아야 하고 매장되어야 하는 것인가, 솔직히 마음을 표현하므로 활성화되어야 하는 것인가?

사회적 통념에 비추어볼 때 욕을 비롯한 비속어는 비정상 언어로서 쓰지 말아야 할 것으로 취급되곤 한다. 그러나 최근에 열린 욕대회는 이 통념을 뒤집게 한다. 말대로 '욕대회'는 전국에서 예선을 거친 욕쟁이들이 모여 누가 최고의 욕쟁이인가를 가렸다. 이 자리에는 언어에 관심이 많은 일반인과 언어학자들이 많이 참가했다. 이 대회의 주최자는 욕이란 숨겨놓은 마음을 드러냄으로써 카타르시스를 느끼게 한다고 말했다. 또한 욕이란 욕망의 배출구이며 각박해진 현대 사회의 윤활유로 작용할 수 있다고 한다. 사회가 고도로 발달하면서 사람들 사이의 벽이 생겼다. 욕은 이 벽을 허물기에 가장 좋다는 것이 욕대회 개최자의 생각이었다.

그러나 그에 대한 반대의견도 만만치 않다. 욕은 사람들 사이의 관계를 부드럽게 하기보다는 오히려 멀게 만들기도 한다는 것이다. 또한 욕과 근친 간의 은어도 그런 비난을 자주 받는다. 현대 정보화시대의 총아로 인정받는 컴퓨터 통신이 좋은 예이다. 컴퓨터 통신에 들어가면 이미 대화를 나누고 있는 사람들을 발견하게 되는데, 처음으로 참가한 사람이라면 모두들 어리둥절하게 마련이다. 어서 오세요가 '어솨요'로, 그렇구나가 '글쿠나'로, 고등·중학생이 '고딩어' '중딩어'로 바꿔어 통용된다. 물론 시간이 돈인 컴퓨터 통신이지만, 이 정도로 단어가 변형되었다면 이는 은어로 분류될 수밖에 없다. 그리고 이 변형된 언어는 언어의 사회성을 부정하기 때문에 사회의 화합을 방해하게 된다.

비속어는 쓰지 말아야 할 언어이다. 그러나 은어, 유행어 등의 비속어는 사회 현상을 반영한다. 전셋값이 오르자 '방빼!'라는 유행어가 유행한 것도 같은 맥락이다. 그렇기 때문에 이런 비속어는 면밀한 연구 검토기 필요하다. 사회 흐름의 방향을 아는 것은 우리 사회를 바람직한 방향으로 이끌 자극제가 될 수 있기 때문이다.

—소선희

현재 고등학교 학생들의 생활을 살펴보면 빼놓을 수 없는 것이 바로 욕이다. "야! 너 미친개한테 물렸냐." "야 이 미친 뚱땡아!"와 같은 표현은 학생들 사이에 흔히 쓰이는 표현이다. 그러나 고교과정 국어 교과서를 보거나 대부분 어른들의 말씀을 들으면 욕은 비정상 언어이므로 쓰지 말라고 한다. 그러나 욕의 사용을 금지하는 것은 표현 자유에 대한 침해로 볼 수 있다.

욕은 감정을 전달하는 데 매우 효과적인 언어다. 우리 생활 중에 가끔 듣게 되는 웃기는 이야기 중 '최불암 시리즈'라는 것이 있다. 그중 중학생 최불암이 생물 시험을 보는 이야기가 있다. 그 내용을 살펴보면 다음과 같다. 생물 공부를 열심히 한 최불암은 시험지에 새발을 보여주며 무슨 새인지 맞추라는 황당한 문제가 나오자 무척 화가 났다. 그래서 최불암은 시험지를 덮고 시험장 밖으로 나가려 했다. 이것을 본 감독 선생님은 왜 나가느냐고 불암이에게 묻자 최불암은 자기 발을 내밀면서 이렇게 말했다. "맞춰봐!" 최불암 시리즈에 익숙한 사람은 이런 이야기에 잘 웃지 않는다. 그러나 욕 잘하는 내 친구가 말하면 많은 사람들이 웃는다. 내 친구는 '맞춰봐, 씨발!'이라고 바꾸어 말한다. 그 친구는 같은 이야기라도 욕을 섞어서 말한다. 그러면 웃지 않는 이야기라도 다른 사람들은 웃게 된다. 열심히 공부했는데 예상 밖의 문제가 나와서 서러운 불암이의 마음을 표현하는 데는 욕이 더 효과적인 표현이 된다. 많은 문학작품을 보더라도 작중에 나타나는 인물의 감정을 효과적으로 전달하기 위해 의도적으로 욕을 사용하는 것을 볼 수 있다.

욕은 올바른 비판정신을 심어주는 역할을 하기도 한다. 조선시대를 살펴보면 조선

전기에는 서민들에게 양반은 복종해야 하는 존재로 여겨졌다. 그러나 조선 후기에 들어서면서 양반은 봉산탈춤과 판소리를 보면 알 수 있듯이 '개잘량에 개다리소반 쓰는 양반'으로 취급되기 시작했다. 욕먹는 양반이 되기 시작한 것이다. 서민들은 이런 욕들을 통해 양반을 똑같은 인간으로 보면서 비판하게 된 것이다. 따라서 욕은 잘못된 권위와 해석을 허물어 비판할 수 있는 힘을 주는 역할을 한다.

욕은 인간의 다양한 표현의 하나로 보아야 한다. 욕이 비록 격하기도 하고 사람의 정서를 거칠게 할 수 있다고 할지라도 사용에 제약을 받아서는 안 되는 것이다. 인간이 동물과 다른 점은 비판할 수 있다는 점이다. 욕은 이러한 인간의 비판능력을 바탕으로 형성된 고도의 표현방법이다. 이러한 표현방법을 통하여 인간은 잘못된 것을 극복하고 나아갈 수 있었다. 만약 욕을 인간의 다양한 표현방법으로 인정하지 않고 제약한다면 인간의 비판을 통한 발전은 잘 이루어질 수 없게 된다. 비록 다른 말로 비판할 수 있다고 하더라도, 욕을 통하여 자연스럽게 나오는 비판을 무시할 수는 없는 것이다.

욕은 감정 전달을 하는 데 효과적 역할을 하기도 하고 비판정신을 심어주는 역할을 하기도 한다. 이런 욕의 사용을 금하는 것은 인간의 표현과 비판의 자유를 무시하는 것이다.

— 김윤식

첫 번째 글은 비속어의 양면성을 균형 있게 논한 것은 좋으나, 자신의 주장이나 관점이 무엇인지는 불분명하다. 두 번째 글은 표현은 투박하지만 비속어에 대한 관점이 확실하고 그에 대한 끈질긴 접근이 돋보인다. 당연히 우리는 뒤쪽 글에 더 많은 점수를 주게 된다.

4 | 마무리 : 관점설정의 생산성을 위하여

관점은 적극적인 시각을 구성하는 전략이다. 관점은 관계 속에서 구성되는 것이며 그 과정에서 주체의 의지가 강조된 말로 '시각'보다 더 적극적인 말이다.

우리는 제멋대로인 주관성을 배제해야 하지만 각 개인들의 치열한 노력을 소홀히 할 수는 없다. 따라서 다양한 관계 속에서의 주체적 노력을 부각하기 위해 '관점설정'이란 말을 썼다. 논술교육이 단순한 글쓰기 기능 교육이 되지 않기 위해서 학생들의 관점설정 교육이 제대로 정립되어야 한다.

관점설정에 따라 앞장에서 논의한 문제설정을 하는 것이며, 반대로 문제설정은 관점설정을 하는 주요 전략이기도 하다. 곧 문제설정과 관점설정으로 논리적인 글쓰기의 전략과 방향이 결정된다.

4장 분석적 삶쓰기, 텍스트 논술 지도

1 왜 텍스트 분석인가

텍스트 논술은 텍스트 읽기능력을 전제로 한 논술이다. 그 텍스트가 노래건 영화건 소설이건 상관이 없다. 그 텍스트가 고전일 때 고전텍스트 논술이라 부른다. 이런 텍스트 논술은 양면성을 띤다. 주어진 텍스트로 생각을 유도해 자유로운 열린 사고에 제한이 생기는 것은 부정적인 측면이며, 읽기와 쓰기를 결합하려는 전략은 긍정적인 측면이다. 부정적 측면을 줄이고 긍정적 측면을 확장하기 위해서는 고전을 제대로 읽는 훈련이 필요하다. 제대로 읽는 능력은 고전이건 아니건 분석적으로 읽어내는 자세에서 나온다.

이 글에서 자그마한 고전텍스트를 아이들이 어떻게 읽어내고 그것을 논술에 어떻게 연결하고 있는지 보고 분석적 고전 읽기의 방향을 찾아본다.

2 고전텍스트 논술 지도 전략

고려시대 이규보가 쓴 <이와 개에 대한 생각(슬견설)>을 활용해 고전텍스트 논술 지도의 주요 전략을 살펴보겠다. 이 글은 교과서에도 실려 있었던 것으로 동물의 생명 가치에 대한 논쟁을 담고 있다. 인식의 상대주의와 절대주의, 동물에 대한 인간의 가치 척도를 잘 보여주는 글이다. 텍스트의 수준이 그다지 어렵지 않고 누구나 한 번쯤 생각해 봄직한 소재라 지도 전략을 위한 논제로 설정했다.

다음 글을 읽고 무엇이 왜 논쟁이 되고 있는지를 분석하고 그 논쟁의 쟁점을 살아가는 삶의 양식에 대하여 자신의 견해를 밝혀라. (1500자 안팎)

어떤 손(客)이 나에게 이런 말을 했다.

"어제저녁엔 아주 처참한 광경을 보았습니다. 어떤 불량한 사람이 큰 몽둥이로 돌아다니는 개를 쳐서 죽이는데, 보기에도 너무 참혹하여 실로 마음이 아파서 견딜 수가 없었습니다. 그래서 이제부터는 맹세코 개나 돼지의 고기를 먹지 않기로 했습니다."

이 말을 듣고 나는 이렇게 대답했다.

"어떤 사람이 불이 이글이글하는 화로를 끼고 앉아서, 이를 잡아서 그 불 속에 넣어 태워 죽이는 것을 보고, 나는 마음이 아파서 다시는 이를 잡지 않기로 맹세했습니다."

손이 실망하는 듯한 표정으로 대들었다.

"이는 미물이 아닙니까? 나는 덩그렇게 크고 육중한 짐승이 죽는 것을 보고 불쌍히 여겨서 한 말인데, 당신은 구태여 이를 예로 들어서 대꾸하니, 이는 필연코 나를 놀리는 것이 아닙니까?"

나는 좀 구체적으로 설명할 필요를 느꼈다.

"무릇 피(血)와 기운(氣)이 있는 것은 사람으로부터 소, 말, 돼지, 양, 벌레, 개미에 이르기까지 모두가 한결같이 살기를 원하고 죽기를 싫어하는 것입니다. 어찌 큰 놈만 죽기를 싫어하고, 작은 놈만 죽기를 좋아하겠습니까? 그런즉, 개와 이의 죽음은 같은 것입니다. 그래서 예를 들어서 큰 놈과 작은 놈을 적절히 대조한 것이지, 당신을 놀리기 위해서 한 말은 아닙니다. 당신이 내 말을 믿지 못하겠으면 당신의 열 손가락을 깨물어 보십시오. 엄지손가락만이 아프고 그 나머지는 아프지 않습니까? 한 몸에 붙어 있는 큰 지절(支節)과 작은 부분이 골고루 피와 고기가 있으니, 그 아픔은 같은 것이 아니겠습니까? 하물며, 각기 기운과 숨을 받은 자로서 어찌 저놈은 죽음을 싫어하고 이놈은 좋아할 턱이 있겠습니까? 당신은 물러가서 눈감고 고요히 생각해 보십시오. 그리하여 달팽이의 뿔을 쇠뿔과 같이 보고, 메추리를 대붕(大鵬)과 동일시하도록 해 보십시오. 연후에 나는 당신과 함께 도(道)를 이야기하겠습니다."

2.1. 주요 관점 분석

텍스트 분석 논술에서 중요한 것은 뭐니 뭐니 해도 텍스트 분석능력이다. 그러한 능력이 충분히 설정된다면 우리 삶에 적용하는 능력은 어느 정도 저절로 따라올 것이다.

슬견설 논점분석[3]

슬견설은 이(슬, 蝨)와 개에 대한 손님과 '나'의 관점의 차이가 쟁점이다.

손 : 개와 이의 가치는 다르다 ➡ 모든 동물의 가치는 동일하지 않다. ➡ 상대주의
나 : 개와 이의 가치는 같다 ➡ 모든 동물의 가치는 같다. ➡ 절대주의

다음으로 문제가 되는 것은 각각의 맥락이 무엇이냐는 것이다. 곧 손님은 왜 개와 이의 가치를 다르게 보았고 '나'는 같게 보았는가가 문제이다. 손의 **상대적** 가치판단의 기준은 크기 곧 외형적 생김새이다. 개를 크고 육중한 동물이라 하고 이를 아주 작은 동물 곧 미물이라 했기 때문이다. 그래서 큰 동물의 죽음은 불쌍하고 미물의 죽음은 그렇지 않다는 것이다. 물론 그 이면에는 큰 동물이니까 인간의 감정을 자극하는 여러 요인이 있었다고 생각했을 것이다. 그러나 '나'의 **절대적** 가치판단은 인간의 감정보다는 동물 입장에서 생명이 소중하다는 측면에서 동일한 가치를 부여하고 있다.

이러한 대립을 보면 손님은 **겉모습(생김새)**을 판단의 주된 기준으로 했다고 볼 수 있고 '나'는 내용의 **본질(생명)**을 더 중요하게 여겼다고 볼 수 있다.

그런데 위 논쟁의 구도는 공평하지 않다. '나'의 입장에서 기술되어 있기 때문이다. 아마도 '나'는 저자(이규보)의 생각으로 설정된다. 이런 '나'의 입장에서 보면 손님의 견해는 외모에 따른 **선입견 또는 편견**으로 설정된다. 물론 손의 입장에서는 '나'의 견해가 선입견일 수 있다.

다음으로는 손님을 **현실주의**로, '나'를 **이상주의**로 분석할 수도 있다. '나'의 논리가 일리가 있다 하더라도 실제로 보통 사람들은 이의 가치를 개와 같게 설정하지 않기 때문이다. 이런 현실주의로 보면 주어진 텍스트는 현실주의를 무척 낮게 보고 있다. '나'와 같은 생각만이 도(道)에 이르는 길로 논박하고 있기 때문이다. 이 밖의 다른 관점과 함께 여러 관점이나 의미 해석의 차이를 도표로 나타내 보면 다음과 같다.

---

3   이 부분은 "김슬옹(1998). 이규보 '슬견설' 읽기의 주요 관점설정－고전 읽기와 관점설정의 중요성. ≪한글새소식≫ 307호. 한글학회. 18-19쪽"로 발표한 바 있다.

구분	중립적 비교			나 위주 비교			손님 위주 비교		
손님	상대 주의	현실 주의	미시적 (부분)	선입견 (편견)	생명 경시	차별	실용적	친근감	가치 (의미)
나	절대 주의	이상 주의	거시적 (전체)	진리	생명 존중	평등	비실 용적	비친 근감	무가치 (무의미)

표에서 중립적 비교라 하는 것도 상대주의보다 절대주의를 더 우월한 가치로 본다면 그것도 '나' 위주의 비교라 할 수 있다.

여기서 특히 지적하고 싶은 것은 우리의 교육 현장은 이러한 논점을 해석하고 응용할 때 너무 이분법적으로 처리하고 있다는 점이다. 곧 절대주의 아니면 상대주의, 나는 이쪽이다 저쪽이다 하는 식의 성식된 사고를 보여주고 있기 때문이다. 그러나 절대주의와 상대주의를 나누는 것 자체가 상대적일 뿐만 아니라 두 관점이 그렇게 배타적으로만 설정되는 것은 아니다. 이를테면 농촌공동체 속에서 우리는 개나 돼지의 가치를 이나 개미보다 더 높게 설정할 수밖에 없다. 그것은 당연하다. 개는 꼬리 치고 돼지는 방긋방긋 웃고 또한 맛있는 먹거리를 제공해 주지 않는가. 그러니 어찌 이 또는 개미와 동일시할 수 있겠는가. 그러나 생명의 가치 측면에서는 동일시할 수 있다. 어렸을 때 나(김슬옹)는 개미를 죽이는 친구들과 싸움까지 했을 정도이다. 이렇게 어떤 관점에서 바라보느냐에 따라 차별할 수도 있고 동일시할 수도 있다.

한 가지 더, 사람 관계로 옮겨와 보자. 만돌이와 천돌이는 순돌이의 같은 반 친구다. 순돌이를 기준으로 생각해 보면 천돌이와 만돌이는 가치가 똑같지 않다. 만돌이와 훨씬 친하기 때문이다. 그래서 영화를 보러 갈 때는 만돌이와 주로 간다. 그러나 만돌이와 천돌이가 똑같이 아파서 병원에 있을 때는 두 친구 모두에게 병문안을 가게 된다. 아프다는 상황에서는 동일한 가치를 부여하는 것이다. 그러므로 누가 맞고 틀리다는 식으로 또 주어진 글에서처럼 '나' 입장에서 손의 어리석음을 탓하는 식으로 할 수 없는 것이다. 또한 '도'라는 이름으로 '나'의 견해에 권위를 부여한다면 인식의 구체성까지 소멸할 수 있다. 곧 개가 매에 맞아 죽는 것은 분명 나쁜 일이고 불쌍한 일이다. 아직도 우리 사회에서는 개를 잔인하게 때려죽여야 맛이 있다고 생각하는 사람들이 꽤 있는 듯하다. 그렇게 죽일 경우 많은 시간을 끌게 되고 아주 고통스럽게 개를 죽임으로써 무척 잔인한 짓이 된다. 이를 화롯불에 태워 죽이는 것도 잔인하게 볼 수도 있지만 일시적인 고통을 주므로 개를 패서 죽이는 것과 동일한 느낌을 줄 수는 없다. 물론 '나'의 입장은 존중할 수 있고 그럴 만한 가치가 있는 것이지만 현실적으로는 손의 입장도 있을 수 있고 또 그럴 만한 가치가 있다는 것이다.

그럼 학생들의 글을 읽으면서 텍스트 논술의 바람직한 방향을 찾아가 보자. 여기에 실려 있는 학생 글은 특강으로 지도한 고3 학생 70여 명에게서 받은 실제 답안에서 고른 것이다.

2.2. 실제 지도 전략

텍스트를 분석하고 그것을 우리 삶에 적용하는 것이 딱히 나누어지는 것은 아니지만 과학적인 지도 전략을 위해서 나누어 논해 보기로 한다. 실제 고 3 학생들의 답안을 보고 생각해 보자. 생생한 지도 전략을 위해서 학생들이 쓴 글의 전문을 수정 없이 인용한다.

2.2.1. 텍스트 분석에 대하여

먼저 학생들 텍스트 분석의 문제를 살펴보고 올바른 방향을 찾아보자. 학생들의 글을 받아보니, 많은 학생들이 요약을 분석으로 착각하는 경우가 많았다. 물론 요약을 한 뒤 분석을 할 수 있으나 요약으로 끝낸다면 곤란하다. 그리고 대입 논술은 비교적 짧은 논술이므로 되도록 요약은 피하는 것이 좋다.

> 슬견설을 보면 숌이 개가 몽둥이에 맞아 죽는 광경을 본 후에 다시는 개나 돼지고기를 먹지 않겠다고 하자, 주인은 이가 죽는 모습을 보고 다시는 이를 죽이지 않겠다고 반박한다. 숌은 나를 놀리느냐고 매우 화를 내지만 주인은 개와 이는 모두 목숨을 가진 귀한 존재이므로 숌과 같은 생각은 잘못된 것이라며 비판한다. <u>이 이야기에서 숌은 단지 개가 덩치가 더 크다는 이유로 개의 죽음만을 불쌍히 여기는 잘못을 범하고 있다.</u> 인간의 경우에도 똑같은 사례를 접할 수 있다. 히틀러는 게르만족이 지구 상에서 제일 위대한 민족이며 유대인은 제일 저급한 쓰레기 민족이라는 전체주의에 빠져 60만의 유대인을 학살하는 만행을 저질렀다. 또 18세기 산업혁명 직후, 초기 자본주의 시대에는 자본가가 같은 인간인 노동자를 착취의 대상으로 삼고 겨우 10살 된 어린이마저도 하루에 20시간씩 일을 시키는 일도 있었다. 이처럼 인간도 슬견설에서 손의 개와 이에 대한 인식처럼 등급이 매겨질 수 있는 존재인가?

인간은 존엄한 존재이다. 이는 천부인권 사상에 잘 드러나 있다. 인간은 아기로 태어날 때에는 모두 똑같은 존재였다. 계급도 능급도 없는 평등한 존재인 것이다. 그런데 나이가 들어가고 사회생활을 하면서 세상에 퍼져 있는 선입견과 편견에 빠져 인간을 계급화·등급화하는 인식을 갖게 된다.

백인, 황인, 흑인은 모두 하늘로부터 인권을 받은 존엄하고 평등한 인간이다. 하지만 백인이 가장 우월한 민족이고 흑인은 가장 열등한 민족이라는 식민사관적인 인식이 사회에 팽배해 있다. 이는 서구사회가 먼저 산업혁명이 일어났으며, 우수한 무기를 보유하고 있었기 때문에 식민지를 차지하려는 제국주의에서 발생한 생각이다. 미국을 포함한 유럽 열강은 여러 식민지를 차지하고 그곳의 흑인들을 인간이 아닌 노동 기계로 생각해 노예로 부려왔기 때문이다. 단지 백인은 우월하고, 흑인은 열등하다는 그 생각은 역사적 흐름 때문에 생겨난 편견일 뿐이다.

지배층과 피지배층 등장도 마찬가지다. 신석기시대까지는 모두 평등한 존재였다. 하지만 해결하기 힘든 분쟁이 발생하고 이를 해결하기 위해 나이와 경험이 제일 많은 연장자를 추대하기 시작했다. 그로 인해 생겨난 부족 간에서도 대표자를 선출해 국가가 등장한 것이다. 정리해 보면, 지배층은 피지배층의 분쟁을 해결해 평화로운 사회를 만들기 위해 피지배층에 의해 선택된 대표자일 뿐이다.

이런 시대적·역사적 흐름 때문에 생겨난 계급의식과 편견 등은 그 후에 사회제도, 교육 등에 의해 의식화되어 인간의 존엄성이 유린당하는 잘못된 사회를 전개시키고 있다.

한국인은 단군의 피를 물려받은 한민족이다. 단군은 홍익인간의 정신으로 나라를 다스렸다. 즉 모든 한국인은 평등한 존재였던 것이다. 현대 사회에 만연한 잘못된 편견으로 발생한, 인간을 계급화, 등급화하는 생각은 고쳐져야 할 것이다. 지금이라도 늦지 않았으니 서로의 인격을 존중해 주며 지배계급층은 특권의식을 버리고 국민을 위해 행동하는 정신을 보여줘야 한다. 그 후에야 자유와 평등이 조화를 이루는 진정한 민주주의가 꽃피게 될 것이다.

— 이재민

이 학생은 밑줄 친 부분까지가 주어진 텍스트를 분석한 것인데 거의 요약에 가깝다. 텍스트 분석이 조금 산만하다고 할 수 있다. 줄거리식 분석이 아니라 핵심 논점 위주의 분석이 되어야 한다.

둘째는 텍스트 분석 그 자체에 파묻혀버리는 경우이다.

이 글에서 개의 처참한 죽음을 목격한 '손'과 이에 이의 죽음을 보고 가슴이 아팠다고 응수하는 '나'는 각각 무엇을 말하려 했던 것일까? 먼저 '손'은 길거리에서 참혹하게 맞아 죽은 개의 모습을 보고 보통의 사람들이 느끼는 동정심을 가졌던 것을 말한 데 반해 '나'는 이의 죽음을 보고 가슴이 아팠다고 대답함으로써 그 대답 뒤에 '모든 것의 본질은 같다.'는 진리를 넌지시 던져주고 있는 것이다. 이렇게 이들 대화에서 각각 말하고 있는 범주가 달랐기 때문에 '손'은 '나'가 그렇게 말한 것이 자신을 놀리기 위한 것이라고 생각할 수밖에 없었다. 이는 바로 이들의 대화에 논쟁이 일어났던 이유이다.

여기에서 '나'가 말한 진리에 대해 좀 더 자세히 살펴보면, '나'는 개와 이의 죽음을 동일시하고 달팽이의 뿔을 황소의 뿔과 같이 보며 메추리를 대붕과 같이 생각하라고 했다. 보통 사람들은 이보다는 개가, 달팽이의 뿔보다는 황소의 뿔이, 메추리보다는 대붕이 더 가치 있고 소중하다고 생각한다. 그러나 '나'는 이것들 모두 각자 생명을 가지고 있으며 생명을 가지고 있다는 것은 곧 가치를 지닌다는 것에서 똑같다고 한다. 즉, '나'는 개와 이의 예를 들어 사람들의 잘못된 편벽을 꼬집어 비판하고 또, 그들에게 좀 더 넓은 시야를 가지고 사물을 대하라고 충고하고 있다. 그렇게 한다면 아무리 하찮은 것일지라도 그것의 내면에 지니고 있는 가치를 찾아볼 수 있다는 것이다.

이 글에서 '나'가 가르쳐준 진리를 우리의 삶에 확대시켜 적용해 본다면 우리가 어떤 삶을 살아가는 것이 올바른지 알 수 있다. '나'는 '모든 것은 같은 가치를 지닌다.'고 했다. 이는 곧 우리가 실제 생활하는 가운데 만나는 모든 사람들은 각자 하나하나가 소중한 가치를 지니고 있으며, 그들 모두를 똑같이 대해야 한다는 것과 일맥상통한다. 사람들은 자기보다 못한 직업을 가진 사람이나 가난한 사람을 무시하고 자기보다 사회적 지위가 높거나 부자인 사람은 정중하게 대하는 경향이 있다. 이것은 사람마다 가지는 가치가 다르며, 그에 따라 다르게 대해도 된다는 잘못된 생각으로 '개'와 '이'의 가치를 구분하는 것과 같은 경우이다. 모든 사람은 사람이라는 이유만으로도 각자 소중한 가치를 지니고 있으며, 그에 따라 같은 대접을 받을 이유를 가지고 있는 것이다. 그렇기 때문에 사람을 그가 가진 재산이나 지위 따위로 다르게 평가하고 대하는 것은 부당하다.

위에서 살펴본 바와 같이 모든 것에는 그들 각자 지니는 가치가 있다. 그것이 작든 크든, 생명이 있는 것이든 없는 것이든 그것들은 자신만이 가질 수 있는 소중한 것을 지니고 있으며 우리는 그것을 존중해야 한다. 또, 우리가 가지고 있는 잘못된 편견을 버리고 사물의 가치를 그대로 파악하는 것도 중요하다.

—이정안

이 학생은 텍스트 분석에 전체 분량의 반을 할애하고 있다. 텍스트 분석을 잘했건 못했건 간에 그 분량이 반씩 차지하는 것은 곤란하다. 왜냐하면 텍스트 분석 그 자체가 논제의 목적이 아니기 때문이다. 텍스트 분석은 현대사회에서 어떻게 살아갈 것인가에 대한 자세설정을 위한 것일 뿐이다. 그렇다고 비중까지 적다는 것은 아니지만 텍스트 분석은 철저하게 현대사회 적용 관점으로 이어지도록 해야 한다.

그렇다면 어떻게 하면 텍스트 분석을 잘하는 것인가.

텍스트를 분석한다는 것은 텍스트의 문제설정을 찾아보고 그 맥락을 따져보는 것이다. 그렇다면 제일 먼저 텍스트의 여러 논점이나 문제에 대해 문제설정을 제대로 해야 한다. 다음 학생의 글이 문제설정을 비교적 잘한 경우이다.

예문은 '슬견설'이라는 짧은 글로서, 이 글에서는 삶의 가치는 생명체마다 같으냐, 다르냐는 문제에 대한 필자의 견해를 밝히고 있다. '손'은 크기에 따라서 동정심이 다르다고, 자신의 의견을 말하고 있다. 이에 '나'는—크기에는 상관없이 동정심은 모든 생명에 동일하다는—자신의 의견을 논리적으로 따져서 자신이 생각하는 손의 오류를 반박하고 있다. <u>그러나, 글에서와 같은 '생명은 모든 개체가 동등한 가치를 가지고 있다.'는 생각은 순전히 이 글의 작가 의견이므로 '이것이 정의이다.' 하고 쉽게 말할 수는 없다.</u>

위에서 밝힌 바와 같이, '슬견설'에서 '나'는 '모든 생명은 동등한 가치를 가지고 있다.'고 말을 했고, 이것은 깊이 생각할 때에 알 수 있는 문제인 양 결론을 내리고 있다. 그러나 TV 등에서 밀렵꾼들이 노루, 멧돼지 등의 야생동물들을 잡는 장면을 보여줄 때와 걸어가던 사람이 무심코 개미를 밟아 죽일 때에 우리는 어떤 자세를 취하게 될까? 대다수의 사람들은 전자에는 분노를, 후자에는 큰 관심을 보이지 않고 지나칠 것이다. 또한, 전쟁이 일어나 그때 우리는 사람이 죽은 것에 관심을 갖지 전쟁 기간 중에 죽은 동물에 관심을 기울이지는 않는다. 이렇듯, '나'가 말한 것과는 다르게 사람들은 생명의 가치를 따질 때 일반적으로 사람을 최우선에 그리고 크기상, 혹은 그 개체의 숫자에 비중을 두며 가치를 매긴다.

사람들은 저마다 가슴속에 '측은지심'이라는 것이 존재한다. 앞에서 언급한 것처럼, '측은지심'이란 것은 차등하게 나타나며, 이는 대다수 사람에게 나타나는 특징을 지니는 것으로 볼 때, 당연한 것이다. 그런데, 우리 사회에서의 일부 사람들은 보신이라는 명분하에 여러 동물들을 무참히 죽이고 있다. 아무리 사람이 최우선의 가치를 지닌다고 해도 자신의 몸을 위해 이런 행태를 저지르는 것은 문제가 될 수밖에 없다. 왜냐하면 왕이 백성을 편하게 하는 역할을 맡고 있었던 것처럼, 우리는 생태계를 보호하고 보존해야 하는 역할을 맡고 있기 때문이다. 그러므로, 우리는 생명의 가치를 생각할 때, 무턱대고, 생명은 차등한 것이라고 생각하면 안 된다. 모든 생명은 보존되어야 할 가치가 있고 생태계의 최고점에 위치하고 있는 우리는 이를 보존해야 하는 임무를 맡고 있기 때문이다.

지금까지, 생명의 가치가 왜 차등한가에 대해 알아보았고, 또한 무분별하게 이를 수용하면 안 되는 이유와 '슬견설'에서 '나'의 견해도 어느 정도 필요하다는 이유도 알

아보았다. 생명은 차등한 가치를 가지고 있지만, 모든 생명은 죽기를 싫어한다는 것과
보존할 가치가 있다는 것을 항상 생각하고, 우리의 역할에 이를 염두에 둔다면 사회의
일각에서 벌어지고 있는 생명경시 풍조는 사라질 것이다.

— 허범한

위 학생은 "예문은 '슬견설'이라는 짧은 글로서"라는 좀 느슨한(이런 말은 쓸 필요 없다.
슬견설이 짧은 글이라는 것은 누구나 다 안다.) 표현으로 시작해서 김을 빼고 있지만 첫 문
단 마지막 문장에서 강력한 문제설정을 해 생동감을 준다. 곧 대부분의 학생들이 '손'과 '나'
를 공평하게 소개 분석하고 있는 데 반해 이 학생은 '나'의 견해는 저자(이규보)의 견해일 뿐
이라고 강력하게 경고하고 있다. 사실 주어진 텍스트는 저자(이규보) 곧 '나'의 입장에서 쓰
여 있다. 따라서 이 학생이 '손' 입장을 지지해 준 것은 좋지만 중간 문단(두 번째, 세 번째)
에서는 균형 있게 쓰는 논법을 보여주어 조금 아쉽다.

텍스트 분석을 잘할 수 있는 두 번째 전략은 두 가지 이상의 요소를 이리저리 따져보는
것이다. 여기서 따져본다는 것은 비슷한 점을 찾아보는 비교, 서로 다른 점을 찾아보는 대
조, 그리고 여러 가지 요소를 일정한 기준으로 추려보는 분류, 특정 요소를 일정한 기준으로
나눠보는 구분 등을 가리킨다. 특히 쟁점형 분석에는 이런 전략이 무척 쓸모가 있다. 그러한
전략에서 중요한 것은 기준설정이다. 곧 주어진 글은 큰 동물과 작은 동물의 가치를 같게
볼 것이냐 다르게 볼 것이냐이다. 그렇다면 큰 동물과 작은 동물을 구별하는 기준은 무엇이
냐부터 따져볼 필요가 있다. 단순한 크기에 따른 차이인지 아니면 인간에게 미치는 영향의
차이인지를 따져볼 수 있다. 그리고 가치 부여를 같게 하는 기준은 무엇인지 다르게 하는
기준은 무엇인지 이 '기준' 문제를 정확히 하고 풍부하게 한다면 깊이 있는 논술이라는 평을
받을 것이다. 다음 학생의 글은 그런 점을 잘 살려주었다.

제시된 지문의 내용은 큰 동물의 생명과 작은 동물의 생명을 같이 보아야 할 것인
지, 다르게 보아야 할 것인지에 대한 관점의 대립이다. 이에 반해서 나는 모든 생명의
존엄성을 일깨우고자 노력했다.

일반적으로 몸집이 큰 동물의 가치는 작은 동물의 그것보다 높게 측정된다. 왜냐하
면 상대적으로 큰 동물의 숫자가 적고, 우리에게 미치는 영향도 크기 때문이다. 이러
한 관점은 인간의 삶에도 적용된다. 사람의 죽음에도 관련되어 힘이 세고 많은 영향을
미치는 소위 거물의 죽음에는 많은 사람들이 충격을 받고 가슴 아파하지만, 거리의 쓸

쓸한 노인의 죽음에 통곡하며 슬퍼하는 사람은 거의 없다.

그렇다고 힘이 약한 미물들을 경시할 수 있는 것은 절대 아니다. 바닷속의 생태계만 보아도 처음의 생산자는 눈에도 안 보이는 플랑크톤이기 때문이다. 플랑크톤이 있기 때문에 상위 소비자들이 살아갈 수 있는 것이다. 인간의 삶에서도 힘은 비록 약하지만 사회에 보탬이 되는 사람들이 많다. 한 기업을 이끌어가는 것도 성실히 자기 업무를 해내는 많은 근로자인 것이다. 한 사회에서도 그 사회를 유지시키고 발전시키는 것은 권력자 한두 명이 아니라 다수의 민중인 것이다.

작은 동물의 목숨이 경시되는 이유 중의 하나가 그 수가 많음에 원인이 있다. 양이너무나 방대하기 때문에 한두 개의 죽음은 표도 안 난다. 그러나 작다고 해서 목숨의 수도 많은 것은 아니다. 그들에게도 생명은 하나밖에 없는 소중한 것이기 때문에 목숨이 경시되는 데 상당한 억울함을 갖지 않을 수 없을 것이다. 역지사지의 입장으로 나에게 나의 생명이 소중하듯, 남에게도 그의 생명의 소중함을 깨달아 작은 동물의 생명도 존귀함을 알아야 힐 것이다.

몸집이 큰 동물이 작은 동물보다 인간 사회에 미치는 영향이 크다는 것은 나도 부인하지 않는다. 그러나 티끌 모아 태산이라는 말이 있듯이 작은 동물도 모이면 생태계의 한 부분으로서 큰 영향을 끼치는 것을 깨달아야 한다. 그러므로 이 세상에서 독자적으로 존재하며 아무런 영향도 미치지 않는, 가치가 없는 동물은 없다는 것을 깨달아야 한다. 그래서 소위 미물이라고 지칭되는 것들도 소중함을 깨달아 어떤 것의 생명도 경시해서는 안 될 것이다.

— 임성탄

이 학생은 수가 많고 적음이라는 양적 기준을 가지고 큰 동물과 작은 동물의 가치 평가 배경을 분석하고 있다. 이러한 기준을 바탕으로 비교적 재미있게 논술을 하고 있다. 다만 수만으로 꼭 큰 동물과 작은 동물이 나눠지는 것은 아니다. 특정 동물을 비교하면 작은 동물이 큰 동물보다 숫자가 적은 것도 있기 때문이다. 또 가치 평가 차별이 꼭 이런 차이 때문에 비롯되는 것이 아니므로 이런 방식으로 집중분석은 하되 다음과 같은 보완 진술을 마지막 문단에서 해 주면 좋을 것이다. "큰 동물과 작은 동물에 대한 가치 평가 차이가 꼭 숫자 때문은 아니다. 다만 그런 양적 차이가 가치 판단에 많은 영향을 끼치므로 강조해 본 것이다."

다음 학생은 기준 문제를 아예 처음부터 문제 삼은 경우이다.

주어진 글에서 논쟁의 원인은 사물의 판단 근거를 각자 어디다 두느냐에 있다. 자세히 말해서, 손은 이란 동물은 하찮은 미물에 불과하므로 개와 같은 육중한 짐승과는 비교대상이 될 수 없다고 생각하고 있다. 반면 나는 이나 개는 모두 다 생명을 지닌 존재들이므로 그 크기에 관계없이 똑같이 취급받아야 한다고 생각한다. 이 두 사람의 논쟁을 우리 실제 생활에 적용시켜 보면 우리가 살아가는 방식에 대한 가치판단 기준의 문제로 귀결됨을 알 수 있다. 나는 이를 두 가지 측면에 한정시켜 이야기하고자 한다.

우선, 우리의 물질적 삶과 연관시켜 생각해 보겠다. 손과 같이 그 크기를 판단기준으로 삼는 것은 우리의 소비생활에 있어 재화의 선택기준이 실제적 용도보다는 그 외적조건에 치우친 태도와 유사하다. 요즘 사람들의 소비성향을 보면, 물건의 사용가치보다 교환가치, 심미적 가치를 더 중시한다. 재화의 겉모양이나, 상표의 유명도, 아니면 유행이 재화 선택의 1차적 기준이 되어버렸다. 실제 그 물건의 유용성이라든지 내구성 같은 것은 그리 염두에 두지 않는다. 이런 소비 태도가 문제 되는 것은 그것이 충동구매나 과소비를 부추기며, 불필요한 소비를 유발시키기 때문이다. 소비자의 이러한 성향은 기업들에게도 영향을 미쳐서, 좀 더 나은 질의 상품을 만들기보다는 심미적 만족을 극대화시키는 저품질 재화를 생산하여, 전체적인 상품의 질을 떨어뜨리게 된다. 이는 결국 국가 전체의 경제 운영에 악영향을 미치게 될 것이다. 그러므로 재화의 본질보다 외양을 중시하는 태도는 지양되어야 마땅하다.

다음으로 우리의 정신적 삶과 대인관계적 측면에 관해 논해 보겠다. 현대 사회는 대인관계가 점점 더 소원해지며 인간소외가 일반화된 사회이다. 이러한 현상도 역시 사람들의 외적 관계만을 소중히 여기는 태도에서 비롯된 것이라 할 수 있다. 현대 사회의 특성상 사람들은 여러 가지 지위와 복잡한 대인관계 속에서 살아가게 마련이다. 그리하여 많은 사람들은 자신의 이름보다는 여러 지위나 직업명으로 인식되기 쉽다. 그런데 이러한 호칭들이 마치 사람들의 판단기준인 것처럼 되어버렸다. 제시문에서 내가 이와 개를 구별하지 않은 것처럼, 사람들도 사회적 지위나 명예 같은 것들보다는 인간다움으로 판단되어야 한다. 그럼에도 불구하고, 사람의 외적인 요소를 우선시하는 세태는 인간관계의 소원함을 더해 주는 것이라 생각된다. 아무리 바쁘고 복잡한 현대 사회라 할지라도 인간적 본질을 추구한다면 오늘날의 삭막한 인간관계와 정신적 황폐함은 극복할 수 있을 것이다.

요컨대, 우리는 외적인 측면에 비교하여 사물의 본질의 우월함을 알 수 있다. 우리가 현대 사회를 현명하게 살아가기 위해서는 생활의 모든 측면에서 본질적 가치를 지향하는 삶의 자세를 지녀야 할 것이다.

― 김연진

이 학생은 첫 문단에서 아예 판단 근거와 그것이 기준 문제로 귀결됨을 강조하고 있다. 그래서 그 기준 문제를 '크기'와 '외면/내면'으로 잡고 곧바로 현대 사회에 적용하고 있다. 박진감 넘치는 전개다.

분석을 잘할 수 있는 세 번째 전략은 쟁점을 일반화 또는 개념화하는 것이다. 분석이 의도가 보이지 않는 것을 명확히 잡아내는 전략이라면 일반화와 개념화는 분석의 명징성을 확보하는 좋은 전략이다. 다음 글은 그런 점이 돋보인다.

나와 객은 개의 생명이 소중하다는 데에는 의견을 같이하지만 이의 생명 가치에 대해서는 의견 차이를 보이고 있다. 결국 그들은 생명의 가치를 평가하는 기준을 달리하는 것이다. 나의 경우는 미물이더라도 그 생명은 <u>절대적인 것</u>이지만 객의 경우는 생명의 경중을 <u>상대적으로 평가</u>한다. 이와 같이 절대적·상대적 가치관에서 발생하는 의견 차이는 비단 생명의 가치문제에서만 생기지 않는다. 결국 나와 객의 이러한 사소한 가치관 차이는 두 사람의 <u>삶의 양식</u>을 다르게 전개시킬 것이다. 그런데 과연 이 두 가치관 중 한 가지를 골라 옳다, 그르다 말할 수 있는 문제일까?

우리는 한평생을 사는 동안 여러 가지 문제를 결정하고 판단하는 경우를 경험하게 된다. 그 문제들도 한두 종류의 것이 아닐 것이다. 하지만 나처럼 절대적 관점에서 삶을 바라보는 사람이라고 해서 이렇게 다양한 문제들을 오로지 절대주의적인 가치관만을 가지고 판단하지는 못할 것이다. 가령 고기가 필요해서 한 동물을 선택해 죽이게 되었다고 하자. 아마 이 경우에는 나도 별수 없이 쥐를 잡아 고기를 만드느니 돼지나 소를 잡을 것이다. 객의 경우도 마찬가지일 것이다. 전쟁 중에 친구와 한 모르는 사람이 다쳤다면 그는 힘닿는 데까지 두 사람 모두를 구하려 할 것이다. 친구라고 해서 생명이 더 귀하다고 생각하지는 않을 테니까 말이다.

이처럼 삶의 방식을 어느 한쪽으로 결정해 버리고 살 수는 없다. 현실적으로 이익을 따져서 상대적으로 판단할 수 있는 생명의 가치도 경우에 따라 절대적인 관점에서 볼 수 있다. 생명의 문제만이 아니라 삶의 문제 전반이 그렇다. 물론 사람마다 주된 가치관이 있을 수 있고 그에 따라 삶의 경향 자체가 다를 수도 있다. 일반적으로 절대적인 가치관을 지닌 사람이라면 대개의 경우 상대적 가치관을 가진 사람보다 더 원리적이고 법칙적인 삶을 살 수도 있을 것이기 때문이다.

결국 우리는 우리의 주된 관점을 설정해 볼 수 있지만 맞닥뜨리는 문제의 성질에 따라 현명한 판단을 내리게 될 것이다. 맹목적으로 한 가지 신념만을 갖고 살아간다면 급변하는 사회에 적응하기도 힘들 것이다. 따라서 우리의 몫은 경우에 맞는 가장 적절한 결정을 내리는 것이다. 사람들마다 자신이 처한 상황이 다를 것이므로 최종적인 판단 결과도 다양할 것이다. 그리고 현실적으로도 우리 주변에서 어떤 문제에 두 종류 관점만이 개입되는 경우가 없음을 잘 알고 있다. 이것은 실제로도 사람들이 자신의 상황에 따라 다양한 결정을 한다는 증거가 되기도 한다.

—이상한

위 학생은 손님의 생각을 상대주의, 나의 생각을 절대주의라는 개념어를 활용하여 일반화하고 있다. 윗글은 이런 개념어를 설정하여 통한 관점 분석을 보여주고 있다. 관점의 차이가 생활양식의 차이를 가져올 수 있다는 강력한 문제설정이 돋보인다. 상대주의, 절대주의를 나누는 것 자체가 상대주의라는 맥락을 잘 썼다는 것이다. 다시 말해 대부분의 학생들이 상대주의(손) 아니면 절대주의(나)를 이분법적으로 설정해 배타적으로 기술했다. 그래서 상대주의자는 언제나 어디서나 상대주의자고, 절대주의자도 언제나 어디서나 절대주의자인 것처럼 기술했다. 그러나 이 학생은 상황에 따라 절대주의자도 될 수 있고 상대주의자도 될 수 있다고 하였다.

결국 분석은 단순히 쪼개는 작업이 아니라 이리저리 따져 그 의미를 찾아내는 작업이다. 분석의 주된 흐름은 문제설정과 관점 구성으로 이루어지며 구체적인 방법으로 비교/대조, 분류/구분 등이 동원되고 일반화, 개념화를 이용해 의미가 부여된다. 학생 지도에서 이런 분석의 3단계 전략을 적용하면 풍부한 토론과 글쓰기를 유도할 수 있다.

2.2.2. 현대 사회 적용 전략

이런 대립형 논쟁형 논술에서는 현대 사회나 각자의 삶에 텍스트 분석의 의미를 적용하기에 앞서 먼저 어떤 쪽을 지향하는지를 분명히 할 필요가 있다.[4]

여기서는 '손님'을 지지한 학생의 글만 보도록 하자. 아래 인용문 대부분이 '나'를 지지하고 있기 때문이다.

어떤 손과 화자는 생명의 가치기준을 다르게 보고 있다. 손은 커다란 짐승의 생명을 작은 벌레의 생명보다 중요하게 여겼다. 반대로 화자는 그 둘의 가치를 동일하게 생각했다. 왜 이런 상반된 견해가 발생하는 것일까?

손의 입장으로는 아픔을 표현할 줄 아는 큰 짐승들의 생명이 보다 더 가치가 있다고 했다. 물론 큰 생명체는 사람 눈에 보이기에 감정을 더 느끼는 것 같아 보인다. 게

---

4   대부분의 대학은 대립된 논점의 논쟁형 논술을 지향하고 있다. 그것은 아마도 자기주장을 쓰는 논술의 기본 성격 때문이기도 하고 출제와 채점의 명징성을 확보하는 데에 유리하기 때문이기도 하다. 이럴 경우에는 다수와 소수 입장으로 나눠진다. 이를테면 연세대 1997학년도 문제 가운데 유행을 찬성하느냐 반대하느냐는 문제가 있었다. 대부분의 학생들이 유행을 반대한다고 썼다. 아마도 유행을 천박한 대중문화 정도로 생각한 듯하다. 이런 맥락에서 유행을 찬성한 학생들은 소수 견해자가 되었다. 어느 쪽을 택하든 상관은 없지만 양적으로 반대자 쪽이 많다 보니 찬성한 학생들은 상대적으로 창의적이라는 평가를 받을 수 있다. 슬견설 논술에서도 대부분(90% 이상)의 학생들이 '나(절대주의)' 입장을 지지하였다. 이는 아마도 그 글 자체가 '나(저자)' 입장에서 쓰인 것이기도 하겠고 또 도덕주의 등의 계몽적 교과서 지식의 영향으로 '나' 쪽으로 쏠린 듯하다.

다가 움직임이 작은 미물보다 크고 활동범위가 넓어 더욱 생명체 같다. 손은 이러한 점 때문에 큰 짐승의 죽음을 더 슬퍼했을 것이다. 반면에 화자는 피와 기운이 있다면 그것을 모두 생명체로 간주했다. 그리고 작든, 크든 물리적 기준과 관계없이 생명은 모두 동일하다고 정의했다. 생명의 가치에서 우위는 존재하지 않는다고 본 셈이다.

이 둘의 관점이 다 타당한 이유가 있고 또 장단점이 존재한다. 먼저 손의 관점은 작은 것으로 인해 일일이 신경 쓸 필요가 없다는 것이다. 이와 개미의 죽음 때문에 매 순간 신경을 쓸 이유가 없다는 이야기이다. 그러나 잘못하면 생명 경시 풍조의 성향을 갖게 될 것이다. 반대로 화자의 관점은 모든 생명체에 대한 마음이 한결같다. 하지만 세세한 것까지 신경을 써야 하는 번거로움이 존재할 수도 있다.

살다 보면 생명에 대한 가치관에 미묘한 갈등이 생긴다. 낙태수술이나 전쟁같이 큰 일 이외에도 도처에 생명을 짓밟는 행동이 자행되고 있다. 길을 걷는 동안 우리는 수십 마리의 곤충을 죽일 것이고 하루에도 다량의 알을 먹을 것이다. 고기는 물론이고 다양한 생명들을 죽음으로 몰아간다. 물론 항상 이것은 가치가 있으니 먹지 말아야 하고 이것은 가치가 없으니 먹어도 된다고 생각하지는 않는다. 그저 어느 순간 저도 모르게 생명을 동등하게 여기지 못함을 알게 되는 것이다.

작고 보잘것없는 미물까지 신경 쓰고 존중해야 하는 사실이다. 작은 이에게도 생명이 있고 개미에게도 생명은 있다. 그러나 우리는 매일 그 사실을 인식하며 살 수는 없다. 물론 생명에 대한 편협한 생각은 지양해야 한다. 당연히 모든 미물에 대해서도 같은 경의를 느껴야 하는 것이다. 하지만, 이것은 이상일 수밖에 없다. 어떻게 미세한 것까지 인식할 수 있겠는가? 작고 힘없는 벌레들을 사람의 생명과 같이 보아 해를 당하면서도 내버려둠은 결코 바람직한 일은 아니다. 또한 발에 밟혀 죽은 개미마다 슬퍼하며 몸져 앓아눕는다면 이것 역시 자연을 거스르는 일이 될 것이다. 우리가 살면서 발생하는 생명의 가치 갈등은 수없이 존재한다. 하지만 그 갈등이 슬견설에서 주장한 대로 실현되지 않더라도 슬퍼할 필요는 없다.

생명은 소중한 것이다. 그리고 모두에게 동일하며 똑같이 존중받아야 한다. 그러나 자연은 이런 이상적인 형태를 원하지 않는다고 생각한다. 오히려 생명의 가치를 따지기보다 그냥 자연스럽게 사는 것이 최선의 선택이 아닐까 생각해 본다.

— 이주리

이 학생은 처음에는 양쪽 견해를 균형 있게 소개한 뒤 손님 쪽 견해를 강력하게 지지하고 나섰다. 논쟁형 논술에서 최대한 난점은 역시 흑백논리에 따른 배타적 관점설정으로 흐른다. 물론 연세대 유행 문제처럼 출제자가 찬성 아니면 반대라는 식으로 강요한 잘못도 있지만 대립된 논점을 제시하고 네 마음대로 써라 해도 역시 대부분의 학생들은 제3의 견해는 아예 생각하지도 않는다. 앞에서도 지적했지만 꼭 '손님' 입장과 '나' 입장을 배타적으로 설정할 필요는 없다. 두 입장을 결합한 입장도 있을 수 있고 중도적 입장도 있을 수 있기 때문이다. 중요한 것은 어느 입장이냐가 아니라 얼마나 설득력 있게 자기 입장을 설득하느냐이다. 이런 측면에서 앞에서 인용한 허범한 학생 글이 돋보인다.

상대주의, 절대주의 모두 나름대로 필요한 맥락을 분석하면서 마지막 문단에서 '역할'을 강조하고 있다. 다만 그 역할 문제를 너무 간단하게 처리해서 아쉽다. 차라리 앞의 두 문단을 조금 줄이고 이 '역할' 문제를 좀 더 기술했으면 더욱 좋은 논술이 되었을 것이다.

현대 사회 적용 전략에서 누구를 지지하느냐를 첫머리에서 강조한 이유는 이에 따라 적용의 흐름이 결정되기 때문이다.

물론 누구를 지지하느냐에 앞서 어떤 관점에서 문제를 설정하느냐가 가장 중요하다. 이러한 문제설정에 따라 현대 사회를 어떻게 바라보느냐가 결정된다. 많은 학생들은 현대 사회에 대한 문제설정 없이 무조건 적용하는 경우가 많다. 그런데 현대 사회라는 것이 얼마나 복잡하고 다양한가. 그렇다면 어떤 관점에서 현대 사회를 바라보느냐가 결정되지 않는다면 적용이 과연 가능할지도 의심이 든다. 다음 학생은 그런 면에서 다른 학생들에 비해 잘한 경우이다.

> 슬견설에서 손과 나는 생물의 크기에 따른 생명의 가치에 대해 다른 견해를 지니고 있다. 손은 생명의 가치를 크기에 따라 다르다 생각하고 있지만, 나는 그와 반대로 생각한다. 현대 사회에서 이런 두 견해의 차이는 한 번 생각할 만하다.
>
> 슬견설에서는 크기에 따른 생명 경중의 차이에 관한 논점이다. 개와 이는 인간에게 주는 이로움이 다르기 때문에 개는 중요한 생명체이고 이는 하찮은 것이라 보기 쉽다. 하지만 이는 편협한 사고다. 인간은 자연이라는 틀 속에서 모든 생물들과 연관되어 살고 있다. 갯벌에 대한 중요성을 간과한 채 간척사업을 하면 오염이 심각해지는 것처럼 인간이 자연이라는 큰 틀을 파괴한다면 상당한 피해를 볼 수 있다. 즉 모든 생명체 각각을 동등한 가치를 가진 것으로 파악해야 한다.
>
> 이번에는 슬견설의 내용을 우리의 일상생활 모습에 적용시켜 보자. 삶의 양식을 크게 잘 사는 것과 바르게 사는 것으로 나눌 수 있다. 전자는 이해관계의 측면에서 보면 알맞은 삶의 방식일 수 있으나 모든 생명의 가치를 정당화하기에는 무리가 있다. '잘 사는 것'을 목표로 하면 자신의 이해에 민감해져 '손'과 같은 편협한 사고에 빠질 위험이 있기 때문이다.
>
> 반면 후자는 이해에 민감하다기보다는 바르게 살기 위해 정의, 양심을 중시한다. 그리고 바르게 살기를 원하는 사람들은 사회생활에서도 돈을 많이 벌기보다 가치 있

는 일을 하여 보람을 얻기를 원한다. 미국의 부호인 록펠러도 인생이 끝날 무렵 잘 사는 것에 목표를 두는 것이 결국 허망하다는 것을 깨닫고 록펠러 재단, 연구소를 세워 많은 이의 귀감을 산 일이 있다. 이와 마찬가지로 허망함이 남는 잘 사는 것을 목표로 한 삶보다 바르게 사는 삶으로 모든 생물, 사람들을 동등한 가치로 파악하여 이들이 공평한 대접을 누리게 해야 할 것이다.

요컨대 단순히 물질세계를 통한 경중 판단을 자제하고 동등한 가치로 만물을 대해 바르게 사는 삶을 살 수 있도록 하는 것이 슬견설의 현대적 해석일 것이다.

— 정다운

이 학생은 현대사회를 '잘 사는 것'과 '바르게 사는 것'으로 나눠 적용하고 있다. 단순하게 적용하는 경우보다 더 깊이가 있어 보인다. 다만 느슨한 텍스트 분석이 전체의 반을 차지하고 있기 때문에 교사는 이런 느슨한 분석을 대폭 줄이고 차라리 이 문제(잘 사는 것, 바르게 사는 것)를 집중적으로 좀 더 쓰도록 유도해야 한다.

다음으로 적용 전략에서 중요한 것이 논거설정이다. 적용은 텍스트에서 설정한 문제를 텍스트 바깥의 여러 문제나 사례에 투사하는 것이다. 그러므로 어떤 논거를 들고 그것을 이용해 어떤 의미를 부여하느냐가 중요하다. 학생들을 지도하다 보면 많은 학생들이 색다른 논거나 많은 논거 들기에 집착하는 경우가 많다. 물론 다양하고 색다르면 더욱 좋겠지만 그것보다 중요한 것은 논거를 차용하고 분석하는 전략이다. 진귀한 먹거리로 형편없는 요리를 하는 사람과 시금치, 무, 배추 등의 흔한 먹거리로 맛있는 요리를 하는 사람 가운데 누가 더 훌륭하겠는가. 그러므로 논거는 논증 의도에 걸맞아야 하고 논거를 나열하지 말고 종합 분석하는 데에 신경을 써야 한다. 다음 학생은 그런 면에서 문제를 보여주고 있다.

위의 짧은 수필에서 손에게 개라는 것은 육중한 짐승으로 큰 의미를 두고 있지만, 이는 하찮은 미물로 간주하고 있다. 여기서 손이란 인물은 보편적이고 일상적인 인물로 거의 대부분의 모습을 그리고 있는데, 주인공 '나'는 개나 이 모두가 다 같은 생명체로서 죽기를 싫어하기는 마찬가지라는 것을 깨우쳐주고 있다.

우리의 삶도 '손'과 같다고 본다. 제대로 알지도 못하면서, 선입견에 사로잡혀서 사물이든, 사람이든간에 대상 파악을 정확히 하지 못하고 있는 것이다. '저 사람은 원래 저래.'라고 낙인찍음으로써 그 사람의 됨됨이를 파악하려 하는 걸 애시당초부터 관둬 버리거나, 새끼가 자란 뒤에 늙은 어미에게 먹이를 물어다 준다 하여 일명 '반포조'라 불리는 새인 까마귀를 우리는 기분 나쁜 새라고도 하여 제대로 본질을 파악하지 못하는 일 등 일상생활과 결부 지어 생각할 수 있는 일이 꽤 많다.

가끔 우리 주변에서 볼 수 있는 장애인들을 보는 시각 또한 그러하다. 그들도 우리와 같은 한 인간이고, 생명인데 마치 우리와는 다른 사람들처럼 생각하고 격리시켜 버림으로써 그들을 인간 이하의 사람으로 치부해 버리는 것이 그러하다. 그들을 이해하고 보살펴주려 하기보다, 막연한 동정심만 가지고 몇 방울의 눈물만 흘리고는 그들과 벽을 두고 있는 게 사실이다.

여러분들은 논개에 대한 이야기를 알고 있을 것이다. 양 손가락에 아홉 개의 반지를 끼고, 이등박문과 남해로 뛰어든, 목숨보다 나라를 사랑했던 위대한 절개의 여인인 논개의 이야기를. 만약 그녀의 절개를 무시하고 생각해 보면, 그녀는 단순히 일본인에게 몸을 판 여인 이상일 수 없었을 것이다. 하지만 그녀의 그런 행동의 진실을 우리 조국을 구하기 위한 수단이었다고 볼 때, 단지 떠도는 풍문이나 소문으로 무엇이든 단정지어 버리려는 우리 태도에 대해 경고를 주는 것처럼 들린다.

자기가 직접 경험해 보지 못하고 실상을 제대로 파악하지 못한 상태에서 지레짐작해 버리는 것은 이처럼 대단한 오해의 여지가 있을뿐더러 거기서 오는 괴리도 무시할 수 없다.

나 자신조차도 선입견을 배제하고 살고 있다고 자신하지 못하지만, 그런 삶을 살아가려고 애쓰다 보면, 그래서 자연스럽게 모든 것을 나와 동일시하고, 나를 사랑하고 아끼듯이 남도 사랑하는 마음으로 살 수 있는 사회가 이룩된다면 적어도 '자신보다 작고 미천한 것에 대해서는 군림하려 하고 강자에게 아부하는 사회는 벗어날 수 있지 않을까.' 하는 희망을 가져본다.

―이혜진

이 학생은 논거를 다양(까마귀, 장애인, 논개)하게 들긴 했지만, 그러한 논거설정의 맥락이 단순해 나열된 느낌을 준다. 굳이 세 가지 논거를 들 것이라면 선입견이 주는 다양한 의미 분석을 하는 과정에서 들거나 아니면 세 논거의 의미를 분석하여 선입견의 다양한 문제를 짚어내야 한다. 그리고 논개의 경우는 보통 절개의 여인으로 알고 있기 때문에 선입견이라 보기 어렵다. 그리고 두루 잘 아는 논거는 간단하게 처리하고 분석 위주로 나가야 한다. 그런데 '논개'의 논거는 너무 장황하다. 이등박문은 안중근이 저격했고 논개가 떨어진 곳은 남해가 아니라 진주 남강이다. 이런 점은 애교 있는 실수로 봐준다 해도 아홉 개의 반지를 꼈다는 등의 묘사는 불필요하다.

2.3. 그 밖의 지도 전략에 대하여

분석과 적용은 구성과 표현으로 효과를 드러낸다. 여기서는 문제점만을 지적해 보도록 한다. 왜냐하면 이상적인 구성과 표현의 고정된 틀은 없기 때문이다.

학생들의 논지 구성에서 가장 문제가 되는 것은 자신의 생각을 '서론-본론-결론'이란 틀에 박힌 형식에 가둔다는 것이다. 이 점은 제4부 제2장에서 자세히 설명하므로 생략하기로 한다.

다음으로는 비슷한 얘기를 반복한다든가 앞이 장황하여 진짜 할 얘기를 못했다든가 하는 식의 구성이 많다. 다음과 같은 글이 그런 경우이다.

이 '슬견설'이라는 작품에서는 생명의 소중함을 어떻게 볼 것인지에 대해 논하고 있다. 우선 손(客)은 크고 육중한 동물에 국한시켜 생명의 존엄성에 대해 밀하고 있는 반면 '나'라는 인물은 큰 것만의 생명이 소중한 것이 아니며 미물까지도 생명이 있는 것은 모두 소중하다고 본다. 즉, 손은 큰 것만을 소중히 여기는 데 익숙해져 있어 작은 것을 눈여겨보려 하지 않는 선입견에 빠져 있는 것이다. 이제 잠시 눈을 돌려 우리 사회를 살펴보자. 어떠한가? 꼭 생명이라는 것에 국한시키지 않더라도 대부분의 사람들이 여러 면에서 선입견에 빠져 있음을 알 수 있다. 그럼 지금부터 선입견에 빠져 있는 우리 사회를 살펴보고, 그것이 우리 사회에 과연 바람직한 것인지 생각해 보도록 하겠다.

선입견에 빠져 있는 예는 어렵지 않게 찾아볼 수 있다. 우선 사람을 학벌로만 평가하려는 사회 풍조를 들 수 있다. 어느 학교를 다니는지는 취직할 때, 심지어 대학생들의 미팅조건까지 된다. 과외를 할 때도 서울대는 얼마, 연·고대는 얼마, 다른 학교는 서울대의 절반도 안 된다는 소리가 들린다. 어느 학교를 다니는지가 그 사람을 하나부터 열까지 대변하고 있는 것이다. 왜 학원 선생님들이 자기 출신 대학교를 자랑처럼 크게 광고로 내는 것일까? 그것은 부모님부터 애들까지 모두 좋은 대학교를 나와야지 아는 것도 많고 잘 가르칠 것이라는 선입견에 빠져 있기 때문이다. 그렇기 때문에 학원 선생님마저 함께 그런 선입견에 빠져 자기의 학교를 커다란 자랑처럼 광고하는 것이다. 또, 직업에 있어서도 마찬가지다. 직업이 무엇인가에 따라 사람을 보는 시선이 틀려진다. 법원에서 일하는 사람들, 교수, 의사들이라면 탄성과 함께 몸을 굽실댄다. 그러다가도 거리의 환경미화원이나 공사장에서 막노동하는 사람들을 대할 땐 상대조차 하려 들지 않는다. 아버지가 환경미화원이라는 이유로 아버지를 거리에서 외면한다는 이야기를 들어왔다. 왜 우리는 좀 더 넓게 생각하지 못하고 항상 좋은 것만 좋은 것이고, 다른 것은 관심을 멀리 하려 하는 것일까?

학벌이 사람의 인간성을 대신할 수 없으며 개인의 능력까지 대변해 줄 수는 없다. 아무리 좋은 학교에 들어갔어도 그 사람이 노력하지 않는 이상 그 사람의 능력이 학교 이름처럼 같이 좋아질 수는 없다. 얼마 전 TV에 나온 연대 한 교수가 자신은 지방대 출신이며 자신의 미래를 어떻게 개척해 나가느냐가 중요한 것이지 과거가 중요한 것이 아니라고 말한다. 직업도 그렇다. 좋은 직업이 아니면 차라리 굶어 죽겠다는 생각만을 한다면 이 사회의 거리는 누가 깨끗이 해줄 것이며 건물은 누가 짓고 공장 일은 누가 할 것인가? 아마도 거리는 쓰레기로 뒤덮여 발을 딛고 다닐 틈도 찾기 힘들 것이며 집이 없어 거리에서 방황하는 사람들로 가득 차게 될 것이고 물건이 만들어지지 않아 시장의 경제활동이 마비될 것이다. 그런 것을 고려해 보더라도 직업을 가지고 귀천을 따지는 일이 얼마나 큰 잘못인지 깨달을 수 있을 것이다.

앞으로 우리는 큰 것만 소중히 여기고 작은 것을 뒤로하려는 선입견에서 벗어나 작은 것부터 큰 것까지 똑같이 볼 수 있는 넓은 시야를 가지도록 서로 노력해야 한다. 그런 후에야 모두가 충실하게 생활할 수 있으며 바람직하게 발전해 나갈 수 있을 것이다.

— 이승진

이 학생은 둘째 문단에서 편견의 예로 학벌과 직업을 들고 있다. 그런데 세 번째 문단에서도 비슷한 차원에서 반복, 부연 설명을 하고 있다. 이 때문에 전체 구성상 균형이 맞지 않는다.

표현 문제는 맞춤법이나 비문 따위의 일반 문제부터 논점을 흐리는 논술에서의 문제까지 다양하다. 이 점에 대해서는 제4부 제3장에서 자세히 설명하겠다. 여기서는 슬견설 논술에서 발견된 한 문제만을 지적해 보기로 한다.

앞서 인용했던 이재민 학생 글에서 "인간은 존엄한 존재다."라는 표현이나 "한국인은 단군의 피를 물려받은 한민족이다."와 같은 표현이 그런 경우이다.

이런 표현은 되도록 피해야 한다. 더는 논증이 불필요한 듯한 당위적 명제나, 논제와 거리가 너무 먼 일반적 명제는 논증의 설득력을 떨어뜨린다. 그리고 첫 번째 문장(인간은 존엄한 존재이다)은 그다음 두 문장에서 내리 반복된다. 그리고 '한국인은 단군의 피를 물려받은 한민족이다.'에서 출발하여 한국인은 평등하다는 것을 강조한 것은 비현실적이라 설득력이 부족하다. 단일민족이라지만 남북(이데올로기), 동서(지역갈등)로 얼마나 갈려 있는가를 생각해 보면 알 수 있다.

3 | 생산적인 관점설정을 위하여

이제까지 학생들의 글을 가지고 실제 지도의 흐름을 살펴보았다. 이런 과정에서 우리가 얻은 소득이라면 고전이 그리 단순하지 않다. 그만큼 고전텍스트 논술이 어렵다는 것이 아니라 오히려 그런 논술과정이 고전을 다시 읽는, 다시 해석하는, 그래서 삶의 역동성을 확보할 수 있는 전략이 된다. 우리가 관점 구성과 치열한 분석, 적용에 힘을 들인 것도 그 때문이다. 그렇다면 좀 더 바람직한 관점 구성과 글쓰기는 어떻게 가능한가. 긴말할 필요 없이 그런 생산적인 글쓰기를 보도록 하자.

'손'의 가치기준은 크기에 따라 생명의 가치에 차이를 두는 상대주의 입장이다. 그러니 '손'처럼 크기에 따라 가치를 달리 두어서는 곤란하다. 왜냐하면 생명을 가진 미물 가운데에서 생태계가 존재하는 데 있어 없어서는 안 될 것들이 많기 때문이다. 플랑크톤은 말할 것도 없고, 세균조차도 어느 정도는 존재하는 것이 건강한 생태계엔 필수적이다.

또 '손'의 입장은 가치기준에 있어 지나치게 인간 중심이다. 어떠한 것이든 생명은 그 자체로서 존엄하다. 작아서 보잘것없는 것처럼 보이는 생명체도 살고자 하는 욕구 앞에서는 동등한 것이다.

인간은 자신만을 중심에 두고 타 생물들의 목숨을 좌지우지해 왔다. 그 결과 얼마나 잔인한 방식으로 생태계를 파괴시켜 왔는지 돌아보아야 한다. 당장의 편리함, 인간의 이기심으로 인해, 인간에게 이로워서, 인간에게 무해하다고 다른 생물들을 쉽게 죽여왔다. 그래서 인간의 존재마저 위협시키고 있다.

나아가서 '손'과 같이 생김새, 크기에 따라 나누는 가치기준은 인간 사회에서조차 잘못된 선입견이 가치를 규정하는 모습으로 보여준다. 이런 외적인 가치가 중요시되면 학벌, 경제적 부, 외모, 인종, 배경 등과 같은 것들이 사회를 움직이는 잘못된 기준으로 작용하게 한다.

그럼 '나'의 입장은 어떤가? 생명의 존엄성에 있어 크기에 따라서 그 가치를 나눌 수 없다는 점에서 더 진일보한 입장으로 보인다. 생명의 존엄성을 외적으로 크기나 생김새가 아닌, 평등성을 인정한 점에서 그러하다. 그러나 '나'의 입장은 지나치게 이상적이다. 생명의 존엄성을 우리가 이상적으로 추구할지라도 현실의 과정에서는 좀 더 걸러지고 구체화되고 세분화되어야 한다. 피를 빨아먹는 모기나 병균을 옮기는 바퀴벌레를 죽였다고 "너 왜 생명을 죽이니?"라고 다그치지는 않는다. 왜냐하면 생활 속에서 상호작용을 어떻게 미치는가는 가치판단의 기준이 될 수 있기 때문이다. 즉 상호 도움이 되고 발전적인 관계와 역할인가 그렇지 않은가는 외모와 생김새보다는 더 높은 가치판단의 기준이 되기 때문이다. 성 범죄자와 미래를 위한 연구자가 같은 가치를 지니는 것은 아니지 않은가. 다시 말하면 '나'의 입장처럼 생명의 평등과 존엄을 인정하면서 생태계의 보존과 발전이라는 관점에서— 여기서 인간만을 중심으로 보는 관점은 극복되어야—생물 상호 간의 작용과 그 역할을 고려하는 입장이 필요하다. 이것은 이상과 현실적 과정을 결합하는 입장으로 '더불어 사는 삶의 가치'를 생태계나 인간 사회에 더욱 심화해야 할 것이다.

—손요한

위 글은 서론-본론-결론의 틀 속에 갇힌 일반적인 글이 갖고 있는 군더더기가 없다. 텍스트 분석이 자신의 관점 구성에 녹아들었다. 더불어 사는 삶의 가치를 중심으로 나의 관점을 지지하되 손님과 같은 현실적 갈등을 극복하기 위해 생물 상호 간의 작용을 고려해야 한다는 점을 강조하고 있다.

무조건적인 생명 존중의 생태주의는 오히려 공멸할 우려가 있다. 생물 사이의 상호작용을 고려한 생태주의가 현실성도 있고 우리의 공존 이상을 실현해 줄 것이다. 물론 이런 상호작용이 인간 중심의 상호작용이 되어서는 안 될 것이다.

4 | 마무리

고전텍스트 논술은 학생들로 하여금 고전에 얽매이게 하는 전략이 아니라, 고전을 읽어서 생각을 넓히고 삶의 여러 역동적인 모습을 발견하게 하는 전략이 되어야 한다. 고전텍스트는 과거 텍스트가 아니라 우리 삶의 문제의식 속에 살아 움직이는 텍스트이어야 하고, 고전 논술이 바로 그런 길이기도 하다.

고전 교육까지도 입시라는 굴레 속에서 고민해야 하는 현실이 아쉽고 안타깝지만, 그런 현실을 뒤집어서 오히려 이런 기회가 고전 교육에 대한 반성과 비판의 토대가 되어 활성화되는 계기가 되어야 한다.

5장 사고력 향상을 위한 텍스트형 논술 지도

1 머리말

우리나라 국어교육의 문제를 사고력 차원에서 문제제기할 때 다음 두 가지를 묻는다.

> 1. 우리나라가 문맹률은 전 세계적으로 아주 낮은 편에 속하는데 독서 후진국인 까닭은 무엇인가?
> 2. 고 3 수험생 대부분이 고 3이 되어 수능 언어 영역의 많은 문제를 풀어도 실제 최종 수능 언어 영역 점수가 제대로 오르지 않는 이유는 무엇인가?

첫 번째 질문 자체가 모순인 것 같지만 사실 모순은 아니다. 글자 빨리 깨쳤다고 책도 잘 읽고 잘 이해한다는 법은 없다. 그러나 우리나라 사람들이 대체로 책이나 글을 제대로 읽지 않는다는 사실의 강조임은 분명하다. 일단 독해력을 책을 제대로 읽는 능력이라는 관점에서 보면, 독해력은 두 가지 측면이 있다. 텍스트의 내용을 있는 그대로 이해하는 이해력과 맥락적 이해 또는 분석적 이해에 해당되는 해석력이 그것이다. 텍스트는 어떤 맥락에서 쓰여진 것이며 우리에게, 나에게 어떤 의미가 있을까. 이 텍스트를 다양하게 해석할 수는 없는가와 같은 물음을 해결해 주는 것이 두 번째 독해력의 특징이다. 두 가지 특징이 밀접하게 연계되어 있지만 두 번째 특징이 사고력의 본질에 더 가깝게 작용한다. 두 번째 능력에 대한 문제의식을 보면 (2)의 의문이 풀린다. 두 번째 특징으로서의 독해력이 문제가 되니까 아무리 문제를 많이 풀어도 근본적인 실력 변화가 없는 것이다. 열 권 이상의 참고서나 문제집을 풀어도 개선이 안 된다. 그것은 문제 푸는 기술만 반복했지 사고력과 독해력의 문제가 해결이 안 된 것이다. 곧 진정한 독해력은 이해력이 아니라 분석력이다.

따라서 이 글은 언어와 논술 영역을 활용해 학생들의 사고력의 문제를 짚어 볼 것이다. 수능 언어 영역과 대입 논술, 구술 영역의 공통점은 텍스트 분석력을 똑같이 요구한다. 논술이 텍스트 분석형 논술이고 구술조차도 그런 식으로 문제를 내고 있다. 이러한 영역에서의 사고력 개선을 위해 언어와 사고의 기본적인 문제를 점검하고 논술 영역을 이용하여 모형을 제시할 것이다.

2 | 사고력의 개념 전략과 일반 문제

2.1. 사고력의 개념과 분류 전략

사고력은 말 그대로 생각하는 힘이다. 그렇다고 생각 모두가 사고력이 되는 것은 아니다. 왜 생각하는가와 어떻게 생각하는가를 한자어로 좁혀 '사고'라 부르고 그에 관한 힘을 사고력이라 규정한다. 곧 사고는 생각의 틀이거나 생각의 방식 또는 생각에 대한 생각이라 할 수 있다. 보통 사전에서의 '사고'는 체계적인 정신활동이나 어떤 문제를 해결해가는 논리적 과정을 가리키지만 여기서의 '사고력'은 의미가 좀 더 확장된다. 사전식 개념으로 보면 상상력은 사고력 범주에서 비껴갈 수 있지만 이때는 포함된다. 상상력은 바로 그런 사고과정을 부추기거나 도와주는 기능을 하기 때문이다. 결국 사고력은 차이에 대한 생각의 다름에 따라 다음과 같이 나눌 수 있다.[5]

창의력 : 차이를 생성하는 힘
상상력 : 차이 자체를 뛰어넘어 또 다른 차이를 만들어 내는 힘
비판력 : 차이의 근거를 밝히는 힘
논리력 : 차이와 관계를 따져보는 힘
분석력 : 차이를 요모조모 따져보는 힘
통찰력 : 차이를 꿰뚫어 보는 힘

---

[5] 사고력의 주요 요소에는 차이 존중 외에 맥락을 존중하고 구체적인 사고를 위한 관찰 능력이 있다. 또한 1차적 결과를 재구성하는 조작과 분석 태도, 그러한 태도를 체계적으로 도와주는 논리성과 합리성 등이 중요하다.

1) 기본적인 사고력 : 창의력, 상상력

창의력과 상상력은 가장 기본적인 사고력이다. 끊임없이 차이를 만들어 나가는 것이 창의력이라면 그 차이 자체를 무시하고 건너뛰려는 것이 상상력이다. 이러한 두 가지 사고력은 서로의 힘을 부추기는 관계에 있다. 창의력에 따라 상상력이 촉발되고 상상력에 따라 창의력은 질적인 변화를 거듭한다. 이러한 사고력이 밑바탕이 되었을 때 다른 사고력도 힘을 받을 수 있다.

2) 유기적 사고력 : 비판력, 논리력

비판력은 어떤 대상에 대한 문제의식과 부정 정신을 바탕으로 왜 그런가를 밝히는 사고력이다. 여기서 중요한 것은 왜 그런가에 대한 근거를 설정하고 그것을 이용해 자신의 문제의식에 합리성을 밝히는 것이다. 이러한 비판력에 중심 역할을 하는 것이 논리력이다. 논리력은 관계 자체를 객관적으로 따져보는 힘이다. 추리력도 논리력에 포함된다. 두 가지 사고력은 주로 세세한 근거와 관계를 따지는 것이므로 유기적 사고력이라는 분류 이름을 붙였다.

3) 종합적 사고력 : 분석력, 통찰력

분석력[6]은 무언가를 나누어, 왜 그런가에 대한 의미를 부여하는 힘이다. 다양한 기준을 세워 각각의 의미를 부여해 보는 것이다. 다양한 기준설정이 중요한데 크게 세 가지가 있다. 하나는 긍정/부정, 미시/거시처럼 가치판단을 명확한 기준으로 나누는 방식이 있다. 다음으로는 경제, 문화, 역사 등과 같이 내용 또는 주제별로 나누는 방식이 있다. 마지막으로 주체나 입장에 따른 관점이 있다. 통찰력은 왜 차이가 나는지를 꿰뚫는 힘이다. 종합적 사고력이라고 볼 수 있다. 두 가지 사고력은 한 몸의 다른 형체인 셈이다. 통찰의 힘이 없으면 분석할 수 없고 분석력이 없으면 통찰할 수 없기 때문이다.

2.2. 우리나라 학생들은 왜 사고력이 약한가

우리나라 학생들과 교사들의 사고력 수준을 단적으로 보여주는 사례를 들어 이 문제를

---

6   분석력에 대해서는 이 책 4장 참조.

진단해 보겠다. 나는 최근 10여 년간 전국의 각종 특강을 다니며 교사와 학생을 많이 만나왔다. 만날 때마다 다음과 같은 문제를 공개적으로 내고 정답을 유도했지만 제대로 정확히 답변하는 사람은 한두 사람밖에 없었다.

[문제] '조기·붕어·오리·소' 가운데서 메롱과 같은 부류를 고른다면?

- 메롱 : 고등어, 오징어 　　　　 씨롱 : 여우, 늑대

너무나 간단한 문제다. 메롱과 씨롱의 차이를 찾아서 그 기준을 적용하면 되는 문제다. 당연히 그 기준은 여러 가지가 된다. 바다, 물, 글자 수, 끝 글자, 첫 글자 모음, 우리나라 사람들의 먹거리 취향성 등등. 그런데 거짓말 같이 한 가지만 찾는다. 그만큼 우리나라 학생들의 사고력이 경직화되었다는 것이다. 그것은 학생들만의 잘못은 아닐 것이다. 창의력을 가르쳐야 할 교사들도 한결같이 같은 양상을 보여주고 있다. 이는 학생과 교사만의 문제는 아니라는 점을 보여준다. 획일적 교육 시스템이 그렇게 만든 것이다.

획일적 교육 시스템이 낳은 병폐는 바로 이런 식의 경직화된 사고 때문에 어떤 쟁점에 대해 구체적으로 사유할 줄 모른다. 환경문제 논술에 대한 고 3 학생의 전형적인 답안을 보자.

　　환경과 인류는 서로 떼어놓고는 생각할 수 없는 절대적 유기적 관계에 놓여 있다. 인간이 생활의 편리를 위해 과학 이기를 앞세워 환경을 지배하는 동안 둘 사이의 긴밀했던 상호 관계는 점차 파괴되기 시작했다. 지금 자연은 인간에게 환경문제라는 전 인류적 문제를 발생시키고 있다. 이에 대한 뚜렷한 해결 방안이 없다면 인류의 삶은 환경문제에 의해 도태될 수도 있을 것이다. 인간의 발전과 과학, 이에 상응하는 경제 발전은 항상 그 궤도를 같이 해왔다. 그렇기 때문에 우리는 계속적인 경제 발전과 환경문제라는 상반된 상황에 부딪친다.

　　과학의 발달이 인간의 문화, 기술, 각종 생활 전반에 영향을 끼친다는 것은 의심할 여지가 없다. 또 과학이 일궈 놓은 인간의 경제생활 역시 하루가 다르게 발전해가고 있다. 하지만 경제 발전은 환경과 반비례 관계에 위치해 있기 때문에 우리는 둘 중 하나를 포기해야만 하는 문제에 봉착하게 된다. 편리를 위해 경제 성장에만 역점을 두고 이를 실행해 나간다면 환경 파괴, 오염 등의 문제가 우릴 가로막게 된다. 간단히 살펴보아도 자동차가 발달하고 이를 위해 도로를 닦으면서 아름다운 강산은 어디든 아스팔트로 뒤덮이게 되었다. 또 여러 가지 이득을 얻기 위해 건설한 댐이 안개를 발생시

켜 오히려 피해를 가져오게 된 경우도 있다. 이와 반대로 환경보호만을 앞세우고 경제 발전을 등한시한다면 인간의 삶은 발전하지 못하고 정체될 것이다.

이러한 문제가 발생한 원인은 무엇일까? 기계문명이 도입되고 대량 생산 체제하에서 급속한 경제 성장을 이룬 인간은 자연을 이용의 대상으로만 여기기 시작했다. 개화기에 문명의 맛을 본 사람들은 편리한 세상이 도래함을 예찬했고 그렇게 지금까지 달려온 문명은 우리에게 환경문제라는 새로운 화두를 던져주었다. 주객이 전도되는 상황까지 이른 지금. 이용의 대상으로만 여겼던 환경은 다시 한번 생각해 볼 여지가 있다.

인간이 자가당착에 빠지게 된 원인인 물질주의적 가치관을 버리고 자연을 먼저 생각할 줄 아는 생태학적 가치관을 지향하는 것은 바람직한 방법 중의 하나이다. 생태학적 가치관은 무조건 환경보호만을 주장하는 것이 아니라 경제 문제와 환경문제를 동시에 생각하는 조화로운 사상이다. 쉽게 말해 공장을 지을 때 공장을 지어서 얻을 수 있는 경제적 이익과 입지 선정에서 주변 환경과의 조화를 모두 고려하는 입장이 것이다. 지금까지 우리는 우리를 둘러싸고 있는 주변을 '환경'이라고 지칭해 왔다. 이는 인간을 제외한 나머지 사물을 인간의 관점에서 바라보았을 때를 이야기한다. 하지만 지금 우리에게 필요한 것은 환경을 '생태계'로 바라보는 시각이다. 생태계는 인간을 자연의 일부로 보는 것으로 생태학적 가치관과 그 의미가 통한다고 할 수 있다.

인간 문명은 과학 기술, 경제 발전과 함께 성장해 왔다. 이때에 발생하는 환경문제는 이 둘이 서로 반비례 관계에 있기 때문에 일어난다. 우리가 이를 해결할 수 있는 방법으로 자연을 바라보는 시각을 변화시키는 것을 들 수 있다. 자연을 인간 중심에서 파악하지 않고 인간이 그 일부인 거대한 조직이라고 생각하는 것이 필요하다. 이러한 시각은 생태학적 가치관이 기본이 되어 경제 발전과 환경문제 해결이라는 두 마리 토끼를 동시에 잡을 수 있도록 도움을 줄 것이다.

―고 3, 박진영

환경문제에 대한 위 학생의 글을 보면 환경에 관한 풍부한 지식이 녹아 있지만 정작 학생 수준에서의 구체적인 인식과 대안은 없다. 막연하고 추상적이다. 첫 문단의 문제제기도 그렇고 대안을 제시하는 본론도 그렇고 마무리도 비슷하다.

이러한 문제의 직접적 원인은 하나의 작은 주제를 가지고 집중 학습이 이루어지지 않았다. 또 아직은 획일적인 국정 교과서가 강해 어떤 문제에 대해 한 가지 관점으로 사고한다는 것이다. 학생들의 계몽적이고 윤리적인 사고의식도 한몫한다. 바로 이런 식이다. 돌을 분류해 보라고 했더니 잘 분류해 놓고는 마지막에 가서 아름답고 빛나는 돌을 사랑합시다는 식으로 끝낸다. 대입논술답안에 이런 식의 답안이 지나치게 많다.

고등학생들이 수능 언어 영역을 어려워하는 이유는, 바로 언어 영역이 비록 객관식이긴 하지만 교과서식 시스템과 다르기 때문이다.

논제 '청소년들이 왜 통속적인 문학 작품을 읽는가'라는 제목으로 글을 쓰기 위해, 먼저 특성을 여러 각도에서 분석해 보았다. 분석을 거쳐 떠올린 내용으로 적절하지 않은 것은?

—수능 2003학년도 문제(다섯 개의 문항 지문 생략).

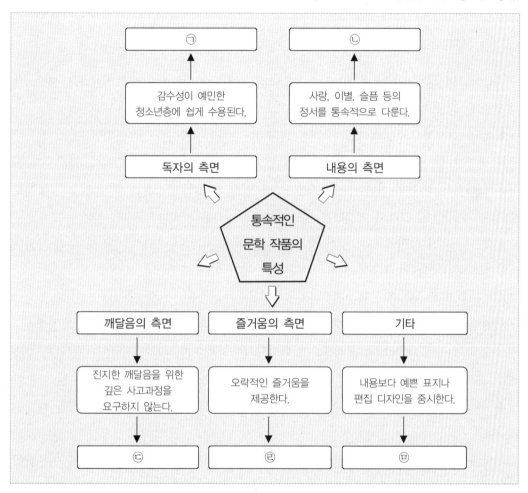

기본적으로 위와 같이 다양한 관점에서 사고하는 것을 묻는데 학생들은 단선적으로 생각하는 습관 때문에 쉽게 풀 수 없게 된다. 위와 같은 경우 다양한 분석과정이 가시화되어 있지만 겉으로 드러나지 않는 경우가 더 많기 때문에 어려워한다. 아니면 단선적으로 쉽게 풀지만 답에서 어긋나는 경우가 많게 된다.

역시 중요한 것은 교육 시스템이다. 학생들도 다양하게 생각하는 것이 좋다는 것을 안다. 하지만 교과서와 입시, 대량생산식 강의가 오히려 그런 생각을 가로막는 것이다.

2.3. 사고력의 필요성과 유의점

2.3.1. 사고력의 필요성

지금까지의 문제점을 비판함으로써 사고력의 중요성은 구체적으로 드러났다고 본다. 좀 더 중요한 점을 강조하여 다시 정리해 보기로 한다.

첫째는 단순 지식 중심의 교육에 대한 회의이다. 수많은 지식을 공부하지만 그 지식이 어떻게 생겼고 무엇이 문제이고 왜 우리에게 필요한지에 대한 생각이 부족하다. 플라톤은 현상을 그림자로, 본질을 이데아로 설정했다에서 멈춘 것이다. 플라톤은 왜 본질을 그렇게도 중요하게 여겼는지 그래서 어쨌다는 것인지가 없다. 죽은 지식인 것이다.

둘째로는 우리 사회의 옳지 못한 생각에 대한 비판의식이 부족하다. 아직도 우리 사회가 상당수의 주류 언론의 논조를 쉽게 받아들이는 것이 이를 반증한다. 제대로 받아들이기 위해서라도 비판적 사고력이 필수적이다.

셋째로는 결과 중심으로 사고하고 행동하는 경우가 아주 많다는 것이다. 누가 파업했다는 식의 결과 현상에 대한 비판만 횡행하고 왜 파업을 하게 되었는지가 생략되거나 쉽게 다뤄진다. 그러니까 비슷한 파업이 반복된다. 몇 년 전에 중학생이 화장실에서 애를 낳은 적이 있다. 왜 그런 비참한 환경에서 애를 낳게 되었는지에 대한 맥락 없이 돌팔매질만 해댔던 것이다.

이밖에 가장 근본적인 것은 획일주의와 흑백논리이다. 획일주의는 근본적으로 이분법이다. 특정한 것을 강조함으로써 다른 것을 배제하는 것이 획일주의이기 때문이다. 근대적 사고는 이성과 남성, 과학, 이를 뒷받침하는 거시적 세계관이 지배하는 사고방식이다. 이 덕분에 편리와 장점도 많았지만 이제는 그 부정성에 더 주목해야 할 시기다. 이성과 남성, 과학이 중요하지 않다는 것이 아니라 감성, 여성, 다성성 등이 존중받아야 하는 절박성이 중요하다는 것이다.

결국 맥락 중심, 과정 중심으로 다양성을 존중하면서도 문제를 지적해 가는 비판적 사고력, 작은 것을 소중하게 여기는 미시적 세계관이 사고력이 지향해야 할 중요 방향이다.

2.3.2. 사고력 교육의 유의점

사고력이 중요하다는 것은 알지만 그럼 교육 차원에서는 어떻게 해야 되는지도 문제가 된다. 사고력 교육은 제대로 생각할 줄 모르는 현실에서 출발한다는 것은 앞에서 많이 강조했다. 그렇다면 제대로 생각하기 위해 사고력 자체의 향상을 꾀할 필요가 있다. 생각하는 방식조차 모른다면 제대로 생각하는 것이 어렵기 때문이다.

궁극적으로 보면 이는 제대로 살기 위한 과정이다. 그런 과정을 위해 사는 방식의 지혜도 찾을 필요가 있다.

1) 생각하기의 문제이다.

생각하기의 문제이지만 그렇게 말하면 지나치게 포괄적이다. 왜 생각하는가, 어떻게 생각하는가 식의 문제의식과 맥락 구성으로 이동해야 한다.

2) 철학이다.

사고력 교육 하면 철학교육으로만 생각하는 경우가 많다. 철학교육은 사고력 교육이 될 수 있지만 사고력 교육이 꼭 철학교육이 되는 것은 아니다.

3) 논리적 사고이다.

사고력 하면 또 연역, 귀납 따위의 형식 논리를 연상하는 경우가 있다. 논리적 사고력은 사고력 중의 핵심이라고 얘기할 수 있지만 사고력이 위에서 살펴본 바와 같이 논리적 사고력만 있는 것은 아니다.

3 | 사고력 교육의 두 모형

여기서는 국어과 교육의 특성을 살려 언어와 사고의 일반적 특성을 어떻게 접근해야 하는가와 사고력 훈련의 기본과정인 분류 문제를 통해 어떻게 사고력 교육이 가능한지를 살펴보고 실제 논술 모형을 제시하기로 한다.

3.1. 언어의 사고 특성 고찰을 통한 모형

언어는 사고과정의 산물이므로 언어와 사고의 관계를 얘기하는 것이 무의미할지 모른다. 사고 또한 대개 언어로 이루어진다. 문제는 언어와 사고가 어떤 관계를 맺고 있느냐이며 언어행위에 따라 사고작용이 어떻게 이루어지는가, 또 어떠한 사고작용과 실천과정이 언어행위에 어떻게 영향을 미치는가에 대한 구체적 문제의식이 필요하다.

언어는 사고 확장의 도구이기도 하고 사고 제약의 도구이기도 하다. 사고는 문화와 사회의 조건에 따라 이루어지기도 하고 제약을 받기도 한다. 문화와 사회의 주어진 틀을 깨는 사고방식은 창의적이라 평가받기도 하고 일탈이라는 부정적 평가를 받기도 한다. 창의적이든 일탈이든 언어에서 드러나고 언어로 평가받는다. 똑같은 언어가 맥락에 따라 긍정적 작용을 하기도 하고 부정적 작용을 하기도 한다. 이러한 언어의 양면성 때문에 아래와 같은 논쟁이 벌어지는 것이다.

> 순돌 : 난 언어가 없다면 기본적인 생각조차 힘들었다고 생각해. '그리움'이란 말을 생각해봐, 그 단어가 없으면 어떻게 그리움이라는 마음의 상태를 제대로 인식할 수 있었겠어.
> 철순 : 난 그렇게 생각하지 않아. 오히려 '그리움'이란 말 때문에 그리움에 대한 수많은 사람들의 다양한 생각이 차단되었어. 내가 군대 간 오빠를 그리워하는 마음하고 시골에 계신 어머니를 그리워하는 마음이 다른데 '그리움'이란 말 때문에 동일한 것으로 생각하게 되잖아.
> 순돌 : 넌 느낌과 생각을 혼동하는 것 같아. 그리움이란 느낌은 다 다르고 느낄 때마다 다르지만 생각이란 것은 그런 주관적인 것이 아니라 객관적인 것을 지향하는 거잖아. 수많은 그리움의 보편적 요소를 언어가 나타내 주거나 그런 사고과정을 도와주잖아.
> 철순 : 난 느낌과 생각을 혼동하는 게 아냐. 느낌과 생각의 차이를 모르는 사람이 어디 있겠니. 생각의 구체성을 언어가 오히려 방해한다고 보는 거야. 생각이라는 것이 일반화나 추상화 과정도 중요하지만 일반적이고 추상적인 것을 좀 더 구체화하는 것도 포함하잖아.

3.1.1. 언어의 기본적 사고 특성

이와 같은 언어의 기본 속성을 바탕으로 본 언어와 사고는 다음과 같은 특징이 있다.

1) 창조성/담화성

사고작용의 기본은 창의성이다. 인간 외 동물은 본능에 따라 설계된 똑같은 코드의 소리를 반복하지만 인간은 타고난 언어능력을 바탕으로 끊임없이 새로운 언어행위를 한다. 어제한 말이 다르고 오늘 한 말이 다르다. 인간은 녹음기가 아니다. 똑같은 사람을 똑같은 목적으로 매일 만난다 하더라도 말은 똑같을 수 없다. 언어가 생성되고 소통되는 맥락이 역동적이고 창의적이라는 말이다. 신문을 보더라도 수많은 글(담화)들이 매일같이 쏟아지지만 똑같은 글은 없다. 결국 언어의 창조성은 수많은 이야기, 담화를 이용해 생산된다.

2) 자의성/은유성

언어와 사물 또는 실제와의 관계는 필연성이 없다. 새로운 사물이 생겼을 때 이름 붙이기 나름이다. 이를 소쉬르는 자의성이라고 했다. 이러한 자의적인 성격 때문에 언어는 사유과정 속에 놓이게 된다. 언어와 사물의 관계는 바로 자유로운 사고과정 속에서 가능하기 때문이다.

자의성에서 한 단계 더 나아간 것이 은유성이다. 학생들이 문학적으로 배운 은유법의 맥락과 같다. '가을은 호수'라고 할 때 가을은 좀 더 참신한 의미를 얻는다. 언어 자체가 은유의 결과다. 서로 이질적인 단어들이 만나 끊임없이 새로운 의미와 생각을 쏟아내기 때문이다.

3) 차이성/다의성

소쉬르는 언어의 가치와 의미는 차이에서 드러난다고 했다. '진달래'의 의미는 다른 꽃들을 나타내는 기호들과의 차이로 선명하게 드러나는 것이다. 기본적으로 언어는 다의적이다. 하나의 말, 하나의 단어는 단 하나의 의미만을 지시하지 않는다. 다시 말하면 언어의 가치와 의미는 사고의 차이에서 형성된다.

3.1.2. 언어와 사고에 대한 쟁점들

언어와 사고의 관계에 대하여 다음과 같은 쟁점이 형성되었다.

1) 언어의 상대성과 보편성

언어란 생각을 표현하는 도구일 뿐만 아니라 생각을 형성하는 도구도 된다. 우리가 세계를 있는 그대로 인지하는 것이 아니라, 모국어에서 설정한 사고의 기준에 따라서 상대적으로 인지한다는 것이다. 언어가 사고를 지배한다는 발상이다. 이러한 생각은 18세기에 헤르더가 그 개념을 제시하였고 훔볼트와 사피어가 발전을 이루었다. 20세기에 우호로프는 이러한 생각을 좀 더 강력하게 제기하였다. 이 가설을 뒷받침하는 예로 무지개 색깔에 대한 인식의 차이를 든다. 무지개 빛깔을 둘로 구분하는 리베리아 바사인들이 사용하는 언어, 셋으로 구분하는 로데시아 쇼나인들어 언어 등에서와 같이, 같은 무지개의 빛깔을 두 가지, 세 가지, 또는 일곱 가지 색으로 구분하는 이유가 바로 언어 때문이라는 것이다.

그러나 이런 주장에 대한 반론도 있다. 오스트레일리아 원주민이 사용하는 언어에는 수 개념을 나타내는 말이 부족한데, 그들이 영어를 배울 때에 수 개념의 습득 능력이 조금도 뒤떨어지지 않는다는 것이다. 또한 유럽어에는 남녀 성 구별이 있지만 한국어에는 없다. 그렇다고 유럽 사람들이 남녀 성 구별에 더 민감한 것은 아니다.

언어의 상대성 차원에서 모국어의 힘을 강조한 이가 훔볼트이다. 이 사람의 생각을 더욱 발전시킨 이가 바이스게르버다. 두 사람의 생각은 이규호가 ≪말의 힘≫(제일출판사)이라는 책에서 자세히 소개하고 있다. 이들 견해에 따르면, 우리는 언어의 창조적 힘에 따라 세계를 인식한다. 그런데 모든 언어는 늘 일정한 문화적인 전통 속에서 자라므로, 문법 구조의 특수성을 이용해 특수한 해석을 하게 된다. 문화적인 전통 속에서 이룩된 일정한 세계상 또는 세계관을 표현한다는 것이다. 이를 이규호는 모든 언어에는 한겨레의 문화적인 전통 속에서 자라난 '얼'이 담겨 있다는 것으로 해석했다. 언어는 늘 하나의 공동체와 더불어 자라나는데, 그 언어 속에는 그 공동체의 정신적인 전통이 담겨 있어서 공동체에 속한 사람들의 정서와 사유와 감성까지 인도한다는 것이다.

바이스게르버는 언어학적으로 이를 '중간 세계'라는 개념으로 체계화했다. 곧 언어에는 낱말들의 '의미'와 표현 수단의 '기능'이 있는데 이러한 '의미들'과 '기능들'을 분석해 들어가면 우리는 하나의 사상적인 '중간 세계'에 부딪히게 된다는 것이다. 이러한 중간 세계는 '객관적인 존재'와 인간의 의식 안에 있는 '주관적인 존재' 사이에 위치하는 것으로서. 언어와 불가분의 관계인 언어의 광장이라고 보았다.

이렇게 언어의 상대성을 강조하는 데에 미국의 정치학자이자 언어학자인 촘스키는 언어의 보편성을 강조한다. 인간은 누구나 창조적 언어능력을 타고난다는 것이다. 모든 언어의 개별적 특성을 설명하지 못하는 한계는 있지만 언어의 보편적 능력을 강조하는 맥락으로 보면 언어가 사유의 보편성을 위한 특정 측면이 있다고 이해할 수는 있을 것이다.

2) 언어와 맥락, 실천, 담론

언어와 사고의 관계는 언어의 의미와 가치 문제이다. 이러한 의미와 가치는 언어로 무엇을 실천해 나가는가에 달려 있다. 그러니까 언어의 의미와 가치는 언어 그 자체에 있는 것이 아니라 언어를 부려쓰는 사람들과 그 맥락에 있다. 이를테면 '언론개혁'이라는 말을 누가 하느냐에 따라 그 의미와 가치는 달라진다. 특정 정치인이 쓸 때와 언론개혁 운동가들이 강조할 때는 의미 작용과 효과가 사뭇 다르다는 것이다. 누가 무슨 말을 했는가가 중요한 것이 아니라 그가 왜 그런 말을 했는가가 중요하다.

이렇게 언어실천의 맥락을 따지는 행위를 담론(discourse)이라고 한다. 조선일보 담론이라고 하면 조선일보에 관해서 사람들이 어떻게 말하고 있는가라는 맥락을 따지는 것이거나 아니면 조선일보가 그들 신문으로 주로 어떤 주장을 어떤 맥락에서 얘기하고 있는가를 따지는 것이다.[7]

그러니까 담론은 어떤 현상이나 사건을 있는 그대로 보는 것이 아니라 주로 그런 사건이 왜 일어났는지의 맥락을 본다. 그리고 담론은 사회적 언어는 권력이요 이데올로기라는 차원에서 출발한다. 언어는 가치중립적이지 않다. 이를테면 신문에서 어떤 사건의 단순 보도문이라 할지라도 거기에는 그 신문사의 이데올로기나 힘이 들어가 있다. 왜냐하면 수많은 사건 가운데 그 사건을 선택한 것은 그 사건에 특별한 의미를 부여했기 때문이다. 물론 그런 점은 우리들의 평범한 대화에서도 나타날 수 있다. "커피 마실래, 우리차 마실래."라는 말속에서는 이미 민족주의 이데올로기가 작용하고 있다. 사실 커피를 마신다고 비민족주의이고 커피를 안 마신다고 민족주의인 것은 아니지만 그런 차원에서 마시는 사람도 있고 생각하는

---

7   필자는 이런 담론 차원의 언어학을 통합 언어학 곧 담론학으로 보고, "김슬옹(2009). ≪담론학과 언어분석-맥락·담론·의미-≫. 한국학술정보(주)."에서 독자적인 학문 체계로 내세운 바 있다.

사람도 있다.

그러한 맥락을 보기 위해서는 문제설정이 중요하다. 문제를 설정하지 않으면 맥락은 설정될 수 없다. '신세대'라는 말이 유행하건 말건 우리가 무심결에 그냥 스쳐간다면 신세대의 의미가 부정적으로 쓰이든 긍정적으로 쓰이든 그 맥락은 잡히지 않는다. 신세대에 대해 어떻게 문제를 설정하느냐에 따라 신세대의 의미 맥락이 달라진다. 세대차 차원에서 또는 상업적 차원에서와 같이 어떤 관점에서 문제설정을 하느냐에 따라 신세대에 대한 의미가 다르게 부여된다. 결국 담론에서 중요한 것은 어떤 주장이나 의미 그 자체보다는 왜 그런 주장이나 의미를 부여했는가이다.

그러다 보니 결과보다는 과정이나 배경을 더 중요시 한다. 신세대에 대체로 부정적 의미를 부여하는 것은 그 말이 유행하게 된 과정, 맥락에서 상업주의가 깊숙이 개입되어 있기 때문이다. 유행에 민감한 신세대들을 상품 판촉이나 광고에 적극적으로 끌어들이는 과정에서 또는 신세대를 주요 고객으로 설정한 일부 방송에서 신세대들을 이용하고 신세대들은 주체 의식 없이 끌려다니다 보니 그런 의미가 형성되었다고 볼 수 있다.

다음으로 담론에서 중요한 것은 담론이 생산되는 구체적인 현실적 조건이다. 그러니까 신세대의 진정한 의미를 파악하기 위해서는 신세대들이 실제로 살아가는 삶에 파악이 중요하다. 그리고 담론이 맥락에 따라 다르게 구성되거나 실천되는 것이라면 주체의 역할이 중요할 수밖에 없다. 주체는 주체 마음대로 설정하는 것은 아니지만 상호 관계 속에서 어떤 상호작용을 창출하느냐가 중요하다.

마지막으로 담론에서 중요한 것은 의미작용과 효과이다. 여기서의 의미작용은 전달하고자 하는 내용만을 얘기하는 것이 아니라 내용이건 형식이건 왜 그런 의미를 전달하고자 하는가에 대한 동기나 과정에서부터 그러한 의미 생산이 주는 효과와 가치를 모두 아우른다.

아무리 좋은 말이라도 그것이 구체적인 실천으로 이어지지 않으면 죽은 말이 되거나 상투어로 전락할 뿐이다. 언어와 사고는 복합적이다. 보편성과 특수성, 절대성과 상대성, 일반성과 특수성, 추상성과 구체성이 공존한다. 어떤 맥락에서 보느냐에 따라 특정 요소가 강조될 수 있지만 배타적으로 볼 필요는 없다. 문제는 우리가 어떤 언어행위를 하여 어떤 사고를 전개하는가, 아니면 어떤 사고과정을 거쳐 어떠한 언어실천을 행하는가와 같이 다양한 흐름과 맥락과 효과를 주목하는 자세가 필요하다. 고운 말로 폭력적인 생각과 실천을 할 수도 있고 거친 말로 인간적인 생각과 실천을 할 수도 있다는 것이다.

3.2. 분류 문제를 활용해 본 사고력

우리는 분류 속에 산다. 인간은 이미 태어나자마자 분류의 틀 속에 규정되어 있다. 어디 출신, 성별, 혈액형 등등. 자신의 의지와는 아무 관계없이 주어지는 분류 틀만해도 만만치 않다. 자라면서도 끊임없이 분류된다. 열심히 노력하는 아이/노력하지 않는 아이/그저 그런 아이, 공부 잘하는 아이/못하는 아이/그저 그런 아이 등등. 우리는 그렇게 분류의 대상이 되기도 하고 또한 분류의 주체가 되기도 한다. 주변 사물이나 사람들을 끊임없이 분류하길 원한다. 영화를 보면서 적군과 아군으로 나누어야 직성이 풀리고 누군가 새 친구가 생기면 그 아이의 분류 틀을 알고 싶어 안달이다.

인간이 자기 자신에 대해 정체성을 느끼는 한, 분류는 피할 수 없는 인간의 기본 속성으로 자리 잡는다. 정체성이라는 것은 나와 남을 구별하는데서 비롯되는데 그 구별이라는 것이 바로 분류 틀 속에서 이루어진다. 나는 남자, 부잣집 아들, 외향적인 아이 등등. 물론 분류 틀의 성격이 다 같은 것은 아니다. 남자라는 분류 범주는 거의 바뀌지 않는 영역인데 반해 부잣집이냐 아니냐는 얼마든지 변화 가능하고 외향적인 범주는 모호하기도 하다. 변화한다고 해서 또는 모호하다고 분류를 안 한다든가 피할 수 있는 것은 아니다. 분류를 함으로써 편하기도 하고 불편하기도 하다. 그렇다면 인간의 무엇을 어떻게 분류하고자 하는가, 왜 분류하는가, 그래서 어찌 되었는가 한번 생각해 보자.

3.2.1. 범주화로서의 분류, 그 맥락

흔히 분류라고 하면 하위 요소를 상위 요소로 묶는 것을 말한다. 이를테면 무와 배추는 채소류로, 사과와 배는 과일류로 분류할 경우에 무, 배추, 사과, 배는 하위어, 채소류, 과일류는 상위어가 된다. 여기서 채소류, 과일류는 식물의 특성을 일정한 기준으로 묶은 범주 (category)에 해당되는데 그래서 분류를 범주화라고 부르기도 한다. 이러한 범주화는 학문에서 뿐만 아니라 인간의 기본 행위나 사고과정이라 할 수 있다. 철학과 지식 영역에서는 아리스텔레스의 열 개 범주가 고전적 범주의 대표적인 경우로 뽑힌다. 아리스토텔레스는 존재의 최고류를 실체, 양, 질, 관계, 장소, 시간, 작용, 상태, 능동, 피동으로 범주화했다. 이밖에 '명사, 동사, 성, 수'와 같은 문법 범주, 우리 생활에서의 수많은 범주화에 이르기까지 우리 삶 자체가 범주화로 이루어져 있다.

문제는 범주화를 어떻게 하느냐이다. 보통은 각 특성의 공통점과 차이점을 구별함으로써 이루어진다. 무와 배추는 잎사귀라는 공통점이 있어 풀류라는 동일한 범주에 속한다. 그러나 사과와 배는 나무에서 열린다는 공통점이 있어 과일류로 분류된다. 특정 기준을 세우면 공통점과 차이점은 쉽게 구분해 낼 수 있다. 문제는 더 근원적인 데 있다. 각 범주를 특징짓는 요소가 단순하지 않다. 과일류는 과일이라는 열매가 맺히는 나무라는 특성이 전형적인 것인지 아니면 열매(과일) 그 자체가 더 중요한 속성인지 헷갈릴 수 있다. 채소류도 잎사귀 따위의 푸성귀가 중요하다고 하지만 그런 성질은 나무에도 있다. 그래서 사람들은 전형적인 성질로 원형을 따지는 이론을 생각해냈다. 의자는 앉기도 하고 무언가를 고칠 때 올라가는 받침대로도 사용하지만 앉기 위한 기능을 전형적인 원형 기능으로 설정한다는 것이다.

물론 전형성이나 원형성을 따지는 것이 그리 쉬운 것은 아니다. 시대마다 지역마다 다를 수 있기 때문이다. 또 동일한 범주로 묶인 것이라 하더라도 전형성이 많이 다를 수도 있다. 조류에서 참새나 독수리는 전형성이 아주 높은데 비해 닭이나 펭귄은 전형성이 아주 낮다. 박쥐의 경우는 외형상 전형성이 조금 있는 것 같지만 실제로는 전혀 없는 것으로 간주한다.

전형성이나 원형을 따지는 행위에서 주목할 것은 포함과 배제의 원리가 작동된다는 것이다. 채소류에서 푸성귀를 중요하게 여기다 보니 토마토처럼 과일 열매와 같은 특성은 배제가 된다. 그러니까 이러한 모호한 범주를 바라보는 관점이 문제다. 토마토를 과일도 아닌 것이 채소도 아닌 것이라 하면서 따돌릴 것인지 아니면 과일이기도 한 것이 채소이기도 한 것이라고 그 독특한 성질을 존중해 과채류로 분류할 것인지가 중요하다는 것이다. 그러니까 채소도 뿌리채소 열매채소 잎줄기채소 꽃잎채소가 있는데 열매채소인 경우 과실류랑 헷갈리게 된다. 그래서 옛날에는 토마토를 채소류라고 했지만 지금은 과채류로 분류한다.

하나의 개체 자체 성질에서도 배제 원리가 작동되지만 분류된 결과물에서도 당연히 배제 원리가 작동된다. 곧 특정 개체의 소외와 배제가 이루어진다. 뱀은 정력제로 분류됨으로써 특정 서식지에서는 씨가 마르고 있다. 일부 뱀이 정력에 좋을 수도 있지만 모든 뱀이 그런 것은 아니다. 또 어떻게 먹느냐에 따라 독이 될 수도 있다.

분류는 근본적으로 모호한 차이보다 분명한 공통점에 집중함으로써 이분법 틀에 많이 기댄다. 왜냐하면 인식에 대한 명징성은 대개 이분법적 틀에 기대기 때문이다. 문제는 그런 이분법이 대개 권력이 있는 편에 선다. 롱다리와 숏다리로 분류하는 맥락에서 롱다리에, 남성과 여성으로 나누는 맥락에서는 남성에게 우월적 가치가 부여되며 그런만큼 권력은 롱다리, 남성에게 쏠리게 마련이다.

또 분류의 동질성에 집착하다 보면 순수성에 대한 편집증이 생길 수 있다. 이를테면 나치가 유태인을 대량 학살한 것은 아리안족에 대한 순수성에 대한 광적인 편집증 때문이었다. 우리말을 어원에 따라 순우리말과 외래어로 나누는 것도 언어를 사용해 온 주체와 맥락을 무시하고 순수 민족주의에 집착한 결과다.

이렇게 보면 분류는 긍정적인 측면보다 부정적 측면이 더 많은 것으로 생각할 수 있다. 그러나 분류가 이렇게 부정적 측면만 있는 것은 아니다. 우리는 복잡한 세상을 일정하게 분류함으로써 삶의 편리성과 명징성을 확보한 것이다. 또 끊임없이 분류를 시도함으로써 지식의 발전과 문명의 발전을 이룩해왔다. 그렇게 보면 분류로 말미암은 문제는 좋은 약을 먹는 과정에서 어쩔 수 없이 겪을 수 있는 부작용일 수도 있다. 문제는 부작용이 좋은 효과보다 더 무서울 수 있다는 점일 것이다.

3.2.2. 분류의 기준 문제

우리는 동일한 대상을 다양한 기준으로 분류할 수 있다. 기준은 단일할 수도 있고 복수일 수도 있다. 그래서 학생들을 단지 성적이라는 단일 기준으로만 분류해 공부 잘하면 모범생 공부 못하면 문제아로 분류한 적도 있다. 아니면 복수 기준을 설정할 수도 있는데 이를테면 공부와 놀기를 함께 설정할 수도 있다. 그래서 공부도 잘하고 놀기도 잘하면 날라리, 공부는 잘하는데 놀지를 못하면 범생이, 공부는 못하지만 놀기는 잘하면 양아치, 공부도 못하고 놀지도 못하면 왕따로 분류한다는 심각한 우스개도 있다. 동일한 대상이 분류 기준에 따라 다른 부류로 설정된다. 동일한 개체가 분류 기준에 따라 이리 갈 수도 있고 저리 갈 수도 있음을 알 수 있다. 어떻게 분류하느냐가 중요하다. 고등과정에서 문과와 이과로 나누는 기준에서도 우리 현실 속에서의 분류 문제를 짚어볼 수 있다. 문과와 이과로 나누는 것 자체도 문제지만 나누는 기준이 국어를 잘하면 문과 수학을 잘하면 이과식인 것도 문제다. 수학과 국어를 동시에 잘한다면? 그리고 이과생이라고 해서 국어를 못하라는 법, 문과생이라고 해서 수학을 못하라는 법은 없다. 수학과 국어를 배타적으로 보는 기준이 그런 오류를 낳은 셈이다.

결국 기준은 분류의 관점이자 권력이다. 어떤 기준으로 보느냐가 바로 대상을 인식하고 개입하는 관점이요 생활양식인 것이다. 여기서 우리는 객관적 분류가 가능한가 물을 수 있다. 나는 가능하지 않다고 본다. 이미 기준을 설정하는 것 자체가 주관적 관점을 반영한다. 물론 객관적 기준은 가능하지 않지만 합리적 기준은 가능할 수 있다.

분류는 인간의 삶에 아주 중요한 영향을 끼친다. 사람의 유형을 정상인과 비정상인(장애인)으로 나누는 것과 비장애인과 장애인, 또는 준장애인과 장애인으로 분류함으로써 생기는 영향이나 효과는 매우 크다. 정상인과 비정상인으로 분류하게 되면 그것은 결국 장애인에 대한 우월적 동정심이나 차별과 억압으로 이어질 수밖에 없다. 공존해야 하는 대상이 아니라 격리해야 할 대상이 된다. 이런 비인간적인 관계를 벗어나고자 장애인과 비장애인으로 분류하거나 더 나아가 준장애인과 장애인으로 분류하는 것이다. 비장애인을 잠재적 장애인이란 뜻의 준장애인으로 분류함으로써 공존의 필요성을 부각하는 것이다.

3.2.3. 분류의 다양한 갈래

모든 대상이 동일하지 않듯 분류과정과 결과가 같은 성격을 지니는 것은 아니다. 윗니 아랫니와 같이 서열이 서 있지 않은 대등한 유형이 있는가 하면 "사장/전무/부장/과장/계장"과 같이 서열관계가 분명한 유형도 있다. 물론 이때의 서열이 있고 없음은 상대적이거나 정도 차이라는 것이지 아예 유무 관계는 아니다. 왜냐하면 윗니, 아랫니의 경우도 맡은 기능이 다르고 또 사람마다 부여하는 의미나 가치도 얼마든지 다를 수 있기 때문이다. 이는 뉴스를 논픽션, 드라마는 픽션으로 분류하는 오류와 비슷하다. 뉴스는 논픽션에 가깝고 드라마보다 훨씬 그런 속성이 강하다는 것은 말이 되지만 뉴스는 꼭 논픽션이라고 할 수 없기 때문이다. 뉴스에도 연출 따위의 픽션 요소가 많이 가미되는 것이 요즘 추세이기도 하다.

다음으로 일반적 분류와 특수적 또는 개성적 분류로 나눠 볼 수도 있다. 이를테면 사람을 보통 황인종, 백인종, 흑인종으로 나누는데 이런 분류는 일반적이다. 키 작은 사람은 키 큰 사람으로 나누는 것도 일반적이다. 하지만 착한 사람, 나쁜 사람이라는 일반적 기준을 좀 더 세밀하게 적용해 "속으로 착하고 겉으로도 착한 사람, 속으로 못됐고 겉으로는 착한 사람, 속으로 착하고 겉으로는 못된 사람, 속으로 못됐고 겉으로도 못된 사람, 둘 다 아닌 어수룩한 사람" 등으로 분류한다면 이런 분류는 앞의 분류에 비해 개성적이다.

일반적 분류는 객관적일 수 있으나 고정관념에 얽매일 수 있고 개성적 분류는 참신하지만 주관적일 수 있다. 이러한 분류 갈래에서 분류 자체가 상대적임을 명심할 필요가 있다. 시간적으로 보더라도 개성적 분류가 일반적 분류로 바뀔 수도 있고 한 집단에서 개성적인 분류가 다른 집단에서는 일반적 분류가 될 수 있다.

3.2.4. 분류와 언어

우리가 일정한 분류 틀로 세상을 인식하고 개입한다는 것은 결국 범주화된 언어의 틀로 세상을 바라본다는 뜻이다. 구체화된 사물을 추상적인 또는 일반적인 언어 범주로 묶는 것이니까 언어 자체가 이미 분류의 결과이거나 분류 장치가 된다. 원래 자연의 무지개는 연속 스펙트럼이다. 다시 말하면 일정한 경계를 나누는 엄격한 범주화가 가능한 대상은 아니다. 그러나 우리는 일곱 빛깔 무지개로 인식하며 지역에 따라 두 색깔로 인식하는 곳도 있고 다섯 색깔로 인식하는 곳도 있다. 그런데 빨주노초파남보라는 언어 명칭이 고정된 범주화를 부채질한다. 문제는 그런 언어 범주가 실체인 양 착각하며 산다는 것이다. 이런 맥락에서의 언어는 사물이나 대상을 고정화할 뿐만 아니라 인식의 틀로 고정화되어 편견으로 작동되게 마련이다. 따라서 사물이나 대상에 어떤 이름을 붙이느냐에 따라 분류의식이 드러난다. 힘 없고 희소성이 없는 풀들에게 잡초라는 이름을 붙여 줌으로써 우리는 은연중에 잡초를 함부로 대하게 된다.

언어에 반영된 분류의식은 대개 문화적 차이에서 비롯되는 것이 대부분이다. 영어에서 우리말에서의 형과 동생에 해당되는 어휘는 brother밖에 없다. 누나/언니, 여동생(누이)을 뜻하는 말도 sister밖에 없다. 그렇다고 영어에 형 동생의 개념이 없는 것은 아니다. 굳이 우리처럼 구별할 필요가 있을 때는 형(오빠)은 elder-brother로, 동생은 younger brother로, 누나/언니는 elder sister로, 여동생은 younger sister로 부른다. 다만 독립된 어휘가 없는 것은 그런 범주가 영어 문화권에서는 절실하지 않았거나 구별할 필요가 없기 때문이다.

곧 분류에서 언어는 대상의 인식을 명징하게 하거나 구체화해 주는 구실을 하지만 한편에서는 고정화하는 측면도 있음을 기억해야 한다.

3.2.5. 분류와 구분의 연속 관점

분류가 하위에서 상위로 묶어내는 과정이라면 상위에서 하위로 갈라내는 과정은 구분이라고 할 수 있다. 현대시를 형식에 따라 자유시, 정형시로 분류하기도 하고 구분하기도 한다. 그러므로 분류와 구분은 사실 동시에 이루어지는 것이라 할 수 있다. 현대시를 정형시와 자유시로 구분한다는 것은 이미 정형시와 자유시라는 분류 범주가 설정되어 있기 때문이다. 문제는 연속 분류나 구분에서 어떤 단계를 거치느냐에 따라 분류/구분의 맥락이나 가치가 사뭇 달라진다는 것이다.

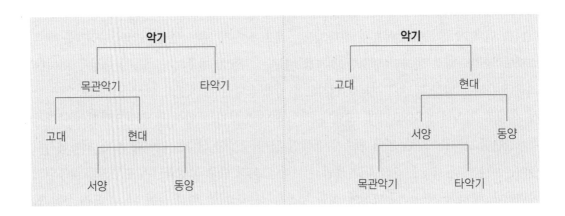

첫 번째는 '재질-시기-지역'이라는 기준의 연속성이 부여된 반면 두 번째는 '시기-지역-재질'이라는 연속 기준이 적용되었다. 문제는 어떤 기준으로 보느냐에 따라 분류의 맥락적 의미가 달라진다. 상위 기준을 먼저 본다면 첫 번째 것은 악기의 재질을 먼저 보겠다는 전략이, 두 번째 것은 시기에 따른 차이를 먼저 보겠다는 전략이 숨겨져 있다. 여러분의 친구들을 이렇게 단계별로 분류해 보자. 그러면 어떤 단계로 분류하느냐에 따라 친구 각각의 의미가 달라질 것이다.

3.2.6. 분류를 넘어서

우리가 분류 인간이라면 그래서 분류를 피할 수 없다면 제대로 된 분류 속에 속하든가 제대로 분류할 수 있는 주체적 인간이 될 수밖에 없다. 그렇다면 우리는 먼저 분류가 어떤 맥락에서 이루어지는지를 주시하는 태도가 필요하다. 일단 분류의 좋은 점 나쁜 점을 떠나 분류의 다양한 맥락을 짚어주는 것이 좋다는 것이다.

다음으로는 분류의 복수 맥락을 존중하자는 것이다. 특정 분류 기준을 절대시 하는 관점에서 벗어나 다양한 관점/기준을 존중하는 자세가 필요하다. 분류는 근본적으로 중립적이거나 객관적이지 않다. 분류자의 관점과 기준에 따라 나누어질 수밖에 없다. 그렇다면 차라리 분류를 복수화하여 다양한 분류가 서로 교차하게 해서 특정 분류에 배타성이 없도록 경계할 필요가 있다. 아니면 차가운 것, 뜨거운 것 따위의 이분법에서 벗어나 더 차가운 것, 아주 차가운 것, 덜 차가운 것 따위의 다단계로 설정할 필요가 있다.

분류는 범주의 경계를 정한다는 측면에서 범주 내부의 공통성보다는 다른 범주의 차별성에 초점을 더 맞추는 행위이다. 그런데 문제는 그 경계가 모호한 영역이 많다는 것이다. 우리 인간, 자연 자체는 무척 복잡한 시스템으로 이루어져 있다. 우리 삶 자체가 유기체요 그물망이다. 뭔가 구별되고 각 개체가 뚜렷한 것 같지만 서로 얽히고설켜 있다.

또한 모든 개체는 서로 관계를 맺고 있는데 관계가 중첩되거나 연결되는 요소가 아주 중요한 역할을 한다. 예를 들어 우리가 팔목, 손목으로 분류하는 부위를 보자. 우리가 신체 부위를 손과 팔로 분류하면서 그 경계지점에 있는 것은 팔목으로 부르기도 하고 손목으로 부르기도 한다. 이런 부위를 인터페이스라고 하는데 이러한 인터페이스가 있기 때문에 손과 팔이 제 구실을 할 수 있는 것이다.

분류는 근본적으로 관계를 설정하는 행위이다. 우리가 책상과 의자를 함께 분류하는 것은 결국 책상과 의자에 중요한 관계가 있기 때문이다. 그러니까 사람과 의자를 분류하는 것은 의미가 없다. 더 나아가면 책상과 의자는 인간과 밀접한 관계를 맺고 있는 무언가가 있기 때문이다.

인간은 근본적으로 분류하는 동물이다. 정체성이 형성되면서 사람들을 나와 남으로 분류하고 자연과 사물을 나름대로의 기준이나 관점으로 분류함으로써 세상을 인식하고 이해한다. 학문이나 배움의 과정도 분류를 전제로 하거나 목표로 삼는다. 문제는 일정한 관점이나 기준에 따라 분류되는데, 세상이나 우리의 삶 자체는 복잡하고 다양해 모든 개체 요소를 만족시키는 분류는 있을 수 없다. 따라서 분류를 피할 수는 없기에 분류하는 맥락이나 결과, 그로 말미암은 효과를 주목할 필요가 있다. 문제는 바로 그런 점을 수험생들이 제대로 인식하고 있는가를 묻고 있다. 분류 자체가 문제가 아니라 분류로 빚어지는 효과와 작용이 중요하다는 것이다.

4 | 논술 문제를 이용한 사고력 개발 수업 모형

4.1. 언어와 사고에 대한 논술교육 전략

언어로 생각하고 또 생각을 언어로 정리하면서도 언어와 사고의 관계에 대해 진지하게 생각해 보는 경우는 드물다. 언어가 공기처럼 당위적인 요소로 작용하고 있어서이겠지만, 그만큼 진지한 성찰이 필요하다. 그래야 제대로 말하고 제대로 생각하고 실천할 수 있기 때문이다.

언어가 사고와 밀접한 관계를 맺고 있는 것은 사실이지만 그 관계가 필연적 관계인지 아니면 상호 의존적 관계인지에는 다양한 견해가 있을 수 있고 전문적인 토론이 필요한 안건이기도 하다. 그렇다면 우리 학생들 수준에서는 굳이 전문적인 토론이 아니더라도 사고과정에서 언어가 문제가 되는 경우는 언제이고 또 긍정적으로 작용할 때는 언제인지를 생각해 보게끔 하는 것이 중요하다. 더 나아가 우리 삶에 끼치는 언어의 다양한 효과를 중심으로 그 관계를 생각해 보는 자세가 필요하다.

이런 전략을 위해 네 가지 텍스트를 읽기 자료로 뽑았다. [개와 [대글은 독일에서 언어철학을 전공한 이규호가 쓴 '말의 힘'에서 뽑은 글이다. 이 책은 대학가의 스테디셀러로 비교적 손쉬운 문체로 쓰인 철학책이다. [내글은 유물론적 사관에서 쓴 철학책에서 뽑은 글이다. [래는 에리히 프롬의 글에서 뽑았다.

따라서 이 논제는 언어와 사고에 관한 일반론인 [개와 [내를 참고하되 [대와 [래와 같은 현실적 문제 원인을 파악하라는 것이고, 제대로 된 방향을 찾기 위해 합리적이고도 객관적인 사유가 언어를 이용해 가능한지를 묻고 있다. 이는 [대와 [래와 같은 언어의 양면성이 언어의 본질인지 아니면 언어를 사용하는 인간의 문제, 사회의 문제인지 또한 생각하게 하는 전략이다.

4.1.1 제시문 분석 지도 전략

제시문 분석에서 중요한 것은 논제에 따른 쟁점을 제대로 찾는 것이고 그에 따라 논리적 흐름을 제대로 파악하는 일이다. [대와 [래는 대립된 논점이 분명하고 짧은 글이므로 이해와 쟁점 파악이 쉽다. 문제는 [개와 [내이다. 두 지문에 대해서는 문제에서 참고 정도의 짤막한 조건을 내세웠으므로 분석 여건은 자유롭지만 그만큼 세밀하게 읽어낼 필요가 있다. 다음과 같이 논리적 흐름을 잡아내도록 지도해야 한다.

[개글의 주요 논리적 흐름

(1) 언어는 인간의 이성에 대해서뿐만 아니라 인간의 감성에도 이미 영향을 끼친다.
(2) 사물의 전체 형태에 대한 이해는 언어적인 파악에 따라서 결정된다.
(3) 인간이 객관적인 세계를 직접 인식하는 것이 아니고 언어의 통로를 거쳐서 인식한다.
(4) 말은 생각을 이끌어가며 삶의 세계를 이룩하는 큰 힘이다.

[내글의 주요 논리적 흐름

(1) 언어를 이용한 개념설정과 그 개념을 이용하여 일반화하고 추상화하는 사고작용은 인간에게 독자적인 것이다.
(2) 노동의 활동 덕택에 인간에게 언어와 사고가 나타났던 것으로 언어와 사고는 사회성을 띤다.
(3) 사고는 노동활동의 발전에 새로운 가능성을 주고, 공동 노동의 뛰어난 점을 점점 사람들에게 명확하게 하였다.
(4) 언어를 통한 일반화 사고과정이 문화마다 다르다.

위와 같이 논리적 흐름을 분석하는 과정에서 학생들은 두 글의 비슷한 점과 차이점을 찾아내게 된다. 이와 같이 비슷한 제재나 같은 쟁점을 담은 글의 분석에서는 공통점과 차이점을 중심으로 논지를 분석해 보는 것이 좋다. 두 글은 언어와 사고의 밀접성에 동의한다. 또한 우리 삶이나 세계와의 관계 속에서 언어와 사고의 관계를 보는 것도 비슷하다. 또 두 글 모두 삶의 창조적 기능이나 일의 능동성을 부추기는 언어의 긍정적인 점을 주목한 측면도 같다. 그러나 [개글은 언어와 사고의 관념적 요소를 강조한 데 반해 [내글은 사회성을 강조했다.

[개글은 언어를 인간과 세계 사이에 있는 중간 세계로 보았다. 단순한 중간이 아니라 세계나 사물의 인식의 방향을 결정지어 주는 의미 중심의 중간세계다. 마치 색안경 같은 구실을 한다고 본다. 관념의 잣대로서의 구실을 강조한 것이다. 반면에 [내글은 노동관계에서 언어가 발달되었음을 근거로 구체적인 실재나 사물을 일반화해 가는 과정을 활용하여 언어와

사고의 관계를 설명한다. 에스키모인과 우리가 쓰는 눈에 대한 말이나 생각이 다른 것은 눈을 다루는 생활방식이 다르므로 당연히 일반화 과정이 다르다는 것이다. 다만 언어가 중간세계로 사물이나 세계를 인식하는 방식을 다르게 설정해 준다는 것이나 일반화 과정이 다를 수 있다는 것은 비슷한 맥락이다.

[대는 언어의 역동적 힘을 주로 긍정적인 차원에서 설명하고 있다. 언어가 이 세상을 바꿔가는 능동적이고 창조적인 힘이 된다는 것이다. 물론 이때의 긍정이라는 것은 일반적으로 또는 저자(이규호)의 관점에서 그렇다는 것이지 반드시 그렇다는 것은 아니다. 이를테면 '자유'라는 말은 그것을 주도하고 누리는 사람들에게는 긍정적이지만 그 과정에서 소외받은 사람들에게는 부정적일 수 있기 때문이다. 완전한 평등으로서의 자유가 아닌 이상은 그런 문제가 있다. [래는 인간이 언어의 포로가 되어 진리나 진실을 제대로 보지 못한다는 부정적 측면을 강조하고 있다. 박정희 정권 때 군사독재와 장기 독재를 합리화하기 위해 전파했던 '한국적 민주주의, 유신', 전두환 정권의 '선진 조국', 노태우 정권의 '보통사람들' 등 그 사례는 이루 헤아릴 수 없이 많다. 이런 부정적 언어들은 진실을 기만하는 언어폭력의 경우가 대부분이다.

4.1.2 구체적 논증 전략

언어 자체가 사고의 결정체다. 언어는 사물을 그대로 모사한 것이 아니기 때문이다. 이미 언어 자체에 인간의 주관적 해석이나 사회적 가치가 농축되어 있는 것이다. 단순히 사물에 관한 말이라 할지라도 마찬가지다. 이를테면 '무궁화'라는 말은 단순히 무궁화 꽃을 지시하는 것이 아니다. 우리나라 사람들이 이 꽃을 바라보는 사회적 가치가 부여되어 있고, 개인마다 부여하는 의미가 다를 수 있다. 아이들은 무궁화 꽃을 직접 보고 그 꽃의 실체를 배우기보다는 문화적으로 사회적으로 규정한 '무궁화'라는 말로 인식한다. [대와 [래글의 논점 차이는 바로 이런 언어의 속성에서 비롯된다.

이러한 언어의 양면성은 단어가 우리 삶 속에서 어떻게 작동되는지를 보면 알 수 있다. 무지개는 색의 연속 스펙트럼이라고 볼 수 있으나 '빨주초파남보'라고 규정지음으로써 일곱 빛깔로만 인식한다. 무지개에 관한 객관적 지식을 차단하고 특정 코드로만 인식하는 것이다. 이렇게 집단적으로 또는 문화적으로 형성된 언어는 상식과 소통의 사고과정으로 작동한다.

이를 긍정적으로 보면 김춘수의 시 '꽃'에서처럼 아무 관계없는 사물에 의미를 부여함으로써 참된 관계로 만들어가는 과정이다.

반면에 우리는 우리도 모르게 언어의 포로가 된다. 일곱 빛깔 무지개에 얽매임으로써 두 색깔이나 세 색깔로 인식하는 다른 문화의 언어양식을 이상하게 여기거나 우습게 본다. 이런 이유로 불교에서는 '언어도단'이란 말을 쓴다. 언어가 도에 대한 깨달음을 단절시킨다는 것이다. 성철 스님이 그의 제자들에게 책을 보지 말라는 것은 바로 이런 맥락에서였다.

언어의 특이성이나 문법, 규범 등의 규제는 사고를 억제하는 부정적 기능을 수행하게 된다. 특이성은 보편적 인식을 가로막는 장애가 되고 맞춤법이나 지나친 규범 등은 자유로운 사고와 표현을 오히려 억제하게 된다. 어린이들이 맞춤법 위주의 글쓰기 지도를 받을 경우 오히려 글쓰기를 싫어하게 되는 경우도 있기 때문이다. 이것을 반대로 생각해 보면 맞춤법 따위는 명징한 사고과정의 장치가 된다. 우리는 홀로 생각하며 살지 않는다. 서로의 생각을 주고받으며 생각은 발전해 나간다. 개방적이고 상호 소통적인 생각의 발전을 위해서는 일정한 언어의 일반화 틀이 필요한 것이다.

그러므로 언어로써 합리적이고도 객관적인 사고가 가능할 수도 있고 가능하지 않을 수도 있다. 자신만의 언어에 갇혀 지나치게 주관적으로 언어행위를 하거나 특정 보수 언론처럼 자의적으로 우리의 문제를 해석해 일방적으로 전달하는 언어폭력으로는 절대로 가능하지 않을 것이다. 그러나 언어와 언어 외적인 요소의 맥락적 이해와 상호 존중의 의사소통을 한다면 우리는 합리적이고도 자연스러운 사고를 언어를 이용해 전개할 수 있을 것이다. '선악'이라는 언어에 갇혀 선 아니면 악이라는 식의 이분법에 빠지면 그것은 언어의 포로이자 잘못된 사고의 포로가 된다. 그러나 "더 좋은 선, 덜 좋은 선"과 같이 복수화하여 이해하고 쓰면 우리는 이분법으로 말미암은 폭력과 배제를 벗어나면서도 그러한 실체를 제대로 인식하는 합리적 사고를 이룰 수 있을 것이다.

다행히 언어는 단어 홀로 존재하지 않는다. 또는 특정 의미로만 존재하지 않는다. 수많은 문장, 문단, 담화들이 서로 뒤엉키고 교차하면서 존재한다. 그것은 합리적 언어 행위와 사유의 가능성을 열어 놓는 것이다. 오히려 분열을 조장하고 특정 단어의 특정 의미를 강요하는 언어 행위로 확장될 수도 있지만 그 반대의 경우에 대한 생각과 노력이 바로 바람직한 사유의 방향이 된다.

4.2. 분류 논술 문제를 통한 사고력 교육 전략

4.2.1 제시문 분석 지도

첫 번째 이솝 우화는 보통 박쥐의 기회주의로 이해한다. 강자에게서 벗어나기 위한 약자의 슬기로도 볼 수 있으나 사람들은 강자, 약자의 대립구도를 무시하고 이랬다저랬다 하는 기회주의로 해석하는 것이다. 그래서 국어사전에 박쥐구실, 박쥐족이란 말이 올라 있는데 이 말들은 모두 박쥐를 부정적으로 이해해서 생긴 말이다. 그러니까 박쥐가 조류로서의 특징(날개)과 포유류로서의 특징(새끼를 남) 모두를 가지고 있다는 것이 장점이 아니라 오히려 약점으로 해석된 것이다. 조류와 포유류의 고정된 틀 속에서 박쥐가 어느 한쪽으로만 분류될 것을 강요한 셈이다.

물론 박쥐의 날개는 일반 새의 날개와는 다르다. 일반 새들의 날개는 깃털이 자란 것이고 박쥐는 근육이 늘어난 것이다. 설령 그렇다 하더라도 박쥐는 날 수 있다는 측면에서 보통 포유류와 다르다. 이와 비슷한 부류는 많다. 고래는 어류와 포유류의 특징을 모두 가지고 있고 토마토는 채소와 과일의 특징을 모두 가지고 있다. 사람 중에서 동성애자나 양성애자는 남성도 여성도 아닌 제3의 성이다. 문제는 이런 다중적인 부류를 모호하다는 이유로 소외하거나 억압한다는 것이다.

두 번째 글에서는 A와 B를 나누는 기준을 글자 수로 본다면 답은 없다. 그러나 '어'로 끝나는 음절에 주목하면 답은 붕어가 되고, 물에 산다는 기준을 세우면 조기, 붕어, 오리가 답이 되고, 바다에 산다는 기준을 내세우면 조기가 답이 된다. 첫음절이 'ㅗ' 모음으로 시작됨을 주목하면 오리가 답이 된다. 동일한 개체가 분류 기준에 따라 이리 갈 수도 있고 저리 갈 수도 있음을 알 수 있다. 그만큼 한 개체는 복수의 특징을 지니고 있고 그러한 여러 개체가 어울리는 관계 양상 또한 복잡해질 수밖에 없다. 그러므로 어떻게 분류하느냐에 따라 개체 자체의 의미와 개체 간의 관계 의미가 달라지고 중요하다는 것이다.

세 번째 만화에서의 사람 분류는 나름대로의 완벽한 분류인 것처럼 보인다. 그러나 만화 자체가 분류는 대상을 완벽하게 드러낼 수 없음을 보여주고 있다. 네 분류로 나눈다고 했지만 그 밖의 영역이 새로 설정된 것이다. 또 여기에는 잘하지도 잘 못하지도 않는 보통 사람들은 분류 기준이나 대상에서 제외됐다.

4.2.2 분석 논증 지도 전략

일단 분류가 어떤 맥락에서 이루어지는가를 따져볼 필요가 있다. 결국 모든 개체 요소의 상호 간에는 공통점과 차이점이 있을 수 있는데 분류는 대개 공통점을 바탕으로 하게 된다. 문제는 차이점보다 공통점을 더 강조하다 보니 차이점이 의도적으로 무시되는 경우가 많다. 박쥐는 다른 포유류와 새끼를 낳는다는 공통점을 지니고 있지만 날 수 있다는 차이점이 있다. 하지만 이러한 차이점이 무시됐다. 고래는 물에 산다는 것이 무시되어 역시 포유류로 포섭됐다.

따라서 분류는 분류 맥락에 따라 특정 개체의 소외와 배제로 나누어진다. 인간들은 새를 흉조와 길조로 나누고 까마귀를 흉조로 분류함으로써 우리나라의 경우 까마귀의 씨가 마른 상태이다.

소외와 배제가 나뉜다는 것은 결국 분류는 대개 힘 있는 권력 편에서 나뉜다. 우리 사회에서 동성애자, 양성애자라는 말이 쓰이는 것은 이성애자와 더불어 그들도 나름대로의 존재 의미가 있다는 것이다. 그런데 배타적인 이성애자들이 주된 권력을 가짐으로써 동성애자, 양성애자에 대한 끊임없는 탄압이 이루어지고 있다. 아니면 근본적으로 남성, 여성이라는 분류 속에 일정한 편견이 이미 들어 있다. 왜냐하면 남성, 여성의 분류는 남성다운 남성만, 여성다운 여성만을 전제로 하는 것이기 때문이다. 여성 같은 남성, 남성 같은 여성은 은연중에 배제된 것이다.

여기서 우리는 분류에서 언어가 무척 중요한 역할을 한다는 것을 알 수 있다. 오른손잡이와 왼손잡이로 나눌 수도 있다. 문제는 왼손잡이를 차별하는 맥락이며 더 중요한 것은 오른손잡이, 양손잡이, 왼손잡이가 더불어 살아갈 수 있는 시스템과 장치 마련이다.

5 | 마무리

사고력의 일반적 문제를 바탕으로 사고력 교육이 논술교육에서 어떻게 가능한지 이론적 기반과 모형을 제시했다. 사고력은 논술교육의 바탕이자 논술교육을 통해 달성해야 할 최고의 교육 목표이기도 하다.

국어과에서 사고력 교육의 기본인 언어와 사고의 일반 문제와 사고력 교육에서 아주 중요한 분류 문제를 주로 언어 문제로써 제시했다는 데에 의의가 있다. 언어는 분류를 추상화하기도 하고 구체화하기도 하는 양면성이 있다. 그래서 언어 문제를 좀 더 치열하게 따져볼 필요가 있음을 밝혔다.

사고력을 단지 사고과정이나 관념 수준에서 벗어나 실제 삶 속에의 역동적 담론 과정을 거쳐 생각할 수 있게 한 것이 이 장에서의 주요 전략이다. 사고력은 관념적인 머리에 들어 있는 것이 아니라 삶의 문제를 해결해 나가는 역동적인 고민과 사유 속에 있음을 실증적으로 밝혔다.

사고력 논술교육의 실천을 위해 예시 논제와 해설을 덧붙인다.

[붙임 1] 언어와 사고에 대한 논술 문제 모형

> **논제** 제시문 [가]와 [나]는 언어와 사고의 밀접한 관계를 논의한 글이다. 이를 참고로 [다]와 [라]의 논점의 차이를 분석한 뒤, 언어를 통한 합리적이고도 객관적인 사유가 가능한지 논하라.

[가] 언어는 인간의 이성에 대해서뿐만 아니라 인간의 감성에도 이미 영향한다. 현대의 형태심리학에 의하면 인간의 감성적인 지각은 그 사물에 대한 전체적인 이해에 의해서 지배된다고 한다. 이것은 지금까지의 연합심리학이 인간의 심리 현상을 기초 단위로서의 원자적인 요소들의 연합으로 관찰하는 것과는 아주 다른 것이다. 에렌펠스 Christian von Ehrenfels는 이미 인간의 심리 현상에는 부분들의 성질들로 말미암아 이룩된 것이 아닌 전체적인 '형태질'이 있다는 것을 발견하고, 처음으로 '형태질'이라는 개념을 심리학에 도입했었다.

이것이 현대의 자연 설명을 위한 형태론과 심리 현상의 이해를 위한 형태심리학의 시초가 되었다. 전체적인 형태는 늘 부분들의 접합 이상의 것으로서 모든 부분들의 성질에 의해서 이룩되지 아니한 전체적인 성질을 갖고 있으며, 반대로 부분들은 언제나 전체적인 형태에 의존해서 파악되고 이해된다는 것이다. 따라서 부분들에 대한 인간의 감성적인 지각도 그 전체 형태의 이해에 의존한다는 것이다. 그런데 어떤 사물의 전체 형태에 대한 이해는 언어적인 파악에 의해서 결정된다. 다시 말하면 그 사물을 파악하는 언어는 그 사물에 대한 이해를 규정하고 이러한 이해는 다시 그 사물에 대한 감각에 영향한다는 것이다. 볼노프는 이를 위해서 무지개의 색깔을 보기로 들고 있다. 무지개의 빛깔이 왜 일곱 가지로 보일까? 일곱이라는 수 개념이 완전수라는 데서 무지개의 색깔이 우리의 눈에 일곱 가지로 보인다는 것이다. 무지개의 색깔 자체는 여러 색깔들의 변위과정을 확실한 단절적인 경계선 없이 드러나고 있기 때문에 그것을 몇 가지로 나눌 수도 있으며, 따라서 그것은 객관적인 사실에만 근거한 것은 아니라는 것이다. 다시 말하면 무지개의 색깔이 일곱 가지로 보이는 것은 일곱이라는 말의 힘이 우리의 감각에 영향을 미쳤기 때문이다.

언어는 이와 같이 이성의 기관으로서 인간의 사유를 이끌어갈 뿐만 아니라 인간의 감성적인 지각에도 작용한다. 그러므로 인간의 이해의 세계는 사실에 있어서 언어를 통해 구성되는 것이다. 훔볼트는 인간이 객관적인 세계를 직접 인식하는 것이 아니고 언어의 통로를 통해서 인식한다고 말했다. 인간은 언어가 그에게 드러내 보여 주는 대로의 세계를 이해한다는 것이다. 언어는 객관적인 세계를 재창조해서 인간의 정신적인 이해의 세계를 이룩한다. 다시 훔볼트 Humbildt의 표현을 빌리면, 언어가 세계를 정신적인 재산이 되도록 재창조(Umschaffen)하는 것이다. 바이스게르버 Wiesgerber는 이러한 재창조를 설명하기 위해서 〈자연현상의 언어적인 가공〉을 말하고 있다. 언어는 단순히 객관인 자연현상을 사진 찍듯 묘사하는 것이 아니고, 언어 그 자체가 이미 그것을 표현하는 자연현상에 대한 하나의 해석이며 또한 하나의 가공이라는 것이다. 바이스게르버는 '잡초'라는 말을 보기로 들고 있다. 잡초라는 것은 일정한 식물학적인 특징을 가진 하나의 특수한 풀은 아니며 객관적인 자연의 세계 속에 잡초는 없다. 그것은 아주 뚜렷한 인간적인 해석이며 또한 언어적인 가공이다. 이러한 해석과 가공을 통해서 인간을 주체로 한 삶의 세계와 정신적인 세계가 창조된다.

언어는 단순히 현실을 묘사하기만 하는 것이 아니고 현실을 창조한다. 자연현상의 세계에 있어서는 그것을 해석하고 가공하고 정리해서 체계를 이룩하게 하고, 정신 현상의 세계에 있어서는 그것을 형성하고 규제하면서 일정한 형태를 통해서 의식화된다. 말은 이와 같이 사람의 생각과 느낌과 글의 이해를 이끌어가며 삶의 세계를 이룩하는 큰 힘이라고 할 수 있다. 말이 있기 전에는 우리의 생각은 어둠의 혼돈이다. 말과 더불어 우리의 생각에는 빛이 나타나고 질서가 이룩된다.

— 이규호(1996), 말의 힘, 제일 출판사

[내 언어를 통한 개념설정과 그 개념을 이용하여 일반화하고 추상화하는 사고작용은 인간에게 독자적인 것이다. 생물진화의 결과로 동물계의 발전은, 더욱 진전된 완성화의 능력이 있는 고도로 조직된 신경계를 갖춘 인간의 직접적인 선행자, 즉 유인원이 발견되는 시점에까지 이르렀다. 그러나 인간의 선조로부터 인간 그 자체로의 진화는 이미 새로운, 생물학적이 아닌 팩터(factor)의 일로서, 기타의 자연에는 아직 나타나지 않은 발견의 출발점으로 되었던 바의 사회적 노동의 성과였다. 어떤 의미에서 노동은 인간을 만들었다. 그리고 참으로 노동의 활동 덕택으로 인간에게 언어와 사고가 나타났던 것이다.

이미 자연의 일정한 대상을 노동용구로서 처음 사용했던 것, 특히 도구를 의식적으로 제조했던 것은 인간을 둘러싼 대상의 새로운 성질을 인간에게 명확히 하고, 원시인의 시계를 현저히 확대했다. 더욱이 그 후 사회적 노동의 과정 안에서, 사람들은 자신들의 감각적 지각이나 표상의 범위를 풍부히 하고, 점차로 자신들의 사고를 발전시키는 데 도움이 되는 새로운 것들을 발견했다. 사고는 이번에는 역으로 노동활동의 발전에 새로운 가능성을 주고, 공동노동의 뛰어난 점을 점점 사람들에게 명확하게 하였다. 요컨대 생성하고 있는 인간은 서로 무엇인가 말하지 않으면 안 되게 되었다. 욕구는 그 기관을 만들어 냈다. 즉, 원숭이의 미발달한 후두는 음조의 변화가 점점 발달하여 그를 위하여 또 음조를 변화시키는 방식으로 서서히 그러나 착실히 변화했다. 입의 기관은, 점차로 음절을 명료히 나눈 자모를 계속해서 발음하는 것을 배우고 있었던 것이다. 이리하여 음절이 있는 말·언어가 생겨나고 이것과 함께 사고가 생겨났다. 말과 사고는 다양한 개인의 어떤 개인적인 특수성으로서 나타난 것은 아니었다. 그 원천과 내용에서 볼 때 말과 사고는 분명히 사회적 성격을 띠고 있음을 알 수 있다. 왜냐하면 의식은 처음부터 이미 하나의 사회적인 산물이고, 일반적으로 인간이 존재하는 한 그럴 수밖에 없기 때문이다.

한번 나타난 언어 (말)는 노동활동 전체에 거대한 영향을 미친다. 언어가 없다면, 어떤 징조라도 현저한 규모에서 합리적으로 조정된 사회적 생산을 행하는 것은 불가능하다. 언어는 이것을 사용하는 인간 그 자체에도 작용을 미친다. 노동과 음절을 갖는 언어는 뇌가 완성될 때에 영향을 미치는 두개의 주요한 요인으로 된다. 그런데 이것과 더불어 모든 감각기관이 완성되게 된다. 노동활동이 얼마나 힘차게 감각기관의 발전에 영향을 미치는가는 다음의 예에서도 알 수 있다. 흑색의 직물을 제조하는 것을 전문으로 하는 숙련된 직공은, 다른 사람들이 2~3개 흑색의 미묘한 차이를 보는 경우에 40개 흑색의 미묘한 차이를 식별해 낸다. 일의 경험을 많이 쌓은 제분공은 촉각에서 맥분의 질 및 제분되는 곡식입자가 길러진 지방을 정확히 판정할 수 있다. 인간의 후각도 이것에 대한 실천상의 요구가 존재하는 경우에는 뛰어난 미세함과 민감함에 도달하는 것이다. 예를 들어 아프리카의 부시맨은 향기로, 사냥개보다도 훨씬 잘 사자나 기린이나 얼룩말을 찾아낸다. 또한 냄새로 뱀이 있는가를 판정하는 사람도 있다. (…중략…)

추상적인 사고로 되어 있는 현대의 문화적인 언어·말에 있는 일반화의 넓이를, 사람들은 훨씬 옛날에 말의 출현과 동시에 단번에 획득한 것은 아니다. 일반화된 사고에 대한 원시인의 능력은, 그가 이미 말을 시작했던 때라고 해도 아직 그다지 크지는 않았다. 그의 언어는 일반 개념을 조금밖에 갖고 있지 않았고, 더욱이 이러한 개념의 일반성은 협소한 것이었다. 이것에 관해서는 원시인에 비교되면 헤아릴 수 없을 정도로 훨씬 전진하고는 있지만, 현대의 약간 뒤떨어진 종족이 파악하고 있는 언어에 관하여 판단하는 것으로 가능하다. 이러한 종족의 어떤 언어에는 어떤 것에 의해 서로 구별되는 보행과정을 지시하기 위한 각 75개의 말이 포함되어 있고, 끓이는 것을 지시하기 위한 10개 이상의 말이 있지만, '걷는다'라든가 '끓이다'라든가 하는 일반 개념이 없는 것으로 알려져 있다. 어떤 북부지방의 종족은, 개개의 말로 '지상의 눈', '내려오는 눈', '눈보라' 및 '괴어 있는 눈'(이러한 말은 그들의 장소에는 40개 이상이나 있다)을 지시하지만, 그것과 동시에 일반적인 말 '눈'이라는 것을 갖지 못한다. 어떤 종족에는 일반적인 말 바다표범이라는 것은 없지만, '빙괴 위의 바다표범', '수중의 바다표범', '빙괴로 기어 나오는 바다표범'을 지시하는 말이 있다. 그러나 이러한 언어가 우리에게는 매우 불충분하게 밖에 일반화되어 있지 않은 상태라고 해도, 그것은 실제로는 제1신호계부터는 보다 진전하고 있으며, 언어의 최초의 맹아로부터 조차도 보다 진전하고 있다. 이것에는 이미 막대한 일반화가 포함되어 있어 그 덕택으로, 예를 들어 모든 괴여 있는 눈이 동일한 말로 지시되고, 혹은 바다표범의 서로 다른 많은 부분적인 차이에도 불구하고 빙괴에 앉아 있는 바다표범이 동일한 말에 의해 이름 지워지는 것이다. 여기에 인간의 의식발전의 일정한 수준을 원시인에게 있어서의 의식의 수준으로부터 구별하는 커다란 길이 놓여져 있다.

－ 녹두 편집부(1985), 세계 철학사 2 － 변증법적 유물론. 녹두

[대 우리의 문화창조는 우리 겨레의 얼의 힘에 의한 것이며 또한 우리 겨레의 얼을 빛나게 하는 것을 지향한다. 우리가 언어의 세계상과 거기에 살아 있는 얼을 이해하면 언어가 역사를 이끌어가는 힘이라는 것을 쉽게 알 수 있다. 물론 이미 하나의 낱말이나 하나의 특수한 언어 표현이 역사를 지배할 수도 있다는 것을 부인할 수 없다. "평등", "우애", "자유"라는 말이 혁명의 불길에 부채질하였고 "은혜를 통한 구원"이라는 말이 종교개혁자의 마음에 초인적인 힘을 주었으며 "부르죠아"와 "프롤레타리아"라는 말은 모든 사람들의 사회를 관찰하는 눈을 일정한 형식으로 고정시킴으로써 역사를 뒤흔들어 놓았다. 이론적으로는 우리가 언어의 세계상이라는 것이 무엇인지를 알고 거기에 살아 있는 얼이 우리의 역사적인 삶에 대해서 무엇을 의미하는지를 알면 언어와 역사와의 관계는 분명해진

다. 언어가 만일 훔볼트가 말하는 대로 참다운 "에네르기아"로시 한 민족의 전체적인 정신적 잠재력이 드러나는 길이라면 이것은 곧 역사를 이끌어가는 힘이다.

　　　　　　　　　　　　　　　　　　　　　　　　　　　— 이규호(1968/1978), 말의 힘, 제일문화사, 99쪽.

　[래 오늘날처럼 언어가 진리를 은폐하기 위해 오용되고 있는 때는 일찍이 없었다. 동맹의 배신이 유화(宥和)라고 불리고, 군사적 침략은 공격에 대한 방위로 위장되며, 약소민족의 정복이 우호 조약이라는 이름으로 행해지는가 하면, 전체 인민에 대한 잔인한 압박은 국가 사회주의의 이름 밑에서 범해지고 있다. 민주주의, 자유 그리고 개인주의라는 말 또한 이렇게 남용되고 있다.

　　　　　　　　　　　　　　— 에리히 프롬, 이상두 옮김(1975/1998), ≪자유에서의 도피≫, 범우사, 319쪽.

모범 예문의 개요 / 모범 예문

[개요]　　주제문 언어는 사고과정에서 부정적으로 작용할 수도 있고 긍정적으로 작용할 수도 있으므로 완전하게 합리적이고 객관적일 수는 없지만, 풍부한 맥락적 언어 사용과 수용 전략으로 합리성을 추구할 수 있다.

[구성]　　서 론　　언어가 사고과정에 끼치는 긍정적 기능이나 부정적 기능은 언어의 양면성에서 비롯된다.

　　　　　　본 론　　1. 언어는 단지 사물이나 대상을 모사한 상징이나 기호가 아니다.
　　　　　　　　　　　2. 일반화 과정을 통해 형성된 중간세계로서의 언어로 세상을 인식한다.
　　　　　　　　　　　3. 가장 중요한 것은 언어가 근본적으로 양면적이고 다의적 가치가 있음을 인식하는 것이다.
　　　　　　　　　　　4. 맥락 속에서 언어의 의미를 인식하는 태도가 필요하다.
　　　　　　　　　　　5. 언어와 사고와 실제의 역동적 관계설정이 필요하다.

　　　　　　결 론　　언어를 맥락 속에서 이해하고 또 제대로 된 맥락을 사용할 때 좀 더 합리적이고 명징한 언어생활이 가능하다.

　언어는 색안경이기도 하고 아니기도 하다. 우리는 세상을 바라볼 때 언어를 이용해 바라보므로 색안경 같다. 그러나 색안경은 꼭 필요할 때만 끼고 그렇지 않을 때 벗으면 그만이지만 언어라는 안경은 영원히 벗어던질 수 없다. 그렇다고 꼭 불편하다는 것은 아니다. 대체로 편리하지만 불편할 때도 있다는 것이다. [대와 [래의 쟁점은 언어의 그런 속성이나 양면성에서 비롯된 것이다.

　언어는 단지 사물이나 대상을 모사한 상징이나 기호가 아니다. 언어가 사용되는 사회적 가치가 부여된 것이다. [내에서 얘기한 일반화 과정이라는 것이 바로 사회적 의미나 가치를 부여해 가는 과정이다. 수많은 소나무가 있지만 소나무라는 이름을 붙인 순간 소나무에 대한 사회적 일반적 인식으로 고착된다. [대, [래 논쟁은 근본적으로 이런 일반화가 어떤 쪽으로 이루어지느냐 또는 일반화의 효과의 차이를 어떤 식으로 인식하느냐의 차이에서 비롯된 것이다.

그런데 일단 일반화가 되면 그것은 [개의 지적처럼 하나의 중간세계가 되어 세상을 인식하는 틀이 된다. '소나무'가 지조의 상징으로 일반화됨으로써 우리나라 사람들은 그런 식의 잣대로 모든 소나무를 바라보게 된다. 결국 인간의 사고작용은 어떤 경우든 언어에서 자유롭지 못하다. 자유롭지 못하다고 해서 꼭 언어가 사고를 구속한다는 뜻은 아니다. 문제는 어떻게 하면 언어로 합리적 사유가 가능한 것인가에 있다.

가장 중요한 것은 언어가 근본적으로 양면적이고 다의적 가치가 있음을 인식하는 것이다. 상식적인 얘기지만 실제 현실은 그렇지 못하다. 거의 모든 단어는 다의적임에도 한 가지 의미만으로 고착화하거나 그렇게 이해를 한다. 이분법적 언어 사용도 그러한 단적인 보기다. 사람의 키라는 것이 다양한 부류의 키가 있는 것인데 롱다리, 숏다리로 이분화하고 어느 한쪽에 우월의 개념을 부여한다.

따라서 이러한 문제와 한계를 극복하기 위해 맥락으로 언어의 의미를 인식하는 태도가 필요하다. 일반화된 언어의 추상성을 넘어서기 위해서는 좀 더 구체적인 맥락 속에서 언어를 이해하고 사용하는 태도가 중요하다. 맥락은 언어의 문장 단위를 넘어서는 담화이기도 하고 언어가 이루어지는 상황이나 배경이 되기도 한다. 우리가 지향하는 사고가 폐쇄적 단선적 사고가 아니라 복합적 개방적 사고라면 당연히 그러한 열린 맥락에서의 언어행위가 절실하다.

다음으로는 언어와 사고와 실제의 역동적 관계설정이 필요하다. [내글에서 언어와 사고의 관계를 노동과정에서 설명하는 방식은 언어가 사고와 실제 세계를 좀 더 현실적이고 역동적으로 맺어준다고 볼 수 있다. 바람직한 언어실천은 바로 살아가는 생활양식 속에서 제대로 된 역할을 할 때 가능할 것이다. [개에서처럼 언어의 관념적 역할을 부정하는 것은 아니다. 그것은 이미 가치와 의미로서의 언어 특징 기술에서 밝힌 것이다. 문제는 관념과 실제가 분리될 수 없으므로 사고작용이 실제 세계와 긴장 관계를 유지하는 것이 중요한데 그러한 언어의 역할이 중요하다는 것이다.

완전한 합리성으로서의 언어 행위는 불가능할지 모른다. 그러나 좀 더 합리적이고 자연스러운 언어행위는 가능하다. 그러한 특성을 바탕으로 맥락적 사유와 언어실천이 맞물릴 때 좀 더 객관적인 사유가 언어를 이용해 가능할 것이다.

[붙임 2] 분류 문제를 활용한 사고력 논술 문제 모형

<table>
<tr>
<td>논제</td>
<td>다음 세 글을 읽어보자. 세 글은 모두 분류의 문제를 보여주고 있다.
첫 번째 이솝우화는 박쥐가 자신의 조류로서의 특징과 포유류로서의 특징을 이용해 위기를 모면하는 것을 보여주고 있다. 물론 동물학자들은 포유류로 분류하고 있다. 두 번째 글은 분류 기준에 따라 분류가 달라지는 것을 보여주고 있고 세 번째 만화는 나름대로의 기준으로 사람을 다섯 가지 유형으로 나누고 있다. 세 텍스트에서 각각 분류의 어떤 문제가 노출되고 있는지를 분석하고 이를 바탕으로 우리 사회나 우리 삶에서 분류가 어떤 문제나 의미 또는 가치, 아니면 어떤 영향을 끼치고 있는지를 논하라. 분류 대상은 사물이건 생물이건 아니면 지식이건 상관이 없다.</td>
</tr>
</table>

[유의사항] 1. 보통 일부에서는 분류와 구분을 구별하는 경향이 있다. 하위 항목을 상위 항목으로 끌어올리는 것이 분류이고 상위 항목을 하위 항목으로 쪼개는 것이 구분이다. 사람은 황인종, 백인종, 흑인종으로 구분한다고 하고 세계의 여러 인종들을 황인종, 백인종, 흑인종으로 분류한다고 한다. 그런데 실제 결과 면에서 보면 분류와 구분은 동시에 이루어진다고 볼 수 있다. 그러므로 여기서의 분류 개념은 구분을 아우르는 개념으로 본다.
2. 세 텍스트에 대한 분석이 반드시 포함되어야 한다.
3. 글자 수는 1600자 안팎.

[가] 박쥐 한 마리가 족제비한테 붙잡혔습니다. 족제비가 잡아먹으려 하자, 박쥐는 제발 살려 달라고 빌었습니다. 족제비는,

"원래 나는 모든 새들의 천적이므로 새인 박쥐를 살려 줄 수 없다."

고 말하였습니다. 그러자 박쥐는 말하기를,

"아, 그래요? 그런데 저는 절대로 새가 아닙니다. 이것 보세요. 꼬리가 달려 있지 않습니까? 저는 쥐입니다."

"그래? 어디 보자. 그렇군. 너는 쥐로구나."

족제비는 박쥐가 쥐라는 것을 확인하고 살려 주었습니다. 얼마 후에 박쥐는 다른 족제비한테 또 잡혔습니다. 박쥐는 지난번처럼 살려 달라고 빌었습니다. 그러나 족제비는 단호하게 말했습니다.

"안돼! 나는 쥐란 놈은 절대로 살려 보내지 않아!"

이번에는 박쥐가 이렇게 말하는 것이었습니다.

"그래요? 그런데 저는 쥐가 아닙니다. 이것 보세요. 날개가 달려 있지 않습니까? 저는 새입니다."

"그래? 정말 그렇구나."

족제비는 박쥐가 새라는 것을 확인하곤 살려 주었습니다.

—이솝우화

[내 아래 예시문을 잣대로 '조기 · 붕어 · 오리 · 소' 가운데서 A와 같은 부류를 고르라 한다면 A의 기준을 어떻게 설정하느냐에 따라 답은 여럿 나올 수 있다. A는 물에 살고 B는 물에 살지 않으므로 물에 사느냐를 기준으로 하면 '조기, 붕어, 오리'가 답이 된다. 물론 물 밑에 사는 것을 기준으로 삼으면 조기, 붕어만 답이 된다. 이밖에 기준을 어떻게 세우느냐에 따라 다양한 유형을 찾아낼 수 있다.

┌─────────────────────────────┐
│   예시문   │
│ A : 고등어, 오징어   │
│ B : 여우, 늑대   │
└─────────────────────────────┘

[대

— 황충환 386c 388호, 동아일보 2000년 11월 2일, C4

모범 예문의 개요 / 모범 예문

[개요]   1. 분류에 대한 문제설정
         2. 분류에서 기준의 중요성
         3. 분류의 문제점1 : 권력성
         4. 분류의 문제점2 : 편견
         5. 분류의 문제점3 : 배타주의

6. 문제 해결을 위한 작은 대안
7. 마무리

[구성]　서 론　언어가 사고과정에 끼치는 긍정적 기능이나 부정적 기능은 언어의 양면성에서 비롯된다.

　　　　본 론　1. 언어는 단지 사물이나 대상을 모사한 상징이나 기호가 아니다.
　　　　　　　2. 일반화 과정을 거쳐 형성된 중간세계로서의 언어로 세상을 인식한다.
　　　　　　　3. 가장 중요한 것은 언어가 근본적으로 양면적이고 다의적 가치가 있음을 인식하는 것이다.
　　　　　　　4. 맥락에서 언어의 의미를 인식하는 태도가 필요하다.
　　　　　　　5. 언어와 사고와 실제의 역동적 관계설정이 필요하다.

　　　　결 론　언어를 맥락에서 이해하고 또 제대로 된 맥락을 사용할 때 좀 더 합리적이고 명징한 언어생활이 가능하다.

* 모범 예문이므로 앞 설명 일부가 들어가 있다.

　분류를 어떻게 하느냐에 따라 대상의 가치와 의미는 사뭇 달라지게 된다. 대상이 사람이건 사물이건 분류 맥락에 따라 자리매김이 달라진다. 박쥐를 조류로 볼 것이냐 포유류로 볼 것이냐 아니면 제3범주로 볼 것이냐에 따라 박쥐의 위상은 달라지는 것이다. 나머지 두 텍스트도 분류 문제가 우리 삶에서 무척 중요하다는 것을 보여주고 있다.

　분류에서는 기준이 중요하다. A와 B를 나누는 기준을 글자 수로 본다면 답은 없다. 그러나 '어'로 끝나는 음절에 주목하면 답은 붕어가 되고, 물에 산다는 기준을 세우면 조기, 붕어, 오리가 답이 되며, 바다에 산다는 기준을 내세우면 조기가 답이 된다. 첫음절이 'ㅗ' 모음으로 시작됨을 주목하면 오리가 답이 된다. 동일한 개체가 분류 기준에 따라 이리 갈 수도 있고 저리 갈 수도 있음을 알 수 있다. 어떻게 분류하느냐가 중요하다는 것이다. 고등학교 때 문과와 이과로 나누는 기준에서도 우리 현실에서의 분류 문제를 짚어볼 수 있다. 문과와 이과로 나누는 것 자체도 문제지만 나누는 기준이 국어를 잘하면 문과, 수학을 잘하면 이과식인 것도 문제다. 수학과 국어를 동시에 잘한다면? 그리고 이과생이라고 해서 국어를 못하라는 법이, 문과생이라고 해서 수학을 못하라는 법은 없다. 수학과 국어를 배타적으로 보는 기준이 그런 오류를 낳은 셈이다.

　위 이솝우화에서 박쥐를 기회주의자로 보는 것은 박쥐를 포유류로만 보았기 때문이다. 박쥐가 날 수 있다는 특징을 의도적으로 소거함으로써 박쥐를 부정적인 동물로 몰아간 것이다. 이는 강자인 족제비 위주의 사고일 확률이 높다. 분류는 대개 힘 있는 자가 유리하도록 되는 경향이 있기 때문이다. 한때 사회적으로 문제가 되었던 홍석천씨와 같은 경우가 바로 여기에 해당된다. 그는 무척 성실한 연기자임에도 불구하고 자신이 동성애자라는 사실을 털어놓았다는 이유 하나만으로 중요 프로그램에서 강제로 그만두게 되었다. 이는 배타적인 이성애자 권력을 휘두른 결과다.

분류는 완전할 수 없다. 세 번째 만화에서 시작과 끝을 중심으로 완벽하게 나눈 것 같지만 만화 자체가 분류는 대상을 완벽하게 드러낼 수 없음을 보여주고 있다. 네 분류로 나눈다고 했지만 기타 영역이 새로 설정된 것이다. 또한 여기에는 잘하지도 잘못하지도 않는 보통 사람들은 분류 기준이나 대상에서 제외됐다.

그렇다면 분류를 하지 말자는 것인가. 그건 아니다. 일단 분류 맥락을 주시함으로써 잘못 분류되는 것을 되도록이면 막아야 한다. 분류의 문제점 위주로 설명을 했지만 분류의 양면성을 떠나 분류의 다양한 맥락을 짚어주는 것이 좋다. 그러면서 분류의 본질을 짚어내는 것이 중요하다. 분류는 분래 가치지향적이고 객관적이지 않다. 분류자의 관점과 기준에 따라 나누어질 수밖에 없다. 그렇다면 차라리 분류를 복수화하여 다양한 분류가 서로 교차하게 해서 특정 분류가 배타성을 갖지 않도록 경계할 필요가 있다. 아니면 차가운 것, 뜨거운 것 따위의 이분법에서 벗어나 더 차가운 것, 아주 차가운 것, 덜 차가운 것 따위로 복수화할 필요가 있다.

우리는 분류를 부정하지 않는다. 오른손잡이와 왼손잡이로 분류할 수도 있다. 문제는 왼손잡이를 차별하는 맥락이고 더 중요한 것은 양손잡이를 포함해 제대로 분류하는 것과 오른손잡이, 양손잡이, 왼손잡이가 더불어 살아갈 수 있는 시스템과 장치 마련이다.

6장 고전 논술 지도

1 머리말

흔히 고전을 옛날 글 가운데 좋은 글이나 작품 정도로 생각하는 사람들이 많다. 고전의 진정한 가치는 예나 지금이나 우리에게 생각거리, 문젯거리를 던져주는 글이라는 데에 있다고 생각한다. 그러니까 우리는 먼저 고전에 대한 잘못된 인식을 바꿀 필요가 있다. 훌륭한 내용을 담고 있는 것이 고전이라기보다는 어느 시대에서나 끊임없이 생각거리/문젯거리를 던져주는 것이 고전이라는 것이다. 플라톤의 글이나 우리의 흥부전이나 지금의 관점으로 보면 내용이 훌륭하지 않거나 지금 우리랑 안 맞을 수도 있다. 그러나 두 작품 모두 고전으로 설정하는 것은 아직도 우리에게 많은 생각을 하게끔 만들기 때문이다. 그렇다면 내친김에 아예 고전의 현대적 가치를 물은 다음 문제를 활용해 이런 유형의 문제를 해결하는 주요 전략을 따져보자.

우리 삶에서 고전은 텍스트의 범주가 아니라 삶의 가치기준으로 작동하고 있다. 이런 점은 전 세계적인 공통 현상이겠지만, 우리나라에서는 고전의 무게에 비해 그것이 작동하는 현실은 무척 가볍다. 삶의 가치기준으로 작동하는 것은 바람직한 현실이지만, 그 방식에 문제가 있다는 것이다. 고전을 소비하는 양식이, 고전이 왜 필요하고 무엇이 고전인가에 대한 진지한 문제설정이 제대로 되어 있지 않기 때문이다.

예시문 (가)는 [고전에 관한 글이고, (나)는 고전 소설 〈흥부전〉, (다)는 〈흥부전〉을 현대적으로 재창조한 작품의 한 예다. 예시문을 참고하여 현대사회에서 동서고금의 고전이 재해석되거나 재창조되는 이유에 대해 논술문을 작성하시오.

―고려대 1995년 문제 변형

(가) 고전은 원래 오래된 책이나 옛날의 의식·법식을 뜻했으나, 그 의미가 확장되어 오랜 세월에 걸쳐 많은 사람들에게 높이 평가되고 애호된 저술이나 특정분야의 권위서 혹은 뛰어난 예술작품을 가리키게 되었다. 고전은 현대를 사는 우리에게 오늘의 반성과 미래의 전망을 가능하게 하는 지혜의 보고라고 할 수 있다. 동서고금의 고전적 작품과 저작은 시대와 지역을 뛰어넘는 생명력을 가질 뿐 아니라, [지금·이곳]의 문제를 새롭게 인식할 수 있게 해 주는 현재적 가치를 지니고 있기 때문이다.

(나) (…중략…)

온 집안이 크게 웃고, 흥보가 하는 말이,

"이번 호사를 다 했으니 이 통 하나 마저 탑세."

흥보의 마누라가 박통을 타 갈수록 밥도 나오고 옷도 나오니 마음이 아주 좋아, 이 통을 또 타면 더 좋은 보물이 나올 줄로 속재미가 부쩍 나서,

"이 통 탈 소리는 내 사설로 먹일 테니 집에서는 뒤만 맡소."

흥보가 추어,

"가화만사성이라니, 자네 저리 좋아하니 참기물 나오겠네. 어디 보세, 잘 메기소."

흥보대이 메나리 목으로 제법 메겨,

"여보소 세상 사람, 나의 노래 들어보소. 세상에 좋은 것이 부부밖에 또 있는가."

"어기여라 톱질이야."

"우리 부부 만난 후에 설운 고생 많이 했네. 여러 날 밥을 굶고 엄동에 옷이 없어 신세를 생각하면 벌써 아니 죽었을까?"

"어기여라 톱질이야."

"가장 하나 못 잊어서 이때까지 살았더니, 천신이 감동하사 박통 속에 옷 밥 났네. 만복 좋은 우리 부부 호의호식 즐겨보세."

"어기여라 톱질이야."

"한 상에서 밥을 먹고, 한 방에서 잠을 잘 때, 부자 서방 좋다 하고 욕심낼 년 많으리라. 암캐라도 얼른하면 내 솜씨에 결단나지."

"어기여라 톱질이야."

(…중략…)

그렁저렁 겨울 지나 정월 이월 삼월 되니, 강남서 오는 제비 각 집을 날아들 제, 신수 불길한 제

비 한 쌍이 놀보 집에 들어가니, 놀보기 제비를 보고 집짓기에 수고된다. 제가 손수 흙을 이겨 메주덩이만하게 뭉쳐 처마 안에 집을 짓고, 검불을 많이 긁어 소 외양간 짚 깔 듯이 담뿍 넣어 주었더니, 미친 제비 아니려는 게다 알을 낳겠느냐. 집을 잘못들어 알 여섯을 낳았더니, 마음 바쁜 놀보놈이 삼시로 만져 보아, 다섯은 곯고 하나만 까서 날기 공부를 익힐 때에, 성질이 모진 놀보 소견에 구렁이가 먹으려 할 때 쫓았으면 저리 되었을까. 축문을 지어 제사하여도 구렁이가 오지 않아, 대발틈에 다리 부러지면 제가 동여 살려줄까, 밤낮으로 축수하여도 떨어지지도 아니하여, 날기 공부하느라고 제 집 가에 발 붙이고 날개를 발발 떨면 놀보놈이 밑에 앉아,

"떨어지소, 떨어지소."

두 손 싹싹 비비어도 종시 떨어지지 않았다. 그렁저렁 점점 커서 날아가게 되었는데 놀보가 실패하자 제비 절로 다리부러지기를 기다리면 놓치기 염려되니, 울려 놓고 달래리라. 제비집에 손을 넣어 제비 새끼 잡아내어 연약한 두 다리를 무릎 대고 자끈 꺾어 마루 바닥에 선뜻 놓고, 천연히 모르는 체 뒷짐 지고 걸으면서 목소리 크게 내어 풍월을 읊는 것이었다.

"황성에 허조 벽산월이오, 고목은 진입창오운."

(…중략…)

"네 죄를 헤아리면 만 번 죽어도 아깝지 않다. 내 목성 나는 대로 네 놈 수죄를 할 양이면 네가 놀라 죽겠기에 조용히 분부하니 자세히 들어보라. 한나라가 말세되어 천하가 분분할 때 유·관·장세 영웅이 도원에서 결의하고 한 왕실을 다시 일으키자, 천하에 횡행하던 삼 형제 중 말째 되고, 오호대장 둘째 되는 탁군서 살던 성은 장이요, 이름은 비요, 자는 익덕이라 하는 용맹을 들었느냐? 내가 그 장장군이로다. 천지에 중한 의가 형제밖에 또 있느냐. 한날한시에는 못 났어도, 한날한시에 죽는 것이 당연한 도리인데, 네 놈은 어이하여 동기 박대를 그리 하며, 날짐승 중에 사람 따르고 해 없는 게 제비로다. 내가 근본 생긴 모양, 제비 턱을 가졌기로 제비를 사랑하더니, 제비 말을 들어 본즉 생다리를 꺾었다니, 그러한 몹쓸 놈이 어디가 또 있겠느냐. 내 평생에 가진 성기, 내게 이해 불고하고, 몹쓸 놈이 있으며는 장팔사모 쑥 빼내어 퍽 찌르는 성정인 고로, 어찌 쾌인 익덕 같은 이를 만나 세상에 인심을 배반한 이를 모두 죽인다는 말을 너도 혹 들었느냐? 네놈이 흉맹극악하여 동생을 쫓아내고, 제비 절각시킨 죄로 똑 죽이자 나왔더니, 돌이켜 생각하니 죽은 자는 다시 살아날 수 없고, 형을 받은 자는 다시 거느릴 수 없다 하니, 네 아무리 회개하여 형제 우애하자 한들 목숨이 죽어지면 어쩔 수가 없겠기에, 목숨을 빌려주니 이번은 개과하여 형제 우애하겠느냐?"

놀보 엎드려 생각하니 불로 모은 재물을 허망하게 다 날렸으니 징계도 쾌히 되고, 장장군의 그 성정이 독우라도 채찍질했으니, 저 같은 천한 목숨은 파리만도 못 하지. 악한 놈에게 어진 마음은 무서워야 나는구나. 복복 사죄하며 울며 빈다.

"장군 분부 듣사오니, 소인의 전후 죄상은 금수만도 못 하오니, 목숨 살려 주옵시면 옛 허물을 다 고치고 군자의 본을 받아 형제간 우애하고, 이웃에 화목하여 사람 노릇 하올 테니 제발 덕분에 살려주오."

장군이 분부하기를,

"네 말이 그러하니 알기 쉬운 수가 있다. 남원이나 고금도나 우리 중형 관우씨 계신 곳에 내가 가서 모시고 있다가 네 소문을 탐지하여 개과를 하였으면 재물을 다시 주어 부자가 되게 하고, 그렇지 아니하면 바로 와서 죽일 테니, 군사나 잘 먹여 위로하라. 이제 곧 떠나겠다."

— 신재효본 ≪박흥보가≫

(다) 세상 사람 들어보소. 〈흥부뎐〉 자초지종이 이러한데 야속할 손 세인심이요. 괘씸할손 광대 글쟁이 솜씨더라. 있는 말 없는 말에 꼬리를 달아 원통한 귀신을 매섭게 몰아치고 웃으며 짓밟더라. 세상일에 속에는 속이 있고 곡절 뒤에 곡절인데, 겉보고 속보지 않으니 제가 저를 속이며 소경이 제 닭치고 동리굿에 춤을 춘다. 강남제비 박씨받아 흥부가 치부했다니 이 아니 기막힌가, 어느 세상에 가난한 놈 박씨 물어다 주는 복제비 있다던가, 왜제비 양제비가 너희를 살리더냐, 청제비 노제비가 너희를 살리더냐, 제비 좋아하네, 제비를 기다리다 밭갈기를 잊었으며 씨뿌리기 잊었구나. 사람이 못 하는 일 날짐승이 무슨 소용이랴, 너희들 병통이 골수에 맺혔으니 이 모두 뉘 탓인가, 네 탓 네 할애비 탓이로다. 눈속이는 허깨비 강남제비 미워서 보는 대로 붙잡아서 다리 똑똑 분질러서 세상인심 혁파하려 무진 애를 썼으되 이웃이 몽매하고 양반놈들 안목 없고 삼공육경에서 향청벼슬아치가 겨루기가 도둑질이요, 뽐내기가 헐뜯기로 암흑세상 살던 인생 원한이 하도하오…

— 최인훈, ≪놀부뎐≫에서.

[작성요령]
· 문학-사상-역사-사회-경제-예술-영화 등의 분야와 관련된 예를 활용할 것.
· 예시문 (나)와 (다)는 현대 어법에 따라 일부 고쳐쓴 것이다. 이를 참고하되, 이 작품만을 분석대상으로 한정하지 말 것.

[유의사항]
· 글의 길이는 빈칸을 포함하여 1,200자 안팎이 되게 할 것.
· 예시문 속의 문장을 그대로 쓰지 말 것.

2 | 고전 논술 해결의 3대 전략

고전 논술은 결국 주어진 고전을 바탕으로 논제가 요구하는 조건에 따라 문제를 설정하는 능력에 달려 있다. 다음으로는 자신이 설정한 문제설정을 얼마나 치열하게 분석해 낼 수 있느냐는 분석력이 있어야 한다. 그러한 분석을 바탕으로 그것을 치밀하게 구성하는 능력이 세 번째다.

2.1 문제설정 전략

고전을 바라보는 관점에는 크게 두 가지가 있다. 정적인 관점에서는 고전의 보편적 가치를 바탕으로 그것이 시대를 초월하여 주는 의미와 가치를 강조한다. 셰익스피어의 '햄릿'의 경우 '죽느냐 사느냐'로 상징되는 우유부단형 인물의 전형인 햄릿은 예나 지금이나 우리 주변에서 발견할 수 있는 보편적 인물을 보여주고 있다는 점에서 이 작품은 덴마크 왕조라는 특수한 시대적 배경을 바탕으로 하고 있음에도 고전으로서 높은 평가를 받는다.

그러나 동적인 관점은 보편적 가치보다는 현재와 미래에 역동적으로 끼치는 문젯거리, 생각거리를 강조하게 된다. 햄릿이 이런 관점에서 중요한 것은 이 작품이 우유부단형이라는 전형적 인물을 제시해서가 아니라 그런 인물 유형의 인물이 가지고 있는 문젯거리를 잘 보여주고 있다는 점에서다. 또한 그는 우유부단형의 전형이 아니라 이거냐 저거냐는 우유부단한 갈등에서 끝내는 자신의 신념을 실천으로 옮기는 강인한 모습을 보여주는 역동적 인물 유형이기도 하거니와 각 시대마다 이런 인물 유형의 변화과정이 중요하다는 것이다. 그런데 주어진 문제는 재해석을 강조함으로써 동적 관점에서 고전을 바라볼 것을 요구하고 있다. 세 텍스트의 흐름을 간단하게 정리해 보면 그런 요구의 맥은 더욱 분명해진다.

[가]	(1) 고전은 현대를 사는 우리에게 오늘의 반성과 미래의 전망을 가능하게 하는 지혜의 보고다. (2) 고전은 [지금-이곳]의 문제를 새롭게 인식할 수 있게 해 주는 현재적 가치를 지니고 있기 때문이다.
[나]	(1) 흥부는 놀부 형 때문에 가난하게 살 수밖에 없었다. (2) 흥부는 아주 착해 우연히 사고로 다친 제비 다리를 고쳐줌으로써 큰 복을 얻게 된다. (3) 놀부는 악행을 거듭해 벌을 받았다.
[다]	(1) 흥부전은 광대 글솜씨에 따라 자초지종(사실)이 왜곡되었다. (2) 흥부가 제비 박씨로 치부했다는 과정이 황당무계하다. (3) 오히려 흥부는 요행을 바라다 농사일을 소홀히 했을 것이다. (4) 내(놀부)가 강남 제비를 부러뜨린 것은 요행으로 물질적 부를 추구하는 인심을 혁파하기 위해서였다.

전반적으로 재해석을 강조했지만 [내와 같은 작품 자체를 부정한 것은 아니다. [개 제시문에서 동서고금의 고전적 작품과 저작은 시대와 지역을 뛰어넘는 생명력을 가진다는 것을 전제로 했기 때문이다. [대의 관점에서 [내는 문제가 있지만 그렇다 하더라도 이 작품이 오랜 세월 읽히고 있는 이유가 있을 것이다. 요즘 백설공주나 이솝우화 같은 고전 동화에 대한 패러디나 다시 쓰기가 유행하다 보니 고전 동화의 가치를 부정하는 사람이 많은데 꼭 그럴 필요가 없다고 본다. 지금의 관점에서 문제는 많지만 우리에게 끊임없이 뭔가를 생각하게 하고 문제를 제기할 수 있는 틀을 제공하고 있기 때문이다. 그러므로 [내와 같은 관점이 옳고 그름을 따지기보다는 [대와 같이 재해석, 재창조되는 이유 또는 맥락을 쓰면 된다는 것이다. [내가 옳으냐 [대가 옳으냐는 이분법적 가치판단을 묻고 있는 것이 아니다.

그 밖에 조건으로 두 가지를 요구하고 있다. 작성요령에서 "문학-사상-역사-사회-경제-예술-영화" 등의 분야와 "관련된 예"를 "활용"하라고 요구하고 있고 또 제시문을 참고하라고 하고 있다. 참고는 참고만 하면 되는 것이지 그것에 전적으로 의존하지 말라는 요구이기도 하다.

그렇다면 논제조건에 따라 가능한 문제설정은 다음과 같은 경우가 있을 수 있다.

고전이 재해석되는 이유

첫째 고전 작품 내용에 문제가 많아서
둘째 고전 작품은 일종의 고정관념이므로
셋째 사상의 자유를 위해
넷째 시대마다 삶의 가치기준이 다르므로
다섯째 현대 사회의 문제를 해결하기 위해

2.2 분석 전략

첫째 고전 작품에 문제가 많아서라고 한다면 왜 문제가 많은지를 분석하면 된다. 일단 고전 작품에는 아주 오래전에 창작되거나 형성된 것이 많기에 지금 시대에 맞지 않아 문제가 되는 경우가 많다. 이솝우화의 개미와 베짱이도 개미는 근면하게 일해 옳고 베짱이는 놀기만 해 옳지 않을 뿐 아니라 겨울에 굶어 죽어 싸다고 했지만 이는 여가 문화가 중요한 오늘날 관점과 맞지 않는다. 또한 가수나 연예인들의 부가가치가 중요한 지금의 흐름과도 맞지 않는다. 그래서 개미는 자기만을 위해 일한 이기주의 일 중독자로 베짱이는 여러 사람들을 위해 즐거운 노래를 부른 가수로 재해석하거나 다시 쓰는 것이다. 흥부전 또한 현실적이고 경제적인 놀부보다 비현실적이고 도덕적인 흥부를 더 높이 평가하고 있지만 실용적이면서 현실적인 경제적 삶이 중요한 요즘과 맞지 않는다. 또한 고전 작품은 잘못된 이데올로기나 내용을 담고 있는 것도 숱하다. 백설공주나 신데렐라와 같은 고전동화는 남성 위주의 성차별을 담고 있으므로 재평가할 필요가 있는 것이다.

둘째 고전 작품이 고정관념으로 작동되는 것도 비판 대상이다. 고정관념은 자유로운 생각과 변혁을 가로막는 최대의 걸림돌이다. 백설공주와 신데렐라와 같은 고전 동화가 오랫동안 고정관념으로 영향을 끼침으로써 성차별 사회 모순을 변혁하는 데에 걸림돌이 되어온 것이다. 흥부전 또한 실질적 대안도 없이 막연하게 착한 사람을 옹호하는 권선징악을 강요함으로써 가난의 진정한 원인을 은폐하는 구실을 해 온 것이다. 개미와 베짱이 또한 여가 문화를 특정 계층의 문화로만 작동하게 하고 노동자 농민의 여가 없는 삶을 옹호하는 이데올로기로 작동되어 왔다.

셋째 사상의 자유를 위해서라는 이유 또한 둘째 전략과 같은 맥락이다. 고전들은 근본적으로 사상과 표현의 억압을 헤치고 살아남은 것이 대부분이기 때문에 그런 작품을 절대화하고 고정화하는 것을 거부하는 재해석 전략과 맞아떨어진다. 이솝우화는 노예 신분이었던 이솝이 쓴 것이다. 노예가 쓴 것임에도 살아남을 수 있었다면 오늘날 사상의 자유를 뛰어넘는 뭔가가 담겨 있는 것이다. 또 현재 고전으로 평가받고 있는 작품들에는 당대에는 인정을 받지 못하거나 억압을 당한 것들도 꽤 많다. 갈릴레이 저술이 그러했고 코페르니쿠스 저술 또한 오랫동안 숨기다가 말년에나 발표했고 사후에 인정을 받은 경우였다.

넷째 시대마다 삶의 가치기준이 다르다는 것도 비슷한 맥락일 수 있다. 시대는 변화하기 마련이다. 노예가 열심히 일해야 했던 시절과 우리나라가 경제개발을 한참 추진할 당시에는 이솝우화가 훌륭한 가치를 지니고 있었다. 하지만 이제 어느 정도 경제안정을 이룬 시대에는 여가와 여유 문화가 중요하다 보니 개미보다는 베짱이를 강조하게 된다. 우리가 알고 있는 삼국지 또한 재해석의 결과다. 우리가 흔히 읽는 삼국지는 중국 원말·명초의 소설가 나관중의 ≪삼국지 통속 연의≫라는 작품을 말한다. 이 작품에서 유비가 주인공이면서 성인군자인 것처럼 나오는 것은 주자학을 근거로 한을 정통으로 하고 그것의 계통을 잇는다는 의미에서 유비에게 정통성을 주었기 때문이다. 이에 비해, 나관중이 기초한 삼국지는, 위를 멸하고 진을 세운 '사마가'의 신하인 "진수"가 쓴 ≪삼국지≫인데 이는 사실에 가까운 관점으로 위나라의 조조에게 정통성이 있다는 관점에서 쓴 작품이다. 그러나 후대 사람들은 진수의 삼국지보다 민간에서 전해 내려오는 삼국지를 더 좋아했고 나관중은 이를 바탕으로 다시 쓴 것이다. 우리나라 삼국지는 크게 세 가지가 있는데 박종화의 삼국지는 나관중의 관점이고 이문열의 삼국지는 진수에 가까운 관점이며 김홍신의 삼국지는 그런 영웅보다 민중들을 더 높이 평가한 관점으로 재해석한 것이다.

다섯째 현대 사회 문제 해결을 위해서라는 문제설정은 좀 더 역동적인 재해석을 부추기는 전략이다. 현대사회는 인종문제, 교육문제, 환경문제, 노동문제, 도시문제, 여성문제, 사상문제, 범죄문제, 인권문제, 불평등 문제, 정치문제 등등 수없이 많은 문제들이 계속 꿈틀대고 있다. 이런 문제들은 현대사회의 직접적 문제이기도 하지만 인간 존재의 근본문제이기도 하다는 점에서 고전과 연계할 수 있다. 고전은 바로 인간 존재의 근본 문제를 다루고 있기 때문이다. 고전을 이용해 인류가 생산해 온 지식의 지혜들을 재발견할 필요가 있다는 것이다. 이를테면 불평등 문제는 루소의 <인간 불평등의 기원>을 지금 시대에 맞게 재해석함으로써 그 지혜를 빌려 올 수 있을 것이다.

2.3 구성 전략과 쓰기

위에서 우리는 다섯 가지 관점에서 재해석 이유를 따져보았다. 다섯 가지 관점을 다 녹여 하나의 글로 구성할 수도 있고 아니면 어느 한 관점을 집중적으로 쓸 수도 있다. 어떤 경우든 자신의 관점을 일관되게 끌어가야 한다.

다양한 관점을 종합적으로 쓴 예시답안

진정한 고전은 시대와 지역을 뛰어넘어 우리에게 보편적 가치를 심어주기도 하면서 끊임없이 다양하게 읽힐 수 있어야 한다. 흥부전이 고전인 이유는 권선징악의 주제를 담아서가 아니라 흥보와 놀부가 서로 다른 스타일의 인간 유형에 대해 끊임없는 문제를 제기해 주고 있기 때문이다. 따라서 흥부전을 살아있는 고전으로 만들기 위해서는 적극적인 재해석을 시도하는 전략이 좋다. 그렇다면 고전을 재해석해야 하는 중요한 맥락은 무엇인가.

먼저 지금 시대적 관점으로 보면 고전 작품의 관점에는 문제가 있을 수 있다. 이솝우화의 개미와 베짱이도 개미는 근면하게 일해 옳고 베짱이는 놀기만 해 옳지 않을 뿐 아니라 겨울에 굶어 죽어 싸다고 했지만 이는 여가 문화가 중요한 오늘날 관점과 맞지 않는다. 또한 가수나 연예인들의 부가가치가 중요한 지금의 흐름과도 맞지 않는다. 심지어 백설공주나 신데렐라와 같은 고전동화는 남성 위주의 성차별을 담고 있기도 하다.

둘째 고전 작품을 재해석해야 하는 이유는 고전 작품이 고정관념으로 작동되는 것을 막기 위해서다. 고정관념은 자유로운 생각과 변혁을 가로막는 최대의 걸림돌이다. 백설공주와 신데렐라와 같은 고전 동화가 오랫동안 고정관념으로 영향을 끼침으로써 성차별 사회 모순을 변혁하는 데에 걸림돌이 되어 온 것이다. 흥부전처럼 실질적 대안도 없이 막연하게 착한 사람을 옹호하는 권선징악을 강요함으로써 가난의 진정한 원인을 은폐하는 구실을 해 왔다.

이런 맥락에서 보면 사상의 자유를 위해서도 끊임없이 재해석을 해야 한다. 고전들은 근본적으로 사상과 표현의 억압을 헤치고 살아남은 것이 대부분이기 때문에 그런 작품을 절대화하고 고정화하는 것을 거부하는 재해석 전략과 맞아떨어진다.

따라서 시대마다 삶의 가치기준이 다르다는 것이 재해석이 필요한 현실적 이유이다. 시대는 변화하기 마련이다. 노예가 열심히 일해야 했던 시절과 우리나라가 경제개발을 한참 추진할 당시에는 이솝우화가 훌륭한 가치를 지니고 있었다. 하지만 이제 어느 정도 경제안정을 이룬 시대에는 여가와 여유 문화가 중요하다 보니 개미보다는 베짱이를 강조하게 된다.

결국 현대 사회 문제 해결을 위해서는 좀 더 역동적인 재해석이 필요한 셈이다. 현대사회는 인종문제, 교육문제, 환경문제, 노동문제, 도시문제, 여성문제, 사상문제, 범죄문제, 인권문제, 불평등 문제, 정치문제 등등 수없이 많은 문제들이 계속 꿈틀대고 있다. 이런 문제들은 현대사회의 직접적 문제이기도 하지만 인간 존재의 근본문제이기도 하다는 점에서 고전과 연계할 수 있다. 고전은 바로 인간 존재의 근본 문제를 다루고 있기 때문이다. 고전을 이용해 인류가 생산해 온 지식의 지혜들을 재발견할 필요가 있다는 것이다. 이를테면 불평등 문제는 루소의 ≪ 인간 불평등의 기원≫ 을 지금 시대에 맞게 재해석함으로써 그 지혜를 빌려 올 수 있을 것이다.

한 가지 관점을 집중적으로 쓴 예시답안

현대사회는 매우 복잡한 사회이다. 사회란 자연세계와는 달리 우리 인간이 만들어나가는 독특한 조직임에 틀림없지만, 그럼에도 불구하고 스스로가 많은 문제들을 만들어낼 뿐만 아니라 그 문제들마저 스스로 해결하지 못하는 위기에 처해 있기도 하다. 어떻게 보면 우리 인간들이란 문제를 만들어내는 존재인지도 모른다. 현대사회가 복잡한 것도 사회적 조직이나 인구의 폭등 또는 과학기술혁명에 의한 새로운 문명의 이기 때문이기도 하겠지만, 그 안에서 문제들을 발생시키고 또한 발생되는 문제들에 대해서는 제대로 해결하지 못하는 어려움들이 현대사회를 더 복잡하게 만드는지도 모른다.

그렇다면 현대사회의 문제들이란 게 무엇인가? 도대체 너무나 많아 이루 말할 수 없지만 떠오르는 대로 나열하더라도 인종문제, 민족문제, 환경문제, 노동문제, 사상문제, 여성문제, 인권문제, 종교문제, 정치문제, 인류문제 등등이다. 이것은 직접적인 현실의 문제이기도 하지만 인간의 존재에 대한 근본적인 질문이기도 하다. 가령 환경문제만 해도 과학기술의 발전과 직결된 사안이다. 환경문제는 단지 자연 파괴의 문제만을 포함하는 게 아니라 도시의 공간 환경문제이기도 하다.

그러나 현대사회의 문제들이란 현대사회 그 자체만을 바라본다고 해서 해결의 실마리가 떠오르는 것은 아니다. 인간이 생산해 온 지혜들을 불러 모을 필요가 있다. 인류가 사유해 온 지식의 보물들을 재발견하면서 현대사회의 문제들에 접목하는 것이야말로 고전을 재해석하고 재창조하는 가장 현실적인 이유이자 그 적극적인 의미가 된다. 예컨대 정치적 기술에서는 ≪삼국지≫가 필요할 터이고, 노동문제에서는 마르크스의 ≪자본론≫이, 불평등한 사회의 분석에서는 루소의 ≪인간 불평등의 기원≫이, 사랑문제에서는 ≪사랑의 기술≫이 필요할 터이다. 또는 토마스 모어의 ≪유토피아≫나 조지 오웰의 ≪1984≫를 인간의 경제적 토대나 정치 사상적 자유의 문제로 다각적으로 의미화하면서 읽을 수 있을 것이다.

고전들은 현재 발생하는 문제들을 해결해 나가는 방식으로 재구성되어 해석해야 그 의미가 더욱 분명해질 것이다. 고전이란 결국 '지금-여기' 오늘의 관점에서만 유효하기 때문이다. 요컨대 현대사회에서 고전이 재해석/재창조되는 이유는 현대사회의 복잡한 문제들을 해결해 나갈 수 있는 문제의 새로운 구성과 관련하여 인류의 지혜를 재발견하는 과정이 필요하기 때문이다. 즉 고전의 재해석/재창조는 우리가 고전을 단지 '재미'로 읽는다거나 '교양'의 수준을 높이기 위한 단순한 고전의 독서 수준과는 다른 차원의 세계, 즉 현대적 삶의 위기를 극복하기 위한 새로운 문제설정과 실천과정에의 개입이라는 의미가 있다는 것이다. 고전은 오늘날에 전혀 새롭게 반복된다.

3 │ 마무리

우리나라 대입 논술은 근본적으로 고전 논술을 지향하고 있다. 그러면서 대부분의 대학이 현실 문제와 결부할 것을 요구하고 있다. 이는 고전을 단지 보편적 진리나 가치를 지닌 작품으로 보는 정적인 관점보다는 오늘과 미래에 역동적으로 영향을 끼치는 동적인 관점에서 바라보겠다는 전략이다. 이런 전략을 위해서는 일단 고전을 다양한 맥락에서 해석할 수 있는 힘을 키워야 한다. 고전을 현실과 결부한다는 것은 결국 고전의 가치를 현실에 적용한다는 소극적 의미도 있지만 고전과 현실 문제와의 역동적 관계를 주목하겠다는 전략이 더 강하다.

고전이 현실 문제에 도움을 줄 수 있는 전략은 두 가지다. 하나는 현실 문제 해결이나 원인 파악의 바탕이 돼주거나 실마리를 제공해 주는 경우이다. 삼국지를 이용해 정치 문제나 처세술을 익히는 경우가 그렇다. 다음으로는 우리가 끊임없이 추구해야 할 인간 존재의 보편 문제를 생각하게 하는 경우이다. 어느 경우든 우리는 다양한 관점에서 문제를 찾아내고 맥락을 따지는 분석력이 필요하다.

7_장 교과서 중심 통합교과논술 지도

1 | 머리말

통합 논술 바람에 힘입어 통합 논술에 대한 연구가 활성화되고 있으나 실제 수업 전략에 대한 연구는 미흡한 편이다.[8] 이명박 정권의 영어 몰입 정책 이후 통합 논술교육은 더욱 퇴조한 상황이라 실제 연구 사례는 더욱 위축을 받고 있는 상황이다. 입시에 좌우되는 통합 논술교육은 문제가 있지만, 통합 논술 그 자체는 우리가 지향해야 할 길이다. 그렇다면 이렇게 위기에 몰릴수록 이론적 탐구와 실제 전략에 대한 연구는 더욱 절실하다. 따라서 본 연구에서는 공교육 현장에서 가능한 수업 모형을 제시하는 것이 목표이다.

이러한 시도는 통합교육을 전제로 한다. 여기서의 통합교육은 학습자(교육 주체)가 살아가면서 겪는 다양한 문제를 종합적, 총체적, 창조적으로 해결할 능력을 키워주는 열린교육 방식이다. 통합교육의 주요 전략은 다섯 가지로 나눠 볼 수 있다. 첫째, 열린교육 차원은 가장 포괄적인 전략이다. 통합교육이 장애인과 비장애인 통합교육에서 발생한 만큼 인성교육 차원이 중요하다. 이 차원에서는 삶과 도덕을 강조한다. 학생 중심 차원에서는 학생 중심의 자기 주도적 학습 전략을 말한다. 지식 차원에서는 여러 지식의 통합이나 넘나들기 전략을 말한다. 다매체 차원에서는 여러 매체를 넘나드는 통합 매체 전략이다.

통합 논술을 위해서는 범교과, 탈교과에 따른 교과 통합이 필수적이다. '범교과'는 여러 교과를 아우르는 전략을 강조한 용어이고 '탈교과'는 '각 교과 중심의 배타성'을 벗어나는 전략을 강조한 용어이다. 결국 '통합교과는 각 교과의 특이성을 존중하되, 배타적 경계를 허문

---

8   통합 논술에 대한 학문적 논의의 집약은 국어교육학회 36회 학술발표대회의 기획 발표인 '논술교육의 쟁점과 방향'과 이를 발표문을 수록한 국어교육학연구 29집을 참조할 수 있다.

다는 뜻과 교과서 안과 밖을 넘나드는 교육 전략이다. 따라서 교과서에서 배운 지식이 학생들의 삶으로 재생산되고 학생들의 삶이 교과 교육으로 재설정될 때 탈교과의 참 효과를 거둘 수 있는 것이다. 여기서는 교과서를 중심으로 한 통합교과 전략이므로 이런 맥락에서는 '교과통합'이란 말을 쓰고, 그런 점을 강조하지 않을 때는 '통합교과'라는 용어를 쓴다.

통합 논술교육의 성공 여부는 교과통합을 제대로 해내느냐에 달려 있다. 현장 교사들의 경험과 평가도 양면적이다. 실제 열심히 교과통합을 시행하는 교사도 있고 아예 시도하지 않는 교사도 있다. 이런 현실을 감안하여 교과통합에 대한 실제적 흐름을 이해하고 올바른 방향을 설정해 본다.

'통합교과'와 '교과통합'은 실제로는 거의 같은 용어로 쓰이지만 다른 측면도 있다. 통합교과는 기본적으로는 통합교육을 위해 두 가지 이상의 교과를 재구성하여 가르치거나 단일 교과의 순서를 재구성하여 가르치는 것이다. 그러나 이때의 '교과'를 단순히 지식 범주나 학문 분과와 같은 범주로 생각하면 교과서나 교과과정이 필수 요소가 아니다. 교과통합은 교육과정에서 교과나 교과서를 재구성하여 통합교육이나 열린교육을 이루는 전략으로 교과서나 교과과정 고려가 필수 요소이다. 결국 '교과통합'이 통합교과보다 교육과정이나 구체적인 교과 전략을 강조하는 차이가 있다.[9]

[교과통합의 자리매김(상관도)]

통합 논술이 교과통합을 통해서만 이루어지는 것은 아니지만, 공교육에서는 당연히 교과통합을 전제로 한다. 따라서 교과통합이 통합 논술을 시도하기 위한 주요 전략이라는 것이 중요하다. 또 현 교과 체제에서 두 교과를 통째로 합치는 것은 가능하지도 않고 불필요한

---

9   통합교육에 대해서는 유광찬(2000), 통합교과 교육에 대해서는 유한구·김승호(1998), 이경섭 외(1994), 이재승(2006) 등을 참조.

일이므로 특정 단원(소재, 주제)을 연계하는 것이다. 기존 교과의 틀을 완전히 벗어날 경우는 그냥 통합교육이라 부르거나 탈교과, 열린교과로 부른다.

이 논문은 바로 교과통합 전략으로 아이들이 합리적인 문제 해결을 위한 맥락적 접근에 따른 접근과 그에 따른 수업 모형을 제시할 것이다.[10]

2 | 교과통합의 갈래와 통합 논술 전략

2.1. 교과통합의 갈래

교과통합의 동기도 다양하고 복합적이므로 여러 갈래로 접근할 수 있다. 세 가지 기준을 세워 나눠 보았다. 첫 번째 기준은 단일 교과냐 두 교과 이상이냐이다. 두 번째는 여러 교과 가운데 중심 교과를 설정하느냐로 나눈 것이고 세 번째는 교과 외 어떤 텍스트를 결합하느냐이다. 그 틀은 다음 표와 같다.

[교과통합의 갈래]

번호	기준	갈래	유형
1	단일 교과냐 두 교과 이상이냐에 따라	(1) 단일 교과통합 (2) 복합 교과통합	1-1 1-2
2	중심 교과 설정 여부에 따라	(1) 끌어들이기 교과통합 (2) 내보내기 교과통합 (3) 주제중심 교과통합	2-1 2-2 2-3
3	외부 텍스트 끌어오기에 따라	(1) 열린 교과통합 1 (2) 열린 교과통합 2 (3) 열린 교과통합 3	3-1 3-2 3-3

단일 교과냐 두 교과 이상이냐에 따라 소극적 단일 교과통합과 적극적 복합 교과통합으

---

10   맥락적 접근에 대해서는 "김슬옹(2010). 국어교육 내용으로서의 '맥락' 연구. 동국대학교 대학원 국어
      교육학과 박사학위 논문." 참조.

로 나눌 수 있다. 소극적 교과통합은 단일 교과 내부에서 순서를 바꾸거나 비슷한 과목을 연계하거나 합치는 것을 말한다. 이를테면 국어교과에서 '듣기/말하기, 읽기/쓰기', 역사교과에서 '국사와 세계사', 과학교과에서 '생물, 화학, 물리, 지구과학', 지리교과에서 '세계지리, 국토지리' 등을 재구성하는 전략이다. 적극적 복합 교과통합은 이질적인 두 교과 이상을 대상으로 특정 단원을 서로 연계하는 전략을 말한다. 이를테면 초등 국어 읽기 6학년 1학기 첫째 마당의 삶과 이야기 2에 실려 있는 아름다운 삶 '방구 아저씨'와 사회 6학년 1학기 대단원 3의 대한민국의 발전에 실려 있는 일제의 민족말살 정책은 모두 일제 강점기를 다루고 있으면서도 접근 방법이 미시적, 거시적 차이를 보이므로 연계하여 수업하기에 적절한 단원들이다.

중심 교과 설정 여부에 따랐을 때 끌어들이기 교과 재구성은 특정 교과를 중심으로 다른 교과를 연계하는 전략을 말한다.[11]

〈사례 1〉 초등 국어 말하기 · 듣기 · 쓰기(6-2) 교과서에 자신의 주변인이나 자기가 장래 되고 싶은 직업인을 찾아가 면접하는 단원(여러 갈래의 길)이 나오는데, 이 단원을 배울 때 실과의 직업의 이해와 과학의 환경 단원 내 한 활동과 연계하여 지도한 적이 있다. 아이들이 자신이 배운 내용 혹은 알고 있는 내용이 다른 과목과도 관련이 있다고 생각해서 인지 무척 재미있어 했다.

〈사례 2〉 도덕에서 많이 통합한다. 도덕과는 규범이나 목록 중심으로 되어 있기 때문에 '우정'에 관한 책 읽기, '다른 사람 존중하기', '효도' 등등을 찾아 읽어보는 활동을 했다. 특히 우리 반에서는 주별, 달별 생활 목표를 세울 때에 주제를 정하고 그에 맞게 교과를 재구성하고, 독서 부는 이 주제에 맞게 책을 선정하거나 조사해 보고, 추천해 주고, 학급의 친구들은 독서부들의 여러 활동에 참가한다. 교사는 수업활동에 적극적으로 이 활동에 맞게 재구성해 본다.

위 사례를 보면 각각 국어교과와 도덕교과를 중심으로 다른 교과를 통합한 사례를 보여준다. 내보내기 교과 재구성은 위 예와 같이 교과서 내부에서의 통합으로 특정 교과를 여러 교과에 적용하는 경우를 말한다.

---

11   여기 인용하는 사례는 필자가 20007년도 경남 교원 연수에서 익명의 설문 조사에서 받은 자료들이다. 선생님들이 익명으로 요구해 이름은 밝히지 않는다. 끌어들이기 곧 통섭에 대해서는 Edward O.Wilson (1999)/최재천 · 장대익 옮김(2007) 참조.

〈사례 3〉 국어과는 주로 도덕이나 과학 사회 등과 연계되는 것 같다. 과학 이야기, 사회 이야기 등 주로 이야기를 할 수 있는 과목과 연계되는 듯싶다. 실제로 아이들을 가르칠 때 이야기를 들려줄 수 있는 여러 과목에 국어의 문학 작품이나 설명글 등을 이용하여 가르치기도 한다.

〈사례 4〉 국어의 방법 중 토론 등의 방법을 도덕이나 사회에서 이용해 본 적이 있다. 또한 국어 읽기에 '인터넷'에 관한 내용이 나온 적이 있었는데 인터넷의 올바른 사용법과 필요성에 대하여 사회과와 연계하여 지도한 적이 있다.

위 예에서 보듯 특정 과목의 방법이나 내용을 다른 여러 과목에 응용하는 방식을 말한다. 실제 사례 조사에서는 나오지 않았지만 음악이나 미술에서 배운 내용을 모든 교과에 적용할 수 있을 것이다. 과학교과에서의 실험 절차를 다른 교과에 적용할 수 있으므로 이 또한 여러 교과가 내보내기 방식이 가능하다.

다음으로는 특정 주제를 중심으로 여러 교과를 대등하게 연계하는 방법이다. 첫 번째 기준 설명에서 다루었고 유치원이나 초등 교과에서 일반화된 방법이므로 여기서 설명은 생략한다.

교과서와 통합하는 외부 텍스트 성격에 따라 세 갈래로 나눈다. '열린 교과통합 1'은 교과서와 교과서 외 텍스트를 적극적으로 연계하기는 전략이다.

〈사례 5〉 약 40% 정도 교과서 예문과 비슷한 장르의 글을 읽어주거나 학생들이 전날 조사해 오거나, 집에 있는 책들을 가져와서 약 1주일 정도 교실에서 다른 학생들이 읽도록 합니다. 매주 목·금에는 책을 읽고 독서 기록장을 쓴 후 지도합니다.

'열린 교과통합 2'는 교과서와 아이들이 직접 쓴 텍스트를 결합하는 전략이다. 이는 어른 위주의 정전만을 활용하는 교과통합을 극복하려는 전략이다. '열린 교과통합 3'은 결국 '열린 교과통합 1, 2'를 합치는 전략이다. 곧 교과서 텍스트와 교과 외 텍스트, 아이들의 실제 텍스트를 적극적으로 연결하기는 전략이다.

〈사례 6〉 교과서 외 텍스트를 사용한다. 학생들의 일기나 감상문 보고서 등을 많이 이용한다. 편지를 사용하기는 친구들의 동의를 얻어 사용한다. 독후감상문도 많이 사용하는 편이다. 생활문과 관련된 학습을 할 경우에는 여기저기(좋은 생각, 컴퓨터 웹 자료)에서 읽은 글을 사용해 봤고, 독후감 활동 학습을 할 경우에는 전래동화, 창작동화, 과학도서, 전기문 등등 주제별로 책을 선정하고, 독후활동(독서토론, 인터뷰 활동, 논평 비평해 보기)등의 활동을 할 때 사용해 보았다. 교과서의 읽기 동화가 제시될 때에는 책을 찾아보게 하고, 여러 가지 동화책을 찾아 보기도 했다. '만파식적', '오세암' 등을 읽어 보고, 학급 행사로 활동하기도 했다.

2.2. 교과통합의 주요 전략과 유의사항

교과통합은 단순한 교과만을 연계하는 것만을 의미하지 않는다. 그야말로 학생 중심의 총체적 활동이 따를 때 교과통합이라 할 수 있다. 단지 교과만 연계하고 교사 위주의 수업을 한다면 진정한 교과통합일 수 없다. 아래 사례와 같이 교과서가 문제가 있다고 무시하고 교과서 외 텍스트를 결합하는 전략은 적절하지 않다. 문제가 있으면 문제가 있는 대로 교육적 가치가 있다. 문제없는 텍스트와 비교해서 문제를 찾게 하면 된다.

〈사례 7〉 국어 읽기 중 동화책 속의 주인공 '신데렐라'에 대해 서로 의견을 주고받는 단원이 있었다. 그래서 '신데렐라'라는 교과서 내용 대신 다른 동화를 이용하여 이 단원을 공부한 적이 있었다.

그렇다고 모든 교과를 또는 많은 내용을 군이 교과통합으로 진행할 필요는 없다. 아래와 같이 부분적 시행에 대한 지나친 강박관념을 가질 필요가 없다. 각 교과의 특수성을 인정하지 않는 교과통합은 또 다른 획일주의이다.

〈사례 8〉 모든 교과가 하나같이 재구성을 요구하고 있는 현실이다. 재구성의 이름으로 교사의 재량권·자율권을 부여하고 있다고 쉽게들 말한다. 그러나 현실적으로 일주일 30시간 이상의 수업 시 수에 10개 교과가 매년 매 차시마다, 일회성의 수업으로 끝나는 초등 현실에서 교사들에게 무거운 짐으로 다가오는 게 사실이다. 그것뿐인가! 재량 시간은 교과교육 이외의 담임 재량의 창의성 교육을 강요하고 있다.

〈사례 9〉 거의 하지 않고 있다. 대부분 학기 초에 연간 교육과정을 계획하는데, 교과서를 재구성할 시간이 주어지지 않는다. 3월 초 개학과 동시에 담당 학년이 정해진다. 교과서 분석도 제대로 하고 싶은데, 그 날 모든 책을 받아서 교재 구성, 내용만 살피는데도 시간이 꽤 걸린다. 거의 미리 짜인 교육과정을 많이 사용하는데 그 짜인 교육과정 속에 일부 교과의 내용을 통합하거나 재구성한 부분이 나온다.

위와 같은 제도적 문제가 해결되어야 하지만 그때까지 기다릴 수는 없다. 따라서 '백지장도 맞들면 낫다'는 전략으로 처음에는 교사 연합 세미나나 동아리를 활성화하여 공동으로 자료를 만들어 가야 한다.

> 〈사례 10〉 가끔 소모임에서 만든 독서 자료를 이용하여 가르쳐 본 적은 있다.
> 〈사례 11〉 동화 동아리 모임에서 동화에 대한 선입견이 바뀌었다. 우선 재량시간에 동화를 가지고 동화 수업을 1년간 실시하였다. 국어 수업 시간에 동화책을 가지고 수업에 적용을 자주 하는 편이다. 교과서 내용을 보고 그 주제에 대해 아이들이 비슷한 동화를 이야기하기도 한다. 특히, 실감 나게 말하기 인물 심리 파악 목표에서는 교과서 내용보다 아이들의 실생활을 표현한 창작동화가 훨씬 좋다.
> 예) "내 짝꿍 최영 대", "칠판 앞에 나가기 싫어." 등.

위와 같은 연구동아리 활동은 매우 중요하다. 교과통합을 위해서는 교과의 재구성이 필수이고 그러기 위해서 교과 분석을 위한 연구 시간 확보가 절대적인데 바로 연구동아리는 그런 전략의 핵심이기 때문이다.

교과통합은 교실에서만 할 필요가 없다. 수행평가나 과제로도 할 수 있다.

> 〈사례 12〉 교과서(교육과정)에 따른 학습목표 성취를 위해 동화책을 자주 활용합니다. 심화 특히, 보충 학습 시 활용하며 가정 과제 학습으로 기존의 동화책을 자주 활용합니다.

실패에 대한 두려움, 자신감 부족, 경험 부족 등의 문제가 있다. 그렇다고 회피하면 아이들과 다를 바가 없다.

> 〈사례 13〉 국어 교과서를 대부분 그대로 사용하고 난 후 재구성하여 나름대로 다른 교재를 사용한 경우가 약 30% 정도밖에 안 됩니다. 그 이유로는 많은 업무와 시간의 부족으로 재구성하기가 쉽지 않고, 잘못 재구성했을 때의 부담감 때문에 많이 하지 못했음.
> 〈사례 14〉 재구성을 할 만큼 교육과정에 정통하지 못하다는 것이 큰 이유다.
> 〈사례 15〉 초임 1년째다. 교과서 분석이 되지 못했다. 재구성해 본 적 없다.

또 교과서에 대한 강박관념을 버려야 한다.

〈사례 16〉 첫 발령을 받았을 때는 교과서라는 것에 "꼭 반드시 가르쳐야 하는 것"으로 인식하고 있었다. 하지만 선배 선생님과의 모임 후 교과서에 대한 선입견이 많이 바뀌었다. 우선 선생님들과의 동화 읽기를 하여 국어교과 목표에 더 어울린다는 생각이 드는 동화를 수업에 적용하여 보고 있다. 그리고 수업 도입 부분에 동화 읽어주기로 수업 분위기를 조성하기도 해 보았다. 시 수업 같은 경우는 교과 시보다 아이들이 쓴 동시집(임길택, 이효철, 김용택)을 가지고 수업 전개를 하고 있다.

〈사례 17〉 7차 국어과 교과서는 특히 읽기 책은 지문이 긴 글이 많은 편수로 구성되어 있다. 그 많은 편수를 다 지도하기엔 시간적으로 많이 부족하다. 이에 재구성의 필요성은 많이 느끼지만, 사실 고학년 담임교사는 한두 과목이 아닌 무려 12과목 모두의 재구성을 강요당하고 있다. 다시 말해 과목도 양도 6차에 비해 전혀 줄어들지 않았다. 그럼에도 불구하고 모든 과목의 해당 지침서는 재구성에 관한 당부를 빼놓지 않고 있다. 다만 7차 국어 읽기 교과서가 다른 교육과정에 비해 너무나 아름다운 글들이 실려 있는 것은 다소 마음에 들고 안심이 된다.

<사례 16>은 교과서에 대한 강박관념을 벗은 경우이고 <사례 17>은 그렇지 않은 경우이다. 교과서가 있는 한 진도 강박관념이 따를 수밖에 없지만 교과통합의 효율성을 이용해 극복해 나가야 한다.

교과서 외 텍스트를 활용할 경우에는 그런 텍스트를 아이들과 어떻게 공유하느냐가 문제다. 이는 학교제도 차원에서 해결해야 할 문제이다.

〈사례 18〉 마찬가지로 거의 잘 이루어지고 있지는 않다. 텍스트의 의미에 대해서 약간 혼동이 생기는데, 텍스트는 교사만 가지고 수업을 해도 되나요? 아니면 아이들도 모두 준비가 되어야 하나요? 아이들이 준비하지 않은 채로 다른 텍스트를 이용한 적이 있다.

위와 같이 교사만 이용하는 텍스트는 아무리 훌륭해도 교과통합형 텍스트가 될 수 없다. 어떤 방식으로든 아이들과 공유해야 한다. 가장 중요한 것은 아이들에게 교과통합의 취지를 충분히 이해하게 해야 한다.

〈사례 19〉 교과목과의 관계는 상당히 많이 이루어진다고 생각한다. 국어와 사회과 목이 상당 부분 연계되고, 수학, 과학, 음악, 미술 등 많은 과목과 서로 연계되어 있다. 다른 과목 시간에도 국어과 내용을 인용하고, 국어 시간에도 다른 과목의 내용을 이용하는 것이다. 개인적으로 우리 반 아이들에게 수업 시간 가장 많이 듣는 말 중에 하나가 국어 시간에 과학을 한다, 수학 시간에 국어를 왜 해요. 사회 시간이지 국어 시간이 아닙니다. 등의 교과목 연계를 아이들에게는 생소하고, 또는 혼돈되게(시험을 위해서는) 받아들이고 있는 것 같다.

이런 교과통합의 문제를 극복한 바람직한 수업 모형으로 구성해 보았다.

3 | 실제 수업 모형 구성

실제 수업안은 김슬옹(2004)에 따라 기본 4차시 수업안을 구성하였다. 4차시는 교과통합 수업뿐 아니라 실제 논술문 쓰기 수업까지를 수행할 수 있는 가장 기본적인 시간이다. 일종의 특별 수업용 모형이므로 여건에 따라 시간과 차시를 조절할 수 있다.[12] 여기서는 90분을 한 차시 수업 시간으로 설정하였다. 초등학교 보통 수업 시간을 기준으로 하면 두 시간을 합쳐 놓은 시간이다.

4차시를 기본 틀로 하되, 숙제 등을 활용하여 시간을 조절할 수도 있다. 학생들의 반응을 유도하여 더 늘릴 수도 있다. 4차시 내부에서도 학생 수준과 학습 내용에 따라 조절 가능하다.

차시별 핵심 전략은 교과 통합 논술 프로그램이므로 교과 텍스트 이해와 분석, 이를 바탕으로 하는 토론과 논술문 쓰기가 핵심이다.

---

(1) 1차시 관심끌기 : 관심끌기와 바탕학습
(2) 2차시 자료탐구 : 자료 이해와 탐색
(3) 3차시 논술트기 : 토론과 논술문 쓰기
(4) 4차시 돌려 읽기 : 돌려읽기와 마무리하기

기본 전략이므로 이 틀을 바탕으로 여러 가지 하위 갈래 창출이 가능하다. 각 분야별 전략을 최대한 쉽게 하여 교사의 재구성 전략과 역량을 강화하였다. 전략은 일종의 형식이므

---

12   수업 모형에 대한 다양한 수업 전략에 대해서는 김창원 외(2005) 참조.

로 응용 가능성에 초점을 두었다. <표 2>는 차시별 전략의 종합 구성도이다.

〈표 2〉통합 논술 차시별 전략

차시		1차시 관심끌기	2차시 자료탐구	3차시 논술트기	4차시 함께읽기
갈래	내용	관심끌기와 바탕학습	자료 이해와 탐색	토론과 논술문 쓰기	돌려읽기와 마무리하기
	학습목표전략	1. 흥미유발 전략 2. 미리준비 전략	1. 철저이해 전략(미시적 독해, 거시적 독해) 2. 통합분석 전략	1. 토론활성화 전략 2. 자발적 논술문쓰기	1. 토론논술 결과 공유 2. 생각정리 전략
교사	1.교수법전략	1. 놀이 교수법 2. 경험나누기 교수법 3. 꼼꼼준비유도 교수법	1. 발문위주 교수법 2. 설명위주 교수법 3. 활동유도 교수법	1. 토론부추기기 교수법 2. 듣기·말하기 시범 교수법 3. 쓰기 교수법	1. 상호활동유도 교수법 2. 평가 교수법 3. 설명위주 교수법

	2.발문전략	1. 흥미유발 발문
		2. 제목연상 발문
		3. 활동제안 발문
		4. 미리조사 발문
			1. 개별탐구 발문1
			2. 개별탐구 발문2
			3. 통합탐구 발문1
			  : 공통
			4. 통합탐구 발문2
			  : 차이
				1. 쟁점유도 발문
				2. 주제별토론 발문
				3. 입장별토론 발문
				4. 현실적용 발문
					1. 긍정찾기 발문
					2. 부정비판 발문
					3. 도움주기 발문
					4. 마무리 발문

학생	3.활동전략	1. 자유활동 2. 조사탐구	1. 발문 과제 수행하기 2. 모둠분석 활동 3. 토론주제 찾기	1. 원탁 토론 2. 편가르기 토론 3. 쓰기 기획과 직접 쓰기	1. 상호협동 전략 2. 역지사지 전략
	4.과제전략	2차시를 위한 탐구 조사	토론주제 보조 자료 찾아오기	1. 토론 정리하기 2. 논술문 완성하기	

3.1. 1차시 관심끌기 전략

1차시 학습목표를 이루기 위한 핵심 전략은 흥미를 유발하여 아이들을 수업에 능동적으로 참여하게 하는 전략이고 2차시 수업을 위한 미리 준비를 잘하게 하는 전략이다.

이를 위한 교수법으로는 놀이 교수법이 좋다. 간단한 놀이로 몸을 풀게 하고 자발적으로 집중하도록 이끈다. 또는 재미있는 활동으로 학습 주제에 대한 관심을 끌게 한다. 꼼꼼준비 유도 교수법은 2차시 교과 이해를 위한 사전 준비 작업을 가르치는 교수법이다.

발문 전략은 <표 3>과 같은 모형에 따른다.[13]

〈표 3〉 [4단계 발문 모형도]

단계	갈래	발문 내용
1단계 관심끌기	흥미유발	읽을거리, 토론거리에 대해 가장 흥미롭게 물어본다.
	제목연상	제목에서 떠오르는 아무 물음이나 던져 본다.
	활동제안	읽을거리, 토론거리에 대해 가장 재미있는 활동을 제안해 본다.
	미리조사	읽을거리, 토론거리에 대해 미리 알고 싶은 내용에 대해 물어보거나 활동을 제안해본다.
2단계 자료탐구	개별탐구1	각 개별 텍스트 1을 어떻게 이해하고 있나 물어본다.
	개별탐구2	각 개별 텍스트 2를 어떻게 이해하고 있나 물어본다.
	통합탐구1	여러 텍스트의 공통점이나 비슷한 점을 이해하고 있나 물어본다.
	통합탐구2	여러 텍스트의 차이점을 물어본다.
3단계 논술쓰기	쟁점 유도형	토론이 가능하거나 논쟁이 될 법한 내용에 대해 물어 본다.
	내용기준 따져 보기	위 문제에 대해 여러 기준으로 따져 볼 수 있는 내용에 대해 묻는다. [경제/사회/문화/역사…, 인간/사회/국가, 넓게(거시)/좁게(미시), 원인/결과, 수단/목적 등등]
	입장별로 따져 보기	위 문제에 대해 여러 입장별로 따져 볼 수 있는 내용에 대해 묻는다. [계층이나 사회적인 입장, 특정 토론자 입장 등 사람 위주로 따져보기]
	실제적용	실제 논술문 쓰기에 들어간다.
4단계 함께읽기	긍정찾기	친구 글의 긍정적인 면을 찾아본다.
	비판적용	친구 글의 부정적인 면을 찾아 비판해 준다.
	도움주기	서로에게 도움을 줄 내용을 찾아서 알려 준다.
	마무리	가장 기억에 남는 수업 내용을 함께 되새겨 본다.

---

13 이 모형은 졸고, 김슬옹(2004 : 16-21)을 변형한 것이다. 이 발문법은 필자가 4단계, 각각 네 항목씩 총 16개의 발문으로 개발 구성한 것으로 2000년 이후 각종 1정 연수, 직무 연수에서 현장 교사들과 공유하였다. 최근 대중용 변형 모형 설명은 김슬옹(2008) 참조.

학생들에게 어떤 활동을 하게 하고 어떤 과제를 내주느냐는 전략은 단계별 목표와 교사 지도 전략에 따른다. 따라서 1단계에서는 활동 전략으로 아이들은 주제나 교재에 대한 부담감 없이 최대한 자유롭게 수업에 참여하게 하는 자유활동 전략과 다음 수업을 위해 꼭 필요한 준비를 하는 활동을 위한 조사탐구 전략을 설정하였다. 과제는 2차시 교육 자료나 주어진 주제와 관련된 조사 과제 전략을 설정하였다.

3.2. 2차시 자료탐구 전략

2차시는 주어진 자료를 이해하고 탐구는 단계이므로 철저 이해 전략과 자료분석 전략이 목표이다. 곧 주어진 자료에 대한 철저한 이해를 유도하고 이를 바탕으로 분석적 이해를 활용해 토론과 논술문 쓰기 준비를 유도한다. 따라서 교수법은 발문위주 교수법과 설명위주 교수법, 활동유도 교수법이 적절하다. 여러 교과 텍스트에 대한 이해가 중요하므로 이해를 돕는 발문 교수법이 유용하고(실제 발문 전략은 <표 3> 참조), 핵심 개념 이해가 중요하므로 설명 전략 교수법이 좋다. 또한 여러 텍스트에 대한 통합 이해를 위한 학생들의 활동이 중요하므로 활동유도 교수법이 요긴하다.

학생들은 주어진 자료 내용 이해가 중요하므로 내용 파악 발문 활동이 꼭 필요하다. 또한 모둠분석 활동으로 주어진 자료에 대한 따지기를 공동으로 진행한다. 과제는 토론주제를 위한 보조 자료 찾아오기로 3차시 토론을 위한 준비를 철저히 유도한다.

3.3. 3차시 논술트기 전략

3차시는 토론과 논술문 쓰기로 이루어지므로, 토론활성화와 자발적 논술문 쓰기가 목표다. 조별로 토론주제를 정해 토론을 유도하고, 토론 경험을 바탕으로 논술문 쓰기를 유도한다. 따라서 토론부추기기 교수법과 듣기 말하기 시범 교수법이 필요하다. 2차시의 이해를 바탕으로 대표적인 쟁점에 대해 토론을 유도한다. 말로 하는 대화 논술인 토론이 무척 중요하므로 제대로 듣고 말하는 법을 지도해야 한다. 토론 경험과 결과를 개인적으로 수용해 각자 논술문 쓰기에 도전할 수 있도록 한다. 시간이 넉넉하면 완결된 논술문 완성까지 지도하나, 시간이 많지 않을 경우에는 간단히 개요짜기 정도로 마치고 과제로 처리한다.

발문 전략은 토론이 논술에서 중요한 논점(쟁점) 정하기와 내용별, 입장별 분석을 유도한다(표 3 참조). 이에 따라 학생들은 토론주제 찾아내기로 모둠별로 핵심 쟁점을 고른다. 또한 원탁 토론을 통해 모둠원 모두가 참여하는 원탁 토론을 진행한다. 아니면 쟁점이 분명한 경우에는 편을 갈라 토론을 진행한다. 학생들은 이를 바탕으로 쓰기 기획과 직접쓰기를 한다. 곧 토론에서 얻은 생각을 정리하고 정해진 논술문을 쓴다. 토론 정리하기로 토론 내용을 정리하여 논술문 쓰기의 자료나 근거로 사용한다. 충분히 쓰기 위한 준비를 하였으므로 개요짜기부터 차분하게 완성해 나가게 지도한다.

3.4. 4차시 함께 읽기 전략

4차시는 돌려 읽기와 마무리하기 단계다. 따라서 토론논술 결과를 서로 공유하고 생각을 정리하게 하는 것이 이 단계의 목표다. 돌려 읽기는 단지 첨삭을 학생들이 상호협동하여 해나간다는 데에 있지만 함께 고민하고 함께 토론한 내용을 서로 읽으면서 무엇이 같고 무엇이 다른가를 알아보고 진정 서로 나눔의 의미를 찾는 것이다. 학생들이 같은 시간에 쓴 것을 선생님만 읽는 것은 너무나 비교육적이다. 친구 생각은 내 생각이 무엇이 같고 다른지 차이를 공유해야 진정한 의미가 있다. 친구들 글 읽고 첨삭하면서 자기 글, 자기 생각을 다듬어가는 것이다.

따라서 이 단계의 교수법은 상호활동유도 교수법과 평가 교수법, 설명 교수법 등이 필요하다. 각자 쓴 논술문을 함께 돌려 읽으며 생각을 나누거나 공동으로 첨삭을 하게 하고 친구 글을 어떻게 평가할지에 대해 서로 평가하도록 유도한다. 또 마무리 단계이므로 아이들에게 마무리에 대해 이해와 생각을 충분히 설명한다.

발문 전략은 긍정찾기 발문, 부정비판 발문, 도움주기 발문, 마무리 발문 등으로 구성한다. 긍정적인 요소를 먼저 찾게 하는 것은 먼저 자신감을 심어주기 위한 전략이다. 주로 사교육 분야에서 많이 하는 이른바 원고지에 새빨갛게 고쳐 주는 딸기밭 첨삭의 문제는 부정적인 점만을 부각하여 오히려 학생들의 글쓰기 욕망을 꺾어 놓는다는 데에 있다.

이 단계에서 학생들에게 적극적으로 상호협동과 역지사지에 대해 파악하게 한다. 아이들의 글을 서로 돌려 읽으며 서로 다른 생각을 주고받는다. 남 처지(입장)에서 내 활동(과제)살펴보는 전략이다.

4 | 통합 논술 실제 수업 모형

이 모형의 교육 목표는 네 가지로 설정했다. 첫째, 절약, 절제, 소비, 경제생활 등에 대해 통합적으로 생각하고 실천하도록 한다. 둘째는 구체적으로 물건을 소비하면서 올바른 경제생활 자세를 익히도록 한다. 셋째는 평소 소비생활을 합리적으로 돌아보는 계기가 되도록 한다. 넷째는 자신의 소비생활과 가정의 경제생활을 통합적으로 바라보는 눈을 키워 준다.

통합교과 대상은 다음과 같다.

> 초등 4학년 2학기 국어 – 읽기, 다섯째 마당 가슴을 열고, 142쪽, 고물 자전거 —유효진
> 초등 4학년 2학기 사회 2단원 알뜰한 살림살이 – 1) 가계부, 3단원 가정의 경제생활
> 초등 3학년 도덕 – 아껴 쓰는 보람-에너지 절약 방법
> (교과서 외) 토목공이와 자린고비 —유창근 역음(1993), 짧은 얘기 깊은 지혜 1, 2, 3, 서원.

이들 단원들은 점차 물질만능주의가 팽배해지고, 사람들이 점점 충동적인 욕구를 견디지 못하는 요즘 시대에 꼭 필요한 덕목으로서 '절약'을 강조하고 있다. 또 모두 순간적인 충동을 참고 견디며, 절제하는 삶을 강조한다. 그러나 통합적 관점으로 보면, 국어교과에서 전반부에 나타나는 아버지 행위는 양면적 평가가 가능하다. 사회교과의 경제 관점으로 보면 아버지의 절약 태도는 긍정적으로 평가할 수 있지만, 도덕적 관점이나 사회적 관점으로 보면, 아버지의 선택은 딸아이를 나쁜 길로 빠지게 할 수도 있다. 반면에 후반부에 뒤늦게 딸아이에게 새 운동화와 체육복을 사준 행위는 경제적인 측면에서 과소비라 할 수 있지만. 사회 관점에서 보자면 아이로 하여금 부모님에 대한 감사한 마음을 느끼게 하고 앞으로 더욱 착하고 올바르게 성장할 수 있도록 해 주는 일이 될 수 있다.

사회 교과 사회교과에서는 가정에서의 경제생활을 오직 경제적인 관점에서만 바라보고 있다. 따라서 어떤 선택을 해야 더 효율적인지, 더 나에게 이익이 남는지에 대해서 탐구하고

선택을 하도록 해야 한다. 도덕교과에서 감정적인 절제의 중요성과 화가 났을 때 다시 한번 생각해 볼 것을 강조할 필요가 있다.

[차시별 학습 목표 내용 구성도]

갈래	학습 목표	유의점
1차시 관심끌기	1. 통합주제에 대한 관심과 흥미를 북돋운다. 2. 절약, 절제, 소비, 경제생활 등에 통합적으로 생각할 수 있는 길을 튼다.	2차시 학습량이 많을 경우 1차시에서 일부를 가르칠 수 있다.
2차시 자료탐구	1. 주어진 자료의 내용을 이해할 수 있다. 2. 제시된 자료 내용을 통합하여 생각하고 분석할 수 있다. 3. 절약에는 절제심도 중요하지만 합리적인 소비생활도 중요함을 알게 한다.	교과통합의 핵심 영역이므로 세심하게 구성해야 한다.
3차시 논술트기	1. 절약 문제에 대한 주제를 정해 토론할 수 있다. 2. 절약에 관한 발표와 글쓰기를 할 수 있다. 3. 올바른 경제생활의 기준에 대해 근거를 들어 자신의 의견을 글로 쓸 수 있다.	논술을 직접 쓸 시간이 부족한 경우 과제로 처리한다.
4차시 함께읽기	1. 몇 가지 답안 공개 첨삭으로 글다듬기 기본 요령을 익힌다. 2. 친구들 글을 읽고 첨삭하며 자기 생각을 다듬을 수 있다. 3. 자신의 글을 세상에 드러낼 수 있도록 자신감을 갖게 한다.	논술을 3차시에서 과제로 처리한 경우에는 가져온 과제 가운데 하나를 즉석 첨삭하거나 아니면 일반 지침 강의로 대체한다.

이러한 차시 구성에서 다음과 같은 유의사항을 설정하였다.

유의사항

1. 시간은 교사 재량과 진행 상황에 따라 변동이 가능하므로 변형 가능한 시간대로 책정하였다.
2. 여러 차시에 걸쳐 짜임새 있게 진행되는 수업이므로 각 차시별 목표가 분명하면서도 연계 되어야 한다.
3. 교과통합은 기본적으로 열린교육이다. 교사가 설정한 교육 목표가 현장 상황에 따라 실현되기 어려울 수도 있다. 그런 때일수록 당황하지 말고 융통성 있게 큰 목표를 실행해나가도록 재구성한다. 곧 정해진 대로만 하면 오히려 열린교육이 아닐 수도 있다. 아이들 반응이 무척 중요하다는 것이다. 재구성은 프로그램 설정 단계에서만 하는 것이 아니라는 점이다. 매 순간 재구성할 수 있는 역동적 통합 전략이 필요하다.

이러한 점에 유의하여 실제 모형을 제시하고 꼭 필요한 논의는 주석으로 처리한다.

4.1. 1차시 관심끌기[14]

1) 흥미유발과 자료 안내

선생님 : 자. 여러분 오늘부터 절약과 절제에 대해서 깊이 있는 공부를 하려고 해
        요. 여러분. 3학년 도덕 시간에 배운 '아껴 쓰는 보람ー 에너지 절약 방법'
        이란 글 기억나죠. 누가 어떤 얘긴지 얘기해 볼래요? 그래 제일 먼저 손
        을 든 다현이가 말해 보아요.

다　현 : 네. 영민이네 냉장고 얘기였습니다. 영민이네 문에는 쪽지가 한 장 붙어
        있었는데요. 그 쪽지에는 냉장고 안에 무엇이, 어디에 들어 있는지 자세히
        적혀 있었습니다. 그래서 냉장고 문 열기 도사인 영민이도 그 쪽지 보고
        자주 열지 않게 되었다는 얘기였습니다.

선생님 : 그래요. 기억을 잘 정리해 주었네요. 그럼 혹시 영민이네처럼 실천하고 있
        는 사람? 앗 한 가족도 없단 말이에요?

수　민 : 그때 저희 집도 그렇게 했는데, 냉장고 안 물건이 자꾸 바뀌니까 귀찮아서
        떼어 버렸어요.

선생님 : 음 그랬군요. 그래서 뭐든지 꾸준히 하기는 쉽지 않습니다. 그럼 이제 여
        러분이 기다리던 교과통합 수업이 어떻게 진행되는지 알려 줄게요. '절약,
        소비, 절제' 이런 문제에 대해 요모저모 따져볼 거고요. '절약'이란 말이 말
        은 쉬워도 실행하기는 무척 어려웠듯이 우리가 할 얘기가 많을 거예요. 그
        리고 다음과 같이 국어, 도덕, 사회교과에서 서로 관련 있는 단원들을 함
        께 다룰 거예요. 논술문 쓰기도 있지만 여러분들은 기본기를 했고 또 충분
        히 공부하고 서로 얘기 나눈 뒤 하는 것이니까 크게 걱정하지 않아도 돼
        요. 어때요. 갑자기 무슨 내용이 어떻게 연결될지 궁금하죠.

14　　자료 구성과 발문은 김석주, 이빈 선생님의 도움을 받았다.

[교과서 텍스트]	1. 초등학교 4학년 2학기
	-읽기, 다섯째 마당 가슴을 열고, 142쪽, 고물 자전거 一유효진.
	2. 초등학교 4학년 2학기 사회
	2단원 알뜰한 살림살이 - 1) 가계부
	3단원 가정의 경제생활
[참고 교과서 단원]	1. 초등학교 3학년 도덕-아껴 쓰는 보람-에너지 절약 방법
	2. 초등학교 5학년 도덕, 2단원 절제하는 생활, 25쪽, 왕과 매
[교과서 외 텍스트]	토목공이와 자린고비 一유창근 엮음(1993), 짧은 얘기 깊은 지혜 1, 2, 3. 서원.

2) 제목 연상

선생님 : 여러분, '고물 자전거' 하면 무엇이 떠오르지요.

수 진 : 저는 고물 자전거를 가져 본 적이 없어요. 고물이 되기 전에 다 잃어버렸기 때문이에요.(다 같이 웃음)

선생님 : 그러게. 자전거 도둑이 정말 많지요.

태 윤 : 저는 엄마랑 싸운 기억이 나요. 저는 고물 자전거라 바꿔 달라고 했는데 엄마는 아직 멀쩡한데 왜 고물이냐고 하셔서, 제가 많이 혼난 기억이 나요.

3) 활동 제안

선생님 : 태윤이 얘기는 우리 수업 내용과 직접 관련이 있네요. 우리가 직접 고물 자전거인지 아닌지를 판단할 수 있는 기준을 만들어 보면 어떨까요. 우리가 시간이 많지는 않으니 세 가지씩만 적어 보세요.

1조	2조
1. 녹이 슬었다.	1. 요즘 유행하는 자전거가 아니다.
2. 자주 고장 난다.	2. 녹이 슬었다.
3. 산 지 오래되었다.	3. 산 지 5년이 지났다.

선생님 : 자 그럼 1조, 2조 의견에 대해 누가 다른 의견이 있으면 말해 볼까요?

선 진 : 녹이 슬었다고 고물로 볼 수 없습니다. 녹슬어도 잘 나가는 자전가 많거든요.

예 진 : 아닙니다. 잘 나가도 녹슬면 고물은 고물입니다. 오래돼서 녹슨 것이고 녹

슬면 고장 날 확률이 많아지기 때문입니다.

우　솔 : 저는 선진이 말이 맞는다고 봅니다. 자전거는 타기 위해 있는 거니까 잘 나가면 고물 아닙니다.

한　솔 : 그래서 우리 조에서는 "녹이 슬었다."와 "자주 고장 난다."를 같이 든 것입니다. 녹이 슬었고 고장까지 잘 나면 그건 여지없이 고물이지요. (다 같이 웃음)

우　솔 : 그러니까 내 말이 맞지요. 녹슬어도 잘 나가면 고물이 아니라는 것입니다.

예　진 : 그러니까 내 말도 맞지요. 녹슬면 오래된 것이고 고장 날 확률이 높아지는 것 아닙니까?

선생님 : 그래요. 다들 자기 생각을 조리 있게 잘 말해 주었네요. 원래 고물이란 말은 오래된 물건을 말하지요. 다만 오래되어도 관리를 어떻게 하느냐 또는 어떤 제품이냐에 따라 다르겠지요. 2조에서는 아예 5년이라 못을 박았네요. 특별한 이유가 있나요.

미　선 : 제 경험이에요. 5년 지나면 거의 다 고물 되더라고요. (다 같이 웃음)

4) 미리 조사

선생님 : 그럼 이렇게 해 보면 어떨까요. 각자 최근에 산 물건과 사고 싶은데 못 산 물건 각각 두 가지 정도를 조사하여 언제 왜 샀는지, 살 때의 갈등은 무엇이었는지, 지금은 어떤지를 조사해 오는 겁니다. 사지 못한 물건은 왜 못 샀는지 그래서 어떤지 등을 조사하고요. 물론 갈등이 없었으면 없다고 쓰면 되지요. 그리고 다음 시간에 공부할 세 글 꼭 읽어 오기 바라요. 여러분 안녕.

[최근에 산 물건 요모조모]

물건 이름	값	산 곳	산 때	산 이유	살 때의 갈등	지금 마음 상태

[못 산 물건]

물건 이름	값	파는 곳	사고 싶은 이유	못 산 이유	지금 마음 상태

4.2. 2차시 자료탐구

1) 첫 번째 자료탐구

선생님 : 자. 여러분. 집에 있는 자전거 조사 잘하고 있지요. 첫 번째 글에 대해 먼저 얘기를 나눠 봐요.

---

1. 고물 자전거_유효진/초등학교 4학년 2학기 국어 - 읽기, 다섯째 마당 가슴을 열고, 142쪽

이른 아침부터 영신이 아버지께서는 정성스레 자전거를 닦고 계셨습니다. 전부터 늘 보아 온 광경이었지만, 요즈음 아버지의 그런 모습이 영신이는 싫었습니다.

"고물 자전거를 닦는다고 새 자전거가 되나요, 뭐"

"그래도 깨끗이 닦아 쓰고 곱게 다루면 더 오래 쓸 수 있어."

영신이는 그 자전거를 고집하시는 아버지를 이해하기 힘들었습니다.

"아버지, 자전거 좀 새로 사요."

"새로 사간… 아직도 5년은 더 탈 수 있을 거다. 군말 말고 방 안에 밥상 차려 놨으니까 들어가 밥이나 먹어. 아버지는 일하는 곳에서 저녁까지 먹고 올 테니까 저녁도 혼자 먹고…."

"…."

영신이 아버지는 연장 가방을 싣고 자전거 종을 두어 번 울리며 대문으로 나가셨습니다. 영신이 아버지께서는 요즈음 목장에 일을 하러 다니십니다. 영신이는 멀리 사라져 가는 아버지의 모습을 물끄러미 바라보다 돌아서며 투덜거렸습니다.

"치, 저 고물 자전거는 고장도 안 나네."

방바닥에 털썩 주저앉으며 밥상보를 열던 영신이는 얼굴을 찡그렸습니다. 빛바랜 그릇에 몇 날 며칠 똑같은 반찬, 무말랭이 무침, 깻잎장아찌, 시퍼런 배추김치. 영신이는 입을 삐죽 내밀고 앉아 젓가락으로 김치를 뒤적거리다 밥을 먹었습니다. 저녁 늦게 집에 오신 아버지께서는 우물가에서 발을 씻으며 말씀하셨습니다.

"내일은 너 일어나기 전에 일하러 나갈 거야. 도시락 싸 놓을 테니까 가져가거라."

아까부터 댓돌 위에 우두커니 서 있던 영신이가 불쑥 말하였습니다.

"아버지, 자전거 새로 사요."

"아, 이 녀석이 왜 아침저녁으로 자전거 타령을 하고 그래?"

"그리고…. 깨끗하고 좋은 옷 좀 사 입으세요."

"아버지가 좋은 옷이 뭐 필요 있어? 신사복 입고 가서 시멘트를 바르랴. 구두를 신고 가서 사다리를 타랴?"

"하얗고 예쁜 도자기 접시도 사고, 맛있는 반찬도 사 먹고…."

"헌 그릇에 반찬 담아 먹으면 맛이 없어진다더냐, 색깔이 변한다더냐? 반찬도 그만하면 됐어. 신수성찬 바랄래? 반찬 타령을 하는 것도 우리보다 못한 사람들에게 미안한 일이야. 사고 싶은 거 다 사고, 먹은 싶은 거 다 먹다가는 거지되기 십상이지."

'치, 소금물 아버지, 바닷물 아버지.'

영신이는 불만스러운 표정으로 마룻바닥을 쿵쿵거리며 방으로 들어갔습니다.

"내일 장에 갈 건데 뭐 필요한 거 없니?"

"운동화요."

"운동화 가져와 봐."

영신이는 낡은 운동화를 가져다 아버지 앞에 내려놓았습니다.

"이 녀석아, 한 달은 더 신어도 되겠다. 운동화는 안 돼."

"그럼 체육복이나 사 주세요. 바지가 짧아졌어요."

"어디 체육복 입고 와 봐."

영신이는 체육복 바지를 입고 아버지 앞으로 갔습니다.

"이 정도 짧은 건 괜찮아. 조금 더 입어도 돼. 새로 사면 낭비지."

"그래도 이렇게 짧은 것을 어떻게 입어요, 창피하게…."

"그렇다고 멀쩡한 걸 버려? 체육복도 더 입을 수 있으니까 다른 거 말해 보렴."

"필요한 거 없어요. 차라리 묻지나 마시지. 아버지는 참…."

영신이는 볼멘소리를 하며 방으로 들어갔습니다.

'소금물 아버지, 바닷물 아버지.'

이튿날 아침, 아버지께서 장에 가셨습니다. 자전거를 깨끗이 닦아놓고 버스를 타고 가셨습니다. 영신이는 대문 밖에 우두커니 앉아 있었습니다. 작은 동네가 텅 빈 듯 조용하였습니다. 동네 꼬마들도 모두들 어디로 갔는지 보이지 않았습니다. 고물 장수 아저씨만이 소리를 지르며 손수레를 끌고 큰길을 지나가고 있었습니다.

"뚫어진 양푼, 찌그러진 솥, 고장 난 라디오, 다 가져갑니다. 빈 병이나 종이 상자도 가져갑니다."

고물 장수 아저씨의 모습이 점점 멀어져 갔습니다. 목소리도 멀어져 갔습니다. 우두커니 앉아 있던 영신이가 벌떡 일어나 큰길로 달려 나갔습니다.

"아저씨, 아저씨, 고물 있어요, 고물 있어요!"

저녁 무렵, 아버지께서 돌아오셨습니다.

"이상하다, 왜 자전거가 보이질 않지?"

영신이 아버지께서는 들어오시자마자 자전거부터 찾으셨습니다.

"영신아, 자전거 못 봤니?"

"못 봤는데요."

"이상하다. 분명 여기에다 세워 놓고 나갔는데…. 어디 있는지 정말 모르겠어?"

"네."

아버지께서는 여기저기 찾으시다가 창고 문을 여셨습니다. 잡동사니 물건들이 가득 쌓인 창고 구석에 하얀 빨랫비누가 여러 장 놓여 있었습니다.

"영신아, 이 비누 어디에서 났어?"

영신이의 얼굴이 빨개졌습니다.

"너, 이 녀석, 고물 장수한테 자전거 주고 이 비누를 받았구나. 비누와 자전거를 바꿨어? 어떤 고물 장수야? 귀 밑에 구레나룻이 시커먼 사람이냐?"

영신이가 대답 대신 고개를 끄덕이자, 아버지께서는 장에서 들고 온 봉지를 동댕이치듯 마루 끝에 던져 놓고 뛰어나가셨습니다. 검은색 봉지 하나에서 고등어 도막들이 주르륵 쏟아져 나왔습니다. 빈 손으로 돌아오시는 영신이 아버지의 가슴은 텅 빈 것같이 허전하였습니다.

'고얀 녀석, 제 엄마가 반지 팔아서 산 자전거인데, 그게 어떤 자전거라고, 그게 어떤 자전거라고…….'

집으로 돌아오신 영신이 아버지께서는 마구 역정을 내셨습니다.

"나쁜 녀석, 누가 부모 물건을 함부로 없애 버려. 자전거가 뭐 어때서? 자전거가 고물이라서 너를 불편하게 했어?"

영신이가 울며 대들었습니다.

"낡은 자전거, 낡은 그릇, 우리 집엔 뭐든지 다 낡아빠진 것만 있어요. 새 것은 하나도 없고, 좋은 것도 하나도 없고, 헌 것뿐이야."

아버지께서는 아무 말씀도 없이 밖으로 나가셨습니다. 그러고는 밤이 늦도록 돌아오지 않으셨습니다. 영신이는 아버지께서 장에서 들고 오신 봉지를 열어 보았습니다. 하얀 새 운동화가 들어 있었습니다.

'더 신으라고 하셨으면서…….'

체육복도 있었습니다.

'안 사 준다고 하셨으면서…….'

영신이의 손등에 눈물이 '뚝' 떨어졌습니다.

선생님 : 누가 사건의 흐름을 얘기해 볼까요.

충 원 : 〈고물 자전거〉의 주인공인 영신이는 아버지가 새로운 자전거를 타고 깨끗한 옷을 입고 다녔으면 합니다. 그리고 맛있는 밥도 먹고 싶고 새 운동화와 체육복도 사고 싶어 합니다. 하지만 아버지가 거절하자 아버지는 구두쇠 짠물이라고 투정만 부립니다. 그러다가 아버지가 시장 간 사이에 영신이는 아버지의 자전거를 고물 장수 아저씨께 팔아넘기고 비누 등과 맞바꿉니다. 뒤늦게 시장에서 돌아온 아버지가 이 사실을 알고 무척 화를 냅니다. 영신이는 나중에서야 아버지가 자기가 좋아하는 운동화와 체육복을 사

오신 것을 알고 눈물을 흘립니다.

선생님 : "반찬 타령을 하는 것도 우리보다 못한 사람들에게는 미안한 일이야."라는
영신 아버지의 말은 무슨 의미인가요?
우　미 : 네. 영신이가 반찬에 대해 불만을 갖지만 이보다 못한 반찬을 먹는 더 가
난한 사람들을 생각하면 미안하다는 것입니다.

선생님 : 그럼 여러분도 그렇게 생각하나요.?
진　수 : 저는 그렇게 생각하지 않습니다. 영신이 아버지는 고생을 많이 하시고 경
험을 많이 하셨으니 그러실 수 있지만 영신이는 더 가난한 사람들의 생활을
모를 수도 있습니다. 안다 해도 불만을 말할 수 있다고 봅니다.

선생님 : 진수가 영신이 마음을 잘 헤아려 주었군요. 그럼 영신이가 '소금물 아버지,
바닷물 아버지'라고 했는데 그것은 무엇을 의미할까요?
철　순 : 짠돌이 아버지란 뜻입니다.
순　정 : 네 구두쇠라는 뜻으로 너무 지나치게 아낀다는 뜻입니다.

선생님 : 그렇지요. 그럼 영신이 아빠는 진짜 구두쇠였을까요.
칠　수 : 저는 그렇게 생각하지 않습니다. 영신이 아빠는 진짜 가난하니까 그런 것
이고 나중에 영신이 운동화와 운동복을 사 오셨습니다.

선생님 : 그럼 이제 영신이가 무엇을 후회했는지도 알겠지요.
순　정 : 네. 순간적인 충동을 이기지 못해 아버지의 귀중한 자전거를 판 것입니다.
선생님 : 그렇지요. 고물이라지만 영신이도 고장 안나는 튼튼한 자전거라는 것을
알고 있었지요. 거기다가 돌아가신 어머니와의 소중한 추억이 담겨 있었
으니 영신이 아빠 마음이 어떻겠어요. 도덕 교과서에 실려 있는 〈왕과 매〉
도 순간적인 감정을 참지 못하면 어떤가를 잘 보여 주고 있지요.

왕과 매_초등학교 5학년 도덕, 2단원 절제하는 생활, 25쪽

　옛날 어느 나라에 지혜롭고 용맹스러운 왕이 있었습니다. 당시 사람들은 그를 '왕 중의 왕'이라고
불렀습니다. 전쟁에서 승리하고 귀국하던 어느 날 아침, 그는 사냥을 하기 위해 말을 타고 숲으로 향
했습니다. 많은 신하들과 함께 나선 사냥은 즐거웠고, 숲은 웃음소리로 가득 찼습니다.

왕의 팔뚝에는 그가 사랑하는 매가 앉아 있었습니다. 그 당시, 매는 사냥을 위해 훈련되어 있어서 주인이 말 한마디만 하면 하늘 높이 날아가서 사냥감을 찾았습니다. 혹시 사슴이나 토끼를 보면 쏜살같이 내려와 덮쳤습니다.

이 날도 왕의 일행은 숲을 뒤졌습니다. 그러나 기대했던 것만큼 사냥감을 찾지는 못했습니다. 저녁 무렵, 그들은 궁궐로 향했습니다. 왕은 숲을 자주 다녔기 때문에 길을 잘 알고 있어서 골짜기를 따라 갔습니다. 날씨가 무더워 왕은 목이 말랐습니다. 언젠가 이 길 근처에서 맑은 샘물을 보았기 때문에 왕은 천천히 말을 몰았습니다. 마침내 그는 바위 절벽에서 조금씩 떨어지는 물을 발견했습니다. 위쪽에 있는 샘에서 흘러나온 물이 틀림없었습니다.

왕은 말에서 뛰어내렸습니다. 왕의 매도 하늘 높이 날아올랐습니다. 왕은 사냥 주머니에서 작은 잔을 꺼내어 천천히 떨어지는 물을 받아 모았습니다. 오랜 시간이 걸려 잔에 물이 채워졌습니다. 왕은 잔을 들어 물을 마시려고 하였습니다. 그런데 갑자기 매가 바람처럼 날아와 잔을 덮쳐 떨어뜨렸습니다. 물이 땅에 쏟아졌습니다. 몹시 목이 말랐던 왕은 다시 잔에 물을 받아서 마시려고 하였습니다. 그러자 또 매가 잔을 덮쳐 떨어뜨렸습니다.

왕은 화가 나서 칼을 빼어 들었습니다. 다시 한번 잔을 덮치면 죽이려고 하였습니다. 그리도 다시 잔에 물을 받아 마시려 하였습니다. 이번에도 매는 어김없이 잔을 덮쳐 떨어뜨렸고, 왕은 칼을 휘둘러 매의 목을 베어 버렸습니다. 불쌍한 매는 주인의 발밑에서 피를 흘리며 죽어갔습니다.

왕은 신하를 시켜 샘을 찾도록 하였습니다. 신하가 험한 절벽을 기어 올라가 보니, 그곳에 샘이 있었습니다. 그런데 그 샘 속에는 커다란 독뱀이 죽어 있었습니다. 왕은 자신의 잔을 덮친 매를 생각했습니다.

"아! 네가 나의 목숨을 구했구나. 이를 어찌하면 좋단 말인가. 너는 진정한 내 친구였는데, 너를 죽이다니……."

절벽을 내려온 왕은 죽은 매를 조심스럽게 들어서 사냥 주머니에 넣었습니다. 그는 말을 타고 궁궐로 달리면서 슬픈 목소리로 중얼거렸습니다.

"나는 오늘 좋은 교훈을 얻었다. 화가 났을 때에는 다시 한번 생각해 보라는……."

선생님 : 자 그럼 절약이라는 것이 절제심만 같고 될까요. 지난 시간에 조사해 오는 숙제가 있었지요. 숙제랑 같이 발표해 볼 사람.

예 돌 : 예. 제가 발표해 보겠습니다.

<최근에 산 물건 요모조모>

물건 이름	값	산 곳	산 때	산 이유	살 때의 갈등	지금 마음 상태
필통	12000	문방구	3월 30일	잃어버려서	생돈이 나가 괴로움	옛날 필통 생각이 가끔 남
만화책 (메이플 스토리)	13000	책방	4월 10일	재미있어서	엄마가 도서관에서 빌려 보라고 해 갈등함	보고 버려 가슴이 쓰림

<못 산 물건>

물건 이름	값	파는 곳	사고 싶은 이유	못 산 이유	지금 마음 상태
닌텐도	110,000	전자상가	친한 친구들이 다 갖고 있기도 하고 재미있을 듯하여	비싸서	우리 집 사정으로 보아 지나친 욕심이라는 생각
축구화	30,000	신발 가게	축구화 신고 운동하고 싶어서	엄마가 반대	그냥 그렇다

예 돌 : 제 경험을 보니까 절제심이 부족한 탓도 있지만 제 용돈과 물건 값, 우리 집 살림살이 등을 제대로 따질 수 있는 힘이 없는 것이 가장 큰 문제라고 생각합니다.

선생님 : 그렇지요. 조사를 하고 실제 자료를 중심으로 생각을 잘 정리해 주었어요.

2) 두 번째 자료와 통합 탐구

선생님 : 다음 두 번째 글을 읽어 봅시다. 여기부터는 선생님이 제시한 질문을 조별로 함께 해결해 보도록 하세요. 첫 번째 글과 결합한 질문들이라서 쉽지 않을 거예요. 함께 논의해 보면 쉬울 수도 있고요.

---

3. 4학년 2학기 사회 2. 알뜰한 살림살이-1) 가계부

현수는 한 달 용돈으로 1만 원을 받는 데 늘 부족하다. 현수는 어머니께서 가계부를 쓰시는 것을 보고, 자신의 용돈 기입장과 어머니의 가계부를 비교해 보았다. 어머니께서는, 가정의 소득은 한정되어 있는데 지출해야 할 것은 많기 때문에 항상 현명한 지출을 하기 위해 노력한다고 말씀하셨다.

가계부를 쓰면 소득과 지출을 한눈에 알 수 있어 가정의 살림살이를 짜임새 있게 할 수 있다.

"어머니께서는 무엇을 사고 싶으세요?"

"나는 사고 싶은 것이 많단다. 오래된 냉장고도 새 것으로 바꾸고 싶고, 진공청소기도 바꾸고 싶지. 그렇지만 우리 집의 한 달 수입은 정해져 있기 때문에, 사고 싶은 것을 모두 살 수는 없지 않겠니? 그래서 사고 싶은 물건의 순서를 정해서 사고 있지."

"순서를 어떻게 정하시는데요?"

"먼저, 우리 집에 당장 필요한 것인지, 또 우리 형편으로 살 수 있는 것인지 생각해 본단다."

현수 어머니께서는 배추 한 포기를 살 때에도 여러 가지로 따져 보신다. 현수 어머니께서는 이처럼 가정 살림을 알뜰하게 꾸려 나가신다.

현수는 어머니의 설명을 들으면서 자기가 물건을 살 때에 고민했던 것처럼 어머니께서도 살림을 하면서 고민하고 계시다는 것을 알았다. 현수 어머니께서는, 가족이 사고 싶어 하는 것은 많지만 수입은 정해져 있기 때문에 가장 필요한 것이 무엇인지를 알아보고 선택하신다. 또, 선택한 물건을 살 때에는 품질을 살펴보고, 좀 더 싼 값으로 살 수 있는 방법이 있는지 알아보신다. 현수는 어머니의 말씀을 듣고 자신의 용돈 씀씀이에 대하여 다음과 같이 반성하였다.

현수의 각오 : 오락실에 자주 가지 않겠어요. 군것질을 줄이겠어요. 학용품을 아껴 쓰겠어요.

발문 ①	〈고물 자전거〉의 주인공 영신이가 갖고 싶어 하던 물건을 조사해 보고, 올바른 경제생활을 할 수 있도록 선택기준을 세운 뒤에 구입계획표를 작성하여 봅시다.
발문 ②	사회교과 내용으로 볼 때 영신이가 아버지의 자전거를 고물장수에게 주고 빨랫비누를 받은 것이 현명한 선택이었는지 생각해 보고, 그렇지 않다면 그 이유를 말해 봅시다.
발문 ③	〈고물 자전거〉 속에 나오는 물건들을 실제로 찾아보고, 이러한 우리 생활에 필요한 물건들을 어떻게 얻게 되는지 한, 두 가지 짧은 예를 간단히 조사해 봅시다.
발문 ④	사람들은 여러 가지 생산 활동을 해서 소득을 얻습니다. 〈고물 자전거〉의 영신이 아버지가 소득을 얻기 위해 하는 일이 무엇인지 글 속에서 단서를 찾아 추측해 봅시다.
발문 ⑤	절약이 중요하다면 아래와 같은 구두쇠 행위는 올바른 것일까요.

토목공이와 자린고비 - 유창근 역음(1993), 짧은 얘기 깊은 지혜 1, 2, 3. 서원

옛날 춘천 어느 마을에 토목공이라는 사람이 살았는데 이 사람은 그 동네에서 말할 것도 없고 멀고 가까운 여러 동네에까지도 이름이 난 구두쇠였습니다. 양식이고 돈이고 간에 한 번 손에 들어온 것은 좀처럼 쓰지를 않았습니다. 먹는 것도 되도록 값싼 것으로 아껴 먹고, 돈도 아무리 급한 일이 있어도 눈 딱 감고 쓰지를 않았습니다. 토목공이는 이렇게 해서 재산을 모았습니다. 돈을 쓰지 않고 음식도 험한 것만 먹으니 가난한 사람이나 다를 바가 없었지만, 그래도 동네에서는 큰소리치고 남을 부릴 수 있었습니다.

토목공이에게서 땅을 얻어 농사를 짓는 사람들은 지주인 토목공이를 원님 모시듯 했고 토목공이 앞에서 허리를 굽실거리지 않는 사람이 없게 되었습니다. 그렇지만 동네 사람들은 그가 없는 데서는 늘 흉을 보고 욕을 했습니다. 그것도 그럴 수밖에 없지요. 돈을 꾸어간 사람이 하루라도 기한을 어기면 벼락같이 독촉을 하며 집안 세간까지도 뺏어가고 배고파 굶어 죽는 사람이 있어도 밥 한 술 주지 않는 구두쇠였으니까요. 그런데 멀리 충주 땅에 자린고비라는 사람이 영악하고 돈 많기로 토목공이 이상 간다는 소문이 들려왔습니다.

토목공이의 이름도 시골에서 모르는 사람이 없었지마는 이 자린고비는 그보다 더 인색하고 더 알뜰한 부자라는 것입니다. 토목공이에게는 아들이 있었는데 이 아들을 장가들이려고 해도 살림을 알뜰히 할 여자를 구할 수 없어 걱정이었습니다. 그러던 참이라 자린고비 같은 사람에게 딸이 있다면 좋은 혼사가 되리라 생각했습니다. 그래서 토목공이는 곧 자린고비의 집으로 사람을 보내어 알아보게 했습니다. 마침 자린고비에게는 나이 찬 딸이 있었습니다. 토목공이와 자린고비는 서로 의논하여 아들딸을 결혼시키기로 하고 곧 혼례식을 올렸습니다.

자린고비의 딸이 토목공이 집으로 시집을 왔습니다. 그리고는 그다음날부터 살림을 맡아서 하는데 살림하는 품이 이만저만이 아니었습니다. 반찬 만드는 것이라든지 옷 입는 법이라든지 모두 구두쇠 부부의 눈에 들었습니다. 그런데 한 가지 맘에 들지 않는 것이 있었습니다. 그것은 밥상에 놓은 간장종지였습니다. 며느리는 간장종지에 간장을 가득 담아 밥상에 놓습니다. 이것을 보고 토목공이 부부가 일렀습니다.

"얘, 며느야, 네가 하는 일이 다 훌륭한데 간장 하나만은 아끼지 않는구나. 간장이란 것은 그저 종지 밑바닥이 간신히 덮일 만큼 따라 놓으면 되는 것이지 저렇게 가득 담아 놓을 필요가 없느니라. 이렇게 많이 담아 놓으면 간장이 헤프단 말이다."

이 말을 듣고 며느리가 대답했습니다.

"모르시는 말씀입니다. 간장 종지에 간장을 적게 따라 놓으면 잘 떠지지 않기 때문에 몇 번이나 숟가락으로 긁게 되지요. 그러면 첫째, 숟가락이 닳고 둘째로, 종지 밑바닥이 닳습니다. 그래도 숟가락으로 떠지지 않으면 종지를 기울여 떠먹게 되니 숟가락 닳고 종지 닳고 게다가 간장은 간장대로 없어집니다."

토목공이가 생각해 보니 과연 그럴듯했습니다.

"그래, 그 말이 옳구나. 하지만 간장을 가득 담아 놓으면 간장이 헤프니 그건 어떡하누?"

"예, 그것도 까닭이 있습니다. 간장을 종지에 가득 담아 놓으면 숟가락 닳을 리도 없고 또 간장이 많은 것을 보면 떠먹으려다가도 짠 생각이 나서 자연 떠먹지 않게 되는 것입니다."

며느리의 말에 토목공이는 무릎을 탁 치며 칭찬을 했습니다.

"오냐오냐, 네 말이 옳다. 내가 미처 생각을 못했구나."

살림살이를 저렇게 잘하는 자린고비의 딸을 며느리로 데려 온 것이 천만다행이라고 생각하면서도 토목공이는 자린고비의 집안보다 살림을 아낄 줄 몰랐다는 것이 부끄럽고 분했습니다. 한편, 자린고비는 딸을 먼 곳에 시집보내고 나니 사돈네 집에 가서 딸이 어떻게 지내나 보고 싶은 생각이 났습니다. 그래서 벼르고 별러 먼 길을 걸어 토목공이네 집으로 찾아왔습니다. 두 사돈이 한자리에 앉아 이런 얘기 저런 얘기하다가 살림살이하는 이야기를 시작했습니다. 누가 더 아낄 줄 아는가를 자랑하려는 것이었습니다.

토목공이가 부채 이야기를 했습니다.

"부채라는 건 무작정 부치다가는 큰 손해를 보는 거 아니겠습니까? 부채 한 자루도 적어도 10년은 써야지요. 나는 부채를 사면 한쪽 반만 펴서 부치고 그쪽이 다 해지면 나머지 반쪽을 펴서 부칩니다."

그러니까 자린고비가 허허 웃으며,

"사돈 양반은 너무 헤프시오. 어찌 부채 한 자루를 10년에 써버립니까? 나는 부채를 사면 한쪽 반이 아니라 온통 활짝 펴서 듭니다. 그리고는 부채 앞에 내 얼굴을 흔들지요. 부채를 흔들면 부채가 닳지만 머리나 몸뚱이를 흔들면 돈은 안 드니까요. 그래서 나는 부채 하나로 한평생 쓰게 된답니다."

토목공이도 듣고 보니 과연 그럴싸했습니다.

"과연 소문대로 사돈이 나보다 훨씬 살림을 잘하시는구려."

저녁때가 되어 밥상이 나왔습니다. 밥상은 자린고비의 딸인 며느리가 차렸으니 이번에는 지지 않겠거니 하고 토목공이는 안심하고 있었습니다. 그런데 밥상을 받은 자린고비가 반찬을 한 번 쭉 훑어보더니 토목공이에게 말했습니다.

"사돈 양반, 이 밥상은 내 딸이 차렸을 텐데 음식을 아끼지 않은 것을 보니 내가 딸을 잘 가르치지 못한 것 같습니다."

토목공이는 어리둥절하여

"또 무엇이 잘못됐습니까?"

하고 물었습니다.

"이렇게 비싼 자반조기를 번번이 상에 놓으시려면 쇠털같이 많은 날에 그 돈을 다 어찌 대시렵니까? 이런 자반조기는 상에 놓을 것이 아니라 한 번 사서 천정에 매달아 놓고 밥 먹을 때마다 쳐다보기만 하면 됩니다. 밥 한 술 떠먹고 쳐다보고 '어이 짜다.' 소리만 한 번 하면 입에 침이 생겨 밥 먹기가 일 같지 않지요. 그러면 그 반찬값이 얼마나 덜 들겠소?"

자린고비의 말을 듣고 토목공이는 허리를 굽실하며 말했습니다.

"과연 사돈이 제일이오. 내가 아끼느라고 아껴 왔지만 아직도 사돈에게 많이 배워야겠소이다."

3) 모둠 활동

선생님 : 그럼 모둠별로 활동한 것을 다음 시간에 발표하고 서로 차이 나는 것에 대해 전체 토론을 하도록 하겠어요.

4.3. 3차시 논술트기

선생님 : 자. 이제 지난 시간에 조별로 논의한 것을 발표해 주세요. 이 발표를 듣고 각자 글을 쓰도록 할게요.

발문 ① 〈고물 자전거〉의 주인공 영신이가 갖고 싶어 하던 물건을 조사해 보고, 올바른 경제생활을 할 수 있도록 선택기준을 마련한 뒤에 구입계획표를 작성하여 봅시다.

예시답안

물건 선택기준	자전거	아버지를 위한 새 옷	체육복	운동화
나에게 꼭 필요한 것인가?	아니다	아니다	**그렇다**	조금 그렇다
나에게 즐거움과 도움을 줄 수 있는 것인가?	조금 그렇다	아니다	**그렇다**	그렇다
오래 쓸 수 있는 것인가?	그렇다	보통이다	**조금 그렇다**	조금 그렇다
물건 사는 순서를 어떻게 정할 것인가?	3순위	4순위	**1순위**	2순위

(아니다, 보통이다, 조금 그렇다, 그렇다 4가지로 답변)

발문 ② 사회교과 내용으로 볼 때 영신이가 아버지의 자전거를 고물장수에게 주고 빨랫비누를 받은 것이 현명한 선택이었는지 생각해 보고, 그렇지 않다면 그 이유를 말해 봅시다.

예시답안 1 : 1조 〈그렇지 않다〉

먼저 자전거의 현재 중요성에 대해서 알아보아야 합니다. 아무리 고물 자전거이지만 이 고물 자전거가 없다면 영신이의 아버지는 목장에 가는 일을 쉽게 하실 수 없을 것입니다. 목장일을 할 수 없게 되면 아버지는 소득을 얻을 수 없게 되고, 소득이 없으면 영신이네 두 부자 가족이 살아가는 데에 큰 어려움이 생기게 됩니다. 그러므로 자전거는 영신이네 가족의 생계를 유지할 수 있게 해 주는 중요한 수단입니다. 또한 이 자전거는 영신이의 어머니가 소중한 반지를 팔아서 산 아주 소중한 자전거입니다. 이런 중요한 자전거를 고작 빨랫비누 몇 개와 바꾼 것은 사회교과의 경제적인 면에서 볼 때 크게 잘못된 것입니다. 이러한 이유로 영신이의 선택은 현명하지 못한 선택이었다고 말할 수 있습니다. 영신이가 이런 잘못된 판단을 내린 것은 바로 경제적 이익을 제대로 따질 수 있는 능력이 부족해서입니다.

예시답안 2 : 2조

영신이가 현명하지 못한 판단을 내린 것에 대해서는 1조와 같은 생각입니다. 그러나 원인에 대해서는 다르게 생각합니다. 1조에서는 경제적인 판단 능력을 가장 큰 원인으로 보았지만 우리 조에서는 절제심 부족과 아버지를 무시한 도덕적인 잘못이 더 크다고 봅니다. 비누와 교환한 것이 경제적으로 불리해 문제가 아니라 부모님의 의사를 묻지도 않고 자전거를 비누와 교환했으므로 잘못된 선택을 한 것입니다.

발문 ③ 〈고물 자전거〉 속에 나오는 물건들을 실제로 찾아보고, 이러한 우리 생활에 필요한 물건들을 어떻게 얻게 되는지 한, 두 가지 짧은 예를 간단히 조사해 봅시다.

예시답안 〈고물 자전거〉에 나오는 물건들 : 자전거, 옷, 접시, 운동화, 비누 등

물건	물건을 얻는 과정
 자전거(http://imagesearch.naver.com)	자전거 부품 공장에서 자전거를 만드는 대형공장이나 개인공장으로 부품이 이동되면 그곳에서 자전거가 만들어져 작은 자전거 매장이나 대형할인매장에서 판매됩니다. 우리들은 그곳에서 자전거를 사서 사용합니다.
 옷(http://www.brandmore.net)	옷은 다른 나라에서 만든 것을 수입하기도 하고 우리나라 여러 공장에서 만들어 시장, 개인매장, 대형할인매장 등에서 판매합니다. 우리는 그곳에서 옷을 사서 입습니다.

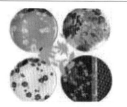 접시(http : //imagesearch.naver.com)	실생활에 흔히 사용되는 접시는 주로 큰 공장에서 대량으로 생산하거나, 작은 개인 공장에서 만들거나, 아름다운 접시를 만드는 사람들이 예술작품으로 만들어 대형할인매장, 접시 가게 등에서 판매합니다. 우리는 그곳에서 접시를 사서 여러 용도로 사용합니다.
 운동화(http : //www.brandmore.net)	신발을 얻는 과정은 옷을 얻는 과정과 거의 비슷합니다. 다른 나라에서 만드는 신발을 수입하기도 하고 우리나라의 여러 공장에서 만들어 시장, 개인매장, 대형할인매장 등에서 판매합니다.

발문 ④ 사람들은 여러 가지 생산 활동을 해서 소득을 얻습니다. 〈고물 자전거〉의 영신이 아버지가 소득을 얻기 위해 하는 일이 무엇인지 글 속에서 단서를 찾아 추측해 봅시다.

예시답안

　〈고물 자전거〉에서 영신이 아버지가 하시는 생산 활동을 알게 해 주는 단서는 연장 가방과 목장입니다. 목장에서 할 수 있는 일은 여러 가지가 있습니다. 소를 돌봐준다거나 소에게서 여러 가지 식품을 얻는다든가 아니면 목장 건물을 짓거나 수리하는 일 등입니다. 영신이의 아버지는 연장 가방을 싣고 자전거를 타고 목장에 가신다고 하였으므로 연장을 이용하는 일을 하실 것이므로 영신이 아버지가 하시는 생산 활동은 목장 건물을 짓거나 수리하는 일입니다.

발문 ⑤ 절약이 중요하다면 아래와 같은 구두쇠 행위는 올바른 것일까요.

예시답안

　지나친 절약은 본인뿐만 아니라 다른 사람에게도 피해를 줄 수 있습니다. 괴팍한 도인이나 수도승이 아니라면 적절하게 소비하고 제대로 아끼는 자세가 필요합니다.

　선생님 : 역시 조별로 머리를 맞대고 하니, 좋은 얘기들을 많이 나누었군요. 자 그렇다면 이제 여러분들이 물건을 구입할 때 어떤 문제가 있었는지를 쓰고

그 원인을 따져 보고 대안을 세워 보세요. 공책 한두 장 정도의 글을 써 보도록 하세요. 그동안 공부한 내용이나 조사한 내용을 꼭 반영해서 글을 써 보세요. 글 짜임새를 만들고 쓰는 것 잘 알고 있죠. 아래 대화도 참고하기 바라요.

영규 : 먹고 싶은 거 다 먹고 하고 싶은 거 다하면 나중에 거지된대요.

민수 : 미래를 위해서 참고 견디는 게 중요하다고 생각합니다.

혜지 : 하지만 미래만큼이나 현재도 중요해요. 그날그날 하루하루가 행복하면 평생 행복할 수 있어요.

원규 : 물론 그렇긴 하지만 욕심을 채우는 게 꼭 행복하다고만 할 수는 없어요.

수희 : 하지만 꼭 필요한 것을 사는 것은 욕심이 아닙니다. 우리가 지우개를 사서 활용하니까 공부도 잘 할 수 있고 또 지우개 만드는 공장에 다니는 분들이 월급을 받는 것 아니겠습니까.

예시답안

[개요]
1. 문제점 : 닌텐도를 사고 싶은데 엄마가 반대가 심하시다.
2. 닌텐도를 사야 되는 이유와 살 수 없는 이유
    1) 사야 되는 이유
      (1) 머리가 좋아진다.
      (2) 스트레스가 해소되어 공부가 잘 된다.
      (3) 많은 아이들이 가지고 있다.
    2) 살 수 없는 이유
      (1) 닌텐도가 비싸다.
      (2) 용돈이 부족하다.
      (3) 게임에 중독될 가능성이 있다.

3. 해결 방안

  여기저기 닌텐도 열풍이 대단하다. 우리 반에도 반이나 가지고 있다. 갖고 있는 애들이 우리 같은 애를 깔보고 있는 것 같기도 하다. 꼭 갖고 싶은데 안 사주시는 부모님이 원망스럽기까지 하다. 하지만 요즘 〈고물 자전거〉랑 〈글과 가계부〉란 글을 읽고 다시 생각하게 되었다.

  닌텐도를 사고 싶은 가장 큰 이유는 재미있기 때문이다. 친구들 하는 것 보니까 편하게 재미있는 게임을 즐길 수 있다는 것이다. 거기다가 머리가 좋아지는 게임이란다. 그렇다면 이 게임을 하면 스트레스가 해소되어 공부가 잘 될 거란 생각이 든다. 그리고 많은 아이들이 가지고 있어 없으면 왕따

당한다.

　살 수 없는 이유도 만만치 않다. 일단 닌텐도가 너무 비싸다. 10만 원이 넘으니 한 달 학원비랑 맞먹는다. 우리 집이 영신이네 만큼 가난한 것은 아니지만 그렇다고 부자도 아니다. 다른 애들처럼 학원을 많이 다니지도 못한다. 당연히 내 용돈도 턱없이 부족하다. 엄마는 돈이 없으셔서 그런지는 몰라도 아무리 머리에 좋은 게임도 자주 하면 중독된다고 반대하신다.

　이번 수업을 통해서 이 물건이 꼭 필요한 것인지를 묻게 되었다. 이것 말고도 갖고 싶은 물건이 많은데, "나에게 꼭 필요한 것인가?, 나에게 즐거움과 도움을 줄 수 있는 것인가?, 오래 쓸 수 있는 것인가?" 등의 기준으로 따져 보았다. 닌텐도가 나에게 꼭 필요한 것은 아니란 생각이 들었다. 당장은 즐거움과 도움을 줄 수 있지만 딱지 유행처럼 곧 질릴 수도 있다는 생각이 들었다. 당장은 좋아하는 축구 운동화를 먼저 사고 싶다.

　매주 받는 용돈으로는 엄마 몰래 군것질하기도 벅차다. 군것질 줄여 저축한다 해도 많은 시간이 걸릴 듯하다. 명절 때 특별 용돈을 받으면 그때 생각해 봐야겠다.

4.4. 4차시 : 함께 읽기

　지난번 열띤 토론 마치고 글까지 열심히 써 주어 선생님 감동 먹었답니다. 토론은 함께 했지만 글은 각자 썼지요. 서로 바꿔 읽고 독자평을 써 주기 바라요

독자평

　수빈 : 나랑 비슷한 고민을 하고 있어 반갑다. 그런데 뒷부분에서 네 생각이 정확히 무엇인지 알기 어렵다. 닌텐도를 사지 않겠다는 것인지 아니면 축구화 사고 난 뒤 사겠다는 것인지, 특별 용돈으로 사겠다는 것인지……. 엄마 아빠한테 조르지 않는 것은 좋지만 대안이 불명확해…….

5 모형 평가와 마무리

　비록 실제 학생들을 대상으로 한 수업은 아니었지만 교과통합을 통한 통합 논술의 전모

를 제시했다는 데 의의가 있다. 여기서는 복합 교과통합(1-2)이면서 주제 중심의 교과통합(2-3)인, 열린 교과통합 2(3-2) 방식의 수업 전략과 모형을 제시하였다

모형 발표에 참가한 네 분 선생님의 인터뷰 평가 소개로 마무리를 대신한다.[15] 평가 잣대는 아래와 같다.

평가 잣대

1) 차시별 구성은 적절한가
2) 교과통합의 의도를 잘 살렸는가
3) 각 차시별 특이성은 잘 살렸는가
  (1) 관심끌기 영역
  (2) 자료탐구 영역
  (3) 논술트기 영역
  (4) 함께 읽기 영역

---

1) 차시별 구성은 적절한가에 대해서는 대체로 차시별 균형은 잘 안 맞는 듯하지만 단계별 구성은 좋다는 의견이었다. 균형 문제는 각 차시별 수업 내용의 비중이 많이 다른데 같은 분량 시간으로 어떻게 소화해 낼 것인가였다.

2) 교과통합의 의도를 잘 살렸는가에 대해서는 관련 교과와 교과 외 텍스트를 적절하게 합쳤다고 보았다. 특히 절약을 절제와 합리적 경제생활 관점에서 접근하는 것이 좋다는 의견이었다. 각 교과의 특이성을 최대한 살리고 장점을 합쳐 아이들의 합리적 소비행위의 주체로 유도하는 전략이 좋다고 보았다.

3) 각 차시별 특이성은 잘 살렸는가에 대해서는 다양한 의견을 제시하였다.

(1) 관심끌기 영역

한 분은 관심끌기 전략은 좋으나 아이들 활동 결과를 충분하게 잘 처리하지 못했다고 보았다. 또 흥미유발 질문에서 4학년에게 3학년 때 배운 단원, 학습내용을 묻는다는 것도 무리라는 의견도 있었다. 대다수의 아이들은 기억 못 해, 대답 못할 것이고 주눅이 드는 경우

---

15   참관수업을 통해 값진 평가를 해 주신 네 분께 감사드린다.

도 있을 것이라고 보았다. 그보다 선생님이 말하고자 하는 3학년 교과서의 학습내용을 프린트해서 보여주는 것이 흥미를 더 끌 것이라는 의견이었다. 4학년이 되어 3학년 교과서 보는 것도 재밌게 느껴질 것이기 때문이다. 또 한 분은 친구들이 낭비한다고 생각하는 문제와 내가 할 수 있는 절약 방법에 관한 이야기를 나누는 것이 좋겠다고 보았다. 고물 자전거 이야기를 하면서 골동품과의 차이라든가 자전거를 사용 시 보관방법과 관리방법도 다루면 좋겠다는 의견도 제시했다.

(2) 자료탐구 영역

자료에 대한 통합 전략은 좋으나 자료 각각의 체계적인 이해는 부족하다고 보았다. 또 "사건의 흐름을 말해 보자"에서 이 물음도 4학년들에겐 어려운 질문이 될 수도 있다는 의견을 제시했다. 줄거리가 아닌 굵직한 사건의 흐름이지만 텍스트를 읽기만 한 애들이 사건의 흐름을 어떻게 정리할까 걱정된다는 것이다. 애들도 텍스트의 내용과 흐름 파악했을 것이므로 바로 텍스트를 잘 이해했나 확인하는 질문과정으로 넘어가는 게 좋겠다는 의견이 있었다. 다음은 짠돌이 아버지가 되어야 하는 이유를 더 생각해 보기와 엄마나 아빠가 원하는 물건을 사주시지 않을 때의 이유를 생각해 보기를 대안으로 제시했다. 구체적으로는 "여러분이 절약할 수 있는 방법을 계획해 실천해 보고 실천표를 발표해 보자. 실천한 것과 실천 못 한 것의 이유를 말해 보기와 골동품의 가격이 치솟는 이유는 뭐라 생각하는지 이야기해 보자는 대안 발문을 제시했다.

(3) 논술트기 영역

주제의식은 좋으나 토론과 논술 상호 관계설정이 아쉽다는 의견이 있었다. 내용기준 따져보기에서 여러 기준으로 따져본다는 것을 좀 더 구체적으로 보여 주셨으면 좋겠다. 이를테면 쓰레기라고 버려진 물건들이 어떤 과정을 거치는지 알아보기와 환경오염의 문제점, 환경오염을 막는 방법 그리고 생산과 소비와의 상관관계를 설명하기 등을 제시했다. 곧 생산, 분배, 소비를 어떻게 하는 것이 우리 경제가 잘 돌아가게 될지 이야기해 보기 등이 그것이다.

(4) 함께 읽기 영역

대체로 함께 읽는 구체적인 전략과 실제 사례가 부족하다고 보았다. 친구와 서로 장단점을 이야기하고 도와주는 것도 매우 바람직한 일이라고 생각된다며 이때 서로 도와주기를 할 때는 두 명씩 짝을 지어 하는 게 좋을 것이라는 의견을 제시했다. 또 각자 논술문을 발표하기와 논술문 발표 후 정리하여 말하기, 발표와 평을 한 뒤 선생님의 의견을 말하기 등을 대안으로 제시했다.

2부

부분별 논술 지도
– 자료수집에서 표현까지

8장 자료수집과 구상 지도

1 | 머리말

논제 분석에 따라 주제가 정해졌다면 주제를 뒷받침해 주는 또는 주제 전개에 도움이 되는 재료를 수집해야 한다. 곧 어떠한 예를 적절하게 들어 주제(무엇)를 상대방에게 효과적으로 전달하는 데에 중요한 요소가 되는 것이 자료[16]이다.

어떻게 쓸까를 생각할 때, 어떤 자료를 선택하느냐에 따라 완성된 글의 형태가 달라진다. 자료가 없거나 풍부하지 않으면 좋은 글이 되기 어렵다. 물론 논제나 주제에 따라 자료의 성격과 범위는 달라진다.

2 | 자료의 여러 갈래

자료를 찾아내기 전에 먼저 자료에는 어떤 것들이 있는지를 알아야 한다. 논제나 주제에 따라 달라지는 것이지만 대체로 아래의 다섯 부류가 있다.

---

(1) 일반화된 진리 : 누구나가 공감하는 상식이나 교양 지식, 보편화된 지식 따위를 가리킨다.
(2) 구체적 사례나 사건 : 실제 발생한 증거나 통계 자료 따위를 말한다.
(3) 경험이나 간접 체험 : 일정한 줄거리를 가진 후일담을 말한다.

---

16   넓은 의미로 소재(쓸거리, 글감)인 셈이다.

(4) 속담이나 격언 : 일반회된 진리로 볼 수 있지만 특수한 인어 형식을 띤다.
(5) 권위자의 견해나 학설 : 그 분야의 권위자의 견해나 입증 자료를 말한다.

맞춤 예제 1 "현대 사회에서 필요한 인간형은 멀티형(여러 가지를 두루 잘할 수 있는 형)이다."라는 주제에 대하여 위와 같은 다섯 갈래의 자료를 하나씩만 정리해 보자.

예시답안

(1) 일반화된 진리 : 인간은 여러 가지 일을 함께 진행할 수 있다.

(2) 구체적 사례나 사건 : 우리 사회를 이끌어가는 것은 팔방미인형이다.

(3) 경험이나 간접 체험 : 멀티형이 배곯는 경우는 없다.

(4) 속담이나 격언, 관용구 : 배워서 남 주냐.

(5) 권위자의 견해나 학설 : 최근 생존게임 연구소 연구 결과에 따르면 사막에서 멀티족이 살아남을 확률이 30퍼센트 높다고 한다.

[해결 가이드] 이 예제는 같은 갈래의 자료보다는 서로 다른 성격의 자료를 더 많이 찾게 하는 것이다. 학생들이 자료를 찾거나 응용할 때 큰 문제는 비슷한 자료를 나열한다는 것이다. 비슷한 자료라도 성격이 조금씩 달라 다른 의미를 부여할 수 있다면 좋겠지만 그렇지 않은 상태에서 나열하는 것은 의미가 없다. 이런 점을 막고 다양한 자료를 찾는 훈련을 위해 여러 개의 논점이나 쟁점에 대해 이런 식으로 자료를 찾는 훈련이 필요하다.

3 | 자료 모으는 방법

자료가 어떤 성격이고 어떤 갈래가 있는 것이라는 것을 알았다면 이제는 다양하면서도 풍부한 자료를 찾아내는 방법이 중요하다.

1) 가까운 데서 찾기

진리는 가까운데 있다고 한다. 멀리서 찾으려고 하니까 잘 찾아낼 수 없고 찾아냈다 하더라도 비현실적인 경우가 많다. 환경운동의 대안을 찾으라고 할 경우 고등학생 수준에서 할 수 있는 가까운 예를 먼저 찾는 자세가 중요하다. 내가 실제 처한 상황을 잘 관찰함으로써 체험[17]을 풍부하게 축적해 둔다.

> **예)** 먼 데서 찾은 경우[18] : 환경문제는 동양적 세계관으로 해결해야 한다.
>
> 가까운 데서 찾은 경우 : 고등학생이 학교와 가정에서 실천할 수 있는 환경운동은 이러이
> 러한 예들이 있다.

2) 자유 연상해 보기

학생들이 소재를 잘 못 찾는 것은 정확하고 좋은 소재만을 찾으려고 하기 때문인 경우가 많다. 일단 자유롭게 떠오르는 것들을 자유롭게 메모해 보는 방법이 오히려 좋다. 그러다 보면 적절한 소재가 나오는 것이지 처음부터 불쑥 정해지는 것은 아니다.

> **예) 착한 것이 꼭 옳은 것인가에 대한 자유 연상 하기**
>
> 착한 맹추, 천사표, 착한 것이 희망이다, 착한 사람만 손해 본다, 착한 사람을 맹하다고 한다, 착한 사람이 손해 보는 사회는 비극적인 사회이다, …… 그래도 착하고 볼 일이다.

3) 체계적으로 따져보기

소재를 찾는 방법으로 소재와 관련하여 떠오르는 것을 자유롭게 적어 보는 자유 연상도 좋지만, 논제에 대한 치밀한 사고를 요구하는 논술에서는 체계적으로 따져 자료를 구하는 방식이 필요하다. 따라서 '자유 연상→다발짓기'의 순으로 자료를 정리하는 것이 효과적이다. '다발짓기'란, 바로 체계적으로 따지는 과정을 의미하는 것으로, 분석표를 만들어 보는 것이 이에 해당한다.

---

17 가까운 데라고 해서 꼭 직접 체험만을 뜻하는 것은 아니다 간접 체험도 소중하다. 평소에 접하는 책이나 신문, 매체 자료를 꼼꼼하게 모아두거나 기록해두는 자세가 필요하다. 소재를 찾는 방법은 글의 성격이나 주제에 따라 달라진다. 보통 직접, 간접 체험 방식으로 나눈다. 직접 체험 방식으로는 관찰, 조사, 연구, 답사, 면담, 질문 등을 들고, 간접 체험 방식으로는 책이나 미디어 매체, 인터넷 자료, 사전류 등을 든다.

18 먼 데서 찾았다는 것이 실제 거리라는 측면도 있지만 구체적이지 않은 추상적 비현실적 대안을 가리키는 뜻이 더 강하다.

[고교 등급제에 대한 자료 구하기]

갈래	긍정성	부정성
교육적 관점	·엄연한 학력차가 존재한다. ·학력의 저하를 막을 수 있다	·암기식 교육에서 벗어나 장기적으로 볼 때 교육적 이익이다.
사회 문화적 관점	·고교별 내신 차이와 부풀리기 때문에 내신을 믿을 수 없다.	·학생들이 불편한 교육을 받을 수 있다. ·학교 차가 학생 개인의 차이가 될 수 있을 가능성이 높다.

명심! 논술 비법
─자료를 잘 찾아내는 네 가지 힘

첫째는 문제의식이다. 알고 있는 지식이나 주변에서 관찰하는 것들에 대해 "과연 그런가, 그래서 어쨌단 말인가"라는 물음을 던져 보라. 세상이 새롭게 보일 것이다.

둘째는 배경지식을 쌓고 활용하는 자세가 중요하다. 학교에서 배우는 지식과 각종 매체에서 얻는 지식 등이 모두 소중한 자료이다. 신문이나 텔레비전을 볼 때도 사회의 움직임에 유의해야 하며, 동시에 여러 가지 정보를 정리하여 자기 자신의 것으로 만들어 둔다.

셋째는 상상력이다. 뉴톤이나 아인쉬타인이 위대한 과학자가 된 것은 우주에 대한 풍부한 상상력에서 비롯되었다.

넷째는 치밀한 분석력이다. 요모조모 따지는 자세를 평소부터 길러둘 필요가 있다. 자율학습이 우리에게 어떤 도움을 줄 수 있는가. 도움을 준다면 어떤 측면에서 그렇고 도움을 주지 않는다면 어떤 측면에서 그런가. 이런 식으로 조직적으로 생각하는 자세가 중요하다.

그런데 네 가지 능력이 따로따로 나오는 능력이 아니다. 치열한 문제의식에 따라 배경지식이 자료로 설정되고 분석하여 자료를 조직화한다. 상상력은 이 모든 것을 자극하고 확장해 준다.

예시답안

기준	찬성	반대
사회적 측면	·청소년도 책임과 법 적용이 가능함으로 처벌 해야 한다.	·청소년보호법의 기본 취지에 어긋나므로 처 벌에 반대한다.
법의 형평성	·자발적, 적극적인 성 매매 청소년에 대한 보 호는 부적절하다. ·청소년 성 보호법 적용은 사법권 침해다.(형 평성에 벗어남)	·소년 범죄자를 성인 범죄자와 달리 취급하는 것은 보편적 현상이다. ·공급자에 대한 처벌로 형평성을 유지하는 것 보다 수요자에 대한 방침을 바꿀 수도 있다.

[해결 가이드] 찬성 반대 그 자체보다는 왜 찬성하고 왜 반대하느냐가 중요하다. 그런 점에서 사회, 법, 문화 등
과 같은 주제별 관점(기준)으로 그 자료를 따져보는 것이 좋다.

4 | 자료의 분류와 조직

아무리 많은 자료를 찾았다 하더라도 그것을 제대로 분류하고 조직화하지 않으면 안 된
다. 우리가 자료를 찾는 이유는 그 자료에서 주장과 논증의 합리성을 찾기 위한 것이다. 자
료의 의미가 중요하다는 것이다. 자료의 의미는 분류와 분석을 통해서 1차적 의미가 정해진다.

1) 1단계 – 자유 연상 단계

① 병원비로 경제적인 부담을 줄일 수가 있다.
② 환자들이 편안히 숨을 거두게 하는 것도 의사로서의 의무이다.
③ 사람은 누구나 편안히 죽을 권리가 있다.
④ 병든 부모를 편안히 죽음으로 이끄는 것도 효도이다.
⑤ 불법적인 장기매매 등의 경제적 악순환이 반복될 수 있다.
⑥ 안락사는 인간의 존엄성을 훼손한다.
⑦ 가족관계를 파괴할 수 있다.
⑧ 노인과 빈곤층이 확대된다.
⑨ 신체적 정신적 장애가 증가된다.

이 단계에서 위와 같은 여러 가지 자료를 찾아냈다면 이를 어떻게 추슬러야 할지 생각해야 한다.

2) 2단계 – 쟁점별로 추려 보기

안락사를 찬성하는 관점	안락사를 반대하는 관점
• 병원비로 인한 경제적인 부담을 줄일 수가 있다. • 환자들이 편안히 숨을 거두게 하는 것도 의사로서의 의무이다. • 사람은 누구나 편안히 죽을 권리가 있다. • 병든 부모를 편안히 죽음으로 이끄는 것도 효도이다.	• 불법적인 장기매매 등의 경제적 악순환이 반복될 수 있다. • 안락사는 인간의 존엄성을 훼손한다. • 가족관계를 파괴할 수 있다. • 노인과 빈곤층이 확대된다. • 신체적 정신적 장애가 증가된다.

3) 3단계 – 더 세밀하게 하위분류 해보기

구 분	안락사를 찬성하는 관점	안락사를 반대하는 관점
경 제	• 병원비로 인한 경제적인 부담을 줄일 수가 있다.	• 불법적인 장기매매 등의 경제적 악순환이 반복될 수 있다.
사 회·문 화	• 환자들이 편안히 숨을 거두게 하는 것도 의사로서의 의무이다. • 사람은 누구나 편안히 죽을 권리가 있다. • 병든 부모를 편안히 죽음으로 이끄는 것도 효도이다.	• 안락사는 인간의 존엄성을 훼손한다. • 가족관계를 파괴할 수 있다. • 노인과 빈곤층이 확대된다. • 신체적 정신적 장애가 증가된다.

이렇게 자료를 분류해 보면 논점이 분명해지고 그에 따른 판단 기준이 명확해진다. 그렇다면 자신의 생각도 더욱 명료해진다. 뚜렷한 자신의 주제가 설정된 뒤라 하더라도 위와 같은 자료의 분류를 통해 자신의 주장을 더욱 명확하게 펼치면서 상대편 주장에 조리 있게 반박할 수 있는 힘이 생기는 것이다.

5 | 자료 선택할 때 유의할 점

사람은 누구나 평소에 익히 생각한 것이나, 지식 또는 체험들을 자료로 쓰고자 하는 욕심이 있다. 그러나 아는 것은 아는 대로 모르는 것은 모르는 대로 유의할 점이 있다.

1) 주제를 뒷받침할 수 있어야 한다.

주제를 뒷받침해 주지 않으면 오히려 주제를 약하게 만들거나 논점 일탈로 만들 가능성
도 있다.

> **예)** 찬성과 반대 어느 한쪽을 골라 논술하라고 했는데 제3의 견해에 대한 자료를 찾는 경우

2) 사실에 관한 자료일 경우 확실히 아는 것이나 체험한 것이어야 한다.

> **예)** 유전자 조작 식품은 거의 다 부작용을 유발한다고 어느 과학자가 얘기하는 것을 들은 적
> 이 있다.
> ➡ 거의 다 실험한 과학자도 없을 뿐 아니라 설령 그런 주장을 편 과학자가 있더라도 이
> 런 식으로 인용하면 어떤 소문에 의존하는 격이나 다름없다.

3) 상투적이거나 추상적인 자료는 피하는 것이 좋다.

> **예)** 세계화는 꼭 필요하다. 세계화를 거스르면 대원군의 쇄국정책과 같은 꼴이 될 것이다.
> ➡ 100년 전 상황과 지금 상황을 단순 비교할 수 없다.[19]

**맞춤
예제 3**
	형식과 내용 중 어느 것이 더 중요한가[20]에 대한 논제에 대해 같은 분야에 대해 정반대의
	자료를 찾아보자.
	
	1) 형식의 중요성
	  (1) 예절 : _____
	  (2) 글쓰기 : _____

---

19   민족주의나 개방에 관한 논제가 나오면 으레 대원군을 들먹이는 학생들이 많다. 자료 빈곤의 전형적
      인 예이다.
20   단순한 문제 같지만 실제는 아래와 같이 다양한 비교가 가능하다.

2) 내용의 중요성
    (1) 예절 : _____
    (2) 글쓰기 : _____

1) 형식의 중요성
    (1) 예절 : 마음으로 공경해도 그에 따르는 형식이 따라야 빛을 발한다.
    (2) 글쓰기 : 내용이 아무리 풍부하고 깊이가 있더라도 그 짜임새가 없다면 독자에게 체계적
              으로 전달할 수 없다.
2) 내용의 중요성
    (1) 예절 : 일본 음식점들처럼 겉으로 예의 바르다 해도 마음속으로 공경하는 마음이 없는 경
              우가 있다.
    (2) 글쓰기 : 형식이 잘 갖추어져 있어도 내용이 알차지 않으면 공허하다.

[해설가이드] 자료를 같은 분야에서 찾게 한 것은 서로 다른 분야에서 찾을 경우 어느 것이 더 중요한지 객관적
         비교가 어렵기 때문이다. 이밖에 아래와 같이 상대적 비교도 가능하다.
    (1) 형식과 내용이 절대적인 불가분의 관계는 아니다.
            가. 우리가 양복을 입고 다닌다고 해서 우리가 양인은 아니다.
            나. 옛날 우리 선조들이 중국어인 한자를 사용했다 해서 그 사상이 중국적인 것은 아니다.
            다. 제사상이 빈약하다고 해서 조상을 기리는 마음이 부족한 것도 아니다.
    (2) 맥락에 따라 형식이 중요할 때도 있고 내용이 중요할 때도 있다.

---

(1) 가. 형식이 내용을 지배한다.
    나. 형식이 내용보다 우선이다.
(2) 가. 내용이 형식을 지배한다.
    나. 내용이 형식보다 우선이다.
(3) 가. 형식과 내용은 서로 밀접한 관계에 있다.
    나. 형식과 내용은 서로 밀접한 관계에 있지만 내용이 더 중요하다.

9장 논증과 분석 지도

1 | 왜 논증과 분석인가

논술은 논증게임이다. 왜냐하면 논술이 자기주장이나 생각을 누군가에게 논리적으로 설득하는 글이라면 설득의 힘은 논증에서 나오기 때문이다. 그리고 개인 주장이나 생각은 논술문이 아니더라도 어느 글에서나 구성될 수 있는 것이지만, 논증은 꼭 그런 것은 아니라는 것이다. 곧 경수필이나 소설에서도 논증이 들어간다 하더라도 필수 요소는 아니지만, 논술에서 논증은 필수 요소라는 것이다.[21]

게임은 무엇인가. 기본규칙은 공유하지만, 실제 게임이 전개되는 양상이나 결과는 수많은 경우의 수가 있다. 농구 게임을 생각해 보자. A팀과 B팀이 매일 게임을 해도 게임이 전개되는 양상, 선수들의 기량, 상호작용이 한마디로 복잡하다고 할 만큼 다양하다. 논술의 논증게임도 마찬가지이다. 똑같은 주장이라고 할지라도 논거를 든 방식이 다르고 추론하는 방식도 가지각색이다. 똑같은 논거를 들었다고 하더라도 전체 논증 구조는 학생마다 다를 수 있다. 그래서 논증게임이라고 한 것이다. 학생들이 논술을 싫어하는 이유가 여러 가지 있겠지만, 이 논증게임을 싫어하거나 못해서 그런 경우가 많다. 그러므로 교사들은 논증에 대해서 흥미를 가질 수 있도록 제대로 된 지도 전략을 구상해야 한다.

그리고 논증게임은 분석게임이다. 문제설정이나 관점설정을 이용해 주장이나 글의 방향은 대략 정할 수 있다. 그러나 주장의 설득력을 얻기 위해서는 문제설정이나 관점설정을 세밀하게 분석할 필요가 있다. 바로 논증과정이 분석과정이다. 그래서 논증게임을 분석게임이

---

21   논리의 중요성에 대해서는 "로버트 J. 굴라 지음/이경석・김슬옹 옮김(2009). ≪논리로 속이는 법 속지 않는 법≫. 모멘토." 참조.

라고 한 것이다. 분석 전략에 앞서 논증의 일반적 구조와 논거 전략을 먼저 살피기로 한다.

2 │ 논증의 개념과 구조

논증은 주장의 옳고 그름을 사리에 맞도록 논술하여 증명하는 것이다. 논술에서는 대부분 주장이 먼저 설정되게 마련이다. 분석과정에서 주장이 바뀔 수도 있지만 학생들이 하는 짧은 논술에서는 그런 경우가 거의 없다. 그렇다면 논술에서의 논증은 논거를 설정하고 분석하는 것을 말한다. 논리학에서는 논증을 전제나 근거를 활용해 결론을 이끌어낸다고 말하지만 그런 자리매김은 논술에서는 적합하지 않다. 주장이 이미 정해져 있는데 무얼 이끌어낸다는 말인가. 다시 한번 강조하면 논술은 어떤 논제(제재)에 대해 문제를 설정하고 그에 따라 주장을 설정하고 그러한 흐름 속에서 적절한 논거를 찾아 분석하면 된다.

대부분의 논리학 책이나 논술 책에서는 전제와 근거를 혼동해 쓰거나 같은 말로 쓴다. 나는 뒤에서 얘기하겠지만 구별해 써야 한다고 생각한다. 그리고 결론이란 말과 주장이란 말도 마구 뒤섞어 사용하는데 그것도 구별해야 한다. 결론은 논증의 결과를 얘기하는 것이고 주장은 자기가 설득하고자 하는 또는 펴고자 하는 생각이다. 그래서 논증하면 서론 -본론 -결론이란 도식적인 틀을 떠올리곤 하는데 이런 틀은 논술의 구조를 상투화할 우려가 있다. 논술에서 논증이 중요하다 할지라도 논증은 주장을 위해 있는 것이지 논증을 위해 주장이 있는 것은 아니다.

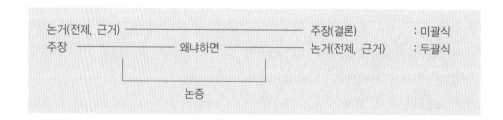

논증 구성 요소에 대한 용어를 정리해 보면 다음과 같다.

1) 뒷받침 요소

(1) 근거 : 어떤 주장이나 의견의 근본이 되는 까닭

(2) 논거 : 논증에 쓰인 근거

(3) 증거 : 증명이 가능한 근거

(4) 원인 : 결과를 불러일으키는 근본 요소

(5) 까닭 : 일이 생기게 된 원인이나 조건

(6) 이유 : 어떤 결론이나 결과에 이르게 한 까닭이나 근거

(7) 전제 : 결론의 추리나 도출이 가능하게 되는 판단. 삼단 논법에서는 대전제, 소전제를 구별한다.

(8) 자료 : 논증 근거로 쓰일 수 있는 각종 요소

(9) 의견(意見) : 어떤 대상이나 문제에 대한 자기 생각(뜻)이나 견해

(10) 견해(見解) : 어떤 대상이나 문제에 대한 의견이나 생각

(11) 주장 : 자기 의견이나 주의를 내세움

흔히 의견, 견해, 주장은 최종 요소라 생각하나 '소견(의견) 논거'라는 말이 있듯이 근거도 의견의 일종이다. 그 의견을 내세우는 것이 주장이라면 자신이 생각하는 근거를 내세울 수 있으므로 그것이 주장 논거가 된다. 다만 최종적으로 쓰이는 주장을 구별하기 위하여 그런 경우는 최종 의견, 최종 주장이라 부르기로 한다.

2) 최종 요소

(1) 결론 : 논리적인 절차에 따른 최종 판단

(2) 결과(結果) : 특정 문제에 대한 원인으로 인한 최종 영향

(3) 논지 : 논하고자 하는 요지

(4) (최종) 주장 : 자기 의견이나 주의를 내세움

(5) (최종) 의견(意見) : 어떤 대상이나 문제에 대한 자기 생각(뜻)이나 견해

(6) (최종) 견해(見解) : 어떤 대상이나 문제에 대한 의견이나 생각

논거는 주장의 형식에 따라 달라진다. 논거 설명의 편의를 위해 잠깐 주장명제에 대해 살펴보자. 일반적으로 주장명제는 다음 세 가지로 나눈다.

사실명제 : 환경보호가 잘 되어 있다.

가치명제 : 환경보호는 좋다.

정책명제 : 환경보호를 해야 한다.

주장명제 성격은 논제 성격에 따라 달라진다. 상투어의 긍정적 기능과 부정적 기능을 균형 있게 논하라고 했던 연세대 1996학년도 문제는 주장이 이미 문제 속에 들어 있다. "상투어는 긍정적 측면과 부정적 측면을 모두 가지고 있다."를 주장하여야 하고 이것은 사실명제에 해당된다. 이런 경우는 풍부한 논거를 들어 분석만 잘하면 된다. 물론 이런 주장은 가치명제를 함의하고 있다. 긍정적·부정적 기능을 논하는 것은 "상투어는 좋기도 하고 나쁘기도 하다."는 가치명제를 밝히는 것이나 다름없기 때문이다. 이런 문제에서는 사실명제나 가치명제를 굳이 정책명제로 전환할 필요가 없다. 곧 "상투어를 쓰지 맙시다."라는 정책명제를 설정할 필요는 없다. 만일 문제가 상투어의 문제점을 논하고 대안을 논하라고 하면 그런 식으로 정책명제로 흘러도 된다. 그런데 많은 학생들의 주장설정의 문제는 거의 모든 주장을 논제 성격에 관계없이 정책명제화하여 계몽적으로 끝낸다는 것이다. 이는 주장은 꼭 정책명제 형식이어야 한다고 착각했기 때문이다. 사실명제나 가치명제가 약한 주장이고 정책명제가 강한 주장이라고 생각할 수는 있다. 그래서 논술은 주장을 내세우는 글이니까 정책명제일수록 좋다고 생각하는 것 같다. 그러나 주장의 강하고 약함은 주장 그 자체에 있는 것이 아니라 논거를 설정하는 논증과정에 있는 것이다.

그리고 주장이 정책명제라 할지라도 정책명제는 사실명제가 기초가 된다. 이를테면 환경보호를 해야 한다는 정책명제는 환경파괴가 심하다는 사실명제를 바탕으로 이루어진 것이다. 이럴 경우 사실명제는 정책명제의 논거가 된다.

또 중요한 것은 정책명제가 최종 주장이라 할지라도 사실명제에 대한 논거가 우선이다. 무슨 얘기냐 하면 만약 "유행을 따르지 맙시다."라는 정책명제가 주장이라면 "유행은 이래서 나쁘다."라는 사실명제나 "유행은 나쁘다."라는 가치명제에 대한 논증이 먼저 충분히 이루어져 한다는 것이다. 그리고 나서 없애는 방향과 방법을 논해야지 유행이 왜 나쁜지에 대한 논증 없이 없애는 방법을 얘기한다면 그것은 설득력 없는 논술이 될 것이다. 그리고 조심할 것은 없애는 방법은 "유행을 없앱시다."에 대한 적절한 논거는 아니다. 왜냐하면 왜 유행을 없애야 하는가에 대한 답이 아니기 때문이다. 물론 보완논거나 확충논거나 가상논거는 될 수 있다. 곧 이런 방식으로 없애면 없앨 수 있고 그렇게 없애면 이래서 좋다는 식이 되어 유행을 없애자는 주장에 설득력을 실어주기 때문이다.

논거를 얘기하면서 주장에 대해 복잡하게 설명한 것은 주장의 성격에 따라 논거가 달라진다는 것이고 그리고 세 명제 가운데 사실명제를 중심으로 논거 설명을 하는 이유를 알려

주기 위해서이다. 아무튼 논거의 다양한 성격은 우선 사실명제를 중심으로 따지면 된다.

논거의 성격에 따른 갈래로는 사실 논거와 소견 논거로 나눈다. 실제 일어났던 사건이나 일이 결론에 대한 전제로 쓰인 근거가 소견 논거로 일반 사실 논거와 특수 사실 논거로 나눈다. 소견 논거 또한 일반 소견 논거와 특수 소견 논거로 나눌 수 있다. 실제 예를 통해 확인해 보면 다음과 같다.

사람은 밤을 새면 존다(**일반 사실 논거**). 신바람 박사는 사람은 밤을 새면 99프로는 존다고 얘기했다. (**특수 소견 논거**) 순돌이는 어젯밤을 샜다(**특수 사실 논거**). 또한 순돌이는 오늘 하루종일 고개를 끄덕거렸고 침을 흘렸다(**특수 사실 논거**). 그리고 철순이, 점순이가 순돌이가 수업시간 내내 조는 것을 보았다고 주장했다(**특수 소견 논거**). 그러므로 순돌이는 수업시간 내내 졸았음에 틀림없다. (결론)

3 | 논증 전략

3.1. 논증의 일반적인 문제

논증을 너무 형식논리(연역법) 위주로 생각하는 경우가 많았다. 고전적인 예를 들어보자. '소크라테스가 죽었다'는 것을 논증하라 하면 아래 왼쪽과 같은 연역법으로만 처리한다는 것이다.

인간은 죽는다. 소크라테스는 인간이다. 소크라테스는 죽었다.	소크라테스는 청소년 선동죄를 저질러 실정법을 어겼다. ○○○○년 ○월 ○일에 사형당했다. 교도관이 숨이 끊어졌음(맥박 0)을 확인했다. 소크라테스는 죽었다.

생각해 보라. 소크라테스가 죽었다고 하면 그가 왜 죽었고 어떻게 죽었는지가 중요하지 '인간은 죽게 마련이고 그가 인간이었다.'는 명제가 얼마나 설득력 있는 논거가 되겠는가. 물

론 오른쪽 경우처럼 구체적 맥락 속에서 그가 죽었음을 입증해야 한다. 그런 과정에서 왼쪽 전제처럼 추상적인 명제를 끌어올 수는 있지만 그것이 주가 되어서는 안 된다는 것이다. 이런 경우는 참 많다. 언어의 양면적 기능을 논하라고 했더니 "언어는 인간만이 가진 것이다. 인간은 언어를 가진 고차원적 동물이다. 언어는 인간에게 소중하다."는 일반적 명제로만 논증한다면 설득당할 사람은 거의 없을 것이다.

3.2. 일반적인 논증 방식

연역 논증은 추리 논증이라고 한다. 전제(근거)로부터 새로운 결론을 미루어 짐작해 내는 것이므로 다음 보기에서 효리와 같은 추론을 말한다.

예) 조류 독감이 발생하였다
송가인 : 삼계탕집들 많은 피해를 보겠구나.
임영웅 : 철새가 일을 저질렀구나.
이승훈 : 우리라도 닭고기 열심히 먹자.
이날치 : 감기약 불타나게 팔리겠구만.

송가인이 연역 추리를 한 것이다. "조류 독감이 발생하면 삼계탕집들이 많은 피해를 볼 것이다."라는 일반적 전제로부터 닭 사업이 많은 피해를 볼 것임을 추론해 냈기 때문이다.

귀납 논증은 설명 논증이라고 하는데,: 경험적 사실 또는 실재 사실로 결론이나 결과를 설명해 내는 논증으로 이 보기에서는 임영웅의 설명을 말한다. "조류 독감이 발생하였다."는 결론을 "철새가 일을 저질렀기 때문이다.(조류 독감 바이러스를 옮겼기 때문이다.)"라는 구체적 논거로부터 추론해 냈기 때문이다.

연역 논증인 경우 타당한 논증과 부당한 논증을 구별할 줄 알아야 한다. 전제로부터 이끈 결론이 가능하면 타당, 가능하지 않으면 부당하다. "조류 독감이 발생하였다. 그러므로 삼계탕집이 많은 피해를 볼 것이다."라는 추론은 타당한 것이고, "조류 독감이 발생하였다. 감기약이 불타나게 팔릴 것이다."라는 추론은 부당한 것이다. 물론 타당하다고 꼭 좋은 논증이 되는 것은 아니다.

따라서 좋은 논증과 좋지 않은 논증을 구별할 줄 알아야 한다. 일반 조건으로는 전제가 참이고 전제가 충분해서 결론 추리가 타당하고 필연성이 강한 논증이 좋은 논증이다. 따라서 반박을 예상하여 미리 막아내는 논증이 가장 좋은 논증이다.

> 예) 청소년들은 미성년자이다. 청소년들은 위험에 무방비로 노출되어 있다. 청소년 자율적 인권이 중요하다고 하지만 안전이 보장되지 않는 자율은 의미가 없다. 청소년 보호법이 필요하다.

좋은 논증을 하기 위한 요령으로는 드러난 전제의 참/거짓, 추리의 타당성 정도를 따진다. 이를테면 "조류 독감이 발생하였다. 방역 사업을 철저히 했다. 끓여 먹는 것은 문제가 전혀 없다. 삼계탕은 철저히 끓여 먹는 음식이다. 정부가 삼계탕 먹기 운동을 벌였고 국민들 이 호응을 했다. 그러므로 삼계탕집은 피해를 보지 않을 것이다."라는 논증은 좋은 논증이지만, "조류 독감이 발생하였다. 그러므로 삼계탕집이 많은 피해를 볼 것이다."라는 논증은 좋지 않은 논증이다.

연역 추리 논증의 반박 요령으로는 논거(전제)의 잘못을 지적하면 된다. 그다음으로는 추론 과정이 잘못되었는가를 지적하고 숨은 전제를 찾아 논리적 모순을 지적한다. 다음 예가 그런 과정을 보여준다.

> 예) 논증: 부분은 전체를 위해 존재하지만, 전체는 부분을 위해 존재하는 것이 아니다. 이와 같이, 개인은 국가를 위해 존재하지만, 국가는 개인을 위해 존재하는 것이 아니다.
> * 분석
> (전제1) 부분과 전체는 유기체와 같이 떼려야 뗄 수 없는 한 몸과 같다.
> (전제2) 개인과 국가는 유기체와 같이 떼려야 뗄 수 없는 한 몸과 같다.
> (전제3) 전체나 국가는 몸과 같고, 부분이나 개인은 몸의 팔, 다리와 같다.
> (전제4) 전체나 국가는 부분이나 개인보다 우월한 존재이다.

전체주의와 국가주의는 부분과 전체, 개인과 국가나 하나의 생명체처럼 유기적으로 결합된 종합적 구성물로 보는 유기체주의적 사고방식이다. 이러한 사고방식의 문제점은 팔, 다리가 몸에서 분리될 수 없듯이 부분은 전체로부터 분리될 수 없다고 보는 점이다. 그 귀결로 최고 가치는 전체나 국가에 있고, 부분이나 개인은 전체나 국가의 목적을 실현하기 위해 한낱 수단으로 간주하게 된다. 이러한 사고의 오류는 유기체가 아닌 것을 유기체로 취급하는 데서 발생한다.

귀납 논증 설명의 경우는 충분한 설명과 충분하지 않은 설명을 구별하면 된다. "조류 독감이 발생하였다. 왜냐하면 조류 독감은 철새가 옮기는데 우리나라는 철새 천국이잖아. 그리고 당국도 철새 감염을 막기 위한 제대로 된 정책을 펴지 못했고 방역 장치가 제대로 안 되어 있는 소형 업자들도 많고 말이야."라고 하면 충분한 설명 논증이 되지만, "조류 독감이 발생하였다. 왜냐하면 철새가 옮겼기 때문이다."라고만 하면 충분하지 못한 논증 설명이 된다. 이를 가리는 기준은 논거가 객관적 사실이나 경험에 부합하는가와 결론을 설명해 내기에 논거가 충분한가를 보면 된다.

귀납 논증의 반박 요령은 논거들이 양적으로 충분하지 못함을 지적하고 논거들이 질적으로 대표성이 없음을 따지면 된다. 더불어 논거들이 결론과 무관함을 지적하면 된다.

중요한 것은 연역 논증이냐 귀납 논증이냐 또는 어느 논증이 더 주장 펼치기에 좋으냐가 아니다. 왜냐하면 두 논증 모두를 이용하면 가장 좋기 때문이다. 맥락에 따라 어떤 논증이 더 적절하냐를 따지고 가능하면 복합 논증으로 가야 한다. 필자가 의도적으로 만든 다음과 같은 보기를 보면 알 수 있다.

철이는 어렸을 때 애완견한테 크게 물린 적이 있어(<u>특수 사실 논거</u>). 고등학교 때 세퍼드 한테 물린 적도 있어(<u>특수 사실 논거</u>). 어머머 불쌍도 해라. 그리고 철이는 개를 보자마자 도망가더라구(<u>특수 사실 논거</u>). 그러므로 철이는 개를 무서워하는 것이 틀림없어.(**결론**) (**귀납 논증**)

어렸을 때 개한테 물린 사람은 개를 무서워 해(일반 사실 논거: 귀납적 일반화). 사람들은 말하기를 개한테 물린 사람은 개를 무서워한대(일반 의견 논거). 철수도 중학교 때 개한테 물린 적이 있어. 그렇다면 철수는 개를 무서워하는 게 틀림없어. (**연역 논증**)

복합 논증
철이가 어렸을 때 똥개한테 물렸다며. 그래서 개를 무서워한대. 어머어머. 순이는 어렸을 때 불독한테 물렸대. 그래서 개를 무서워한다더라. 어쩜. 그래서 어렸을 때 개한테 물린 사람은 개를 무서워하는 구나**(귀납적 일반화, 귀납적 중간결론 → 일반 사실 논거)**. 사람들은 말하기를 개한테 물린 사람은 개를 무서워한대(일반 의견 논거). 김명장 수의사가 말하기를 개한테 물린 사람은 여지없이 개를 무서워한대(특수 의견 논거). 철수도 중학교 때 개한테 물린 적이 있어(특수 사실 논거). 거기다가 개를 보자마자 도망가더라고(특수 사실 논거). 그렇다면 철수는 개를 무서워하는 게 틀림없어. **(귀납 논증+연역 논증)**

3.3. 논거의 풍부화 전략

논리학에서는 귀납논리든 연역논리든 논거를 대개 전제라 부른다. 결론이 성립하기 위한 선행조건이란 의미에서 그리 하는 듯하다. 그러나 앞의 소크라테스 도표에서 보듯이 "사람은 죽고 소크라테스는 죽었다."라는 논증과 "소크라테스가 그 당시 실정법으로 보아 청소년 선동죄라는 반국가 범죄를 저질러 붙잡혀 죽었다."라는 논증 구조는 엄연히 다르다. 그래서 논거를 다음과 같이 구분하고자 한다.

- 간접논거 : 주장과 필연성이 없는 논거
  전제 : 일반화된 논거로 주장의 배경지식이 되는 것 : 인간은 죽는다.
  원인 : 주장(결과)이 있게 된 구체적인 과정이나 근원 : 청소년 선동죄를 저질렀다.
- 직접논거(증거) : 주장과 필연적 관계에 있는 구체적 증거 : 교도관이 숨 끊어졌음을 확인했다.

그런데 위와 같은 구별이 수학처럼 딱딱 갈라지는 것은 아니다. 원인과 증거가 혼동될 때가 있다. 이를테면 "교도관이 총을 쐈다."는 "소크라테스가 죽었다."에 대한 원인인가 증거인가. 이것은 위 구분법에 따르면 원인이다. "총을 쐈기 때문에 소크라테스가 죽은 것이다." 그렇다면 증거가 안 되는가. 직접증거는 되지 않는다. 직접증거는 "총을 쏘아서 소크라테스를 맞추는 것을 누가 보았다." 따위가 해당된다. 교도관이 총을 쏘았다고 소크라테스가 죽으라는 법은 없기 때문이다. 그러나 간접증거는 된다. 어쨌거나 교도관이 쏘아서—그런 객관적 사실 때문에—소크라테스가 죽었기 때문이다. 원인과 증거의 차이는 '원안-결과'는 역이 성립하지 않지만 '증거-결론'은 역이 성립한다는 것이다. 새로운 예로 생각해 보자. "스위치를 내렸다."는 "불이 나갔다."에 대한 원인이다. 스위치가 내려갔다고 반드시 불이 나가라는 법은 없다. 스위치 자체가 고장 난 경우에는 불이 안 나갈 수도 있다. 원인-결과의 경우는 뒤바꿀 수 없다. "불이 나갔기 때문에 스위치가 내려갔다."는 안 된다. 그렇지만 "불이 나갔다."와 "어두워졌다."는 상호 증거가 될 수 있다. 불이 나간 것은 어두워졌다는 사실의 증거이며 어두워졌다는 것은 불이 나갔다는 것에 대한 증거이다.

"환경보호가 잘 돼 있다."에 적용해 본다.

> · 간접논거
>   전제 : 공기가 좋으면 환경보호가 잘 되어 있는 것이다.
>   원인 : 이 지역 사람들이 많은 노력을 기울였다.
> · 직접논거(증거) : 공기가 맑고 강물이 깨끗하다.

공기가 좋으면 환경보호가 잘 되어 있다는 것은 여러 사례를 통해 일반화한 명제이다. 당연히 주장과 필연적 관계가 없다. 공기가 좋아도 환경보호가 잘 안 되어 있는 경우가 있을 수 있다. 환경파괴 초기 단계는 더욱 그렇다. 그 지역 사람들이 많은 노력을 기울였다고 해서 환경보호가 잘 되어 있으라는 법은 없다. 다른 지역 사람들이 다시 망쳐놓을 수도 있기 때문이다. 공기가 맑고 강물이 깨끗하다는 사실은 그곳의 환경보호가 잘 되어 있다는 것에 대한 직접적 증거이다. 그렇다면 다음 논증을 비교할 수 있을 것이다.

> · 순돌이는 어젯밤을 새웠다. 그래서 오늘 수업 시간 내내 졸았다. - 박찬솔
> · 사람들은 밤을 새우면 존다. 순돌이는 어젯밤을 새웠다. 그래서 순돌이는 오늘 수업 시간 내내 졸았다. - 이해누리
> · 순돌이는 오늘 수업 시간 내내 고개를 끄덕거렸고 침을 흘렸다. 그리고 철순이, 점순이가 순돌이가 조는 것을 보았다고 한다. 그러므로 순돌이는 수업 시간 내내 졸았음에 틀림없다. - 김해찬
> · 사람은 밤을 새우면 존다. 순돌이는 어젯밤을 새웠다. 또한 순돌이는 오늘 하루 종일 고개를 끄덕거렸고 침을 흘렸다. 그리고 철순이, 점순이가 순돌이가 수업 시간 내내 조는 것을 보았다고 한다. 그러므로 순돌이는 수업 시간 내내 졸았음에 틀림없다. - 윤누리

찬솔이는 원인만으로 논증했고 해누리는 전제(사람은 밤을 새우면 존다)와 원인으로 논거를 구성했고, 해찬이는 증거만으로, 누리는 전제와 원인, 증거 모두를 논거로 동원했다. 가능한 한 누리처럼 논증하는 것이 풍부한 논증 전략일 것이다. 그러나 논거는 주장의 성격이나 주장을 입증하려는 각각의 전략 또는 논증 맥락에 따라 달라질 것이다. 아직 이해가 잘 가지 않는 학생은 다음 사례를 더 확인해 주기 바란다.

> 이 공중전화기는 돈이 들어가지 않는다.(증거)
> 어제 누군가가 이 공중전화기를 발로 뻥 찼다.(원인)
> 공중전화기는 과격하게 다루거나 충격을 가하면 고장 난다.(전제)
> 이 공중전화기는 신호음이 떨어지지 않는다.(증거)
> 누군가가 이 전화기로 전화하다가 짜증 내면서 나왔다.(알 수 없음)
> 이 공중전화기는 고장 났다.(주장, 결론)

돈이 들어가지 않는다든가 신호음이 떨어지지 않는다는 것은 전화기가 고장 났다는 직접적 증거이다. 그렇다면 이 전화기는 왜 고장 났는가. 그것은 누군가가 발로 찬(원인) 결과이다. 그렇게 전화기를 마구 다루면 고장이 난다는 것은 수많은 경험이 일반화된 명제(전제)이다. 그리고 원인과 증거가 겹칠 수도 있다. 이를테면 "컴퓨터를 많이 사용하는 것은 나쁘다."라는 주장에 대한 논거로 "눈을 많이 해친다."는 원인도 되지만 증거도 된다.

결국 어떤 논제에 대한 자신의 생각이 왜 그렇게 설정되었는지, 그러한 설정이 타당한 것인지에 대한 설명이 논증이다. 그렇다면 논증은 어떻게 하는 것이 효율적인 것인가. 문제는 어떤 논거를 어떤 관점으로 입증하느냐가 중요하다. 그렇다면 학생들은 어떤 훈련을 해야 하는가. 먼저 논거의 질을 따지기 전에 풍부한 논거를 들 수 있는 힘을 키워야 한다.

4 | 논증 중심 논술 지도 전략

다음 문제에 대해 실제 학생 답안을 가지고 지도 전략을 따져보자.

일상어에서는 턱을 세분화하지 않으나 의학 분야에서는 '위턱, 아래턱' 등으로 세분화한다. 이러한 차이가 생기는 배경을 설명하고 일상어와 전문어의 바람직한 관계에 대해 논술하라.(1000자 안팎)

여기서는 두 학생의 답안을 가지고 어떻게 논증했는지 검토해 보기로 한다.

사회구조가 세분화·전문화됨에 따라 말을 사용할 때에도 그에 따르는 구분이 필요하게 되었다. 즉 특정 사회 내에서만 사용하는 전문어가 나타나게 된 것이다. 일상에서 우리가 특이한 구분 없이 부르는 얼굴의 턱도 의학 분야에서는 위턱, 아래턱 등의 분명한 구분이 필요하듯이, 좀 더 세분화되고 전문화된 일을 다룰 때, 전문용어의 사용은 반드시 필요한 일이다.

그러나 그러한 곳에서 사용되는 전문용어의 대부분이 외국어이다. 예를 들어 우리가 병원에 갔을 때 우연히 듣게 되는 의사나 간호사의 언어는 거의 이해하기 힘든 의학용어들이다. 그러나 이러한 용어의 대부분이 외국어일 뿐만 아니라 일부 의료인들은 아무 스스럼없이, 오히려 내세우듯이 이러한 용어들을 사용하고는 한다. 불필요한 의학전문용어를 필요 이상으로 남발하는 것은 권위의식에 젖어 있는 의료인들의 한 단면을 보여준다. 전문용어가 전문분야에서 만들어졌고 그것이 외국의 것이라면 외국어 차용이 불가피함은 당연하다. 그러나 전문용어가 단지 화자의 권위를 나타내는 데에 주로 사용된다면 일반사회와의 단절감과 괴리감을 낳게 되는 부작용이 초래될 수 있다.

사회구조가 다양화·전문화되어 감에 따라 이에 따른 각 분야의 전문성을 확보하기 위한 하나의 수단으로써 사용 언어의 전문화 또한 인정하지 않을 수 없다. 그러나 이러한 전문화는 단절적·폐쇄적 관계와 효과 속에서가 아닌 공개적·대중적 관점 속에서 일반 언중과의 수위를 맞추는 가운데 진행되어야 할 것이다.

— 정난힘(고 3)

정난힘은 "전문어는 일반어와의 상호 연계 속에서 설정되어야 한다."라는 정책명제를 주장하고 있다. 결국 핵심 논거는 "전문어는 일반어로 만드는 것이 좋다." 또는 "전문어가 일반어와 동떨어져 있으면 나쁘다."라는 가치명제나 "전문어를 일상어를 기반으로 만들었을 때 이런 이점이 있다."는 사실명제에 대한 논거를 잘 들면 된다. 난힘이가 든 논거라고 생각되는 명제들을 추려보자.

① 사회구조가 세분화·전문화됨에 따라 말의 사용에서도 그에 따르는 구분이 필요하게 되었다.

② 현재 사용되고 있는 전문어는 대부분 외국어이다. 병원에서 듣게 되는 용어 대부분이 이해하기 힘든 용어들이다. (일상어가 아니다.)

③ 전문어가 권위의식이 결부되어 일반사회(일상어)와의 단절감을 보이고 있다.

①은 전문어의 필요성을 인정하는 전제이다. 물론 이 명제는 가치명제와는 직접적인 관계가 없다.

②는 가치명제(전문어가 일상어로 바뀌지 않아 나쁘다.)에 대한 증거이다. 정책명제(전문어는 일상어로 바꾸어야 한다.)에 대해서는 원인이 될 수도 있다. 이런 경우는 원인이나 증거와 구분이 잘 안 된다. ③도 ②와 마찬가지다. 다만 ②는 전문어가 외국어라는 형식적인 면을 지적한 것이고 ③은 전문어의 속성 또는 사회적 맥락을 얘기한 것이다.

이 정도면 충분한 논증인가. 논술 길이에 비해서는 잘한 편이다. 왜냐하면 좀 더 충분한 논증을 하려면 1000자로는 힘들기 때문이다. 대입논술에서 핵심 논거를 들라고 강조하는 것은 그 때문이다. 충분한 논거보다는 핵심 논거를 드는 것이 더 중요하기 때문이다. 그렇다고 아까 내가 충분한 논거를 들 수 있어야 한다고 강조한 것을 오해하지 말기 바란다. 충분한 논거를 들 수 없는 사람은 핵심 논거를 들 수 없기 때문이다. 다시 이 학생의 문제로 돌아와 보자.

전문어의 필요성은 거의 모든 사람들이 인정할 것이다. 다만 그 전문어를 어떻게 만들어 어떻게 자리매김 해야 하는가가 논제의 초점이다. 이 학생의 근거는 나름대로 구조는 탄탄하다. 아무리 전문어가 필요할지라도 그것이 일상어에서 나왔다면 본질적으로 일상어와 전문어를 전혀 별개의 언어로 구성할 필요가 없다는 것이다. 또는 전문어가 필요한 건 좋지만 권위의식에 결부된 외국어가 쓰인다는 점을 지적했다. 우리가 흔히 겪는 병원의 보기도 구체성을 띠어 좋았다. 다만 "일반사회와의 단절감, 괴리감"과 같은 표현은 상투적인 느낌을 준다. 어떻게 되는 것이 단절감을 준 것이고 괴리감을 준 것인지 막연하고 추상적이다. 그리고 전문어를 일상어와의 연계 속에 두는 것이 왜 좋은지 좀 더 보강할 필요가 있다. 다음 학생의 논거는 이런 주장의 타당성을 입증하는 좋은 논거가 될 수 있는지 생각해 보자.

(…중략…) 모든 전문어의 출발점은 만인이 사용하고 있는 일상어이다. 한 예로 영영사전을 생각해 보자. 영영사전에 웬만한 대학생도 알 수 없는 전문적이고 어려운 단어들이 많이 있다. 하지만 그 단어는 영어 교육을 받은 사람이라면 누구나 알 수 있는

쉬운 단어로 풀이되어 있다. 다시 말해서 전문어는 일상어의 범주에 들어야 한다. 전문어라고 해서 소수의 집단만이 사용할 수 있는 고립어가 되어버린다면은 그것은 아무 쓸모가 없는 것이 된다. (…중략…)

—장하다솔

언뜻 보면 위와 같은 논거는 부적절해 보인다. 왜냐하면 전문어와 일상어의 관계와 사전의 전문어 올림말과 풀이말의 관계는 다른 것이다. 그러나 사전에서 전문어가 일상언어로 풀이될 수 있다면 그것은 일상어와의 연계에서 자리매김할 수 있다는 것이니 그런 측면에서 보면 상당히 참신한 논거라고 할 수 있다.

다음 학생의 경우는 어떤가 보자.

우리는 일반적으로 얼굴 좌우 측면의 귀를 단순히 귀라고 칭하지만 생물학자나 의료인들은 귀를 내이, 중이, 외이라고 더욱 세밀히 분류한다. 이밖에도 우리는 이러한 일상어와 전문어의 차이를 많이 보게 된다. 따라서 일상어와 전문어의 차이가 생기는 원인과 이에 대한 바람직한 관계설정에 대하여 생각해 볼 필요가 있다.

우리가 사용하는 일상어는 일반 사람들 사이에서 단순한 의사소통을 목적으로 쓰인다. "턱이 참 예쁘다."라고 할 때 이는 단순히 얼굴의 어느 한 부분만을 가리킨다. 하지만 의사들이 "이 환자는 턱을 수술해야 해."라고 말할 때는 단지 어느 한 부위만을 가리키는 것이 아닌 세밀한 정보를 주고받을 필요성 때문에 턱이란 용어를 사용한다. 결국 그 용어를 어떤 목적으로 사용하느냐에 따라 일상어와 전문어의 차이가 생겨난다.

그러나 이러한 차이에 대해 일반 언중들이 심각하게 고민할 필요는 없다. 왜냐하면 앞으로 우리가 살아가야 할 사회는 현재보다 훨씬 전문화된 사회이기 때문에 이런 일상어와 전문어 차이는 더욱 커지게 될 것이기 때문이다. 따라서 우리는 전문어를 알지 못하는 데서 오는 막연한 불안감을 가질 필요는 없다. 단지 각 구성원에 따라 자신의 용도에 맞는 언어를 사용하기만 하면 된다.

따라서 일반어와 전문어는 일방적 포함관계가 아닌 개별적인 관계가 돼야 한다.

—현나라솔(고 3)

위 학생은 "전문어는 일상어와 개별적인 관계로 맺어져야 한다."고 주장하고 있다. 역시 "전문어와 일상어가 개별적이어야 좋다."는 가치명제를 중심으로 논거를 구성해 봐야 한다. 이 학생의 논거는 다음과 같다.

① 일상어와 전문어가 쓰이는 맥락이 다르고 차이가 있다.(귀, 턱)

② 전문화된 사회가 더 강화되고 있다.
③ 전문어 설정은 세밀한 정보를 위해 꼭 필요하다.(귀, 턱)

①번은 가치명제(좋다)에 대한 전제도 되고 원인이 된다. ②번도 전문어의 개별화에 대한 전제이면서 원인이다. ③번은 전문어 개별설정의 좋은 점에 대한 증거이다.

이 학생은 전제, 원인, 증거를 고루 섞어 의외로 논증을 튼튼하고 깔끔하게 하고 있다. 학교 생물시간에 배운 귀의 분류논거를 적절히 활용하는 것도 좋다. 다만 전문화된 사회가 점점 강화된다는 것은 다시 말하면 일상생활 속에서 전문어의 영역이 더 넓어진다는 사실을 뜻한다. 그렇다면 이러한 논거는 전문어를 일상어로 만들어도 좋다는 논거가 될 수 있다. 그러므로 그런 논리적 허점에 빠지지 않도록 전문화 사회가 넓어질수록 전문어의 개별성을 인정해야만 하는 점을 좀 더 들었으면 좋았을 것이다.

이런 논거 처리가 약한 학생들은 남의 논술에서 논거 찾기 훈련을 많이 시켜야 한다. 아니면 논제를 가지고 쓰는 훈련에 앞서 논거 들기만을 집중 훈련시키는 것이 좋다.

이 단계부터는 학생 작품을 보면서 생각해 보자.

최근 들어서 우리말을 아끼자는 운동이 확산되고 있다. 참으로 바람직한 일이 아닐 수 없다. 하지만 이것을 주장하는 사람들 중에는 지금 쓰고 있는 외래어를 순수한 우리말로 바꾸자고 주장하는 사람들도 있다. 이것도 어느 정도 수긍 가는 주장이지만, 여러 가지 문제들을 수반할 수 있다.

우리는 북한에서 '로터리'를 '도는 네거리'로, '팬티스타킹'을 '양말 바지'로, '베이킹파우더'를 '부풀음제'라고 말하는 것을 들으면 웃곤 한다. 웃음이 나오는 이유는 과연 무엇일까? 아마도 어감 때문일 것이다. 우리도 이처럼 몇십 년 동안에 걸쳐 써와서 익숙해진 말을 바꿀 만한 어휘를 찾기도 어려울 것이다. 물론 '와리바시'나 '캔디'와 같이 우리말로 바꿔 쓸 수 있는 말과 '유아틱'과 같이 외래어도 아니고 우리말도 아닌 어설픈 말은 순수한 우리말로 바꿔야 한다.

하지만 문제가 되는 것은 '텔레비전'이나 '라디오'같이 우리말로 바꾸기가 힘든 어휘들이다. 앞에서 말한 바와 같이 어감이 어색해질 뿐만 아니라 우리말로 바꾼다고 해도 한 단어로 표현하기는 어려울 것이다.

언어는 사전적 의미를 내포하고 있지만 이것만으로는 언어라고 할 수 없을 것이다. 언어는 말소리 또는 말투의 차이에 따라 말이 주는 느낌이 달라지기 때문이다. 이것이 바로 어감이다. '터널'을 '땅굴'로 부른다면 사전적 의미는 서로 같을지 몰라도 그 어감의 차이는 굉장하다.

사람들은 우리말을 아끼자 하면 모든 외래어를 우리말로 바꾸어 사용해야 하는 것으로 생각한다. 방송된 어느 코미디 프로에서 야구 중계를 순우리말로 하여 보여주는 것이 있었다. 그 방송에서 '투수'를 '공을 던지는 이'로, '포수'를 '공을 받는 이'로 표현하여 웃음을 자아내게 했었다. 국어 순화란 앞에서 말한 코미디 프로처럼 모든 것을 우리말로 하자는 것은 아니다.

따라서 불필요한 외래어의 사용은 자제하고 우리말로 바꿔야 하겠지만 불가피한 외래어를 우리말로 바꿀 필요는 없다.

— 이다솔(고 3)

위 학생은 어감을 중심으로 순우리말 지상주의를 비판하고 있다. 구체적인 보기를 다양하게 들고 누구나 쉽게 자신의 논지를 이해할 수 있도록 깔끔하게 쓴 점이 마음에 든다. 다만 주된 근거설정에서 특수한 상황의 근거를 들어 그 논증의 설득력이 반감되고 있다. 곧 북한이라든가 코미디 프로의 보기는 일반화하기 어려운 것들이다. 북한의 순우리말 바꾸기가 남한의 일부 사람들에게는 우스울지 모르나 북한 안에서는 그렇지는 않을 것이다. 코미디 프로는 프로 성격상 더더욱 설득력이 부족하다. 결국 어감의 중요성을 웃음거리라는 주관적 정서로 논증하여 왜 어감이 중요한지 납득하기 어렵다. 물론 웃음거리를 유발하는 것도 중요한 어감이긴 하나 그것을 두 번씩 언급할 필요는 없다는 것이다. 그리고 마지막 결론 문장이 조금 상투적인 느낌을 준다. 자신의 주된 관점보다는 절충형 문장으로 얼버무렸기 때문이다. 곧 "불필요한 외래어는… 우리말로 바꿔야 하겠지만 불가피한 외래어는 바꿀 필요가 없다."는 식의 표현은 "나쁜 것은 버리고 좋은 것은 취하자."는 식의 문장과 다를 바가 없다. 어감을 주된 관점 기준으로 삼았다면 그것을 중심으로 적극적인 마무리를 하는 것이 더 좋았을 것이다.

5 | 논거설정에서 자주 범하는 몇 가지 오류들[22]

논증을 논리라고 생각하는 사람들이 있다. 논리는 논증의 주요 요소이긴 하지만 논리 그 자체는 아니다. 그렇지만 논증에서 논리가 중요한 것만은 분명하다. 논리를 위한 오류론을 여기서

---

22 오류의 갈래는 ≪엉터리논리 길들이기≫(에드워드 데이머, 김희빈 옮김, 1994, 샛길)를 참고하고, 예는 학생들 답안에서 추린 것임.

종합 정리할 필요는 없지만 학생들이 논술에서 자주 범하는 오류론은 논증의 치밀성을 위해 무척 유용하다. 학생들 논술답안에서 자주 발견할 수 있는 오류에는 다음과 같은 것들이 있다.

① 주장 반복 논거의 오류 : 주장과 같은 맥락의 논거를 든 경우

> **예)** 컴퓨터 중독 증세는 청소년들에게 나쁘다. 왜냐하면 청소년들에게 해롭기 때문이다.

[해설] 나쁘다는 거나 해롭다는 것은 같은 맥락이다. "시력을 망친 학생이 많다."든가 하는 구체적 논거가 설정되어야 한다.

② 논거 부족의 오류(성급한 일반화 오류) : 논거가 부족하거나 핵심 논거가 아닐 경우

> **예)** 청소년들이 폭력 영화를 보고 모방하는 범죄가 늘고 있다. 그러므로 폭력 장면이 담긴 영화는 모두 청소년에게서 분리해야 한다.

[해설] 모방범죄가 는다는 논거로는 주장을 입증하기에 턱없이 부족하다.

③ 논거를 잘못 해석한 오류 : 잘 알지 못하는 논거를 설정한 경우

> **예)** 보충수업은 없앨 수 없다. 보충수업에 대해 불만을 털어놓는 선생님이나 학생은 지금까지 없었기 때문이다.

[해설] 불만을 털어놓지 않았다고 불만이 없다고 할 수 없다.

④ 반사실적 가설을 논거로 설정하는 오류 : 증거로 성립할 수 없는 가상 근거일 경우

> **예)** 학생들을 밤 10시까지 잡아두고 자율학습을 시켜야 한다. 그렇게 하지 않는다면 그들은 대학에 대부분 떨어질 것이다.

[해설] 실제 자율학습 폐지를 해 보지도 않은 상태에서 자기 멋대로 가설을 세우고 결과까지 예측한다는 것은 잘못된 것이다.

⑤ 부적절한 속담이나 격언을 논거로 설정하는 오류 : 그럴듯한 속담이나 격언 자체를 논거로 삼은 경우

> **예)** 한꺼번에 두 마리의 토끼를 쫓을 수는 없는 일이다. 그러므로 공부와 취미활동 둘 중 하나만을 택하고 추구해야 한다.

[해설] 토끼는 한꺼번에 두 마리를 쫓을 수는 없을지라도 공부와 취미는 병행할 수 있다.

⑥ 특별 명칭을 논거로 설정하는 오류 : 상투어 따위의 특정 명칭을 논거로 설정해서 문제가 생긴 논증

> 예) 서울대는 일류대이므로 서울대 출신들은 매우 훌륭하다.

[해설] 일류대는 주로 성적에 따라 설정된 상투어이다. 훌륭하다는 말 자체가 모호하기도 하지만 훌륭한 사람도 있고 그렇지 않은 사람도 있다. 우리나라를 발전시키는 데에 기여한 사람 가운데 많은 사람들이 서울대 출신이기도 하지만 망치는 데에 주도적인 역할을 한 사람도 역시 서울대 출신이다.

⑦ 논거의 정확성을 가장하는 오류 : 부정확한 논거(자료)를 정확한 자료인 것처럼 가장한 논증

> 예) 우리 국민들 가운데 77%가 서태지를 그리워하고 있다. 그러므로 서태지는 컴백해야 한다.

[해설] 많은 사람들이 서태지를 그리워하고 있는 것은 사실이지만 그렇다고 77%인지는 불확실하다. 77%는 어림짐작일 뿐이다.

⑧ 관련논거를 의도적으로 무시하는 오류 : 자신에게 불리한 증거를 의도적으로 무시하는 오류

> 예) 자율학습 때문에 성적이 오른 학생이 많다. 그러므로 자율학습은 계속 실시해야 한다.

[해설] 자율학습 때문에 피해를 입은 학생이 더 많고 그것이 더 중요한 논거임에도 이를 무시한 논증은 설득력이 없다.

⑨ 필요조건과 충분조건을 혼동하는 오류 : 필요조건을 충분조건으로 오인해 생긴 논증(필요조건이란 그것이 없으면 문제의 사건이 일어날 수 없는 조건이고 충분조건이란 그것이 있다면 문제의 사건이 일어나게 되는 조건이다.)

> 예) 나는 매일 세 시간씩 기타를 몇 년간 연습했다. 그러므로 기타를 잘 칠 수 있을 것이다.

[해설] 매일 연습한 것은 필요조건이지 충분조건은 아니다.

⑩ 지나치게 단순화시킨 인과의 오류 : 여러 원인이 있는데도 어느 특정 원인으로 단순화시킨 논증

> 예) 여중생 세 명이 같이 자살한 것은 그럴 만한 이유가 있었다. 그들은 모두 결손가정 아이들이었기 때문이다.

[해설] 결손가정이라는 것은 여러 이유 중의 하나일 뿐이다.

⑪ 선후인과의 오류 : 사건 B가 단지 시간적으로 사건 A 다음에 일어났다는 이유에서 사건 A 때문에 사건 B가 일어났다고 생각하는 논증

> **예)** 네가 이 기계를 사용하자마자 이 기계가 고장 났다. 그러므로 네가 이 기계 고장의 원인이다.

[해설] 까마귀 날자 배 떨어졌다고 까마귀 난 것이 배 떨어진 원인이라고 추리하는 식이다.

⑫ 인과혼동의 오류 : 원인과 결과(주장)를 혼동하는 논증

> **예)** 너는 박사 학위를 빨리 받았기 때문에 공부를 참 잘한다고 생각한다.

[해설] 박사 학위를 빨리 받았다는 것은 원인이라기보다는 결과다. 왜냐하면 공부를 잘했기 때문에 박사 학위를 빨리 받았다(결과)고 볼 수 있다.

⑬ 공통 원인을 무시하는 오류 : 인과 관계에 있는 것처럼 보이는 두 사건이 사실은 공통 원인의 결과인 경우

> **예)** 저 학생은 스트레스 증세가 심했기 때문에 많이 먹어 비만증에 걸렸다.

[해설] 스트레스가 비만증의 원인이라기보다는 스트레스나 비만증이나 모두 결과일 수 있다. 곧 스트레스를 준 진짜 원인(입시문제)이 무엇이냐는 것이다.

⑭ 연쇄 인과설정(도미노) 오류 : 원인과 결과가 사슬처럼 연쇄적으로 일어나면서 결과가 다시 원인으로 구성되는 과정에서 발생하는 오류

> **예)** 고등학생까지는 인터넷을 아예 하지 못하도록 해야 한다. 만약 그들이 인터넷을 하게 되면 섹스 사이트를 보게 될 것이고 그렇게 되면 성충동을 일으키게 되고 그러면 성폭행을 저지르게 될 것이다.

[해설] 이렇게 연쇄적으로 인과 구성을 하게 되면 원인에 대한 다양한 분석 가능성이 차단된다. 인터넷을 하게 되면 성 사이트를 보느냐 안 보느냐보다 반드시 문제가 되느냐부터 논증해야 한다.

7 | 분석 논증 전략

논거를 중심으로 논리적으로 따지는 것이 분석력이다. 합리적으로 따지는 과정의 핵심은

논리력이다. 문제나 주장의 입증의 힘이 논증력이다. 논증력의 바탕은 논리력이며 논증력과 논리력의 결합이 분석력이다.

현재 우리나라 대입논술은 주장의 다양성을 요구하기보다는 논증의 넓이와 깊이를 요구하고 있다. 따라서 자기주장에 대한 논증을 잘해야 한다. 분석은 논점을 이리저리 뜯어보고 따지는 것이고 논증은 논거로써 주장을 입증하는 것이니 결국 분석과 논증은 같이 맞물려 돌아간다. 그래서 분석 논증이라 한 것이다. 하지만 분석은 글의 깊이에 초점을, 논증은 타당성이나 적절성에 초점을 둔다.

분석의 세 가지 주요 전략에 대해서는 제1부 제3장에서 충분히 논의하였다. 논제에 대한 자기주장의 논증을 가능하게 하고 세밀한 의미를 부여할 수 있게 해 주는 것이 분석이다. 논리학적 지식만 있으면 논증은 어느 정도 할 수 있지만 분석은 치열한 문제의식이 없으면 힘들다. 그래서 분석의 첫째 전략으로 문제설정이나 관점설정을 강조했던 것이다. 둘째는 비교·대조, 분류·구분 따위의 따지기를 강조했는데 이는 새로운 의미를 찾아내거나 부여하고자 하는 분석을 위한 구체적 노력이었다. 셋째는 일반화·추상화를 이용한 개념설정이었다. 둘째 방법이 글쓴이 나름대로의 의미를 부여하기 위한 방법적 틀이라면 셋째의 개념설정은 구체적인 의미부여 과정이다.

여기서는 실제 예문을 가지고 그러한 논의과정에서 부족했던 점을 보완해 보자. 예술적 감성과 사회적 환경에 관한 논술을 보자.

> 음악은 원시시대의 뜻 모를 고함소리, 돌과 돌을 부딪치는 소리에서부터 현재의 전자음향에 이르기까지 인류의 역사와 함께 해왔다. 그리고 인간이 사회적 동물이라는 사실로 볼 때 음악이 사회환경의 영향을 받는다고 주장할 수도 있다. 실제로 음악은 그 성격에 따라 시대별로 구분되기도 하고 그 사회상을 엿볼 수 있는 도구로 쓰이기도 한다. 하지만 이것은 어디까지나 편의적인 것이고 가끔 맞아떨어지는 일부 성질일 뿐 전적으로 사회가 예술적 취향에 영향을 준다는 주장의 근거가 될 수는 없다. 이에 예술의 감성이 사회적 환경의 영향을 받지 않는다는 몇 가지 근거를 제시하고자 한다.
> 첫째, 음악은 사회와 달리 지속성보다는 창조성에 우위를 둔다. 비슷하게 반복되는 음악은 사회환경과 관계없이 지루한 느낌을 주고 결국 형식과 내용의 변형으로 이어지게 된다. 이는 사회혁명과 비견될 수 있는데 아직까지 사회혁명과 때를 같이 해 변형된 음악 장르는 없다.
> 둘째, 음악의 감성은 천부적인 것에 많이 의존한다. 정상적인 사람이라면 여러 교육에 의해 훌륭히 사회화가 될 수 있지만 음악은 노력한다고 해서 아무나 할 수 있는

게 아니다. 이는 노래방을 자주 찾는다고 해서 그 사회 구성원들이 모두 노래를 잘 부를 수는 없다는 사실과 같다.

셋째, 음악이 사회환경을 바꾸려는 의도를 지니는 경우가 많다. 히피들의 음악은 다분히 기존 사회로부터 벗어나려고 애쓰는 경향을 갖고 있었다. 또 언더그라운드 음악은 대중음악을 양산해 내는 사회에 반발하여 나름대로의 가치관을 만듦으로써 음악이 사회환경의 영향을 받지 않음을 증명한다. 이러한 반사회적 음악은 어느 사회에서나 있어왔고 그 지지자들의 사회에 대한 영향력 또한 만만치 않았다.

넷째, 한 사회의 구성원들이 같은 음악적 취향을 갖지 않는다. 흔히 자극적인 댄스 음악을 선호한다고 알려져 있는 10대와 20대 사이에서도 60~70년대 음악을 선호하는 이들이 차지하는 비중은 무시할 수 없다. 얼마 전 있었던 옛날의 명그룹 Deep Purple의 공연 관객 대부분이 젊은이들이었다는 사실이 이를 말해 준다. 이러한 현상을 '예술의 취향에 대한 사회환경의 주체성'이라는 논리로 어떻게 설명할 수 있겠는가.

따라서 예술적 감성은 사회환경의 영향을 받지 않는다. 오히려 소수의 천재들에 의해 창조되는 음악이 종전의 음악에 젖어 있던 일반인들에게 새로운 기호를 제공하는 방식으로 나름대로의 길을 걷는다고 보아야 할 것이다.

우리는 세상을 살아가면서 많은 노래를 듣고 흥겨워하며 또 많은 예술 작품들을 보고 듣고 읽으면서 많은 감동을 얻는다. 그렇지만 우리가 느끼는 감동이나 흥겨움에는 차이가 난다. 어째서 그런 차이점이 나타나는지 우리는 알아봐야 할 것이다.

예술적 감성이란 한마디로 예술품을 보고 아름답다 혹은 추하다 등을 느낄 수 있는 마음이라 할 수 있다. 그러나 이 예술적 감성은 개인마다 차이점이 드러난다. 그 차이점을 드러내게 하는 큰 이유 중 두 가지가 시대와 생활 장소, 아니 쉽게 말해서 나라 (사회)의 영향이다. 첫째, 우리는 가요에서 쉽게 시대의 차이를 느낄 수 있다. 요즘 청소년들은 빠른 리듬의 음악을 매우 좋아하고 따라 부른다. 하지만 나이가 지긋하신 어른들은 빠른 리듬의 음악은 머리가 어지럽기만 하실 뿐이라며 트로트, 즉 뽕짝을 좋아하신다. 이렇듯 음악의 기호, 즉 예술적 감성은 시대의 영향을 받는다. 둘째, 음악적 예술 감성은 나라마다 차이를 보인다. 우리는 아프리카 흑인들의 단순한 리듬의 음악을 들으면 이게 무슨 음악이야 하면서 이해를 하지 못한다. 반면 우리의 민요를 들으면 왠지 흥겹고 그 리듬에 빠져들게 된다. 만약 우리의 음악인 민요를 서양인들이나 흑인들에게 처음으로 들려준다면 그들이 우리와 같은 느낌을 받을 수는 없을 것이다. 위에서 우리는 예술적 감성이 차이를 보인다는 것을 보았다. 여기에서 예술적 감성은 본능적으로 타고 태어난다고 보기는 어렵다. 그렇다면 예술적 감성의 형성은 어떤 무엇에 영향을 받는 것일까. 바로 사회적 환경이다. 어른들이 신세대의 빠른 리듬의 음악을 이해하지 못하시고 흑인들이나 서양인들이 우리의 음악을 들었을 때 선뜻 받아들이기 어려운 것은 사회적 환경의 차이라 할 수 있다. 만약 그들에게 우리나라의 심성과 사상을 이해시킨 후 들려준다면 그들은 그 음악을 이해할 것이다.

　우리는 음악과, 즉 예술적 감성과 사회적 환경이 밀접한 관계라는 것을 알았다. 좋은 예술작품이 나오기 위해서는 사회적 환경이 좋아야 함을 깨닫고, 우리의 음악적인 환경을 개선해 나가야 할 것이다.

　첫 번째 글은 예술은 사회적 환경과는 관계없이 선천적인 것임을 치밀하게 논증하고 있다. 음악의 창조 속성과 사회의 지속성을 대비한 뒤 음악의 선천성과 음악이 오히려 사회에 영향을 끼친다는 것과 한 사회 구성원들의 서로 다른 음악적 취향을 들어 자신의 논지를 펴고 있다. 반면에 예술은 사회적 환경에 영향을 받는다는 두 번째 글은 나이에 따라 나라마다 음악적 취향이 다르다는 포괄적인 논증만을 하고 있을 뿐이다. 두 사람이 토론을 한다면 두 번째 사람이 뒤질 수밖에 없다.

　그리고 논술을 위해 글을 쓰는 것이 아니라 우리 삶을 위해 글을 쓰는 것이라면 논제에 끌려다녀서는 안 된다. 논제를 자신의 삶 한복판으로, 우리 삶의 광장으로 끌어와야 한다. 그러기 위해서 논제와 치열하게 씨름해야 한다. 많은 학생들의 논술답안이 형식이나 양으로 보면 그럴듯한데 생명력이 없는 것은 치열하게 씨름한 흔적이 없어서이다. 물고 늘어지라는 얘기는 첫 문단에서 마지막 문단까지 논제에 대한 자신의 문제설정과 분석, 주장이 긴밀하게 연결되며 발전되어야 함을 뜻한다. 먼저 다음 두 답안을 보자. 서울대에서 조지 오웰의 ≪동물농장≫의 일부를 주고 "다음 글은 어느 소설의 한 장면을 옮겨놓은 것이다. 이 글은 '복서'의 죽음을 둘러싼 이야기로써 인간 사회에서 일어날 수 있는 여러 가지 문제들을 암시하고 있다. 어떤 문제들이 이 글에 암시되어 있는지 글의 내용에 근거하여 밝히고, '복서'의 죽음에 대해 어떻게 생각하는지 각자의 견해를 논술하라."고 출제했던 문제이다.

　카를 포퍼라는 사회학자가 쓴 ≪열린사회와 그 적들≫이라는 저서에서는 '닫힌 사회'와 '열린 사회'가 극명하게 대비되고 있다. 열린 사회와는 달리, 닫힌 사회에서는 정보의 자유로운 유통과 비판이 허용되지 않는다. 따라서 사회의 정보와 지식, 가치관이 일부 계층에 의해 왜곡될 가능성이 충분하다. 만약 그런 일이 벌어진다면 수많은 문제가 발생할 것이고, 그 사회 안에서의 개인의 삶과 죽음 역시 왜곡될 것임이 분명하다. 제시문으로 나온 오웰의 소설 ≪동물농장≫은 그 문제점들을 선명하게 형상화해 보여준다.

　먼저 이 동물농장은 외부와 교류가 거의 없고, 지배층은 돼지가 정보를 통제하고 왜곡시키기 때문에 그 주인들은 세상에 대한 왜곡된 가치관을 가지고 있다. 이 소설에 나오는 복서라는 말이 "더 열심히 일하자."는 말과 "나폴레옹 동지는 항상 옳다."는 말을 되뇌며 보상도 제대로 주어지지 않는 힘든 노동을 할 수 있는 것은 왜곡된 가치관을 가지고 있기 때문이다.

이런 왜곡된 가치관을 피지배계층에 심어놓기 위해 지배층인 돼지들은 피지배층인 동물들을 기만한다. 복서가 윌링턴의 수의사에 의해 잘 치료될 것이라는 돼지들의 대변인격인 스퀼러의 말이나 복서의 도살을 숨기고 오히려 지배층의 논리를 강조한 돼지의 우두머리 나폴레옹의 거짓말이 그 예라고 할 수 있다. 자기 자신의 주체적 사고를 할 능력마저 잃어버린 동물농장 주민들은 왜곡된 가치관을 수용하고 기꺼이 착취당한다. 심지어 자기의 동족들을 도살하러 가는 마차를 끄는 짐말들처럼 지배층의 도구로 쓰이기까지 하는 것이다.

그리고 이러한 지배와 착취구조는 교육을 통해 대물림된다. 새끼돼지들의 교실을 짓는 복서는 정작 알파벳을 네 글자밖에 알지 못한다는 사실이 바로 지식의 불평등한 분배구조를 보여주고 있다. 하지만 글도 능숙하게 읽을 줄 아는 벤자민 같은 지식인은 지배층의 탄압 때문에 아무 말 없이 있을 뿐이다. 이렇게 비판세력을 꺾는 지배층은 거칠 것 없이 부도덕한 일을 저지른다. 그들을 위해 일한 복서를 판 대금으로 위스키 파티를 벌인 돼지들의 행동이 바로 그것이다. 정보의 통제로 인해 소수의 이익을 위한 다수의 착취가 용인된다는 이 점이 곧 닫힌 사회의 문제점인 것이다.

이러한 사회 안에서 한 사회 구성원의 삶과 죽음은 그 자신에게서 소외되는 것이다. 복서가 지닌 능력이라면, 그는 더 나은 삶을 살 수도 있었을 것이다. 그는 농장 안에서 가장 강한 힘을 가진 동물이기 때문이다. 하지만 그는 그에게 주입된 지배층을 위한 가치관 때문에 자신의 삶을 선택할 기회를 박탈당하고 있다. 심지어 죽음까지도 그의 의사와 상관없이 지배층인 돼지들에 의해 도살이라는 처참한 일을 당해야 했다. 즉, 그의 것인 삶과 죽음이 지배층에 의해 좌지우지되고 그에겐 어떠한 선택의 힘도 없었다는 점에서 복서는 소외된 것이다. 그리고 소외된 죽음은 허망한 것이고 불필요한 희생이다.

정보를 통제하고 왜곡시키는 닫힌 사회는 그 사회 구성원의 삶을 소외시키고 평등한 관계를 불평등한 관계로 타락시킨다. 오웰은 이 소설을 스탈린 치하의 공산사회를 비판하기 위해 썼지만, 아직 권위주의와 반공 이데올로기의 잔재가 남은 우리 사회에도 여전히 그의 지적은 유효할 수도 있다. 더 이상 자신으로부터 소외된 복서의 죽음 같은 일이 일어나지 않도록 닫힌 사회를 경계하는 마음가짐이 필요하다.

—1998학년도 서울대 논술 예시답안 1

조지 오웰의 소설 ≪동물농장≫은 스탈린과 그의 지배를 받는 당시 소련을 희화화하며 비판한 것으로 유명하다. 그러나 이 소설이 꼭 구소련을 비롯한 공산 독재국가들만을 그 비판의 대상으로 삼은 것은 아니다. 동구권과 소련 등 대다수의 공산주의 국가들이 붕괴한 지금까지도 이 소설이 많은 이들의 관심을 받고 있는 것을 보아도 알 수 있다. 이것은 현대 사회에도 소설 ≪동물농장≫에서는 비판받을 점이 적지 않다는 것과 현대인들이 이 점을 경계해야 함을 의미한다.

소설 ≪동물농장≫에 의해 비판받을 수 있는 현대 사회의 문제점에는 다음과 같은 것들이 있다. 먼저, 현대 사회에서 인간이 도구화되어 지배자에 의해 이용당하기 쉽다는 문제점을 들 수 있다. 소설 속에서 열심히 일하다 다친 말 '복서'를 동물농장의 지배계급인 돼지들이 더 이상 일을 할 수 없기 때문에 폐마 도살장에 팔아넘기는 장면이 바로 이 점을 지적한 것이다. 관료제화된 현대 사회에서 과중한 업무에 의해 순직하는 공직자나 일본 등에서 한창 문제 되는 회사 업무에만 충실한 '회사 인간'도 이런 일이 현실 사회에서 일어날 수 있으며, 또한 실제 일어나고 있음을 나타내는 예이다.

또한 대중들이 지배자들의 왜곡된 정보 제공과 선전, 선동을 무비판적으로 수용하여 이에 현혹되는 문제점이 있을 수 있음도 나타낸다. 동물농장의 동물들이 벤자민을 통해 복서를 데려간 짐마차가 폐마 도살장의 것임을 알았지만, 스퀄러의 말에 곧 현혹되어, 지배계급인 돼지, 특히 나폴레옹에게 계속 충성하게 된 것을 보면 알 수 있다. 현대 사회에서 대규모 대중매체가 발달하게 됨에 따라 독재적인 지배자의 선동에 대중들이 현혹되기 쉽게 되었다. 제2차 세계대전 당시 독일의 독재자 히틀러, 소련의 지배자 스탈린 모두 신문, 라디오 등 대중매체를 이용해 주민들을 선동, 통제하였다. 이제 현대 민주주의에서 대중매체는 빼놓을 수 없는 것이 되었다. 지난 대통령 선거에서 우리나라도 후보 간 TV토론회를 실시했는데, 선거 결과에 막대한 영향을 미쳤음이 드러났다. 이는 신문, 라디오를 통해 히틀러의 독재를 뒷받침한 나치 선전부장 괴벨스 같은 이가 현재에도 나타날 수 있음을 의미한다.

이 소설에서 이런 지배자들의 왜곡된 정보 제공과 선전, 선동에 현혹되어, 도구화되고 이용당하는 대중을 상징하는 것은 말 '복서'이다. 이 말 '복서'의 죽음은 우리 현대인들이 지도자의 말을 무비판적으로 수용하고, 그를 추종하며, 도구화될 때, 결국 고통과 파멸이 있을 것이라는 점을 나타내 준다. 이는 히틀러의 인종주의, 국가주의 주장에 빠져든 독일 국민들이 스탈린그라드 전투에서만 수백만의 사상자를 내는 등 수많은 인명피해를 입었으며, 전국토가 초토화되어 전후까지 오랫동안 고통을 겪었음을 보아도 알 수 있다. 독재자 스탈린을 추종한 소련 국민들의 수백만이 시베리아로 유형당하는 등 수많은 인권유린이 있었던 점도 같은 맥락에서 살펴볼 수 있다.

지금까지 살펴본 것처럼 현대 사회에서 우리 대중들은 대중매체에 의해 지도자들의 현란한 선전에 현혹되기 쉽다. 그렇게 될 경우, 우리는 그들에 의해 지배되는 그들의 도구가 될 것이 자명하다. 우리들이 이런 점에 유의하지 않는다면, 우리는 우리가 연민하는 대상인 '복서'와 동일한 상황에 놓일 것이다. 이 점을 조지 오웰은 그의 소설 ≪동물농장≫의 풍자를 통해 경고하고 있다. 상당수 미래학자들은 앞으로 쌍방향 TV 컴퓨터 통신을 이용한 참여민주주의가 활성화될 것이라 낙관하고 있다. 그러나 우리는 이 예견이 조지 오웰의 경고를 받아들일 때, 민주주의가 발전적인 방향으로 나간다는 의미임을 잊지 말아야 하겠다.

—1998학년도 서울대 논술 예시답안 2

두 답안 모두 잘 쓴 글이지만 첫 번째 글이 잘 물고 늘어진 글이다. 첫 문단에서 열린사회와 닫힌사회라는 틀 속에서 정보소통의 자유문제를 끌어들여 자신의 관점으로 삼은 뒤, 둘째 문단에서는 지배층의 정보통제로 말미암은 닫힌사회의 모습을, 셋째 문단에서는 그 기만과 피해를 논한 뒤, 넷째 문단에서는 그러한 점이 교육으로 재생산된다는 논거로 그 심각성을 강조하고, 여섯째 문단에서는 그 때문에 생긴 결과(소외)를 이용해 강조하고, 마지막 일곱째 문단에서 현실로 돌아와 우리 현실이 곧 소설 공간임을 강조했다. 반면에 두 번째 글은 문제점 둘을 나열하고 종합했을 뿐 물고 늘어졌다는 느낌은 주지 않는다. 되도록 첫 번째 글과 같은 스타일로 써야 글의 긴장감과 설득력을 높일 수 있다.

5 | 마무리

누가 어떤 주장을 했는가보다는 그가 왜 그런 주장을 했는가가 중요하다면 당연히 우리는 논증과 분석을 중요하게 여길 수밖에 없다. 문제는 어떻게 논증하고 분석하느냐였다. 이런 맥락에서 학생들 지도 전략으로 내가 강조했던 것은 논증의 치밀성과 풍부화였고, 분석의 치밀성이었다.

이런 전략은 궁극적으로 논제에 대한 삶의 문제에 대한 구체적이고도 새로운 의미를 찾아내거나 부여하기 위한 과정이었다.

10장 남의 논술 제대로 이해하기, 통합요약 지도

1 | 머리말

요약 문제는 대입논술 초기 단계에서는 약방의 감초처럼 등장하다가 지금은 거의 출제되고 있지 않다. 물론 요약 문제는 엄격히 말하면 논술 문제는 아니다. 다만 논술이 자기 생각을 논증하여 펼치는 글이라면 그것은 남의 논술을 읽는 행위와의 상호작용이 전제가 되어야 한다. 논술교육에서 토론교육이 강조되는 이유는 거기에 있다. 또 글 읽기를 강조하는 것도 같은 맥락이라 할 수 있다. 그런 면에서 나는 요약이 논술 문제로서 당당히 자리 잡아야 한다고 생각한다.

요약 문제 가운데서도 통합요약은 적극 권장되어야 한다고 생각한다. 왜냐하면 내가 아닌 다른 사람, 특히 여러 사람의 생각을 비교하고 통합하고 또 함께 분석하는 일은 상호작용으로서의 논술 취지에 걸맞기 때문이다. 또는 논술의 핵심이 논증분석이라면 통합요약은 분석 훈련에 많은 도움을 준다.

결국 요약 문제는 단순하게 남의 생각을 추스르거나 줄이는 행위가 아니라 남의 생각을 제대로 파악하는 훈련문제라고 할 수 있다. 곧 주어진 글의 의도를 해석하기 위한 적극적인 읽기라고 할 수 있다. 표면적으로는 양이 줄어드는 것이지만, 내용으로 보면 구성을 변형하는 것이므로 적극적으로 의미를 읽어내지 않으면 사실상 요약은 불가능하다.

따라서 요약은 논술시험에서 뺀다 하더라도 학생들이 훈련과정에서는 많이 해 보도록 지도해야 한다. 대체로 요약을 잘하는 학생이 논술도 잘한다.

2 요약 관련 주요 용어와 개념

핵심어(key word)는 주제를 파악하기 위해 꼭 필요한 명사 중심의 단어. 이야기나 글에서 객관적으로 확인할 수 있는 중요한 개념을 일컫는 단어를 일컫는다. 비슷한 말로 "중심어, 주제어"가 있다. 교육과정 표준어는 '핵심어'이다. 교육과정 표준 용어는 '핵심어'이지만 현장에서는 '중심어', 학계에서는 '주제어'라는 말을 쓴다.

핵심구는 핵심어나 핵심 내용을 담은 명사구이다. 단어나 구를 함께 어우를 때 핵심어구라고 한다.

중심 문장은 가장 중요한 내용이 담긴 문장으로 핵심 문장이라고도 한다. 이에 반해 주제문(theme sentence)은 독자가 주어진 글의 주제를 간결하게 표현한 하나의 문장. 문단별 주제문이 소주제문이다. 중심 문장이 있으면 중심 문장을 좀 더 간결하고 명확하게 다듬은 것이 주제문이고 중심 문장이 없으면 주제문은 중심 내용을 고려하여 만들어야 한다.

따라서 요약문과 주제문은 일치할 수도 있고 일치하지 않을 수도 있다. 주제문은 단 한 문장으로 서술하지만 요약문은 두 문장 이상이 될 수 있기 때문이다. 거꾸로 요약문이 한 문장이면서 최대한 간결하게 표현하면 주제문과 일치한다. 결국 요약 분량에 따라 주제문과의 일치 여부가 달라진다.

그렇다면 핵심어의 조건은 무엇인가? 첫째, 명시성이 있어야 한다. 의미를 가시적으로, 구체적으로 보여주어야 한다. 둘째는 독립성이다. 그 단어 자체의 독립성이 중요하다. 그래서 관형사, 부사는 핵심어가 될 수 없다. 동사나 형용사는 명사형 형태로 표현 가능하다. 셋째는 객관성이다. 누구에게나 합리적으로 인지되어야 하기 때문이다. 넷째는 포괄성 또는 대표성이다. 해당 문단이나 글의 전체 핵심을 아우르는 단어이다.

물론 네 가지 조건을 모두 갖추어야한 핵심어구가 되는 것은 아니지만 가능한 네 가지 조건을 갖춘 것이 핵심어구가 된다.

핵심어구는 세 가지 유형이 있다. 첫째는 화제(topic)형으로 논의 대상, 주제 대상을 나타내는 단어나 구. 제재, 소재. 제목으로 주로 나타난다. 이를테면 "사대강 공사는 환경 파괴 공사이므로 나쁜 정책이다."라는 문장에서 '사대강 공사'가 화제형 핵심어구이다. 둘째는 내용형 핵심어구로 핵심 주제 내용을 담은 단어나 구로 위 문장에서 "환경 파괴"가 내용형 핵심어구이다. 셋째, 가치형 핵심어구는 저자의 가치 판단을 담은 단어나 구를 말한다. 위 문장에서는 "나쁜 정책"이 가치형 핵심어구가 된다.

3 | 요약의 갈래

요약은 크게 다음과 같이 갈라볼 수 있다.[23]

---

1. 지문 유형에 따라

① 단순요약 : 하나의 지문(텍스트)을 그대로 요약하는 경우 : 인하대 1997년도 모의고사
② 비교요약 : 두 개 이상의 지문을 종합 비교하여 요약하는 경우 : 연세대, 이화여대

---

2. 요약 방식에 따라

① 순차적 요약 : 주어진 글 차례대로 요약하는 경우.
② 분석요약 : 일정한 기준에 따라 요약하는 경우.

그러니까 통합요약은 분석요약이다. 통합하려면 통합의 기준이 있어야 하고 통합하는 맥락을 설정하여야 한다. 그런 면에서 일정한 분석이 들어가야 한다. 그러나 통합요약도 어디까지나 요약이다. 분석한다고 요약자의 주관이 개입되거나 제3의 요소가 추가되어서는 안된다. 그래서 논술보다 더 힘이 들 수도 있다. 남의 생각을 옮기기가 그리 쉬운 일은 아니다.

여기서는 분석요약으로서의 통합요약의 지도기법에 대해 생각해 보기로 한다. 이런 요약일수록 요약 주체의 적극적 읽기가 더욱 필요하다. 이런 요약은 아래와 같이 세 가지 유형이 있을 수 있다.

---

1. 공유점·공통점 요약 : 연세대 1996 모의고사 2회
2. 공통점과 차이점 요약
3. 차이점 요약

---

23   이런 갈래는 서술형만을 염두에 둔 것이다. 이것 이외에도 일정한 부호나 숫자를 메겨서 항목화한
     개요형(항목형)이 있고 도표나 구조도를 활용한 그림형도 있다.

4 | 요약 원리

요약은 독해 원리, 구성 원리, 표현 원리로 나눌 수 있다.

첫째, 독해 원리는 화제, 논제(가주제, 중심 대상, 가주제, 제재) 찾기, 필자의 관점이나 의도 찾기, 필자의 중심 생각 찾기, 중심 생각에 대한 근거(중심 내용) 찾기, 의미를 재구성해 보기 등을 말한다.

둘째, 구성 원리는 중심 생각을 중심으로 전체 흐름 파악하기와 핵심 요지를 추려 보기(선택과 집중, 버리기) 등의 원리를 가리킨다.

셋째, 표현 원리는 다음과 같다.

(1) **빼기(삭제) 원리** : 부수적 내용, 덜 중요한 내용, 반복되는 내용 삭제
   예) 문경 사과는 언제나 맛있다. ➡ 문경 사과는 맛있다.
(2) **바꿈(일반화) 원리** : 구체적 내용 → 일반화, 하위 개념 → 상위 개념 대치
   예) 10년 전에 먹은 문경 사과는 맛있었다. 2년 전에 먹은 사과도 맛있었다. 최근 먹은 사과도 맛있다. ➡ 문경 사과는 늘 맛있다.
(3) 합쳐 줄이기 원리 : 단어와 단어, 문장과 문장, 문단과 문단 등을 통합하여 줄이기
(4) 바꿔 줄이기 원리 : 단어나 구조를 바꿔 줄이기
   예) 문경 사과는 언제나 맛있다. ➡ 늘 맛있는 문경 사과
(5) **뽑기(선택) 원리** : 명시적으로 드러난 핵심어나 중심 문장 선택
(6) 사실성의 원리 : 요약문의 일종의 제2의 창작이지만 원문 내용이나 저자 의도를 왜곡해서는 안 된다. 원문의 내용을 충실하게 줄이는 것이 요약이다.
(7) 다시 짜맞추기(재구성) 원리 : **나름대로의** 개요식 구성을 해보기
(8) 재창조 표현 원리 : 원문의 핵심어나 중심 문장을 활용하여 요약자의 문장으로 표현
   가. 간결화의 원리 : 원문이 만연체일지라도 요약문은 간결체가 되어야 한다.
   나. 명쾌함의 원리 : 원문의 주요 내용이나 흐름이 명확하게 이해하여야 한다. 요약문이 더 어려울 수는 없다.
   다. 자연스러움의 원리 : 요약문이 마치 독립된 글처럼 자연스럽게 읽혀야 한다.
   라. 자기식 문장화의 원리 : 원문을 짜깁기식으로 줄이는 것이 아니라 요약자의 문장으로 전환하여 표현하여야 한다.
   예) 원문 : 이번 평창 올림픽 개최가 갖는 의의로는 한국이 '스포츠 문화 강국'의 이미지를 확고히 했다는 점을 들 수 있다.

요약문 : 2018년 평창 겨울올림픽 개최 의의는 한국이 스포츠 문화 강국의 이미지를 확고히 한 것이다.

5 | 요약의 2대 원칙과 평가 전략

요약은 내용은 원문에 충실하게 줄이되 표현은 요약자의 언어로 표현하는 것이다. 그래서 내용 중심의 사실성과 표현 중심의 창조성을 요약의 2대 원칙이라 할 수 있다. 평가 전략에 따라 각각의 비중을 달리 조절할 수 있지만 원칙상 두 기준 모두 중요하다.

따라서 요약은 사실성 측면에서 원문 내용을 왜곡하거나 요약자의 주관이 단 1%라도 개입돼서는 안 된다. 그러나 창조성 차원에서는 원문의 핵심어는 살리되 문장 단위의 표현에서는 철저히 자신의 언어로 표현해야 한다. 표현의 창조성이란 이런 것이다. 황순원의 소나기라는 소설 작품을 300자로 줄일 경우 수천 명의 답안을 비교해 보면 같은 문장은 거의 나오지 않는다. 이것이 바로 창조성이다.

중심 문장을 그대로 살려 요약할 경우 원문에 충실할 수 있디만 짜깁기 요약이라는 부정 평가를 피할 수 없을 것이다. 흔히 주어진 글의 핵심 문장을 추리거나 결론과 서론을 대충 꿰어 맞추면 그 글의 요지가 드러나는 경우가 있다. 대학 논술을 위한 요약에서 이런 유형의 요약을 경계하는 이유는 무엇인가. 그것은 단순하게 줄인 것이거나 아니면 지은이의 생각을 짜깁기한 것에 불과하기 때문이다. 다시 말해 글쓴이의 글 쓴 의도를 진정으로 이해했는지를 판단할 수 없다는 것이다. 그리고 핵심 문장만이 주어진 글의 전부를 대표하는 것이 아님을 명심할 필요가 있다. 물론 핵심 문장을 중심으로 요약은 하되 그 외 문장이 재구성 과정에서 융해되어 있어야 한다.

두 개의 제시문을 통합요약 할 경우 표준 평가 기준표를 마련해 보면 다음과 같다.

[통합 요약 평가 기준표]

기준	평가 내용	배점(100점)
사실성 (내용) 40점	1. 〈제시문1〉, 〈제시문2〉의 공통점과 차이점을 제대로 파악했는가?	10 / 8 / 6 / 4 / 2 / 1 / 0 근거 :

	2. 출처를 밝혔는가? 필자 이름 또는 "제시문 가·나" 모두 허용	10 / 8 / 6 / 4 / 2 / 1 / 0 근거 :
	3.〈제시문1〉과〈제시문2〉의 각각의 핵심을 정확히 파악했는가?	10 / 8 / 6 / 4 / 2 / 1 / 0 근거 :
	4. 제시문과 벗어난 내용이나 생각이 있는가?	10 / 8 / 6 / 4 / 2 / 1 / 0 근거 :
창조성 (표현) 40점	1. 문단 구성이 체계적인가?	10 / 8 / 6 / 4 / 2 / 1 / 0 근거 :
	2. 문장 표현이 간결하고 자연스러운가?	10 / 8 / 6 / 4 / 2 / 1 / 0 근거 :
	3. 차이점이 잘 드러나도록 표현했는가?	10 / 8 / 6 / 4 / 2 / 1 / 0 근거 :
	4. 짜깁기식 표현이 있는가?	10 / 8 / 6 / 4 / 2 / 1 / 0 근거 :
형식 20점	1. 원고지 사용법이 맞는가?(원고지에 쓸 경우)	10 / 8 / 6 / 4 / 2 / 1 / 0 근거 :
	2. 맞춤법과 표준어 규정을 지켰는가?	10 / 8 / 6 / 4 / 2 / 1 / 0 근거 :

6 │ 실전 지도 전략

처음부터 요약하게 한 뒤 지도하기보다는 우선 단계적으로 같이 해 보는 것이 좋다. 내가 주로 하는 단계를 소개하면 다음과 같다.[24]

---

24 요약기법에 대해서는 너무 일반화된 지식이므로 여기서는 생략한다. 보통 요약규칙은 다음과 같이 네 가지로 설정된다.
   ① 없애기(삭제규칙) : ·불필요한 것 ·반복된 것
   ② 합쳐 줄이기(통합규칙)
   ③ 바꾸기(대체규칙) : 하위개념, 하위 요소 → 상위 개념, 상위 요소(특수적 → 일반적)
      예) 백인, 흑인, 황인종 모두 → 사람 모두
   ④ 핵심어, 주제문 찾기나 만들기(주제문 선택 또는 창출규칙) : 있을 때는 찾고 없을 때는 만든다.
      요약 단계는 1단계에서는 문단별로 핵심어나 작은 주제를 찾으며 전체 읽기, 2단계에서는 전체 주제를 파악하고 주제문 작성하기, 3단계에서는 전체 주제를 중심으로 큰 문단 나누면서 불필요한 문단 버리기, 4단계에서는 문단끼리의 관계 생각하면서 개요 작성하기(문단별 핵심 파악), 5단계에서는 개요에 따라 본문을 보면서 서술하는 것으로 설정된다.

1. 먼저 두 글을 핵심어, 핵심문장에 주의해 가면서 논지를 정확히 파악하도록 힌다.
2. 공통 제재를 발견하여 각각의 문제제기를 중심으로 공통점과 차이점을 비교해 본다.
3. 공통점과 차이점의 기준점이 되는 공통 핵심어 설정이 중요하다. 그 핵심어를 중심으로 공통점과 차이점이 선명하게 드러나도록 요약해야 한다.
4. 그러한 비교 맥락에 관련 없는 내용은 과감히 빼도 좋다.

다음 실제 문제를 중심으로 생각해 보자.

논제 다음의 두 제시문을 읽고 양비론·양시론을 중심으로 공통점과 차이점을 500자 내외로 약술하시오.

가 국회 법정 개원일이 훨씬 지났는데도 국회의 문은 열리지 않고 있다. 이를 두고 여야를 싸잡아 비판하는 목소리가 많다. 한쪽에서는 이유 불문하고 법은 지켜야 하며, 민생문제가 급하므로 빨리 국회를 열어야 한다고 주장한다. 다른 쪽에서는 선거 결과를 아무런 정치적 쟁점 없이 인위적으로 왜곡했으므로 원상으로 복귀해야 한다고 하면서, 만약 여기서 양보하면 앞으로도 계속 밀리기만 할 것이라고 주장하였다. 이런 주장들이 오랫동안 평행선을 달리다 보니 대부분의 국민들은 '똑같은 친구들'이라고 하면서 이들 모두를 비난할 만도 하다.

이것이 아니더라도 언제부터인가 우리 사회에서는 양비론이 많이 돌아다니고 있다. 이런 현상의 원인에 대하여, 어떤 사람들은 그동안 우리 사회를 규정해 온 민주 대 반민주라는 틀이 무너졌기 때문이라고 말하고, 또 어떤 사람들은 다원주의가 형성되는 조짐이라고 말하기도 한다.

사회에 양비론이 널리 퍼져 있다는 것은 제3세력이 있다는 것을 의미한다. 현실을 구성하는 커다란 두 개의 세력들이 지극히 부정적일 때, 양비론자들은 진정한 창조적 혁신세력일 수도 있다. 그러나 이것이 실현되려면 그에 걸맞은 힘을 가져야 한다. 따라서 양비론이 현실적 힘의 근거를 갖지 못할 경우엔 양비론자들은 회의주의로 빠져들거나 소극적 소시민주의, 또는 냉소주의로 흘러가게 된다.

결국 양비론은 도전하는 세력보다 지배하는 세력에 우세하게 작용하게 된다. 이 경우 양비론은 언제나 지배세력의 보이지 않는 무기 중 하나로 된다. 동일한 언어로 표현되더라도 객관적인 모순을 드러내는 살아 있는 언어일 수도 있고, 그것을 은폐하는 죽어 있는 언어일 수도 있다.

우리 사회에서 대표적인 양비론의 형태는 지역주의 문제와 관련된 것이다. 특정 지역을 고립시킨 지역연합을 통해 집권한 정치세력에 대해 도전세력이 똑같은 지역연합 방식으로 도전할 조짐을 보이자 많은 사람들이 그것을 한낱 또 하나의 지역주의일 뿐이라고 비판하고 있다. 지역주의에 대한 양비론이 진리가 되기 위해서는 지역주의를 만들어낸 구조적 원인들이 해소되었는지를 먼저 물어야 할 것이다.

지역적으로 불균등한 구조가 여전히 지속되는데도 지역주의적 도전을 무조건 비판하는 것은 관념적 이상주의로 떨어질 수도 있다. 동일한 것같이 보이는 지역주의가 그 내용상으로 다른 것이라면 진정한 비판의 대상과 방법이 어떻게 달라져야 할 것인지 생각해 보아야 하지 않겠는가.

지난번 월드컵 공동개최를 위해 한·일 정상회담이 열렸을 때 미래를 위해 과거를 묻어두자는 논리로 과거에 대한 언급을 생략하였다. 과거사를 서로 언급하지 않는 것이 공평한 것 같지만 실제로는 그렇지 않은 것이다. 과거는 동등한 관계가 아니라 한쪽은 지배하고 다른 한쪽은 억압당한 관계였으며, 한쪽은 사과하고 다른 한쪽은 사과받아야 하는 관계였다. 지나가는 김에 말한다면 월드컵 문제는 대통령이 담당했고 민족사적 매듭은 장관이 담당하였는데 이것은 거꾸로 되었다고 생각한다. 반대로 대통령은 민족사적 매듭을, 월드컵 문제는 장관이 담당해야 하지 않았을까.

보도된 바에 따르면 국회의원 협상 결과 이견이 많이 좁혀졌는데, 최종적인 야당 요구로 검찰과 경찰을 중립화하고, 수적 우위를 통하여 국회에서 날치기를 할 것이 우려되므로 이것을 하지 않겠다고 약속할 것을 내세웠다고 한다. 그럼에도 여당은 이를 받아들이지 않고 있다는 것이다.

여당에서 우려하는 것은 검찰과 경찰의 중립이라는 요구가 통치권력을 무력화시킬 수 있다는 것이다. 그러나 이는 궁색한 논리일 뿐이다. 실제로 다음 대통령 선거를 우려하기 때문이라고 한다. 설사 그것이 사실이라고 할지라도 당연한 요구는 받아들여져야 한다. 그것이 민주주의이고 사회발전이다. 대통령은 할 일이 많기 때문에 국회는 여당 대표가 알아서 처리하라고 지시하였다고 한다. 그러나 더 크고 중요한 일에 대한 판단감각이 잘된 것으로 생각된다. 대통령이 국회개원 문제 해결에 앞장서야 한다.

양비론이 진정한 비판으로 전환되려면 사회의 부정 요인들이 재생산되는 근본적인 원인은 무엇이며, 그것을 만들어낸 세력이 누구인지를 다시 생각해 보아야 한다. 평범한 진리가 거듭될 수밖에 없다.

— 《한겨레 21》. 1996.7.11.

나 또 한 차례 양비론에 대한 지탄이 일고 있다. 더운 여름날을 더욱 짜증스럽게 한 한총련 난동과 관련해서 말이다. 지난 세월 동안에는 주로 반정권 운동권 편에서 식자들과 언론의 양비론을 원망했던 기억이다. 그런데 이번에는 정권과 일부 언론 쪽에서 양비론을 탓하고 있다. 격세지감이 없지 않다. 하지만 양비론·양시론은 바로 민주주의의 기초가 아닌가. 요즘 양비론 지탄은 어떤 국가도 그 체제존립에 도전하는 세력에 대해서는 응징할 권리가 있다는 전제에 근거해서 국가체제 자체를 부정하는 세력에 대해서는 양비론적 담론이 용납될 수 없다는 것이다.

그러나 민주주의 정체는 그 도전세력에 대해 가장 유연하고 관용스러움을 제도화한 체제이다. 이 유연성이 오늘날 민주주의 체제를 장수케 하고 세계적으로 보편화시키는 힘이다. 요컨대 체제 자체의 유연성 때문에 그 도전세력과 사생결단해야 할 필요가 좀처럼 일지 않는다는 말이다. 바로 양비론·양시론적 체제이기 때문이다.

범죄자는 처단해야 하지만 그럼에도 그 죄를 응징하는 절차를 함부로 해서는 안 된다는 식의 실체적 진실과 절차 간에 양비론, 사상·종교·양심의 자유는 보호되어야 하되 그에 따른 행위는 사회의 안녕과 질서를 위태롭게 해서는 안 된다는 국가책임과 개인 책임 간 양비론 같은 것이 민주 정체를 유연케 하고 있는 것이다.

이런 양비·양시론이 체제를 다원적으로 균형되게 해서 체제 자체의 존립 기반을 넓히고 있는 것이다. 우리는 지난 세월 대학생들의 사회운동 끝에 정권이 몰락한 경험을 지니고 있어, 그들의 생각과 행동에 대해 남달리 민감한 것이 사실이다. 그러나 곰곰이 따져보건대 실은 당시 통치체제 자체의 문제 때문이 아니었던가. 다시 말해 그 비민주성, 즉 유연치 못하고 독재적인 체제였기 때문에 비교적 조그만 도전에도 극단적인 대응을 해야 했고, 그 결과 자멸하게 된 것이 아닌가. 그때나 지금이나 양비론을 탓하는 이들은 흔히 자신들 입장의 도덕성을 내세운다. 도덕적으로 옳은 일은 옳을 뿐이잖느냐는 말이다. 그야말로 원론적으론 옳은 말이다. 하지만 어떤 문제도 국가권력의 대상이 되는 경우에는 절대적·도덕적 판단으로 제재되어서는 안 된다. 민주주의 정치는 도덕정치일 수 없다.

도덕정치는 자칫 국가권력의 독선, 독재를 정당화하게 될 것이기 때문이다. 정치가 개인에게는 도덕성을 물을 수 있으되, 국가와 정권이 도덕성을 자학케 하는 것은 위험한 일이다. 지난 세월 애국·애족이라는 집단 도덕의 명분으로 얼마나 심한 독재가 정당화되었던가.

이보다는 좀 더 세속적인 차원에서 또 양비론을 나무라는 말도 있음을 안다. 특히 대학교수들에게 하는 말로서, 학생들의 생각과 행동이 분명 옳지 않다는 것을 알면서도 겁이 나서 딱 부러지게 말하지 않는다는 것이다.

이런 불만은, 그러나 실은 말의 내용보다 말하는 사람의 속마음을 탓하는 것이다. 이런 뜻으로 '양비론' 운운함은 좀 현학적인 표현을 빌려 실은 다른 사람들의 인간적 약점을 건드려 편을 가르려는 시도이다.

사회참여는 소신문제 속마음을 따질 테면 실제 별 소신도 없이 임기응변으로 또는 얄팍한 처세술로써 양비론적 언술을 농하는 이들이 있을지도 모른다. 그러나 그런 이들이 있거든 그들 개개인을 거명하여 그 개인적 입장을 비판하고 논쟁함이 옳다. 대학교수의 학생지도에 있어 양비론을 탓할 일이 아니다.

민주정치에서 법관이 법적 논리만 지켜 판결문으로 말할 때 법관답듯이, 대학교수는 과학적 방법론과 이론적 담론으로 말할 때 '교수'로서 권위를 유지한다.

대학교수의 정치적·사회적 '참여'는 개인적인 입장과 소신의 문제이다. '어용교수'나 '민주화 교수'도 개인적인 선택으로 치부되어야 할 일이다. 대학교수인 까닭에 학생들의 정치적·사회적 행위에 대해 매사 즉각 입장을 밝히라는 주문, 대학과 대학교수 전체의 권위에 상처를 내고 공신력을 왜곡할 뿐이다.

대학과 대학교수의 학문적·지적 엄격성과 신중함을 오히려 하찮은 것으로 여기는 풍토를 조장할 뿐이다. 우리네 대학은 사실 지난 수십 연래 사뭇 이런 분위기에 휩싸여 있었다. 이제 양비론이란 현학적 표현을 빌려 대학교수의 우유부단을 탓하는 일은 그쳐야 한다.

양비론은 그 자체로만 본다면 긍정 효과가 있다. 이거냐 저거냐는 이분법적 틀을 깨주기 때문이다. 그러나 양비론이 우리 사회에서 쓰이는 맥락은 주로 불순한 의도로 소통되고 있다. 특히 판매부수가 많은 수구-보수 언론들이 주로 이 수법을 써먹고 있어 더욱 문제가 된다. 지배권력을 옹호하는 쪽으로 악용하는 것이다. 이를테면 이런 방식이다. 독재권력의 여당이 무슨 잘못한 일이 터졌으면 일단 지면의 반을 할애하여 비난을 퍼붓는다. 그런 다음 나머지 반의 지면은 야당도 잘한 것은 없지 않냐, 야당도 잘못이라고 지면을 채운다. 결국 이런 식의 양비론은 양쪽을 다 비판한 것이 아니라 여당 쪽의 잘못을 은폐하거나 옹호하는 구실을 하게 된다. 아무튼 주어진 두 글은 이런 맥락과 그렇지 않은 맥락을 함께 보여주고 있다.

1) 핵심어 찾기 단계

핵심어는 보통 주제와 관련된 말만을 가리키지만, 내가 얘기하는 핵심어가 전체적인 흐름을 보여주는 것이라면 주제와 관련된 반대편의 어휘라도 핵심어가 될 수 있다. 그리고 접속사도 중요한 흐름을 보여주는 것이라면 핵심어가 될 수 있다. 여기서는 부분 요약에 다 들어 있으므로 예시는 생략한다. 곧 이 단계는 전체적인 흐름을 파악하는 단계다.

2) 부분요약 단계

일단 학생들이 부담 없이 요약을 하는 것이 중요하다. 핵심어 찾기 단계에서 전반적인 흐름을 파악하였으므로 이번에는 부분요약을 함으로써 요약에 자신감을 갖게 한다. 큰 무리가 없는 한 소문단별로 요약을 하게 하는 것이 좋다.

아래는 요약의 제시문이다.

가 제시문

1. 우리 사회에 양비론이 난무하고 있고 그 원인을 민주 대 반민주의 틀이 무너진 데서 찾기도 하고 다원주의 형성의 조짐이라고도 한다.
2. 제3세력이라 할 수 있는 양비론이 힘의 근거를 가질 때는 창조적 혁신세력이 될 수 있으나, 그렇지 않으면 소극적 소시민주의, 냉소주의로 흐를 수 있다.
3. 양비론은 현실적 힘의 근거가 부족하기 때문에 지배세력에 우세하게 작용한다.
4. 대표적 지역주의 양비론이 진리가 되기 위해서는 지역주의를 만들어낸 구조적 원인이 해소되어야 한다.
5. 월드컵 한·일정상회담의 과거 묻어두기 양비론도 일방적으로 과거 원인을 따져야 한다.
6. 양비론이 진정한 비판이 되려면 사회의 부정 요인들이 재생산되는 근본 원인을 밝혀야 한다.

나 제시문

1. 요즘 양비론을 지탄하고 있지만 양비론은 민주주의 기초다.
2. 민주주의 그 자체가 양비론·양시론적 체제이다.
3. 이를테면 범죄자는 처단해야 하지만 그 절차는 함부로 해서는 안 된다 따위의 양비론은 민주주의 체제를 유연하게 한다.
4. 과거 독재정치의 몰락은 유연하지 못한 통치체제 때문이었다.
5. 대학 교수에 대한 양비론 비판은 속마음의 문제거나 개인적 입장 문제이기 때문에 양비론이란 현학적 표현으로 탓할 수는 없다.
6. 주사파는 대학교수 탓이 아니라 대학의 총체적 실패 탓이다.
7. 자유 개방 세계의 대학생 지도는 학문적 사고능력과 비판정신을 키워주는 것이다.

3) 분석 단계 : 공통점과 차이점 찾기 단계

이 단계에서는 양비론을 어떻게 바라보고 있는가 하는 관점을 중심으로 스스로 공통점과 차이점을 찾도록 유도해야 한다. 문체의 차이, 길이의 차이, 소재의 차이 등으로 빠지는 학생들도 많으므로 이를 적절하게 제어하면서 핵심 분석에 이르도록 유도해야 한다.

두 글의 공통점과 차이점은 다음과 같이 정리할 수 있다.

공통점

1. 양비론에 대해 사회적 관심이 높고 또 많은 사람들은 비판한다.
2. 양비론은 긍정적인 측면이 있다.

차이점

1. ㉮ 제시문은 양비론이 양면적 성질을 가졌지만 힘의 근거가 부족할 때 지배세력의 무기가 된다고 하여 권력적 배경을 중요시했다. 이에 반해 ㉯ 제시문은 양비론 지탄의 원인을 양비론의 본질은 좋은데 그것을 사회현상에 잘못 적용해서 그렇다고 한다.
2. 문제 해결 방식에서도 차이가 난다. ㉮ 제시문은 양비론의 원인이 되는 것을 없앰으로써 양비론의 진정한 가치를 획득할 수 있다는 것이고, ㉯ 제시문은 양비론의 유연성을 잘못 이해해서 그런 것이며 양비론에 대한 잘못된 인식을 바로잡아야 한다는 것이다.

---

4) 최종요약 단계

분석 단계를 거쳤으므로 학생들은 기본 뼈대의 감을 잡았을 것이다. 그렇다면 이 단계에서는 실제 요약을 하면서 요약의 재창조성이 말끔하게 드러나도록 유도해야 한다. 요약은 아래와 같이 크게 두 가지 짜임새로 나눌 수 있다.

[개안	[내안
1. 양비론·양시론에 대한 두 글의 문제제기	1. 두 글의 공통점
2. 두 글의 공통점	2. 두 글의 차이점
3. 두 글의 차이점	① ㉮ 제시문 중심
	② ㉯ 제시문 중심

[개안은 전체 요약의 균형을 잡을 수 있지만 첫째 문단(문제설정)이 길어지지 않도록 조심한다. 첫째 문단이 길어지면 새로 글을 지은 느낌을 주게 된다. 어쨌거나 요약하는 것이므로 앞 도입 부분 없이 [내안처럼 해도 괜찮다.

구체적인 답안을 보고 그 밖의 문제를 점검해 보자.

요즘 양비론·양시론이 사회적으로 지탄의 대상이 되고 있다. 과연 이것이 꼭 비난의 대상이 되는지 문제다.

주어진 두 글은 양비론을 긍정적으로 볼 수 있다는 측면에서는 생각을 같이 하고 있다. 곧 양비론은 극단적인 양 세력에 대해 제3세력이 있다는 측면에서 다원주의를 기초로 한 민주주의 원리에 부합한다는 것이다.

그러나 양비론의 원인이나 문제의 해결방안에 대해서는 생각을 달리한다. 勿제시문은 양비론이 문제 되는 것은 그것이 힘의 근거가 없어 지배세력에 이용당하고 있으므로 양비론의 진정한 비판을 위해서는 양비론의 대상이 되는 사회의 부정적 요인을 없애야 한다는 것이다. 이에 반하여 勿제시문은 양비론이 문제 되고 있는 원인은 양비론의 유연적인 민주주의 성질을 이해하지 못한 것이며, 따라서 대학사회의 양비론은 양비론을 잘못 적용한 데서 비롯된 것이라는 점이다.

— 이명원

널리 퍼져 있는 양비론은 우리 사회가 민주주의 체제이기 때문이다. 민주주의 체제는 체제의 속성상 유연성과 개방성이 있기 때문에 양비론·양시론을 인정한다. 이러한 체제 속에서 양비론은 오히려 긍정적인 측면도 있을 수 있다. 창조적 혁신세력인 제3세력의 출현이라든지 다원적인 사고로 말미암은 폭넓은 체제로서 변화가 그것이다.

그러나 양비론이 진정한 비판이 되기 위해서는 사회 부정 요인들에 대한 근본적인 원인을 분석해야 한다. 지역주의 문제나 국회 개원 문제를 양비론 방식으로 비판한다면 이는 현상만을 바라본 비판이다. 근본적으로 이러한 문제가 나타나게 된 원인을 먼저 살펴본 후에 그 현상에 대한 옳고 그름을 판단하여야 하는 것이다.

이와는 달리 양비론을 적용해야 할 대상이 잘못되는 경우도 있다. 한총련 사태에 대해 대학교수들을 양비론이라는 표현으로 비판하는 경우이다. 대학교수의 정치 사회적 참여는 어디까지나 개인적인 문제인데도 대학생들의 행동에 대한 대학교수들의 입장 표명 요구는 극히 부당한 처사이다.

결국 양비론은 올바른 방식으로 적절한 대상에 적용되어야 사회발전에 이바지할 수 있다.

— 차지원

제시문 ㉮와 ㉯는 모두 요즘 일어난 사건들에 대하여 일고 있는 양비론을 제시하고 양비론의 성격을 설명하고 있다. 또한 양비론에 대한 잘못된 비판과 올바르지 않은 양비론을 예를 들어 제시하고 그러한 까닭을 밝히고 있다.

한편 제시문 ㉮와 ㉯는 여러 차이점이 있다. 우선 주제면에서 ㉮는 양비론이 진정한 비판이 되기 위한 요건을 다루고 있고, ㉯는 대학교수가 학생을 지도할 때 양비론을 탓할 일이 아니라며 바람직한 학생지도 방향에 대해 언급하고 있다. 소재면에서는 ㉮는 국회의 여야 간에 대한 양비론을, ㉯는 한총련 사건과 관련해 대학교수의 학생에 대한 태도를 대상으로 한 양비론을 제시했다. 또한 양비론의 성격에 대해서는, ㉮는 그것이 부정적인 방향으로 흐를 수 있음을 말하고, ㉯는 양비론·양시론이 긍정적 성격을 지니고 있다고 말하고 있다.

— 금지혜

[평가] 첫 번째 방법이 가장 무난하다. 두 번째 방법은 제시문에 대한 지시 없이 통합요약을 하는 고난도 기법이다. 그러나 요약은 어차피 기존 글을 바탕으로 하는 것이므로 제시문을 지시하는 것이 자연스럽다. 이런 방법은 자기표현화가 우수하다고 볼 수 있으나 새로운 글을 쓴 느낌을 줄 수 있다. 통합요약이 단순요약이 아님은 분명하나 새로운 창조는 아니지 않은가. 세 번째 방법은 깊이 있는 요약이라 할 수 있으나 자칫 잘못하면 요약이 아니라 분석 설명이지 않느냐 하는 오해를 줄 수 있다. 일부 채점위원들은 이를 부정적으로 보기도 한다. 그러나 나는 통합요약의 기법상 좋은 방법이라 생각한다. 어쨌건 줄이지 않았는가. 그리고 통합요약이 줄거리 줄이기식의 요약이 아니라면 이런 방법도 좋다고 생각한다. 역시 고난도이니 수험생은 많은 훈련 끝에 해야 할 것이다.

통합요약을 입시문제로 적극 활용하고 있는 연세대에서는 대체로 다음과 같은 점을 주의할 것을 요구하고 있다.

---

① 단순한 나열식이 아니라, 공통점과 차이점을 갈라서 논리적으로 압축적으로 일관성 있게 서술한 것을 높이 평가함.
② 분량이 초과된 것은 감점의 대상임.
③ 제시문을 각각 따로따로 요약한 것은 명백한 오답임.

---

①은 요약의 재창조성을 요구하는 조건이다. 통합요약이라고 해서 단순히 'A+B'가 되어서는 안 된다는 것이다. 연세대는 논술의 경우 분량을 초과해도 거의 점수를 깎지 않는다. 그것은 제한된 시간 안에 수험생이 발휘한 능력이기 때문이다. 그러나 요약은 줄이는 것이 목적이므로 분량조건을 엄격히 적용하는 것이다. ③은 통합요약의 분석조건을 어긴 것이다.

아예 기본조건을 어긴 것이므로 오답이라 본 것이다.

7 | 통합 요약 실전 프로그램의 실제

먼저 비교 분석하여 통합할 같은 소재의 두 글을 준비한다. 실제 두 글을 선정하여 실제 교육 과정을 평가까지 내보이기로 한다.

1) 1단계 : 칼럼 읽기

제시문을 읽으면서 문단별로 대괄호 표시를 하게 한다.

[논쟁 : 평창 겨울올림픽 '경제효과'는 얼마나 되나?]

〈제시문 1〉 직간접 경제효과 합쳐 65조원 _주원(현대경제연구원 산업경제연구실장)

― [한겨레]|2011-07-09|26쪽 |07판 |오피니언·인물|칼럼, 논단 |4219자.

[1] 드디어 강원도 산골 마을 평창이 삼수 만에 2018년 겨울올림픽을 유치하였다. 이번 평창 올림픽 개최가 갖는 의의로는 한국이 '스포츠 문화 강국'의 이미지를 확고히 했다는 점을 들 수 있다.

[2] 한국은 동계올림픽, 하계올림픽, 월드컵, 세계육상선수권 등 4대 국제 스포츠 대회를 모두 개최한 이른바 '국제 스포츠 대회 그랜드슬램' 클럽 국가가 된다. 현재 그랜드슬램 클럽에 든 나라는 프랑스, 독일, 이탈리아, 일본 등 4개국뿐이며 러시아가 곧 다섯 번째로 가입된다고 한다. 특히 겨울올림픽은 다른 대회에 비해 고품격의 이미지가 강해 대회 개최 이후 세계에 한국이 스포츠 선진국으로 각인될 것이다.

[3] 또한 평창 올림픽 개최로 우리는 경제적 가치를 기대할 수 있다. 우선 올림픽 개최에 따른 직접적인 효과에 국한하자면 관련 투자 및 소비지출 효과를 들 수 있다. 경기장, 교통망, 숙박 시설 등 겨울올림픽 대회 개최에 소요되는 투자가 경제 전체에 유발하는 파급 효과는 약 16조원 안팎이 예상된다.

[4] 또한 평창 올림픽을 보기 위하여 방한하는 외국인 관광객과 강원도 지역을 방문하는 내국인 관광객의 소비지출로부터 파생되는 효과는 약 2조원으로 예상된다. 한편 올림픽조직위원회 자체의 대회 경비 지출로부터 발생하는 경제적 효과는 약 3조원으로 추정되며, 이에 따라 직접적인 효과만 총 21조원 규모가 될 것으로 보인다.

[5] 다음으로 올림픽 개최가 가져오는 간접적 효과를 생각해 볼 수 있다. 인지도가 낮은 평창이 겨

울올림픽을 개최할 경우 세계적인 겨울 관광지로 급부상함에 따라 올림픽 이후에도 추가적인 관광 수요가 발생할 것으로 판단된다. 강원도와 평창의 위상이 높아져 외국인 관광객이 늘어날 것으로 보인다. 이러한 인지도 상승은 올림픽 개최 이후 외국인 관광객의 증가로 나타날 것이고 이에 연관되는 경제적 파급 효과 규모는 약 32조원으로 추정된다.

[6] 특히 무형의 가치도 막대하다. 겨울올림픽 개최는 평창 및 강원도의 도시 및 지역 브랜드는 물론 대한민국이라는 국가 브랜드를 제고시킬 것이고, 이는 다시 기업 이미지를 향상시켜 중장기적으로 우리 기업의 경제적 성과를 높이는 결과를 가져올 것이다. 즉 국가 브랜드는 모브랜드(umbrella brand)로서, 기업 브랜드는 개별 브랜드(individual brand)로 상호 후광효과를 주는 선순환 구조가 될 수 있다.

[7] 국가 이미지가 올라가면 기업이나 제품의 이미지도 동반 상승(레버리지 효과)하게 되어 글로벌 시장에서 수출 증대, 수출 상품의 가격 상승 등의 긍정적인 효과를 얻게 된다. 이러한 기업 이미지 제고에 따른 무형의 경제적 효과를 추정해 보면 우리 경제의 주축을 이루는 100대 기업의 브랜드 인지도가 1%포인트 상승한다고 가정할 경우 이는 12조원의 가치를 가진다. 이에 따라 간접적 효과는 직접적 효과의 두 배 정도인 44조원에 이를 것으로 보고 있고, 겨울올림픽 개최를 통해 얻을 수 있는 직간접 효과를 모두 고려하면 총 경제적인 효과는 약 65조원에 이를 것으로 추정되고 있다.

[8] 다만 이렇게 추산된 경제적 효과는 당연히 얻게 되는 공짜가 아니다. 겨울올림픽도 하나의 행사이기 때문에 흥행에 실패하면 적자 대회라는 오명을 남기게 된다. 또한 흥행이 되지 않으면 유무형의 간접적 효과도 기대하기 어렵다.

[9] 평창이 성공한 올림픽 개최지로 남으려면 우선 정부와 지자체 차원의 부단한 홍보 노력이 반드시 뒤따라야 한다. 또한 기업들도 높아지는 국가 브랜드 이미지를 최대한 활용하여 '해외 시장 확대'와 '기업 브랜드 가치 제고'에 주력해야 한다.

[10] 그러나 무엇보다 중요한 것은 국민들의 적극적인 호응과 참여가 필요하다는 점이다. 1988년 서울 올림픽과 2002년 한·일 월드컵에서와 같은 적극적인 국민적 참여와 드높았던 열정을 다시 발휘하여 '국민 통합'과 '경제 도약을 위한 에너지 결집'을 위해 노력해야 한다.

〈제시문 2〉 흑자? 낙타가 바늘구멍 들어가기 _우석훈(2.1연구소 소장)

―[한겨레|2011-07-09|26쪽|01판|2250자.

[1] 평창이 삼수 만에 겨울올림픽 유치에 성공했다. 이유야 어떻든, 나름대로 애쓰신 분들의 노고를 치하하지 않을 수 없다. 모든 것을 경제만으로 환원하기는 어렵겠지만, 대형 이벤트는 수십조 원이 들어가니, 경제성을 걱정하지 않을 수가 없다.

[2] 객관적인 사실 두 가지를 먼저 생각해보자. 우선 겨울올림픽에서 유일하게 경제성을 인정받은 경우는 1994년 노르웨이 릴레함메르의 경우이다. 환경단체의 반대가 워낙 강해서 선수촌도 임시건물

로 지었고, 가능하면 경기장 신설을 줄였다. 둘째, 겨울올림픽 유치 후유증이 최근 점점 커져간다는 점이다. 일본의 나가노 등이 대회 종료 후 경제 위기로 빠져들었다.

[3] 일반적으로 공공사업을 할 때에는 예비타당성 등 법적 절차에서 비용편익 분석을 하게 되어 있다. 그래서 비용편익 비율이라는 수치를 뽑고, 이게 1보다 높으면 일단은 흑자, 1보다 낮으면 적자, 그렇게 공적인 판단을 하게 되어 있다. 새만금 때에는 1보다 높게 하기 위해서 쌀값을 일반 시중 가격보다 비싸게 하는 '안보미가' 등의 편법을 동원했다. 이게 사업 타당성 평가라는 절차인데, 삼성경제연구소나 현대경제연구원에서 제시하는 경제효과 수치들은 기본적으로는 경제성 평가가 아니라 경제적 영향이라서, 실제 공공사업에서 법적 의사판단의 기준으로는 쓸 수 없는 수치들이다.

[4] 간단하게 말하면, 모든 사업은 수익과 비용을 계산해야 하는데, 이들의 계산은 정부 지출 등 비용을 전부 '경제적 효과'라고 잡았고, 근거가 불투명한 겨울스포츠 시장의 확대를 전부 수익으로 잡았다. 이런 식으로 예비타당성을 계산하는 법은 없다. 도대체 얼마가 들어가고 얼마나 들어온다는 것인가?

[5] 기업에서도 이런 식으로 사업성 검토를 하지는 않는다. 기업이 진짜 자기 돈을 넣을 때는 '턴 오버', 즉 몇 년 내에 자기가 투입한 금액이 다시 돌아오는가를 계산하거나 아니면 내부 수익률 형태로 계산을 한다. 3년 정도면 수익성이 높은 사업이라 무조건 하고, 5년 정도 되면 일단 고민이 시작되고, 8년 이상이면 심각한 고려를 한다. 기업의 사업 타당성 평가 기준으로 해보면, 평창 올림픽은 턴 오버가 안 되는 사업이 아닌가? 이렇게 주먹구구식으로 사업하면 회사는 바로 망한다.

[6] 자, 논의를 좁혀서 강원도청이라는 지자체의 계정을 중심으로 살펴보자. 어차피 많은 토건 사업이 그렇듯이 이벤트가 벌어질 때까지는 중앙의 돈이 내려오니까 뭔가 생기는 것 같지만, 이벤트가 끝나면 이제 경기장당 300억~500억 원씩 되는 유지보수비는 아무도 챙겨주지 않는다. 2018년 이후, 연간 1조원 가까운 돈을 매년 강원도가 치러야 한다. 2002년 부산 아시안게임은 그 자체로 성공한 경기였지만, 시설물 유지비를 대느라고 결국 사이클 경기장은 경륜장으로 바꾸고, 부산 시민들에게 사행성 자금을 뜯어내는 중이다. 88 올림픽의 메인 경기장도 지금 서울시가 어찌지 못해서 쩔쩔매고 있지 않은가? 대구 국제육상선수권대회는 몇 년 동안 돈을 쏟아 부었지만, 대구는 지금 1인당 지역 소득 전국 꼴찌다. 2018년 이후, 이게 강원도의 미래가 될 가능성이 높다. 여기에 강원도는 불안 요소가 하나 더 있다. 이미 12년째 묶여 있던 외부 투기자금들이, 어떻게든 중앙정부 돈이 들어와서 땅값이 올라가면 바로 손절매하고 나갈 태세 아닌가? 중앙정부 돈을 투기꾼들이 뜯어먹고 나가는 '먹튀' 가능성이 매우 높다. 이런데 무슨 수로 강원도가 돈을 번다는 말인가? 앞으로 남고 뒤로 밑진다는 말이 딱 이 경우가 아닌가? 평창으로 강원도가 망하지 않을 가능성, 낙타가 바늘구멍 들어가기보다도 희박해 보인다.

[7] 자신 있으면 비용편익 분석부터 예비타당성 기준에 맞춰 정식으로 해보자. 강원도청 계정을 중심으로 해보면, 1은커녕 0.5도 힘들어 보인다. 외부 투기꾼과 지방 토호들에게 덜 당하려면 기본 계산이라도 똑바로 해보자. 사회적 보건비용, 겨울 스포츠, 생태 비용 등 공공의 시각에서 안 다룬 게 너무 많다. 평창은 나가노와 다르다? 다르긴 뭐가 다른가? 투기 규모만 더 컸지, 본질은 같다.

2) 2단계에서는 전체 흐름을 파악했는가를 지도한다.

〈제시문 1〉에 대하여

0. 먼저 천천히 읽어보자.(준비 단계)

    1) 전체 흐름이 이해가 가는가?

    2) 이해가 안 간다면 어디가 어려운가? 단어 때문인가? 문장 때문인가? 주어진
       글이 잘못 쓴 글이라서 그런가? 문제를 해결한 뒤 다음 문제를 풀어 보자.

1. 무엇(화제, 제재, 소재)에 관한 글인가?

    (넓게 볼 때 : 평창 겨울 올림픽, 좁게 볼 때 : 평창 겨울 올림픽의 경제성)

    * 핵심어를 찾는 것이 아니므로 나와 있지 않은 핵심어를 새로 만들 수 있음.

2. 그 무엇에 대해 어떤 관점(제재, 주제)에서 바라보고 있는가?(경제적 관점에서
   바라보고 있다.)

3. 그러한 주제별 관점에 대해 긍정적으로 바라보고 있는가, 부정적으로 바라보고
   있는가?(긍정, 부정)

4. (긍정적, 부정적)으로 보는 근거는 무엇인가? (직간접 경제적 가치가 무려 약 65
   조원에 이른다.)

5. 전체 핵심어구를 다섯 개로 추리면? (평창, 겨울올림픽, 경제적 효과, 국민 통합,
   스포츠 선진국)

6. 한 문장으로 요약해 보자. 가장 잘 요약한 것은?

    ⑴ 평창 겨울올림픽이 가져올 직·간접적 경제 효과와 국민의 노력

    ⑵ 평창 겨울올림픽이 가져올 직·간접적 경제 효과는 65조 원에 이른다.

    ⑶ 평창 겨울올림픽이 가져올 직·간접적 경제 효과는 막대하다.

    ⑷ 평창 겨울올림픽으로 예상되는 직·간접적 경제 효과는 65조 원에 이르며 이를 위해서는
       국민 노력이 필요하다.

    ⑸ 평창 겨울올림픽으로 예상되는 직·간접적 경제 효과는 65조 원에 이른다.

    〈답〉 4번

〈제시문 2〉에 대하여

1. 무엇(화제, 제재, 소재)에 관한 글인가? (평창 겨울 올림픽, 평창 겨울올림픽 경
   제성)

    * 핵심어를 찾는 것이 아니므로 나와 있지 않은 핵심어를 새로 만들 수 있음.

2. 그 무엇에 대해 어떤 관점(제재, 주제)에서 바라보고 있는가? (경제)

3. 그러한 관점에 대해 긍정적으로 바라보고 있는가, 부정적으로 바라보고 있는가?
   (긍정, 부정)

4. 왜 (긍정적, 부정적)으로 바라보는가?

5. 전체 핵심어구를 다섯 개로 추리면? (나와 있는 핵심어 그대로 추리기)

경제성, 겨울올림픽 유치 후유증, 경제적 효과, 불안 요소, 비용편익 분석

6. 위 글을 한 문장으로 잘 요약한 것은?

   (1) 평창 겨울올림픽의 부정적 경제성과 이에 따른 비용편익에 대한 재분석 요구

   (2) 평창 겨울올림픽은 잘못된 경제성 평가와 심각한 후유증 때문에 경제 평가를 다시 해야 한다.

   (3) 평창 겨울올림픽의 부정적 경제성과 이에 따른 비용편익에 대한 재분석이 필요하다.

   (4) 평창 겨울올림픽의 경제성에 대해 걱정이 된다.

   (5) 평창 겨울올림픽의 경제성은 비용 편익 계산을 잘못했기 때문에 매우 부정적이다.

〈답〉 5번

3) 3단계는 각 제시문별, 문단별로 다음과 같이 파악하게 지도한다.

〈제시문 1〉

[1] ❶ 드디어 강원도 산골 마을 평창이 삼수 만에 2018년 겨울올림픽을 유치하였다. ❷ 이번 평창 올림픽 개최가 갖는 의의로는 한국이 '스포츠 문화 강국'의 이미지를 확고히 했다는 점을 들 수 있다.

1. 무엇에 대한 서술인가? (넓게 보기 : 평창 겨울올림픽, 좁게 보기 : 평창 올림픽 개최 의의)

2. 그 무엇에 대해 어떻게(무엇이라고) 말하고 있는가? (스포츠 강국의 이미지)

3. 이 문단 내용을 가장 잘 요약한 것은?

   (1) 2018년 평창 겨울올림픽이 확정되면서 한국은 스포츠 문화 강국의 이미지를 확고히 했다.

   (2) 2018년 평창 겨울올림픽 개최 의의는 한국이 스포츠 문화 강국의 이미지를 확고히 한 것이다.

   (3) 2018년 평창 겨울올림픽 개최는 한국이 스포츠 문화 강국의 이미지를 확고히 하게 될 것이다.

   (4) 2018년 평창 겨울올림픽이 개최되면 한국은 스포츠 문화 강국이 될 것이다.

   (5) 평창은 2018년 겨울올림픽을 유치함으로써 한국이 스포츠 문화 강국의 이미지를 확고히 하는데 기여하였다.

(가장 잘 된 요약 : 2번)

4. 이 문단의 핵심어구를 모두 고르시오. (**평창 올림픽 개최**, 겨울 올림픽, 스포츠 문화 강국)

5. 중심 문장을 고르시오. (2번)

[2] ❶한국은 동계올림픽, 하계올림픽, 월드컵, 세계육상선수권 등 4대 국제 스포츠 대회를 모두 개최한 이른바 '국제 스포츠 대회 그랜드슬램' 클럽 국가가 된다. ❷현재 그랜드슬램 클럽에 든 나라는 프랑스, 독일, 이탈리아, 일본 등 4개국뿐이며 러시아가 곧 다섯 번째로 가입된다고 한다. ❸특히 겨울올림픽은 다른 대회에 비해 고품격의 이미지가 강해 대회 개최 이후 세계에 한국이 스포츠 선진국으로 각인될 것이다.

1. 무엇에 대한 서술인가? (평창 겨울 올림픽 개최 의의)

2. 그 무엇에 대해 어떻게 말하고 있는가? (스포츠 선진국으로 각인)

3. 이 문단 내용을 가장 잘 요약한 것은?

   (1) 이번 계기로 한국은 '국제 스포츠 대회 그랜드슬램' 클럽 국가가 되어 스포츠 선진국으로 각인될 것이다.

   (2) 한국은 '국제 스포츠 대회 그랜드슬램' 클럽 국가가 되어 스포츠 선진국으로 각인될 것이다.

   (3) 한국은 겨울올림픽 개최로 국제 스포츠 대회 그랜드슬램' 클럽 국가가 되어 스포츠 선진국으로 각인될 것이다.

   (4) 한국은 '국제 스포츠 대회 그랜드슬램' 클럽 국가가 되어 스포츠 선진국이 될 것이다.

   (5) 겨울올림픽은 다른 대회에 비해 고품격의 이미지가 강해 대회 개최 이후 세계에 한국이 스포츠 선진국으로 각인될 것이다.

          (가장 잘 된 요약 : 3번 / 가장 잘 못 된 요약 : 4번)

4. 이 문단의 핵심어구를 모두 고르시오. (겨울 올림픽, 그랜드 슬램 국가, 스포츠 선진국)

5. 중심 문장을 고르시오. (3번)

[3] ❶또한 평창 올림픽 개최로 우리는 경제적 가치를 기대할 수 있다. ❷우선 올림픽 개최에 따른 직접적인 효과에 국한하자면 관련 투자 및 소비지출 효과를 들 수 있다. ❸경기장, 교통망, 숙박 시설 등 겨울올림픽 대회 개최에 소요되는 투자가 경제 전체에 유발하는 파급 효과는 약 16조원 안팎이 예상된다.

1. 무엇에 대한 서술인가? (평창 올림픽 개최의 경제적 가치)

2. 그 무엇에 대해 무엇이라고 말했는가? (투자 및 소비지출 효과)

3. 이 문단 요약을 가장 잘 한 것은?

   (1) 평창 올림픽은 직접적인 경제적 가치를 창출할 것이라 예상되는데, 그의 한 예는 관련 투자 및 소비지출 효과이다.

   (2) 평창 올림픽의 직접적 경제적 가치는 투자 및 소비지출 효과이다.

   (3) 평창 올림픽의 직접적 경제적 가치는 투자 및 소비지출 효과인데 투자 효과는 16조 원 안팎이다.

(4) 평창 올림픽에서 기대되는 직접적 경제적 가치는 투자 및 소비지출 효과인데 투자 효과는 16소 원 안밖이다.

(5) 평창 올림픽에서 기대되는 직접적 경제적 가치는 투자 및 소비지출 효과이다.

(가장 잘 된 요약 : 4)

4. 이 문단의 핵심어구를 모두 고르시오. (경제적 가치, 직접적인 효과, 투자, 소비지출 효과, 투자 효과)

5. 이 문단의 중심 문장을 고르시오. (소주제문을 압축적으로 보여주는 문장은 없으므로 중심 문장 하나를 고를 수는 없다.)

---

[4] ❶또한 평창 올림픽을 보기 위하여 방한하는 외국인 관광객과 강원도 지역을 방문하는 내국인 관광객의 소비지출로부터 파생되는 효과는 약 2조원으로 예상된다. ❷한편 올림픽조직위원회 자체의 대회 경비 지출로부터 발생하는 경제적 효과는 약 3조원으로 추정되며, 이에 따라 직접적인 효과만 총 21조원 규모가 될 것으로 보인다.

1. 무엇에 대한 서술인가? (소비지출, 소비지출 효과, 직접적 경제 효과)

2. 그 무엇에 대해 무엇이라고 말했는가?(약 21조원, 소비지출 효과, 관광객의 소비지출)

3. 이 문단 요약을 가장 잘 한 것은?

(1) 두 번째 직접적인 경제 효과는 약 2조 원 가량으로 예상되는 관광객의 소비지출이다.

(2) 평창 올림픽의 두 번째 직접적 경제 효과는 관광객 소비지출과 경비 지출 합쳐 5조원이다.

(3) 평창 올림픽의 두 번째 직접적 경제 효과는 관광객 소비지출과 경비 지출을 비롯하여 모두 21조원 규모이다.

(4) 평창 올림픽의 두 번째 직접적 경제 효과는 관광객 소비지출과 경비 지출 모두 5조원이다.

(5) 평창 올림픽의 두 번째 직접적 경제 효과는 관광객 소비지출과 경비 지출 5조원을 비롯하여 모두 21조원 규모이다.

(가장 잘 된 요약 : 5)

4. 이 문단의 핵심어구를 모두 고르시오. (평창 올림픽, 관광객, 경제적 효과)

5. 이 문단의 중심 문장은? (2번)

---

[5] ❶다음으로 올림픽 개최가 가져오는 간접적 효과를 생각해 볼 수 있다. ❷인지도가 낮은 평창이 겨울올림픽을 개최할 경우 세계적인 겨울 관광지로 급부상함에 따라 올림픽 이후에도 추가적인 관광 수요가 발생할 것으로 판단된다. ❸강원도와 평창의 위상이 높아져 외국인 관광객이 늘어날 것으로 보인다. ❹이러한 인지도 상승은 올림픽 개최 이후 외국인 관광객의 증가로 나타날 것이고 이에 연관되는 경제적 파급 효과 규모는 약 32조원으로 추정된다.

1. 무엇에 대한 서술인가? (올림픽 개최의 간접적 효과)

2. 그 무엇에 대해 무엇2이라고 하고 있는가? 무엇2를 지적하면? (경제적 파급 효과)

3. 이 문단 요약을 가장 잘 한 것은?

   (1) 간접적인 경제 효과로는 인지도 상승에 따른 겨울 관광지로의 급부상이다.

   (2) 평창 올림픽 개최에 따른 간접적인 경제 효과로는 인지도 상승에 따른 겨울 관광지로써의 급 부상이다.

   (3) 평창 올림픽 개최로 인한 인지도 상승으로 평창은 약 32조원의 간접적인 경제 효과가 추정된다.

   (4) 평창 올림픽 개최로 평창이 겨울 관광지가 되어 생기는 간접적 경제 효과는 32조원에 이른다.

   (5) 평창 올림픽 개최로 평창이 겨울 관광지로 인지도가 상승된다.

(가장 잘 된 요약 : 3)

4. 이 문단의 핵심어구를 모두 고르시오. (올림픽 개최, 간접적 효과, 관광지, 인지도 상승, 경제적 파급 효과)

5. 중심 문장을 고르시오. (4번)

---

[6] ❶특히 무형의 가치도 막대하다. ❷겨울올림픽 개최는 평창 및 강원도의 도시 및 지역 브랜드는 물론 대한민국이라는 국가 브랜드를 제고시킬 것이고, 이는 다시 기업 이미지를 향상시켜 중장기적으로 우리 기업의 경제적 성과를 높이는 결과를 가져올 것이다. ❸즉 국가 브랜드는 모브랜드(umbrella brand)로서, 기업 브랜드는 개별 브랜드(individual brand)로 상호 후광효과를 주는 선순환 구조가 될 수 있다.

---

1. 무엇1에 대한 서술인가? (올림픽 개최의 무형의 가치)

2. 그 무엇1에 대해 무엇2이라고 하고 있는가? 무엇2를 지적하면? (경제적 성과)

3. 이 문단 요약을 가장 잘 한 것은?

   (1) 두 번째 간접적인 경제 효과는 무형의 가치 상승으로 국가와 기업 브랜드 간의 선순환 구조 설립이다.

   (2) 간접적인 두 번째 경제 효과는 무형의 브랜드 가치 상승이다.

   (3) 평창 올림픽 개최는 지역, 국가, 기업 브랜드 상승으로 무형의 간접적 경제 효과를 가져 온다.

   (4) 간접적인 경제 효과는 무형의 가치 상승으로 국가와 기업 브랜드 간의 선순환 구조 이다.

   (5) 평창 올림픽 개최는 지역, 국가, 기업 브랜드의 상호 후광 효과로 무형의 간접적 경제 효과를 가져 온다.

(가장 잘 된 요약 : 5번)

4. 이 문단의 핵심어구를 모두 고르시오. (무형의 가치, 경제적 성과, 상호후광효과)

5. 중심 문장을 고르시오. (2번)

[7] ❶국가 이미지가 올라가면 기업이나 제품의 이미지도 동반 상승(레버리지 효과) 하게 되어 글로벌 시장에서 수출 증대, 수출 상품의 가격 상승 등의 긍정적인 효과를 얻게 된다. ❷이러한 기업 이미지 제고에 따른 무형의 경제적 효과를 추정해 보면 우리 경제의 주축을 이루는 100대 기업의 브랜드 인지도가 1%포인트 상승한다고 가정할 경우 이는 12조원의 가치를 가진다. ❸이에 따라 간접적 효과는 직접적 효과의 두 배 정도인 44조원에 이를 것으로 보고 있고, 겨울올림픽 개최를 통해 얻을 수 있는 직간접 효과를 모두 고려하면 총 경제적인 효과는 약 65조원에 이를 것으로 추정되고 있다.

1. 무엇1에 대한 서술인가? (경제적 효과)

2. 그 무엇1에 대해 무엇2이라고 하고 있는가? 무엇2를 지적하면? (약 65조원)

3. 이 문단 요약을 가장 잘 한 것과 요약을 가장 잘 못한 것은?

   (1) 무형의 경제 효과는 막대한 결과를 가져오며, 이로보아 간접적 효과가 직접적 효과보다 두 배 정도로 나타날 것이라 추정된다.

   (2) 평창 겨울올림픽 개최로 얻어지는 무형의 경제 효과는 막대한 결과를 가져오며, 이로보아 간접적 효과가 직접적 효과보다 두 배 정도로 나타날 것이라 추정된다.

   (3) 평창 겨울올림픽 개최로 생기는 무형의 경제 효과를 포함하면 간접적 효과는 44조원에 이르며, 직간접 효과는 모두 약 65조원에 이른다.

   (4) 평창 겨울올림픽 개최로 얻어지는 무형의 경제 효과를 비롯한 간접적 효과가 직접적 효과보다 두 배 정도로 나타나며, 두 효과를 모두 합치면 약 65조원에 이른다.

   (5) 평창 겨울올림픽 개최로 얻어지는 직간접 경제적 효과는 약 65조원에 이른다.

   (가장 잘 된 요약 : 3번)

4. 이 문단의 핵심어구를 모두 고르시오. (국가 이미지, 기업, 동반 상승, 경제적 효과, 직간접효과, 65조원)

5. 중심 문장을 고르시오. (3번)

[8] ❶다만 이렇게 추산된 경제적 효과는 당연히 얻게 되는 공짜가 아니다. ❷겨울올림픽도 하나의 행사이기 때문에 흥행에 실패하면 적자 대회라는 오명을 남기게 된다. ❸또한 흥행이 되지 않으면 유무형의 간접적 효과도 기대하기 어렵다.

1. 무엇1에 대한 서술인가? (경제적 효과)

2. 그 무엇1에 대해 무엇2이라고 하고 있는가? 무엇2를 지적하면? (공짜가 아님)

3. 이 문단 요약을 가장 잘 한 것과 요약을 가장 잘 못한 것은?

   (1) 하지만 흥행에 실패하게 된다면 경제적 효과를 얻을 수 없다.

   (2) 흥행에 실패하게 된다면 경제적 효과를 얻을 수 없다.

⑶ 평창 올림픽이 흥행에 실패하면 경제적 효과를 얻을 수 없다.

⑷ 흥행이 되지 않으면 유무형의 간접적 효과도 기대하기 어렵다.

⑸ 평창 올림픽의 경제적 효과는 흥행에 성공해야 가능하다.

(가장 잘 된 요약 : 5)

4. 이 문단의 핵심어구를 모두 고르시오. (경제적 효과, 흥행, 간접적 효과)

5. 중심 문장을 고르시오. (1번)

[9] ❶평창이 성공한 올림픽 개최지로 남으려면 우선 정부와 지자체 차원의 부단한 홍보 노력이 반드시 뒤따라야 한다. ❷또한 기업들도 높아지는 국가 브랜드 이미지를 최대한 활용하여 '해외 시장 확대'와 '기업 브랜드 가치 제고'에 주력해야 한다.

1. 무엇1에 대한 서술인가? (성공한 올림픽 개최지)

2. 그 무엇에 대해 무엇2이라고 하고 있는가? (공공 기관 홍보 노력, 기업의 국가 브랜드 활용)

3. 이 문단 요약을 가장 잘 한 것은?

⑴ 평창 올림픽의 성공을 위해서는 정부와 지자체의 홍보 노력이 필요하다.

⑵ 평창 올림픽의 성공을 위해서는 정부와 지자체와 기업의 홍보 노력이 필요하다.

⑶ 평창 올림픽의 성공을 위해서는 정부와 지자체의 홍보와 기업들의 국가 브랜드 이미지를 활용하는 노력이 필요하다.

⑷ 평창 올림픽의 성공은 공공 기관의 홍보 노력과 기업들의 국가 브랜드 이미지를 활용하는 노력으로 이루어질 수 있다.

⑸ 평창 올림픽은 정부와 지자체가 홍보 노력을 하고 기업들이 국가 브랜드 이미지 활용 노력을 할 때 성공한다.

(가장 잘 된 요약 : 4)

4. 이 문단의 핵심어구를 모두 고르시오.(성공한 올림픽 개최지, 정부, 지자체, 홍보 노력, 기업, 국가 브랜드 이미지)

5. 중심 문장을 고르시오. (1번과 2번 모두 중요하므로 하나의 문장을 고를 수 없다.)

[10] ❶그러나 무엇보다 중요한 것은 국민들의 적극적인 호응과 참여가 필요하다는 점이다. ❷1988년 서울 올림픽과 2002년 한·일 월드컵에서와 같은 적극적인 국민적 참여와 드높았던 열정을 다시 발휘하여 '국민 통합'과 '경제 도약을 위한 에너지 결집'을 위해 노력해야 한다.

1. 무엇1에 대한 서술인가? (평창 올림픽을 위해 가장 중요한 것)

2. 그 무엇1에 대해 무엇2이라고 하고 있는가? 무엇2를 지적하면? (국민들의 적극적

참여)

3. 이 문단 요약을 가장 잘 한 요약은?

   (1) 무엇보다 중요한 것은 국민들의 참여이기에 '국민 통합'과 '경제 도약을 위한 에너지 결집'을 위해 노력해야 한다.

   (2) 무엇보다 중요한 것은 국민들의 능동적 참여이므로 '국민 통합'과 '경제 도약을 위한 에너지 결집'을 위해 노력해야 한다.

   (3) 평창 올림픽의 성공을 위해 능동적인 국민 참여가 가장 중요하므로 국민 통합과 에너지 결집을 위해 노력해야 한다.

   (4) 무엇보다 중요한 것은 국민들의 참여이다.

   (5) 국민 통합과 에너지 결집을 위해 노력해야 한다.

(가장 잘 된 요약 : 3)

4. 이 문단의 핵심어구를 모두 고르시오. (국민, 적극적인 참여, 국민 통합, 에너지 결집, 노력)

5. 중심 문장을 고르시오. (1번)

[문단별 요약 종합]

[1] 2018년 평창 겨울올림픽 개최 의의는 한국이 스포츠 문화 강국의 이미지를 확고히 한 것이다.

[2] 한국은 겨울올림픽 개최로 국제 스포츠 대회 '그랜드슬램' 클럽 국가가 되어 스포츠 선진국으로 각인될 것이다.

[3] 평창 올림픽에서 기대되는 직접적 경제적 가치는 투자 및 소비지출 효과인데 투자 효과는 16조 원 안팎이다.

[4] 평창 올림픽의 두 번째 직접적 경제 효과는 관광객 소비지출과 경비 지출 5조원을 비롯하여 모두 21조원 규모이다.

[5] 평창 올림픽 개최로 생기는 인지도 상승으로 평창은 약 32조원의 간접적인 경제 효과가 추정된다.

[6] 평창 올림픽 개최는 지역, 국가, 기업 브랜드의 상호 후광 효과로 말미암은 무형의 간접적 경제 효과를 가져 온다.

[7] 평창 겨울올림픽 개최로 얻을 수 있는 무형의 경제 효과인 12조를 포함하면 간접적 효과는 44조원에 이르며, 직간접 효과는 모두 약 65조원에 이른다.

[8] 평창 올림픽의 경제적 효과는 흥행에 성공해야 가능하다.

[9] 평창 올림픽의 성공은 공공 기관의 홍보 노력과 기업들의 국가 브랜드 이미지 활용 노력으로 이루어질 수 있다.

[10] 평창 올림픽의 성공을 위해 능동적인 국민 참여가 가장 중요하므로 국민 통합과 에너지 결집을 위해 노력해야 한다.

〈제시문 2〉

[1] ❶평창이 삼수 만에 겨울올림픽 유치에 성공했다. ❷이유야 어떻든, 나름대로 애쓰신 분들의 노고를 치하하지 않을 수 없다. ❸모든 것을 경제만으로 환원하기는 어렵겠지만, 대형 이벤트는 수십조 원이 들어가니, 경제성을 걱정하지 않을 수가 없다.

1. 무엇에 대한 서술인가? (넓게 보기 : 평창 겨울올림픽, 좁게 보기 : 평창 올림픽의 경제성)

2. 그 무엇에 대해 어떻게 (무엇이라고) 말하고 있는가? (평창 겨울올림픽의 경제성이 걱정된다.)

3. 이 문단 내용을 가장 잘 요약한 것은?
   (1) 평창 겨울올림픽의 경제성에 대해 걱정이 된다.
   (2) 평창 겨울올림픽의 경제성이 걱정된다.
   (3) 평창 겨울올림픽 유치 성공 후 그에 대한 경제성이 걱정된다.
   (4) 평창 겨울올림픽은 경제성 문제를 가져올 것이다.
   (5) 평창 겨울올림픽이 유치되면 경제성 문제가 생긴다.

   (가장 잘 된 요약 : 2)

4. 이 문단의 핵심어구를 모두 고르시오. (평창 겨울올림픽. **경제성**)

5. 중심 문장을 고르시오. (3번)

[2] ❶객관적인 사실 두 가지를 먼저 생각해보자. ❷우선 겨울올림픽에서 유일하게 경제성을 인정받은 경우는 1994년 노르웨이 릴레함메르의 경우이다. ❸환경단체의 반대가 워낙 강해서 선수촌도 임시건물로 지었고, 가능하면 경기장 신설을 줄였다. ❹둘째, 겨울올림픽 유치 후유증이 최근 점점 커져간다는 점이다. ❺일본의 나가노 등이 대회 종료 후 경제 위기로 빠져들었다.

1. 무엇에 대한 서술인가? (겨울 올림픽의 경제적 후유증)

2. 무엇에 대해 무엇이라고 말하고 있는가? (겨울 올림픽의 경제적 후유증이 심각해지고 있다)

3. 이 문단 요약을 가장 잘 한 요약은?
   (1) 94년 노르웨이 릴레함메르의 경우나 일본 나가노의 경우는 겨울올림픽 유치 후유증 사례로 들 수 있다.
   (2) 겨울 올림픽에서 유일하게 경제성을 인정받은 경우는 노르웨이 릴레함메르이며 일본 나가노 등은 대회 종류 후 경제 위기로 빠져들었다.
   (3) 건물 신설을 줄인 노르웨이 릴레함메르의 경우는 겨울 올림픽에서 유일하게 경제성을 인정받았지만, 일본 나가노 등은 경제 위기로 빠져 들어 최근 겨울 올림픽 유치 후유증이 점점

커진다는 것을 보여준다.

(4) 겨울 올림픽 유치 후유증이 최근 섬섬 커져가고 있으며 이를 보여주는 사례로 일본의 나가노를 들 수 있다.

(5) 겨울 올림픽 유치 후 경제적 후유증이 점점 심각해지고 있다.

(가장 잘 된 요약 : 5)

4. 이 문단의 핵심어구를 고르시오. (겨울 올림픽 유치 후유증)

5. 중심 문장을 고르시오. (4번)

---

[3] ❶ 일반적으로 공공사업을 할 때에는 예비타당성 등 법적 절차에서 비용편익 분석을 하게 되어 있다. ❷ 그래서 비용편익 비율이라는 수치를 뽑고, 이게 1보다 높으면 일단은 흑자, 1보다 낮으면 적자, 그렇게 공적인 판단을 하게 되어 있다. ❸ 새만금 때에는 1보다 높게 하기 위해서 쌀값을 일반 시중 가격보다 비싸게 하는 '안보미가' 등의 편법을 동원했다. ❹ 이게 사업 타당성 평가라는 절차인데, 삼성경제연구소나 현대경제연구원에서 제시하는 경제효과 수치들은 기본적으로는 경제성 평가가 아니라 경제적 영향이라서, 실제 공공사업에서 법적 의사판단의 기준으로는 쓸 수 없는 수치들이다.

---

1. 무엇에 대한 서술인가? (평창 올림픽 유치 후 경제성 불안요소)

2. 그 무엇에 대해 어떻게 말하고 있는가? (불확실한 비용편익 분석으로 경제성 비효율)

3. 이 문단을 가장 잘 요약한 것은?

(1) 공공사업의 사업 타당성 평가가 경제 평가가 아닌 경제 영향으로 제시되어 잘못된 경우가 많다

(2) 공공사업을 할 때에는 예비 타당성 등 법적 절차에서 비용편익 분석하는 것이 유용하게 쓰인다.

(3) 공공사업을 할 때에 사업 타당성 평가 절차는 삼성경제연구소나 현대경제연구원에서 제시하는 수치들을 근거로 하는 것이 좋지 않다.

(4) 공공사업을 할 때에는 예비 타당성 등 법적 절차에서 비용 편익분석을 하게 되어있다. 그러므로 정확할 수 없다.

(5) 법적 절차를 위한 비용 편익 분석이 현재는 경제 평가가 아닌 경제 영향으로 제시되어있어 법적 의사 판단의 기준이 될 수 없다.

(가장 잘 된 요약 : 3)

4. 이 문단의 핵심 어구를 모두 고르시오. (공공사업, 사업 타당성 평가, 경제성 평가)

5. 중심문장을 고르시오. (1번, 4번)

[4] ❶간단하게 말하면, 모든 사업은 수익과 비용을 계산해야 하는데, 이들의 계산은 정부 지출 등 비용을 전부 '경제적 효과'라고 잡았고, 근거가 불투명한 겨울스포츠 시장의 확대를 전부 수익으로 잡았다. ❷이런 식으로 예비타당성을 계산하는 법은 없다. ③도대체 얼마가 들어가고 얼마나 들어온다는 것인가?

1. 무엇에 대한 서술인가? (평창올림픽의 경제적 효과)
2. 그 무엇에 대해 어떻게 말하고 있는가? (잘못된 수익과 비용계산으로 평창올림픽의 정확한 경제적 효과를 알 수 없다.)
3. 이 문단을 가장 잘 요약한 것은?
   (1) 근거가 불투명한 비용을 경제적 효과로 계산한 것은 정확한 지출과 수익을 알 수 없다.
   (2) 예비타당성 조사에 나타난 경제적 효과의 근거가 불투명하고 명확하지 않다.
   (3) 예비 타당성 계산에 정부 지출(비용)을 '경제적 효과'로 잡고, 근거가 불투명한 겨울 스포츠 시장의 확대를 전부 수익으로 잡는 것은 잘못된 일이다.
   (4) 정부지출비용까지 '경제적 효과'로 잡고 근거가 불투명한 겨울 스포츠 시장의 확대를 전부 수익으로 잡는 예비타당성 계산은 문제가 있다.
   (5) 경제적 효과를 예측하기 어렵다.

   (가장 잘 된 요약 : 1번)
4. 이 문단의 핵심어구를 모두 고르시오. (**수익과 비용**, 경제적 효과, 예비타당성)
5. 중심문장을 고르시오. (2번)

[5] ❶기업에서도 이런 식으로 사업성 검토를 하지는 않는다. ❷기업이 진짜 자기 돈을 넣을 때는 '턴오버', 즉 몇 년 내에 자기가 투입한 금액이 다시 돌아오는가를 계산하거나 아니면 내부 수익률 형태로 계산을 한다. ❸3년 정도면 수익성이 높은 사업이라 무조건 하고, 5년 정도 되면 일단 고민이 시작되고, 8년 이상이면 심각한 고려를 한다. ❹기업의 사업 타당성 평가 기준으로 해보면, 평창 올림픽은 턴오버가 안 되는 사업이 아닌가? ❺이렇게 주먹구구식으로 사업하면 회사는 바로 망한다.

1. 무엇에 대한 서술인가? (사업 타당성 평가)
2. 그 무엇에 대해 어떻게 말하고 있는가? (낮다)
3. 이 문단을 가장 잘 요약한 것은?
   (1) 기업 측면에서 고려할 때, 평창 올림픽은 사업 타당성이 부족하다.
   (2) 평창 올림픽은 경제적 타당성이 낮다.
   (3) 사업 타당성을 검토해보면 평창올림픽은 수익성이 낮다.
   (4) 평창 올림픽은 기업의 사업 타당성 평가 기준으로 따져보면, 턴오보가 안 되는 망하는 사업이다.

⑸ 평창올림픽은 기업의 사업 타당성으로 보면 경제성이 없다.

(가장 잘 된 요약 : 3번)

4. 이 문단의 핵심 어구를 모두 고르시오. (공공사업, 사업 타당성 평가, 경제성 평가)

5. 중심 문장을 고르시오. (1번, 4번)

　기업의 경우로 보면 평창의 수익은 '턴오버'가 되지 않는 사업이며, 이는 부정적인 결과를 초래한다.

---

[6] ❶ 자, 논의를 좁혀서 강원도청이라는 지자체의 계정을 중심으로 살펴보자. ❷ 어차피 많은 토건 사업이 그렇듯이 이벤트가 벌어질 때까지는 중앙의 돈이 내려오니까 뭔가 생기는 것 같지만, 이벤트가 끝나면 이제 경기장당 300억~500억 원씩 되는 유지보수비는 아무도 챙겨주지 않는다. ❸ 2018년 이후, 연간 1조원 가까운 돈을 매년 강원도가 치러야 한다. ❹ 2002년 부산 아시안게임은 그 자체로 성공한 경기였지만, 시설물 유지비를 대느라 결국 사이클 경기장은 경륜장으로 바꾸고, 부산 시민들에게 사행성 자금을 뜯어내는 중이다. ❺ 88올림픽의 메인 경기장도 지금 서울시가 어쩌지 못해서 쩔쩔매고 있지 않은가? ❻ 대구 국제육상선수권대회는 몇 년 동안 돈을 쏟아 부었지만, 대구는 지금 1인당 지역소득 전국 꼴찌. ❼ 2018년 이후, 이게 강원도의 미래가 될 가능성이 높다. 여기에 강원도는 불안 요소가 하나 더 있다. ❽ 이미 12년째 묶여 있던 외부 투기자금들이, 어떻게든 중앙정부 돈이 들어와서 땅값이 올라가면 바로 손절매하고 나갈 태세 아닌가? ❾ 중앙정부 돈을 투기꾼들이 뜯어먹고 나가는 '먹튀' 가능성이 매우 높다. ❿ 이런데 무슨 수로 강원도가 돈을 번다는 말인가? ⓫ 앞으로 남고 뒤로 밑진다는 말이 딱 이 경우가 아닌가? ⓬ 평창으로 강원도가 망하지 않을 가능성, 낙타가 바늘구멍 들어가기보다도 희박해 보인다.

---

1. 무엇에 대한 서술인가? - 올림픽 이후 강원도의 불안요소

2. 그 무엇에 대해 어떻게 말하고 있는가? - 막대한 유지보수비, 외부 투기자금의 유출

3. 이 문단을 가장 잘 요약한 것은?

　⑴ 강원도청은 올림픽 이후의 시설물 유지비 등과 같은 경제적 부담이 커진다.

　⑵ 강원도청은 올림픽 이후의 시설물 유지비 등과 같은 경제적 부담이 커지고, 올림픽 기간 중 생겨나는 부패현상에 대해서도 속수무책으로 당하게 된다.

　⑶ 강원도청은 올림픽 때문에 심각한 경제적 부담이 생기고, 올림픽 이후에도 부패와 같은 불안요소가 커질 것이다.

　⑷ 강원도청은 올림픽 이후의 유지보수비로 경제적 부담이 커지고, 올림픽 기간 중 땅값이 올라가면 외부 투기자금이 바깥으로 빠져나갈 것이다.

　⑸ 강원도청은 2018년 이후 연간 약 1조원을 유지보수비로 써야하며, 올림픽 기간 중 땅값이

오르면 투기꾼들의 손절매로 자금이 유출되어 재정이 바닥날 수 있다.

(가장 잘 된 요약 : 3번)

[해설]　　(1) 또 하나의 불안요소가 언급되지 않음.

(2) '등과 같은'은 불필요한 첨어, '속수무책으로 낭하게 된다'는 요약이라기보다는 개인적 평가임.

(3) 핵심어구가 포함되지 않음.

(5) (3)번에 비해 내용이 자세하여 훌륭한 요약이라고 볼 수 없음.

4. 이 문단의 핵심어구를 모두 고르시오. (유지보수비, **불안요소**, 외부 투기자금)

5. 중심문장을 고르시오. (두 가지 불안요소를 언급하기 위해 3번 문장과 9번 문장이 둘 다 중심문장이라고 볼 수 있다.)

---

[7] ❶자신 있으면 비용편익 분석부터 예비타당성 기준에 맞춰 정식으로 해보자. ❷강원도청 계정을 중심으로 해보면, 1은커녕 0.5도 힘들어 보인다. ❸외부 투기꾼과 지방 토호들에게 덜 당하려면 기본 계산이라도 똑바로 해보자. ❹사회적 보건비용, 겨울 스포츠, 생태 비용 등 공공의 시각에서 안 다룬 게 너무 많다. ❺평창은 나가노와 다르다? 다르긴 뭐가 다른가? 투기 규모만 더 컸지,

1. 무엇에 대한 서술인가? (비용편익 분석을 비롯한 경제적 문제)

2. 그 무엇에 대해 어떻게 말하고 있는가? (재검토의 필요성)

3. 이 문단의 내용을 가장 잘 요약한 것은?

　(1) 따라서, 예비타당성 기준에 맞춰 비용편익 재분석을 해야 하며, 공공의 시각에서 다양한 분야를 바라보아야 할 것이다.

　(2) 비용편익 분석을 비롯한 경제적 문제를 모든 분야에 걸쳐 재검토 해야 한다.

　(3) 비용편익 분석을 다시 하고 공공의 시각으로 다양한 분야를 포함해야 할 것이다.

　(4) 예비 타당성 기준에 맞춰 정식으로 다양한 분야에 대한 재검토가 필요하다.

　(5) 예비 타당성 기준에 맞춰 비용편익 분석을 모든 분야에 걸쳐 재검토해야 한다.

(가장 잘 된 요약 : 2번)

4. 이 문단의 핵심어구를 모두 고르시오. (비용편익 분석, 예비타당성 기준)

5. 중심문장을 고르시오. (2번)

4) 4단계는 문단별 요약인 소주제문을 다음과 같이 종합하게 한다.

〈제시문 2〉 보기

[1] 평창 겨울올림픽의 경제성이 걱정된다.

[2] 겨울 올림픽 유치 후 경제적 후유증이 점점 심각해지고 있다.

[3] 공공사업을 할 때에 사업 타당성 평가 절차는 삼성경제연구소나 현대경제연구원에서 제시하는 수치들을 근거로 하는 것이 좋지 않다.

[4] 근거가 불투명한 비용을 경제적 효과로 계산하면 정확한 지출과 수익을 알 수 없다.

[5] 사업 타당성을 검토해보면 평창올림픽은 수익성이 낮다.

[6] 강원도청은 올림픽으로 말미암아 심각한 경제적 부담이 생기고, 올림픽 이후에도 부패와 같은 불안요소가 커질 것이다.

[7] 비용편익 분석을 비롯한 경제적 문제를 모든 분야에 걸쳐 재검토해야 한다.

5) 5단계는 다음과 같이 300자 안팎으로 각각의 제시문을 요약한다.

〈제시문 1〉 요약

평창 동계 올림픽 개최로 한국은 스포츠 선진국으로 각인될 것이며 그에 따른 경제적 효과도 클 것으로 예상된다. 우선 투자 및 소비 지출에 따른 직접적인 효과는 21조에 이를 것이고 평창의 인지도 상승으로 인한 약 32조의 간접적인 효과와 국가 브랜드 이미지 제고에 따른 무형의 가치를 포함한 경제적인 총 효과는 약 65조로 추정된다. 그러나 이러한 경제적인 효과를 창출하기 위해서는 공공기관의 홍보와 기업들의 국가 브랜드 이미지 활용에 노력해야 한다. 또한 국민들의 적극적인 호응과 참여가 무엇보다도 가장 필요하다.

〈제시문 2〉 요약

평창 올림픽의 경제성이 걱정된다. 대부분의 나라가 겨울올림픽 유치 후 경제적 후유증을 보였다. 현재의 사업 타당성 평가는 경제성 평가가 아닌 경제적 영향에 대한 평가여서 공공사업에서 법적 의사판단의 기준으로 쓸 수 없다. 잘못된 계산이어서 정확한 수익과 지출을 알 수 없다. 기업의 사업 타당성 평가 기준으로 보면 평창올림픽은 수익에서 부정적이다. 올림픽 이후의 유지 보수비 문제와 외부 투기자금이 일으키는 문제도 안아야 한다. 따라서 비용편익 재분석을 해야 하며 다양한 분야를 공공의 시각으로 다루어야 한다.

6) 6단계는 500자 안팎으로 통합요약을 하게 한다.

통합 요약 예시 답안

주원과 우석훈의 칼럼은 평창동계올림픽의 경제적 효과에 대해 서로 상반된 입장을 제시하였다. 주원의 글은 올림픽 개최의 경제적 효과를 긍정적으로 평가하였다. 그는 올림픽 개최로 인한 직·간접적인 경제유발효과를 총 65조원으로 추정하였다. 그리고 이러한 효과가 실질적으로 나타나기 위해서는 정부와 지자체 및 국민들의 노력이 필요하다고 강조하였다.

이에 비해 우석훈은 평창동계올림픽의 경제적 효과에 대하여 부정적으로 평하였다. 그는 그 객관적 근거로 '나가노동계올림픽'의 예를 들었다. 또 이 대회에 대한 여러 경제기관들의 경제적 평가수치는 공공사업을 위한 기준이 될 수 없다고 하였다. 만약 기업들이 사업을 벌인다면 수익성이 낮아 시작하지 않을 것이라고 하였다. 만약 이러한 측면을 간과한다면 올림픽 개최 이후 심각한 후유증이 있을 것이라고 우려하였다.

7) 7단계는 여러 학생들 작품을 앞서 밝힌 평가표에 따라 비교 평가하게 한다.

기준	평가 내용	배점(100점)
사실성 (내용) 40점	1. 〈제시문1〉〈제시문2〉의 공통점과 차이점을 제대로 파악했는가?	10 / 8 / 6 / 4 / 2 / 1 / 0 (8) 근거 :
	2. 출처를 밝혔는가? "주원과 우석훈", 또는 "제시문 가·나"모두 허용	10 / 8 / 6 / 4 / 2 / 1 / 0 (10) 근거 :
	3. 〈제시문1〉과 〈제시문2〉의 각각의 핵심을 정확히 파악했는가?	10 / 8 / 6 / 4 / 2 / 1 / 0 (8) 근거 :
	4. 제시문과 벗어난 내용이나 생각이 있는가?	10 / 8 / 6 / 4 / 2 / 1 / 0 (10) 근거 :
창조성 (표현) 40점	1. 문단 구성이 체계적인가?	10 / 8 / 6 / 4 / 2 / 1 / 0 (10) 근거 :
	2. 문장 표현이 간결하고 자연스러운가?	10 / 8 / 6 / 4 / 2 / 1 / 0 (6) 근거 :
	3. 차이점이 잘 드러나도록 표현했는가?	10 / 8 / 6 / 4 / 2 / 1 / 0 (8) 근거 :
	4. 짜깁기식 표현이 있는가?	10 / 8 / 6 / 4 / 2 / 1 / 0 (10) 근거 :
형식 20점	1. 원고지 사용법이 맞는가?(원고지에 쓸 경우)	10 / 8 / 6 / 4 / 2 / 1 / 0 (10) 근거 :
	2. 맞춤법과 표준어 규정을 지켰는가?	10 / 8 / 6 / 4 / 2 / 1 / 0 (10) 근거 :

| 지시사항
이행여부
(감점) | 글자수 미달, 초과시 감점 : -2
1. 550~600자, 400~450자 : 2점 감점
2. 600~700자, 300~400자 : 4점 감점
3. 700자 초과, 300자 미만 : 6점 감점 | 종합평가 : 전체 내용을 간략하게 잘 요약하였다. 핵심 단어가 적절히 있어 눈에 잘 들어온다. 문단별로 두 입장이 정리가 잘 되어 내용상, 형식상 자연스러운 구성이다. 제시문과 논제를 적절히 이해하였고 간결한 문장 요약, 문단 배분도 좋으나 글자수 421자로 10%내외에 많이 부족하여 감점 요인이 된다. |

김하나 제시문 [개와 [내는 평창 겨울올림픽의 경제 효과에 대해 상반된 입장을 가진다. 제시문 [개는 올림픽의 긍정적 경제 효과를 <u>이야기한다(주장한다)</u>. 투자 및 소비지출, 관광객의 소비지출, 경비 지출로 인한 직접적 경제 효과 21조원과 인지도 상승, 무형의 경제 효과로 인한 간접적 경제 효과 44조원으로 총 65조원의 경제 효과를 예상한다.(#더 줄이기) 이를 위해 공공기관, 기업, 국민들의 적극적인 참여를 유도하고 있다.

반면 제시문 [내는 올림픽의 부정적 경제 효과를 <u>이야기한다</u>. 유치 전에 들어가는 비용과 유치 후의 후유증으로 경제적 문제가 나타날 것이다. 또한 현재의 경제적 수치들은 경제적 효과가 아닌 경제적 영향으로 정확한 수익을 알 수 없다. 개최에 앞서 비용편익 분석부터 사회적 비용, 생태 비용, 겨울 스포츠 등 여러 분야에 대한 정확한 분석이 필요하다.(421자)

평가 기준(500자 안팎 : 450-550)

최종 모범 답안

주원과 우석훈의 칼럼은 평창 동계올림픽의 경제 효과에 대해 서로 상반된 입장을 제시하였다. 주원은 올림픽 개최의 경제 효과를 긍정적으로 평가하였다. 평창 겨울올림픽 개최로 한국은 스포츠 문화 강국의 이미지를 확고히 하고 스포츠 선진국으로 각인될 것이다. 더불어 올림픽 개최로 얻게 되는 직·간접적인 경제 효과를 총 65조원으로 추정하였다. 다만 이러한 효과가 실제로 나타나기 위해서는 정부와 지자체 및 국민들의 노력이 필요하다고 강조하였다.

이에 비해 우석훈은 부정적으로 평가하였다. 그 근거로 '나가노 동계올림픽'과 같은 다른 나라의 경제 후유증을 들었다. 더욱이 평창 올림픽의 사업 타당성 평가가 잘못되었다는 것이다. 이 대회에 대한 경제기관들의 경제 평가 수치는 공공사업을 위한 기준이 될 수 없다고 하였다. 곧 비용편익 분석부터 사회적 비용 등 다양한 분야를 올바로 다루지 못해 올림픽 이후의 심각한 후유증이 예상된다. 이렇게 두 칼럼은 동계올림픽 평가를 똑같이 경제 효과 측면에서 바라보았으나 주원은 낙관적으로 우석훈은 비관적으로 평가하였다. (528자)

기준	평가 내용	배점(100점)
사실성 (내용) 40점	1. 〈제시문1〉〈제시문2〉의 공통점과 차이점을 제대로 파악했는가?	10 / 8 / 6 / 4 / 2 / 1 / 0　(0) 근거 :
	2. 출처를 밝혔는가? "주원과 우석훈", 또는 "제시문 가·나"모두 허용	10 / 8 / 6 / 4 / 2 / 1 / 0　(0) 근거 :

	3. 〈제시문1〉과 〈제시문2〉의 각각의 핵심을 정확히 파악했는가?	10 / 8 / 6 / 4 / 2 / 1 / 0　　(2) 근거 :	
	4. 제시문과 벗어난 내용이나 생각이 있는가?	10 / 8 / 6 / 4 / 2 / 1 / 0　　(2) 근거 :	
창조성 (표현) 40점	1. 문단 구성이 체계적인가?	10 / 8 / 6 / 4 / 2 / 1 / 0　　(10) 근거 :	
	2. 문장 표현이 간결하고 자연스러운가?	10 / 8 / 6 / 4 / 2 / 1 / 0　　(2) 근거 :	
	3. 차이점이 잘 드러나도록 표현했는가?	10 / 8 / 6 / 4 / 2 / 1 / 0　　(2) 근거 :	
	4. 짜깁기식 표현이 있는가?	10 / 8 / 6 / 4 / 2 / 1 / 0　　(6) 근거 :	
형식 20점	1. 원고지 사용법이 맞는가?(원고지에 쓸 경우)	10 / 8 / 6 / 4 / 2 / 1 / 0　　(10) 근거 :	
	2. 맞춤법과 표준어 규정을 지켰는가?	10 / 8 / 6 / 4 / 2 / 1 / 0　　(10) 근거 :	
지시사항 이행여부 (감점)	글자수 미달, 초과시 감점 1. 550~600자, 400~450자 : 2점 감점 2. 600~700자, 300~400자 : 4점 감점 3. 700자 초과, 300자 미만 : 6점 감점	종합평가 : 1. 제시문은 충분히 이해하고 의미 재구성도 적절하였으나, 핵심어구 사용이 다소 부족하고 원문에 대한 언급이 없어 자신이 직접 쓴 글처럼 보인다. 2. 전체 3문단으로 나눈 것이 적절하고 대조의 입장을 한눈에 알아보기 쉽게 적절하게 사용하였다. '먹튀' 등의 단어는 불필요하다.	

박두리　평창이 2018년 겨울올림픽 유치를 확정함으로써, 이에 따른 긍정적 효과 및 부정적 우려가 대두되고 있다. 먼저 긍정적 효과로는 국가의 이미지 상승뿐만 아니라, 총 65조 원에 이를 것으로 추정되는 직, 간접적인 경제적 효과를 기대할 수 있다는 것이다. 그것은 구체적으로 관련 투자 및 소비지출, 또한 국가 브랜드의 제고 및 기입 이미지의 향상 등으로 나타날 것이라 한다. 물론 이것의 필수조건은 국민들의 적극적인 참여가 동반되어야 한다는 점을 주장한다.

반면에 부정적 우려로는 평창이 올림픽 개최에 필요한 수익과 비용을 모두 '경제적 효과'로 잡았기 때문에, 그것의 정확한 수입과 지출을 파악하기 어렵다는 점이다. 또 올림픽 이후의 경기장 유지보수비를 강원도청의 자력으로 해결해나가는 것은 불가능에 가까운 일이며, 외부 투기자금으로 인한 투기꾼들의 소위 '먹튀' 가능성도 무시할 수 없는 상황이라는 것이다. 따라서 공공의 시각을 충분히 반영해 비용편익 분석부터 다시 해야 한다는 것이 이들의 주장이다.(504자)

기준	평가 내용	배점(100점)
사실성 (내용) 40점	1. 〈제시문1〉〈제시문2〉의 공통점과 차이점을 제대로 파악했는가?	10 / 8 / 6 / 4 / 2 / 1 / 0　(8) 근거 :
	2. 출처를 밝혔는가? "주원과 우석훈", 또는 "제시문 가·나" 모두 허용	10 / 8 / 6 / 4 / 2 / 1 / 0　(10) 근거 :
	3. 〈제시문1〉과 〈제시문2〉의 각각의 핵심을 정확히 파악했는가?	10 / 8 / 6 / 4 / 2 / 1 / 0　(10) 근거 :
	4. 제시문과 벗어난 내용이나 생각이 있는가?	10 / 8 / 6 / 4 / 2 / 1 / 0　(6) 근거 :
창조성 (표현) 40점	1. 문단 구성이 체계적인가?	10 / 8 / 6 / 4 / 2 / 1 / 0　(6) 근거 :
	2. 문장 표현이 간결하고 자연스러운가?	10 / 8 / 6 / 4 / 2 / 1 / 0　(8) 근거 :
	3. 차이점이 잘 드러나도록 표현했는가?	10 / 8 / 6 / 4 / 2 / 1 / 0　(6) 근거 :
	4. 짜깁기식 표현이 있는가?	10 / 8 / 6 / 4 / 2 / 1 / 0　(8) 근거 :
형식 20점	1. 원고지 사용법이 맞는가?(원고지에 쓸 경우)	10 / 8 / 6 / 4 / 2 / 1 / 0　(10) 근거 :
	2. 맞춤법과 표준어 규정을 지켰는가?	10 / 8 / 6 / 4 / 2 / 1 / 0　(10) 근거 :
지시사항 이행여부 (감점)	글자수 미달, 초과시 감점 1. 550~600자, 400~450자 : 2점 감점 2. 600~700자, 300~400자 : 4점 감점 3. 700자 초과, 300자 미만 : 6점 감점	종합평가 : 제시문에 대한 이해와 압축적 단어제시, 요약은 좋았으나 원문에서 밝힌 65조원을 66조원이라 오류 표기하여 사실성에서 감점요인이 발생하였다(단순 실수일 경우 감점 않음). 문단 구분이 없고 주어가 빠진 비문이 있어 문법적으로 아쉽다.

배삼돌　오랜 시간과 많은 사람들의 노력으로 유치된 2018년 평창 올림픽의 경제 효과에 대해 상반된 입장을 나타낸다. 제시문 〈1〉은 평창 올림픽의 유치로 한국은 스포츠 문화의 선진국으로 각인되어 직,간접적인 경제효과를 기대한다. 투자 및 관광 소비지출의 직접적 경제적 가치와 인지도 상승 및 국가, 기업 브랜드 후광 효과로 인한 간접적 경제적 가치를 합쳐 약 66조원의 경제적 효과를 예상한다. 이러한 효과를 거두기 위해서는 기업과 공공기관의 홍보 노력과 함께 국민의 통합적 적극적인 참여가 요구된다. 하지만 제시문〈2〉에서는 경제적 위험성을 제시한다. 우선 겨울 올림픽을 유치한 여러 나라들의 사례에서 보여지는 심각한 후유증이다. 또한 정확한 경제성을 분석한 자료가 부족하다. 현재 제시된 자료는 경제적 평가가 아닌 경제적 영향을 나타낸 수치며 이는 정확한 기준이 될 수 없다. 좀 더 구체적인 수익과 비용 계산으로 비용 편익 분석이 이루어져야 하면 여러 분야에서 나타날 수 있는 불안요소에 대해서도 재검토되어야 할 것이다.(516자)

기준	평가 내용	배점(100점)
사실성 (내용) 40점	1. 〈제시문1〉〈제시문2〉의 공통점과 차이점을 제대로 파악했는가?	10 / 8 / 6 / 4 / 2 / 1 / 0　　(0) 근거 : 공통점과 차이점을 알 수 없다.
	2. 출처를 밝혔는가? "주원과 우석훈", 또는 "제시문 가·나"모두 허용	10 / 8 / 6 / 4 / 2 / 1 / 0　　(0) 근거 :
	3. 〈제시문1〉과 〈제시문2〉의 각각의 핵심을 정확히 파악했는가?	10 / 8 / 6 / 4 / 2 / 1 / 0　　(2) 근거 : 핵심은 파악했으나 출처가 없어 평가할 수 없다.
	4. 제시문과 벗어난 내용이나 생각이 있는가?	10 / 8 / 6 / 4 / 2 / 1 / 0　　(2) 근거 : 마치 자신이 생각인 냥 재구성했다.
창조성 (표현) 40점	1. 문단 구성이 체계적인가?	10 / 8 / 6 / 4 / 2 / 1 / 0　　(4) 근거 : 두세 문단으로 구성하는 것이 좋다.
	2. 문장 표현이 간결하고 자연스러운가?	10 / 8 / 6 / 4 / 2 / 1 / 0　　(8) 근거 :
	3. 차이점이 잘 드러나도록 표현했는가?	10 / 8 / 6 / 4 / 2 / 1 / 0　　(0) 근거 : 알 수 없다.
	4. 짜깁기식 표현이 있는가?	10 / 8 / 6 / 4 / 2 / 1 / 0　　(8) 근거 :
형식 20점	1. 원고지 사용법이 맞는가?(원고지에 쓸 경우)	10 / 8 / 6 / 4 / 2 / 1 / 0　　(10) 근거 :
	2. 맞춤법과 표준어 규정을 지켰는가?	10 / 8 / 6 / 4 / 2 / 1 / 0　　(10) 근거 :
지시사항 이행여부 (감점)	글자 수 미달, 초과 시 감점 1. 550~600자, 400~450자 : 2점 감점 2. 600~700자, 300~400자 : 4점 감점 3. 700자 초과, 300자 미만 : 6점 감점	종합평가 : 직접적인 효과 21조 원을 간접효과라고 잘못 옮겼고 간접적인 효과 32조 원에서 금액이 중요한데 32조 원을 빠뜨렸다. 논제이해도 부족하고 문단이 나뉘어지지 않아 아쉽다. 원문에 대한 언급도 없어 미필성 고의 표절에 해당된다.

최사갑　평창 겨울 올림픽 개최로 한국은 스포츠 선진국으로 각인될 것이다. 그에 따른 많은 경제적 파급 효과도 예상된다. 우선 관련 투자 및 소비 지출 효과와 관광객의 소비 지출 효과로 발생하는 간접적인 효과 는 21조로 추정된다. 더불어 평창의 인지도 상승에 따른 간접적인 효과와 국가 브랜드 이미지 제고에 따른 무형의 가치 등 예상되는 경제적인 효과는 총 65조로 추성된다. 그러나 이런 사업 타당성 평가에 제시된 경제 효과 수지들은 평가가 아닌 엉향으로 정확한 판단 기준으로 쓸 수 없다. 정부의 지출과, 근거가 불투명한 스포츠 시장의 확대를 모두 수익으로 잡아 정확한 지출과 수익을 알 수 없다. 또한 올림픽 유치의 기대로 12년간 오른 땅값으로 시설 투자에 많은 비용이 들며, 올림픽 이후로 매년 시설 유지보수비로 많은 비용을 들여야 한다. 이는 강원도청의 예산으로 감당할 수 있는 수준이 아니다. 강원도청은 평창 올림픽의 경제성을 면밀히 재검토해야 한다. (477자)

기준	평가 내용	배점(100점)
사실성 (내용) 40점	1. 〈제시문1〉〈제시문2〉의 공통점과 차이점을 제대로 파악했는가?	10 / 8 / 6 / 4 / 2 / 1 / 0　　(8) 근거 :
	2. 출처를 밝혔는가? "주원과 우석훈", 또는 "제시문 가·나"모두 허용	10 / 8 / 6 / 4 / 2 / 1 / 0　　(10) 근거 :
	3. 〈제시문1〉과 〈제시문2〉의 각각의 핵심을 정확히 파악했는가?	10 / 8 / 6 / 4 / 2 / 1 / 0　　(8) 근거 :
	4. 제시문과 벗어난 내용이나 생각이 있는가?	10 / 8 / 6 / 4 / 2 / 1 / 0　　(10) 근거 : 흥행에 성공 → 개최(부패현상 시기 오해)
창조성 (표현) 40점	1. 문단 구성이 체계적인가?	10 / 8 / 6 / 4 / 2 / 1 / 0　　(10) 근거 :
	2. 문장 표현이 간결하고 자연스러운가?	10 / 8 / 6 / 4 / 2 / 1 / 0　　(6) 근거 :
	3. 차이점이 잘 드러나도록 표현했는가?	10 / 8 / 6 / 4 / 2 / 1 / 0　　(8) 근거 :
	4. 짜깁기식 표현이 있는가?	10 / 8 / 6 / 4 / 2 / 1 / 0　　(10) 근거 :
형식 20점	1. 원고지 사용법이 맞는가?(원고지에 쓸 경우)	10 / 8 / 6 / 4 / 2 / 1 / 0　　(10) 근거 :
	2. 맞춤법과 표준어 규정을 지켰는가?	10 / 8 / 6 / 4 / 2 / 1 / 0　　(10) 근거 :
지시사항 이행여부 (감점)	글자수 미달, 초과시 감점 : -4 1. 550~600자, 400~450자 : 2점 감점 2. 600~700자, 300~400자 : 4점 감점 3. 700자 초과, 300자 미만 : 6점 감점	종합평가 : 1. 내용 측면에서 올림픽 이후의 부패현상을 올림픽 기간 중의 부패현상으로 왜곡된 표기가 큰 감점 요인이고 핵심어를 사용하지 않고 단순요약에 그쳤다. 글자 수도 392자로 10% 내외에서 많이 부족하다. 2. '말한다' '이야기한다'의 단어가 중복. 글자 수가 적고, 핵심단어가 부족하다.

양오설 제시문〈1〉에서는 평창 겨울올림픽 개체로 한국은 스포츠 문화 강국의 이미지를 확고히 **했다고 말한다.** 또한 겨울올림픽이 흥행에 성공했을 경우 직접, 간접적인 경제 효과가 **매우 크다고 이야기한다.** 이러한 성공을 위해서는 공공기관의 홍보, 기업들의 국가 브랜드 이미지 활용, 무엇보다 국민 통합이 필요하다고 말한다.

　이에 반해 제시문〈2〉에서는 평창 올림픽 유치로 생기는 경제성 위험성에 대해 이야기한다. 평창 겨울올림픽에 대한 비용편익 분석은 잘못되었으며, 평창의 경우 수익이 되돌아오지 않을 수 있다고 말한다. 또한 올림픽 기간 중 부패현상이나, 올림픽 이후 경제적 부담을 갖게 될 수 있다고 한다. 그러므로 경제성을 재분석 해야 하며, 다양한 분야를 공공의 시각으로 다루어야 한다고 말하고 있다.(392자)

기준	평가 내용	배점(100점)
사실성 (내용) 40점	1. 〈제시문1〉〈제시문2〉의 공통점과 차이점을 제대로 파악했는가?	10 / 8 / 6 / 4 / 2 / 1 / 0　　(8) 근거 :
	2. 출처를 밝혔는가? "주원과 우석훈", 또는 "제시문 가·나"모두 허용	10 / 8 / 6 / 4 / 2 / 1 / 0　　(10) 근거 :
	3. 〈제시문1〉과 〈제시문2〉의 각각의 핵심을 정확히 파악했는가?	10 / 8 / 6 / 4 / 2 / 1 / 0　　(10) 근거 :
	4. 제시문과 벗어난 내용이나 생각이 있는가?	10 / 8 / 6 / 4 / 2 / 1 / 0　　(10) 근거 :
창조성 (표현) 40점	1. 문단 구성이 체계적인가?	10 / 8 / 6 / 4 / 2 / 1 / 0　　(10) 근거 :
	2. 문장 표현이 간결하고 자연스러운가?	10 / 8 / 6 / 4 / 2 / 1 / 0　　(8) 근거 :
	3. 차이점이 잘 드러나도록 표현했는가?	10 / 8 / 6 / 4 / 2 / 1 / 0　　(8) 근거 :
	4. 짜깁기식 표현이 있는가?	10 / 8 / 6 / 4 / 2 / 1 / 0　　(8) 근거 :
형식 20점	1. 원고지 사용법이 맞는가?(원고지에 쓸 경우)	10 / 8 / 6 / 4 / 2 / 1 / 0　　(10) 근거 :
	2. 맞춤법과 표준어 규정을 지켰는가?	10 / 8 / 6 / 4 / 2 / 1 / 0　　(8) 근거 :
지시사항 이행여부 (감점)	글자수 미달, 초과시 감점 1. 550~600자, 400~450자 : 2점 감점 2. 600~700자, 300~400자 : 4점 감점 3. 700자 초과, 300자 미만 : 6점 감점	종합평가 : 원문 내용과 논제를 잘 이해하였고 논리적 비약없이 핵심어구 사용도 좋다. 주제문도 요약 속에 포함되어 있고 재구성과 문단 구성도 적절하다. 글자 수도 540자로 적당하다.

황육호　제시문〈1〉과 〈2〉는 평창 동계 올림픽의 경제 효과에 대해 서로 반대 입장을 말하고 있다. 제시문〈1〉은 올림픽 개최의 경제적 효과를 긍정적으로 <u>이야기 한다.</u> 공공 기관의 홍보와 기업의 국가 브랜드 이미지 활용 노력, 국민들의 적극적인 참여가 이루어져 성공적으로 올림픽을 치른다면, 21조원 규모의 직접적 경제효과와 개최 후의 인지도 상승으로 인한 간접적 경제 효과가 44조원에 이르러 평창 올림픽의 경제 효과는 총 65조원에 이를 것이라고 말한다.

　그러나 제시문〈2〉는 평창 올림픽의 경제성에 대해 부정적이다. 평창 올림픽에 대한 사업 타당성 평가가 경제 평가가 아닌 경제 영향으로 잘못 제시되어 경제적 효과를 제대로 평가할 수 없다고 말한다. 기업의 타당성 평가 기준으로 보면 평창 올림픽은 수익성이 낮은 사업임이 분명하고, 이러한 사실을 간과하면 올림픽 이후에 심각한 경제적 부담과 불안 요소가 생길 것이라고 염려하고 있다. 따라서, 올림픽 이후의 후유증을 줄이려면 비용편익 분석을 비롯한 경제적 문제를 모든 분야에 걸쳐 재검토해야 할 것을 주장하고 있다.(540자)

기준	평가 내용	배점(100점)
사실성 (내용) 40점	1. 〈제시문1〉〈제시문2〉의 공통점과 차이점을 제대로 파악했는가?	10 / 8 / 6 / 4 / 2 / 1 / 0　　(4) 근거 :
	2. 출처를 밝혔는가? "주원과 우석훈", 또는 "제시문 가·나"모두 허용	10 / 8 / 6 / 4 / 2 / 1 / 0　　(4) 근거 : 첫 번째 내용=> 모호
	3. 〈제시문1〉과 〈제시문2〉의 각각의 핵심을 정확히 파악했는가?	10 / 8 / 6 / 4 / 2 / 1 / 0　　(4) 근거 :
	4. 제시문과 벗어난 내용이나 생각이 있는가?	10 / 8 / 6 / 4 / 2 / 1 / 0　　(2) 근거 : 첫 문장 자기 생각
창조성 (표현) 40점	1. 문단 구성이 체계적인가?	10 / 8 / 6 / 4 / 2 / 1 / 0　　(2) 근거 :
	2. 문장 표현이 간결하고 자연스러운가?	10 / 8 / 6 / 4 / 2 / 1 / 0　　(2) 근거 :
	3. 차이점이 잘 드러나도록 표현했는가?	10 / 8 / 6 / 4 / 2 / 1 / 0　　(2) 근거 :
	4. 짜깁기식 표현이 있는가?	10 / 8 / 6 / 4 / 2 / 1 / 0　　(4) 근거 :
형식 20점	1. 원고지 사용법이 맞는가?(원고지에 쓸 경우)	10 / 8 / 6 / 4 / 2 / 1 / 0　　(10) 근거 :
	2. 맞춤법과 표준어 규정을 지켰는가?	10 / 8 / 6 / 4 / 2 / 1 / 0　　(8) 근거 :
지시사항 이행여부 (감점)	글자수 미달, 초과시 감점 : -6 1. 550~600자, 400~450자 : 2점 감점 2. 600~700자, 300~400자 : 4점 감점 3. 700자 초과, 300자 미만 : 6점 감점	종합평가 : 논제에 대한 이해가 부족하고 글자 수가 너무 많아 요약이라 보기 어려운 데다 제시문 언급이 빠져 있고, 제시문에 대한 자신의 평가만 장황하게 늘어놓았다. 문맥도 매끄럽지 못하고 맞춤법에 어긋난 부분도 많다.

정칠성 위의 두 가지 상반되는 내용을 비추어 볼 때 부정적인 면보다 긍정적인 면으로 생각하고 이 일을 추진해 나가서 성공적으로 마치기를 염원하는 바램이다. 첫 번째 내용은 국민들의 땀과 노력으로 기회를 얻은 평창 동계올림픽이 성공적으로 개최되어 이것이 계기가 되어 한국이 스포츠문화 강국과 국제 스포츠 선진국으로 급부상하길 기대하고 있다. 그에 따른 경제효과 또한 이익이 될 것이며 내국인과 외국인의 관광객 증가로 경제에 더해지는 이익 창출의 파급효과 또한 커질 것이다. 국가적 이미지와 국내 기업의 이미지 부각으로 직접효과와 간접효과를 모두 고려하면 총 65조원의 경제적 이익 효과를 볼 수 있다. 그러기 위해서는 '해외시장 확대', '기업브랜드 가치제고' 무엇보다 능동적인 국민들의 참여가 중요하며 국민 통합과 에너지 결집을 위해 노력이 부단히 많아야 할 것이라 생각된다. 위와 반대로 성공적이지 못한 동계올림픽이 된다면 그 위치에 따른 경제적 심각성은 고스란히 국민들의 부담으로 넘겨질 것이다. 강원도청은 더 큰 위기로 올림픽 이후의 시설물 유지비 등과 같은 경제적 부담이 커지고 우리나라 전체를 경제적 위기에 빠뜨릴 수도 있다. 평창 동계올림픽에 대한 사업 타당성 평가를 정확하게 알 수 없으므로 부정적인 여론과 불안요소들이 증가 할 수밖에 없는 실정이다. 비용편익 분석을 비롯한 경제적 문제에 관련된 모든 분야를 걸쳐 재검토해야 한다는 평가가 절실하다고 보는 바이다. (711자)

기준	평가 내용	배점(100점)
사실성 (내용) 40점	1. 〈제시문1〉〈제시문2〉의 공통점과 차이점을 제대로 파악했는가?	10 / 8 / 6 / 4 / 2 / 1 / 0 (6) 근거 :
	2. 출처를 밝혔는가? "주원과 우석훈", 또는 "제시문 가·나"모두 허용	10 / 8 / 6 / 4 / 2 / 1 / 0 (8) 근거 :
	3. 〈제시문1〉과 〈제시문2〉의 각각의 핵심을 정확히 파악했는가?	10 / 8 / 6 / 4 / 2 / 1 / 0 (6) 근거 :
	4. 제시문과 벗어난 내용이나 생각이 있는가?	10 / 8 / 6 / 4 / 2 / 1 / 0 (8) 근거 :
창조성 (표현) 40점	1. 문단 구성이 체계적인가?	10 / 8 / 6 / 4 / 2 / 1 / 0 (2) 근거 :
	2. 문장 표현이 간결하고 자연스러운가?	10 / 8 / 6 / 4 / 2 / 1 / 0 (2) 근거 :
	3. 차이점이 잘 드러나도록 표현했는가?	10 / 8 / 6 / 4 / 2 / 1 / 0 (4) 근거 :
	4. 짜깁기식 표현이 있는가?	10 / 8 / 6 / 4 / 2 / 1 / 0 (6) 근거 :
형식 20점	1. 원고지 사용법이 맞는가?(원고지에 쓸 경우)	10 / 8 / 6 / 4 / 2 / 1 / 0 (6) 근거 :
	2. 맞춤법과 표준어 규정을 지켰는가?	10 / 8 / 6 / 4 / 2 / 1 / 0 (6) 근거 :
지시사항 이행여부 (감점)	글자수 미달, 초과시 감점 : -2 1. 550~600자, 400~450자 : 2점 감점 2. 600~700자, 300~400자 : 4점 감점 3. 700자 초과, 300자 미만 : 6점 감점	종합평가 : 맞춤법에 어긋난 부분이 눈에 띄고 논제 이해가 부족한 듯 보인다. 원문에서 제시한 경제적 효과 65조원 언급이 중요한 사실 증거인데 빠뜨린 부분이 아쉽다. 의미를 재구성하는 창조성 부분도 부족한 편이다

유팔양 (가)글과 (나)글은 평창겨울올림픽 경제적 효과에 대하여 **반대의 주장(반대 주장)**을 하고 있다.

　(가)글은 평창올림픽의 직접적 경제효과를 관련투자 및 소비지출효과 관광객 소비지출과 경비지출 등 21조원으로 추정하고 있다. 또한 간접적 경제효과는 올림픽개최 이 후의 인지도 상승이 지역, 기업, 국가의 브랜드를 제고시켜 우리기업의 경제적 성과가 높아질 것이며 그 가치는 44조원에 이를 것이라고 주장한다. 평창겨울올림픽의 성공을 위해서 정부와 지자체 차원의 노력과 온 국민의 에너지결집이 필요하다.

　(나)글은 평창겨울올림픽의 경제성의 위험을 주장한다. 대부분의 겨울올림픽 국가들은 유치 이후 경기장의 시설유지, 보수 등 **경제적 후유증을 가지고 있다.** 현재 평창올림픽의 비용편익분석은 사업 타당성 평가가 경제평가가 아니라 경제 영향으로 제시되어 있어 정확한 경제적 효과를 파악할 수 없다. 예비타당성 기준에 맞춰 비용편익분석부터 다시 해야 하며 여러 분야에서 나타날 수 있는 부정적 요소에 대한 대비책 등 공공의 시각으로 다양한 분야를 재검토해야 할 것이다.(527자)

8 | 마무리

남의 글을 제대로 읽을 수 없는 사람은 내 글도 제대로 쓸 수 없다. 그런 차원에서 요약을 논술교육에서 중요한 과정으로 설정해야 한다. 요약 훈련은 그런 측면을 떠나서라도 짧은 시간에 다양한 지적 연습을 할 수 있는 글쓰기 방식이다.

통합요약은 둘 이상의 텍스트를 하나의 텍스트로 요약하는 방식으로, 통합하기 위해 일정한 분석기준이 필요한 일종의 분석 요약이다. 서로 다른 생각을 비교 분석하여 통합하는 고도의 지적 글쓰기다. 논술이 다양한 텍스트를 비교 분석하여 자기 생각을 도출해 내는 지적 과정이므로 통합 요약은 논술의 핵심 과정이기도 하다.

통합요약을 위해서는 통합을 위한 문제설정을 잘 해야 하고 그에 따라 공통점과 차이점을 정확히 파악하는 것이 관건이다. 특별한 요구 조건이 없는 한 두 글을 통합하는 핵심 목표는 같은 제재에 대해 어떻게 다르게 생각하는가를 파악하는 것이므로 차이점에 대한 체계적 분석이 중요하다.

주의할 것은 분석 요약이라 할지라도 요약은 요약이므로 주어진 텍스트 내용에 충실해야 하고 당연히 요약자의 주관이 개입돼서는 안 된다. 다만 요약은 내용의 사실성은 잘 지키되 표현은 개인마다 다른 창의성이 있는 것이므로 통합 기준이나 분석 기준을 명확히 하고 최종 요약문은 철저히 잘 소화한 농익은 문장이 되어야 한다.

11장 색깔 있는 논술 문장 쓰기 지도

1 | 머리말

모든 글쓰기에서 표현된 문장은 인용문이거나 상투적인 문장이 아니라면 글쓴이만의 색깔이 드러나게 마련이다. 정서적 갈래의 글쓰기라면 그 색깔은 더욱 진하거나 색다르게 드러날 수 있다. 그렇다면 논리적인 글에서 색깔 있는 문장은 어떻게 써야 할까?

글은 기본적으로 문장의 연속이다. 문장은 낱말, 구 등의 연속이겠지만 제대로 된 말이 되려면 대개 문장이 기본이 된다. 그렇다면 문장을 잘 써야 할 텐데 학생들에게는 그게 쉽지 않은 듯하다. 여기서는 논술문 쓰기에서 학생들이 어려워 하거나 중요한 다음 세 가지만 주로 살피기로 한다.

- 자신 있는 첫 문장 쓰기
- 색깔 있는 자기 문장 쓰기
- 금지의 문장 법칙에 대하여

2 | 자신 있는 첫 문장 쓰기

논술 지도를 하다 보면 흔히 이런 말을 많이 듣는다. "첫 문장이 생각나지 않아요. 첫 문장만 생각나면 잘 써지는데 말입니다." 왜 그럴까. 그 원인은 두 가지 측면이 있다. 하나는 원래 능력은 있는데 주어진 생각거리(논제)에 대해 고민하거나 제대로 생각을 안 해봐서 그런 경우이다. 이런 경우는 단순히 문장이라는 언어 단위 문제가 아님을 알 수 있다. 곧 어떤 논제에 대해 첫 문장이 생각 안 난다는 것은 그 논제에 대해 고민하거나 생각하지 않았기 때문에 생긴 현상이지 문장 자체를 몰라서 그런 것이 아니다. 고민과 생각은 물음을 낳고 문제제기를 낳는다. 그렇다면 첫 문장이 두려우랴. 물론 첫 문장이 꼭 문제제기로 시작한다는 뜻이 아니다. 문제의식이 형성된다면 첫 문장은 다양한 방법으로 쓸 수 있다. 다음 글들은 고등학생이 쓴 논술문에서 첫 문단만 따온 것이다. 첫 문장은 크게 구체적 명제로 시작하는 방법이 있고 추상적·일반적 명제로 시작하는 방법이 있다. 어느 것이 더 효과적일까.

2.1 구체적 명제로 시작하기

먼저 다음 네 편의 글에서 첫째 문장의 차이는 무엇이고 어떤 효과가 다른가.

[1] "2002년 월드컵 대회는 한·일 공동개최로 열릴 것이 확실해졌습니다. FIFA연맹에서는…" 정규프로가 끝나고 곧 이어진 뉴스 속보로 전해진 이 소식. 짧은 몇 마디였지만 함께 있던 식구들의 담소를 한 번에 막아버린 충격적인 소식이었다.

— 이윤석

[2] E.H. 카는 역사에서 숫자가 중요하다고 했다. 즉 개인은 역사에서 무력한 존재이지만 그 개인들의 총체는 바로 역사를 끌어가는 주체가 될 수 있다는 뜻이다. 개인들의 자발적이고 주체적인 행위가 집단화되었을 때 그것이 역사적 사건을 이루어내는 것이다.

— 이완배

[3] 성서의 솔로몬 왕 이야기, 중국의 판관 포청천 이야기 등 법과 정의는 동서고금을 막론하고 문학작품의 주제로 널리 다루어져 왔다. 제시된 희곡도 그중의 하나로, 재치 있는 판결을 통한 정의 실현을 잘 나타내고 있는 작품이다. 그런데 이러한 작품들이 법을 통한 정의의 실현을 다루고 있기는 하지만 시대상이나 작가의식에 따라 그 해결 방식은 다를 수 있다. 여기서 작가가 바라보는 법과 질서, 그리고 우리 시대의 그것을 서로 견주어보면 우리는 법과 정의라는 난해한 개념을 다소 쉽게 이해할 수 있다.

— 원창훈

[4] "열 번 찍어 안 넘어가는 나무는 없다."는 속담은 지금의 현대 문명을 있게 한 인간의 노력 의지와 무한한 능력을 나타내고 있다. 끊임없이 한계에 도전하고 그것을 뛰어넘기 위해 노력함으로써 지금의 우리가 있게 된 것이다. 만약 이러한 도전과 노력 없이 그저 한계에 순응하고 현실에 만족하고 있었다면 우리는 아마 영원히 원시문화에서 벗어나지 못했을 것이다.

―김종모

[1]은 자신이 문제제기하고자 하는 사건 보도문의 핵심을 인용하면서 시작해 글의 생동감을 주고 있다. [2]는 자신의 논지를 뒷받침해 주는 유명 인물의 말을 논거로 삼았다. 이런 식의 첫 문장은 출발이 쉽고 유명 권위에 의존해 설득력을 쉽게 얻을 수 있으나 개성 있는 출발은 아니다. 왜냐하면 아무리 유명인의 말이 옳을지라도 결국 논술은 자신의 견해를 쓰는 것이기 때문이다. [3]과 같은 이야기를 끌어오는 전략은 흥미를 북돋아주는 장점이 있으나 너무 장황하지 않도록 조심해야 한다. 어차피 학생들이 쓰는 논술은 길게 쓸 만한 공간적 여유가 없다. [4]도 친숙한 속담을 이용해 첫 문장을 쓰면 부담 없이 독자의 관심을 불러일으킬 수 있다. 그러나 속담은 일반적 생각(통념)일 뿐이지 절대 진리는 아니므로 비중 있는 논거나 문제제기로 삼아서는 곤란할 것이다. 열 번 찍는 사람의 노력이 중요한 만큼 거절하는 사람의 지조도 중요하기 때문이다.

다음으로 일반적 명제로 출발하는 방법에 대해 생각해 보자.

2.2 일반적 명제로 시작하기

[5] 사회는 각각의 주어진 환경과 구성원들의 경험을 축적하여 서로 다른 문화적 공동체를 이룬다. 우리는 이러한 현상을 문화의 상대성이라고 한다. 그래서 각 문화권 사이의 상대적 차이점은 문화권 구성원 간의 이해가 필요하다. 만약 이러한 인식의 과정이 없다면, 상대방에게 불쾌감을 불러올 뿐만 아니라, 불필요한 오해를 할 우려 또한 배제할 수 없다.

―강소영

[6] 우리 민족은 서구 국가와는 달리 나보다는 우리라는 말을 선호한다고 한다. 우리라는 말에서 볼 수 있듯이 우리 사회는 자기 자신의 이익보다는 사회 전체의 이익에

보다 큰 의미를 둔다. 또한 같은 조직 안에 있는 구성원이라면 차별하지 않고 상대방을 자신과 같은 존재로 받아들인다. 이러한 문화적 배경 속에서 우리만의 독특한 집단성이 생겨난 것이다.

— 정진국

[7] <u>어느 나라나 그 나름의 민족적 특성이 있다.</u> 그것은 토착화되어 각 나라에서 그들만의 고유한 문화로 나타난다. 하지만 그 다양성으로 서로 융화하는 부분이 있는가 하면 상충하는 부분도 없지 않다. 예전에 우리나라에서 개고기를 먹는 것에 대해 국가 간의 외교적 마찰까지 빚은 일이 있었다. 이와 함께 제시문의 박세리 경우처럼 일련의 사건들이 문화적 상대주의의 관점에서 볼 때 어떠한 문제가 있는 것일까.

— 손창덕

[8] <u>인간은 학습을 활용해 성장하는 존재이다.</u> 그 학습 수단인 교육은 피교육자들의 사고, 행동, 심지어 잠재능력에까지 지대한 영향을 미치게 되므로 교육에 내재된 사상과 그 방향이 그릇되면 자연히 피교육자들의 사고를 잘못된 방향으로 흐르게 만든다. 이러한 의미에서 올바른 교육이념과 교육내용의 정립은 매우 중요하다고 하겠다.

— 이지은

[5]는 문화의 상대성에 대한 정의가 두 문장에 걸쳐져 있다. 일반적 명제로 시작하면 이렇게 느슨해지는 것을 경계할 필요가 있다. 문화적 상대성에 대한 논의는 일반화된 것이므로 최대한 간단하게 하거나 자신만의 문제설정과 관련하여 좀 더 구체적으로 쓸 필요가 있다. 이를테면 이렇게 바꿀 수 있지 않을까. "각 사회는 서로 다른 문화공동체를 이루고 있다. 이러한 문화상대성은 서로의 공존을 위해 존중되어야 한다." [6]의 경우 '우리 민족이 다른 민족과 다르다.'라는 일반적 문장으로 했으면 무척 맥 빠지는 건조한 첫 문장이 되었을 것이다. 그러나 우리 민족은 '나'보다 '우리'를 더 좋아한다는 구체적 사건을 포함함으로써 무척 생동감 있는 문장이 되었다. [7], [8] 문장은 너무 일반적이다. [8]의 경우에는 "인간은 학습을 함으로써 성장하는 존재이므로 학습을 어떻게 할 것인가는 성장 그 자체의 문제일 수 있다."는 식으로 좀 더 긴장감 있는 문장으로 바꾸는 것이 좋을 것이다.

다음으로 주의할 것은 첫 문장에 되도록 자신의 관점이나 문제설정을 분명하게 담는 것이 좋다. 다음 두 학생의 첫 문장을 보자.

[9] 자본주의란 생산수단을 가진 자본가 계급이 노동자 계급에게서 노동력을 사서

생산활동을 함으로써 이익을 추구해 나가는 경제구조를 말한다. 여기에는 사유재산제도와 자유에 바탕을 둔 개인주의라는 자본주의의 두 가지 큰 특성이 내재되어 있다. 제시문에도 이러한 특성이 잘 드러나 있다. 주인공의 재산 사유와 신하들의 양심의 자유 보장과 같은 것들이 자본주의의 특성과 밀접한 관련이 있다고 하겠다.

—박재영

[10] 우리나라는 자본주의를 기본 경제 이념으로 채택하고 있다. 그러나 현실은 그 본질에서 멀어져 구조조정을 해야만 하는 상황에 직면하였다. 이러한 문제를 해결하기 위해선 자본주의의 본질을 이해하는 것이 중요하다. 이제 데포우의 로빈슨 크루소의 내용을 통해 자본주의의 본질을 알아보고 이러한 관점에서 우리의 현재 경제상황에 대해 반성해 보도록 하자.

—최여환

[9]번 학생은 자본주의 정의로 시작했는데, 자본가 계급을 중심으로 한 노동자 계급과의 관계설정으로 하고 있다. 자본주의 정의는 여러 가지로 할 수 있는데 이런 식의 계급관계를 분명히 한 것은 문제설정을 이런 방향으로 하겠다는 의지가 담겨 있어 그렇다. [10]번 학생은 우리나라가 자본주의를 기본이념으로 하고 있음을 첫 문장으로 삼고 있다. 이 학생은 자본주의 그 자체 문제보다는 우리나라의 문제를 집중 조명하겠다는 생각을 반영하고 있다. 따라서 선생님들은 학생들이 자신의 생각을 좀 더 분명하게 드러낼 수 있는 다양한 첫 문장, 색깔 있는 첫 문장을 써 보도록 유도해야 한다.

3 | 색깔 있는 자기 문장 지도

사실 색깔 있는 자기 문장을 실현하는 것은 어려운 일이다. 그것은 전문작가들도 어렵다고 한다. 그러나 한 가지 분명한 사실은 어린 학생들의 글을 읽어보면 글은 세련되지 않았어도 순진한 어린 학생들의 색깔을 읽을 수 있다. 그러므로 학생들에게 자기의 색깔을 세련미나 정형화된 문장에서 찾으라는 것이 아님을 주지할 필요가 있다. 최소한 어른들 문장을 흉내 내는 것만 피하면 일단 이룰 수 있다.

자기 나라의 자랑스러운 글자가 있으면서 남의 나라의 글자를 쓴다는 것은 부끄러운 일이다. 과거 사대주의 사상에 빠져 한자 전용을 주장하는 학계와 한글 전용을 주장하는 학계와의 마찰 또한 우스운 일이 아닐 수 없다. 한글처럼 우수하고 체계적인 우리나라 글자가 있는데 왜 과거의 묵수가 되어 한자 혼용을 주장하는가.

여러 가지 이유가 있겠지만, 우선 과거 몇 천 년 동안 우리나라는 중국 문화의 영향을 많이 받아왔다. 그 몇 천 년에 비하면 한글의 나이는 너무나 적은 것이다. 말하자면 지난 세월 우리들이 살아온 자취는 한자 문화의 토착화 과정에서 꽃이 피고 열매를 맺어왔기에 아무리 한글이 훌륭하다 할지라도 온 국민의 생활과는 거리가 있었다는 것은 충분히 생각해 볼 문제인 것이다. 결국 우리에게서 한자 문화를 버린다면 남는 것이 거의 없을 만큼 우리들의 모든 제도와 문물과 생각하는 방식은 그 영향에서 벗어나지 못하고 있다.

하지만 우리 한글의 역사가 짧다고 해서 한글의 기능을 간과해 버리는 것은 꽤 어폐가 있다. 비록 나이는 적다 하더라도 제2의 문화적 지배를 받지 않으려면 꾸준히 성장시켜야 하는 것이 한글인 것이다. 이런 점에서 한글 전용(물론 힘이 들지만)의 노력은 한국 문화 주체성 확립의 일환, 즉 필요 요소라 할 수 있다. 한글 전용의 주장이 무조건 한글로만 쓰자는 것은 아니다. 흑백논리에서 벗어나 부분적인 것부터 차츰차츰 한글 전용을 시도해 보자는 얘기이다. 조금씩 실천해 나가면서 외래어를 줄일 수 있다는 생각, 너무나 자명한 사실이다.

한자 혼용을 주장하는 이들은 말한다. 한자가 없으면 공식적 서식 작성이 어렵다느니, 한자 문화가 너무 깊게 박혀 있어서 대대적 전환이 어렵다느니 막대한 양의 한자어를 한글로 바꾸기엔 어렵다느니 뭐 그런 식으로 말이다.

하지만 이 입장은 무사안일한 태도의 고집에 지나지 않는다. 그네들은, 문화적으로 지배를 받아서 중국 문화화 되어 버릴 위험을 모르고 있는 것이다. 문자 양식이 타국어 것이고 그 문자에는 타국의 문화가 들어 있어서 결국엔 인식마저 타국이 되어버릴 위험성이 너무 큰 것이다. 문화 하강으로 결국 파국에 치달을지도 모르는 일이다.

궁극적으로 도외시할 수 없는 중국 문화이긴 하나 그들 문화도 처음엔 규모가 작았지만 확산된 것이다. 마찬가지로, 지금의 순수한 한국인의 문화는 작은 영역을 차지하나, 한글 전용이라는 방법으로 그 영역을 넓히는 일이 시급히 요구된다.

―김지한, 〈한글전용에 대하여〉

위 학생의 문장은 논제에 대한 열정은 느껴지지만 교과서의 독립선언문이나 딱딱한 논설문 문체를 흉내 낸 느낌을 준다. "…과거의 묵수가 되어 한자 혼용을 주장하는가."는 다음 교과서 문장의 냄새가 난다.

다만, 새로운 민족문화의 창조가 단순한 과거의 묵수(墨守)가 아닌 것과 마찬가지로, 또 단순한 외래문화의 모방(模倣)도 아닐 것임은 스스로 명백한 일이다. 외래문화도 새로운 문화의 창조에 이바지함으로써 뜻이 있는 것이고, 그러함으로써 비로소 민족문화의 전통을 더욱 빛낼 수가 있는 것이다.

—이기백, 〈민족문화의 전통과 계승〉

"…한글의 기능을 간과해 버리는 것은 꽤 어폐가 있다.""무사안일한 태도의 고집에 지나지 않는다.""…결국 파국에 치달을지도 모르는 일이다." 등의 표현도 마찬가지이다. 이런 문장은 힘이 없다. 한자어를 많이 썼느냐 안 썼느냐 문제가 아니다. 논술 문장의 힘은 진지한 태도와 근거를 바탕으로 한 확실한 문장에서 나온다. 위 학생의 첫 문장은 그럴 만한 근거를 제시하지 않아 국수주의의 격한 냄새가 난다. "…무사 안일한 태도에 지나지 않는다."는 문장도 마찬가지인데 이런 문장에 앞서 그 앞 문단을 반증할 수 있는 문장이 필요한 것이다. 곧 한자 없이도 공식적인 서류 작성이 가능하다는 따위의 근거 말이다. 마지막 문장은 내용은 무척 좋으나 역시 상투적인 글투로 끝나 그 생명력이 반감되고 있다. "한글 전용을 하게 되면 다양한 문화를 폭넓게 수용할 수 있으므로 한글 전용을 서둘러야 한다."정도로 표현하면 무난할 것이다.

사실 경험도 풍부하고 문제설정도 잘하지만 글 쓰는 훈련이 제대로 안 되어 있어 그런 경우도 있다. 이런 경우는 본인 잘못보다는 제도교육 잘못이 크다. 학교에서 글쓰기를 삶의 실천과정으로 가르치지 않고 문법(맞춤법)에 맞는 문장, 번지르르한 문장 위주로 가르쳤기 때문이다. 맞춤법을 지키지 말라는 얘기는 아니다. 그것은 부차적인 문제라는 것이다. 일단 자기의 생각을 과감하게 문장으로 표현해 보라. 문장 구조가 단순해도 좋다. 아름답지 않아도 좋다. "나는 이렇게 생각한다.""이것이 문제다.""왜 이래야만 하는가." 이런 문장이 단순하다면 또 다른 문장으로 이어주면 된다. "이것이 문제다. 왜냐하면 이것은 이렇기 때문이다." 등으로 말이다. 설령 틀린다 할지라도 고치는 과정이 있잖은가. 결국 논술은 문장의 집합인데 그것은 자신의 생각을 자연스럽게 끈질기게 이끌어가는 힘에 따라 탄탄한 글이 나온다. 아래 두 학생의 글을 비교해 보자.

　　우리는 살아가는 동안 많은 원칙을 지키며 살아오고 있다. 그러나 상황에 따라 원칙을 어기면서까지 융통성이 중시될 때가 있다. 오히려 원칙을 지키는 것이 어색한 상황일 때는 융통성을 발휘하여 대처하는 것이 중요하다. 여기서는 일상생활 속에서 융통성이 우리 삶에 미치는 영향에 대하여 여러 가지의 예를 통하여 알아보겠다.

우리는 일상생활에서 무의식적으로 원칙을 어기며 융통성을 발휘할 때가 많다. 보통 우연히 윗사람을 만날 때는 공손히 인사하는 것이 원칙으로 여겨진다. 그러나 대중목욕탕이나 화장실 같은 상황에서는 그러한 원칙보다도 융통성이 요구된다. 서로 벌거벗은 상태에서 예의를 지킨다는 것이 얼마나 우스운가! 그러한 때는 각자가 융통성을 발휘하여 상황을 피하는 것이 더욱 현명한 일이 될 것이다.

삶에서 융통성이 발휘되는 것은 현재의 생활에서 뿐만이 아니라, 옛 조상들에 대한 역사인식에서도 비롯될 수 있다. 한 가지 예로 신라시대에 이두 제작으로 유명한 설총을 들 수 있다. 승려는 평생 동안 결혼을 하지 않은 것이 일반 사람들에게 널리 알려진 원칙이다. 사람들은 승려가 결혼을 하면 승려로서의 자격이 박탈된다고 생각한다. 그러나 설총은 승려의 몸으로 부인과 첩을 여섯 명이나 두었지만, 위대한 인물로 전해 내려오고 있다. 그것은 설총의 여러 업적들이 오늘날 역사 속에서 위대하게 평가받고 있기 때문이다.

위에서 알아본 바와 같이, 우리는 여러 면에서 융통성을 발휘하고 있다. 그러나 시도 때도 없이 상황에 맞지 않게 융통성을 핑계로 원칙을 어기는 것은 올바르지 못하다. 상황에 맞게 현명하게 대처하는 자세가 필요하다. 상황에 따라 원칙을 지키는 것도 융통성의 하나라 할 수 있다. 우리는 원칙을 준수하면서도 필요할 땐 적절히 융통성을 발휘하는 지혜를 기르면서 다른 사람들과의 관계에서 풍요로운 삶을 이루자.

— 이한동

어느 나라의 왕이 새로운 법을 공표하면서 모든 백성들은 그 법을 꼭 지켜야 하며, 그렇지 않은 사람은 지위고하를 막론하고 누구든지 벌로 두 눈을 빼겠다고 했다. 모든 백성들이 두려워서라도 그 법을 지키고 있었는데 어느 날 그 법을 어긴 범법자가 잡혀 왕 앞에 끌려왔다. 그는 다른 사람도 아닌 왕의 단 하나뿐인 아들이었다. 왕은 이럴 수도 저럴 수도 없는 어려움에 빠지게 되었다. 왕의 아들이라고 특별히 용서해 준다면 차후에 법을 어긴 자를 처벌할 명분을 잃을 것이 뻔했고, 아버지로서 자식의 눈을 뺀다는 것은 차마 못할 짓이었기 때문이다. 고민을 하던 왕은 결국 아들의 눈 하나와 자신의 눈 하나를 뽑았다.

우리는 가끔 원칙을 지켜야 하느냐 융통성을 발휘해야 하느냐의 기로에서 고민을 하게 된다. '원칙'이란 그렇게 지키기로 약속되어 있는 것이다. 그러므로 원칙을 지키는 것이 당연함은 두말할 필요가 없다. 그러나 인간의 일은 수학공식같이 정확하게 딱 떨어지는 것이 아니기 때문에 꼭 원칙대로 할 수만은 없는 어려운 상황이 있게 마련이다.

개개인은 사회에서 한 가지 역할만 하고 있는 것이 아니라 여러 가지 지위를 갖고 다양한 역할을 수행하고 있다. 직장에서는 사장과 직원이지만 사사로이는 죽마고우인 관계도 있을 수 있고, 한 가정 안에서도 한 사람이 부모님에게는 아들이지만, 남편이며 가장이고, 두 아이의 아버지이기도 한 것처럼 우리들은 다른 사람들과의 다양하고 복잡한 관계 안에서 여러 역할을 수행하고 있다. 그래서 때때로 우리들은 불가피하게 역할 갈등을 경험하게 되며, 이러한 다양한 역할들을 어떻게 조화를 이룰 것인가의 문제를 고민하게 된다.

법을 어긴 자식의 눈을 '원칙'대로 차마 뽑을 수 없었던 왕은 아들의 한쪽 눈과 자신의 한쪽 눈을 뽑았다. 한 나라의 왕으로서, 그리고 아들의 아버지로서 그는 원칙을 지키면서도 훌륭하게 융통성을 발휘하는 모습을 보인 것이다. 왕은 사사로움보다 공의를 택함으로써 스스로 나라의 법을 지키는 모범을 보여 백성들 앞에서 자신과 법의 권위를 세웠다. 그러면서도 아버지로서 자식에 대한 깊은 사랑을 보여주었고, 백성들에게도 큰 감동을 주어서 백성들로부터 더욱 존경을 받게 되었다. 이 이야기는 원칙을 지키는 일과 융통성을 발휘하는 일이 서로 상치되는 것만은 아님을 보여준다. '원칙'에 담겨 있는 뜻과 정신을 그대로 유지하면서도 그 적용은 상황에 맞게 이루어질 수 있다. 법정에서 재판을 할 때에도 비록 사람을 죽인 죄라 할지라도 반드시 사형을 선고하는 것이 아니라 그 동기와 상황을 살펴 '정상참작'을 해 준다. 법은 하나의 기준이며 원칙이지만 예측할 수 없는 다양한 상황이 발생하기 때문이다. 그리고 다양한 각각의 상황에 맞게 법을 적용하는 것이야말로 진정으로 그 법의 정신을 실현하는 것이라고 할 수 있다.

오헨리의 단편소설 〈20년 뒤〉에 나오는 경관 지미가 이제는 수배자 명단에 올라 있는 20년 전의 소꿉친구 봅을 차마 자기 손으로 체포하지 못하고 동료 경관을 시켜 체포한 것 역시 이러한 맥락으로 이해될 수 있다. 그는 경관으로서 법대로 수배자를 체포해야 할 의무를 지키면서도 차마 자기 손으로 봅을 체포하지 못해 동료 경관에게 부탁하는 친구로서의 정을 보여주었다. 봅의 친구이자, 시카고의 경관이라는 두 가지 역할을 수행하면서 지미는 그가 할 수 있는 범위 내에서 최선을 다한 것이다. 허용될 수 있는 융통성의 범위라는 측면에서도 왕과 지미의 행동은 갈등관계의 두 가지 역할을 훌륭히 조화시킨 것으로 보기에 무리가 없다.

—고경은

위 두 글을 읽어보면 형식이 문장의 힘에 얼마나 영향을 끼치는지를 알 수 있다. 첫 번째 학생은 서론-본론-결론 형식에 맞추어 자신의 생각을 짜낸 느낌을 준다. 그러다 보니 "…예를 통하여 알아보겠다." "위에서 알아본 바와 같이" "풍요로운 삶을 이루자" 따위의 형식적 문장이 글의 긴장감을 떨어뜨리고 있다. 비슷한 의미의 문장이 많이 반복되고 있기도 하다. 그러나 두 번째 학생의 글은 서론-본론-결론이라는 형식에 구애받지 않고 자연스럽게 자신의 생각을 발전시켜 나가고 있다. 차분한 가운데 자신의 주장이 힘 있게 드러나고 있다.

결국 위에서 지적한 여러 문제는 같은 문제라는 것을 알 수 있다. 문장은 작문 교과서나 문법 교과서에서 나오는 것이 아니라 삶에 대한 적극적 관심과 문제의식에서 나온다. 생각도 중요하다. 그것은 원칙상 경험에서 우러나오는 생각이다. 물론 나는 작문 교과서나 문법 교과서를 부정하는 것은 아니다. 그런 교과서는 문장을 좀 더 효율적으로 다듬고 보강하는 데에 많은 도움을 줄 수 있다. 그것이 절대적 잣대가 아니라는 것을 강조하는 것뿐이다.

다시 한번 강조하거니와 문장의 힘은 화려한 수사법에서 나오지 않는다. 진정한 문장은 주어, 목적어, 보어, 서술어 등 주성분, 관형어, 부사어 등 부속성분, 독립어의 독립성분이라는 지식으로 구성되지 않는다.

진정한 문장은 경험과 그에 따라 이어지는 생각, 그리고 표현하고자 하는 언어적 실천 욕망에 따라 이루어지는 것이다.

4 | 금지의 문장 법칙에 대하여

흔히 논술 책이나 작문 책을 보면 이런 문장 쓰지 말아라 저런 문장 쓰지 말아라 등, 금지의 법칙을 많이 볼 수 있다. 그런 획일주의는 오히려 학생들의 자유로운 글쓰기 의욕을 떨어뜨릴 수가 있다.

4.1. 긴 문장을 쓰지 말아라?

우리나라 말은 조사와 어미를 활용해 문장을 무한대로 늘려갈 수 있다. 당연히 긴 복문을 많이 쓸 수 있다. 그런데 우리 학생들은 아직 글쓰기에 자신이 없는 학생들이 많아서 길게 쓰면 앞뒤가 잘 안 맞고 앞뒤가 맞더라도 정확히 전달하기 어려우니까 무조건 짧게 쓰라는 것이다. 그러나 자신이 표현하고자 하는 내용이 길게 쓸 필요가 있는 것이라면 길게 써도 된다. 복문은 괜히 있는 것이 아니잖는가. 문제는 자신의 생각에 대해 얼마나 자신감이 있느냐이다. 자신감만 있고 논지가 분명하다면 길면 어떠랴.

4.2. 의문문을 쓰지 말아라?

논설문은 자신의 생각을 분명하게 밝히는 것이므로 의문문을 쓰지 말라는 사람들이 많다. 이것도 말이 안 된다. 자신의 생각을 강조하거나 끌어내기 위해 우리는 다양한 전략을 쓸 수 있는데 그 과정에서 의문문 형태, 특히 설의법을 나타내는 의문 형식(과연 그런가?)을 얼마든지 쓸 수 있다. 다만 그 형식이 자꾸 반복되면 전달 효과는 떨어질 것이다. 왜냐하면 논리적 이성보다는 감성에 더 호소한 느낌을 줄 수 있으니까 말이다.

4.3. 일인칭 '나'를 쓰지 말아라?

또 일부 논자들은 논술문의 객관성을 위해 '나'라는 일인칭 대명사를 쓰지 말라고 한다. 한번 생각해 보자. '나'를 쓰면 비객관적이고 안 쓰면 객관적인가. 객관적이냐 아니냐는 논증의 치밀함에서 오는 것이지 대명사에 있지 않다. 논술은 어차피 자기주장을 펴는 것인데 그렇다면 '나'라는 말을 얼마든지 쓸 수 있다. '나'를 쓰면 안 된다니까 일부에서는 '필자', '글쓴이'라는 말을 쓰는데 그러기보다는 확실하게 문장의 주체를 밝히는 것이 좋다.

4.4. 피동형을 쓰지 말아라?

특히 국어순화를 강조하는 분들이 되도록 피동형을 쓰지 말라고 한다. 영어나 일본어의 수동형을 흉내 낸 느낌을 준다는 것이다. 물론 영어나 일본어의 수동은 우리나라의 피동형에 비교할 수 없을 정도로 발달되었다. 그리고 우리나라 지식인들이 이런 나라들의 책을 제멋대로 번역해 들여오는 과정에서 영어나 일본어를 닮은 피동형이 많이 있는 것도 사실이다. 그렇지만 피동형 자체는 분명한 우리 말법이다. "순경이 도둑을 잡았다."라고 할 수도 있고 "도둑이 순경한테 잡혔다."라고 할 수 있다. 문제는 순경의 적극적 역할을 강조하는 글에서 피동형을 쓰면 어색할 것이다. 그런 경우를 제외하고는 우리는 자유롭게 써서 글의 효과를 높일 일이다.

더욱 문제가 되는 것은 '잡혀지다' 따위의 이중피동이다. "도둑이 순경한테 잡혀졌다."와 같이 '잡혔다'라고 하면 될 것을 군이 그렇게 쓸 필요가 있느냐는 것이다. 일부러 잡혀준 것을 강조하기 위해 쓰는 경우가 아니라면 그렇게 이중피동을 남발할 필요는 없다. 다만 글의 의도와 효과에 맞아떨어지느냐를 눈여겨보아야 한다.

5 | 마무리

문장을 강조하다 보니 문장이 모여 하나의 논술문이 되는 것처럼 얘기하고 말았다. 다시 말하면 문장은 부분 요소이고 논술문이 전체인데 부분의 단순한 합이 전체인 것처럼 오해하게 했다는 점이다. 공간적으로 보면 그렇지만 시간이나 의미작용으로 보면 꼭 그렇지는 않다.

시간으로 보면 글을 쓰고자 하는 욕구와 전체적인 맥락이 구성된 후 문장을 채워나가는 것이고 의미작용으로 보면 한 문장이 전체 글의 효과나 의미작용을 지배하거나 크게 영향을 끼칠 수 있다. 이러한 맥락주의와 의미작용을 강조하는 것은 규범이나 문법에 따라 문장 쓰기만으로 논술문에서의 문장 쓰기 문제가 해결되는 것이 아님을 강조하기 위해서다. 문장은 논술문의 기본단위라기보다는 전략적 단위일 뿐이다.

3부 | 구성 지도 전략

12장 개요짜기와 구성지도

1 | 머리말

흔히 개요는 글의 뼈대 정도로 정의하고 글쓰기 전에 귀찮지만 마지못해 해야 할 과정으로 생각하는 학생들이 많듯이 개요짜기를 지도하는 선생님들도 도식적인 과정으로 아이들을 가르치는 경우가 많다.

개요짜기는 단순히 글쓰기 전에 글의 뼈대를 만드는 것이 아니라 자신의 논지를 어떤 방식으로 이끌어갈 것인가에 대한 총체적 전략 짜기이다. 그러므로 개요짜기는 단순히 구상을 옮겨놓는 것이 아니라, 자신의 논지나 관점을 어떤 과정을 거쳐 확보할 것인가에 대한 치열한 탐색과정으로 지도해야 한다. 일반적인 개요짜기의 문제점을 짚어보고 대안을 찾아보도록 한다.

2 | 왜 개요인가

개요(얼개)가 완성되면 글쓰기의 반은 성공한 것이라고 한다. 당연한 말이다. 아니 그 이상이다. 제대로 짰다면 글쓰기의 90프로가 완성된 거나 다름이 없다. 그만큼 중요하다는 것인데 왜 그럴까.

글의 내용 구조도가 개요이다.[25] 개요짜기가 얼마나 중요한지 알려면 두 가지를 명심해야

---

25 내용 구조도란 해결해야 할 문제 곧 목표와 그것의 해결 방안을 정리한 요점 등에 대한 전체적인 개요를 알기 쉽게 그림으로 나타낸 것으로 서술할 주요 사항들을 위계화하여 정리해 둠으로써 일관성,

한다. 왜 글을 쓰는가이고 또 하나는 글은 시간과의 싸움이라는 것이다. 왜 글을 쓰는가. 누군가가 읽게끔 하기 위한 것이다.[26] 그렇다면 읽는 사람이 편하게 읽을 수 있도록 해야 한다. 글은 궁극적으로 독자를 위한 서비스 차원에서 접근해야 한다. 그렇다면 독자가 편하게 읽게끔 하려면 쉽게 읽히도록 해야 한다. 이때 가장 중요한 것이 전반적 흐름이 일목요연해야 하고 논리적이어야 술술 읽히게 된다.

논술문에서 일관성이 없거나 비논리적인 글은 잘 읽히지 않을 뿐만 아니라 불쾌감을 준다. 그렇다면 어떻게 써야 일목요연하게 글을 엮어낼 수 있는가. 그것은 바로 글의 설계도를 잘 짜는 수밖에 없다. 바로 글의 설계도가 개요이다. 설계도 없는 멋진 집을 상상할 수 있는가. 없다. 글쓴이도 20년 가까이 전문 작가로 활동하고 있지만 논리적인 글을 쓸 때는 반드시 개요를 짜고 한다. 물론 이 글도 개요를 짠 뒤 쓰고 있는 것이다.

두 번째 시간과의 싸움이라는 것은 무엇인가. 수험생들의 글쓰기 차원을 얘기하는 것이 아니다. 논리적인 글일수록 집중해서 써야 하는데, 바로 집중이라는 것이 시간과의 싸움이라는 것이다. 개요짜기는 단지 글의 요약이 아니다. 단순한 설계도가 아니다. 전략이다. 내가 왜 이 주제로 글을 써야 하는가라는 동기부터 이 글로써 무엇을 이룰 것인가에 대한 목표, 그러한 목표를 이루기 위한 구체적 방법, 그리고 언제까지 끝내야겠다는 글에 대한 총체적 다짐이다. 그 다짐에 대한 구체적 전략인 셈이다.

3 │ 일반적인 개요짜기의 문제점과 대안

많은 학생들이 개요짜기의 중요성을 알면서도 제대로 실천하지 못하는 것은 시간 탓도 있겠지만 학교에서 배운 상투적이거나 잘못된 개요짜기 탓도 있다. 두 가지 문제만 짚어보자.

첫째는 개요를 다음과 같이 문장개요와 화제개요로 배타적으로 나눈다. 교과서 설명을 그대로 보자.

통일성, 완결성을 갖춘 글을 쓰기 위함이다(김대행·이성영·염은열(2004), ≪고등학교 작문≫(주)천재교육).

26 문장의 목적은 딱 하나다 '읽기 위한 것'. 주제도 읽힌 다음의 것이고, 소재도 화제도 읽히지 않고 보면은 휴지통의 부스러기다. '읽혀야 문장!'이 목적을 실현코자 하는 두 방법이 '얼개'요, '표현'이다. '얼개'는 전체의 구조를 말하고, '표현'은 그에 따른 구체적 서술을 말한다(장하늘(1998), 핸드북 논술, 박문각).

개요는 화제를 중심으로 전개한 '화제개요'와 사항의 요지를 중심으로 나타낸 '문장개요'의 둘로 크게 나뉘며, 일반적으로 다음과 같이 나타낸다.

화제 개요		문장 개요	
제 목	만화	제 목	텔레비전은 어린이보다 어른에게 해롭다.
주제문	만화는 장점도 있지만, 어린이들에게는 해로움이 많다.	주제문	텔레비전은 어린이보다 어른에게 해롭다.
개 요	(1) 만화의 장점	개 요	(1) 어린이의 시청률은 낮다.
	·표현의 참신함과 풍부한 공상		·어린이는 시청 시간이 적다.
	·본격 동화의 간편한 소개		·어린이를 위한 프로그램이 적다.
	(2) 만화의 단점		(2) 어른의 시청률이 높다.
	·속된 표현		·텔레비전 앞에서 여가를 보낸다.
	·독서력과 사고력의 저하		·타성으로 텔레비전을 본다.
	(3) 독서의 권장		(3) 텔레비전은 어른에게 해롭다.
	·독서하는 습관		·어린이에게서 불신을 받는다.
	·독서로 사고력을 신장		·건강에 좋지 않다.

이 두 종류의 개요는 각각 다음과 같은 장점과 단점을 지니고 있다.

장점

'화제개요'는 일목요연하여 사고과정을 개괄할 수 있고, 간결하므로 그 작성이 능률적이다. '문장개요'는 다른 사람이 보아도 내용을 쉽게 알 수 있고, 많은 시간이 흐른 후에도 그 내용을 분명하게 알 수 있다.

단점

'화제개요'는 그 내용을 다른 사람은 충분히 알 수가 없고, 시일이 경과하면 작성자 자신도 내용을 잘 모르게 된다. '문장개요'는 일목요연하게 사고과정을 알 수 없고, 그 작성이 비능률적이다.

—강윤호 외(1992), 《고등학교 작문》, 동아출판사, 43~44쪽.

먼저 위와 같은 구별 맥락은 너무나 도식적이다. 문장개요와 화제개요가 딱히 갈라지는 것이 아니다. 제목(상위 항목)은 화제개요식으로, 하위 항목은 문장개요식으로 섞을 수도 있다.

1. 만화의 장점
    (1) 표현이 참신하고 풍부한 공상을 불러일으킬 수 있다.
    (2) 본격 동화를 간편하게 소개할 수 있다.
2. 만화의 단점
    (1) 속되고 저질스러운 표현이 많다.
    (2) 독서력과 사고력이 저하된다.
3. 독서의 권장
    (1) 독서하는 습관을 기르는 것이 급하다.
    (2) 독서를 통하여 사고력을 신장해야 한다.

그러므로 도식적 분류법은 학생들의 생산적인 글쓰기를 오히려 방해할 수 있다. 또한 궁극적으로 개요짜기는 남에게 보이기 위한 것이 아니므로 자신의 글쓰기에 편리한 방식대로 하면 된다. 그러므로 개요방식의 장단점은 위 교과서 설명 방식대로 딱히 갈라지는 것이 아니라 글의 성격, 글을 쓰게 된 상황, 글 쓰는 이의 태도나 성향에 따라 결정된다.

둘째는 서론-본론-결론의 상투적 틀 짜기를 강요한다. 이러한 3단 구성은 논설문 구성의 주된 방식이긴 하나, 형식적인 틀을 중요시하는 학술 논문에서의 주된 관행일 뿐 대입논술에까지 도식적으로 적용할 필요는 없다.[27] 그런데 기존의 논술교육은 '서론-본론-결론'이라는 상투적인 틀에 자기 생각을 꿰어 맞추도록 강요해 왔다. 그리고 이런 3단 구성은 대입논술과 같은 짧은 논술에서는 중요한 문제를 불러일으킨다. 첫째는 별로 필요하지 않은 반복적 요소가 발생한다. 서론과 결론이 겹친다든가 아니면 '-알아보자', '-위에서 알아본 바와 같이' 등과 같은 상투적 표현을 남발하게 된다. 둘째는 자기 생각을 효율적으로, 전략적으로

---

27 그리고 '서론-본론-결론'이라는 용어는 그것이 전개방식인지 구성방식인지 헷갈릴 염려가 있으므로 이런 용어를 사용하려면 '머리말-몸말-맺음말'이라는 용어가 더 좋다. 구체적으로 설명해 보자. 결론은 원래 논리학 용어로 전제나 근거에서부터 추론과정을 거쳐 얻는 최종 생각을 말한다. 이럴 때의 용어는 전개방식 용어이다. 그런데 단지 마지막 부분이라는 정적 개념이라면 그것은 구성 방식의 용어이다. 이러한 혼동 때문에 어떤 학생은 "주장을 본론에 쓰고 결론에서 요약하고 전망하는 게 좋습니까. 아니면 그냥 결론에 쓰는 것이 좋습니까."라고 질문하기까지 한다. 이 학생은 서론-본론-결론이라는 용어를 구성방식 용어로 보고 있다. 그렇다면 주장은 서론에 올 수도 있고 본론에 올 수도 있고 결론에 올 수도 있다. 이때 결론을 주장과 동의어로 보면 혼동이 생긴다. 그러므로 차라리 철저히 위치에 따른 구성방식을 확실하게 나타내 주는 머리말-몸말-맺음말이란 용어가 낫다는 것이다. 결론을 머리말에 밝혀놓고 그것을 논증해 나간 것이 이른바 두괄식 구성이고, 결론을 맺음말에 놓는 것이 미괄식, 앞뒤로 반복하는 것이 양괄식이다. 그러나 주장이라는 것이 이렇게 도식적으로 놓이는 것도 아니다. 몸말(본론)이 주장을 논증하는 것이라면 당연히 그곳에도 나올 수 있는 것이다. 여기서 내가 얘기하고 싶은 것은 그런 도식적인 틀에 너무 얽매이지 말자는 것이다. 학생들이 하는 논술은 대개 2000자 이내의 논술이다. 그런 틀에 얽매이다 보면 진짜 쓰고자 하는 내용을 못 쓰는 경우가 많다. 그리고 논제에 이미 기본적인 문제설정이 되어 있는 경우가 많고 2000자 이내 논술에서 형식적인 머리말을 길게 쓸 필요도 없다.

전개할 수 없다는 점이다. 실제 어느 교사가 작성한 예문을 보자.

[문제] 《레미제라블》이라는 소설의 일부를 읽기 : 이 소설은 19세기의 프랑스 사회를 배경으로 하고 있지만 오늘날 우리 사회의 일면을 엿볼 수 있다는 점에서 우리의 공감을 이끌어낸다. 아래의 글을 읽고 이 글에서 다루고 있는 범죄 발생의 원인이 무엇인지를 밝히고, 이러한 원인에 비추어볼 때 범죄의 처벌은 어떻게 이루어져야 하는지에 대해 제시문에 드러나 있는 견해를 참고로 자신의 견해를 논술하라.

주제문 범죄의 발생원인은 범죄를 저지른 개인에게뿐만 아니라 외부환경에도 있으므로 범죄의 발생을 막기 위해서는 범죄자를 가혹하게 처벌하는 것에 의존할 것이 아니라 사회제도적인 차원에서 시급히 대책을 마련해야 한다.

서 론 범죄의 발생에는 범죄자가 속한 외부환경도 상당한 영향을 미친다고 할 수 있으므로 범죄의 책임을 전적으로 범죄를 저지른 당사자에게만 돌리기는 어렵다.

본 론 [1] 범죄의 발생 원인을 외부환경에서 찾는다고 해서 범죄를 저지른 개인의 잘못을 전적으로 부정하지는 않는다.

[2] 《레미제라블》이라는 소설에서 주인공인 장발장이 범죄를 저지를 수밖에 없었던 절박한 상황에 처해 있었다는 점을 생각해 볼 때 범죄행위의 원인을 그 개인에게서만 찾을 수는 없다.

[3] 범죄의 발생 원인으로 사회적 환경의 영향력도 무시할 수 없다면, 특히 그것이 빈부의 문제와 관련되어 있다면 가혹한 형벌은 정당한 처벌이 아닐 뿐만 아니라, 효과적인 처벌 방법도 아니라고 해야 할 것이다.

[4] 범죄의 발생을 막기 위해서는 가혹할 정도로 지나친 처벌만을 강조할 것이 아니라 그 범죄가 일어날 수밖에 없었던 사회적 환경에도 눈을 돌려 사회제도적인 차원에서의 대책을 마련하기 위해 노력해야 한다.

결 론 범죄의 발생에 대해서 사회도 그 책임을 면하기 어려우므로 범죄를 저지른 사람에게 가혹한 처벌을 내리면서 문제가 해결될 것이라는 안이한 자세를 취하기보다는 사회적인 측면에서의 해결 방안을 마련하기 위해 노력해야 한다.

다음 글은 위와 같은 개요짜기에 의해 쓴 실제 답안이다.

[1] 대부분의 사회에서 사회 법규를 어긴 범죄자를 처벌하는 것은 개인의 행위에 대한 책임을 바로 그 당사자에게 물을 수 있기 때문이다. 그러나 어떤 개인이 범죄를 저질렀을 때 그 범죄의 책임이 전적으로 그 개인에게만 있다고 보기는 어렵다. 범죄의 발생에는 그가 속한 외부환경도 상당히 영향

을 미치기 때문이다. 생활비를 벌기 위해 아버지가 아들의 손가락을 잘라야 할 만큼 절박한 상황에서 저질러진 범죄라면 우리는 그 범죄의 원인을 단순히 그 개인에게서만 찾을 것이 아니라 그가 처한 열악한 외부환경에도 눈을 돌려야 한다.

[2] ≪레미제라블≫이라는 소설에는 범죄의 발생원인을 외부환경에서 찾으려는 관점이 잘 드러나 있다. 범죄의 발생원인을 외부환경에서 찾는다고 해서 범죄를 저지른 개인의 잘못을 전적으로 부정하는 것은 아니다. 물론 범죄를 저지른 그 개인의 잘못도 인정한다. 범죄자를 처벌하는 것은 잘못에 대한 책임을 행위자에게 묻기 때문이다. 어떤 핑계를 대더라도 결국 범죄행위는 범죄자에게서 나온 것이다. 주인공인 장발장 역시 이러한 사실을 잘 알고 있다. 그 역시 자기 자신이 죄를 지었다는 사실을 부인하지는 않는다. 그러나 장발장 자신도 주장하듯이 그의 범죄행위의 원인을 전적으로 그 개인에게서만 찾을 수는 없다. 그는 일할 의사와 능력이 있었으나 일거리를 얻을 수 없었고, 게으른 자가 아니었으나 양식이 없었다. 장발장이 범죄를 저지르게 된 원인으로는 일자리도 먹을 것도 얻을 수 없었던 절박한 상황에 그가 처해 있었다는 사실도 무시할 수 없는 것이다. 최근에 우리 사회에서 발생한 충격적인 사건 역시 IMF 상황에서의 열악한 경제 사정이 하나의 원인으로 작용했음을 부인하기 어렵다. 생활비를 벌기 위해 아버지가 아들의 손가락을 자르는 상상하기 어려운 범죄 역시 그럴 수밖에 없었던 절박한 상황에서 이루어진 일이라고 할 수 있는 것이다.

[3] 우리가 만약 범죄의 원인을 범죄자에게서만 찾는다면 가혹한 형벌을 가하여 범죄의 발생을 막을 수 있으리라고 기대하는 것이 가능하다. 그러나 범죄가 발생하게 된 사회적 환경의 영향력도 무시할 수 없다면, 특히 빈부의 문제와 관련되어 있다면 우리는 가혹한 형벌은 정당한 처벌이 아닐 뿐만 아니라 효과적인 처벌 방법도 아니라는 것을 알게 된다. 가혹한 처벌은 오히려 개인의 분노와 적개심에 불을 지르고 극단적일 경우 그의 삶 자체를 파괴할 수도 있다. 그는 죄의 대가를 치르면서 자신의 잘못을 회개하고 새 사람이 되는 것이 아니라 더욱더 악화될 우려가 많다.

[4] 범죄의 발생 원인을 범죄자 개인에게서 뿐만 아니라 그를 둘러싼 외부환경에서도 찾을 수 있다면 우리는 범죄의 발생을 막기 위해 가혹할 정도로 지나친 처벌만을 강조할 것이 아니라 그 범죄가 일어날 수밖에 없었던 사회적인 환경에도 눈을 돌려야 한다. 특히 가난 때문에 소외되고 고통받는 사람들을 위해 사회제도적인 차원에서의 대책을 마련하는 것이 시급하고도 중요한 문제라고 할 것이다. 사회복지 정책을 강화하여 가난하고 소외된 사람들에 대한 혜택을 확대하고, 부유층에게는 중과세를 부과하고 가난한 사람들의 조세는 감면해 주는 식의 조세상의 방안을 강구해야 한다.

[5] 요컨대 범죄의 발생 원인은 개인에게서뿐만 아니라 그 개인을 둘러싼 사회적 환경에서도 찾을 수 있으므로 범죄의 발생에 대해서 사회도 그 책임을 면하기 어렵다. 때때로 한 개인이 범죄자가 되는 데에는 그 개인의 잘못보다 외부환경의 영향력이 더 절대적일 수도 있다. 그리고 이러한 측면을 염두에 둔다면 우리는 범죄를 저지른 사람에게 가혹한 처벌을 내리면서 문제가 해결될 것이라는 안이한 자세를 취하기보다는 사회적인 측면에서의 해결 방안을 마련하기 위해 노력해야 할 것이다.

위에서 보면 범죄의 원인은 개인적이 아니라 사회적이라는 것이 첫 문단부터 마지막 문단까지 줄기차게 반복되고 있다. 비생산적인 글이 된 것이다. 그렇다면 대안은 무엇인가.

문단별로 개요를 짜고 거기에 맞추어 글을 쓰고 보니 군더더기도 없고 문단과 문단이 생산적으로 발전해 나가는 구성이 됐다. 여기서 주목할 것은 마지막 문단이다. 흔히 마지막 문단은 서론-본론-결론 구도에서는 앞에서 논의한 것을 요약하거나 반복하거나 보완하는 것 정도로 생각하는 학생이 많다. 대입논술은 학생들에게는 부담스럽겠지만 짧은 논술이다. 그런 짧은 글에서 언제 반복하고 요약하겠는가. 마지막 문단은 자신의 주장이나 논지를 강조하거나 새롭게 쳐야 한다. 논점을 새롭게 친다는 것은 뭔가를 새로 더 보탠다는 것이 아니다. 앞에서 한 얘기를 종합하면서 강조하는 방법이다. 위 글에서는 '공범'이라는 관점에서 새롭게 치고 있다.

4 | 소주제 진술 방식으로 본 개요 방식

우리는 앞 절에서 넓은 의미에서 개요짜기의 중요성을 짚어보았다. 그렇다면 아주 구체적인 전략을 위해 표현하는 방식은 왜 중요한가. 이런 방식을 충분히 인지하고 익혔을 때 개요를 잘 짤 수 있다. 이런 점에 유의하여 학생들을 지도해야 한다.

개요는 글의 뼈대이므로 당연히 일목요연한 기호를 이용하여 항목식으로 나타내야 한다. 항목식으로 뼈대 추리기다. 기호가 워낙 많으니까 수많은 방식이 있을 수 있지만 가장 많이 쓰이는 다음과 같은 방식을 눈여겨보아야 한다. 큰 항목은 큰 항목대로 같은 방식의 기호를 써야 한다. 작은 항목으로 들어 갈수록 다른 기호를 써야 한다. 물론 공개하는 것이 아니라면 자신이 좋아하는 기호를 쓰면 된다. 직접 예를 보자

주제 : 소크라테스 죽음의 긍정적 측면과 부정적 측면에 대한 자신의 생각을 쓰라.

1. 서론
   1) 문제제기 : 어느 한쪽으로 단정할 수 없음
   2) 접근방법 : 양면성 논의한 뒤 나만의 관점 밝힘

---

2. 본론

1) 소크라테스 죽음의 긍정적 측면

   (1) 법수호

   (2) 지조

      ① 정신적 가치

      ② 후세에 귀감

   (3) 공적 자세, 이기적 욕망 아님

2) 소크라테스 죽음의 부정적 측면

   (1) 지나친 이상주의, 원칙주의 태도

   (2) 악법 옹호

      ① 악법은 독재자의 것

      ② 악법 개정에 악영향

   (3) 국가적 손실

3) 긍정적 측면과 부정적 측면의 현대적 비교

   (1) 어느 한 측면만을 부각할 수는 없음

      ① '악법도 법이다'는 말은 법적 측면에서 양면성을 지님

      ② 정신적 가치에서도 양면성을 지님

   (2) 진리라는 측면에서 보면 부정적 측면이 강함

      ① 진리는 법보다 더 강함

      ② 소크라테스가 진리를 택했을 때의 가치와 이익이 더 큼

3. 결론

1) 소크라테스의 죽음의 의미는 양면성을 띰

2) 소크라테스 죽음의 의미는 우리가 어떻게 받아들이냐의 문제임

위와 같이 짤막짤막한 어구나 어절로 되어 있는 개요를 화제개요라고 한다. 위 화제개요를 제대로 된 문장으로 풀어쓰면 문장개요가 된다.[28] 한번 풀어보자.

---

28 이 두 종류의 개요는 각각 다음과 같은 장점과 단점을 지니고 있다.

   가. 장점 : '화제개요'는 일목요연하여 사고과정을 개괄할 수 있고, 간결하므로 그 작성이 능률적이다. '문장개요'는 다른 사람이 보아도 내용을 쉽게 알 수 있고, 많은 시간이 흐른 후에도 그 내용을 분명하게 알 수 있다.

   나. 단점 : '화제개요'는 그 내용을 다른 사람이 충분히 알 수가 없고, 시일이 경과하면 작성자 자신도 내용을 잘 모르게 된다. '문장개요'는 일목요연하게 사고과정을 알 수 없고, 그 작성이 비능률적이다.

—강윤호 외. 고등학교 작문 동아출판사, 1992

이와 같은 분류법은 너무나 도식적이다. 개요가 언제나 이처럼 문장개요와 화제개요로 딱 갈라 구분되는 것은 아니다. 제목(상위 항목)은 화제개요식으로, 하위 항목은 문장개요식으로 섞을 수도 있다.

1. 서론

  1) 어느 한쪽이 꼭 옳다고 볼 수 없다.

  2) 양쪽 다 일리가 있으나 '진리' 측면에서는 부정성이 강하다.

2. 본론

  1) 소크라테스 죽음의 긍정적 측면

    (1) 법의 절대적인 권위를 보여주는 상징적 사건이다.

    (2) 지조

      ① 비록 죽었더라도 그 정신적 가치가 뛰어나다.

      ② 지금까지도 소크라테스가 더 가치 있는 것은 그러한 죽음 때문이다.

    (3) 그는 이기적 욕망에서 죽은 것이 아니다.

  2) 소크라테스 죽음의 부정적 측면

    (1) 지나친 이상주의이고 원칙주의 태도이다.

    (2) 악법 옹호

      ① 악법은 독재자의 것이므로 진정한 법이 아니다.

      ② 악법 개정에 잘못된 영향을 끼쳤다.

    (3) 그의 죽음은 학문으로 보나 그 당시 사람들에 미친 영향으로 보나 국가적 손실이다.

  3) 긍정적 측면과 부정적 측면의 현대적 비교

    (1) 어느 한 측면만을 부각할 수는 없다.

      ① '악법도 법이다'는 말은 법적 측면에서 양면성을 지닌다.

      ② 정신적 가치에서도 양면성을 지닌다.

    (2) 진리라는 측면에서 보면 부정적 측면이 강하다.

---

  (1) 만화의 장점
    1) 표현이 참신하고 풍부한 공상을 불러일으킬 수 있다.
    2) 본격 동화를 간편하게 소개할 수 있다.
  (2) 만화의 단점
    1) 속되고 저질스러운 표현이 많다.
    2) 독서력과 사고력이 저하된다.
  (3) 독서의 권장
    1) 독서하는 습관을 기르는 것이 급하다.
    2) 독서를 통하여 사고력을 신장해야 한다.

   위와 같은 도식적 분류법은 학생들의 생산적인 글쓰기를 오히려 방해할 수 있는 측면이 있다. 또 궁극적으로 개요짜기는 남에게 보이기 위한 것이 아니므로 자신의 글쓰기에 편리한 방식대로 하면 되는 것이다. 즉 개요방식의 장단점은 위 교과서의 설명대로 딱히 갈라지는 것이 아니라 글의 성격, 글을 쓰게 된 상황, 글쓴이의 태도나 성향에 따라 결정된다.

   또 한 가지, 개요짜기에서는 '서론-본론-결론'식의 도식적인 틀에 너무 얽매이지 않도록 한다. 이러한 3단 구성은 논설문 구성의 주된 방식이긴 하나 형식적인 틀을 중요시하는 학술 논문에서의 주된 관행일 뿐 대입논술에까지 도식적으로 적용할 필요는 없다. 그리고 서론, 본론, 결론이라는 용어는 그것이 전개방식인지 구성 단계인지 헷갈릴 염려가 있으므로 이런 용어를 사용하려면 '머리말-몸말-맺음말'이라는 용어가 더 좋다.

① 진리는 법보다 더 강하므로 더 큰 진리를 위해 악법을 거부해야 했다.

② 소크라테스가 진리를 택했을 때의 가치와 이익이 더 크다.

3. 결론

1) 소크라테스의 죽음의 의미는 양면성을 띤다.

2) 소크라테스 죽음의 의미는 우리가 어떻게 받아들이냐의 문제이다.

이렇게 보면 화제개요와 문장개요는 항목의 구체성의 정도 차이임을 알 수 있다. 그리고 문장개요로 짠다 하더라도 중간 제목은 화제개요처럼 되므로 딱히 갈라볼 필요는 없다. 시간과 여건에 따라 적절하게 배치하면 된다.

5 | 항목 배치 방식으로 본 개요짜기

5.1. 기호 배치

위의 개요를 보면 다음과 같이 되어 있음을 알 수 있다.

---

1) 가장 일반적이면서 간단한 숫자 방식

1.	➡ 가장 큰 항목 : 민번호
1)	➡ 큰 항목 : 반괄호 번호
(1)	➡ 작은 항목 : 쌍괄호 번호
①	➡ 더 작은 항목 : 동그라미 번호

긴 논문에서는 숫자뿐만 아니라 Ⅰ, Ⅱ, a, b, 가, 나 등을 포함하는 복합 기호를 사용하거나 "1, 1.1, 1.1.1"과 같은 점 숫자를 사용한다. 포트폴리오 등의 보고서를 쓸 때 필요하므로 따로 기억해둘 필요가 있다. 다만 로마자와 숫자를 섞는 방식은 바람직하지 않다. 불편하기 때문이다.

5.2. 삼단 구성과 문단별 구성 배치, 생각그물 배치

앞 개요 배치를 보면 "서론-본론-결론"식의 전형적인 3단 구성으로 되어 있음을 알 수 있다. 전체 논리적인 구조를 쉽게 알 수 있는 장점이 있다. 그러나 실제 쓸 때는 문단별로 쓰게 된다. 아예 처음부터 문단별로 개요를 짤 수도 있다. 위 개요를 그렇게 배치해 보자.

1. 문제제기
    1) 어느 한쪽이 꼭 옳다고 볼 수 없다.
    2) 양쪽 다 일리가 있으나 '진리' 측면에서는 부정성이 강하다.
2. 소크라테스 죽음의 긍정적 측면
    1) 법의 절대적인 권위를 보여주는 상징적 사건이다.
    2) 지조
        (1) 비록 죽었더라도 그 정신적 가치가 뛰어나다.
        (2) 지금까지도 소크라테스가 더 가치 있는 것은 그러한 죽음 때문이다.
    3) 그는 이기적 욕망에서 죽은 것이 아니다.
3. 소크라테스 죽음의 부정적 측면
    1) 지나친 이상주의이고 원칙주의 태도이다.
    2) 악법 옹호
        (1) 악법은 독재자의 것이므로 진정한 법이 아니다.
        (2) 악법 개정에 잘못된 영향을 끼쳤다.
    3) 그의 죽음은 학문으로 보나 그 당시 사람들에 미친 영향으로 보나 국가적 손실이다.
4. 긍정적 측면과 부정적 측면의 현대적 비교
    1) 어느 한 측면만을 부각할 수는 없다.
        (1) '악법도 법이다'는 말은 법적 측면에서 양면성을 지닌다.
        (2) 정신적 가치에서도 양면성을 지닌다.
    2) 진리라는 측면에서 보면 부정적 측면이 강하다.
        (1) 진리는 법보다 더 강하므로 더 큰 진리를 위해 악법을 거부해야 했다.
        (2) 소크라테스가 진리를 택했을 때의 가치와 이익이 더 크다.
5. 마무리
    1) 소크라테스의 죽음의 의미는 양면성을 띤다.
    2) 소크라테스 죽음의 의미는 우리가 어떻게 받아들이냐의 문제이다.

왼쪽 번호 "1, 2, 3, 4, 5"가 문단 번호이다. 다섯 문단으로 쓰겠다는 전략이다. 좀 더 자세히 써야 하거나 문단을 늘리고 싶으면 하위 항목(반괄호)을 문단으로 끌어올리면 된다. 좋다 그렇게 늘려 보자. 위에서 중요한 건 네 번째 문단이다. 긍정 부정 양면성은 누구나 쉽게 접근할 수 있지만, 양면성을 엄밀하게 비교해서 나만의 관점을 잡아내기는 그리 쉬운 일이 아니다. 좋다. 그렇다면 네 번째 문단을 다른 문단과 더 많이 쓰기 위해 두 문단으로 늘려 보자.

1. 문제제기
   1) 어느 한쪽이 꼭 옳다고 볼 수 없다.
   2) 양쪽 다 일리가 있으나 '진리' 측면에서는 부정성이 강하다.
2. 소크라테스 죽음의 긍정적 측면
   1) 법의 절대적인 권위를 보여주는 상징적 사건이다.
   2) 지조
      (1) 비록 죽었더라도 그 정신적 가치가 뛰어나다.
      (2) 지금까지도 소크라테스가 더 가치 있는 것은 그러한 죽음 때문이다.
   3) 그는 이기적 욕망에서 죽은 것이 아니다.
3. 소크라테스 죽음의 부정적 측면
   1) 지나친 이상주의이고 원칙주의 태도이다.
   2) 악법 옹호
      (1) 악법은 독재자의 것이므로 진정한 법이 아니다.
      (2) 악법 개정에 잘못된 영향을 끼쳤다.
   3) 그의 죽음은 학문으로 보나 그 당시 사람들에 미친 영향으로 보나 국가적 손실이다.
4. 비교 1 : 어느 한 측면만을 부각할 수는 없다.
   1) '악법도 법이다'는 말은 법적 측면에서 양면성을 지닌다.
   2) 정신적 가치에서도 양면성을 지닌다.
5. 비교 2 : 진리라는 측면에서 보면 부정적 측면이 강하다.
   1) 진리는 법보다 더 강하므로 더 큰 진리를 위해 악법을 거부해야 했다.
   2) 소크라테스가 진리를 택했을 때의 가치와 이익이 더 크다.
6. 마무리
   1) 소크라테스의 죽음의 의미는 양면성을 띤다.
   2) 소크라테스 죽음의 의미는 우리가 어떻게 받아들이냐의 문제이다.

여섯 문단으로 멋지게 확장되었다. 더 길게 쓸 필요가 있다면 두세 번째 문단을 그런 방식으로 늘리면 된다.

개요는 엄밀하게 말하면 남에게 보여주는 것이 아니다. 자기만을 위한 것이다. 그렇다면 아래와 같은 생각그물 방식은 어떨까. 좋다.

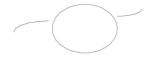

6 │ 신나게 개요짜는 절차와 방법

논제를 해결하기 위해 생각하는 단계를 구상 단계라고 한다. 보통 구상은 자유롭게 하고 그것을 논리적으로 짜 맞추어 놓은 것이 개요다. 그러나 논리적인 글쓰기에서는 구상의 차례와 개요를 일치시키는 것이 좋다. 이를테면 우리는 논제가 주어졌을 경우 아래와 같은 단계로 구상을 하게 된다.

논제
↓
0단계 : 왜 이런 문제를 출제했는가 → 출제 의도 파악
↓
1단계 : 이 논제가 왜 문제인가 → 문제제기
↓
2단계 : 이 문제에 대한 내 생각은 무엇인가 → 주장, 결론
↓
3단계 : 어떻게 논증할 것인가 → 근거설정
논증 전략 1
논증 전략 2
↓
4단계 : 마무리 : 내 생각 내 주장 강조 → 주장, 결론 확인 강조

'서론-본론-결론'이라는 3단 구성으로 보면 1단계가 서론이고 3단계가 본론, 2단계가 결론이 된다. 그런데 3단계는 1단계에 나올 수도 있고 안 나올 수도 있다. 나오면 양괄식이 되는 것이고 안 나오면 미괄식이 된다. 물론 안 나온다 하더라도 문제제기는 자신의 생각이나

주장에서 나오는 것이므로 1단계는 2단계를 포함할 수밖에 없다.

청소년 자살의 원인과 대책을 쓰라는 문제를 가지고 생각해 보자.

논제 : 청소년 자살의 원인과 대책

↓

0단계 : 왜 이런 문제를 출제했는가 ➡ 청소년 자살 문제가 심각하고 대책 마련이 시급하다.

↓

1단계 : 이 논제가 왜 문제인가 ➡ 청소년 자살은 그들만의 문제인가, 아니면 다른 원인이 있는 가,[29] 진정한 대책은 무엇인가.

↓

2단계 : 이 문제에 대한 내 생각은 무엇인가 ➡ 주장, 결론 : 청소년 자살 문제는 그들만의 문제 가 아니고 여러 가지 원인이 중첩되어 있다.

↓

3단계 : 어떻게 논증할 것인가 ➡ 근거설정

논증 전략 1 : 원인 문제
　　(1) 가정 문제의 영향을 많이 받지만 그것만이 전부는 아니다.
　　(2) 학교 문제가 더 심각하다.
　　(3) 친구 문제도 한몫한다.
논증 전략 2 : 대책 문제
　　(1) 어른들 대책은 비현실적이다.
　　2) 청소년 중심의 대책 대안 : 비밀 보장 상담을 늘려야 한다.

↓

4단계 : 마무리― 내 생각 내 주장 강조 ➡ 주장, 결론 확인 강조 : 중요한 건 어른들의 관심이다.

　위와 같은 결과를 그대로 배열하면 개요가 된다. 3단 구성 방식과 문단 구성 방식을 함께 보이면 다음과 같다.

29　　원인과 대책을 묻는 논제는 원인 파악에 따라 대책도 달라지는 것이므로 원인 파악이 중요하다.

(1) 3단 구성 방식

1. 서론
    1) 청소년 자살은 그들만의 문제인가, 아니면 다른 원인이 있는가, 진정한 대책은 무엇인가.
    2) 청소년 자살 문제는 그들만의 문제가 아니고 여러 가지 원인이 중첩되어 있다.
2. 본론
    1) 원인 파악
        (1) 가정 문제의 영향을 많이 받지만 그것만이 전부는 아니다.
        (2) 학교 문제가 더 심각하다.
        (3) 친구 문제도 한몫한다.
    2) 대책 설정
        (1) 어른들 대책은 비현실적이다.
        (2) 청소년 중심의 대책 대안 : 비밀 보장 상담을 늘려야 한다.
3. 결론
    1) 중요한 건 어른들의 관심이다.
    2) 진정한 관심에서 진정한 대책이 나온다.

(2) 문단별 구성 방식

1. 문제제기
    1) 청소년 자살은 그들만의 문제인가, 아니면 다른 원인이 있는가, 진정한 대책은 무엇인가.
    2) 청소년 자살 문제는 그들만의 문제가 아니고 여러 가지 원인이 중첩되어 있다.
2. 원인 파악
    1) 가정 문제의 영향을 많이 받지만 그것만이 전부는 아니다.
    2) 학교 문제가 더 심각하다.
    3) 친구 문제도 한몫한다.
3. 대책 설정
    1) 어른들 대책은 비현실적이다.
    2) 청소년 중심의 대책 대안 : 비밀 보장 상담을 늘려야 한다.
4. 마무리
    1) 중요한 건 어른들의 관심이다.
    2) 진정한 관심에서 진정한 대책이 나온다.

위와 같은 과정을 거쳐 쓴 아래와 같은 최종 답안을 보면 개요짜기의 중요성을 알 수 있을 것이다.

최종 답안

[1] 최근 들어 청소년의 자살이 급증하고 있다. 이러한 자살 원인을 개인의 나약함과 맹목성으로 보는 관점은 문제가 있다고 본다. 왜냐하면 자살은 개인적인 문제라기보다는 주변 환경 문제이기 때문이다. 자살 원인을 어떻게 파악하느냐에 따라 대책도 우리의 생각도 달라진다.

[2] 청소년 자살에는 크게 3가지 원인이 있다. 첫째, 부모의 이혼이나 별거, 혹은 맞벌이 등으로 인한 가족의 무관심이다. 이 경우는 주로 어른들이 흔히 문제라고 부르는 아이들에게 흔하다. 부모와의 대화는 얼핏 생각하면 아무것도 아닌 것 같지만 대화 한마디 한마디에 따라 아이에게 엄청난 영향을 준다. 그런데 어려서부터 이런 대화가 부족하게 되면 당연히 가정에 정을 붙이지 못하고 밖으로 나돈다. 타락의 길에 빠지고, 거기서 헤어 나오지 못하다 결국 인생에 대한 실망과 좌절로 삶을 포기하게 된다. 두 번째는 친구 문제이다. 청소년이 깨어서 보내는 시간 중 반 이상이 학교에서의 친구들과의 생활이다. 그런 긴 시간을 보내는 학교에서 자살과 함께 또 다른 청소년 문제가 되고 있는 집단 따돌림 또는 괴롭힘이라든가 가장 친한 친구와의 다툼 등은 감수성이 가장 예민한 시절인 청소년기의 아이들에게 커다란, 치유하기 힘든 상처를 줄 수 있다. 마지막은 바로 교육 환경이다. 청소년기는 뭐든지 배우는 기간이다. 학문적인 것뿐만 아니라 인격적인 것까지도. 하지만 가정 다음으로 아이의 교육을 맡게 되는 학교라는 기관이 아이들에게는 압박이 되는 것이다. 우리나라의 전통적인 유교사상 때문에 출세만이 성공이고, 일류대학을 보내야 한다는 일류병을 갖고 있는 부모님, 선생님들의 무거운 기대, 또 일부 교사들의 부정부패와 사랑이 아닌 감정이 실린 심한 매질, 비효율적인 학습방법 강요 등이 더더욱 우리의 교육현실을 못 믿게 하고 회의를 느끼게 한다.

[3] 이런 원인들을 모든 기관들은 잘 안다는 듯이 말한다. 그리고는 자살 예방 대책을 마련했다고 발표한다. 신문 사설들도 구체적인 대안보다는 교과서적인 뻔한 얘기만 하고 있다. 하지만 거의 모두가 청소년 입장에서는 말도 안 되는 대책들이다. '창의력 중심의 즐거운 학교 만들기' 같은 경우는 학교의 실상을 잘 모르는 말뿐인 대책이고, '효율적인 방과 후 과외활동'은 아이들의 관심도가 높지 않으며 수시로 바뀌는 교육제도에는 아이들의 불안만 더해 갈 뿐이다. 그나마 가장 권하고 싶은 것이 상담이다. '전화 상담'이라고 하면 이상하게 생각하는 사람이 있는 것이 사실이다. 하지만 전화 상담은 의외로 효과가 크다. 학교에도 '상담실'이라고 있고, 학생들이 상담을 할 수 있도록 해놨지만, 신분 노출의 위험 등으로 학생들이 꺼리는 편이다. 하지만, '청소년 대화의 광장' 같은 상담원은 전화 상담도 해 주고 면접상담도 해 주는데 신분이 노출될 위험이 적고, 또 사이코 드라마나 친구 사귀기 집단 등의 집단상담, 각종 성격, 적성 검사 등을 통해 고민을 풀어주고 심리적인 안정상태를 유지시켜 주는 등 많은 도움을 준다. 이미 외국에서는 정착됐다고 알고 있다.

[4] 더욱더 중요한 건 어른들의 관심이다. 어른들이 관심을 조금씩만 더 갖고 청소년을 봐준다면, 자살은 많이 줄어들 것이다. 어른들이 좀 더 많은 관심을 갖고 청소년의 올바른 지적·심적 성장을 도왔으면 한다. 그렇다면 자살에 대한 대책은 필요 없을 것이다.

—중2 편수정

7 | 학생들이 개요짤 때 유의할 점 지도

1) 짤 것인가 말 것인가

불필요한 질문이다. 반드시 짜야 한다. 물론 개요를 안 짜고도 잘 쓰는 학생들이 더러 있다. 중요한 건 그런 학생들이 개요를 짜고 했으면 더 잘 썼을 것이라는 것이다. 정서적인 글이라면 안 짜고 쓰는 것이 더 나은 결과를 가져올 수도 있다. 그러나 논리적인 글에서는 필수다. 자만은 금물이다. 논술 실력이 좋아도 배우는 학생으로서의 글쓰기 기본자세를 지켜야 한다.

2) 언제까지 짤 것인가

시간제한이 없다면 하기 나름이다. 완벽하게 짜고 시작할 수도 있고 대략 짠 뒤 쓰면서 수정할 수도 있을 것이다. 가능하면 구체적으로 짜면 좋을 것이다.

시간제한이 있는 경우에 시간과의 싸움이다. 개요를 자세히 짠다면 정해진 시간의 반이 될 때까지도 괜찮다. 120분이 주어졌다면 60분까지 잘 짜서 시작할 수 있다는 것이다. 필기 속도와 개인별 글쓰기 능력에 따라 달라지는 것이므로 자기 스스로 훈련을 하여 시간 안배 능력을 기르는 것이 좋다.

3) 요구조건을 제대로 반영하라

거듭 말하거니와 개요짜기는 자기만의 전략이다. 그렇지만 조건형 논제의 경우는 논제조건을 철저히 반영하도록 노력해야 한다. 이를테면 "제시문 '가'와 '나'의 공통점과 차이점을 분석한 뒤 거기에 대한 자신의 생각을 쓰라."는 문제라면 당연히 다음과 같은 개요가 될 것이다.

1. 문제제기
2. 공통점
3. 차이점
4. 나의 생각
5. 마무리

4) 주제가 분명히 드러나야 한다

주제가 분명히 드러나지 않으면 그것은 제대로 된 개요가 아니다. 개요의 존재 이유는 주제와 전체 흐름이 명확히 드러나게 하려는 것이다. 그렇다면 두 가지 원칙을 잘 지켜야 한다. 첫째는 구체적인 항목은 깔끔하게 추상적인 항목은 분명하게 의미가 드러나야 한다. 구체적인 항목은 장황하지 않아야 하고 추상적인 항목은 모호하지 않아야 한다는 것이다.[30]

둘째는 항목별로 중복되거나 비논리적이어서는 안 된다. 상위 항목과 하위 항목 사이에 체계성과 일관성이 있어야 한다. 상위 항목은 상위 항목끼리, 하위 항목은 하위 항목끼리는 대등관계, 상위와 하위 항목 사이는 종속 관계를 확실하게 유지해야 한다는 것이다.

8 | 마무리

서론-본론-결론 식의 개요짜기가 편할 수도 있다. 그렇게 하는 것이 꼭 잘못됐다는 것은 아니다. 다만 그런 형식적인 틀에 매달리게 하면 다양한 글의 구성과 생동감이 감소될 수도 있어 지적한 것이다. 그리고 긴 글에서는 기본 문단별로 개요를 짤 수도 없다. 그러나 짧은 논술에서는 글 구성에 생동감 있게 배치할 수 있어 좋다.

---

30   대부분의 작문 교과서나 이론서에서는 "개요는 추상적이지 않고, 구체적이어야 한다"고 언급하고 있다. 잘못된 지식이거나 모호한 진술이다. 화제개요는 추상성을 띠게 되는 경우가 많고 문장개요는 구체성을 띨 경우가 많지만 그것은 맥락에 따라 결정될 문제이지 어느 한쪽으로 몰 문제가 아니다.

13장 문단 쓰기 지도

1 | 머리말

문단은 소주제를 중심으로 두 문장 이상으로 구성한 한 토막 단위의 글이다. 글 전체로 보면 소주제를 중심으로 나눈 한 토막의 글이다.

문체부와 국립국어원은 '단락'이란 용어를 쓰고 있지만, 2015 교육과정과 모든 교과서는 '문단'으로 용어를 통일하고 있으므로 이 책도 '문단'이란 용어만 쓰기로 한다. 대표적인 한 글문서 작성기인 <혼글>에서도 '문단'이란 용어를 사용하고 있다.[31]

문단은 글을 편하게 쓰기 위한 것으로 문단나누기는 독자에 대한 전략적 배려이다. 문단 나누기는 더 작은 문장의 가치와 더 큰 이야기, 전체 주제 의식을 이어주는 징검다리다. 문 단나누기가 안 되어 있는 글은 내용이 아무리 좋아도 그 가치를 퇴색시킨다.

정서적인 글과 논리적인 글의 문단 나누기 전략은 다를 수 있다. 동화 책 같은 정서적인 글에서 소주제 중심으로 문단 나누기를 안 하는 경우가 많지만, 논리적인 글에서는 반드시 해야 한다.

우리나라 학생들은 문단 의식[32]이 너무 희박하다.[33] 아예 문단을 나누지 않는 경우도 많

---

31 국립국어원 편(2019). ≪(개정) 한눈에 알아보는 공공언어 바로 쓰기≫. 국립국어원. 문화체육관광부 편(2020). ≪국어책임관 길잡이≫. 문화체육관광부.

32 문단의 중요성에 대해서는 "신향식(2009). ≪신문 글의 구성과 단락 전개에 관한 연구: 4대 일간지 사설·칼럼 단락 구성 분석≫. 어문학사.", "최명환(2011). ≪글쓰기 원리 탐구≫. 지식산업사." 참조.

33 학생들이 문단의식이 희박한 이유는 두 가지다. 하나는 초등학교 때부터 습관이 안 돼서 그렇다. 선진 국 글쓰기 교육에서는 초등학교 때부터 문단별 읽기, 문단별 쓰기를 무척 중요하게 여긴다. 그래서 초 등학교만 나와도 문단의식이 확실하다. 두 번째는 문장을 엮어 문단을 만들고 문단을 묶어 하나의 완 성된 글로 만드는 것 자체가 고도의 지적 작용이기 때문이다. 단편적인 생각을 늘어놓거나 쏟아내는 것은 쉽다. 그러나 그것을 논리적으로 엮어내기는 어렵다. 문단은 논리적인 구성체로 생각을 깊게 하 고 넓히는 구성 전략이다.

고 문단을 나눈다 하더라도 다음과 같이 차라리 나누지 않음만 못한 경우가 많다. 그렇다면 어떻게 문단 쓰기를 지도할지 문단 나누기의 중요성부터 살펴보기로 한다.

2 | 문단 개념과 특성, 갈래

2.1. 문단 개념과 특성

문단의 개념은 구성 형식에 따른 개념과 내용 특징에 따른 개념으로 나눌 수 있다. 구성 형식에 따른 개념은 첫째, 내림식 개념은 긴 글을 내용에 따라 나눌 때, 하나하나의 짧은 이야기 토막이라는 것이다. 둘째, 올림식 개념은 문단은 한 덩어리의 중심 생각을 표현하는 문장들의 모임이라는 것이다.

> 내림식 개념: 문단 = 문장1 + 문장2 + 문장3 +⋯
> 올림식 개념: 글 = 문단1 + 문단2 + 문단3 +⋯

내용 특징에 따른 개념으로는 첫째, 사고 측면으로 보면 문단 최소한의 생각 덩어리이다. 보통 문장을 생각의 최소 단위라고 하지만 독립된 글에서는 한 문단 정도의 글이라야 온전한 생각(소주제)이 드러난다고 본다. 둘째, 주제 측면에서 보면 문단은 소주제를 충분하게 풀어낸 최소 단위이다.

문단 특성은 형식으로 보면 들여쓰기를 해야 한다. 원고지로 보면 한 칸 들여쓰기로 이루어진다. 아래한글같은 문서 작성기는 사이띄어쓰개로 하는 것이 아니라 F6 스타일 기능을 이용해 들여쓰기를 선택해야 한다. 서구에서는 첫 문단은 들여쓰지 않지만 우리나라는 첫 문단도 들여써야 한다.

내용 특성으로 보면, 소주제문과 뒷받침 문장으로 이루어진다. 소주제문이 앞에 나오면 두괄식이 되고 뒤에 나오면 미괄식이 된다. 소주제문과 뒷받침 문장은 보통 다음과 같은 특성으로 이루어진다.

소주제문	뒷받침 문장
주장, 긍정, 요약, 단정, 부정, 비판, 주지 등	예시, 인용, 부연, 상술, 비유, 비교, 이유(근거) 제시 등

2.2. 문단의 갈래

문단의 갈래는 첫째, 형식·내용에 따른 유형이 있다. 형식 문단은 시각으로 확인할 수 있는 문단이고 내용 문단은 같은 내용끼리 묶은 문단이다.

둘째, 위치에 따른 유형으로는 '도입 문단'은 글의 첫머리에 놓여 그 글에서 다룰 내용을 제시하거나 내용과 관련된 화제를 끌어들여 독자의 관심을 환기하는 역할을 하는 문단이다. '전개 문단'은 글 전체의 주제를 구체적으로 전개시키는 문단이다. '종결 문단'은 내용 전개 문단에서 베풀어진 주요 내용을 간추리고, 그에 따른 전망을 제시하거나 일반화함으로써 글을 마무리 짓는 문단이다.

기능에 따른 유형으로 '특수 문단'은 글의 도입과 종결의 역할을 하는 문단이다. '일반 문단'은 내용을 전개해 나가는 문단으로 핵심 주제문이 담긴 '중심문단'과 핵심 주제문 문단을 보충하거나 뒷받침 해주는 '보충문단'으로 다시 나눌 수 있다.

```
문제제기 - 원인분석1 - 원인분석1보충 - 대안제시1 - 대안제시1보충 - 마무리
   ↓          ↓            ↓            ↓          ↓            ↓
= 도입문단 - 중심문단1 - 보충문단1  -  중심문단2  -  보충문단2  -  종결문단
```

소주제문의 위치에 따른 유형으로는 두괄식 문단은 '소주제문 + 뒷받침 문장'으로 이루어진 문단으로 가장 기본적이고 대표적인 문단 구성 방식이다. 이런 유형은 주제를 펼치기 쉽고 글쓴이, 읽는 이 모두에게 이해하기 쉬운 방식이다.

미괄식 문단은 '뒷받침 문장 + 소주제문'으로 이루어진 문단으로 읽는이의 관심과 흥미를 끝까지 유지할 수 있다. 소주제를 극적으로 제시할 수 있고 차분한 논리 전개에 적합하다.

양괄식(쌍괄식) 문단은 '소주제문 + 뒷받침 문장 +소주제문'으로 이루어진 것으로 중심

문장(소주제문)을 강조하기 쉽다. 일종의 미괄식 변형 구성이다. 중심 문장의 반복을 통해 읽는이의 이해를 도울 수 있다. 완결성을 갖출 수 있으므로 긴 문단에서 유용하다.

중괄식 문단은 '뒷받침 문장 + 소주제문 + 뒷받침 문장'으로 이루어진 것으로 결론이 나온 뒤 보충하는 식의 구성이다. 소주제문 뒤 부연 설명이 논리적 구성을 흐트릴 수 있으므로 주의해야 하는 문단 구서이다.

크기에 따른 유형으로는 들여쓰기 하나로 이루어진 작은 문단과 이러한 작은 문단이 두 개 이상으로 구성된 큰 문단으로 나눌 수 있다.

①										
	작은 형식문단 1									
②										
	작은 형식문단 2									
③										
	작은 형식문단 3									
④										
	작은 형식문단 4									
⑤										
	작은 형식문단 5									
⑥										
	작은 형식문단 6									
⑦										
	작은 형식문단 7									
⑧										
	작은 형식문단 8									

2.3. 문단 구성 원리

통일성은 소주제에 알맞도록 어떤 재료들을 선택해야 하는가에 대한 원리이고, 긴밀성은 선택된 재료들을 무슨 기준에 의해 어떤 관계와 순서로 배열해야 하는가에 대한 원리이다.

1) 통일성(응집성)

통일성이란 한 문단 안에서 다루어지는 화제 또는 중심 생각이 하나여야 한다는 것이다. 두 개 이상의 중심 생각을 가지고 있는 문단은 전달하려고 하는 바를 효과적으로 전달할 수 없다. 따라서 한 문단은 하나의 생각으로 제한함으로써 말하고자 하는 바를 분명하게 드러낼 수 있다. 하나의 중심 생각으로 집중을 시켜야 하기 때문에 응집성이라고 할 수 있다.

통일성을 유지하기 위한 방안으로는 중심 생각(소주제)을 명확하게 하나로 제한해야 한다. 소주제에 적합하지 않은 내용은 아예 없애야 하고 문단을 구성하는 모든 문장들의 내용을 소주제를 향하여 집중시켜야 한다.

2) 긴밀성(일관성)

하나의 문단을 이루는 여러 문장들이 서로 긴밀히 결합되어 일관된 질서와 논리에 맞아야 한다는 뜻이다. 다시 말하면, 하나의 문단은 여러 문장의 단순한 혼합이 아니라 일관성이 있는 집합이라야 한다. 긴밀성을 유지하기 위한 방안으로는 접속어나 연결 어미를 적절하게 사용하고 대명사나 지시사를 잘 활용해야 한다. 그리고 제재를 논리적으로 배열하고 핵심 어구는 적절하게 반복할 수 있다.

3) 완결성(충분성)

하나의 문단이나 글은 전체를 포괄하는 내용인 '일반적 진술'과 이를 뒷받침하는 '구체적 진술'로 이루어진다. 대체로 문단에서는 중심 생각(주제문)이 일반적 진술이 되고, 보조 문장(뒷받침 문장)은 구체적 진술이 되기 십상이다. 이처럼 하나의 문단이 중심 문장과 보조 내용을 모두 갖추고 있을 때 완결성을 갖추었다고 한다. 뒷받침 문장이 충분할 때 완결성이 높아지므로 충분성이라고도 볼 수 있다.

완결성을 유지하기 위한 방안으로는 뒷받침 문장을 충분하게 써야 한다. 소주제문과 뒷받침 문장과의 논리적 연결에 신경쓰면서 항상 독자 입장에서 충분한 이해가 되었는지를 살피는 자세가 필요하다.

아래 글은 밑줄 그은 소주제문을 중심으로 통일성, 긴밀성, 완결성을 보여주는 문단의 예이다.

[1] **사람과 동물은 두 가지 주요한 방식으로 환경에 적응한다.** 하나는 생물학적인 진화이며, 다른 하나는 학습이다. 고등 생명체의 경우, 생물학적인 진화는 수천 년 이상 걸리는 매우 느린 현상인 반면, 학습은 짧은 생애 안에서도 반복적으로 일어나는 현상이다. 세상에 대한 새로운 정보를 얻는 과정인 학습과 획득된 정보를 기억하는 능력은 적절히 진화된 대부분의 동물들이 갖고 있는 특징이다. 신경계가 복잡할수록 학습 능력은 뛰어나며, 인간은 가장 복잡한 신경계와 우수한 학습 능력을 갖고 있다. 인간의 이러한 능력 때문에 문화적 진화가 가능했던 것이다. 여기서 문화적 진화라 함은 세대와 세대를 거쳐 환경에 대한 적응 능력과 지식이 발전적으로 전수되는 과정을 의미한다. 사실 우리는 세계와 문명에 대한 새로운 지식들을 학습을 통해 습득한다. 인간 사회의 변화는 생물학적 진화보다는 거의 전적으로 문화적 진화에 의한 것이다. 화석 기록으로 볼 때 수만 년 전의 호모 사피엔스 이래로 뇌의 용적과 구조는 결정적이라 할 만큼 변화하지는 않았다. 고대로부터 현재까지 모든 인류의 업적은 문화적 진화의 소산인 것이다.

[2] **학습은 인간의 본성에 관한 철학의 쟁점과도 관련되어 있다.** 고대의 소크라테스를 비롯하여 많은 철학자들은 인간 정신의 본성에 대하여 질문을 던져왔다. 17세기 말에 이르러 영국과 유럽 대륙에서 두 가지 상반된 견해가 제기되었다. 하나는 로크, 버클리, 흄과 같은 경험론자들의 견해로서, 정신에 타고난 관념 또는 선험적 지식이 있다는 것을 부정하고 모든 지식은 감각적 경험과 학습을 통해 형성된다고 보는 것이다. 다른 하나는 데카르트, 라이프니츠 등의 합리론자와 칸트의 견해로서, 정신은 본래 특정한 유형의 지식이나 선험적 지식을 가지고 있으며 이것이 감각 경험을 받아들이고 해석하는 인식의 틀이 된다는 것이다.

-서울대 논술문제 제시문에서

3 | 문단 기본 요건 지도하기

3.1. 문단 나누기 이유와 중요성 지도하기

문단을 구분해야 하는 이유에 문단의 중요성이 담겨 있고 그 이유를 반드시 지도해야 한다. 첫째는 편이성이다. 문단을 나누어야 읽고 쓰기 편하다. 둘째는 용이성이다. 문단을 잘 나눈 글은 내용 파악이 쉽다. 셋째는 명징성이다. 문단을 나눌 때 용 파악과 기억이 명확해진다.

이런 문단 나누기의 중요성을 학습자로 하여금 빨리 인지하게 하는 좋은 전략은 문단을 안 나눈 글을 읽고 그 문제점을 알아채도록 하거나 아니면 문단을 나눴다 하더라도 다음과 같이 잘못 나눈 글을 통해 왜 읽기 불편한지를 알게 하는 것이 좋다.

<보기글 1> 주제 : 기여입학제

사회 통념과 기본 도덕적인 측면과 이치를 따지자면 기여입학제도는 비판받아야 마땅하다. 기여입학제도란 학교에 일종의 기금을 주고 그 기금을 기부한 공로로 학교에 입학한다는 것이다. 이는 우리 사회의 물질만능주의가 교육에까지 깊숙이 침투했음을 보여주는 단적인 예다. ①

대학의 전문적인 수준의 학문을 배울 만한 능력과 자질이 없는 사람도 부모 잘 만나서 돈만 있으면 된다는 예를 보여주는 것이다. 이는 두 가지 문제점이 있다. 배움에서 모든 사람들에게 평등한 기회가 주어져야 한다. 그러나 이는 이러한 평등의 원리에 어긋나고 있다. ②

다른 하나는 기여입학제도로 입학하는 사람에 대한 것이다. 물론 모든 사람이 그런 건 아니지만 기여입학으로 들어간 학생이 그곳에 과연 적응을 하여 그곳에서 배우는 것들을 소화해 낼 수 있는가 하는 문제이다. 소화를 한다면 괜찮겠지만 그렇지 못하다면 그 학생에게는 아주 고통스러운 요소가 될 것이기 때문이다. ③

이렇게 사회통념과 도덕적 가치 그러한 것들을 따지면야 그렇지만 솔직히 내 돈 내고 내가 들어가겠다는데 왜 시비냐고 따지고 든다면 과연 거기에 반박할 수 있을까? 사회의 냉엄함에 비추어 생각해 보면 돈 있는 사람은 돈이 있으니까 하고 싶은 것 맘대로 하겠다는데 뭐라고 할 것인가? ④

우리가 이렇게 비판을 하는 것은 대부분의 사람들이 가진 자가 아니고 못 가진 자이기 때문이다. 상황이 바뀌면 어차피 똑같은 사람들이다. ⑤

이렇게 비판하는 것은 좀 나쁘게 말하면 못 가진 자의 푸념이나 원망밖에는 되지 않는 것이다. 억울하면 출세를 하라는 노래 가사도 있다. 물질만능주의가 좋은 것은 아니다. 하지만 그렇다고 비판받아야 할 것도 아니다. 물질만능주의가 나쁘다고, 없어져야 한다고 주장하는 사람도 결국은 물질을 쓰며 살고 있고 물질에 노예가 되어 전전긍긍하며 살고 있기 때문이다.⑥

　　나역시 못 가진 자에 속하기 때문에 기여입학제도란 말도 안 되는 소리라고 생각한다. 기여입학제도는 과의 화합을 도모할 수 없게 하고 안 그래도 개인주의가 팽배한 이 사회에 더욱더 많은 개인주의와 또 다른 문제점을 야기할 것이다. 누가 생각해 낸 의견인지 모르지만 그 또한 수요자와 공급자가 만나 이러한 말이 생겼을 것이라 생각한다. 돈은 많은데 자식이 공부를 못해서 대학을 보낼 방법을 강구했을 것이다. 그리고 학교 측에서는 학교의 재정에 커다란 도움이 되고 그러한 학생 몇 명을 입학하게 한다고 해서 학교에 커다란 문제가 생기는 것도 아니다는 수요자와 공급자의 만남에 따라 벌어진 일이라고 생각한다. ⑦

　　이 기여입학제도가 어떻게 결론이 났는지는 잘 모른다. 그러나 마땅히 없었던 일이 되어야 할 것이다. ⑧

— 박준

이와 같은 글을 읽을 읽으면 일단 읽기가 불편할 것이다. 무슨 얘기를 하는지도 쉽게 들어오지 않는다. 이와 같이 쓴 학생도 쓰는 내내 머리가 맑지는 않았을 것이다. 바로 문단은 읽는 사람이나 쓰는 사람이나 편하자고 하는 것이다. 좀 더 쉽게 쓰고 쉽게 쓱쓱 읽게 하자는 것이다. 위 학생이 문단을 나누지 않은 것은 아니다. 오른쪽 동그라미 번호가 나눈 것인데 문단 나누기의 기본인 들여쓰기를 하지 않아 무척 산만해 보인다. 문단 나누기의 기본은 들여쓰기다. 원고지로 보면 맨 왼쪽 한 칸을 비워 두는 것이다. 그렇게 해서 다시 보자.

〈보기글 2〉 주제 : 기여입학제

　　① 사회 통념과 기본 도덕적인 측면과 이치를 따지자면 기여입학제도는 비판받아야 마땅하다. 기여입학제도란 학교에 일종의 기금을 주고 그 기금을 기부한 공로로 학교에 입학한다는 것이다. 이는 우리 사회의 물질만능주의가 교육에까지 깊숙이 침투했음을 보여주는 단적인 예다.

　　② 대학의 전문적인 수준의 학문을 배울 만한 능력과 자질이 없는 사람도 부모 잘 만나서 돈만 있으면 된다는 예를 보여주는 것이다. 이는 두 가지 문제점이 있다. 배움에서는 모든 사람들에게 평등하게 기회가 주어져야 한다. 그러나 이는 이러한 평등의 원리에 어긋나고 있다.

　　③ 다른 하나는 기여입학제도로 입학하는 사람에 대한 것이다. 물론 모든 사람이

그런 건 아니지만 기여입학으로 들어간 학생이 그곳에 과연 적응을 하여 그곳에서 배우는 것들을 소화할 수 있는가 하는 문제이다. 소화를 한다면 괜찮겠지만 그렇지 못하다면 그 학생에게는 아주 고통스러운 요소가 될 것이기 때문이다.

④ 이렇게 사회통념과 도덕적 가치 그러한 것들을 따지면야 그렇지만 솔직히 내 돈 내고 내가 들어가겠다는데 왜 시비냐고 따지고 든다면 과연 거기에 반박할 수 있을까? 사회의 냉엄함에 비추어 생각해 보면 돈 있는 사람은 돈이 있으니까 하고 싶은 것 맘대로 하겠다는데 뭐라고 할 것인가?

⑤ 우리가 이렇게 비판을 하는 것은 대부분의 사람들이 가진 자가 아니고 못 가진 자 이기 때문이다. 상황이 바뀌면 어차피 똑같은 사람들이다.

⑥ 이렇게 비판하는 것은 좀 나쁘게 말하면 못 가진 자의 푸념이나 원망밖에는 되지 않는 것이다. 억울하면 출세를 하라는 노래 가사도 있다. 물질만능주의가 좋은 것은 아니다. 하지만 그렇다고 비판받아야 할 것도 아니다. 물질만능주의가 나쁘다고, 없어져야 한다고 주장하는 사람도 결국은 물질을 소비하며 살고 있고 물질에 노예가 되어 전전긍긍하며 살고 있기 때문이다.

⑦ 나 역시 못 가진 자에 속하기 때문에 기여입학제도란 말도 안 되는 소리라고 생각한다. 기여입학제도는 과의 화합을 도모할 수 없게 하고 안 그래도 개인주의가 팽배한 이 사회에 더욱더 많은 개인주의와 또 다른 문제점을 야기할 것이다. 누가 생각해 낸 의견인지 모르지만 그 또한 수요자와 공급자가 만나 이러한 말이 생겼을 것이라 생각한다. 돈은 많은데 자식이 공부를 못해서 대학을 보낼 방법을 강구했을 것이다. 그리고 학교 측에서는 학교의 재정에 커다란 도움이 되고 그러한 학생 몇 명 입학하게 한다고 해서 학교에 커다란 문제가 생기는 것도 아니다는 수요자와 공급자의 만남으로 빚어진 일이라고 생각한다.

⑧ 이 기여입학제도가 어떻게 결론이 났는지는 잘 모른다. 그러나 마땅히 없었던 일이 되어야 할 것이다.

— 박준

한결 보기 좋아졌다. 결국 위 학생은 여덟 문단으로 구성한 것이다. 이렇게 단순하게 들여쓰기로만 구분되는 문단을 형식문단이라 부른다. 그러니까 우리나라 학생들이 이런 기본 형식문단 나누기조차 제대로 안 되어 있는 것이다. 위와 같은 형식문단은 기본적인 내용문단이기도 하다. 문단을 나눈 이상 내용 변화까지 있다고 볼 수 있다. 다만 내용은 기준에 따라 달라질 수 있으므로 위와 같이 여덟 문단이 될 수도 있고 다섯 문단 또는 네 문단으로 설정될 수 있다. 곧 문단은 두 문장 이상으로 이루어진 작은 주제별로 묶어놓은 글엮기의 단위이다.

문단은 형식 요건과 내용 요건을 같이 갖추어야 한다. 형식 요건으로는 들여쓰기[34]를 반드시 해야 하고 내용 요건으로는 소주제라는 의미 변화가 일어나야 한다. 학교 작문 교과서에서처럼 문단을 형식문단과 내용문단으로 나누는 것은 무의미하다. 형식이 바뀌면 내용도 바뀌는 것이다. 작은 문단이냐 큰 문단이냐의 차이가 있을 뿐이다. 그림으로 보자. <보기글 1>은 아래와 같이 그 내용 구분의 옳고 그름을 떠나 여덟 문단으로 구성된 것이다.

결국 문단은 뭔가가 변할 때 바꾸는 것인데 그 뭔가가 넓게 보면 내용이고 그 내용을 세밀하게 나누면 논점이 바뀌거나 구성 단계가 바뀌거나 서술 태도가 바뀌거나 강조내용이 새로 첨가될 때이다. 그러므로 한 문단 내부 내용을 어떻게 구성하느냐는 글에 따라 글 쓰는 이의 성향에 따라 다르지만 논리적인 논술문은 한 문단의 내부 구조는 소주제문과 그것을 뒷받침하는 문장으로 이루어지게 된다. 박준 학생의 ①번 문단만 보면 첫 문장이 소주제문이고 나머지 문장들이 소주제문을 뒷받침하는 문장이 된다. ①번같이 소주제문이 앞에 나오면 두괄식 문단이 되고 맨 뒤에 나오면 미괄식 문단, 양쪽에 나오면 양괄식 문단이 된다.

문제는 소주제문이 바뀌지 않았는데도 바꾸거나 한 문단 내부에 소주제문과 뒷받침하는 문장의 관계가 형성이 되어 있지 않으면 문제가 된다. 다시 기여입학제 글을 보자.

〈보기글 3〉

① 사회 통념과 기본 도덕적인 측면과 이치를 따지자면 기여입학제도는 비판받아야 마땅하다. 기여입학제도란 학교에 일종의 기금을 주고 그 기금을 기부한 공로로 학교에 입학한다는 것이다. 이는 우리 사회의 물질만능주의가 교육에까지 깊숙이 침투했음을 보여주는 단적인 예다.

② 대학의 전문적인 수준의 학문을 배울 만한 능력과 자질이 없는 사람도 부모 잘 만나서 돈만 있으면 된다는 예를 보여주는 것이다. 이는 두 가지 문제점이 있다. 배움에서 모든 사람들에게 평등하게 기회가 주어져야 한다. 그러니까 이는 이러한 평등의 원리에 어긋나고 있다.

③ 다른 하나는 기여입학제도로 입학하는 사람에 대한 것이다. 물론 모든 사람이 그런 건 아니지만 기여입학으로 들어간 학생이 그곳에 과연 적응을 하여 그곳에서 배우는 것들을 소화할 수 있는가 하는 문제이다. 소화를 한다면 괜찮겠지만 그렇지 못하다면 그 학생에게는 아주 고통스러운 요소가 될 것이기 때문이다.

34　원고지를 사용해서 들여쓰기를 하는 경우는 문단을 나눌 때와 대화 인용 외는 절대로 없다.

②의 첫 문장은 ①의 마지막 문장에 대한 논거이다. 그런데 둘째 문단은 기여입학제가 두 가지 문제점이 있다고 하면서 첫째 문제점으로 기회의 평등 문제를 얘기하고 있다. 그리고 보니까 ②의 첫째 문장은 기회 평등 문제에 대한 논거도 된다. 이는 기여입학제 문제 비판의 의욕이 앞서 첫째 문단에서 지나치게 앞서가다 문단 나누기가 흔들려서 그렇다. 위 학생의 의도를 살려 세 문단을 다시 구성해 보자.

〈보기글 4〉

① 사회 통념과 기본 도덕적인 측면과 이치를 따지자면 기여입학제도는 비판받아야 마땅하다. 기여입학제도란 학교에 일종의 기금을 주고 그 기금을 기부한 공로로 학교에 입학한다는 것이다. 이는 우리 사회의 물질만능주의가 교육에까지 깊숙이 침투했음을 보여주는 단적인 예다.

② 이러한 기여입학제는 두 가지 문제점이 있다. 먼저 배움에서 모든 사람들에게 평등하게 기회가 주어져야 하는데 이는 이러한 평등의 원리에 어긋나고 있다. 대학의 전문적인 수준의 학문을 배울 만한 능력과 자질이 없는 사람도 부모 잘 만나서 돈으로 기회를 사는 것이기 때문이다.

③ 다른 하나는 기여입학제도로 입학하는 사람에 대한 것이다. 물론 모든 사람이 그런 건 아니지만 기여입학으로 들어간 학생이 그곳에 과연 적응을 하여 그곳에서 배우는 것들을 소화할 수 있는가 하는 문제이다. 소화를 한다면 괜찮겠지만 그렇지 못하다면 그 학생에게는 아주 고통스러운 요소가 될 것이기 때문이다.

그런데 이렇게 바꿔놓고 보니까 제일 먼저 쓴 것보다 훨씬 문단 구성이 매끄럽다. 그러나 다시 보면 뭔가 미심쩍은 부분이 있다. 결국 첫 문단이 서론 격으로 문제제기를 하고 두 가지 문제점을 지적해 나가는 것인데 문제는 둘째 문단의 핵심 소주제가 무엇이냐는 것이다. 두 가지 문제가 있다는 것이 소주제인지 아니면 기회평등의 문제 지적이 핵심인지가 모호하다. 그렇다면 "두 가지 측면에서의 문제제기-첫 번째 문제-두 번째 문제"와 같이 구성하는 것이 좀 더 명확한 문단 구분이 된다는 것을 알 수 있다. 다시 써 보자.

〈보기글 5〉

① 사회 통념과 기본 도덕적인 측면과 이치를 따지자면 기여입학제도는 비판받아야 마땅하다. 기여입학제도란 학교에 일종의 기금을 주고 그 기금을 기부한 공로로 학교에 입학한다는 것이다. 이는 우리 사회의 물질만능주의가 교육에까지 깊숙이 침투

했음을 보여주는 단적인 예다. 두 가지 측면에서 문제의 심각성을 지적하고자 한다.

② 먼저 배움에서 모든 사람들에게 평등하게 기회가 주어져야 하는데 이는 이러한 평등의 원리에 어긋나고 있다. 대학의 전문적인 수준의 학문을 배울 만한 능력과 자질이 없는 사람도 부모 잘 만나서 돈으로 기회를 사는 것이기 때문이다.

③ 다른 하나는 기여입학제도에 따라 입학하는 사람에 대한 것이다. 물론 모든 사람이 그런 건 아니지만 기여입학으로 들어간 학생이 그곳에 과연 적응을 하여 그곳에서 배우는 것들을 소화할 수 있는가 하는 문제이다. 소화를 한다면 괜찮겠지만 그렇지 못하다면 그 학생에게는 아주 고통스러운 요소가 될 것이기 때문이다.

진짜 문제는 ④⑤⑥⑦ 문단이다. 네 문단 모두 소주제문과 뒷받침 문장의 관계가 분명하지 않기 때문이다. ④⑤⑥ 문단은 기여입학 찬성쪽 사람들 견해를 소개한 것인데 ④번 문단은 설의법 의문문 형태로만 되어 있어 찬성쪽 주장이 옳다는 것인지 일리가 있다는 것인지 판단이 안 선다. ⑤번 문단도 기여입학 반대쪽 사람들을 비판하는 것인지 아니면 찬성쪽 입장을 대변하는 것인지 알 수 없다. ⑥번은 물질만능주의를 긍정하는 것 같은데, 그렇다면 물질 만능주의를 비판하고자 하는 첫 번째 문단의 취지를 무색게 한다. ⑦문단은 결국 개인주의 차원에서 기여입학제를 비판하면서 또 찬성쪽 입장을 수긍하고 있다. 이런 글을 종잡을 수 없는 글이라고 한다. 그래도 이 학생의 의도를 살려 보면 결국 자신의 견해와 반대인 기여입학 찬성쪽 사람들 견해를 소개하고 비판하려는 의도로 보인다. 그렇다면 다음과 같이 두 문단 정도로 줄여 그 논지를 명확하게 해야 한다.

<보기글 6>

④ 이러한 사회통념과 도덕적 가치 측면과는 달리 기여입학 찬성쪽 입장에서 보면 자본주의 논리에 충실한 것뿐이라고 항변할 수 있다. 가진 자는 물론이고 못 가진 자도 물질주의 현실에서 자유롭지 못하기 때문이다. 물질만능주의가 좋은 것은 아니다. 하지만 그렇다고 비판받아야 할 것도 아니라는 것이다. 더욱 중요한 것은 수요와 공급의 원리에 충실한 것이라고 주장한다. 기여입학으로 학교 재정에 도움이 되고 또한 자금을 가난한 학생의 장학금으로 쓸 수 있기 때문이다.

⑤ 그러나 그러한 물질주의로 말미암은 이익보다는 정신적 손실이 더 크다고 본다. 기여입학제도는 과의 화합을 도모할 수 없게 하고 안 그래도 개인주의가 팽배한 이 사회에 더욱더 많은 개인주의와 또 다른 문제점을 야기할 것이다. 그러한 분위기에서 가난한 학생이 장학금을 받고 공부하는 것은 의미가 없기 때문이다.

3.2. 문단 쓰기 주요 방식

문단을 구성하고 쓰는 전략과 방식은 글쓴이마다 다를 수 있다. 보통은 먼저 중심 내용 결정을 해야 한다. 그 문단에서 나타내고자 하는 중심 내용을 결정한다. 그다음 중심문장 쓰기를 한다. 중심 내용을 나타낼 수 있는 문장으로서, 그 문단의 내용을 포괄하는 짧고 간결한 문장으로 작성한다.

다음으로 뒷받침 문장 쓰기를 한다. 중심 문장과 관련된 예, 근거나 이유, 자세한 설명이나 구체적 사실 등을 진술한다. 마지막으로 문단을 완성하는데 이때 중심 문장을 어디에 놓는 것이 좋을 것인지 결정한 후, 뒷받침하는 문장들의 관계를 고려하여 적절한 순서로 배치하며, 적절한 접속어를 통해 연결한다.

4 | 문단과 문단 사이의 짜임새 이루기

한 문단만으로 된 글이 얼마든지 있고 있을 수 있지만 그때는 문단이란 말을 쓰지 않는다. 결국 두 문단 이상으로 이루어진 글에서 문단이란 말을 쓴다. 따라서 문단은 문단 간의 관계 속에서만 성립되는 말이라는 셈이다. 그만큼 문단과 문단의 관계를 어떻게 설정하느냐가 중요하다. 기여입학제 예문을 고쳐쓴 글을 가지고 풀어 가 보자.

〈보기글 7〉

① 사회 통념과 기본 도덕적인 측면과 이치를 따지자면 기여입학제도는 비판받아야 마땅하다. 기여입학제도란 학교에 일종의 기금을 주고 그 기금을 기부한 공로로 학교에 입학한다는 것이다. 이는 우리 사회의 물질만능주의가 교육에까지 깊숙이 침투했음을 보여주는 단적인 예다. 두 가지 측면에서 문제의 심각성을 지적하고자 한다.

② 먼저 배움에 있어서 모든 사람들은 기회의 평등이 있어야 하는데 이는 이러한 평등의 원리에 어긋나고 있다. 대학의 전문적인 수준의 학문을 배울 만한 능력과 자질이 없는 사람도 부모 잘 만나서 돈으로 기회를 사는 것이기 때문이다.

③ 다른 하나는 기여입학제도에 의해 입학하는 사람에 대한 것이다. 물론 모든 사람이 그런 건 아니지만 기여입학으로 들어간 학생이 그곳에 과연 적응을 하여 그곳에서 배우는 것들을 소화해 낼 수 있는가 하는 문제이다. 소화를 한다면 괜찮겠지만 그

렇지 못하다면 그 학생에게는 아주 고통의 요소가 될 것이기 때문이다.

④ 이러한 사회통념과 도덕적 가치 측면과는 달리 기여입학 찬성쪽 입장에서 보면 자본주의 논리에 충실한 것뿐이라고 항변할 수 있다. 가진 자는 물론이고 못 가진 자도 물질주의 현실로부터 자유롭지 못하기 때문이다. 물질만능주의가 좋은 것은 아니다 하지만 그렇다고 비판받아야 할 것도 아니라는 것이다. 더욱 중요한 것은 수요와 공급의 원리에 충실한 것이라고 주장한다. 기여입학으로 인해 학교 재정에 도움이 되고 또한 자금을 가난한 학생의 장학금으로 쓸 수 있기 때문이다.

⑤ 그러나 그러한 물질주의로 인한 이익보다는 정신적 손실이 더 크다고 본다. 기여입학제도는 과의 화합을 도모할 수 없게 하고 안 그래도 개인주의가 팽배한 이 사회에 더욱더 많은 개인주의와 또 다른 문제점을 야기시킬 것이다. 그러한 분위기에서 가난한 학생이 장학금을 받고 공부하는 것은 의미가 없기 때문이다.

⑥ 이 기여입학제도가 어떻게 결론이 났는지는 잘 모른다. 그러나 마땅히 없었던 일이 되어야 할 것이다.

— 박준

1) 서론문단-본론문단-결론문단 구성[35]

위 글을 보면 다음과 같은 구조로 되어 있음을 알 수 있다.

① 서론	④
②	⑤
③ 본론	⑥ 결론

전형적인 삼단 구성으로 서론 한 문단 본론 네 문단 결론 한 문단으로 구성되어 있다. 물론 글 쓰는 이의 의도에 따라 서론과 결론도 두 문단으로 구성할 수 있지만 3000자 이내의

---

35 주요 문단 쓰기의 문제와 좋은 방향

구성/문단	안 좋은 태도	더 나은 태도
첫 문단 (머리말, 서론)	1. 너무 일반적인 경우 2. 지나치게 장황스러운 경우 3. 상투어에 얽매이는 경우	1. 문제제기를 분명히 2. 자기만의 관점을 구체적으로 드러냄
가운데 문단 (몸말, 본론)	1. 논거가 나열만 된 경우 2. 분석 논증이 제대로 안 된 경우	1. 논거를 이용해 의미 읽기 2. 치밀한 분석을 통해 조건을 낱낱이 해명
마무리 문단 (맺음말, 결론)	1. 본론을 단순요약 2. 상투어 남발 3. 교훈 말투 남용(조화)	1. 본론의 치밀한 분석을 일반화 2. 논점을 강조

논술에서는 대개 한 문단으로 구성한다. 그래서 보통 본론 문단을 몇 문단으로 구성하느냐에 따라 문단 수가 갈라지게 된다.

2) 논리적인 문단

논리적인 흐름으로 보면 위 문단은 다음과 같이 구성되어 있음을 알 수 있다.

① 문제제기 : 기여입학 반대
② 내 주장 입증1 : 기회 평등에 위배
③ 내 주장 입증2 : 기여입학자에게도 고통
④ 반론 소개 : 물질주의와 수요공급
⑤ 반론반박 : 개인주의
⑥ 결론

이렇게 보면 "문제제기 문단-입증문단 1, 2-반론 반박-결론"식으로 되어 있음을 알 수 있다. 이런 논리적인 구조로 보면 다음과 같은 방식으로 얼마든지 구성이 가능하다.

(1) 단순 입증형 : 문제제기/주장-입증1-입증2-마무리
(2) 단순 반박(비판)형 : 문제제기-반박1-반박2-마무리
(3) 입증-반박형 : 문제제기-입증-반론반박-마무리
(4) 반박-입증형 : 문제제기-반론반박-내 주장입증-마무리
(5) 제3견해제시형1(양비론)
   : 문제제기-A견해비판-B견해비판-제3의내견해제시-마무리
(6) 제3견해제시형2(양시론)
   : 문제제기-A견해긍정-B견해긍정-제3의종합견해제시-마무리
(7) 원인-대안형 : 문제제기-원인분석-대안제시-마무리
(8) 양면-대안형 : 문제제기-긍정성-부정성-부정극복대안-마무리
(9) 분석(설명)-비평형 : 문제제기-기존견해분석-비판/대안제시-마무리
(10) 비교대조형 : 문제제기 -AB공통점- AB차이점-AB에 대한 내 견해-마무리

이러한 열 가지 방식의 구체적인 전개에 대해서는 본론 쓰기에서 자세히 다룰 것이다.

5 │ 문단 늘리기와 줄이기 – 이상한 나라의 앨리스 문단

영국의 루이스 캐럴이 지은 이상한 나라의 앨리스라는 동화를 보면 앨리스는 키를 줄였다 늘였다 할 수 있는 마술에 걸린다. 똑같은 주제의 글이라 하더라도 문단을 단위로 얼마든지 늘리고 줄이고를 자유롭게 할 수 있으면 논술의 최고 실력을 지녔다고 할 수 있다. 위열 가지 유형중 (7)번 유형만 보더라도 아래와 같이 확장이 가능하다.

> 기본 4문단 : 문제제기-원인분석-대안제시-마무리
> 축소 3문단 : 문제제기-원인과 대안-마무리
> 확장 5문단 1 : 문제제기-원인분석1-원인분석2-대안제시-마무리
> 확장 5문단 2 : 문제제기-원인분석-대안제시1-대안제시2-마무리
> 확장 6문단 1 : 문제제기-원인분석1-원인분석2-대안제시1-대안제시2-마무리
> 확장 6문단 2 : 문제제기-원인분석1-대안제시1-원인분석2-대안제시2-마무리

이렇게 원인과 대안을 몇 가지 측면(관점, 기준)에서 제시하느냐에 따라 얼마든지 확장이 가능하다. 그러니까 우리 수험생들은 자수 제한에 겁먹을 필요가 없다. 1000자 안팎이라면 3-5문단, 1600자 안팎이면 5-7문단 사이에서 어떤 유형이냐에 따라 조정하면 된다. 다만 다음과 같은 경우는 되도록 피해야 한다.

> 가분수 5문단 : 문제제기1-문제제기2-원인분석-대안제시-마무리
> 비대꼬리 5문단 : 문제제기-원인분석-대안제시-마무리1-마무리2

위와 같은 경우 가분수형은 처음부터 읽는 이에게 부담을 주고 실제 자신의 견해가 줄어든다. 비대꼬리형도 질질 늘어지는 잔소리형이 될 가능성이 높아져 곤란하다. 그리고 모든 문단이 대등한 자격을 갖는 것은 아니다. 본론 문단만 하더라도 아래와 같은 구성이 있을 수 있다.

> 확장 6문단 1 : 문제제기-**원인분석1**-원인분석1 보충-**대안제시1**-대안제시1보충-마무리

아래와 같은 이름 붙이기도 가능하다.

문제제기 - **원인분석1** - 원인분석1 보충 - **대안제시1** - 대안제시1 보충 - 마무리

⬇ ⬇ ⬇ ⬇ ⬇ ⬇

도입문단 - 중심문단1 - 보충문단1 - 중심문단2 - 보충문단2 - 종결문단

그러니까 위 구조는 도입문단 하나에 종결문단 하나, 중심문단이 둘, 보충문단이 둘인 글이 되는 셈이다.

6 | 문단 쓰기 역량 키우기 지도 전략

학생들의 문단 쓰기 역량을 키워 주기 위해서는 앞에서 설명한 전반적인 지식을 문단 교육 내용으로 구성하면 될 것이다.

구체적으로 보면, 평소 글을 읽을 때, 문단 단위로 읽는 습관을 들인다. 문단 단위로 읽을 때에는 Z형식으로 읽는다. 핵심문장(소주제문)이 대개 문단의 앞부분 아니면 뒷부분에 있기 때문이다.

매일 한 편씩의 신문 칼럼이나 사설을 읽고, 글에 문단 번호를 붙인 후 문단별로 핵심 문장을 찾아 밑줄을 쳐 본다. 가장 좋은 방법은 문단을 잘 나눈 글을 문단별로 다음과 같이 한 문장으로 요약하기를 하게 하는 것이다.

〈보기글〉'사상초유의 공무원 파업' / 인터넷에서 / 조선일보 /2004.11.14

[1] 전국공무원노조가 오늘부터 파업에 들어간다. 공무원들이 집단 연가투쟁을 벌인 적은 있어도 파업은 초유의 사태다. 지금 단계에서 공무원노조에 단체행동권까지 준다는 것은 곤란하다는 게 정부와 국회의 판단이다. 국민의 생각도 같다. 전공노의 파업에는 국민의 87%가 반대한다는 여론조사도 나와 있다. 그런데도 파업을 밀어붙이겠다는 것은 정부를 힘으로 굴복시키겠다는 뜻이다.

[2] 정부는 그동안의 논의과정에서 전공노측 요구를 상당 부분 수용했다. 노조 명칭도 부여했고 노조 간 연대행위도 허용했다. 외국의 공무원노조법에 비해서도 크게 뒤떨어지지 않는다. 그렇다면 전공노는 노조로서의 법적 자격부터 얻고 나서 그다음 단계의 합법적인 논의를 진행시키는 게 옳다.

[3] 전공노는 부정부패를 뿌리뽑겠다며 단체행동권을 달라고 요구한다. 공무원노조

가 단체행동권을 가져야 공직사회가 맑아진다는 논리는 성립하지 않는다. 전공노의 총파업 선언문을 보면 '정권이 공직사회에 연봉제를 도입하고 구조조정을 단행하면 노동자로서 정말 죽게 된다.'고 적고 있다. 어떻게 일반 근로자들은 당연한 일로 아는 연봉제와 구조조정에서 공무원만 예외가 되어야 한다는 말인가. 특권계급으로 인정해 달라는 것인가.

[4] 국민들은 솥단지를 내던지며 먹고살게 해달라고 외치고 있다. 공무원들은 바로 그 솥단지를 내던지며 먹고살게 해달라고 외치는 그 국민들로부터 걷은 세금으로 사는 사람들이다. 그런 처지에 파업까지 들고 나오니 세금으로 봉급 줄 이유가 없다며 납세거부 운동을 벌이겠다는 말까지 나오고 있는 판국이다.

[5] 전공노는 100억 원의 파업기금을 조성해놓았고 파업으로 100명쯤의 해고자가 나올 것은 각오한다고 한다. 파업 공무원에 대한 무더기 징계와 대량 해직 사태가 생기면 그걸 놓고 공직사회는 다시 진통을 겪게 되고, 민생 행정은 겉돌게 된다. 누구를 위해, 무엇을 위해 그런 악순환을 불러들이겠나는 것인가.

〈보기글〉 '공무원노조의 파업을 보고' / 김종엽 / 한겨레신문 / 2004.11.19

[1] 조합원 수가 14만이고, 파업투쟁 기금이 백억이나 된다고 하던 공무원 노조의 총파업이 이틀을 넘기지 못하고 지리멸렬해지더니 17일에는 결국 스스로 파업 중단을 선언함으로써 사실상 종결되었다. 그런 경과를 보며 씁쓸한 느낌이 들었는데, 그건 공무원 노조의 파업 실패가 안타까워서가 아니라 공무원 노조를 둘러싸고 드러난 우리 사회의 여러 모습들 때문이다. 어디서는 국민의 공복이 웬 파업이냐 혹은 '철밥통'들이 웬 파업이냐는 시민들의 말을 들을 수 있었다. 공복 운운하며 공무원 노조를 비난하는 것은 민원 처리를 위해서 직접 만나면 상전처럼 여겨지는 공무원에 대한 원한의 전도된 표출이며, 상전과 공복 사이를 오갈 뿐 도무지 그들을 같은 동료 시민으로 생각하지 못하는 전근대적인 사고의 표현일 뿐이다. 철밥통 운운하는 비난도 문제다. 그간의 가혹한 정리해고와 비정규직화를 생각하면 우리 사회의 남은 철밥통에 대한 사회적 질시를 이해할 수 없는 것은 아니지만, 그런 식으로 서로 질투를 심화시켜가는 것은 다시 부메랑이 되어 노동조건 전체를 침식할 우려가 있다.

[2] 언론매체들의 행동도 유감스러웠다. 보수적 신문들의 행태는 그렇다고 쳐도 〈한국방송〉이나 〈문화방송〉이 공무원 노조의 법제화를 둘러싼 쟁점들을 상세히 다루지 않았다. 〈한겨레〉조차 단체행동권이 노-정 간 갈등의 핵심인 듯 잘못된 보도를 했는데, 그런 점에서 한겨레 또한 쟁점을 제대로 짚으며 우리 사회에 맞는 공무원 노조 모형과 노-정 간의 타협지점을 모색하기 위해 진지하게 노력했다고 하기 어렵다. 보수적인 매체들이 공무원 노조에 대한 대중적 반감에 불을 지피기 위해 모든 수단을 동원했다면, 개혁적인 매체들은 대중의 반감을 추수할 뿐 공론 형성 구실을 충실히 하지 않았다.

[3] 그러나 더 실망스러운 것은 공무원 노조 자체였다. 그들은 우선 자신들의 대의를 일반 시민들에게 알리기 위해 모든 노력을 기울이지 않았다. 공무원 노조의 주축인 중하위직 공무원들이 엄격한 상명하복 체계의 국가기구 안에서 갖은 부조리와 불합리를 경험했을지 모른다. 그러나 그들 또한 사회 위에 군림하는 국가기구의 일원이었다. 따라서 자신의 권리 주장에 앞서 대다수 국민이 가진 공무원에 대한 '안 좋은 추억'을 불식하기 위해서 배전의 노력을 기울여야 했다. 공무원 조직의 유연화와는 다른 방향에서 국가기구를 혁신하고 양질의 대민 서비스를 제공하는 데 자신들이 어떻게 기여할 수 있는지 알려야 했다.

[4] 선전 활동에서 뿐 아니라 운동과정에서도 공무원 노조는 전략적 취약점을 드러냈다. 냉담한 언론매체들이 비록 공세적인 비난의 기조일망정 공무원 노조에 관심을 보인 것은 노-정 협상이 깨지고 공무원 노조가 총파업을 예고하면서부터다. 그렇다면 이 기간을 길게 끌며 자신들의 대의와 노-정 협상에서의 쟁점 등을 알리고 사회적 토론을 유도하는 것이 필요했다. 하지만 노조는 총파업이라는 카드를 쉽게 꺼내고 말았다. 민주노총의 총파업은 26일로 예정되어 있는데, 그들은 자신들의 파업을 그때까지 끌고 갈 수 있다고 과신한 것일까? 전략적으로 서툴러 보일 뿐 아니라 민주노총 편에서도 연대투쟁의 효과를 극대화할 전략이 있었는지 의심스럽다.

[5] 그 무엇보다도 실망스러운 것은, 일단 총파업에 뛰어들었다면 그 투쟁의 열렬함을 통해서 자신의 진정성을 입증해야 했는데 전혀 그렇지 못했다는 것이다. 대중의 지지도 없는 상황에서 전략도 치밀하지 못하고 거기다 자신의 대의에 헌신하는 열정과 용기마저 없는 셈이다. 이렇게 열정마저 없다면 대의와 진정성조차 의심받게 되는 법이다. 근대 사회의 역사를 통해서 노동자들이 자신의 권리를 희생과 고통 없이 공짜로 얻은 적은 없거니와, 이렇게 근로대중이 수세에 몰리는 시대에는 더욱 그렇다. 공무원 노조의 파업 실패가 그간 우리 노동운동이 펼쳐온 용기와 열정의 쇠퇴를 보여주는 증좌가 아니길 바란다.

요약

사설

[1] 공무원 노조의 파업은 정부를 힘으로 굴복하게 하겠다는 뜻이다.
[2] 합법적인 논의를 하여 다음 단계를 진행해야 한다.
[3] 연봉제와 구조조정에서 공무원만 예외가 될 수 없다.
[4] 납세거부 운동을 벌이겠다는 말까지 나올 정도로 국민들은 어렵다.
[5] 파업이 진정으로 누구를 위한 것인지 돌아봐야 한다.

> **칼럼**
>
> [1] 공무원 노조를 둘러싸고 드러난 우리 사회는 여러 모습이 있다.
>
> [2] 언론 매체들이 공론 형성 역할을 충실히 하지 않았다.
>
> [3] 자신들의 대의를 시민들에게 알리기 위해 모든 노력을 기울이지 않았다.
>
> [4] 선전활동과 운동과정에서 전략적 취약점을 드러냈다.
>
> [5] 근대 역사에서 노동자들이 희생과 고통 없이 권리를 얻은 적이 없다.

―박정순

이와 더불어 다음과 같이 개요 짜기할 때 문단별로 구성하는 훈련을 자주 해야 한다.

상투적인 삼단 구성(지양)	문단별 구성(지향)
1. **서론** : 문제 제기 2. **본론** 　　1) 학생 자살 원인 파악의 필요성 　　2) 자살 원인 　　3) 대책 3. **결론** 　　1) 요약 　　2) 제언	1. **문제제기** : 자살은 사회적 2. **청소년 자살 원인** 3. **대책** 　　1) 어른들 대책의 문제 　　2) 우리가 제안하는 대책 4. **마무리** : 관심이 가장 중요

이렇게 개요를 작성할 때, 문단 단위로 작성하는 습관을 들이게 해야 한다.

7 | 마무리

　논리적인 글에서 문단 나누기는 핵심 장치요 표징이다. 그 어떤 논술문이든 문단 나누기가 제대로 안 되어 있다면 논리적인 글이 아니다. 국어 공부 10년 이상 받은 대학생들이 문단 나누기를 못하는 것은 전적으로 교육 탓이다.

　문단 나누기가 중요하다면 논술문 쓰기 전략에서 문단 설정이 핵심 전략이 되도록 지도

할 필요가 있다. 우리 아이들이 문단 나누기가 몸에 배게 하기 위한 세심한 지도 전략과 논술교육 프로그램이 필요하다.

우리 아이들이 한 문단 한 문단 글을 완성하는 과정은 마치 계단을 한 계단 한 계단 올라 정상에 오르는 기쁨과 같음을 알게 한다면 문단 교육뿐 아니라 논술교육은 보람된 성과를 거둘 수 있다.

14장 서론 쓰기 지도

1 │ 왜 서론인가

서론은 그야말로 맨 앞 머리글이다. 그래서 머리말 또는 들머리라고 일컫는다. 논리적인 글에서는 서론은 논리적 구성의 출발점이자 전체 논리적 구성의 바탕 단계이기도 하므로 서론 쓰기 지도 전략이 더욱 중요할 수밖에 없다.

서론은 마치 사람의 첫인상과 같다. 첫인상만으로 사람을 평가하는 것은 옳지 못하지만 첫인상이 중요한 것만은 틀림없다. 첫인상이 나쁜데 나중 인상이 좋아지는 경우는 그리 많지 않다. 글도 마찬가지다. 첫머리에서 잘 읽히면 쑥쑥 잘 읽히게 되지만 그렇지 못하면 읽을 맛이 안 난다. 실제 필자가 수천 명의 답안을 검토한 결과 대부분 서론을 잘 쓴 학생이 끝까지 잘 쓸 확률이 크다. 다시 말하면 서론을 못 썼는데 본론, 결론을 잘 쓸 확률은 그리 많지 않다. 설령 잘 썼다 하더라도 글은 전체 흐름이 중요하므로 전체 평가에서는 문제가 될 수밖에 없다.

물론 학습자한테 이렇게 강조하면 괜스레 글쓰기를 부담스러워 할 수가 있다. 하지만 이 글에서 의도하는 대로 쓴다면 서론 쓰기는 제일 손쉬운 글쓰기가 될 것이다. 두려워할 일이 없다.

학생들이 서론을 잘 못쓰는 것은 잘 써야 한다는 강박관념도 한몫한다. 잘 쓰려고 고민하는 거야 미담이지만 문제는 그렇게 고민하고 쓰다 보면 더 문제가 되는 경우가 많다. 이제 차분하게 이 모든 것을 정리해 보자.

2 | 서론 쓰기의 핵심 전략

서론은 그야말로 본론을 쓰기 위해 첫머리에 쓰는 글이다. 구성 방식은 글쓴이마다 다를 수 있겠지만, 크게 보면 세 가지 전략이 있다.[36] 첫 번째는 글 처음이라는 위치에 따른 전략이고 두 번째 전략은 본론을 쓰기 위한 예비 단계로서의 전략, 세 번째는 전체 구성상의 전략이다. 이러한 세 전략의 다음 흐름을 보고 서론 쓰기를 가늠해 보고 하나하나 구체적으로 따져보자.[37]

1) 첫머리(들머리)로서의 전략
   (1) 관심끌기
      ① 흥미 있는 이야기
      ② 도발적인 문제설정
   (2) 논리적인 전제로서 시작하기
      ① 연역식
      ② 논제나 쟁점 소개
2) 본론을 위한 예비 단계로서의 전략
   (1) 방향이나 목표 제시
   (2) 방법
3) 구성상의 전략
   (1) 곧바로 주장을 밝히고 시작하는 방법
   (2) 본론처럼 시작하는 방법

구체적인 설명을 위해 우리 사회 분류 문제에 대한 학생들의 답을 가지고 풀어가 보겠다.

---

36   서론은 한자어로 한자 '緖論'또는 '序論'에서 왔다. '緖'는 '실마리 서'이고 '序'는 '펼 서'이니 이런 뜻대로 하면 서론은 뭔가를 펴기 위한 실마리라는 셈이다.

37   보통 본론 문단을 일반 문단이라고 한다. 서론 문단도 일반 문단과 같은 성격을 지닐 수 있지만 그보다는 도입 문단으로서의 특수성이 더 중요하다. 도입 문단은 그야말로 글의 첫머리에서 글의 문을 열고 논지를 도입하는 구실을 한다. 도입 문단 없이 본론을 시작하는 경우도 있지만 완결된 글에서 도입 문단은 필수 요소이다. 다만 도입 문단의 내용과 형식을 어떻게 채우느냐에 따라 그 성격은 달라질 것이다.

2.1 첫머리(들머리)로서의 전략

첫머리의 전략으로서 가장 중요한 것은 관심을 끄는 것이고 또 하나는 논리적 절차를 준비하는 것이다.

2.1.1 관심끌기

어떻게 보면 독자의 관심을 끈다는 것은 막연한 얘기다. 독자마다 취향이 다를 수 있는데 어찌 그 많은 사람들의 비위를 맞춰가며 관심을 끌 것인가? 그래도 일반적인 방법으로 흥미 있는 이야기나 문장으로 시작하는 것이고 그다음은 도발적인 문제제기를 하는 것이다.

(1) 흥미 있는 이야기로 시작한 경우

〈보기글〉 이솝우화 중 들짐승과 날짐승 사이에 전쟁이 일어났을 때 들짐승이 이길 것 같을 때에는 들짐승 편을 들다가 날짐승이 이길 것 같을 때에는 날짐승 편을 드는 등 기회주의적인 행동을 일심아 동굴에 갇혀 밤에만 나다니게 된 박쥐 이야기는 유명하다. 그런데 이 이야기에서 과연 박쥐에게만 모든 책임이 있는 걸까? 그 이전에 들짐승과 날짐승같이 서로의 겉모습이 다르다는 것만을 문제 삼아 서로 증오하고 전쟁을 일으킨 동물들의 책임도 있을 것이다.

─ 첫 번째 문단/변지원

위 학생은 분류 문제에 대한 고전 이솝 우화의 이야기를 이용해 문제를 제기하고 있다. 물론 이런 경우도 상투적인 이야기라면 오히려 흥미를 반감할 수 있을 것이다. 그리고 똑같은 이야기라 하더라도 어떻게 쓰느냐에 따라 흥미유발 정도가 달라질 것이다. 이를테면 〈보기글〉도 "이솝우화에 박쥐 이야기가 있다. 박쥐는 날짐승과 들짐승 사이에서 이런저런 사건을 겪는다."식으로 출발하면 너무 뻔한 얘기를 진부하게 풀어 가는 방식이 되어 전혀 흥미롭지 않은 이야기가 될 것이다. 다행히도 위 학생은 논제의 성격에 맞게 구체적이면서 당찬 문제제기로 이어가고 있다. 우리가 잘 아는 얘기일수록 당찬 문제제기로 빨리 전환해야 한다. 아니면 다음과 같이 특이한 이야기가 있다면 더할 나위가 없을 것이다.

〈보기글〉 '정이품송'의 적자문제가 요즘 꽤 흥미 있는 논쟁거리가 되고 있다. 문제의 요지는 정이품송의 소나무에서 달려 나온 소나무가 적자인가, 아니면 정이품송의 수술을 가져와 묻혀서 다른 소나무에서 달려 나온 소나무가 적자인가 하는 것이다. 이렇듯 분류할 때 쟁점을 일으키는 것은 기준의 차이에 따른 문제이다. 그만큼 분류할 때 중요한 것은 기준의 문제이다. 그에 따라 분류가 가능할 수도 있고, 그렇지 못하여 혼동만 일으킬 수도 있다.

사람의 유형을 나누는 것과, 동물학교에서 어느 한쪽으로 분류할 수 없는 오리너구리의 자리를 찾는 것과, 박쥐의 자신이 '새'라는 주장과 자신이 '쥐'라는 주장이 받아들여지는 현실과, 철새가 아니라 박쥐여서 받아주지 않는 모습에서의 공통된 문제점은 바로 분류의 문제이다. 그렇다면 이러한 분류의 문제점은 우리 사회의 어디에서 찾아볼 수 있을까?

먼저, 최근 논란이 되었던 고문수사에서 찾아볼 수가 있다. 고문수사에서 문제가 되는 것은 수사란 명목 아래 이루어지는 고문을 조사라는 입장에서 봐야 하는가, 아니면 협박이라는 입장에서 봐야 하는 것인가에 대한 것이다. 이제껏 고문수사는 정의를 위한 조사라는 입장에서 관행처럼 받아들여져 왔다. 그러나 최근 고문수사로 죽은 사람이 나타나자 그 시선은 조금 바뀌고 있다.

또 다른 문제는 대리모 문제이다. 아직 실현된 것은 아니지만 미래에 대한 우려로 논쟁이 치열하다. 문제는 핵치환 기술로 태어난 아이의 부모는 자식에게 유저자를 준 사람인가, 아니면 10달 동안 품어 자식을 낳은 사람인가 하는 것이다. 이 문제는 나중에 핵이식 기술이 현실화되면 더욱 첨예하게 대립하게 될 것이다. 그러면 이런 사회문제에 대한 바람직한 대안은 없을까?

우선, 고문수사 문제를 보자. 고문수사는 아무리 수사라는 이름으로 행해진 것이라 할지라도 명백한 폭력이므로 고문수사는 제한되어야만 한다. 꼭 필요한 정보를 급히 얻어내기 위해 고문을 행해 수사를 하는 것은 강력한 제재를 가해 그 숫자를 줄여 무고한 생명을 잃는 것을 막아야 한다.

다음으로, 대리모 문제를 살펴보자. 대리모 문제는 분류하기 불가능하다. 왜냐하면 유전자를 준 사람과 아이를 낳은 사람 중 딱히 어느 한쪽을 부모라 할 수 없기 때문이다. 두 사람 다 부모라 주장하기에 논거는 충분하다. 따라서 이러한 문제는 분류가 불가능하다. 그러므로 아이는 두 사람을 모두 부모의 입장에서 바라보아야 할 것이며 양쪽 부모는 서로 도와가며 부모의 역할을 충실히 하여 아이를 잘 키워야 한다.

—이재경

이 학생은 최근 시사 사건을 논제에 맞추어 흥미 있는 이야기로 재구성하고 있다. 이밖에도 자신만의 개인적인 경험을 살리는 경우도 있지만 이럴 경우는 자신의 경험을 객관화하는 전략이 필요하다. 이와 같은 흥미 있는 이야기로 출발하는 방식에서 유의할 점은 그것이 장황스러운 느낌을 주지 않도록 해야 한다.

(2) 도발적인 문제설정

이 전략은 밋밋하게 출발하지 말자는 것이다. 속된 말로 하면 뜸 들이지 말고 핵심 쟁점에 대해 강력한 문제제기를 하는 방식이다. 이 방식대로라면 첫 문장부터 달라야 한다. 다음 학생들의 글을 비교해 보자.

> 〈보기글〉 우리 사회는 여러 집단으로 분류되어 있다. 동물, 식물도 종, 서식지, 그 밖의 여러 특성에 따라 분류된다. 이러한 분류 현상은 인간 사회에서도 마찬가지로 나타난다. 그러나 예외란 언제나 존재하는 것인데, 그렇다면 어느 집단에도 속하지 않는, 혹은 어느 집단에나 다 속하는 그런 동·식물이나 인간의 경우 이들은 어느 집단에 안주해야만 하는 것인가?
>
> — 첫 문단/김솔지

> 〈보기글〉 사람들은 복잡한 것을 단순하게 분류하기 좋아하는 동물이다. 그래서 자기 입맛에 맞게 분류해 버린다. 수십억 명의 사람들이 있는데 고작 몇 가지 유형으로 사람을 구분해 버리는 것이 문제가 되지 않을 수 없다. 올바른 사회를 만들기 위해 그 구체적인 문제점을 찾아내고, 극복하여 해결하지 않으면 안 된다.
>
> — 첫 문단/이은지

두 학생 글 중에 가장 도발적인 출발을 할 학생은 이은지 학생이다. 사람들이 분류를 좋아하거나 분류 속에 산다는 정도의 일반적 진술이 아니라 "복잡한 것을 단순화"하는 핵심 특징을 잡아내면서 그런 속성의 동물로 못 박은 것이 아주 인상적이다. 도발적 문제제기라고 해서 기발한 문제제기를 요구하는 것이 아니다. 좀 더 구체적으로 자신의 구체적 생각을 담되 좀 더 창의적으로 문제제기를 하면 된다. 이에 반해 김솔지 학생 글은 아주 일반적인 얘기부터 출발해 구체성 부족으로 긴장성이 떨어진다.

2.1.2 논리적인 전제로서 시작하기

흥미유발이나 관심끌기는 부족할지라도 차분하게 출발하는 방법이 있다. 이것이 바로 연역식으로 출발하는 방식과 논제나 쟁점을 소개하면서 출발하는 방식이다.

(1) 연역식

연역식은 그야말로 대전제부터 출발하는 방법이다. 제대로 된 논리를 위해서 기반부터 차분하게 출발하는 방식이다. "인간은 죽는다(대전제) → 소크라테스는 인간이었다(소전제) → 그래서 소크라테스는 죽었다."는 식으로 아주 기본적인 대전제부터 출발하는 방식이다. 위의 김솔지 학생이 바로 이런 전략으로 쓴 글이다. 앞에서 지적한 문제는 있지만 무척 차분하고 논리적이라는 평가를 받을 수 있다.

(2) 논제나 쟁점 소개

이 방식은 시험용 논술문 쓰기에서 자주 등장하는 방식이다. 논제나 논제조건 소개를 해 가면서 차분하게 풀어 가는 방식이다.

> 〈보기글〉 오늘날 사회에 속한 구성원들은 각자의 역할에 맞게 분류되어 집단에 소속된다. 그들은 그 속에서 주어진 역할에 충실하고 최선을 다하게 된다. 그러나 분류되지 못한 사회의 주변인들은 소외감과 좌절감을 경험하고 마침내 사회에 대한 불신과 비판의 성향을 나타내기도 한다. 논제는 바로 우리 사회의 이런 분류 문제에 대한 성찰을 요구하고 있다.
>
> 사회에서 분류는 다양한 분야에서 활용되며 그 기준 또한 다양하다. 과학 등의 객관적 분야에서 활용되는 부분은 결론을 도출하거나 관찰, 분석의 편리함을 제공하기도 하며 그 범주를 명확하게 한다. 반면, 인간사회에서 적용되는 분류는 주관적이기 때문에 업무상의 효율성 이외의 문제점이 발생하기 마련이다. 분류되지 못한 구성원들은 사회에 반감을 가지게 되고 이는 사회통합을 저해한다. 또한, 편가르기식 풍토가 형성되고 사회 계층화 현상은 더욱더 심화될 우려가 있다.
>
> 잘못된 분류에 의한 문제점은 우리 사외에 만연해 있는 따돌림 문제를 보면 알 수 있다. 또래집단에서 따돌리는 가해자들은 자신들의 근거 없는 주관적인 기준에 다라 한 사람을 그가 속한 사회에서 소외시키고 주변인이 될 것을 강요한다.
>
> 이로 인해 따돌림을 받는 피해자는 그 고통을 이기지 못하고 급기야는 자살의 길을 택하기도 한다. 이러한 문제는 어느 정도의 관심과 정성을 기울이면 예방과 해결이 가능하다. 따돌림이나 소외가 발생하기 전에 주변 사람들의 주의 깊은 관심은 예방에 도움이 될 것이다. 또한. 편가르기식 풍토를 방지하기 위해 조화와 융통성 있는 인간을 지향하는 교육방향의 정립도 이러한 폐단을 방지하는데 일조할 수 있을 것이다.
>
> 인도의 카스트 제도에서도 분류에 의한 계층화 현상을 엿볼 수 있다. 아직도 신분과 계층이 구분되어 존재하는 인도에서는 브라만이라는 승려계급이 최상의 권력을 가

지고 있다. 인도의 전통과 신앙은 무시할 수 없지만 형식적이고 폐쇄적인 사회제도로 인해 초래되는 능률성 저하나 비생산성만은 간과할 수 없다. 그러나 이런 문제는 사회 구조적인 문제이기 때문에 그 폐단을 해결하는 것이 그리 쉽지 않다. 따돌림과 같이 사회의 부분적인 곳에서 일어나는 문제들은 예방과 해결이 동시에 가능하였지만, 사회구조적 문제는 예방보다는 점진적인 개혁을 통한 변화를 모색해야 한다. 그렇기 때문에 오랜 시간을 필요로 하며 사회 구성원들의 지지와 동의를 요구한다.

　　진정한 평등이란 기회균등을 의미한다. 그러나 우리 사회 곳곳에는 어느 곳에도 소속되지 못하여 소외받는 분류의 피해자가 존재한다. 이들에게는 기회가 균등하게 주어지지 못하고, 사회에서 외면당하고 있다. 이것은 자원의 낭비이고, 손실일 수밖에 없다. 자신의 자리를 찾는 주체성도 필요하겠지만. 제자리를 찾을 수 있도록 사회 전반적인 관심과 노력이 필요하다.

— 심유경

　　이 방식 역시 차분한 논리 전개는 좋지만 이미 논제에 담겨 있는 기본 내용을 반복하는 문제가 있다. 이런 방식의 장점을 살리고자 한다면 최대한 간결하게 쓰는 방식이 좋다.

2.2 본론을 위한 예비 단계로서의 전략

　　서론 다음은 하늘이 두 쪽이 나도 본론이다. 그다음은 결론이다. 그렇다면 본론에서 논의할 내용의 방향이나 목표를 제시하여 일관성과 통일성을 유지해 주고 독자를 한 곳으로 이끌 필요가 있다. 아니면 논의 방법을 소개해 독자가 집중할 수 있도록 도와주어야 한다.

(1) 방향이나 목표 제시

　　〈보기글〉 사람들은 뭐든지 나누는 것을 좋아한다. 공부 잘하는 아이와 못하는 아이, 착한 아이와 나쁜 아이. 정확한 기준도 없으면서 나누려고 애쓴다. 그렇다면 이런 기준도 명확하지 않은 분류가 일상생활에서 필요하다는 말인가. 결국 분류 문제는 기준 문제다. 잘못된 기준의 피해를 지적하고 대안을 제시해 보겠다.

— 첫 번째 문단/이규은

　　이 학생은 분류 문제를 기준 문제로 좁혀 핵심 방향을 제시함으로써 자신만의 논술 목표까지도 명확하게 하고 있다.

(2) 방법

> 〈보기글〉 모든 사람이나 사물은 다양성을 지니고 있다. 따라서 이들이 특정한 기준에 의한 분류에만 부합되기란 불가능한 일이다. 하지만 인간은 사람이나 사물을 분류하기를 좋아하는 경향이 있다. 세 제시문에서의 분류 문제점을 소외 관점에서 분석한 뒤 자연 세계와 인간 세계의 소외 문제를 다룰 것이다.
>
> — 첫 문단/이아름

이 학생은 어떤 방식으로 논의를 전개해 나갈 것인지를 제시하고 있다.

2.3 구성상의 전략

서론은 서론만 있으면 서론이 아니다. 따라서 '서론-본론-결론'의 구도 속에서 서론이 어떤 역할을 할 것인가를 염두에 두어야 할 필요가 있다. 다음 두 가지 방법이 무엇인지 보자.

(1) 곧바로 주장을 밝히고 시작하는 방법

서론이라고 해서 늘 문제제기로만 끝나라는 법은 없다. 주장이 곧바로 나올 수 있다. 뒤에서 주장이 나오지 않는다면 두괄식 구성이 된다. 그런데 이런 경우는 거의 없다. 마무리하면서 주장을 언급하거나 강조하지 않을 수는 없기 때문이다. 결국 주장이 서론에서 언급된다면 양괄식이 되는 셈이고 언급되지 않는다면 미괄식이 되는 것이다. 이는 전체 구성상의 문제이므로 서론 문단을 온전한 전체 글 속에서 보자.

> 〈보기글〉 분류는 근본적으로 이분법적이고 반자연적이므로 이를 해결하는 방법은 포용과 관용밖에 없다. 인간 사회에서나 자연 세계에서나 융통성 없는 이분법 분류 때문에 어떤 유형에도 속하지 않는 사람들이 겪는 가치관과 정체성의 문제가 커지고 있다.
> 　인간을 일률적으로 어떠한 유형으로 나누어 놓고 그 유형의 틀에 맞춰 속하게 하는 것은 너무 편협적 사고이다. 이 세상에 수 없이 많은 사람들이 있고 그들 나름의 특징을 가지고 있는데 어떻게 단순히 몇 가지 분류로만 나누어 놓을 수 있겠는가. 그 예외를 허용하지 않는 것은 인간의 개성을 무시하는 일이며 정체성의 혼란을 가져올 수 있는 일이다.
> 　오리너구리의 예화는 이러한 세태의 문제점을 날카롭게 지적해 주고 있다. 특이한

특징을 가진 오리너구리가 어떤 집단에 소속되어야 할 것인가를 지닌 문제이다. 오리너구리의 선생님은 그 문제에 대해 우왕좌왕하고 자신의 정체성에 혼란을 느낀 그는 상처 받고 슬퍼한다. 오리너구리의 분류 문제는 우리 사회의 모습일 것이다. 모두가 어떤 집단에 명확하게 소속되어 있기를 바라고 그런 집단의 기준에 분류되지 않는 사람을 배척당하기 마련이다.

　　이러한 문제를 해결하기 위한 가능성은 과연 있을 지에 대한 것은 깊이 생각해 보아야 할 일이다. 사실 우리 사회에는 분류에 대한 문제가 깊이 뿌리박고 있다. 좀 더 정확한 집단의 분류를 원하고, 또 그렇게 하고 있기 때문이다. 하지만 오히려 이러한 것을 이용해서 문제를 해결할 수 있다. 좀 더 정확한 분류를 이용하여 다양한 집단을 인정하고, 또 그에 따른 사회적 인정을 할 수 있다면 그 문제는 의외로 쉽게 해결될 수 있다. 그리고 개인은 자신의 소속집단을 세분화하고 명확히 할 필요가 있다. 그러면서 개개인의 아량과 집단의 인정으로 이것을 봐준다면 이분법적 분류 문제를 바로잡을 수 있다.

— 전문 수정/유만영

이 학생은 첫 문장에서 이미 자신의 할 얘기를 다 하고 있다. 그러면서도 마무리에서 같은 주장을 강조함으로써 앞뒤 강한 주장이 설정되는 전형적인 양괄식 논술문이 되었다. 좀 더 명쾌한 논술로 독자에게 강하게 어필하는 좋은 측면이 있지만 첫 문단이 좀 더 비대해지거나 가분수가 되는 점만 유의하면 된다.

(2) 본론처럼 시작하는 방법

요즘 여러 대학 논술 문제에서 "본론처럼 시작하라."라는 유형이 있다. 이는 기존 논술고사에서 학생들이 지나치게 형식적인 서론 쓰기를 해 너무 상투화되고 비창의적인 요소가 많아 이런 제한을 두는 것이다. 다음 논술과 같이 첫 문단부터 뜸 들이지 않고 구체적인 논지를 전개하는 방식이다.

〈보기글〉 시작하는 것과 마무리하는 것으로 사람의 유형을 나누는 만화가 있다. 이 만화에서는 시작도 잘 못하고 마무리도 못하는 사람, 시작만 잘하고 마무리는 못하는 사람, 시작은 잘 못했지만 마무리는 잘하는 사람, 시작도 잘하고 마무리도 잘하는 사람, 이렇게 4가지 유형으로 나누었다. 하지만 이 만화에서도 결국 시작도 안 하고 마무리도 안 하는 사람을 등장시켜 이 4가지 유형에 속하지 않는 사람의 경우를 들었다. 물론 이 만화의 주안점은 그런 것이 아니었겠지만 사람이란 복잡한 생물을 고작 4가지 유형으로만 분류한다는 것은 정말 어리가진데다석은 짓이다. 정말 4가지 유형뿐이 겠는가?

　　또한 분류하는 것에는 정말 위험한 점이 있다. 세상의 기본적인 잣대로 분류되지 않는 것이 분명히 존재할 텐데 그 경우 어떻게 처리해야 하냐는 문제이다. 오리너구리의 경우를 보자. 오리너구리는 엄마젖을 먹는 포유류의 특징도 가진데다가 포유류의 특징이 아닌 알에서 태어나는 특징도 있다. 결국 오리너구리는 동물 학교에서 소외감을 느낀다는 것이 우화의 내용이다. 과연 오리너구리는 어디에 속하는 것일까? 오리너구리가 사람이라면 역시 그 사람도 사회에서 소외되어질 게 분명하다. 이런데도 사회의 기준으로만 분류를 해야 한단 말인가?

　　이번에는 다른 예를 보자. 역시 이것도 저것도 아닌 박쥐는 자신이 위험에 처했을 때 자신이 유리한 쪽으로 쥐이다, 새이다 라고 말한다. 이때에는 박쥐는 어느 쪽에 속하는 것일까? 이번에도 박쥐를 사람이라고 생각하면 자신의 불분명한 모습으로 여기에 붙었다 저기에 붙었다 하는 사람이 존재한다는 이야기이다. 이것 역시 모든 것을 분류해 버리는 사회에서 나타나는 문제점이다. 세상의 모든 것이 자신의 잣대로서 분류될 수 있다는 생각을 버려야 한다. 게다가 분류된 것에 속하지 않는 것에 대한 무책임한 생각, 이것이야말로 고쳐야 마땅한 것이다. 언제나 중간 성질의, 아니 아주 벗어나 버린 예외가 존재한단 사실을 잊지 않도록 해야 한다.

　　우리 사회에서는 '이것 아니면 저것'이란 생각이 만연해 있다. 어떤 현상이나 일이 있든 무언가 사회의 기준으로써 분류해 버린다. 반드시 그 기준 안에 속해 분류가 되어야만 이른바 '주류'로써 인정해 주는 것이다. 하지만 이런 태도로는 넓고 넓은, 일이 많고도 많은 지구의 모든 현상을 분류해 낼 수 없다.

— 전문/고명진

3 │ 일반적인 문제점과 나만의 색깔 전략

　　서론은 너무 짧거나 그렇다고 길어도 안 된다. 그리고 추상적인 논제라면, 구체적 사실로 시작하는 등 논제 성격에 따라 첫머리 전략은 달라질 것이다. 그동안 많은 학생들의 논술답안에서 드러나는 문제점을 지적해 보자.

(1) 뜸 들이기, 지나친 연역주의

　　〈보기글〉 정리를 좋아하는 사람이건 아니건 분류는 사람들의 삶의 한 부분을 차지하고 있다. 책 정리나 서랍 정리 같은 물건 분류에서부터 카스트제도나 골품제 같은 인간 분류에 이르기까지 우리는 분류를 여러 가지에 사용하고 있다. 나름대로의 기준을 만들어 편한 대로 나눈 것을 분류라 하면 세상에 분류하지 못할 것은 없을 것이다. 이런 생각 때문인지 사람들은 어느 부류에라도 속한다 또는 속할 것이다라는 생각을 하게 된다.

그런데 이런 분류에 대한 고정관념은 문제를 일으킬 수도 있다. 제시문의 이야기에서 오리너구리는 선생님이 정한 기준에 모두 포함되어서 어느 쪽으로도 가지 못하는 처지에 놓이게 된다. 선생님은 모든 동물은 보편적인 기준으로 분류할 수 있다고 보고 그것을 적용시키려 했다. 그러나 선생님은 오리너구리 같은 예외적 동물을 생각하지 못했는데 앞에서 언급한 고정관념을 가지고 있었기 때문이었다.

분류에 대한 다른 예를 보자. 첫 번째 제시된 만화에서 물론 작가의 의도는 자기 자신을 반성하고 돌아보자는 것이었겠지만 여기서도 분류와 고정관념의 문제를 찾아낼 수 있다. 네 가지 부류에 속하기 위해 나는 어떤 부류의 사람일까라는 생각을 하는 것, 이것은 대중화에 물들은 현대인의 문제점이기도 하다. 어딘가에 속해서 그쪽을 배신하지 않는 것을 원하는 사회 때문에 각자는 자신이 속한 집단을 중요시하게 된다. 정치적 문제에서도 박쥐 같은 기회주의가 신임을 받지 못하는 것은 사람들의 이런 성향 때문일 것이다.

요즘 혐오시설 건설에 대한 정부의 정책과 주민들의 반대가 대립을 보이고 있다. 이 지역의 주민 중에 정부 정책과 관련된 사람이 있다고 할 때 그는 어느 쪽으로 가야 하는가? 자기 지역 쪽 아니면 자기 직장 쪽? 그는 둘 중 하나를 선택해야 사람들의 생각에 맞게 대응한 것이 되겠지만 어느 쪽을 선택하건 반대쪽에는 좋지 않은 감정을 남기게 될 것이다.

앞서 언급한 예에서 나타난 문제점으로 우선 사람들의 고정관념을 들 수 있고, 또 현대 사회가 가져온 대중화의 영향을 찾을 수 있다. 이런 문제점을 해결할 수 있는 방법을 찾기란 쉬운 일이 아니다. 카스트제도나 골품제도의 문제를 해결한 방법을 나라의 패망이나 무력 사용 등이었다. 그러나 현대 사회에서 이러한 방법을 사용할 수 없으며 사용해서도 안 된다. 사람들의 인식 변화를 일으킬 수 있는 큰 충격적 사건이나 현대 사회의 문제를 해결할 획기적인 방법이 나타나지 않는 이상 이 문제에 대한 대안을 찾아내는 것도 쉬운 일이 아니다.

사람들의 분류 습관과 굳어진 의식이 지나치면 문제가 될 수도 있다. 보편적인 기준에 따라 살아가는 현대인은 자신의 새로운 면을 찾아 개성 있는 삶을 살기보다는 대중에 휩쓸려 큰 무리 속에서 남아 있으려고 한다. 그러나 이것은 변화를 버리고 안정만을 찾아가려는 것에 불과하다. 앞에서 언급한 '어려운 대안'은 바로 이러한 사람들의 인식 변화이다. 사회적으로나 국가적인 정책으로 내재된 인식을 획기적으로 바꾸기란 쉽지 않기 때문이다. 사람이나 물건을 분류할 때, 또는 분류한 집단에 속하고자 할 때 가장 중요한 것은 너무 곧이 곧대로의 기준에 맞춰 가는 것이 아니라 한 번쯤 나름의 기준을 세워 보고 인정하는 개방적 자세를 갖는 것이다.

— 박지혜

분류가 사람들의 삶의 한 부분이라는 것은 이미 다 알고 있는 사실이므로 곧바로 구체적 문제제기로 들어가야 한다. 그러니까 이 학생의 의도도 살리면서 좀 더 구체적으로 출발하려면 이런 식으로 출발해야 한다. "사람은 분류 속에 살지만 그 분류의 문제를 제대로 인식하고 사는 사람은 드물다."

(2) 논제의 핵심과 관련 없는 장황스러운 출발

〈보기글〉 대통령 선거철이 다가오고 있다. 우리 사회에는 대통령 선거철마다 불거져 나오는 이야기가 있다. 그것이 바로 '신당창단'이다. 이때쯤이 되면 자신들의 당에서 후부로 뽑히지 못한 사람들이나, 새롭게 대통령이 되고 싶어 하는 사람들이 자신의 뜻과 맞는 사람들을 모아 새로운 당을 만든다. 이럴 때 일부분의 사람들은 탈당을 해서 새로운 당으로 들어가거나, 한당의 사람들이 단체로 탈당을 해서 새로운 당을 만드는 경우도 있다.

우리 사회에 만연해 있는 줄서기 풍조 때문에 좀 더 유력할 것 같은 후보가 있는 당으로 이리저리 옮겨 다니는 박쥐 같은 정치인들이 많다. 겉으로는 지금의 당과 의견이 맞지 않는다 같은 말을 하지만, 국민들의 눈에는 자신이 유리한 쪽으로 말을 해서 닥친 현실을 모면하려고 하는 것으로 밖에는 보이지 않는다. 왜냐하면, 그런 사람들은 현재 자신의 당이 여당이 될 확률이 유력하지 않다고 생각되면 너무나 쉽게 의견을 또다시 바꿀 것이기 때문이다.

이런 줄서기 풍조는 우리 사회의 분류에서 파생된 연줄 문제라고 생각한다. 우리는 한 개인을 집단에 속해져 있는 것으로만 생각하고, 독립된 개인으로 생각하려고는 하지 않는다. 이렇게 우리는 사람들을 무엇으로든지 분류하는 것을 좋아한다.

이런 문제를 없애려고 하는 것은 결코 쉬운 일은 될 수 없다. 그렇지만, 해결할 수 있는 방법이 없는 것은 아니다. 우선, 우리의 생각 속 깊숙이 박혀있는 것을 뿌리째 뽑아야 한다.

물론, 이건 누구나 알고 있는 사실이다. 그렇지만, 이렇게 모두들 아는 것 하나도 지키지 못해서 줄서기 풍조를 만연 시키는 것이 우리 사회의 모습이다. 그렇기 때문에, 우리는 개인적으로 사회적으로 계속 일깨워나가야 한다. 사사로운 감정에 얽매이지 말고, 사람은 실력으로 보고 평가해야만 한다.

개인적으로는 캠페인을 벌리던지, 교육을 하든지 하는 방법이 있겠고, 사회적으로는 부정부패에 관한 법을 좀 더 강력하게 제정해서 체계적으로 실행하는 방법 등이 있겠다.

세상을 쉽게 살아가는 방법은 많다. 이에 반해서 옳게 사는 방법은 많지 않다. 아니, 많지 않아 보인다. 다만, 쉽지 않은 방법이기 때문에 우리 눈에 잘 보이지 않는 것이다. 세상을 잘 살아가기 위해서 우리가 의존해야 할 것은 결코 연줄 따위가 아니다. 그것은 실력이다. 우리가 배워야 할 것은 줄을 잘 서는 법이 아니라, 바로 실력을 키우는 법인 것이다.

— 김민혜

위의 글과 같은 경우, 신당 창당 자체에 대한 문제라면 이렇게 출발할 수도 있겠다. 그러나 분류 문제를 위해 끌어들인 화제인데도 이렇게 장황스럽게 언급할 필요가 없다. 그러므로 이런 식으로 바꿔야 한다. "선거철 때마다 나오는 신당 창당은 …… 이러저러한 분류 문제를 보여 주고 있다."와 같이 핵심 위주로 깔끔하게 처리해야 한다.

(3) 지나치게 많이 쓰는 가분수형

서론을 어느 정도 써야 하는가는 개인적인 문제지만 본론보다는 적어야 한다는 것은 일반적인 상식이다. 서론이 지나치게 길면 읽는 사람이 부담을 느끼게 된다. 또는 본론이나 결론과 중복이 될 확률이 높아져 중언부언한 논술문이 될 수도 있다. 앞의 유만영 학생 글은 원래 아래와 같은 가분수형 글이었다.

〈보기글〉 분류는 근본적으로 이분법적이고 반자연적이므로 이를 해결하는 방법은 포용과 관용밖에 없다. 인간 사회에서도 융통성 없는 이분법 분류 때문에 어떤 유형에도 속하지 않는 사람들이 겪는 가치관과 정체성의 문제가 커지고 있다. 이러한 분류는 인간 사회에서만 국한되는 것이 아니다. 자연 세계에서도 그런 경우가 많은데 대표적인 것이 바이러스와 유글레나이다. 생물과 무생물의 특징을 모두 갖고 있는 바이러스, 동물과 식물의 특징을 모두 갖고 있는 유글레나. 이것의 분류는 어디에도 속하지 못하고 과학사의 골칫거리로 남아있다.

인간을 일률적으로 어떠한 유형으로 나누어 놓고 그 유형의 틀에 맞춰 속하게 하는 것은 너무 편협적 사고이다. 이 세상에 수 없이 많은 사람들이 있고 그들 나름의 특징을 가지고 있는데 어떻게 단순히 몇 가지 분류로만 나누어 놓을 수 있겠는가. 그 예외를 허용하지 않는 것은 인간의 개성을 무시하는 일이며 정체성의 혼란을 가져올 수 있는 일이다.

— 후반부 생략/유만영

첫 문단에서 주장을 밝힌 것은 좋지만 할 얘기를 모두 하려는 욕심을 내 당장 두 번째 문단과 중복되고 있다. 이를 다듬은 앞의 글과 비교해 보면 이런 식의 가분수형 구성이 어떤 문제가 있는지를 잘 알 수 있을 것이다.

그렇다면 서론은 어느 정도 분량으로 써야 하는가. 딱히 정해진 분량은 없지만 1000자 논술에서는 300자 이내가 좋다. 서술량의 비율은 분량에 따라 서론 : 본론 : 결론 = 1 : 2 : 1 또는 1 : 3 : 1, 1 : 4 : 1 식으로 정해질 것이다. 이런 비율은 문단으로 조정할 수밖에 없다. 1 : 2 : 1에서는 서론이 한 문단, 본론 두 문단, 결론 한 문단이 되고 1 : 3 : 1에서는 본론 문단이 세 문단으로 구성된다.

(4) 본론과 결론을 염두에 두지 않는 따로 놀기 형

서론은 본론, 결론과의 유기적인 관계 속에서만 제 구실을 할 수 있다. 가분수형 논술 예에서처럼 본론의 영역을 침범한다든가 본론과 결론에 언급되지 않은 문제제기를 한다든가 하는 일이 없어야 할 것이다. 물론 이런 경우는 본론을 서론에서의 문제설정을 제대로 따르지 않아서 생긴 문제일 수도 있다.

4 | 마무리

서론은 단순한 글의 첫머리가 아니다. 그런 만큼 서론 쓰기 지도 전략도 서론의 비중에 맞추어 세심하게 이루어져야 한다.

서론은 사람의 첫인상과 같은 구실도 하며, 본론과 결론의 논리적 전제가 되기도 한다. 또한 서론은 첫출발이기에 그 글의 가늠자 역할을 해야 한다. 그런 만큼 서론 쓰기 전략은 그 글의 전체 흐름과 완결성을 결정짓는 핵심 전략이다.

서론쓰기가 중요한 만큼 쓰는 방식이나 전략도 다양한 유형이 있을 수 있다. 이 장에서는 그런 점을 실제 글을 통해 세심하게 알아보았다. 서론쓰기의 다양한 방식에 대한 연습은 서론쓰기의 자신감으로 이어지므로 우리 아이들이 먼저 서론쓰기 유형을 집중 탐구하도록 해야 한다. 그런 앎에 대한 자신감이 서론만의 치열한 문제설정을 촉발하도록 해야 한다.

15장 본론 쓰기 지도

1 | 머리말

본론은 핵심 논증 과정이 담기므로 본론 지도는 논술 지도의 핵심이다. 논술력의 핵심인 논리적 분석력과 구성력으로 이루어지는 단계이기 때문이다. 곧 말하고자 하는 가장 중심 내용을 적는 논술의 핵심 부분이다.

따라서 본론 지도는 그 어느 단계보다도 세밀한 지도 전략이 필요하다. 먼저 본론의 핵심 성격을 규명하고 주요 본론 쓰기 전략을 세운 뒤 자세한 쓰기 방향을 알아본다.

2 | 본론의 성격과 주요 전략

본론은 서론에서의 문제제기를 낱낱이 해명하고 논증하는 단계다. 논제가 주어진 논술이라면 논제의 요구조건을 모두 낱낱이 해결해야 한다. 당연히 분량도 제일 길 수밖에 없으므로 보통 두 문단 이상으로 구성하게 된다.

논제에 대해 자신의 주장을 펴고, 그 주장에 대한 근거를 제시하여 독자를 설득하는 부분이므로 논제를 치밀하게 분석하여 다양한 논거를 제시하고, 치밀하게 논의하는 자세가 필요하다. 따라서 본론은 논술의 핵이 된다.

(1) 논제와 일치시키기

이미 서론에서 논제와 방향이 정해졌으므로 본론에서는 철저하게 정해진대로 충실하게 논의해야 한다. 본론만 아무리 잘 쓴다 해도 서론과 일치되지 않는 한 무의미하다. 서론에서 본론을 예상해서 썼듯이 본론 또한 서론을 염두에 두고 써나갈 일이다.

(2) 체계 있게 논의하기

논제의 조건을 낱낱이 해명하기 위해 논제조건을 어떤 방식으로 해결해 나갈 것인가에 대한 전략이 필요하다. 여기서의 체계성은 바로 그런 조건에 대한 체계성이 먼저다. 논제조건에서 "요약한 뒤 자신의 생각을 써라"고 하면 "요약+자기 생각"이 바로 1차적 체계성이라는 것이다. 조건대로 하지 않고 "자기 생각+요약" 또는 "분석+자기 생각"과 같이 자의적으로 한다면 그 자체가 아무리 체계적이라 하더라도 논제 일탈이 되는 것이다. 그리고 나서 자기 생각을 여러 가지 기준이나 관점을 고려하여 논리적으로 기술하면 그것이 2차적 체계성이 된다.

> *논제 : 다음 네 제시문(생략)은 우리 인간 사회에서의 분류에 따른 문제를 보여주고 있다. 네 제시문에 나타난 공통된 문제점을 분석한 뒤 우리 사회 특정 문제를 찾아 적용한 뒤 바람직한 대안이 가능한지를 논하고 가능하다면 대안을 제시하고 가능하지 않다면 가능하지 않은 이유를 제시하시오. 단 분류 대상은 사람이건 아니건 상관이 없다.

> 〈보기글〉 [1] 사람들은 복잡한 것이 있으면 이것저것 분류하여 구분하기를 좋아한다. 구분하기를 좋아하는 사람들은 사람도 여러 가지 목적에 따라 몇 가지 유형으로 구분하기도 한다. 수십억 명의 사람들이 있는데 고작 몇 가지 유형으로 사람을 구분해 버리는 것이 문제가 되지 않을 수 없다. 올바른 사회를 만들기 위해 그 구체적인 문제점을 찾아내고, 극복하여 해결하지 않으면 안 된다.
> [2] 사람들을 분류하는 것이 혈액형 분류하듯 중복되는 사람도 없고, 빠지는 사람도 없다면 아무 문제 될 것이 없을 것이다. 그러나 모든 사람을 분류하는 기준을 혈액형으로 놓을 수도 없고, 그것이 그 목적에 부합될 리도 없다. 실제로 사람들을 구분하기 위해 사용되는 기준은 대개 애매하고 불분명하기 마련이다.
> [3] 제시문 (가)와 (나)에서처럼 획일적이고 이분법적인 잣대에 의한 분류는 그 어느 부류에도 속하지 못하는 사람을 만들어낸다. 그 결과 어느 부류에도 속하지 못하는 인간은 소외감을 느끼게 된다. 반대로 제시문 (다)에서의 '박쥐'로 지칭되는 인간형처럼

이 부류, 저 부류에 중복될 수 있는 경우도 존재한다. 사회에서 이런 인간형은 정체성의 혼란을 겪을 수밖에 없다. 또, 제시문 (라)에서처럼 철새 같은 사람은 받아줘도, 박쥐 같은 사람은 안 받아주는 우스운 분류도 사회에는 엄연히 존재한다.

[4] 이러한 분류의 사례와 문제는 우리 곁에서 우리가 언제나 경험하고 있고, 이로 인해 피해를 보고 있는 것도 우리 모두이다. 학교생활을 그 대표적인 예로 들 수 있다. 학교에서는 성적에 따라 학생들을 분류한다. 학업 성적이 우수한 학생은 우등생으로, 학업성적이 나쁜 학생은 열등생으로, 우리가 너무나 당연하게 여기는 이 분류에도 커다란 문제점은 숨어있다. 예컨대 수학 성적은 월등하지만 영어 성적은 열등한 학생도 현실에는 분명히 존재한다. 이런 학생을 우등생이라 해야 할지, 열등생이라 해야 할지 명확히 말하기가 어렵다. 그럼에도 불구하고 사람들은 모든 과목을 합친 점수로 학생들을 우등생과 열등생으로 구분해 버린다. 그리고 이들을 차별하여 대우한다. 수학의 우등생이지만 사람들의 획일적 잣대에 의해 열등생이 되어버린 학생은 분명 우리 사회의 피해자다.

[5] 이런 문제를 해결하는 일이 쉬운 일은 아니겠지만, 그렇다고 절망해 버릴 일도 아니다. 인간이 꾸준히 노력한다면 얼마든지 해결할 수 있는 문제이다. 그러나 근본적이 문제점을 해결하지 않은 채, 겉으로만 보이는 화려한 성과만을 추구한 우리나라의 정책들이 번번이 실패하는 것을 많이 본다. 이 문제를 해결하는 것도 마찬가지다. 문제의 근본적인 해결책을 모색해야 한다. 이러한 획일적 분류는 우리에게 뿌리 깊이 박힌 의식에서 비롯되는 것이다. 따라서 우선 우리의 의식부터 바꿔야 한다. 갑작스러운 변화에 의한 혼란으로 실패하지 않기 위해 점차적이고 꾸준히 문제를 해결해 가야 한다. 이를 위해 이러한 획일적인 분류의 근본 원인인 사회 성원들의 획일적 사고부터 고쳐야 한다. 이는 획일적 교육을 지양하고, 창의적이고 독창적인 교육을 지향함으로써 해결할 수 있다.

[6] 오랫동안 굳어진 관습적 편견을 고치는 일은 무척 어려울 것이다. 그러나 획일적인 잣대를 거부하고, 저마다의 특성을 존중하는 정신을 기른다면 해결이 가능한 문제이다. 그러기 위해 창의적 교육을 하기 위한 사회 성원들 모두의 협조와 정책적 노력이 절실히 필요하다.

— 이은진

논제 조건은 "네 제시문 공통점 분석-우리 사회 문제 적용-대안여부 견해"와 같은 3단계 조건을 제시하고 있다. 그렇다면 이에 대한 논술문의 기본 구조는 "문제제기-네 제시문 공통점 분석-우리 사회 문제 적용-대안여부 견해-마무리"가 될 것이다. 실제로 이은진 학생은 다음과 같은 전개를 보여주고 있다.

[1] 문제제기

[2] 사람 분류에서 기준 문제

[3] 제시문 공통점 분석

[4] 우리 사회 문제

[5] 해결 방안

[6] 마무리

위와 같은 구조로 보면 이 학생은 문제조건에 아주 충실한 내용 전개를 보여 주고 있다. 논증 측면에서도 차분하게 논리를 전개하고 있다.

(3) 충분하게 논의하기

또한 아무리 체계 있게 논의했다 하더라도 충분히 논의하지 않으면 요약문에 그칠 것이다. 충분히 논의한다는 것은 두 가지 측면이 있다. 하나는 논거를 많이 드는 것이다. 이와 더불어 표현 측면에서 상술과 부연 기법을 활용해 구체화하는 전략이 필요하다.

추상적이거나 일반적 진술을 좀 더 구체화하거나 특수 진술로 바꾸거나(상술) 덧붙이는 (부연) 표현을 가리킨다. '상술'은 문자 그대로라면 주어진 내용을 자세히 풀어서 기술하는 것이고 '부연'은 뭔가를 덧붙여 자세히 푸는 것이라는 의미 차이가 있지만 실제로는 같은 서술 방식으로 보면 된다. 자세히 풀기 위해서는 뭔가 새로운 요소가 들어갈 수밖에 없으므로 상술이 부연이 된다. 주로 "예컨대, 이를테면, 말하자면, 다시 말하면, 곧, 즉"와 같은 접속어 들이 쓰인다. 이와 같은 논증으로 그것이 어떤 의미를 지니는지를 밝히는 것이 중요하다.

(4) 독창성을 확보하기

논술은 논리성과 독창성이 핵심이다. 논술문에서는 두 가지 요소가 융합적으로 표현되거나 구성된다. 특히 본론에서의 독창성은 기발한 논거 자체에서도 나올 수 있지만 그보다는 다각적인 분석의 깊이에서 오는 독창성을 추구해야 한다.

3 | 본론 문단 구성 기법

본론은 논제에 대해 정확하게 분석하여 몇 문단으로 구성할지를 분명히 해야 한다. 본론은 대개 두 문단 이상으로 구성된다. 그 얘기는 문단과 문단을 제대로 연결하는 것이 중요하다는 것이다. 문단과 문단을 연결하는 여러 기법에 대해 알아보자. 4절 다양한 본론 예에서도 나오는 것이므로 주요 특징과 유의점만을 살펴본다.

(1) 비슷한 문단 이어붙이기

같은 계열의 문단을 이어붙이는 것이다. "그리고, 또, 또한, 게다가, 뿐더러, 아울러" 등의 접속어를 주로 사용한다. 물론 접속어 없이 이어질 수도 있다. 이런 문단 잇기에서는 진술이 단순히 나열된 느낌을 주지 않도록 주의해야 한다.

(2) 대립된 문단 이어붙이기

서로 차이가 나는 계열 또는 정반대의 문단을 이어붙이는 방식이다. 주로 "그러나, 하지만, 그렇지만, 그와 반대로"와 같은 접속어를 사용한다. 반증에 많이 사용된다. 긍정과 부정이 반복되면 무척 혼란을 줄 수 있다.

(3) 전환형 문단 이어붙이기

서로 다른 계열의 문단을 이어붙이는 방식이다. "그런데, 그러면, 아무튼, 다음으로" 등의 접속어를 쓴다. 대개 긴 논술에서 쓴다.

(4) 상술형 문단 이어붙이기

앞 문단에 대한 자세한 보충 문단이다. 기법은 문장 표현 기법으로 설명한 상술과 부연과 같다. 첨가와 보충 등도 여기에 해당된다.

(5) 귀결형 문단 이어붙이기

보통 설명이나 논증을 하고 나서 일반화하거나 요약할 때 쓰는 기법으로 "요컨대, 그러므로, 결국, 그래서" 등의 접속어를 쓴다. 결론 문단으로 주로 설정되지만 긴 논술 본론에서도 앞 문단의 논의를 추스를 때 많이 쓴다.

4 | 본론의 다양한 유형

문단 나누기에서 설정했던 10가지 유형의 실제 보기를 살펴보기로 한다.

(1) 단순 입증형 : 문제제기/주장-입증1-입증2-마무리

(2) 단순 반박(비판)형 : 문제제기-반박1-반박2-마무리

(3) 입증-반박형 : 문제제기-입증-반론반박-마무리

(4) 반박-입증형 : 문제제기-반론반박-내주장입증-마무리

(5) 제3견해제시형1(양비론)

　　　: 문제제기-A견해비판-B견해비판-제3의내견해제시-마무리

(6) 제3견해제시형2(양시론)

　　　: 문제제기-A견해긍정-B견해긍정-제3의종합견해제시-마무리

(7) 원인-대안형 : 문제제기-원인분석-대안제시-마무리

(8) 양면-대안형 : 문제제기-긍정성-부정성-부정극복대안-마무리

(9) 분석(설명)-비평형 : 문제제기-기존견해분석-비판/대안제시-마무리

(10) 비교대조형 : 문제제기 -AB공통점- AB차이점-AB에 대한 내 견해-마무리

(1) 단순 입증형 : [1]문제제기/주장-**[2]입증1-[3]입증2**-[4]마무리

이 유형은 가장 단순한 유형이다. 자신의 견해를 몇 가지 관점으로 입증하면 되기 때문이다. 아래와 같은 보기를 보자. 대괄호는 문단 구분 표시이다.

〈보기글〉 [1] 얼마 전 국회의원들이 캐주얼한 복장으로 국회에 등장한 유시민 의원에게 비난과 욕설을 퍼부으며 의사당을 나가는 사건이 있었다. 이러한 유 의원의 태도는 획기적이고 참신한 의도는 있지만 비판 여론으로 볼 때 부정적인 면이 더 강하다.

[2] 첫째로 상식의 문제다. 상식적으로 생각을 해봐도 국회는 국민들이 뽑은 대표자에 의해 정책회의나 결정을 하는 신성한 곳이다. 즉 평상복을 입고 등장할 곳이 아니다. 그런데 이것을 권위주의 타파, 고정관념의 타파라는 명분으로 무마시키기에는 상식에 어긋난다.

[3] 둘째는 국민에 대한 예의 문제다 대의정치에서 국민의 의사를 수렴하여 국정에

반영하는 것이 국회의원의 의무이다. 대표자의 직위에서 개별적으로 행동하는 것은 국민을 우습게 보는 저사이다. 더구나 대국민선서를 할 때는 적어도 정장 차림을 하는 것이 국민의 대한 최소한 예의가 아닌가?

[4] 따라서 이번 유시민 의원의 행동은 문제점이 많다. 개혁이라고 하기에는 지나치게 독단적이고 개별적이다. 관습 타파라는 좋은 말이 왜곡되어 여러 문제점을 드러내었다. 단순한 옷차림 문제가 아니다.

— 이동옥

위와 같은 구성은 복잡하지 않은 논제에서 단순 명료하게 입증하는 논술문에 적합한 유형이다. 다만 똑같은 방식의 입증 문단이 연거푸 나오는 관계로 단순 나열된 느낌이 들지 않도록 '입증 1' 문단과 '입증 2' 문단을 유기적으로 연결을 잘하거나 마무리 문단에서 확실하게 묶어줄 필요가 있다.

(2) 단순 반박(비판)형 : [1]문제제기-**[2]반박1-[2]반박2**-[4]마무리

〈보기글〉 [1] 유시민 의원의 캐주얼 차림에 대해 말이 많다. 사람들은 저마다 나름대로의 소견으로 찬반 또는 그 외의 의견을 나타내고 있다. 반대쪽 사람들은 양복 입기는 기본 예의요 권위일 뿐이라고 주장한다.

[2] 국회의원을 생각할 때 가장 먼저 떠오르는 것은 검은 양복, 근엄한 표정 등이 있을 것이다. 이러한 것들은 지나친 권위주의를 낳고, 권위주의는 국민과 국회의원 간에 큰 걸림돌로 작용한다. 이것은 권위가 아니라 위계적 권위주의일 뿐이다.

[3] 양복의 기능으로는 단정함, 예의 등이 있을 것이다. 그런데 국회의원들이 양복 입고 일로써 국민을 대하는 태도는 예의가 아니라 오히려 모독이다. 국회의원은 국민에, 나라에 봉사하기 위한 사람이다. 예의도 중요하긴 하나 이들에게 가장 요구되는 것은 능률적인 일의 수행이다. 형식적인 양복보다는 개인에게 편하고 일의 능률을 높일 수 있는 옷을 선택하는 것이 곧 국민에 대한 예우이다. 이것은 국민으로 하여금 국회의원들이 형식적인 틀에서 벗어나 정말로 '일'하기 위해 존재한다는 것을 느끼게 해 준다.

[4] 국회에서 꼭 양복을 입어야 한다는 규정은 어디에도 없다. 지나치게 양복에 얽매이는 세대는 이해하기 어렵다. 국회의원은 더는 복장에 얽매이지 않고 의정활동에 주력해야 한다.

— 배원진

유 의원의 캐주얼 옷을 예의가 아니라고 주장하는 사람들에 대해 [2] 권위주의 [3] 일의 측면에서 반박하고 있다.

(3) 입증-반박형 : [1]문제제가-**[2]입증-[3]반론반박**-[4]마무리

〈보기글〉[1] 요즈음 유 의원이 국회에 정장이 아닌 캐주얼을 입고 나타나 논란의 대상이 되고 있다. 이 문제에서 유 의원의 행동은 잘못된 것이다.

[2] 먼저 유 의원의 행동은 예의에 어긋나는 행동이다. 국회의원은 국민이 뽑아 준, 국민을 위해 존재하는 사람이다. 그렇게 어려운 자리를 유 의원은 안이한 마음과 자세로 옷차림부터 예에 어긋나는 행동을 하였다. 둘째, 상식에 맞지 않는 행동이다. 상식이란 그 사회의 보이지 않는 법칙이다. 그런데 유 의원은 그 규칙을 어기고 사회문제를 만들었다.

[3] 그런데 이런 유 의원의 행동을 권위주의 타파라고 찬성하는 사람들이 있다. 서양에서도 권위주의 타파 차원에서 평상복을 입는 사례가 있다는 것이다. 그러나 각 나라마다 특수성이 있으므로 이런 식으로 비교할 수는 없다. 국회에는 어느 정도 위엄이 필요하다. 국회는 국민을 대표하는 기관으로 국회에 위엄이 없으면 가볍게 보일 수가 있고, 그러면 그 국민까지도 가볍게 보이기 때문이다.

[4] 따라서 유 의원의 그러한 행동은 잘못된 것이다.

— 이양호

[2]문단에서 유 의원 행동이 잘못이라는 자신의 주장을 입증한 뒤 [3]문단에서 반론에 대해 반박하고 있다.

(4) 반박-입증형 : [1]문제제가-**[2]반론반박-[3]내주장입증**-[4]마무리

〈보기글〉[1] 얼마 전 유시민 의원의 옷사건과 비슷한 사건이 일본에서 벌어졌다. 레슬링 선수 출신인 시의원이 마스크를 쓰고 의회에 나간 것이다. 유시민 의원의 이번 옷사건은 이에 비추어보면 약하다는 생각이 들 정도이다. 반대하는 사람들은 유 의원이 국회의 권위를 모독했다고 한다.

[2] 오히려 이번 유시민 의원의 평상복 차림의 국회 선서는 지금까지 너무나 권위적이던 국회의 태도에 반성의 회초리가 될 수 있다. 국회의원은 시민의 대표이지, 시민의 지배자가 아니다. 국회의원은 시민의 종으로써 시민을 위해서 언제든지 시민의 뜻을 구하고 반영할 수 있도록 노력하는 태도를 가지고 있어야 한다.

[3] 유 의원의 옷 사건은 자유주의 국가에서 자신이 원하는 옷을 입을 권리를 행사한 것이라고 할 수 있다. 설령 그 장소가 국회라 하더라도 평상복 차림은 문제가 되지 않는다. 오히려 양복보다는 더 적당한 옷차림이라 할 수 있다. 사회규범에 어긋나지 않는다면 자신이 일하기가 가장 편안한 옷차림을 할 권리가 있다. 그런데 이번 유시민 의원의 옷차림은 사회규범을 어긋나지는 않았다.

⑷ 이처럼 이번 유시민 의원의 옷 사건을 사회적으로 비난받을만한 문제가 되지 않으며, 그것이 쇼맨쉽이라 해도 권위주의에 빠져있던 국회의원들에게 경각의 종을 울릴 수 있었기 때문에 우리나라의 정치적 발전에 도움을 주는 바람직한 행동이었다.

[2]에서 유 의원 사건이 국회를 모독했다는 반대쪽 견해를 반박한 뒤 [3]에서 자신의 찬성 견해를 권리와 일의 관점에서 입증하고 있다.

(5) 제3견해제시형1(양비론)

: [1]문제제기─[2]A견해비판─[3]B견해비판─[4]제3의내견해제시/마무리

〈보기글〉 ⑴ 유시민 의원의 옷 사건이 사회 전체에서 논쟁이 되고 있다. 이번 사건이 권위주의적인 국회에 개혁의 첫발이라고 찬성하는 의견이 있는 반면에 국회에 대한 우롱이라는 등 여러 의견들이 나오고 있다. 그가 의정활동을 어떻게 할지도 모르는 상황에서 지나친 반응들이다.

⑵ 유 의원의 행위를 찬성쪽 사람들의 견해대로 개혁의 상징 사건으로 보기에는 무리다. 단 한 번의 사건에 과도한 의미를 부여할 수는 없다. 유 의원이 그간 공인으로서, 특히 방송 사회자로서는 그런 일이 없었기 때문에 쇼맨쉽에 가깝다.

⑶ 그렇다고 국회에 대한 우롱으로 보기는 어렵다. 국회는 이미 망가져 우롱의 대상이 아니며 그 정도로 상처 받을 국회가 아니기 때문이다. 그리고 그는 방송인으로 개혁인으로 이미지를 굳힌 사람이기 때문이다. 우롱으로 본다 하더라도 국회에 대한 우롱이 아니라 권위주의에 젖어 제대로 일을 하지 않는 국회의원에 대한 우롱이다.

⑷ 지금은 속단할 때가 아니다. 그가 어떤 식으로 국회 활동을 하는지를 지켜본 뒤 판단할 일이다. 국민의 일을 생각하기에 바빠야 할 국회에서 이런 논쟁은 아직 불필요한 것이다.

― 이순열

[1]에서 양쪽 견해에 대한 문제제기를 한 뒤 [2]에서 찬성쪽 비판, [3]에서 반대쪽 비판으로 논증한 뒤 [4]지켜보자는 제3의 견해를 제시하고 있다.

(6) 제3견해제시형2(양시론)

: [1]문제제기─[2]A견해긍정─[3]B견해긍정─[4]제3의종합견해제시/마무리

〈보기글〉 ⑴ 시민 여론 확산에 따른 유시민 옷사건에 대한 찬반 공방이 치열하게 대립되고 있다. 즉, 혁신적 진보세력과 보수적 온건세력이 정치적 문제를 사이에 두고

대결하고 있는 것이다.

[2] 양쪽 주장을 들어보면 다 일리는 있다. 유시민의 자유로운 복장은 자유로운 정치 문화 풍토를 형성하여 개방적인 토론 질서 확립이라는 바람직한 결과를 낼 수 있다. 따라서 개혁이나 고정관념 깨기 차원에서 찬성하는 것은 얼마든지 가능하다. 옷 입는 자유로운 풍토에서부터 개방적 문화 풍토 정착을 위한 개혁이 필요하다.

[3] 또한 반대쪽 사람들은 주로 예의나 국회 권위의 근거를 든다. 예의는 상대방에 대한 배려이므로 충분히 유 의원을 버릇없는 행위로 비난할 수 있다. 아무리 예의 문제가 아니라고 주장해도 예의로 생각하는 사람이 있는 것은 그것은 피할 수 없는 것이다.

[4] 따라서 이 사건은 양면성을 지닌 복합적 사건이다. 어떤 관점에서 보느냐에 따라 평가가 달라질 수밖에 없다. 이런 논쟁이 있다는 것 자체가 즐거운 역동적 사회임을 보여 준다.

―국영만

[1]에서 대립 상황을 소개한 뒤 [2]에서 긍정쪽, [3]에서 부정쪽 견해의 논리를 소개한 뒤 양면 평가가 가능한 복합적 사건으로 규정하고 있다.

(7) 원인-대안형 : [1]문제제기-[2]원인분석-[3]대안제시-[4]마무리

＊ 논제 : 우리나라 고등학생들의 이공계 기피 원인과 대안을 제시하라.

〈보기글〉 [1] 한 때 이공계는 고등학생들 선호도가 높은 분야였다. 그런데 요즘은 기피 현상이 심해 국가 장래까지 걱정하는 지경이 되었다. 도대체 무엇인 문제인지, 진정한 대책이 있을 수 있는지 의문이다.

[2] 가장 중요한 원인은 이공계를 졸업해도 일자리를 구하기 힘들다는 것이다. 다. 부수적 원인으로 일자리 자체는 많은데 그것이 효율적으로 분배되지 않는다. 당연히 많은 돈을 벌 수도 없다. 이는 근본적으로 이공계에 대한 투자가 적은 데서 발생한 것이다. 이공계에 대한 투자가 적은 이유는 연구 개발에 돈이 많이 들고 실패할 가능성이 높기 때문이라고 한다.

[3] 따라서 이공계에 대한 투자가 제대로 이루어지지 않으면 그만큼 연구개발에 실패할 가능성이 높아져 악순환이 계속된다. 이공계에 대한 적극적 투자가 필요하다. 일자리를 얻기 힘들다는 이유는 일자리가 효율적으로 분배되지 않기 때문이다. 이공계 분야에서 일자리를 효율적으로 분배하는 시스템이 필요하다

[4] 이공계 기피 현상은 단순히 입시만의 문제가 아니다. 산업분야뿐만 아니라 국가 경쟁력, 개인의 행복 문제까지 얽혀 있다. 우리 사회 시스템을 바꿔서라도 해결을 해야 한다.

―마충권

[1]에서 문제제기한 뒤 [2]원인 [3]에서 대안을 제시하고 있다. 대안은 원인 분석을 바탕으로 구체적으로 제시하는 것이 좋다.

(8) 양면-대안형 : [1]문제제기-[2]긍정성-[3]부정성-[4]부정극복대안/마무리

〈보기글〉 [1] 체벌의 기능은 마치 양날의 칼과도 같다. 그것은 훈육의 일부로서 학생을 올바르게 이끌도록 하는 역할도 담당하지만 과하게 되면 오히려 그러한 순기능을 방해하는 요소가 된다. 지금까지의 교육현장에서는 이러한 문제에 대한 많은 논란이 일어왔지만 체벌에 대한 개념이 여전히 모호한 상태로 유지되었던 것은 체벌이 이와 같이 두 가지 얼굴을 가지고 있기 때문이다.

[2] 훈육의 일부로서 분명 체벌은 필요하다. 자식이 잘되기를 바라는 마음으로 드는 어머니의 매와 같은 것은 충분히 그 긍정적인 기능을 짐작케 한다. 그러나 그것이 단지 학생들을 통제하기 위한 수단으로 그리고 교사도 인간인 만큼 자신의 격회된 감정을 표출하는 방법으로 사용되었을 때는 말 그대로 "폭력"이 되는 것이다. 따라서 체벌은 그 자체로는 문제가 되지 않지만 그것을 사용하는 자의 자질이나 의도에 따라 만은 변화를 가지게 된다. 이 말은 즉, 교사의 교육자적인 자질에 따라 그 성질이 결정된다는 것을 의미한다.

[3] 따라서 체벌의 제도화가 필요하긴 하지만 교사 스스로의 그 자질에 대한 반성과 고찰이 없는 지금 그것은 무리한 요구가 될 수밖에 없다. 그렇다고 해서 체벌의 제도화가 필요 없다는 말이 아니다. 교사가 혹한 체벌을 가해서 신고한 사례를 보고 학생들이 그것을 오남용 하는 것에서 또 다른 문제는 발생한다. 그래서 요즈음에는 오히려 "학생이 무서운 학교"가 되어가고 있는 것이다. 교사가 올바른 체벌을 했을 때에도 학생이 교사를 고발하는 등 교사의 권위가 땅바닥에 떨어졌음을 보여주는 사례는 얼마든지 있다. 이것은 바로 체벌의 긍정적 기능을 간과했을 때 일어나는 역기능이라고 볼 수 있다. 그리고 또한 체벌의 기능을 약화시켰을 때 그것을 대신할 교육적 대안이 없음을 보여주는 것이기도 하다.

[4] 그동안 질질 끌어왔던 문제에 종지부를 찍는 의미에서 체벌의 제도화는 분명히 필요한 일이다. 그러나 그 이전에 교사와 학생은 스스로가 서있는 자리에 비추어 교사는 교사다운, 학생은 학생다운 반성이 이루어져야 할 것이다. 즉 교육의 사회·문화적인 인식의 수준이 더욱 높아져야 체벌의 제도화 문제는 안정을 찾을 것이다. 하지만 그렇다고 해서 훈육을 체벌에 의존하는 것은 바람직하지 않은 일이다. 즉 체벌의 제도화를 하되 그것은 최종적인 수단이 되어야 하며 그전에 다른 교육적인 대안을 충분히 고려하고 모색하는 것이 필요하다.

— 유지훈

체벌의 양면성을 논의한 뒤 부정적 측면을 극복할 수 있는 대안을 제시하고 있다.

(9) 분석(설명)-비평형 : [1]문제제기-**[2]기존견해분석-[3]비판/대안/적용**-[4]마무리

〈보기글〉 [1] 생활 속에서 우리는 동일한 대상에 대해 정반대의 해석을 내리는 경우가 있다. 대상에 대한 해석은 각각의 관점에서 어느 정도의 가능성을 염두에 두고 내리는 것이기 때문에 어느 것이 '옳다, 그르다' 할 수 있는 성질의 것은 아니다. 그러면 이러한 정반대의 해석이 친일파 청산 문제에 대해 어떻게 적용되는지 알아보고 이에 대한 의의를 살펴보도록 하겠다.

[2] 먼저 제시문 (가)에서는 멸치의 꿈풀이에 대한 망둥이와 가자미의 정반대의 해석을 보여주고 있다. 망둥이는 멸치의 꿈을 '용이 될 꿈'이라고 치켜세우는 반면 멸치에게 심술이 난 가자미는 '낚시에 걸릴 꿈'이라고 말하고 있다. 제시문 (나)에서 이광수는 친일파의 구분 기준에 대한 어려움을 '홍제원 목욕'에 비유하여 설명하고 있다. 또한 당시 상황의 불가피함을 근거로 하여 일본에 대한 타협을 정당화하고 있으며 친일파가 많은 것이 일정 하 우리 민족의 실제 생활에 더 유리하였다고 역설하고 있다. 제시문 (다)는 한국이 자 독립 국가의 건설을 위해 (나)와는 정반대의 입장에서 친일파 청산을 주장하면서 친일파의 변호 논리에 대한 문제점을 검토하고 있다. 대표적으로 식민지 하에서는 전 민족이 일본에 협력한 친일파라는 '공범론'을 내세우고 있다.

[3] 결국 첫 번째 제시문 의도대로 친일파 문제를 다양성 차원에서 보는 것은 좋은데 두 번째, 세 번째 제시문의 견해를 수용할 수 있느냐이다. 두 번째 견해는 상황 논리로 역사의 진실을 은폐할 뿐만 아니라 오히려 유리했다고 호도하고 있다. 이는 친일로 인한 피해가 많은 상황을 고려해 볼 때 잘못된 견해이다. 또한 이러한 변호론의 가장 큰 문제는 양심의 가책이라는 근본적인 인식이 빠져 있다는 것이다. 이를 해결하기 위해서 앞선 세대의 잘못을 비판할 때는 현재의 반성을 더 중시해야 한다. 잘못에 대한 책임을 묻거나 지는 방식에는 두 가지가 있다. 우선 잘못이 범죄 행위에 해당할 경우, 법적인 책임을 물어야 한다. 두 번째로 강요나 구조적인 조건에 의한 잘못은 도덕적 책임이 강하게 제기된다.

[4] 친일파 문제의 해석은 잘못된 그들의 행위를 정당화하려는 변호 논리에 의해 옹호되어지는 한편, 친일 행위에 대한 응징이 필요함을 주장하는 상반된 관점에 적용되기도 한다. 그러나 친일파에 대한 해석은 제시문 (나), (다)와 같이 관점의 다양성을 인정하는 데 그쳐서는 안될 것이다. 한국 사회는 잘못을 인정하는 능력조차 상실한 사회에서 벗어나기 위해서 잘못에 따른 책임을 지는 상식을 지키도록 노력하는 한편, 최소한의 가치관과 무너진 역사의식을 회복할 수 있어야 하겠다.

[2], [3]에서 친일파에 대한 옹호론과 비판론을 분석 설명한 뒤 [4]에서 자신의 견해를 밝히

고 있다.

(10) 비교대조형 : [1]문제제기 －[2]AB공통점－[3]AB차이점－[4]AB에 대한 내견해－[5]마무리

*논제 : 아래와 같은 제시문이 있을 경우 공통점과 차이점을 분석한 뒤 자신의 견
해를 쓰라.

〈가 제시문〉

1. 생명운동은 모든 사람들이 중요시 하는데 그것은 곧 여자의 일이다.
2. 사람들의 근원적인 생명 활동은 여자랑 관련되어 있으며 사람의 심리치료와 사
   회와 병든 문명 치료에 중요한 생명 활동에서 여자가 중요할 수밖에 없다.
3. 따라서 진보적인 여성운동가들이 여자의 모성애와 주부 역할을 비하시키는 것은
   잘못된 것이다.

〈나 제시문〉

1. 여성의 생물학적 특성은 여성해방론자들처럼 가부장적 논리에 따라 낮게 평가할
   수 없는 근원적 의미를 갖고 있으므로 우리는 여성의 육체성을 창조적 차원으로
   보아야 한다.
2. 그러나 여성 생명 창조 능력에 대한 남성들의 편견 때문에 여성들의 모성 역할
   이 왜곡되어 왔고 따라서 가부장제 아래에서의 모성 경험은 여성 억압적일 수밖
   에 없었다.
3. 따라서 왜곡된 모성 역할의 강요는 여성 해방을 위해서 반드시 사라져야 한다.

〈보기글〉 [1] 여성의 모성 역할에 대한 사회적 해석은 중요한 우리 사회 문제이다.
여성의 모성성이야말로 여성만의 고유한 특권으로 보는가 하면 그로 인한 사회적 피
해를 강조하기도 한다.

[2] 〈가〉글과 〈나〉글은 모두 여성의 생물학적 특성 및 여성의 사회적 역할에 대한
견해이다. 이 두 글은 근본적인 의미에서 여성의 출산자로서의 역할에 대해 공통적인
견해를 갖고 있다. 모든 여성은 오랫동안 출산 및 양육 등의 어머니로서의 기능을 주
로 해왔고 사회가 변화하고 있는 지금도 그 기능은 계속되고 있다. 여성의 생명 창조
능력과 양육의 기능은 인류가 존재하기 위해서는 반드시 필요한 것으로 두 글 모두 이
에 대해 동의하고 있다.

[3] 그러나 〈가〉글에서는 여성의 근원적인 생명 활동이 중요하나, 이에 대한 여성들
의 부정적 견해가 잘못되었음을 보여 주고 있다. 특히 한 여성 운동가의 말에 대해 여
성의 생명 활동을 부정적으로 보는 것은 자신의 근본을 부정하는 것이므로 잘못되었
음을 지적하고 있다. 따라서 자신이 존재할 수 있고, 나아가 인류가 존재할 수 있으려

면 여성의 생명 활동이 반드시 필요함을 강조하고 있다. 이에 비해 〈나〉글에서는 오랫동안 해 왔던 여성의 생명 활동은 사회 전반에 걸쳐 너무나 당연한 것으로 받아들여지고 있음을 지적하고 있다. 그래서 사회는 여성에게 전능한 어머니가 될 것을 강요하고, 자녀 양육의 역할을 전적으로 여성에게 맡기게 되었다. 따라서 여성이 자율적인 개인이지 어머니로서 생활하기 위해서는 이런 모성 역할의 강요가 사라져야 함을 주장하고 있다.

　　[4] 두 글 모두 일리는 있지만 맞벌이가 일상화되어 요즘 시점에서는 〈나〉의 관점이 더욱 옹호될 필요가 있다. 여성만의 생명 탄생의 육체적 조건은 예나 지금이나 변함이 없는 것이지만 어떤 환경에서 아이를 낳고 키우는가는 사회조건마다 다를 수밖에 없다. 전통 사회에서는 〈가〉의 관점이 더욱 설득력을 얻을 수 있지만 지금은 아니다. 다만 두 견해가 공통점이 있는 만큼 〈나〉의 문제 지적이 해결되는 조건 아래 〈가〉 견해를 수용할 수는 있을 것이다.

—박미전

[1]에서 문제제기하고 [2]에서 공통점, [3]에서 차이점을 분석한 뒤 [4]에서 자신의 견해를 밝히고 있다.

5 | 본론 쓰기에서 유의할 점

본론은 복합적이므로 개요를 미리 검토하고 체계적으로 쓰기 위해 고민하는 자세가 필요하다. 그렇다고 최초의 개요를 지나치게 고집할 필요는 없다. 글이라는 것은 진행과정이나 상황에 따라 수정될 수 있기 때문이다. 다만 논의의 객관성을 유지하려는 노력이 필요하다. 학생들의 부족한 태도를 중심으로 지도할 때의 유의사항을 정리해 보기로 한다.

(1) 서론에서 언급한 내용을 되풀이하지 말자

본론은 그야말로 본격적인 논의가 이루어지는 마당이다. 서론에서 언급한 내용을 반복할 이유가 없다. 그러나 학생들 글에서는 중언부언하듯 반복하는 경우가 많다. 이는 개요를 짜지 않아 그런 경우도 있고 당황해서 반복하는 경우도 있다.

(2) 남의 견해와 내 견해를 엄격하게 구분하자

요즘 논술은 대부분 텍스트형 논술이다. 다시 말해 제시문을 주고 제시문 분석을 바탕으로 자신의 견해를 쓰는 유형이다. 그런데 학생들 글을 보면 어디가 제시문 분석이고 어디가 자신의 견해인지가 뒤섞여 있는 경우가 많다. 짧은 논술이므로 논문처럼 구체적인 인용 출처를 밝히기는 어렵지만 최소한 제시문 기호만이라도 밝혀야 한다.

(3) 논제와 무관한 언급을 피하자

서론에서 제기한 문제제기나 논제가 요구한 조건 이외의 내용은 아무리 좋은 내용이고 의견이라 하더라도 언급해서는 안 된다.

(4) 문단을 유기적으로 이어주다

본론은 두세 문단 이상의 복수 문단으로 이루어진다. 따라서 문단과 문단이 제대로 긴밀하게 연결되지 않으면 나열된 느낌을 주고 일관성을 잃게 된다. 병렬 문단이건 대립 문단이건 적절한 지시사나 접속어를 사용해 논의가 점점 발전해 나가는 느낌을 주어야 한다. 물론 지시어나 접속어와 같은 가시적 언어보다 더 중요한 것은 내용의 긴밀성이다.

6 | 마무리

본론은 글의 몸통이다. 몸통은 몸의 중심 부위가 모여 있는 곳이다. 본론 역시 핵심 내용을 모아 놓는 곳이다. 그런 만큼 본론은 복잡할 수밖에 없다. 이럴수록 좀 더 명확하고 논리적으로 구성하는 전략이 필요하다.

본론은 형식과 내용 모두 가운데에 있는 만큼, 서론 이어받기와 결론으로 이어주기의 양면적 기능을 염두에 두고 내용 구성을 할 수 있도록 지도해야 한다. 긴 글일 경우 본론은 여러 문단으로 구성되므로 여러 문단을 유기적으로 이어주면서도 치열한 분석과 논리적 서술이 이루어지도록 지도해야 한다.

16장 결론 쓰기 지도

1 | 머리말

결론 쓰기는 치열한 본론을 이어 자신의 논지를 마무리하면서도 논술문의 완결성을 이루는 화룡점정 단계다. 유종의 미를 거두기 위한 숨 고르기가 필요한 단계이므로 이에 따른 적절한 지도 전략이 필요하다.

아무리 서론과 본론을 잘 썼어도 마무리가 제대로 안 된다면 '용두사미' 격이 되어 설득력이나 호소력이 떨어진다. 더욱 중요한 것은 한 편의 완성된 글로서의 완결성이 부족해진다. 그러므로 결론은 단순히 글을 마무리하는 단계가 아니라 논증력과 설득력의 완성도를 높임으로써 읽는 이에게 자신의 주장의 옳고 그름을 확실하게 주지하게 하는 단계다.

논술교육 현장에서 '결론'의 개념조차 제대로 정리를 하지 않고 가르치다 보니 오히려 결론을 더 어려워하는 경우도 있다. 확실한 개념과 마무리하는 여러 전략을 살펴보기로 한다.

2 | 결론의 의미와 내용, 성격

결론의 의미는 두 가지다. 하나는 논술의 마지막 단계라는 뜻이고 또 하나는 서론과 본론의 논리적 논증 절차를 거쳐 최종적으로 얻는 결과라는 의미이다. 그러니까 구성상의 이름과 논리 전개상의 이름 두 가지를 다 뜻한다. 구성상의 이름이라면 아래와 같이 바꿔도 좋다.

서론→ 머리말, 들머리
본론→ 몸말
결론→ 맺음말, 마무리

논리 전개 차원의 이름이라면 주장이나 주제라는 의미다. 이런 식의 의미라면 결론은 머리말에 올 수도 있고 몸말에 올 수도 있다. 머리말에 오는 경우는 "나는 이렇게 생각한다. 왜냐하면~"식으로 펼치는 격이 된다.

머리말	⇒	결론(주제)	⇒	결론	⇒	결론	⇒	결론
몸말							⇒	결론
맺음말	⇒	결론(주제)					⇒	결론
〈양괄식〉			〈두괄식〉		〈미괄식〉		〈병렬식〉	

이렇게 보면 어떤 학생이 "결론을 중간 문단에 써도 됩니까?"라는 질문은 논리 전개로 보면 합당한 질문이지만 구성 위치에 관한 질문이라면 잘못된 질문이다. 논리 전개라면 어느 곳에 나와도 좋지만 위치에 관한 것이라면 당연히 맨 나중에 나와야 하기 때문이다.

위와 같은 차이를 실제 논술문으로 확인해 보자. 논제는 개인과 사회 가운데 어느 것이 더 중요한가이다. 다음 두 글은 똑같은 논제에 대한 똑같은 관점을 담고 있지만 마지막 문단이 확연히 다르다.

가 [1] 인간이 사회적 동물이냐 아니냐를 따지는 것은 무의미하다. 사회가 개인보다 더 중요하다는 견해도 개인이 사회보다 더 중요하다는 견해도 모두 이분법의 결과다. 개인과 사회는 그렇게 분리해서 볼 성질이 아니다. 개인과 사회는 떼려야 뗄 수 없는 관계이기 때문이다.

[2] 개인과 사회, 어느 것이 더 중요하냐는 논쟁은 닭이 먼저냐 달걀이 먼저냐는 논쟁만큼 순환론적이고 그만큼 무의미하다. 사회적 제도를 피해 갈 수 있는 개인이 없으며 개인의 실체를 인정하지 않는 사회도 가능하지 않기 때문이다. 개인은 이미 사회를 내포하고 있으며 사회도 이미 개인을 내포하고 있다.

[3] 개인주의자들은 개인의 개성과 욕망을 내세우고 있지만 개성과 욕망조차 사회적으로 구성된 것이라 볼 수 있다. 누군가가 가수가 되고자 하는 욕망이 있다면 그것은

노래를 잘 부르는 가족제도와 전승제도, 가수라는 직업제도가 있기에 가능하고 그런 틀 속에서 형성된 것이기 때문이다.

[4] 개인이냐 사회냐는 이분법은 근본적으로 대립의 개념이다. 설령 대립되는 요소가 많았다 하더라도 그런 생각은 그런 대립을 해소하는데에 아무 도움이 되지 못한다. 개인주의를 내세운다고 해서 개인의 자유와 권리를 맘껏 확보할 수 있는 것도 아니고 전체주의를 내세운다고 해서 전체의 이익을 최대한 확보하는 것은 아니다. 역설적이게도 개인주의의 충분한 발휘와 보장을 위해서는 안정된 사회제도가 필요하다. 사회제도가 불안할수록 개인주의 실현은 어려울 것이다.

[5] 따라서 개인과 사회 어느 것이 더 중요하냐는 물음은 무의미하다. 이제는 아리스토텔레스의 '인간의 사회적 동물'이라는 명제는 이제는 막연히 되뇌이는 것은 그만두어야 할 때다. 개인주의 시대라고 하면서 전체주의적 그런 명제를 계속 반복하는 것은 모순이다. 중요한 것은 개인의 욕망과 개성을 어떤 사회적 틀 속에서 지켜나갈 것인가 또는 우리가 추구하는 사회적 이상을 어떤 개인의 욕망과 개성을 이용해 이끌어나갈 것인가라는 구체적 사유가 필요할 때이다.

나 [1] 인간이 사회적 동물이냐 아니냐를 따지는 것은 무의미하다. 사회가 개인보다 더 중요하다는 견해도 개인이 사회보다 더 중요하다는 견해도 모두 이분법의 결과다. 개인과 사회는 그렇게 분리해서 볼 성질이 아니다. 개인과 사회는 떼려야 뗄 수 없는 관계이기 때문이다.

[2] 개인과 사회, 어느 것이 더 중요하냐는 논쟁은 닭이 먼저냐 달걀이 먼저냐는 논쟁만큼 순환론적이고 그만큼 무의미하다. 사회적 제도를 피해 갈 수 있는 개인이 없으며 개인의 실체를 인정하지 않는 사회도 가능하지 않기 때문이다. 개인은 이미 사회를 내포하고 있으며 사회도 이미 개인을 내포하고 있다.

[3] 개인주의자들은 개인의 개성과 욕망을 내세우고 있지만 개성과 욕망조차 사회적으로 구성된 것이라 볼 수 있다. 누군가가 가수가 되고자 하는 욕망이 있다면 그것은 노래를 잘 부르는 가족제도와 전승제도, 가수라는 직업제도가 있기에 가능하고 그런 틀 속에서 형성된 것이기 때문이다.

[4] 사회가 더 중요하다는 관점도 문제다. 수많이 개인의 개성과 다양성을 무시하고 있기 때문이다. 사회제도가 개인을 움직인다고 하지만 사회제도를 좌지우지하는 것은 개인들의 힘이 모여 가능한 것이다.

[5] 따라서 개인과 사회 어느 것이 더 중요하냐는 물음은 무의미하다. 이제는 아리스토텔레스의 '인간의 사회적 동물'이라는 명제를 이제는 막연히 되뇌이는 것은 그만두어야 할 때다. 개인주의 시대라고 하면서 전체주의적 그런 명제를 계속 반복하는 것은 모순이다.

[6] 중요한 것은 개인의 욕망과 개성을 어떤 사회적 틀 속에서 이뤄나갈 것인가 또

는 우리가 추구하는 사회적 이상을 어떤 개인의 욕망과 개성을 이용해 이끌어나갈 것 인가라는 구체적 사유가 필요할 때이다.

[개글은 최종 결론이 마지막 문단에 나와 있고 [내글은 마지막 앞 문단([5])에 나와 있다. [개글 방식이 (1)번 방식에 해당되는 순수 결론이고 [내글은 이러한 논리적 결론이 아니라 위치상의 맺음말일 뿐이다. (1)-[개과 같은 방식은 논제조건이 단일할 경우에 주로 유용하다. 복수 조건일 때는 (2)-[내와 같은 방식으로 하는 것이 좋다.

이와 같은 차이를 무시하고 결론을 "서론과 본론에서 전개해 온 내용을 요약, 정리함으로써 주제를 명확히 하고, 글 전체를 마무리하는 단계로, 자기의 주장을 선명하게 보여 주는 부분"이라고 못을 박기 때문에 문제가 된다. 또는 결론을 그저 마무리 정도로만 가볍게 설정하는 것도 문세다. 결론은 단순히 글을 마무리하는 단계가 아니라 논증력과 설득력의 완성도를 높임으로써 읽는 이에게 자기주장의 옳고 그름을 확실하게 주지하는 전략을 실현하는 단계이다. 보통 결론은 본론을 쓴 뒤에 쓰는 것이지만, 결론에 대한 전략을 미리 세우도록 해야 한다. 그래야만 주제에 대한 일관된 태도와 확고한 설득력을 높일 수 있다.

3 | 결론 쓰기의 주요 전략과 실제

결론 쓰기는 순수 결론과 그 밖의 마무리 방식으로서 여러 가지 방식이 있다. 순수한 결론이 아닌 마무리로서의 문단은 여러 기법이 있다. 하고 싶은 주제나 주장이 이미 다 언급된 것이므로 마무리 문단에서는 요약이나 일반화, 강조, 보완 등으로 마무리 짓게 된다.

보통 결론에 들어가야 할 내용으로는 본론을 요약한 내용, 글쓴이의 견해나 주장이 갖는 궁극적 의미나 효과를 드는데, 논제나 필요에 따라 행동이나 의식의 전환, 또는 관심이나 각성을 촉구하거나 제안이나 자기 견해에 따른 전망 제시, 새로운 논의 과제 제시 등도 있다. 한마디로 논제나 쓰고자 하는 의도나 전략에 따라 복합적인 성격을 지닌다. 다만 여기서는 주된 강조 전략을 기준으로 여러 가지 유형을 제시해 본다.

결론도 긴 글에서는 여러 문단이 될 수도 있다. 그러나 여기서는 2000자 이내의 짧은 논술문이라 생각하고 한 문단으로 설정하고자 한다. 한 가지 방식의 단일 형식과 두 가지 이상이 결합된 복합 형식이 있다. 대개 복합 형식으로 끝나지만 여기서는 주된 방식을 위주로 설명한다.

(1) 순수 결론

〈보기글〉 ⑴ 모든 인간은 존엄하다. 따라서 인간은 존중받아야 한다. 인간의 존엄성의 침해를 막는 것이 법이다.

⑵ 그러므로 우리는 범죄자에 대하여 잘못에 대한 적절한 처벌을 하되 반성할 기회를 주어야 한다. 경각심을 통해 재발에 대한 예방차원이어야 한다는 것이다. 아무리 범죄자라 해도 인간의 생명을 좌지우지할 권리가 없다.

⑶ 따라서 사형보다는 종신형이 더 좋은 방법이다. 평생 감옥 속에서 자신이 과오에 대해서 생각하고, 그 속에서 받는 고통으로, 다시금 인간성 회복의 기회를 부여하는 것이 더욱 법의 기본 정신을 반영하는 것이다.

—김기훈

위 글을 보면 [1]에서 인간 존엄성 차원에서 문제제기하고 [2]에서 논증한 뒤, 이를 바탕으로 [3]에서 최종 결론을 내리고 있다. 마지막 문단 [3]에 와서야 최종 결론이 도출된 것이다. 짧은 논술에서는 이런 방식이 깔끔하고 불필요한 분량을 줄일 수 있는 좋은 방법이 된다. 물론 원인과 대안을 쓰라는 식의 복수 조건에서는 곤란한 형식이다.

(2) 본론 단순요약 하기

이미 할 얘기를 다 한 경우니까 요약이 가장 무난하다. 그래서 대부분의 참고서에서도 요약하는 방식을 제일 강하게 가르친다. 그러나 단순요약은 쉬운 방법이긴 하지만 본론이 반복되는 느낌을 줄 수 있어 비생산적인, 약한 마무리라 할 수 있다.[38]

〈보기글〉 ⑴ 요즘 청소년들의 성 매매로 이들의 수요자인 성인들에 대한 신상명세서가 공개되어 사회적인 문제가 되고 있다. 자식뻘되는 청소년들과의 성문제로 이들 어른들을 사회적인 망신을 당하게 되고 퇴출까지 당하게 되는데 반해서, 이들의 공급자인 청소년에 대해서는 성 보호법에 의해 간단한 조치만을 받고 있다. 이에 따라 청소년 성 보호법에 청소년에 대해서도 형사처벌이 가능하도록 법 개정안을 건의하고

---

[38] 대입논술은 짧은 글쓰기이기 때문에 최대한 반복을 피해야 한다. 학생들이 자주 범하는 반복은 크게 세 가지다. 주장을 문단마다 쓰는 경우, 서론을 결론에서 반복하는 경우, 본론을 결론에서 반복하는 경우. 이런 반복만 막아도 무척 창의적인 논술이 될 수 있다.

있는데, 때문에 여러 단체에서는 이들에 대해 형사처벌해야 한다, 그렇지 않다 하면서 의견이 나누어지고 있다.

[2] 청소년은 성인들에 비해 사고가 덜 발달되었다고 할 수 있다. 청소년들마다 다르겠지만 아무리 몇 세 이상부터 법 적용을 받을 수 있다 하더라고 사회적인 문제 인식에서 생각이 부족한 청소년이 많다고 본다. 자신이 원하는 것을 얻기 위해 자신의 성쯤은 아무렇게 생각할 수도 있고, 부득이한 사정으로 성 매매를 행할 수도 있다. 하지만 아직 이들은 그들의 인생을 즐기고 판단해서 행동하기 이른 나이이기 때문에 형사처벌은 부당할 수 있다.

[3] 청소년들의 이러한 행동은 요즘의 사회적인 흐름이나 모습에서 그들이 보고 느낀 것을 그대로 행한 것이라 볼 수 있는데 이러한 문란한 사회 모습은 모두 어른들의 행동에서 일어나는 것이 아닌가 싶다. 자라나는 아이들은 어른들의 모습을 보고 배운다고 해도 틀린 말이 없는데 이러한 청소년들을 보고 형사처벌을 운운하는 것 자체가 우스울지도 모른다.

[4] 청소년들은 성에 대한 호기심도 많고 충족도 많은 것이다. 그에 반해 사고가 덜 발달되어 문제의식이 부족하다. 그리고 청소년 성 문제는 어른들 행동의 영향을 받을 것이다. 따라서 형사처벌은 안된다. 단순히 그들이 성 매매에 대해 잘못된 생각을 하고 행동했기 때문에 처벌을 어떻게 할 것인지를 고민하기보다는 그들이 왜 그런 행동을 하는지를 먼저 생각하고 사전에 방지할 수 있도록 한다면, 청소년들의 아름다운 성을 지키면서 좀 더 밝은 사회로 나아가지 않을까 생각해 본다.

— 김동언

위 글을 보면 마지막 [4]번 문단은 [2], [3]. [4] 문단의 요약이다. 긴 글에서는 유용한 방식이다. 짧은 글에서는 결국 앞의 본론이 반복 되는 셈이다. 약한 마무리라 할 수 있다. 이럴 경우 아래와 같이 새로운 방식을 덧붙이는 것이 좋다.

〈보기글〉 단순히 그들이 성 매매에 대해 잘못된 생각을 하고 행동했기 때문에 처벌을 어떻게 할 것인지를 고민하기보다는 그들이 왜 그런 행동을 하는지를 먼저 생각하고 사전에 방지할 수 있도록 한다면, 청소년들의 아름다운 성을 지키면서 좀 더 밝은 사회로 나아가지 않을까 생각해 본다.

아니면 좀 더 추상적 요약으로 바꿔야 한다.

〈보기글〉 청소년 성문제를 형사처벌로 대처하는 것은 사회와 어른들 문제로 생기는 청소년 성문제를 청소년만의 문제로 모는 잘못된 제도이다. 미성년자임을 자가당착적인 형사처벌이 아닌 근본적 치유 대책이 있어야 한다.

(3) 일반화(추상적 요약, 분석적 요약)

일반화는 단순요약과 달리 논지 흐름을 좀 더 추상적 문체로 줄이는 것이다. 단순요약이 있는 그대로 줄이는 것이라면 추상적 요약은 주요 논점만을 추려내는 것이다. 1)의 단순요약 마무리와 비교해 보라.

<보기글> [1] '인간은 사회적 동물이다'라는 아리스토텔레스의 말처럼 사람은 사회를 이루고 산다. 옛날 선사시대 이전부터 인간은 무서운 동물이나 천재지변 등의 위험을 벗어나기 위해 무리를 이루었고 그 무리를 유지하고 지탱하기 위해서 제도나 법 그리고 군장 같은 지도자를 만들어 사회를 이루면서 살아왔다. 그러므로 나는 인간은 사회를 떠난 개인적인 존재보다 사회를 유지하는 사회적 동물이라고 주장한다.

[2] 인간은 혼자서는 살 수 없다. 인간은 먹기도 하고 입기도 하며 자기도 한다. 또 먹는 것도 하나만 먹는 것도 아니고 여러 가지를 먹고살고 입는 것도 자는 것도 여러 가지 방법으로 산다. 이런 욕구들을 혼자서 다 마련한다는 것은 거의 불가능한 이야기일 것이다. 그래서 인간은 그러한 욕구들을 충족을 하기 위해서 사회를 이루어서 사회의 구성원들은 서로 도움과 이익을 함께 하며 공존하는 사회적 존재라고 할 수 있다.

[3] 또 인간은 개인적인 행동을 하려고 한다. 인간은 어느 시대서부터인가 사회적인 틀을 벗어나 개인적인 사람이 되려고 노력해 왔다. 그러나 만약 어떤 사람이 개인적으로 자기 일만 한다고 보자. 그는 개인적이기만 하고 사회적으로는 벗어나 있다고 할 수 있을까? 그는 사회를 벗어날 수 없을 것이다. 그가 일을 할 때 쓰는 컴퓨터나 연필, 서류, 책 등은 모두 사회적인 시스템 속에서 나온 것이다. 이것을 오직 개인이 다 만들었다고 보기에는 힘들다. 그러므로 그의 개인적인 행동은 사회에서 나온다고 할 수 있다. 또 그의 개인적인 행동은 사회적으로 도움이나 해를 끼치는 등 사회적으로 나타나므로 그는 개인적인 행동만을 한 것이 아니라는 것을 알 수 있다.

[4] 이처럼 인간은 개인적인 행동을 한다고 하지만 그 밑바탕은 사회적 시스템을 벗어나지 못한다. 그리고 인간은 욕구를 충족하기 위해 서로 협력하는 사회를 이루고 산다. 만물의

영장이라는 이름은 사회적으로 모여서 만들어진 이름일 것이다. 그러므로 우리는 '사회적 존재'라는 생각을 잊지 말고 살아야 할 것이다.

[4]번 마무리 문단을 보면 요약도 아니고 그리고 보완도 아니다. 본론 문단의 주제를 일반화하였다.

(4) 특별 강조

이는 본론에서 논의한 중요 논점이나 관점, 주장 등을 강조하면서 일관성을 부여하는 방식이다. 이런 유형은 본론에서 논제가 요구하는 모든 조건을 해결했지만 글의 완결성을 위해 마무리가 필요한 경우에 유용하다. 완결성을 주면서도 논점을 강조하므로 설득력을 높이게 된다. 아래 보기글은 이미 [5] 문단까지의 본론에서 말하고자 하는 견해를 다 밝힌 셈이다. 일관성을 부여하기 위해 [6] 마무리 문단을 이용해 주체 관점에서 강조하고 있다.

〈보기글〉 [1] 현재 우리 사회의 큰 문제점이 바로 나름대로의 기준으로 '분류' 하려는 점이다. 이것 아니면 저것의 식으로 제한해 버리는 것이다. 꼭 공통점 또는 차이점을 생각하고 그것에 따라 정의하고 분류한다. 돌연변이가 낄 수 있는 자리가 없는 것이다.

[2] 이런 식의 사회풍토가 흑백논리를 낳는다. 극단적인 분류 기준을 세워놓고, 거기에 맞춰 무엇이든 나누는 것이다. 예를 들자면 우리 사회에서 소외받고 있는 장애인의 문제를 들 수 있겠다. 남들과 조금 다르다는 이유로 불평등의 피해를 받고 따가운 시선을 받는다. 남과 다른 신체조건 또는 다른 생각을 가진 사람은 일탈자로 취급되기 십상이다.

[3] 하지만 반대로 이런 다른 점을 이용해서 계산적으로 사는 사람이 적지 않다는 점도 큰 문제이다. 물론 이러한 방법이 위험한 상황에서의 어쩔 수 없는 방법일 수도 있다. 그렇지만 이것이 너무 지나쳤을 때 돌아오는 비난과 멸시는 너무 감당하기 힘든 것이 되고 만다. 예로는 이쪽에 붙었다가 또다시 유리한 쪽으로 붙는 간에 붙었다 쓸개에 붙었다 하는 식의 정치인이다. 이러한 너무 유연한 태도는 경멸의 대상일 수밖에 없는 것이다.

[4] 수많은 사람들이 살고 있는 이 사회에서 몇 가지의 기준만으로 분류를 한다는 것은 불가능하고 또 무의미하다. 100명의 사람이 있다면 100가지의 기준이 있고, 1억의 사람이 있다면 1억 가지의 기준이 있는 것이다. 물론 사람들 간의 비슷한 점은 분명히 존재한다. 하지만 비슷하다는 것이 공통점이 될 수는 없다. 분류로 말미암아 모든 사람들이 획일적, 대중화가 된다면 그것만큼 쓸모없는 일이 어디 있겠냐는 말이다.

[5] 이렇게 분류하고 일방적으로 정의 내려지는 사회의 풍토를 없애기 위해선 나 자신이 분류되어지길 거부해야 한다. 선 밖으로 벗어났다고 해서 불안에 떨지는 말아야 한다. 오히려 특별한 주체가 되었다는 것을 자랑스럽게 여겨야 한다. 전에 말했듯이 지나치지 않아야 할 것을 명심하고서 말이다.

[6] 무엇이든 처음이 어려운 법이다. A, B로 분류된 집단 속에서 항상 안전하게 살 수는 있겠지만 주체적인 삶을 살 수는 없다는 점을 간과해서는 안 될 것이다.

이미 [5] 문단까지 본론에서 말하고자 하는 견해를 다 밝힌 셈이다. 일관성을 부여하기 위해 주체 관점에서 강조하고 있다.

(5) 보완이나 부연 설명

보완이나 부연 설명은 못다 한 얘기를 덧붙이는 것이 아니라 보완함으로써 논리의 완결성과 서술의 충실성을 이루는 것이다. 다만 새로운 얘기를 덧붙이는 격이 되지 않도록 유의해야 한다.

〈보기글〉 [1] 아리스토텔레스는 '인간은 사회적 동물이다'라고 말했다. 위대한 철학자의 말이라서 그랬던지 별로 깊이 생각해 보지 않은 것 같다. 인간과 사회와의 관계를 좀더 잘 이해하기 위해서는 먼저 인간이 무엇인지 사회가 무엇인지 그 의미를 파악해야 하겠다.

[2] 인간은 행복을 추구하는 존재이다. 우리에게는 욕구가 있으며 그것을 추구하는 존재이다. 우리에게는 욕구가 있으며 그것을 달성하여 기쁨, 보람, 만족 따위를 얻는다. 그리고 그 반대의 것 고통, 스트레스 따위는 별로 원치 않는다. 이런 인간의 욕구를 좀더 합리적으로 효율적으로 해결하기 위해 생겨난 것이 사회이다.

[3] 사회는 목적을 이룰 때 합리적이지 못한 것들을 제재하게 된다. 그래서 생겨난 것이 규율이다. 이런 규율들은 잘 지켜져야 그 이후의 새로운 규율이 잘 지켜질 것이기 때문에 절대적 존재가 되어버린다. 사회는 많은 사람들로 구성된다. 그리고 다양한 사람들에게서 다양한 의견이 생긴다. 그래서 그 사이에는 항상 갈등이 있다. 이런 갈등으로 생기는 불화를 규율이라는 것이 조절해 준다. 사회는 각 개인이 인식하는 머릿속에 존재한다. 사람들의 다양한 의견과 우리들이 만든 규율 그리고 갈등 그것이 사회이다.

[4] '인간은 사회적 동물이다'라는 명제는 사회가 인간보다 더 중요하다고 나타내는 것은 아니다. 이것은 그저 사회와 인간과의 밀접한 관계를 나타내고 있을 뿐이다. 그러므로 '인간은 사회적 동물이다'라는 명제는 옳다.

[5] 이렇듯 사람은 사회적 존재라고 해서 아리스토텔레스의 명제는 개인이 사회 속 규율에 억압받아야 한다는 말이 아니다. 규율은 우리 개개인의 힘으로 만들어가는 것이다. 너와 나의 행복을 가져오는 규율을 만들면 된다.

[5] 문단에서 인간은 사회적 동물이라는 자신의 주장을 보완 설명하고 있다. 사회를 강조함으로써 생길 수 있는 오해의 가능성을 보완하여 설명함으로써 막거나 줄이는 것이다. 이런 식의 부연 설명이 논리의 완결성을 높여준다.

이밖에 단순 유형을 두 가지 이상 결합하는 복합 유형도 있다. "순수 결론+보완, 요약 + 강조, 요약 + 전망 제시"와 같이 여러 유형을 창출할 수 있다. 앞의 예와 설명으로 충분할 수 있으므로 생략한다.

4 | 결론 쓰기에서 유의할 점

(1) 요약하는 경우

대부분의 참고서에서는 결론에서 요약하라고 가르친다. 잘못된 것은 아니다. 학위 논문처럼 긴 글에서는 필수 요소이기도 하다. 독자들의 전체 이해를 돕는 필요한 마무리이기도 하다.

그러나 본론을 요약·정리할 때는 내용이 단순 반복되지 않도록 해야 한다. 2000자 이내의 짧은 논술에서는 요약은 결국 반복이 되고 자신만의 의견 쓸 공간이 적어 창의력이 떨어지는 논술문이 된다. 그렇다면 본론의 핵심 내용을 일반화하여 강조하거나, 전체의 내용을 압축적이고 함축적으로 보여 주는 표현을 사용하는 것이 효과적이다.

(2) 계몽형 마무리 문제

꼭 마무리하면서 "잘해 보자, 반성해야 한다. 앞장서자, 앞으로 잘 지키겠다."는 식의 일기투 마무리를 하는 경우가 많다. 도덕적 강박관념이다. 본론이나 논제 요구조건과 관련이 없는 미사여구식 마무리는 글의 논지 전개를 흐려놓는다. 어설픈 도덕적 태도로 계몽하고 훈계하는 웅변조의 끝맺음은 논리도 없고 주장만 있는 끝맺음이나 다름없다.

〈보기글〉 이처럼 인간은 사회 속에서만 살아간다. 인간은 서로 다른 욕구를 충족하기 위해 서로 협력하는 사회를 이루고 산다. 그러므로 우리는 '사회적 존재'라는 생각을 평생 잊지 말고 겸손하게 살아야 할 것이다.

이밖에 "-합시다"와 같은 청유형 문장도 이런 유형에 속한다. 논리적인 절차를 이용해 설득해야 하는데 이런 경우는 설득을 강요하는 꼴이 된다.

(3) 밋밋한 단순성 마무리를 하지 말자

마무리를 위한 마무리식으로 마지못해 형식적 마무리를 할 경우다. 마지막 호소를 해도 모자랄 판에 이런 식의 마무리는 호소력도 잃고 논리성도 약화되게 마련이다. 구체적인 대안이나 해결 방법을 제시할 때는 현실적이고 실천 가능한 것을 제시해야 한다.

이런 식의 마무리가 되지 않기 위해서는 자신의 주장을 명확히 드러내는 전략이 필요하다. 뚜렷한 자기 견해를 표명하지 않고 흐지부지하게 끝내는 애매모호한 입장을 보여서는 아니 된다.

(4) 서론을 반복하는 문제

많은 학생들이 서론을 비슷하게 반복하는 학생이 많다. 서론에서 미리 밝힌 주장을 다시 언급하는 것은 좋지만 내용을 반복하는 것은 의미가 없다.

(5) 상투어 남발 문제

마지막 문단에서 꼭 "위에서 알아본 바와 같이"라고 쓰는 학생들이 많다. 반복 강조의 효과는 있지만 상투적이다 보면 비생산적 표현이 된다. 이보다 더 심각한 것은 아래와 같은 표현들이다. 본론의 논증을 무시하는 주관적인 말투들이다. 이를테면 '좌우지간, 어차피, 여하간, 아무렇든지, 어쨌든' 따위의 말은 되도록 쓰지 말아야 한다. 열심히 논증해 온 것을 무시하는 말투다.

이밖에 "수고하셨습니다. The End. 고맙습니다. 잘 부탁드립니다. 잘 봐주세요 더 잘 쓸 수 있었는데 시간이 너무 부족해서요"와 같이 불필요한 표현은 오히려 감점이 될 수도 있다.

(6) 분량과 새로운 내용을 추가시키기 문제

맺음말을 쓰다가 갑자기 새로운 생각이 떠올라 뭔가를 덧붙여서는 안 된다. 주어진 분량에 넘치거나 미치지 못하더라도 억지로 덧붙여서는 안 된다. 결론의 분량은 서론과 마찬가지로 전체 글에서 지나치게 비중이 높아서는 안 된다.

5 | 마무리

결론은 서론과 본론의 내용을 확인하여 일관성을 유지하는 것이 중요하다. 이를테면 논쟁을 유도하는 논제에 대해서는 찬반의 입장을 명확히 하고 문제점에 대한 의견 제시를 요구하는 경우에는 구체적인 방안을 제시하는 논제 성격에 따라 일관성을 유지하는 전략은 달라진다.

표현 측면에서는 마무리 단계이므로 간결하고 명쾌하게 표현하는 전략이 필요하다. 본론 문단에서는 얼마든지 길게 표현할 수 있다. 그러나 마무리 단계에서는 확인하고 강조하는 단계이므로 간결하고 명쾌한 것이 좋다. 따라서 본론에서 다루지 않는 내용을 쓸데없이 덧붙이거나, 양을 채우기 위해 구태의연한 상투어나 뻔한 얘기를 남용하지 않도록 주의해야 한다. 본론에서 논의한 내용에서 벗어나 논점을 흐리는 일이 없도록 더욱 주의해야 한다.

구체적인 대안이나 해결 방법을 제시할 때는 현실적이고 실천 가능한 것을 제시해야 한다. 또한 부분적인 결론이 아니라 전체적인 결론이 되도록 써야 한다.

자신의 주장을 명확히 드러내야 한다. 뚜렷하게 자기 견해를 표명하지 않고 흐지부지하게 끝내서는 안 된다. 또한 이것도 아니고 저것도 아닌 애매모호한 입장이어서는 아니 된다.

교육용 논제가 있을 경우, 논제 해명이 결론까지 이어져서는 안 된다. 논제는 되도록 본론에서 모두 해명하는 것이 좋다.

상투적이거나 도덕적인 마무리가 되지 않도록 유의한다. 결론을 쓸 때 가장 나쁜 버릇은 '계몽하고 훈계하는 웅변조'로 끝맺는 것이다. '잘해 보자, 촉구한다, 반성해야 한다, 앞장서자' 등과 같은 논리도 없고 주장만 있는 끝맺음을 삼가야 한다.

결론의 분량은 서론과 마찬가지로 전체 글의 1/5 이상을 넘지 않도록 써야 한다. : 주어진 분량에 넘치거나 미치지 못하더라도 억지로 덧붙이거나 급하게 마무리해서는 안 된다.

4부 | 수정과 논술 지도

17장 고쳐쓰기 지도

1 머리말

'고쳐쓰기' 부분에 대한 제대로 된 지도 전략을 펴기 위해서는 '고쳐쓰기'에 대한 제대로 된 관점 구성이 필요하다. 우리 논술교육 현장은 첨삭과 채점 위주의 고쳐쓰기나 '바른' 고쳐쓰기에 대한 강박관념이 지배하고 있다. 왜 고쳐써야 하는가에 대한 진지한 고민이나 철학이 부족한 셈이다.

왜 고쳐써야 하는가에 대한 문제의식이 부족한 고쳐쓰기 지도는 글의 형식 위주의 지도에 그치거나 글쓰기에 대한 아이들의 부담으로 넘어갈 확률이 높다. 따라서 이 장에서는 고쳐쓰기에 대해 제대로 된 맥락을 따져보고 주요 전략을 짚어 보기로 한다.

2 '고쳐쓰기'에 대한 용어 문제

'고쳐쓰기'는 글을 쓰는 과정에서나 글을 다 쓰고 나서 잘못된 부분을 바로잡는 것으로 글다듬기라고도 한다. 고쳐쓴다는 것은 불필요한 내용이나 구절을 빼거나 부족한 부분을 덧보태는 것이 대부분이므로 '첨삭'이라고도 한다. 이밖에 교정 또는 교열이라는 용어가 있다. '교정'은 내용과 관계없이 형식적 측면에서 주로 맞춤법이나 부호 따위의 잘못된 글자들을 바로잡는 것이다. 이에 반해 '교열'은 내용 측면에서 글을 고치는 것을 말한다. 그래서 신문사 편집부 기자들을 교정기자라 부르지 않고 교열기자라 부른다. 맞춤법뿐만 아니라 비문 따위의 내용까지 바로잡는 일을 하기 때문이다. 이 모든 것을 싸잡아 전통적으로 퇴고(推敲)

라고 불러왔다.

3 | 고쳐쓰기에 대한 주요 관점과 전략

고쳐쓰기는 세 가지 관점에서 접근해야 한다. 첫째는 글쓰기를 과정 중심으로 보는 것이다. 어떤 글이든 완벽한 글이란 있을 수 없다. 글을 잘 쓰는 능력보다 고쳐가는 자세가 더 중요하다.

글말은 입말에 비해 다듬을 수 있다는 장점이 있다. 다듬지 않은 글을 세상에 내놓는 것은 땟국물이 좔좔 흐르는 몸을 세상에 드러내는 것과 같다. 모름지기 완벽한 글은 없다. 완벽하지 않기에 아름다움이 있다. 그러나 그냥 아름답지는 않다. 글쓴이와 이 사회와 세상, 그리고 읽는 이와의 끊임없는 상호작용과 긴장관계 속에서 글이 재창조될 때라야 아름답다. 그러니까 완벽한 글이 없다는 것은 글쓰기는 늘 과정만 있을 뿐이지 결과가 없다는 의미이다.

과정 중심으로 접근한다는 것은 학생 중심으로 접근하겠다는 전략을 담고 있다. 교사는 처음부터 잘 쓰려고 하거나 완벽하게 쓰려는 학생들의 강박관념을 덜어줄 필요가 있다. 잘 쓰려고 노력하는 것은 좋지만 단박에 끝내려고 마음을 먹으면 오히려 그 강박관념 때문에 좋은 글이 나오지 않는다는 점을 알려주어 되도록 즐겁게 능동적으로 글쓰기에 접근할 수 있도록 도와야 한다.

두 번째는 글고치기를 습관화하는 관점이 필요하다. 다듬는다는 말은 조금씩 조금씩 어떤 상황을 개선한다는 의미와 전략을 담고 있다. 누구나 처음 단 한 번에 완벽한 글을 쓰는 것이 아니라면 조금씩 조금씩 다듬는 태도가 중요하다. 그래서 아이들로 하여금 조금씩 다듬어 점점 나아지는 자신의 글을 보고 느끼는 즐거움에 빠져들게 하는 것이 글다듬기의 핵심 교육 전략이 되어야 한다. 다시 말해 첨삭을 교사가 도맡아 하는 것은 의미가 없다는 것이다. 아이들이 스스로 글을 쓰면 으레 다듬는 습관을 들여 주는 것이 중요하다. 그렇다면 글다듬기 교육은 아이들이 스스로 다듬을 수 있는 전략이나 습관을 길러주기 위한 과정인 셈이다.

더욱 중요한 것은 독자에 대한 서비스 관점에서 접근하는 태도이다. 글은 궁극적으로 누군가에게 읽게끔 하는 것이다. 그렇다면 읽는 사람이 좀 더 편하고 효율적으로 읽을 수 있어야 한다. 글이라는 게 기본적으로 개성의 문제요 취향의 문제이지만 비논리적인 문장이나 글은 한마디로 불쾌감을 준다. 따라서 글 다듬는 과정은 결국 자신의 글을 독자 입장에서 다시 생각해 보는 과정인 것이다. 말은 한번 쏟아내면 바로잡기 어렵지만 글은 끊임없이 고치고 다듬을 수 있다. 모름지기 완벽한 글은 없다.

고치는 기본자세는 되도록 독자 입장에 서면 된다. 누구나 실수는 있는 법, 고치는 자의 미덕이 중요하다.

4 │ 언제 고쳐야 하는가

고치는 때는 솔직히 글쓴이 마음먹기 나름이다. 자기가 고치고 싶을 때 고치면 된다. 쓰다가 발견되면 당연히 고쳐야 하고, 더욱이 글을 써나가는 태도에 따라 달라질 수 있기 때문이다. 또 써가는 과정에서 고치는 것과 다 쓰고 나서 고치는 것은 적절하게 모두 수용해야 할 문제이지 선택 문제가 아니다.

7차 교육과정에서는 학생 중심의 과정을 강조하다 보니 아래와 같이 초고 단계에서 고치는 것보다 그다음 단계에서 충분히 검토한 뒤 고치는 것을 권장하고 있다.

교수-학습과정		
도입	동기유발	
	학습목표 확인	
전개	생각 꺼내기	생각 그물
		구두 작문
		주장 정하기
	생각 묶기	다발짓기
	초고쓰기	얼른쓰기 하기
	다듬기	돌려읽기 하기
		고치기
정착	평가하기	
	작품화하기	

단계별로 고치면서 나아가는 것이다. 첫 문단 쓰고 혹시 큰 잘못은 없나 본다. 이렇게 하면 고치는 효과도 있고 다음 문단을 쓰는 마음가짐을 바로 잡는 효과도 있다. 그러고 나서 다 쓰고 다시 고쳐쓰고 하면 글을 바로잡을 수 있는 기회를 여러 번 확보하는 격이 된다.

수험생들은 시험 시간 끝나기 전 10분을 꼭 확보하는 전략이 좋다. 이때는 세밀한 고쳐쓰기보다는 훑어 읽기로 전반적으로 큰 실수는 없는가를 바로잡는 시간이 된다.

5 │ 무엇을 어떻게 고쳐야 하는가

그리고 형식 위주의 첨삭지도, 내용 위주의 첨삭지도 등 어느 특정 요소를 강조할 필요는 없다. 글쓰기 지도 단계에 따라 어느 한 요소를 강조하거나 집중 지도할 수는 있지만 종합적인 지도에서는 어느 하나를 특별히 내세울 필요는 없다.

5.1. 고쳐쓰기의 기준과 원칙

고쳐쓰기의 목적은 좋은 글로 꾸미는 것이다. 그렇다면 도대체 "좋은 글"이 무엇이냐가 문제가 된다. 좋은 글은 내용적인 측면과 형식적인 측면에서 갈라볼 수 있다. 내용적인 측면에서는 진실하고 풍부한 글이어야 한다. 형식적인 측면에서는 정확한 표현이어야 한다. 그리고 형식과 내용 모두에 관련된 것으로 짜임새가 체계적이고 통일성을 갖추어야 한다. 이러한 커다란 기준을 바탕으로 다음과 같은 세밀한 평가의 기준을 마련해 볼 수 있다.

내용과 구성	형식
1) 독창성 2) 주제 선정의 적절성 3) 논리적이고 효과적인 구성 4) 문단 구성의 긴밀성 5) 내용이 정확성과 풍부성 6) 소재 선정의 합리성	1) 문장의 문법성 2) 맞춤법 3) 어휘와 용어 선정의 적절성

대학에서의 평가기준을 제대로 알고 늘 거기에 맞추어 쓰고 스스로 첨삭하는 훈련을 한다면 구체적인 실력 향상을 꾀할 수 있을 것이다. 대학마다 조금씩 다르지만 다음과 같은 잣대로 아이들 글을 평가한다.

평가영역	평가항목	평가
I. 논제 파악과 제시문 분석력	a. 문제 핵심을 파악했는가	
	b. 제시문 분석과 내 생각을 잘 연결하였는가	
II. 쟁점 분석 논증력과 사고력	a. 머리말의 문제제기가 구체적인가	
	b. 몸말의 분석 논증이 치밀한가	
	c. 문단 연결과 맺음말이 논지를 강화해 주었는가	
	d. 논지나 논증의 창의성은 어느 정도인가	
III. 문장력과 표현력	a. 문장의 정확성과 효율성	
	b. 맞춤법과 띄어쓰기	
	c. 원고지 사용법과 분량	

먼저 크게 세 부분으로 되어 있음을 알 수 있다. 평가 비중은 I : II : III 가 40% : 40% : 20% 비율이 대부분이다. 일부 대학에서는 I : II : III 가 30% : 50% : 20% 비율을 적용하기도 한다.[39]

I에서 논제를 제대로 파악하고 제시문을 제대로 분석했는가는 근본적으로 기본적인 조건을 잘 지켰는가를 보는 것이다.

II에서는 아래와 같은 사항을 본다.

주요 문단 쓰기의 문제와 좋은 방향

구성/문단	안 좋은 태도	더 나은 태도
첫 문단 (머리말, 서론)	1. 너무 일반적인 경우 2. 지나치게 장황스러운 경우	1. 문제제기를 분명히 2. 자기만의 관점을 구체적으로 드러냄

---

39   물론 일일이 평가 기준에 따라 평가하지는 않는다. 대개 세 명 이상의 채점위원의 등급별 채점을 종합 평균을 내는 방식으로 최종 점수를 낸다.

	3. 상투어에 얽매이는 경우	
가운데 문단 (몸말, 본론)	1. 논거가 나열만 된 경우 2. 분석 논증이 제대로 안 된 경우	1. 논거를 이용해 의미 읽기 2. 치밀하게 분석하여 조건을 낱낱이 해명
마무리 문단 (맺음말, 결론)	1. 본론을 단순요약 2. 상투어 남발 3. 교훈 말투 남용(조화)	1. 본론의 치밀한 분석을 일반화 2. 논점을 강조

Ⅲ의 경우는 20%밖에 안 된다고 가벼이 여겨서는 안 된다. 아주 많이 틀렸거나 기본적인 원고 사용법조차 모르면 그야말로 기본이 안 되어 있다고 열외가 될 수 있기 때문이다. 10여 년간 학생들 지도를 해 본 결과 자주 틀리는 것만 모아 보았다.

5.2 원고지 사용법에 대하여

1. 첫 칸을 들여쓰는 것은 문단을 나눌 때와 대화 인용할 때뿐이다.

➡ 들여쓰기는 문단 나누기의 기본이다. 그 외는 다음과 같은 대화를 인용할 때뿐이다.

	"	밥		먹	었	니	?	"	

2. 구두점, 괄호 등의 부호는 각기 한 글자로 잡는다. 다만, 줄임표(……)와 줄표(----)는 두 칸에 쓴다. 덩치가 작은 마침표(.)와 쉼표(,)는 한 칸으로 쓰되 그다음 칸을 비우지 않지만, 물음표(?)와 느낌표(!), 줄임표와 같이 덩치 큰 부호 다음에는 한 칸 비운다.

3. 아라비아 낱숫자와 알파벳 대문자는 한 칸에 한 자씩 쓰되, 아라비아 덩어리 숫자와 알파벳 소문자는 한 칸에 두 자 정도씩 쓴다.

4. 틀린 글자를 고치는 방식으로는 세 가지 방식(―, =, ∨) 모두 괜찮다.

➡ 다만 되도록 같은 부호로 일관성을 지키는 것이 좋다. 어떤 때는 한 줄로 고치고 어떤 때는 두 줄로 고치는 등 일관되지 않는 고치기 방식은 지양해야 한다.……

5. 교정 부호를 취소할 때는 중앙에 두 줄을 그으면 되고, 글자를 빼라는 표시는 돼지꼬리가 위로 두 개다(🖉).

6. 들여쓰기(   )와 내어쓰기(   )는 벌어진 곳이 최종 위치다.
➡ 글 중간에는 쓰지 않는다.

7. 줄 마지막 칸에서 글자가 끝나 빈칸이 없을 경우는 다음 줄로 절대 내리지 말고 오른쪽 끝 여백을 적절히 활용하라.

5.3. 학생들이 자주 틀리는 맞춤법

① 어미 : 사과든지 배든지/놀랐던지//하노라고 한 것이/공부하느라고
② 된소리 : -(으)ㄹ 꺼나(×)/-(으)ㄹ 거나(0), -(으)ㄹ 찐대(×)/-(으)ㄹ 진대(0)
③ 두음법칙 : 몇 년, 연/년 2회, 백분률(×)/백분율(0)
④ 사이시옷 : 전셋집, 햇수/곳간, 셋방, 숫자, 찻간, 툇간, 횟수/치과, 초점, 대가, 이점
⑤ 어휘 : 편지를 부치다(0)/우표를 붙이다(0), 웃어른, 둘째, 미장이/아지랑이
⑥ 부사 : 더욱이, 일찍이, 깨끗이, 번번이, 솔직히, 가만히, 비로소
⑦ 모음조화 문제 : 괴로와(×)/괴로워(0), 가까와(×)/가까워(0)
⑧ 준말 : 되었다- 됬다(×), 됐다(0)
⑨ 조사 : 학생으로서/용기로써
⑩ 조사와 어미 : 공부함**으로써**/공부하**므로**
⑪ 허용 규정(둘 다) : 씌어/쓰여

5.4. 학생들이 자주 틀리는 띄어쓰기

① 의존명사 : 할 수, 해낼 터, 잘난 체, 아는 것, 아는 이, 올 줄
② 의존명사와 조사
    : 할 만큼/너만큼/먹을이만큼, 10년 만에/너만, 할 뿐이다/다섯뿐이다.

③ 의존명사와 접미사 : 보고 싶던 차에 잘 왔다./구경차 왔다

④ 의존명사와 어미 : 간 지/있는지, 가는 데가 어디/돌아 가는데

⑤ 관형사와 접두사 : 맨 처음, 맨 끝, 맨 나중/맨손, 맨주먹

⑥ 단일어와 복합어 : 한별이는 지금 공부한다/넌 참 어려운 공부 하는구나.

⑦ 수 : 이십사억 오천육백구십오만 삼천구백팔십육/24억 4567만 3444

⑧ 허용 규정(둘 다)

: 읽어 본다/읽어본다/읽어도 본다, 삼학년/삼 학년, 좀더 큰 것/좀 더 큰 것, 남궁억/남궁 억

5.5. 학생들이 잘못 쓰는 문장 유형 8가지

(1) 중언부언 문장

아래 보기글 같이 이미 언급한 내용을 되풀이하거나 쓸데없이 보충하는 유형이다.

〈보기글〉 최근 사형제도가 우리나라뿐만 아니라 국제사회에서도 인권 침해에 대한 심각한 문제로 대두되고 있다. 피해자 입장에서는 찬성할 것이고 가해자 입장에서는 반대할 것이다.

범죄의 피해자 측면에서 그 고통이란 이루 말할 수 없을 것이다. 하지만 피해자뿐만 아니라 가해자 쪽에도 사형제도는 심각한 문제를 초래할 수 있다. 사형제도는 범죄에 대한 적절한 처벌과 재발방지를 위한 경각심 차원에서 시행되어야 한다는 사형제도에 대한 찬성 입장과 인간의 생명을 범죄자라는 이유만으로 좌지우지할 수 없다는 인권보호 측면의 반대 입장도 있을 것이다.

—앞 두 문단/강현옥

(2) 설의법 남발 문장

설의법 문장은 가끔 쓰면 강조의 효과가 있지만 다음 글처럼 자주 쓰면 논지 전개를 흐릴 뿐만 아니라 감정에 호소하는 격이 되어 비논리적인 글이 되는 경우가 많다.

〈보기글〉 우리 사회에서는 '이것 아니면 저것'이란 생각이 만연해 있다. 어떤 현상이나 일이 있든 무언가 사회의 기준으로써 분류해 버린다. 반드시 그 기준 안에 속해 분류가 되어야만 이른바 '주류'로 인정해 주는 것이다. 하지만 과연 이 넓고 넓은, 일이 많고도 많은 지구의 모든 현상을 분류해 낼 수 있을까? 한번 생각해 봐야 하는 문

제이다.

    시작하는 것과 마무리하는 것으로 사람의 유형을 나누는 만화가 있다. 이 만화에서는 시작도 잘 못하고 마무리도 못하는 사람, 시작만 잘하고 마무리는 못하는 사람, 시작은 잘 못했지만 마무리는 잘하는 사람, 시작도 잘하고 마무리도 잘하는 사람, 이렇게 4가지 유형으로 나누었다. <u>정말 4가지 유형뿐이겠는가?</u>

    오리너구리의 경우를 보자. 오리너구리는 엄마젖을 먹는 포유류의 특징도 가진데다가 포유류의 특징이 아닌 알에서 태어나는 특징도 있다. 결국 오리너구리는 동물 학교에서 소외감을 느낀다는 것이 우화의 내용이다. <u>과연 오리너구리는 어디에 속하는 것일까?</u> 오리너구리가 사람이라면 역시 그 사람도 사회에서 소외되어질 게 분명하다. 이런데도 사회의 기준으로만 분류를 해야 한단 말인가?

—뒤 생략/오정은

(3) 상투적인 문장

첫 문단에서 "-알아보겠다. -살펴보겠다." 마지막 문단에서 "-위에서/앞에서 살펴본 바와 같이"와 같은 표현은 잘못된 것은 아니지만 상투적인 느낌을 줄 수 있으므로 되도록 안 쓰는 것이 좋다. 이밖에 "절실히 요구된다. 간과해 버리기 쉽다."는 문장도 있다.

(4) 비논리적 감정 표현

학생들 글을 보면 "자명하다, 뻔하다, 누가 봐도 옳다."식의 강요하는 감정투 문장이 자주 발견된다. 아무리 옳아도 논리로써 설득을 해야지 윽박지르듯이 강요하듯이 해서는 안 된다.

(5) 얼버무리기 표현

논술은 자기주장을 상대방에게 설득하기 위해 쓴다. 그렇다면 어떤 견해를 "일지 모른다, 인 듯하다."식으로 얼버무려서는 안 된다. 실제 그렇다면 아예 언급을 하지 않는 것이 좋다. 언급할 필요가 있을 경우 논증을 충분히 하고 덧붙이는 방식으로는 허용될 수 있을 것이다.

(6) 장황한 표현

논술문은 힘이 있어야 한다. 그렇다면 자신의 생각을 "볼 수 있다고 생각한다, 볼 수 있다고 여겨진다."식으로 늘어지게 해서는 안 된다.

(7) 자신 없는 표현

자신의 주장에 대한 확고한 신념을 보여주어야 할 판에 "아는 것은 없지만, 잘 모르겠지만, 생각해 본 적이 없어서, 공부한 적이 없어서, 내가 어려서 그런지, 부족한 점이 많아서"와 같은 표현을 쓰는 것은 곤란하다.

(8) 계몽형 문장

마지막 문단에서 으레 "반성해야 한다, 앞장서자, 알아야 한다, ～ 한 사람이 되자."는 식의 표현은 자신의 주장을 도덕 교과서의 획일적 주장으로 마무리 짓는 격이다. 실제로 반성하자는 것이 논지라면 왜 그래야 하는지 어떻게 반성할 수 있는지가 본론에서 충분히 나와야 한다.

이와 같은 지식과 문제의식을 가지고 고쳐쓰기를 하면 된다. 그 방법은 여러 가지가 있겠지만 보통 아래와 같은 검토 사항에 따르면 된다.

고쳐쓰기의 과정과 방법

가. 글 전체의 검토
　　ㄱ. 주제나 목적의 타당성 재검토
　　ㄴ. 글의 짜임새 재검토
　　ㄷ. 글의 길이와 내용, 분량 조정
나. 문단별 검토
　　ㄱ. 문단의 소주제는 적절한가.
　　ㄴ. 문단의 소주제는 충분히 전개되었는가.
　　ㄷ. 문단 사이의 연결성 검토
다. 문장별 검토
　　ㄱ. 각 문장의 문법성 검토
　　ㄴ. 중의적 문장이 아닌가 검토
　　ㄷ. 길고 복잡한 문장 검토
　　ㄹ. 단어 사용의 적절성 검토
　　ㅁ. 구두점, 띄어쓰기, 맞춤법 검토

---

6 | 고쳐쓰기의 자세와 유의점

고쳐쓰기는 결국 글 쓰는 과정 중의 하나이지만 다른 과정과 다른 점은 글 쓰는 과정과는 맞서는 글 읽는 입장에 선다는 것이다. 고쳐쓰기는 자신이 직접 할 수도 있고 다른 사람에게 부탁해서 할 수도 있지만 결국은 자신의 실수나 잘못을 찾아내는 과정이다. 남이 수정을 해 주었다 하더라도 결국 책임은 필자가 지는 것이다. 그러므로 고쳐쓰기 할 때에는 되도록이면 객관적인 입장에서 글 자체의 가치와 표현의 효과 등을 판단해야 한다. 그것은 다시 말하면 글을 읽을 독자의 입장에 선다는 말이 된다. 물론 모든 면을 독자 입장에 맞추는 것은 아니다. 왜냐하면 글이란 결국 자신만의 느낌이나 생각, 주장 따위를 표현하는 것이므로 이런 점은 철저히 필자의 입장에 선다. 다만 그것을 이해시키는 표현 방법은 독자의 입장에 서야 좋은 글이 된다는 뜻이다. 결국 고쳐쓰기는 필자의 입장과 독자의 입장을 아울러 지키면서 글을 바로잡는 것이다.

이를 위해 우리는 몇 가지 효율적인 방법을 생각할 수 있다. 첫째는 시차를 두고 고쳐쓰기를 하는 방법이다. 곧 초고를 끝낸 바로 뒤에 본 뒤에 얼마간의 시간이 지난 뒤에 다시 보는 것이다. 이렇게 함으로써 우리는 미처 생각하지 못한 점을 발견할 수 있다. 이와 더불어 우리는 글은 다듬을수록 좋아진다는 평범한 상식을 되새길 필요가 있다. 되도록 여러 차례 읽고 다듬어야 한다. 또한 이때 유의할 것은 여러 차례 읽되 수정과 정서를 끝내고 난 뒤 다시 읽는 것이 더 효율적이다. 또 교정 부호를 사용하여 고쳐쓰기의 시간을 절약하고 능률성을 꾀하는 것이다.

둘째는 다른 사람에게 부탁해 보는 방법이다. 이는 잘못된 글 쓰는 자신만의 버릇을 고칠 수 있는 방법이 된다. 왜냐하면 자신의 잘못된 버릇은 흔히 지나치기 쉽기 때문이다. 이런 방법이 여의치 않으면 첫째 방법처럼 시차를 두고 읽어 보는 방법이 좋을 것이다. 셋째는 소리 내서 읽어보는 방법이다. 이는 눈으로 읽을 때보다 소리를 내서 읽으면 그 가락 때문에 어색한 부분을 더 쉽게 빨리 찾아낼 수 있기 때문이다. 넷째는 일정한 순서를 지키는 것이다. 이를테면 내용의 흐름을 다듬은 다음에 맞춤법 등의 형식적인 면을 다듬는 것이 능률적이다. 또 글 전체의 흐름을 살핀 다음 부분을 수정하는 차례가 더 좋을 것이다.

시험장에서 틀릴까 봐 두려워하는 학생들이 많다. 논술답안은 OMR카드가 아니다. 틀리면 교정부호를 이용해 고치면 된다. 다만, 일관성 있게 제대로 고치는 자세가 중요하다.

7 | 기준에 맞추어 고쳐보기[40]

실제 논제를 이용해 위와 같은 평가 기준에 따라 고쳐보는 훈련을 해 보도록 하자.

7.1. 논제 설정

언어는 늘 우리가 쓰고 있는 것이지만 이에 대한 사람들의 생각은 가지각색이다. 학생들을 가르치다 보면 언어 문제에 대한 진지한 고민을 해 본 학생들이 그다지 많지 않음을 알수 있다. 이번 기회에 언어를 활용해 우리 삶의 여러 문제를 생각해 보도록 하자.

> *논제 : 다음 두 제시문에는 언어의 기능에 대한 서로 다른 평가가 드러나 있어요.
> 긍정적 기능이든 부정적 기능이든 상관하지 말고 두 제시문에 드러난 쟁점
> 에 대한 자신의 견해를 현재의 삶의 양태와 결부하여 논술해 보세요. 다만
> 주어진 글에 대한 분석이 들어가야 돼요. 그리고 되도록 연필은 삼가 주세
> 요. 흰액(화이트)은 사용하지 마시고 교정부호를 사용하되 지나치지 않도록
> 하세요.(1500자 안팎)
>
> ─출제 : 김슬옹

---

40 원칙으로는 흔히 세 가지를 내세운다. 첫째 덧붙이기(부가, 보완)의 원칙이다. 이는 의도한 대로 충분하게 또는 만족스럽게 썼느냐를 검토하는 원칙이다. 따라서 빠진 것이나 모자란 것을 덧붙여서 글의 흐름을 자연스럽게 하고 내용을 풍부하게 하는 것이다. 이러한 원칙이 적용되는 경우는 다음과 같은 경우를 생각해 볼 수 있다.
　　1) 주제 의식이 충분히 논의가 되지 못한 부분
　　2) 설명이 부족한 부분
　　3) 지나치게 생략을 했거나 논리적 비약이 심한 경우
　둘째 빼기(삭제)의 원칙이다. 이는 불필요한 부분, 즉 쓸데없는 말이나 또는 지나치게 복잡한 부분을 빼거나 생략하여 간결하게 하는 것이다. 이는 표현의 정확성을 위해서 필요한 원칙으로 다음과 같은 경우가 해당한다.
　　1) 필요 없이 되풀이된 말
　　2) 분명하지 못하거나 적절하지 못한 부분
　　3) 중언부언하여 주제나 초점이 흐려지는 부분
　　4) 뜻이나 내용을 모호하게 하는 표현(수식어 따위)
　　5) 조잡하거나 유치한 부분
　아래와 같은 경우는 위 원칙을 적용해야만 하는 적절한 보기가 된다.
　셋째 다시 짜 맞추기(재구성)의 원칙이다. 이는 논리의 완결성을 위한 원칙으로, 논리나 의미 전달을 효율적으로 문장이나 문단을 짜 맞추는 것을 말한다. 그리고 문단의 순서의 경우는 꼭 잘못되었을 경우에만 다듬는 것은 아니다. 순서를 바꿔 더 전달 효과가 좋은 것이라면 바꿀 수 있는 것이다. 아무튼 이러한 원칙에 따라야 할 것은 다음과 같은 경우이다.
　　1) 글의 흐름이 끊어진 경우
　　2) 논리 전개 순서가 바뀐 경우
　　3) 제목과 주제, 소재 등의 연결이 부자연스러운 경우

[개] 우리의 문화창조는 우리 겨레의 얼의 힘에 의한 것이며 또한 우리 겨레의 얼을 빛나게 하는 것을 지향한다. 우리가 언어의 세계상과 거기에 살아 있는 얼을 이해하면 언어가 역사를 이끌어가는 힘이라는 것을 쉽게 알 수 있다. 물론 이미 하나의 낱말이나 하나의 특수한 언어 표현이 역사를 지배할 수도 있다는 것을 부인할 수 없다. "평등" "우애" "자유"라는 말이 혁명의 불길에 부채질하였고 "은혜를 통한 구원"이라는 말이 종교개혁자의 마음에 초인적인 힘을 주었으며 "부르죠아"와 "프롤레타리아"라는 말을 모든 사람들의 사회를 관찰하는 눈을 일정한 형식으로 고정시킴으로써 역사를 뒤흔들어 놓았다. 이론적으로는 우리가 언어의 세계상이라는 것이 무엇인지를 알고 거기에 살아 있는 얼이 우리의 역사적인 삶에 대해서 무엇을 의미하는지를 알면 언어와 역사와의 관계는 분명해진다. 언어가 만일 훔볼트가 말하는 대로 참다운 "에네르기아"로서 한 민족의 전체적인 정신적 잠재력이 드러나는 길이라면 이것은 곧 역사를 이끌어가는 힘이다.

—이규호, 말의 힘, 99쪽

[내] 오늘날처럼 언어가 진리를 은폐하기 위해 오용된 때는 일찍이 없었다. 동맹의 배신이 유화(宥和)라고 불리고, 군사적 침략은 공격에 대한 방위로서 위장되며, 약소민족의 정복이 우호에 대한 방위로서 위장되며, 약소민족의 정복이 우호조약이라는 이름으로 행해지는가 하면, 전체 인민에 대한 잔인한 압박은 국가 사회주의의 이름 밑에서 범해지고 있다. 민주주의, 자유주의, 그리고 개인주의라는 말 또한 이러한 남용의 대상으로 된다.

—에리히 프롬, 자유로부터의 도피

7.2. 논제 해설

그동안 기출문제를 종합 분석해 보면 유독 '언어'에 관한 논제가 많음을 알 수 있다. 그것은 그만큼 언어 문제가 우리 생활에서 무척 중요하다는 또 다른 방증일 수도 있다. 상식적으로 생각해봐도 우리 삶의 모든 문제는 반드시 언어와 관련을 맺고 있으니 중요하다는 말 자체가 어설플지도 모르겠다. 논술에 관계없이 한 번 정도 진지하게 고민해 볼 필요가 있다. 우리 청소년들 자신들의 언어를 위해서라도.

이러한 중요성에 비해 학생들의 언어에 대한 또는 언어생활에 대한 인식은 낮은 편이다. 기껏해야 인간은 언어를 가진 고차원적 동물이라는 교과서적 명제나 아니면 언어는 공기와 같이 소중하다는 일반적 명제 수준에 맴돌거나 아니면 그저 무관심한 실정이다. 물론 이러한 실정은 학생들만의 잘못은 아니다.

그래서 먼저 우리는 논제를 풀어나가기 전에 학교에서 배운 언어에 관한 지식을 재점검할 필요가 있다. 언어에 대한 산지식을 갖추지 못한 것은 여러 이유가 있겠지만 먼저 언어를 문법 위주 또는 지식 위주로 배웠기 때문이다. 그러다 보니 실제 청소년들 자신이 쓰는 언어에 대해 적극적으로 고민하고 사유할 수 있는 실천적 기회가 적었다. 청소년 가수가 부른 '벌레'라는 노래는 비속어를 많이 썼다고 금지곡이 되었다. 어떤 교사는 교육청에 고발까지 했다. 단지 가사에 욕을 썼다고 금지할 뿐 아무런 맥락 설명이 없다. 이 노래가 노래로서 어떤 성격을 지니고 있고 무엇을 노래하고 있는지 의미 맥락은 아예 찾아볼 수가 없다. 우리는 이런 얘기 속에 무서운 언어 분할과 언어 모순이 깔려 있음을 알게 된다. 곧 표준어·고운 말은 정상 언어, 비속어·사투리는 비정상 언어라는 불평등 분할이다. 정상, 비정상 등으로 나누는 것도 잘못이지만 설령 그런 분류를 할 수 있다 하더라도 언어의 가치는 언어를 어떤 방식으로 사용하느냐는 맥락에 달려 있는 것이지 미리부터 정해져 있는 것은 아니다. 사투리는 사투리대로 비속어는 비속어대로 나름대로의 기능과 역할, 효과가 있는 것이다. 이러한 비정상 분할은 학교 교육과 학자들의 문법 연구를 통해서 재생산되고 있다. 학교에서는 다양한 층위의 언어와 그 다양한 의미를 가르치지 않고 표준어만을 국어라고 가르친다. 국어를 우리말이라고 한다면 표준어만이 우리말은 아니지 않은가. 국어학자들은 표준어에 대한 문법 체계를 우리말 문법, 국어 문법으로 이름 짓는다. 그렇다고 나는 표준어를 부정하자는 것은 아니다. 표준어가 제도 권력의 의미 전달에 쓰이기도 하지만 우리는 표준어를 사용해 저항 담론도 생산할 수 있기 때문이다.

결국 언어는 공기와 같이 무조건 소중한 것은 아니다. 공기는 환경보호를 위한 투쟁 속에서 그 소중한 가치가 발견되는 것이지 무조건 소중한 것은 아니다. 언어도 우리가 어떤 맥락에서 어떤 방식으로 실천하느냐에 따라 소중한 가치가 자리매김될 것이다. 물론 다양한 삶의 실천 가운데 언어실천만이 중요하다는 것은 아니다. 그렇지만 언어실천을 삶의 중심부로 끌어오지 않는다면 우리는 언어의 감옥에 갇히는 것이다. 이는 언어의 사회적 영향력이 큰 정부 담론, 언론 매체에서 대다수를 차지하는 수구 보수 언론 담론, 소비자의 눈을 어지럽히는 상업 담론 등을 보면 알 수 있을 것이다. (담론이란 말은 권력이나 맥락에 따른 언어 사용을 말한다.) 우리가 추구하는 언어의 자유는 적극적인 언어실천, 모두에게 이로운 삶의 질적 변화를 위한 언어 전략을 이룰 때 가능할 것이다.

언어가 맥락에 따라 다양한 효과가 있다는 점을 '신토불이'라는 말을 이용해 이 문제를 더 생각해 보자. 이 말은 단지 '우리 것이 소중하다'는 뜻일 수도 있으나 누가 어떻게 쓰느냐에 따라 극단적인 효과에서부터 다양한 효과가 가능하다. '신토불이'라는 말은 김영삼 정권이 농촌을 죽이는 살농정책을 펴면서 나온 말이다. 그렇다면 정부가 이런 말을 쓴다면 거짓이거나 그러한 살농정책을 은폐하는 농민을 우롱하는 말이 될 것이다. 물론 살농정책 속에서도 이 땅과 이 땅의 먹거리를 지켜온 농민들에게는 그리고 체질과 영양 효과를 중요하게 여기는 사람들에게는 '우리 것이니까 소중하다'일 수 있다. 농산물 유통업자들에게는 '우리 농산물이니까 봉이다'라는 의미일 것이다. '신토불이'라는 말의 의미는 이렇게 다양하다. 정부쪽의 의미로 쓰였다고 해서 이 말을 버릴 필요는 없다. 문제는 그 비열한 의미를 폭로하고 실제로 우리 것이 소중할 수 있는 의미 생산을 위한 전략으로 끌어 와야 한다. 농민과 농촌, 농업 생산물에 대한 올바른 정책과 인식이 이루어질 때 이 말의 소중한 의미는 생명력을 얻는 것이다. 이런 노력 없이 이 말을 강조하면 그것은 말장난이거나 말을 이용한 사기가 된다. 정부의 정책만 믿고 우직하게 땅을 가꾼 사람들은 무엇인가. 주어진 논제에서 우리가 적극적으로 끌어내야 하는 것은 단순히 긍정, 부정을 단순히 풀이하는 것 아니라 이런 언어의 역동적 쓰임새를 주목해야 한다.

7.3. 논술 전략

7.3.1. 텍스트 분석의 문제점과 전략

주어진 글은 언어의 양면성을 담고 있지만 사실 그러한 양면성은 우리가 뻔히 알고 있는 것이다. 문제는 그러한 양면성을 어떤 방식으로 인식하느냐이다. 곧 주어진 텍스트는 단지 언어가 역사 변혁의 힘으로 작용할 때와 오용으로 사실이나 진실을 은폐하는 역할을 할 때를 대비하고 있지만 그렇다면 우리는 누가 왜 그런 언어에 그런 힘을 부여하는가에 초점을 맞출 수도 있고 아니면 어떤 맥락이나 상황에서 그런 기능을 하는가에 초점을 맞출 수도 있다. 그런데 대부분의 학생들은 단지 양면성 풀이에만 그치고 있다.

(… 중략 …) 제시문 〈가〉에서는 언어가 역사를 이끌어가는 힘이라 했다. 언어로써 역사가 발전했다는 것이다. 자유 평등 같은 단어로 말미암아 혁명이 고조되었고 부르 죠아와 프롤레타리아와 같은 말로 역사를 뒤흔들었다는 것이다. 언어는 힘이고 특히 나 예전의 선사 시대로 돌아가 보면 언어로 역사가 만들어지진 않았다. 역사가 만들어 지다 보니 언어가 발생한 것이고 언어가 발생함으로써 단지 기술하거나 구전으로 남 길 수 있게 된 것이다. 특히 요즘같이 언어 때문에 피해 입는 일이 다분한 사항에서 과연 민족의 얼을 함축한 것이라 할 수 있을까 의문스럽다.

제시문 〈나〉에서는 진리를 은폐하기 위해 언어가 발생한다고 했다. 약소민족의 정 복을 우호에 대한 방위로 위장하고 전체 인민에 대한 압박은 국가 사회주의로서 위장 된다는 것이다. 언어의 발생은 결국 강자의 입장에서 나온다는 것이다. 얼마 전 환경 보호를 위해 프레온 가스를 줄이자는 그린라운드 역시 강자인 선진국들의 이해타산에 맞게 만들어진 말이다. 또한 우루과이 라운드라는 단어 역시 선진국들의 우역에의 확 대를 위한 깨끗한 뜻 속에 검은 잇속이 숨어 있다. 현대는 생존경제의 시대이다. 남을 먼저 이기고 보자는 심리가 잠재해 있는 시대이다. 그러니 자연히 강자들의 세상이 되 어 가는 것이다. 그러다 보니 언어라는 막강한 무기가 강대국 강자들에게 넘어가 버린 것이다. 언어의 발생이 순수한 의미라기보다는 특정계층이나 특정 국가를 위해 만들 어졌다는데 문제가 있는 것이다. (… 중략 …)

언어의 양면적 기능을 강조하다 보면 일종의 언어 중심주의 오류에 빠질 수가 있다. 이를 테면 한글전용을 해야 민주주의가 이루어진다는 등 국한문 혼용을 해야 전통문화 계승이 가 능하다는 식의 논리 말이다. 그렇다면 차라리 아래와 같이 언어보다 사회를 강조하는 전략 이 더 바람직할 수 있다.

(… 중략 …) 현대 삶은 단순히 언어의 영향을 받지 않는다. 도리어 더 많은 영향력 을 언어에 미치고 있는 것이다. pc통신의 언어 사회를 살펴보면 처음 입문한 사람들을 어리벙벙하게 한다. 소리 나는 대로 쓰거나 단축된 언어가 쓰기 때문이다. 이는 좀 더 편하고 빠르게 말을 전달하고자 하는 현대인의 심리가 작용한 것이다. 또한, 편지나 문서를 활발히 이용했던 과거와는 달리 TV, 라디오와 같은 대중매체의 발달은 구어체 를 발전시켰고 이에 여러 유행어가 편승하여 그 수가 증가하기도 하였다. (… 중략 …)

다음으로 텍스트 분석에서 문제가 되는 것은 많은 학생들이 너무 일반적인 명제에 기대 고 있다. 두 학생의 첫 문단을 보자.

언어는 세계라는 틀 속에서 생성, 성장, 소멸의 과정을 반복해 왔다. 이러한 순환의 과정 속에서 언어는 인간 삶의 제반에 걸쳐 수많은 중심적 보조 역할을 해왔다. 초기에 인간이 언어를 단순히 인간 상호 간의 교류로 보았던 것과는 다르게 현대에 이르러서는 언어를 대하는 태도도 그 시대의 상황에 따라 상이하게 변하게 되었다. 이는 단순히 언어가 의사소통의 수단이 아닌 시대의 반영물임을 암시하는 것이다.

― 이유라

우리는 일상생활이나 직장생활 어디에서든지 말을 하며 살아간다. 즉 말을 하지 않고서는 단 하루도 누구와 더불어 살아갈 수 없다. 인간의 역사가 시작될 때부터 발전의 정도가 다를 뿐 언어는 인간 생활에 없어서는 안 될 부분이었다. 또한 세계의 여러 나라들이 자기들만의 고유한 언어를 씀으로서 다른 집단과는 다른 자기들만이 가질 수 있는 민족적 공감대를 형성하기도 하였다. 우리나라도 한글을 씀으로서 한민족의 감정을 공유해 왔다. 그러나 요즘 도심가의 거리에서는 한글보다 외래어가 적힌 간판이 많고 일상에서 쓰는 말속에도 외래어가 지나치게 쓰여 어색하게 느껴질 때가 있다. 이러한 상황에서 언어에 대한 논의는 우리가 해야 할 일을 제시해 줄 것이다.

― 한진희

언어가 생성, 성장, 소멸해왔다는 명제는 구체적인 문제설정에 아무런 도움을 주지 못한다. 그리고 주어진 텍스트는 변화를 얘기하는 것이 아니라 상황에 따라 달라진다는 역동성에 초점을 둔 것이기 때문이다. 우리가 늘 말을 하며 살아간다는 것도 너무 일반적이다. 이런 명제에 따라서는 제대로 문제설정이 되지 않는다. 이를테면 소크라테스는 왜 죽었는가를 논증하라고 했더니 "인간은 죽는다, 소크라테스는 인간이다"라는 일반적 명제로 출발하는 것이 무슨 의미가 있겠는가. 그보다는 소크라테스가 왜 그 당시에 청년들을 모아놓고 자신의 생각을 폈는지 그러한 행위가 그 당시 실정법에 왜 어긋났는지 그 당시 집권층은 왜 소크라테스를 싫어했는지 등을 따지는 것이 더 효율적이다.

다음으로 텍스트 분석에서 중요한 것은 어떤 관점에서 분석해 내느냐이다. 곧 언어 문제를 긍정적 관점에서 주로 볼 것인지 아니면 부정적 관점에서 볼 것인지 또는 앞에서 많이 강조한 역동적 관점에서 볼 것인지를 분석해 주어야 한다. 그러다 보면 아래 학생과 같이 언어 사용 주체 관점에서 볼 수도 있을 것이다.

지문에 드러난 두 견해는 언어를 민족 결속력의 원동력이며 역사를 잇는 힘이라고 보는 긍정적인 것과 언어는 사물·상황 등을 정의할 수 있지만, 악행 등을 좋은 '포장지'로 가려주거나 오히려 그런 해동을 조장한다는 것으로 서로 다르게 평가하고 있다. 우선 후자의 견해를 살펴보면 언어는 진리를 은폐하기 위해 오용되고 있다고 했는데 이는 언어의 기능 자체에 문제점이 있는 것이 아니라 무엇인가를 정의하는 언어의 기능을 사용할 때 개인이나, 단체, 국가 그러니까 주체가 잘못 사용했기 때문에 발생된 것이라고 나는 생각한다.

그리고 대부분의 학생들이 긍정 관점과 부정 관점을 균형 있게 논의하여 틀에 박힌 논술을 하고 있다. 아래 학생처럼 특정 관점을 강조하는 전략을 적극적으로 생각해볼 필요가 있다.

우리는 일상생활에서 언어를 사용하면서도 언어의 기능을 제대로 파악하고 있지 못한 것 같다. 우선 언어가 없다면 우리의 의사소통은 불가능하다는 것은 뻔한 일이거니와 같은 언어를 쓰는 한 민족 간에도 어떤 느낌조차 공유하지 못할 것이다. 그렇다고 하여 언어의 긍정적 측면만 있는 것은 아니다. 특히 오늘날처럼 언어를 함부로 남용·오용함으로써 얻어지는 폐해가 더 크다 하겠다. 내가 이 글에서 역사를 이끌어가는 힘으로서의 언어보다 진리를 은폐하기 위한 수단으로서의 언어를 더 주목하는 이유가 거기에 있다.

7.3.2. 현대 사회, 우리의 삶에 적용하기 전략

주어진 텍스트에서 설정한 문제설정이나 관점설정을 지금 우리의 삶에 적용하는 전략에서 중요한 것은 구체적인 문제를 끌어와 논증하는 전략이다. 텍스트 분석에서 이미 문제설정이나 관점이 설정된 것이므로 적극적이면서도 자연스러운 적용을 잘하기만 된다.

먼저 논거설정 전략에 대해 생각해 보자. 역시 많은 학생들의 오류는 논거를 자신들의 삶속에서 찾기보다는 너무 멀찍이서 찾는다는 것이다. 세 학생의 논거설정을 보자.

먼저 우리는 언어의 기능에 대해 알 필요가 있다. 무엇보다도 언어는 단지 '언어' 자체의 의리를 띄는 의사소통에 있고 어떤 사물에 대한 명명의 방식으로 단지 도구적으로 쓰인다. 이보다 더 나아가 언어는 무엇인가 이루어 내는 힘을 가진 엄청난 힘과도 같다. 즉 언어의 창조적 측면이 그것이다. 그런데 이런 창조적 측면에서도 긍정적인 면과 부정적인 면을 찾을 수 있다. 긍정적인 측면으로 언어 자체의 존재 만으로도 그것을 검증할 수 있다. 과거 몇 천 년 동안 나라를 잃은 유태인들은 그들의 언어를 유지했기에 20C에 나라를 세우는 기초를 마련할 수 있었던 것이다. 만약 그들이 그런 언어가 없었다면 나라를 세웠어도 민족이 하나로 통합될 수 없었고, 곧 분열되어 흩어 졌을 것이다. 그리고 우리는 난 내일 무슨 일 (봉사활동)을 할 거야 하고 작정하면 그 말에 맞게끔 행동을 하고 만약 행동을 하지 않았더라도 머릿속에는 자신이 그렇게 행 동하지 않은 것에 대해 깊은 반성의식이 있을 것이다.

— 허봉영

언어는 현재의 세계상을 반영하며 그 속에서 역사는 계속 흐른다. 1994년도에 YS는 '문민정부'를 내세워 초기에 국민들의 긍정적 평가를 받으며 역사의 기록에 남게 되기 도 하였다. 문민정부 시대를 맞아 새롭게 단장되는 것도 많았으며 마치 유행어처럼 여 러 사람들의 입에 오르내렸다. 그러나 사실 시간이 흘러 되돌아보면 하나의 공략에 불 과한 것이었다. 그리고 현재 국제 통화기금에서 자금을 원조받고 있는 우리는 경제적 으로 착취당하던 일제 치하 때 일본인들이 보기 좋게 포장했던 '신탁통치'라는 말을 다 시 사용하고 있다. 우리나라의 경제적 위기를 극복하기 위해 달러를 빌려 준다고는 하 지만 사실상 뒤에서는 경제적 압박을 상당히 가하고 있어 우리는 꼭두각시나 다름없다.
한편, 언어는 겨레의 얼을 계승하고 발전시킨다. '동방예의지국'이라고 일컬어지는 우리나라는 현재 겸손하지 못하고 예절 없는 경우가 있지만, 선조들이 만들어 낸 그 언어 때문에 자긍심을 갖고 고치려 애쓰며 굳은 자부심을 갖고 있다. 또 '백의민족'이 라는 언어 때문에 우리 민족은 항상 깨끗하고 청렴결백하게 살아왔다고 생각하며, 옛 조상들의 얼을 그 언어로 계속 이어받아 오고 있는 것이다. 그리고 언어는 새로운 문 화를 창조하기도 한다. 그래서 그것이 사회를 변화시키기도 하고 사고방식의 차이를 가져오기도 한다. 소위 'X세대'라는 말이 등장하면서 젊은 층이 주도권을 이어받았다. 10대 후반이나 20대 초반인 사람들 모두 자신이 X세대에 속한다고 생각한다. 그 언어 가 유행처럼 되자 그들을 겨냥한 상품이 쏟아졌다. 무시할 수 없는 우리나라 소비층이 되었기 때문이다. 연극, 영화 등의 예술이나, 스포츠 등의 문화 활동에서 X세대들의 역할이 컸다는 것은 부정할 수 없다.

— 최선태

위에서 '유태인 언어' 문제는 상투적 논거일 뿐 아니라 적절하지 않다. 왜냐하면 유태인들 이 자신들의 옛 땅으로 돌아갈 수 있었던 것은 언어 자체를 보존해서라기보다는 그들만의 독특한 교육체계인 '탈무드'와 그런 교육방식을 흩어져 살고 있는 각 지역에 유연하게 적용 하며 살아왔기 때문이다. 물론 그들의 언어에 대한 자세가 중요하지 않다는 것이 아니라 언 어는 여러 요인 가운데 하나일 뿐이라는 것이다.

이러한 논거가 옳고 그른 것을 떠나 아쉬운 것은 왜 논거를 멀리서 찾느냐는 것이다. 우리 청소년과 관련된 '신세대', 'X세대'라는 말, 아니면 '범생, 왕따, 은따, 반따, 전따' 등 청소년 은어, '안냐세여, 고딩어여(안녕하세요, 고등학생입니다)'와 같은 통신언어 등 학생들과 직접 관련된 생생한 언어로 지금 우리의 삶을 분석하고 적용하면 글이 활기차고 개성 있어 보이지 않겠는가.

이제 이 논술을 이용해 우리들의 언어를 돌아다보고 좀 더 적극적인 자세로 언어생활에 참여해 보자. 왜 아이들이 모범생을 '범생'이라 부르고 따돌린다는 은어가 유행을 하는지 그 맥락을 짚어보자. 맞춤법이나 문법 지식에 따라서가 아니라 바로 여러분들의 욕망과 갈등의 문제로 말을 해 보자. 글을 써 보자.

7.4. 개별 강평

[1] 우리는 흔히 인간과 동물의 구별 기준으로써 '언어'를 제시하곤 한다. 그 이유는 언어란 인간만이 갖고 있는 고차원적 특성이기 때문이다. 언어는 인간 생활에 지대한 영향을 끼쳐 왔으며 앞으로도 또한 그럴 것이다. 이제 인간이 언어를 사용한다는 것은 당연하고 보편적인 것이 되었다. 그렇다면 언어의 여러 기능 중 두드러지는 특성은 무엇이며, 언어와 사회의 관계에서 언어의 역할을 어떻게 보는가는 중요하게 되었다. 그에 따라 우리가 취해야 할 방법은 무엇인지도 매우 궁금하리라 생각된다.

[2] 인간사와 함께 발달해 온 언어는 그 역사만큼이나 많은 역할을 해왔다. 그중 두드러지는 특성으로는 제시문에서 밝힌 것으로써 언어는 역사를 이끌어가는 힘을 가지고 있다는 것이다. 좀 더 자세히 풀이하자면, 언어 속에는 민족의 전체적인 정신적 잠재력이 드러나는 길이 담겨 있으며 이것으로 역사가 나아가게 된다는 것이다. 반면, 언어는 인간의 사고를 고정화하는 역할을 하고 있다고 제시되어 있다. 이는 대부분의 사람들이 이름 붙여지고 호명하는 사물에 한해서만 그 존재를 알고 기억한다는 것으로도 알 수 있다.

[3] 또 다른 특성은 언어는 진리를 은폐하기 위해서 오용된다는 것이다. 그 예로, 대부분이 잘못된 일을 은닉하기 위해 듣기 좋은 말로 미화하는 경우이다. 그러나 방송 매체의 거대화와 수많은 서적 출판 등이 가속화되고 있는 이때에 그러한 식의 활용은 이미 통제 불가능하다. 요즈음은 외래어 등이 범람하고 있으며 한 개의 유행어가 쓰이는 기간이 매우 단축되었다. 또 상업적 정치적 목적으로 오용되는 언어도 적지 않다. 이것은 사회가 혼란스럽다는 것과 일맥상통한다고 할 수 있다.

[4] 이러한 때일수록 전 사회적인 노력이 필요하다. 이는 바로 국가적 차원의 사업으로 연결될 수 있다고 하겠다. 요즘 대부분의 사람들은 언어의 영향력을 대수롭지 않게 생각하거나, 언어에 대해서 아무런 생각도 없이 살아가고 있는데, 이들에 대한 대책이 필요하다. 따라서 대중 매체를 이용한 공익 광고 등을 적극 활용해야 하겠다. 덧붙여 국민 개개인 각자가 언어를 올바로 사용해야 한다. 언어는 인간의 사고를 고정화하는 기능이 있다고 했다. 그러므로 오히려 어린 시절부터 교육으로서 언어의 바른 사용을 가르치고 익히도록 해야 한다. 왜냐하면 교육이란 가장 효과적이고 근본적인 해결책이기 때문이다. 이것은 바로 언어의 특성을 역이용한 것이라 할 수 있을 것이다.

[5] 언어의 사용은 인간만이 가진 고유 특성이며, 현대 사회로 다가올수록 언어가 인간 생활에 미치는 힘은 점점 더 커져 왔다. 그러나 세상 모든 만물이 긍정적 측면만을 가지고 있지 않듯 언어 또한 긍정적, 부정적 측면을 모두 가지고 있으며, 그 영향력 또한 막대해졌다. 따라서 이 중 하나만을 지니게 하는 일은 불가능할 것이다. 언어가 가진 여러 특성을 바르게 인식하여 되도록 긍정적 측면만이 더욱 부각되도록 노력해야 한다.

— 조성화

Ⅰ. 서술 내용의 이해력 및 창의성

텍스트의 의도는 잘 이해하고 있으나 그것을 적극적으로 학생의 삶으로 이끌어와 재해석하는 창의력이 부족하다. 창의성이라는 것은 꼭 남과 다르다는 것이 아니라 우리들의 구체적인 삶에 대한 구체적 접근에서 오는 것이다. 전반적으로 교과서적 지식에 단순히 대입한 느낌을 준다. 생동적인 논거도 없어서 밋밋한 글이 되었다. 이런 명제들은 이런 짧은 글에서는 필요치 않다. 이런 전제는 이미 동의된 것이니까 곧바로 다양한 특성에 대한 논의로 들어가는 것이 좋겠다. 이런 추상적 진술에 많은 지면을 할애하다 보니 살아있는 좀 더 구체적인 논거가 부족하게 된 것이다.

Ⅱ. 논리 논증력

(1) 전반적으로 차분한 논리 전개라는 느낌을 주지만 치밀한 분석이나 자기표현이 없어 논술 형식에 꿰어 맞춘듯한 인상이다.

(2) 첫 문단은 너무 일반적이고 추상적인 문장으로 시작해서 문제설정을 흐리고 있다. 인간만이 언어를 가졌다고 하는 것은 교과서의 일반적 진술에서 그대로 따온 것으로 이 글의 논지와 직접 연결되는 명제가 아니기 때문이다.

(3) 두 번째, 세 번째 문단은 주어진 텍스트에 대한 단순 풀이에 그치고 있다. 우리들의 실제 생활과 관련하여 좀 더 구체적으로 분석을 해 주었으면 좋았을 것이다.

(4) [4]의 긍정적 기능을 위한 대안 제시는 좋다. 다만 전 사회적 노력이라고 하면서 그것을 주로 방송과 교육으로 한정한 것이 아쉽다. 청소년들 차원의 대책을 생각해 보았으면 좋겠구나. 독자투고나 통신을 이용한 다양한 방법을 생각할 수 있겠지. 다만 이 문단 마지막 문장은 참 좋다. 언어의 역동성을 활용하려는 좋은 전략이기 때문이다.

Ⅲ. 문장 표현력

(1) 마지막 문단은 역시 일반적 전제와 논지를 단순 되풀이한 듯하여 문장에 힘이 없다.

(2) 세 번째 문단에서 "대부분이 잘못된 일을 은닉하기 위해 듣기 좋은 말로 미화하는 경우이다"라는 표현은 "대부분의 잘못된 일은"로 바로잡아야 한다. 문제는 문장의 올바른 표현은 단순히 문법 규

칙이나 맞춤법을 지키는데만 있지 않다는 것이다. 미화했다는 것은 누가 그렇게 왜 하느냐에 대한 맥락이 담긴 문장이 필요하다는 것이다.

연습　다음 한 편의 글을 분석해 보면서 어떻게 고칠 것인가에 대해 생각해 보자.

[Ⅰ] 얼마 전 한 학생이 동생을 살인한 사건이 있었다. 그 학생은 평범한 학생이 아닌 사이버 공간의 게임에 중독되어 있던 것이다. ①그 학생은 단지 사이버 공간에서의 행동을 현실 세계로 옮겼던 것뿐이었다고 말한다.

[Ⅱ] 이처럼 사이버 공간의 부정적 영향은 인간의 생명을 앗아갈 정도로 위험해졌다.

[Ⅲ] 인간은 누구나 지킬박사와 하이드씨 ②처럼 양면성을 지닌 존재이다. 그래서 인간의 악성으로 말미암아 발생하는 문제를 막기 위해 규칙, 규범, 법 등을 만들어 왔다.

[Ⅳ] 그러나 과학이 급속도로 발전함에 따라 억압을 받지 않고 자유를 누릴 수 있는 공간, 즉 사이버 공간이 탄생하게 된 것이다. 물론 ③실제 사건처럼 학생이 현실세계를 무시하지 않거나 소홀히 하지 않는다면 사이버 공간은 두말할 나위 없이 우리에게 이롭다고 할 수 있다.

[Ⅴ] 하지만 지킬박사와 하이드씨의 경우처럼 악은 선을 몰아내기 마련이다. 사이버 세계의 부정적 속성이 현실 세계의 긍정적 속성까지 몰아내는 우려는 충분히 있는 것이다.

[Ⅵ] ④사이버에서는 주로 익명으로 만나게 된다. 그래서 언어폭력은 물론이거니와 표준어 파괴 현상까지 나타나고 있다. 이는 사이버 공간의 주 이용자가 젊은 세대여서 그들 기준에 맞추어져 있어 발생한 것이라 할 수 있다.

[Ⅶ] 그리고 정보의 양이 ⑤ 다양해지고 발달할수록 형평성의 문제는 더 심화될 것이다. 정보를 소유한 사람과 소유하지 않은 사람, 또 그러한 국가 간, 그리고 고소득층과 저소득층 간의 정보 소유량은 엄청나게 차이가 있다. 예를 들어 시골에 사는 학생과 도시에 사는 학생을 비교해 보라. 도시의 부유층 학생은 풍부하고 다양한 정보를 접할 기회가 많으며 시골에 사는 학생은 아예 컴퓨터를 접하지 못할 수도 있을 것이다.

[Ⅷ] 그리고 인터넷이 겉으로는 익명으로 소통되는 것처럼 보이지만 사실은 엄청난 개인정보가 유출되고 있다. 대부분의 주요 사이트가 실명 회원 가입을 의무화하고 있기 때문이다.

[Ⅸ] 마지막으로 사이버 공간의 중독성은 엄청난 화를 일으킨다. 자신이 수행할 역할과 의무를 잊게 되고 시간을 허비하게 된다. 그리하여 인간이 아닌 마네킹에 불과한 사람으로 전락하게 되는 것이다.

[Ⅹ] ⑥우리는 몇 가지 사이버 세계의 부정적인 면에 대해 살펴보았다. 물론 사이버 세계가 부정적인 면모만을 가지고 있다는 것은 아니다. 다만 부정적 속성이 긍정적 속성을 몰아낼까 그것이 우려되는 것이다.

[ⅩⅠ] 이미 사이버 세계는 현실 세계를 지배해가고 있다. 지킬박사와 하이드씨처럼 미래의 불행을

막으려면 사이버 공간을 유용하게 이용할 수 있는 전략이 필요하다. 그 전략을 위해 욕망을 절제하고 사이버 공간과 현실 세계의 대립성을 신중히 검토해 볼 필요가 있다.

위 글을 먼저 단어·어구·문장 차원에서 보자.

①문장에서 '현실세계에서'는 '현실세계로'의 잘못이다. 그리고 이 문장처럼 제시문 내용을 그대로 옮기거나 단순 설명하는 문장은 최대한 자제해야 한다. 사실 [Ⅰ]문단부터 [Ⅴ]문단까지는 한 문단으로 처리할 만한 내용들이다. 지은이만의 독특한 문제제기를 위해서라면 이렇게 길 수도 있겠으나 제시문 내용을 다시 설명하는 차원에서 이렇게 많은 문단을 설정할 이유가 없는 것이다. 첫 문단은 자신의 핵심적인 문제제기가 선명하게 드러나도록 해야 한다.

다섯 문단을 한 문단으로 줄여보면 이렇게 된다. '사이버 게임에 중독된 학 학생이 동생을 살인한 사건이 일어날 만큼 사이버 공간의 부정적 영향은 인간의 생명을 앗아갈 정도로 위험해졌다. 인간은 누구나 지킬박사와 하이드씨처럼 양면성을 지닌 존재이다. 그래서 인간이 악성으로 인해 발생하는 문제를 막기 위해 규칙, 규범, 법 등을 만들어 왔다. 그러나 과학이 급속도로 발전함에 따라 억압을 받지 않고 자유를 누릴 수 있는 공간, 즉 사이버 공간이 탄생했지만 인간의 양면성 문제는 더욱 심화될 것이다. 지킬박사와 하이드씨의 경우처럼 사이버 세계의 부정적 속성이 현실 세계의 긍정적 속성까지 몰아내는 우려는 충분히 있는 것이다.'

②, ③에서의 '처럼'은 조사이므로 앞 단어에 붙여야 한다. ③의 "실제 사건에서처럼"은 "실제 사건처럼"으로 줄이는 것이 좋다.

④는 전달하려는 핵심 주제가 분명하지 않다. 한 문단은 하나의 주제를 집약적으로 보여주는 것이 좋다. 이 문단에서는 익명 때문에 일어난 문제의 심각성을 지적하려는 것인지 그러한 문제의 원인(세대 문제)을 규명하려는 것인지가 분명하지 않다. 앞 문단에서 인간의 양면성을 중심으로 사이버 문제를 제기하였으므로, 이 문장은 그러한 논의를 발전시키는 방향으로 써야 한다. 그러니까 이런 식으로 하면 좋지 않을까. '사이버의 하이드 속성은 익명성에서 발생한다. 그러한 익명성 때문에 언어폭력, 언어파괴 등의 심각한 현상이 벌어지고 있는 것이다. 사이버 이용자가 주로 젊은 세대라는 측면에서 익명성 문제는 세대 간의 갈등 문제까지 유발할 수 있다.'

⑤는 '-지'가 피동 접미사이므로 한 단어이다. 붙여서 써야 한다.

⑥과 같은 문장은 되도록 자제하는 것이 좋다. 앞에서 한 얘기를 집약하고 호흡을 고르기 위해서이긴 하지만 이처럼 짧은 논술에서는 되도록 군더더기 문장을 최대한 줄일 필요가 있다.

논리적 구조 분석을 해 보면, 이 글은 크게 [Ⅰ]-[Ⅴ]의 문제제기 부분, [Ⅶ]-[Ⅸ]까지의 핵심 논증 부분, [Ⅺ]-[Ⅻ]의 마무리 부분으로 나눠 볼 수 있다. 이렇게 보면 문제제기 부분이 지나치게 길어 산만한 느낌을 준다. 그리고 논술은 문제제기와 주장은 짧게 하고 논증을 길게 하는 것이 좋다. 논증은 주로 사이버 세계의 문제점을 지적하고 있다. 문제는 사이버 세계와 현실 세계와의 관계를 어떻게 설정할 것인가이므로 문제점 지적에 그쳐서는 곤란하다.

그런 문제점을 바탕으로 관계설정을 어떻게 해야 할 것인가에 집중해야 한다. 그리고 첫 번째 글을 중심으로 논의를 전개하라는 것은 인간의 양면적 속성이나 다양한 정체성을 바탕으로 논의하라는 것이므로 사이버와 현실의 문제를 그런 쪽으로 몰아가야 한다. 그런데 지은이 학생은 사이버 문제점 분석 위주로 써서 논의의 초점을 제대로 살리지 못해 아쉽다.

물론 마지막 두 문단에서 논의의 중심 방향을 언급했으나 사실 그런 점을 더 논증했어야 했다. [Ⅰ]-[Ⅴ]를 대폭 줄이고 일반적인 사이버 문제 지적보다 인간의 다양한 속성과 사이버 문제를 연결하는 논증을 충분하게 밝혔어야 했다.

8 | 마무리

다양한 분야의 방대한 저술을 남긴 대천재 정약용 선생도 한 편의 글을 발표하기까지 무려 100번 넘게 고쳐쓰곤 했다고 한다. 사실 그 누구의 글도 완벽한 글은 없다. 끊임없이 고쳐쓰는 과정이 있을 뿐이다.

교사는 완벽하게 고쳐주는 사람이 아니라 잘 고치게끔 이끌어 주는 사람이다. 그런 의미에서 고쳐쓰기 관점부터 고쳐쓰기의 다양한 전략까지 살펴보고 실제 예시를 들어 보았다. 학습자들이 스스로 그리고 더불어 고치며 치열하게 한 편의 글을 완성하게 하는 길이 중요하다.

18장 채점과 첨삭을 활용한 논술 지도

1 | 머리말

채점과 첨삭이 논술에 대한 욕구와 능력을 부추기는 과정이 되어야 한다. 그렇다면 채점과 첨삭이 학생들의 글쓰기 촉발제가 되고 능력 향상의 기제가 되려면 어떻게 해야 하는가.

채점과 첨삭이 분명 평가 부문이긴 하지만 우열 평가에 머물러서는 안 될 것이다. 특히 첨삭은 학생 글과 그 학생의 내면세계와의 만남의 장이다. 그만큼 어렵기도 하겠지만 긴장감이 느껴지는 즐거운 상호작용이 될 수 있다. 그러기 위해서는 첨삭을 위한 첨삭이 아니라, 토론과 대화의 과정으로 설정되어야 한다.

2 | 채점의 여러 문제와 방향

입시논술에서 논제와 더불어 문제가 되는 것이 채점이다. 논제가 가시적인 조건이요 제약이라면 채점은 은밀한 조건이요 제약이다. 논술이 아무리 좋은 입시제도라 할지라도 채점의 공정성이 확보되지 않으면 정착되기 어렵다.

채점기준은 각 학교마다 비슷하거나 공통된 부분도 있지만 전체적으로 보면 다르다. 그리고 일반 교육현장에서 대학의 채점기준을 따를 필요는 없다. 그러나 일단 대학들이 어떤 기준으로 채점을 하는지 비판적으로 검토할 필요가 있다. 이런 논의를 바탕으로 일반 교육현장에서 채점과 첨삭을 어떻게 할 것인지에 대해 생각해 보자. 지금과 같은 논술시험 초기 (1996년도) 단계에는 각 대학들의 기준이 사뭇 달랐다. 지금은 많이 비슷해졌지만, 그 당시에 상당히 달랐던 점을 봄으로써 채점기준이 글의 수준이나 성격 규정에 얼마나 영향을 끼치는지를 알아보겠다. 이를테면 그 당시 채점기준을 자세히 밝힌 세 대학 채점기준을 비교해 보면 다음과 같다.

연세대			서강대			한양대		
조건	점수	점수비율(%)	조건	점수	점수비율(%)	조건	점수	점수비율(%)
형식	5	12.5	형식	10	20	형식	15	25.0
주제 이해	10	25.0	주제	10	20			
구성	5	2.5	구성	10	20	내용	25	41.7
참신성	10	25.0	표현력	10	20			
사실성	10	25.0	체제	10	20	논리	20	33.0

먼저 주의할 것은 조건 용어가 같다고 해서 그 기준이 똑같은 것은 아니다. '형식' 조건만 보자.

연세대에서는 언어 사용의 규범성과 문맥의 논리성, 문장의 표현력을 모두 형식조건으로 보았다. 그러나 서강대에서는 표현력이 형식 외 조건으로 독립되어 있고(한양대는 표현력이 논리 영역에 들어가 있다.) 한양대는 맞춤법과 원고지 사용법, 문장의 정확성 등을 형식조건으로 본다고 했다. 논리를 연세대에서는 형식조건으로 본 데 반해 한양대는 독립된 항목으로 설정했다. 서강대는 형식조건이 구체적으로 무엇인지 공개하지 않아 잘 알 수 없다. 연세대의 경우에는 주제 이해라는 조건이 정확히 무슨 의미인지 알 수 없다. 출제자의 의도 파악인지 아니면 그 의도에 따른 전체 주제설정인지가 불명확하다. 한양대에서는 분량 지키기 등을 상대적으로 큰 비중으로 쳤으나 연세대에서는 그다지 중요한 요소로 치지 않았다. 이런 식의 채점 기준대로라면 각 기준별로 가중치가 달라 한 학생의 똑같은 논술이라 하더라도 학교에 따라 점수가 다르다는 결과가 나온다. 이를테면 논리력이 우수한 학생은 연세대보다는 한양대에서 더 높은 점수를 받을 수 있고 표현력이 좋은 학생이라면 서강대가 유리할 것이다. 형식조건이 같다 하더라도 각 학교 비율이 다르다.

여기서 우리는 채점기준 설정의 중요한 철학이 무엇인가를 생각하지 않을 수 없다. 흔히 공정성이라는 말을 제일 먼저 내세우지만 무엇이 공정성을 뜻하는지는 명확하지 않다. 채점

기준 설정의 공정성을 얘기하는 것인지 아니면 채점하는 과정, 곧 누가 어떤 과정을 거쳐 점수를 냈느냐가 공정한 것인지 잘 알 수 없다는 것이다. 우리 상식대로라면 둘 다일 것이다. 그렇다고 공정성이 단지 객관성으로 자리매김되어서는 안 된다. 왜냐하면 논술은 논리 교육이 아니기 때문이다.

그렇다면 공정성은 이 책에서 강조하고 있는 삶쓰기로서의 논술교육론이라는 목표를 토대로 해야 한다. 이런 측면에서 보면 맞춤법이라든가 서론-본론-결론이라는 틀을 잘 지켰느냐는 형식적인 조건은 지나치게 높게 책정되어서는 안 된다. 삶쓰기 논술에서 중요한 것은 왜 그런 주장을 하게 되었는가 하는 맥락이 중요한 것이고, 그 맥락은 내용에 속하기 때문이다. 그렇다고 나는 내용과 형식을 이분법적으로 나누고 있는 것은 아니다. 일부 학교에서 형식 요소에 지나치게 배점을 하는 것을 비판하고 있다. 그러므로 요즘 대학들이 대체로 일관성 있게 적용하고 있는 '논증 : 40%, 독창성 : 40%, 형식 : 20%' 정도의 비율이 적절하다고 본다. 성균관대에서도 이와 비슷한 비율을 발표한 바 있다(1998학년도).

성균관대 1200자 내외 논술의 채점 기준표

1. 분량
   ① 총분량이 1,080자 미만인 경우(120자 부족당).   6점씩 감점
   ② 총분량이 1,320자 초과의 경우(120자 초과당).   4점씩 감점

2. 문장력
   ① 어휘 구사력 : 풍부하고 유창한 정도.   상 : 20〜18점
   ② 어법에 맞는 문장 : 틀린 정도.   중 : 17〜14점
   ③ 맞춤법, 띄어쓰기 : 틀린 정도.   하 : 13〜10점

3. 논리성
   ① 현실의 구체적인 상황 하나를 제시했다.   상 : 40〜36점
   ② 제시한 현실의 상황이 로크의 소유권 이론을 정당화 했거나 반대할 때 적절한 이유와 논거를 제시했는가.   중 : 35〜30점
   ③ 하 : 29〜12점

4. 독창성
   ① 제시된 현황과 견해가 얼마나 참신한가.   상 : 40〜36점
   ② 논거에 동원된 사례는 얼마나 참신한가.
   ③ 제시문의 분석, 활용에서 깊이 있는 통찰과 참신한 관점은 어느 정도인가.
        중 : 35〜30점
   ④ 얼마나 참신하게 발상과 논의를 전개하였는가.
        하 : 29〜12점

1. 서술 내용의 이해력 및 창의성 : 40퍼센트

   ① 주어진 제시문과 질문의 내용을 이해하고 있는가.

   ② 일상생활에서 참신하면서도 다양한 사례를 들고 있는가.

   ③ 논제에 대해, 사회적인 영향을 다각적으로 포착하고 있는가. 특히, 인문계는
     긍정적·부정적인 영향 관계를 동시에 고려하였는가.

   ④ 주어진 제시문의 사례에서 맴돌고 있지는 않은가.

   ⑤ 주제에 대한 해석과 접근 방법이 참신한가.

   ⑥ 사례의 영역이 개인의 삶에만 국한되어 논의되고 있지는 않은가.

2. 논리 논증력 : 40퍼센트

㉮ 내용상의 논리성

   ① 사례에 드러난 사회적인 영향을 합리적으로 설명하고 있는가.

   ② 각 사례와 영향 관계(인과관계)의 서술이 논리적으로 합당한가.

   ③ 단순한 나열, 또는 제시문의 예에 대한 단순한 대입식 서술은 낮게 평가한다.

   ④ 전체의 글이 일관된 논지로 통일되어 있는가.

㉯ 문장 구성상의 논리성

   ① 각 문단의 구성이 적절한가.

   ② 각 문단이 '소주제'를 포함하고 있는가. (각 문단의 완결성이 보이는가.)

   ③ 문단의 소주제와 사례의 내용이 일치하는가.

   ④ 문단 간의 연결 또는 문단 내 내용 간의 연결에 논리의 비약은 없는가.

3. 문장 표현력 : 20퍼센트

   ① 띄어쓰기와 맞춤법이 제대로 되어 있는가.

   ② 문단이나 문장의 연결이 매끄럽고 합리적인가.

   ③ 상투적 표현이 남발되고 있지 않은가. (어휘 및 표현이 참신한가. 동어 반복
     이 있지 않은가.)

   ④ 분량의 과소·과다.

    성균관대의 경우에는 독창성 40점, 논리성 40점, 문장력 20점이므로 연세대와 비슷한 비율이긴 하지만 분량을 독자적인 항목으로 높게 책정했으므로 형식요건의 비중이 높은 셈이다. 연세대에서는 분량이 크게 모자라면 점수를 깎지만 많이 쓴 경우는 깎지 않는다. 그것은 짧은 시간에 발휘한 능력의 일종이기 때문이다.

    위와 같은 기준설정에서 문제가 되는 것은 독창성 부문이다. 참신하다는 것이 상대적일 수 있기 때문이다. 어떤 논거가 평소에 비해 참신한 것이라도 많은 학생들이 그 논거를 들

면 참신하지 않을 수 있다. 그러니까 채점기준은 위와 같이 설정된다 할지라도 실제 점수 효과는 문제나 시간에 따라 달라질 수 있다. 그리고 엄격히 말하면 독창성이라는 것은 글 전체의 맥락에서 나오는 효과이다. 그리고 형식 측면은 맞춤법과 문장 쓰기, 분량 등으로 제한해야 한다. 왜냐하면 문단 구성이나 논리 전개도 형식조건으로 볼 수 있지만 이는 논증력에 더 가깝기 때문이다. 그러므로 연세대 기준에서 형식기준 '문단이나 문장의 연결이 매끄럽고 합리적인가.'는 논증력에 넣는 것이 합리적이다. 그리고 형식조건의 점수 비중이 낮으므로 그 기준이 분명해야 하고 그러기 위해서도 제한하는 것이 좋다.

그리고 점수를 부여하는 방식이냐 깎는 방식이냐도 중요한 선택거리다. 이런 측면은 성균관대가 적절히 설정한 것 같다. 분량이나 맞춤법 따위는 깎는 방식이 더 낫고, 그 외 요소는 부여방식이 좋기 때문이다. 변별력 확보와 공정성 확보를 위해서는 채점기준을 세분화하는 것이 좋겠지만, 그보다는 점수 부여의 맥락이 더 중요하다. 그리고 글의 평가는 사실 종합적인 효과에서 오는 것이기 때문에 기준을 세분화한다고 꼭 공정한 평가를 내리는 것은 아니다. 실제 채점에 참여해 보면 아주 세밀한 기준에 따라서 평가하기 어렵다. 그러므로 논술에 대한 전반적 철학이나 인식이 더 중요할 수도 있다.

3 | 첨삭지도

첨삭 방식은 틀에 박힌 평가 기준이나 방식을 지양해야 한다. 곧 학생들의 논술문에서 학생의 삶을 읽어야 하며, 상호 교감의 징검다리가 되어야 한다. 다양한 첨삭 방식과 평가 방식을 학생들 상황과 수준에 맞춰 알맞게 적용한다면, 논술문 첨삭 과정은 학생들이 논술문 쓰기에 빠져들게 하는 즐거운 징검다리가 될 것이다.

올바른 첨삭지도 방향을 설정하기 전에 먼저 부정적인 첨삭지도의 문제를 지적하는 것이 옳을 것 같다.

첫째는 특정한 생각을 강요하는 식의 첨삭지도가 되어서는 안 된다. 첨삭지도를 하는 이유는 되도록 자유롭게 생각을 마음껏 쓰게 하는 것이지 글쓰기 욕망을 억압하기 위해 하는 것은 아니기 때문이다.

정아무개 학생의 논술문은 전반적으로 결정적인 흠은 없으나 대체로 논리가 산만하고, 띄어쓰기, 원고지 쓰기 등에 틀린 점이 많고, 역시 漢字 사용을 전혀 안 하고 있어 감점 요인이 되었다. 끝으로 최종심에 오른 김지영 학생의 논술문은 앞서 지적한 문제점들이 비교적 적게 나타나 호감이 갔다. 정확한 어휘와 漢字 사용이 돋보였고, 차분한 논리 전개와 적절한 지식의 활용에 무리가 없었다. 끝으로 우수작으로 뽑힌 이하영 학생의 논술은 대체로 무난하나 좀 더 깊이 있는 생각과 압축된 문장이 요청된다. 漢字도 더러 섞어 쓰는 것이 좋겠다.

— 인권환(1995), 《대입논술의 실전》, 광문각, 45쪽.

위와 같은 생각은 한자 사용이 옳은 글쓰기인 것처럼 강요하는 식이다. 일반적인 논술문에서 한자를 사용하고 안 하고가 채점기준의 중요 요인이 될 수는 없다. 물론 나는 한글학회식의 한글전용주의자는 아니다. 국한문 혼용주의자들을 효과적으로 설득하기 위해 섞어쓸 수도 있고, 국어의 이해를 위한 또 다른 방식이나 어원 학습을 위해 한자 교육도 인정하고 있다. 그러나 인권환 교수가 지적한 맥락은 그런 것이 아니다. 효율적인 정보전달 차원에서도 고등학생들 논술에서 한자 섞어 쓰는 것은 바람직하지 않다. 논술성적의 상위권 학생들일지라도 옥편을 사용하지 않고 제한된 시간 안에 한자를 섞어서 논술하라고 하면 아마반도 제대로 못할 것이다. 한문을 5년간 가르친 나도 한자를 섞어 글을 썼다면 지금 내가 써온 글의 10분의 1도 못했을 것이다. 그렇다면 학생들이 실력이 없어서인가. 아니다. 그것은 실력 문제가 아니다. 논술에선 불필요하기 때문이다. 인교수의 지적은 논술과 언어의 본질을 망각한 데서 온 잘못된 지적이다. (문제조건 때문이라면 그 문제는 엉터리 문제다.)

둘째는 첨삭문 자체가 어렵거나 채점자의 권위의식을 담아서는 안 된다. 어느 첨삭 전문회사가 직접 학생에게 해준 첨삭을 보자. 구체성을 위해 학생 답안까지 공개한다.

흔히 인간을 만물의 영장이라고 하여 다른 동물들보다 우위에 있는 존재라고 생각한다. 그러나 ① (인간도 편견이라는 약점을 가지고 있다.) ② (자신과 관련된 것은 무조건 찬성하고, 자신과 관련 없는 것에는 무조건 반대한다.) 그러나 이러한 편견도 인간이 이성을 가졌다는 점에서 극복될 가능성이 있는 것이다. 편견이 없는 인간이야말로 이상의 인간이라고 할 수 있다. 그러면 여기서 편견이 우리의 일상생활에 미치는 영향과 극복 방안에 대해서 논해 보자.

먼저 편견이 우리의 일상생활에 미치는 영향에 대해 알아보면 ⓐ (첫째, 편견은 이기주의를 유발할 수 있다. 사람이 편견에 빠지면 자신의 주장만 옳다고 생각하여 정당성이 없어도 자기 좋을 대로만 하게 된다.) ③ (둘째, 배타주의를 야기한다. 상대방의 주장이 옳아도 자신의 시각에선 타당성이 없는 것처럼 들린다.) 셋째, 상호 유대감을 단절한다. 자신의 주장만 주장하고, 남의 주장을 받아들이지 않으므로 서로 대화나 타협이 이루어질 수 없다. ④ (넷째, 도덕적 가치 체계를 붕괴할 위험성이 있다.) 자신의 내부에 형성된 편견이 사회의 도덕적 체계보다 앞서기 때문이다.

그러나 이러한 편견이 반드시 해결할 수 없는 것은 아니다. ⓑ ('역지사지'라는 말이 시사하듯이 남의 입장에서도 생각해 볼 줄 아는 자세가 필요하다.) 자기의 입장에서 보면 받아들이고 싶지 않은 일도 상대방의 입장에서는 받아들여야 하는 성질의 것도 많다. ⓒ (그리고 남의 입장을 이해하는 자세가 필요하다.) 남의 일이라고 해서 그 일이 반드시 내게 다시 돌아오지 않는다는 보장은 없다. 또 ⓓ (남의 주장에 대한 포용력도 필요하다.)

⑤ (편견은 인간이라면 다 가지게 되는 것이다. 그래서 편견은 우리 일상생활에 많은 영향을 끼친다.) 그러나 편견은 상대방에 대한 깊은 이해심과 포용력으로 극복할 수 있다. 편견을 극복해 나가는 사회만이 이상적인 사회가 될 수 있다. 사회 구성원이 조화롭고 안정된 삶을 영위할 수 있는 것이다.

> **첨삭**

①은 주어진 제시문에 대해 별다른 생각 없이 요약, 발췌해서 발생한 오류이다. ①과 같은 진술은 자칫 편견만이 인간이 가진 약점이며, 그 전부인 것처럼 오인케 할 혐의성을 짙게 내포하고 있다. 서론 첫 도입부를 다시금 정정해 ①과 같은 언표가 자연스럽게 도출되게끔 하자. ②는 ①에 대한 부연 설명 치고는 비약의 정도가 심해 보인다. 이는 '무조건'이라는 수식어에 따라 파생된 부작용 때문이다. 사실 ②는 편견을 넘어선 '정신적 폭력'에 해당한다 치우칠 편(偏)이 '무조건'이란 중량감을 감내해 내기가 버겁게 느껴진다. ③은 ⓐ와 그 변별성을 인지하기가 어려운 부분이다. 사전적 정의에 비추어보아도 '이기주의'와 '배타주의'는 결국 동일한 내용을 함의할 뿐만 아니라 각각의 부연 설명 또한 별다른 차별화가 수행되고 있지 못하다. 따라서 각 개념을 한 항목으로 처리하는 것이 좋을 듯하다. ④는 편견의 영향력에 대한 서술에서, 앞 세 항목과는 상이한 차원에서 <u>논의의 행마가 이루어지고 있기 때문에</u> 중요한 부분에 해당한다. 즉, 개인의 혹은 개인 간에 소통되는 편견의 측면을 언급한 前항목들과는 달리 '편견의 사회성과 그 효과'를 지적하고 있기 때문이다. 그러나 ④ 역시 계층·계급 간에, 인종 간에, 민족 간에, 異性 혹은 同性 간에 작용하는 <u>다양한 '사회적 편견'의 스펙트럼을 추스르기에는 그 언술의 폭이 좁아 보인다.</u> 역사적으로도 우린 이런 사회적 편견이 극대화되었을 때 초래된 엄청난 재앙과 부조리를 목도하지 않았던 유대인 학살, 인종·민족 간의 대규모 유혈 사태, 사회적으로 암존하는 성적 차별 등이 이를 반증하고 있다. 조금만 더 논제를 깊이 사고하여 천착하였다면 구체적 예증과 더불어 위와 같은 논증을 감행할 수 있었을 것이다. ⓒ ⓓ는 결국 ⓑ의

'易地思之'의 개념을 부연 설명한 것에 불과할 뿐, '편견의 극복 방안'의 독립 항목으로 설정하기에는 그 변별력이 덜해 보인다. 따라서 필자가 제시하는 해결방안은 '역지사지'란 개념 하나로 집약된다고 할 수 있는데, 이는 '편견은 과연 절대적 극복대상일 뿐'이라는 의문을 제기하게 한다. ⑤에서 필자 자신도 잘 표현하고 있듯이 편견은 인간이기 때문에 인간만이 가질 수 있는 인간의 주요한 특징이며, 이성적·지성적 '인간스러움'을 반증하는 기제이기도 하다는 사실이다. 그렇다면 편견을 능동적 사고 행위 자체 내지는 최소한 그 부산물로 인정할 수도 있다는 결론이 도출된다. 이러한 편견은 악의적 왜곡이 가미되어 있지만 않다면 사회 현상의 다양한 측면들 간의 검증을 평가하지 못하기 때문에 흔히 중용의 도로 허위 포장되어 드러나는 양시양비론, 불편부당성보다는 더 나은 개념어가 될 수도 있다. 그렇다고 해서 '편견' 자체를 미화하려는 의도는 추호도 없다. 다만 논제의 표면적 뜻과 주어진 제시문에만 의존하여 논지를 전개하기보다는 사물의 다양한 측면을 좀 더 깊이 있게 사료하여 다각도로 서술의 경우수를 늘려보자는 제안을 하는 것이다. 최근 대학 논술의 출제경향과 채점방식을 고려해 볼 때 흔히 주어진 논제에 수동적으로 끌려다니기보다는 논제 자체에 대한 사고를 뒤집기하여 논술자의 독창적 사고력을 펼쳐 보이는 공격적 논술이 좋은 점수를 얻고 있다는 사실이 이를 증명해 준다.

이상의 이야기들을 감안해 볼 때 '역지사지'란 대원칙으로 그려볼 수 있는 '편견의 최소화 전략 중의 하나는 가장 민주적인 질서 위에서' '이성적 편견'을 대중의 조화로운 합의에 근거하여 일반화하는 것일 게다. 이해심과 포용력은 이러한 일반화에 반드시 수반되어야 할 필요충분조건이다. 편견 자체가 어차피 상대적 개념이므로 한 사회에 만약 편견이 존재하지 않는다면 이데올로기적 폭력에 물들어 버린 독재사회에 다름 아닐 것이다. (밑줄은 내가 그었다.)

이 첨삭문을 보면 한자를 섞어 전반적으로 무척 어렵고 권위적으로 보이는데다가 고등학생들이 거의 접하기 어려운 '언표' '언술'이란 단어까지 동원하고 있다. 더군다나 밑줄 그은 문구는 첨삭문을 더욱 현학적으로 치장하고 있다. 이런 식의 첨삭문을 읽고 기죽지 않을 학생이 몇이나 될까. 첨삭전문회사 대부분의 실제 첨삭문을 검토한 결과 위와 같은 문제를 많이 발견할 수 있었다. 이는 첨삭을 많이 해 주어야 한다는 강박관념과 대학생이나 대학원생들을 훈련 없이 첨삭 요원으로 동원하는 과정에서 생기는 문제이다.

셋째는 서론-본론-결론이라는 틀 속에 가두는 식의 첨삭도 곤란하다. 위 학생에 대한 첨삭을 보자.

서론의 경우 극히 전형적인 형식성—논제 자체를 그대로 옮겨 쓰는 모습(그러면 -에 대해 논해 보자)—도 문제지만 앞뒤 문장의 논리성 결여(①)나 부연 설명에서의 지나친 비약(②)도 서론의 완결성을 확보하기 어렵게 하는 원인으로 작용하고 있다. 특히 서론의 형식이 반드시 '-에 대해서 논해보자.'라는 상투적 어휘를 갖추어야만 한다고 생각하지는 말자.

본론

본론은 외형적으로만 보기에는 나름대로 짜임새가 있게 느껴진다. '편견의 영향과 그 최소화 방안'을 두 문단으로 나누어 서술했고 각 문단에 세부 항목을 설정해 논술한 점이 그러하다. 그러나 구체적으로 음미하면 평이한 진술 이상의 것은 체감되지 않는다. 각 문단의 개별 항목들 간의 변별력이 미흡하여 논제에 대한 논술자의 깊이 있는 첨삭력과 독창적 사고력이 부족하다. 더욱이 각각의 언술을 뒷받침할 만한 구체적 예증이 전무한 것도 이 글의 약점으로 지적된다. ④를 참조하길.

결론

인간의 역사는 노동을 하여 재화와 용역의 생산량을 늘리면서 발전했다. 오늘날 우리는 과학기술에 힘입어 생산량을 극대화하고 있다. 그에 따라 상품은 소비자에게 팔리기 위해 심리적인 외형을 갖게 되었고, 이는 주기적으로 변동한다. 이렇게 형성된 유행은 기업의 입장에서는 수요의 창출, 소비자에게는 심리적 만족감을 가져왔다.

모든 논술답안을 위와 같은 틀 속에서 첨삭을 해 주다 보면 아이들은 으레 논술은 이런 틀 속에서 하는 것으로 알기 쉽다. (이 문제에 대해서는 제4부 제2장 참고)

넷째는 아래 학생의 지적대로 무조건 잘못된 것만을 지적해서는 안 되겠다.

> 학교에서 논술시험을 보았을 때 첨삭지도를 받은 적이 있다. 분명 잘한 점도 있었을 텐데 너무 잘못된 점만 지적해서 자신감을 잃기도 했다. 점수 배정에서도 내가 이런 점에서는 왜 점수가 이렇게 나왔는지 알고 싶어도 자세한 말이 없었다.
>
> —이순돌(고 3)

대부분 부정적인 내용만을 써주는데, 긍정적인 면도 지적하여 글쓰기에 흥미를 잃지 않도록 해야 한다. 부정적인 것은 원인이나 대안을 써주거나 설명해 주는 것이 좋다. 위 논술에 대한 총평을 보자.

손아무개 군의 글은 우선 전체적인 짜임새가 부족합니다. 이것은 대개 문제의 내용에 대한 충분한 이해가 부족하거나 아니면 직접 논술문을 작성하기 전에 글의 형식과 전개과정에 대해 제대로 생각하지 않았기 때문입니다. 그리고 또한 손 군은 세부적인 짜임새, 다시 말해 문장들 사이의 연결 문제를 정확히 이해하고 글의 내용과 구조에 대해 충분히 생각해 보는 것, 그리고 논리와 어법에 좀 더 신중하고 면밀한 태도를 갖추기 바랍니다.

위 총평은 부정적인 면만을 지적하고 있어 학생의 성취욕을 떨어뜨리고 있다.

다섯째는 무조건 시뻘겋게—딸기밭—많이 해 주는 게 좋은 것이라는 생각도 문제다. 그 학생이 꼭 필요한 부분 위주로 단계적으로 이루어지는 것이 좋다.

그렇다면 첨삭지도는 어떻게 해야 하는가. 먼저 이 책 제1부 제1장과 2장에서 밝힌 삶쓰기로서의 논술이나 다양한 문제 해결 능력을 키우는 맥락 설정이 중요하다. 그런 바탕 위에 다양한 첨삭방식을 도입하여 논제 성격과 학생 수준에 따라 적절하게 적용해야 한다.

첫째, 편지투로 해 주는 첨삭이 있다. 실제 학생의 글을 이용해 생각해 보자. 논제는 몸에 관한 사람들의 열풍 문제이다.

[1] 친구 중 멋진 몸을 지닌 친구가 있다. 그 친구는 여름만을 손꼽아 기다린다. 체육시간에도 가장 먼저 옷을 갈아입는다. 반 친구들의 선망의 대상이다. 하지만 불행히도 그 친구는 책과는 거리가 멀다. 그래서 그는 시험 일주일 전부터 우울증에 시달리다가 시험만 끝나면 활기를 되찾고 인생의 묘미를 즐긴다. ① 그 모습이 누가 봐도 보기 좋다. 그러나 가끔 그 친구가 약골이라면 그 밝은 모습을 쉽게 볼 수 있을지 상상해 본다.

[2] 수많은 남성들은 작은 키 콤플렉스에 걸려 있다. 심지어 표준 키인 사람들조차 자신이 작다고 생각한다. 그들 대부분은 키가 큰 사람들 옆에 서기를 꺼린다. 특히 장신의 여성이 지나가면 그들은 주눅이 들어 위축되고 말조차 제대로 하지 못한다. 매사에 자신감이 없는 경우가 태반이다. 그래서인지 키 크는 수술부터 키 높이 구두까지 여러 가지 상품이 많다. 그들은 또 엄청난 열등감과 보상심리에 휩싸여 있다. 그러나

우리가 너무나 잘 알고 있는 나폴레옹은 칼집에서 칼을 빼는 것이 아니라, 칼에서 칼집을 뺄 수밖에 없던 작은 키를 극복하고 유럽 대륙을 손아귀에 쥐었었다. 13억에 육박하는 중국 대륙의 지배자는 단신의 등소평이다. 김영삼 대통령은 굽이 높은 구두를 신고 있다. 이와 같은 경우는 열등감을 훌륭하게 승화하여 자신의 삶을 긍정적으로 변화시켰다는 공통분모가 존재한다.

[3] 후진국을 제외한 전 세계의 여성의 경우 20세기 최대의 신드롬인 다이어트 열풍에서 헤어 나오지를 못하고 있다. 풍요로워진 물질 속에서 이제는 살을 뺄 걱정까지 하는 세상이 도래한 것이다. ② 조상님들께서 무덤을 박차고 나올 노릇이다. 여성의 다이어트에 관한 영화까지 등장한 우리나라의 20대 여성의 경우에 20~25세에는 몸무게나 줄어드는 곡선을 그리고 있다. 인간의 기본 욕구인 식욕까지 억제하면서 이루고자 하는 간절한 소망이 반드시 어딘가에 있을 것이다. ③ 그렇지 않고서는 그런 정신 나간 짓을 할 이유가 어디에도 없다. 다이어트를 하는 여성들의 간절한 소망이란 바로 개척정신이다. 자신의 불리한 신체적 조건을 끝없이 노력하여 자신의 인생을 개척해 나가려는 정신, 아직까지 남녀평등이 실현되지 못한 사회에서 무시를 당하지 않으려는 여성들의 처절한 노력인 것이다. 마찬가지로 다이어트를 하는 여성들의 공통분모도 긍정적 삶에 있다.

[4] 누구도 자신의 신체에 100% 만족해하는 이는 없다. 누구든지 자신의 몸에 불만을 느끼고 완벽함을 추구한다. 어느 정도 그것이 성공한다면 그는 자신감 있는 적극적 삶을 영위해 나갈 것이고, 그렇지 않다라면 그는 자멸한다. 점점 의기소침해질 것이다. 아니면 다른 새로운 무언가를 추구하여 그것에 정열을 쏟아부을 것이다. 그리고 그것에 희열과 대리만족을 느껴 자신 있는 인생을 누릴 것이다. 소위 지식인들의 경우 비지식인들보다 자신의 신체에 대해 무신경하다는 통계가 그것을 증명해 준다.

[5] ④ 사람들은 자기 멋대로 이 세상을 살아간다. 누가 뭐래도 이 세상의 중심은 나라는 생각을 지닌 자들은 자신이 뚱뚱하든 날씬하든, 또는 잘생겼든 못생겼든, 아니면 키가 크던 작던간에 그것이 그의 삶에 직접적 영향을 줄 수는 없다. 하지만, '나와 우리는 떨어뜨려 생각할 수 없다.'고 생각하는 사람들은 부단히 노력하여 자신의 단점을 극복하든가 아니면, 그것을 자기 인생의 디딤돌로 삼아 더욱더 발전적인 인생을 영위해 나가야 한다. ⑤ 수동적이고 언제나 뒷걸음을 준비하는 자의 모습은 우리 모두를 불행히 만들기 때문이다. 자신감 있는 삶은 너무나 보기 좋고 우리를 행복하게 만든다.

― 진수민

수민에게

　수민이는 글을 참 재미있게 쓰는구나. 친구 얘기를 이용해 흥미를 북돋아 읽는 이가 쉽게 접근할 수 있어 좋다. 또한 문체가 자연스럽고 문장에 수민이의 개성이 물씬 묻어나 진한 향기를 전해 준다. 그러나 그만큼 몇 가지 위험한 요소를 안고 있어 아쉽다. 첫째는 특수한 논거에 치중되어 있어 설득력이 약하다는 것이다. 이를테면 김영삼, 나폴레옹, 등소평 등 특정 정치인들만 들었잖니. 글의 맥락으로 볼 때 되도록 보통 사람으로서 성공한 경우도 포함할 필요가 있다고 본다. 둘째는 표현이 조금 과격하다는 점이다. '조상님들… 정신 나간' 등의 표현은 과장되어 읽는 이에게 오히려 반감을 줄 수도 있겠구나.

　그리고 논리 전개에서도 좀 더 보완해야 할 점이 있다. 전반적으로는 성형수술부터 몸매 가꾸기까지 몸을 적극적으로 가꾸는 것을 높이 평가하는 것 같은데, 두 번째 문단에서는 몸을 가꾸기보다는 다른 방식으로 몸의 콤플렉스를 이겨나가는 것으로 되어 있잖니. 아니면 몸의 콤플렉스에 초점을 두었다면 콤플렉스를 극복하는 다양한 방법을 집중적으로 조명했으면 좋았겠다. 이를테면 성형수술, 다이어트, 에어로빅 등 적극적으로 몸매를 바꾸는 방법부터 콤플렉스는 사회적 분위기가 그렇게 만든 것이므로 콤플렉스 자체를 부정하는 방법, 아니면 등소평이나 나폴레옹처럼 다른 장점을 부각하여 극복하는 방법 등 다양한 방식을 부각하면서 수민이만의 몸에 대한 애정을 풀어나갔다면 그런 논리의 혼동은 생기지 않았을 것이다. 그러니까 논술에서 중요한 것은 어떤 논거나 논리로 풀어나갈 것인가도 중요하지만, 그보다 앞서 논제를 바라보는 관점의 일관성과 풍부성을 확보하는 것이 더 중요하다는 것이다.

　수민아, 나는 몸에 대한 너의 열정을 알고 있다. 이번 글쓰기를 계기로 몸에 대한 적극적이고도 즐거운 생각들을 실제 삶 속에서 잘 가꿔가기 바란다. 또 궁금한 것이 있으면 편지하렴. 안녕.

　이런 식의 편지투 첨삭은 학생들에게 친근감을 줄 수 있어 좋고, 자세한 설명으로 해서 학생들이 이해하기 쉬워 좋다. 많이 권장할 만한 첨삭 방법이다.

　둘째는 간단한 총평식이 있다.

　첫 문단에서는 흥미를 유발하여 잘 이끌어나감. 그러나 두 번째 문단에서의 예가 특수한 인물 중심이라 다소 논리의 비약이 아닌가 싶고, 후반부의 '조상님들… 정신 나간' 등의 표현은 과장됨. 전체적으로 개성이 강하고 참신한 글이라고 생각함.

—정명숙 선생님

이러한 총평은 첨삭 대상이 많을 때 쓸 수 있는 방식이다. 나는 대학생 논술보고서에 대하여 이런 방식을 쓰고 있다(이 책 부록 1 참고). 보통 이삼백 명 보고서를 한두 주일 안에 처리해야 하기 때문이다.

셋째는 특정 기준이나 항목에 맞추어 해 주는 평이 있다. 채점 기준에 나와 있는 연세대 채점기준 항목대로 첨삭해 보면 다음과 같다.

내용 이해 및 창의성

1. 서술 내용이 흥미롭고 쉬운 점이 돋보인다.
2. 다이어트를 개척정신으로 본 점도 참신하다.
3. 논제의 성격을 제대로 이해하고 있다.

논리 논증력

1. 논리 전개가 전반적으로 매끄럽지 못하다. 상대적으로 안 좋은 몸매를 긍정적으로 생각하자는 것인지 아니면 그런 몸매를 부정적으로 생각해 극복하자는 것인지 모호하다.
2. ①의 경우는 주관적인 생각을 객관화한 표현으로 설득력이 약하다.
3. ②문단의 여러 논거도 역사상 유명한 특정 인물에 한정되어 있어 논리적 비약의 느낌을 준다. 각 사례들의 삶이 열등감의 극복이라는 논리는 합리적이지 않다. 정작 자신은 키가 작다고 생각하지 않는다면?
4. ③의 경우 사례를 보는 시각이 다소 비약적인 요소가 있다. 다이어트와 남녀평등의 문제가 어떻게 연결되는지 논증이 부족하다.
5. ⑤는 문장이 합리적이지 못하고 주장에 대한 구체적 방법이 없다.

문장 표현력

1. ②, ③ 표현은 너무 감정에 치우쳐 있다.
2. ④는 문장의 내용이 명확하지 않다. 모든 사람들이 그렇다는 것인지 아니면 어떤 사람들에 대한 통칭인지가 분명하지 않다.
3. 전체적으로 과장되어 있거나 표현이 정확하지 않은 느낌이 든다. 주장이 명확하게 드러나게 하는 것이 중요하다.

넷째는 이른바 딸기밭 첨삭으로 답지에 직접 교정부호를 이용해서 해 주는 방법이 있다. 여기서는 교정부호를 사용하지 않고 작은 글씨로 대신한다.

[1] 친구 중 멋진 몸을 지닌 친구가 있다. 그 친구는 여름만을 손꼽아 기다린다. 체육시간에도 가장 먼저 옷을 갈아입는다. 반 친구들의 선망의 대상이다. 하지만 불행히도 그 친구는 책과는 거리가 멀다. 그래서 그는 시험 일주일 전부터 우울증에 시달리다가 시험만 끝나면 활기를 되찾고 인생의 묘미를 즐긴다. 그 모습이 누가 봐도 보기 좋다(→좋게 보인다). 그러나 가끔 그 친구가 약골이라면(→건강하지 않다면) 그 밝은 모습을 쉽게 볼 수 있을지 상상해 본다.

[첨삭] 시작이 쉽고 흥미를 유발하는 것이 읽기에 부담이 없고 좋습니다. 그러나 '누가… 좋다'의 표현은 자신의 감정을 강요하는 인상이 짙어 좋지 못하며, '약골'이란 표현도 맥락상 의미가 애매모호하여 부적절합니다.

[2] 수많은 남성들이 작은 키 콤플렉스에 걸려 있다. 심지어 표준 키인 사람들조차 자신이 작다고 생각한다. 그들 대부분은 키가 큰 사람들 옆에 서기를 꺼린다. 특히 장신의 여성이 지나가면 그들은 주눅이 들어 위축되고 말조차 제대로 하지 못한다. 매사에 자신감이 없는 경우가 태반이다. 그래서인지 키 크는 수술부터 키 높이 구두까지 여러 가지 상품이 많다. 그들은 또 엄청난 열등감과 보상심리에 휩싸여 있다. 그러나 우리가 너무나 잘 알고 있는 나폴레옹은 칼집에서 칼을 빼는 것이 아니라 칼에서 칼집을 뺄 수밖에 없었던 작은 키를 극복하고 유럽 대륙을 손아귀에 쥐었다. 13억에 육박하는 중국 대륙의 지배자는 단신의 등소평이다. 김영삼 대통령은 굽이 높은 구두를 신고 있다. 이와 같은 경우는 열등감을 훌륭하게 승화시켜 자신의 삶을 긍정적으로 변화시켰다는 공통분모가 존재한다.

[첨삭] '수많은' '태반이다' '엄청난' 등과 같은 단어의 사용이 문장을 너무 과대한 표현으로 만들게 하므로 사용상 주의해야 합니다. 이 문단은 독특한 발상이라 좋습니다. 다만, '김영삼… 신고 있다.' 이 부분은 콤플렉스를 스스로가 인정한 부분이 아닐까요.

[3] 후진국을 제외한 전세계의 여성(→전 세계 여성)의 경우 20세기 최대의 신드롬인 다이어트 열풍에서 헤어 나오질 못하고 있다. 풍요로워진 물질 속에서 이제는 살을 뺄 걱정까지 하는 세상이 도래한 것이다. 조상님들께서 무덤을 박차고 나올 노릇이다(→생략). 여성의 다이어트에 관한 영화까지 등장한 우리나라의 20대 여성의(→우리나라 20대 여성의) 경우, 20~25세에는 몸무게가 줄어드는 곡선을 그리고 있다.(→오히려 몸무게가 줄어들고 있다.) 인간의 기본 욕구인 식욕까지 억제하면서 이루고자 하는 간절한 소망이 반드시 어딘가에 있을 것이다. 그렇지 않고서는 그런 정신 나간 짓을 할 이유가 어디에도 없다.(→생략) 다이어트를 하는 여성들의 간절한 소망이란 바로 개척정신이다. 자신의 불리한 신체적 조선을 끝없이 노력하여 자신의 인생을 개척해 나가려는 정신, 아직까지 남녀평등이 실현되지 못한 사회에서 무시를 당하지 않으려는 여성들의 처절한 노력인 것이다. 마찬가지로 다이어트를 하는 여성들의 공통분모도 긍정적 삶에 있다.

[첨삭] '간절한 소망'과 '정신 나간 짓' '개척정신'이라는 표현은 논리 전개상 앞뒤가 어긋나며, 끝부분에 가서는 남녀의 성차별적 시각이 드러나 있으므로 표현상 조심해야 할 부분입니다. 표현의 일관성을 갖는 훈련이

필요합니다.

[4] 누구도 자신의 신체에 100% 만족해하는 이는 없다. 누구든지 자신의 몸에 불만을 느끼고 완벽함을 추구한다. 어느 정도 그것이 성공한다면 그는 자신감 있는 적극적 삶을 영위해 나갈 것이고 그렇지 않다라면(→않다면) 그는 자멸한다. 점점 의기소침해질 것이다. 아니면 다른 새로운 무언가를 추구하여 그것에 대하여(→생략) 정열을 쏟아부어 그것에 희열과 대리 만족을 느껴 자신 있는 인생을 누릴 것이다. 소위 지식인들의 경우 비지식인들 보다 자신의 신체에 대해 무신경하다는 통계가 그것을 증명해 준다.

[첨삭] 자신이 하고자 하는 의중(심정)을 조금씩 표현해 가는 점이 좋습니다. 너무 강하지 않으면서 설득력이 있어 좋습니다. 한 가지 아쉬운 점은 '소위… 증명해 준다.', 이 부분은 불확실한 논증이므로 보완할 필요가 있습니다.

[5] 사람들은 자기 멋대로(→생각대로, 개성대로) 이 세상을 살아간다. 누가 뭐래도 이 세상의 중심은 나라는 생각을 지닌 자들은 자신이 뚱뚱하든 날씬하든, 혹은 잘생겼든 못생겼든, 아니면 키가 크던 작던간에(→크든 작든간에) 그것이 그의 삶에 직접적 영향을 줄 수는 없다. 하지만, '나와 우리는 떨어뜨려 생각할 수 없다.'라고 생각을 하는 사람들은 부단히 노력하여 자신의 단점을 극복하든가 아니면, 그것을 자기 인생의 디딤돌로 삼아 더욱더 발전적인 인생을 영위해 나가야 한다. 수동적이고 언제나 뒷걸음을 준비하는 자의 모습은 우리 모두를 불행히 만들기 때문이다. 자신감 있는 삶은 너무나 보기 좋고 우리를 행복하게 만든다.

[첨삭] 의미가 불투명하게 전달되는 곳이 있기는 하지만 자신의 생각을 확실하고 명확하게, 읽는 사람으로 하여금 간결한 느낌을 받게 써 설득력이 있습니다. 앞의 지적사항만 명심해 둔다면 훌륭한 글쓰기를 할 수 있습니다.

—교정 : 한우리논술 지도자과정 김경희, 김민재, 정영주

다섯째는 여러 방식을 종합해 첨삭하는 것이다. 앞의 네 가지 방식 가운데 두 가지 이상을 섞어 해 주는 방식이다.

민주주의 정치제도의 문제점과 원인

민주주의를 가리켜 흔히 ① 하는 말로 '지구 상에서 가장 위대한 정치제도'② 라 한다. 실제로 우리나라를 비롯한 세계의 대다수의 나라들이 민주주의를 지향해 왔으며, 사회주의 국가들 또한 민주주의에 관심을 보이고 있다. 이는 민주주의가 인간의 존엄성을 최고의 가치로 여기고 자유, 평등을 보장하는 정치제도이기 때문이다. 그러나 민주주의가 ③ 실제의 정치 생활에 적용되는 과정에서 몇 가지 부작용들이 나타나고 있는 것이 사실이다.

여론 조작에 따른 우민화 가능성이 하나의 문제로 지적될 수 있다. ④인간의 존중이라는 민주주의의 원칙에 따르려면 직접 민주 정치가 이상적이라고 하겠다. 그러나 인구가 많고 영토가 넓은 현대 국가에서는 간접 민주 정치를 채택할 수밖에 없다. 간접 민주 정치에서 가장 중요한 것은 국민의 뜻, 즉 여론이다. 이렇듯 민주주의 정치제도에서 여론의 힘은 막강한 것이다. 따라서, ⑤(이를 이용하여 여론을 조작, 선동하여 국민을 우롱할 가능성이 충분하다.) ⑥(지난 걸프전 때 미국에서 부시 전 미국 대통령에 대한 미국 국민들의 지지율이 90%까지 올라갔던 사례는 이 점을 잘 보여준다.)

다음으로 ⑦(다수결의 횡포를 들 수 있다. 많은 사람들이 다수의 의견을 우선으로 하는 다수결의 원칙을 가장 효율적이고도 민주적인 의사 결정 방법이라고 여기고 있다.) 그러나 다수결의 원칙이라 는 미명하에 소수가 소외될 수 있다. 현대 사회에서 그 역할이 특히 중요시되는 창조적 소수 엘리트의 경우도 다수결의 원칙에서 그 능력을 제대로 발휘하지 못할 수 있다. 이렇게 될 때 민주주의는 말 그대로 '중우정치'라 불리게 될 것이다. ⑧(다수결의 원칙의 피헤이 극단으로 치달은) 예로 이승만 정권에서의 이른바 사사오입 개헌을 들 수 있다.

마지막으로 정경 유착의 가능성도 배제할 수 없다. 앞에서도 살펴보았듯이 현대 민주주의 국가에서는 여론의 힘이 막강하다. ⑨(정치인들은 여론을 모으려 애쓰며, 이때 자금이 많이 들어가게 되고, 따라서 정경 유착이 일어날 가능성이 있다.) 그 밖에도 부수적인 법의 악용이나 정부의 비대화 등, 부수적 문제들이 허다하다.

그러나 여기서 주의해야 할 점은 민주주의를 시행하는 과정에서 부수적으로 발생하는 이러한 문제점들이 민주주의의 우수성을 의심하게 하고 이를 비방하게 ⑩(해서는 안 된다는 점이다.) 이와 같은 부작용은 이론과 실제와의 차이에서 비롯된다고 할 수 있다. 인간을 존중하고 자유와 평등을 보장하는 민주주의의 이념은 이상적이다. 꼭 필요하다. 앞에서 지적한 문제점들도 결국은 민주주의의 이념에 맞지 않기 때문에 문제가 된 것이다. 그러므로, 우리는 민주주의 원뜻을 되살려 ⑪(그러한 문제점들의 해결 방안을 찾고) ⑫(더욱더 민주주의가 발전하도록 노력해야 할 것이다.)

딸기밭 첨삭

* 원래는 원고지에 썼는데 여기서는 편의상 항목으로 처리한다.

①② 표현이 매끄럽지 못하다. ①은 생략하고 ②를 '라고 말한다'로 고쳐야 한다.

③ 민주주의는 정치 활동에만 적용되는 것은 아니다. 생활 전분야에 적용된다. '실제 생활에'가 적절하다.

④ 내용이 너무 포괄적이다. 뒤에 이어지는 직접 민주 정치와 논리적 연관성을 갖기 위해서는 '국민에 따른 정치라는'이 적절하다.

⑤⑥ ⑥은 ⑤의 주장을 뒷받침하는 사례로 제시된 것인데, 두 문장 사이의 논리적 연결성이 부족하다. ⑥이 어떤 의미에서 여론 조작의 구체적인 사례가 될 수 있는지

아무런 단서도 제공되지 않고 있다.

⑦ 제도적 폭력을 말하고 있다고 볼 수 있는데 '다수결'은 제도가 아니다. '다수결'이 무엇인데 횡포를 부릴 수 있는가? 의미를 분명하게 드러내기 위해서는 '다수결의 원칙이 갖는 문제점을 들 수 있다.'로 고쳐야 한다.

⑧ '파행'이 문장의 주체가 될 수는 없다. '다수결의 원칙이 극단적인 파행으로 치달은'이 적절하다.

⑨ '정경유착'의 의미를 잘못 이해하고 있다. 부정적 의미에서 정경유착은 '정치자금을 목표로 한 정치가와 정부의 혜택을 얻어내기 위한 기업가가 밀접한 관계를 유지하는 것'을 의미한다.

⑩ 주술 호응이 이루어지지 않고 있다. 이 문장의 주어는 '문제점들이'이다. 따라서 '하는 방향으로 확대 해석되어서는 안 된다.'로 고쳐야 한다.

⑪⑫ 두 문장은 논리상 선후 관계나 대등관계에 있지 않다. 두 문장이 논리적 연관성을 유지하면서 자연스럽게 이어지기 위해서는 '그러한 문제점들을 해결하는 과정에서 민주주의가 더욱 발전하도록 하는 것이 우리가 취해야 할 올바른 자세이다.' 정도로 고쳐야 한다.

항목별 첨삭

주제 : 여론 정치 및 다수결의 원칙이 야기할 수 있는 문제점을 구체적으로 지적하면서 주제를 분명하게 드러내고 있다.

제재 및 논거 : 제재가 체계적으로 배열되어 있으며 인용한 사례가 구체적이어서 참신한 맛을 느끼게 한다. 그러나 본론의 세 번째 문단에서 제시한 제재는 개념을 잘못 이해한 탓으로 전체 논지를 흐리게 하고 있다.

전개 방식 : 문단과 문단 사이의 논리적 구성이 돋보인다. 다만 결론의 처음 내용을 본론에서 다루고, 결론에서는 본론의 내용을 요약하면서 독자에 대한 제언으로 끝맺음을 했다면 글의 완결미를 느낄 수 있었을 것이다.

총평 첨삭

글의 전개방식 및 논거 선정에 몇 가지 흠이 있기는 하지만 대체로 주어진 논제에 만족하고 있다. 이번 논제와 같은 경우 학생들이 흔히 범하는 실수는 사회과목에서 배운 내용을 충분히 소화하지 못하고 적당하게 나열하는 것이다. 이런 글은 높은 점수를 받기 힘들다. 논술에서 중요한 것은, 어떤 사물이나 현상에 대한 '자신의 생각'을 드러내는 것이기 때문이다. 평소 문제의식을 가지고 사물 및 현상을 바라보고 이를 분석 종합하는 습관을 길러야 한다.

—A학습지에서

이와 같은 종합식은 매우 친절하고 자세해서 좋으나 수험생이나 논술교육 막바지에 있는 학생들 이외는 적합하지 않을 수 있다. 한꺼번에 많이 지적해서 고치게 하기보다는 단계별 지도가 더 적절하기 때문이다.

다섯째 대면 첨삭이 있다. 미리 원고를 검토한 뒤 직접 만나 상담하듯 첨삭하는 것이다. 가장 효과가 크지만 우리나라와 같이 많은 학습자를 가르쳐야 하는 상황에서는 거의 힘든 방식이다. 필자가 직접 사례를 부록으로 제시한다. (동영상 : 유트브 <통합 논술 대면첨삭 사례> 참조)

첨삭의 긍정성에 주목한다면 대면첨삭이 가장 이상적이다. 첨삭이 일방적 지시가 아니라면 대면 첨삭을 활용해 텍스트 토론이 되어야 한다. 대면 첨삭은 성실한 기자가 인터뷰 준비하듯 철저히 준비해야 한다. 학생글을 철저히 읽고 꼼꼼하게 인터뷰 내용을 메모하되, 그렇다고 준비한 메모대로 인터뷰를 진행할 필요는 없다. 학생이 되도록 많은 말을 할 수 있도록 대화 전략을 잘 짠다. 담화 형식상 인터뷰라 하였지만 실제 내용에서는 토론이 될 수도 있다.

4 | 마무리

종합적으로 보면, 첨삭 위주의 평가를 해야 한다. 채점만을 해 주는 것은 의미가 없다. 또한 채점자의 주관이 아닌 합리성과 공정성을 확보해야 한다. 물론 이때의 합리성과 공정성은 수학적 객관성을 얘기하는 것은 아니다. 논술이 정답 맞히기식의 글쓰기가 아니기 때문이다. 그래서 둘째 조건과 함께 해야 할 것이 지도하는 사람의 애정과 관심이다.

채점과 첨삭은 단순하게 학생들의 글을 평가하는 것이 아니라, 학생들의 글에 공감하고 더 나은 글쓰기로 유도하는 대화의 창이 되어야 한다.

[붙임 1] 대면 첨삭 사례

송이슬 양과의 대화

1. 안녕. 전국의 초중고 선생님들께 한 번 자기 소개 멋지게 해 볼래요.
➡ 안녕하세요. 저는 경기도 광주중앙고등학교 2학년 송이슬이라고 합니다. 신문기사에 '논술의 왕'이라고 나와서 친구들이 얼마나 웃었는지 몰라요. 저는 그저 문학선생님이 꿈인 평범한 여고생이랍니다. ^^ 만나뵙게 되어 정말 반갑습니다.

2. 오늘 우리 함께 얘기하는 논술 시험은 언제 본 것인가요.
➡ 며칠인지는 기억이 나지 않지만 4월이었어요.
– 1등 했다는 소식 듣고 기분이…
➡ 처음에는 실감이 나지 않았어요. 될 줄은 정말 몰랐거든요. 교내 최우수상을 받은 것만으로도 정말 기뻐서 한 달 동안 즐겁게 보냈어요. 그런 큰 상은 바라지도 못했어요.
– 그 기쁜 소식을 누구에게 가장 먼저 전달하고 싶었는지…
➡ 당연히 가족이죠. 이 소식을 듣자마자 어머니와 아버지 얼굴이 떠올랐어요. 기뻐하실 모습을 생각하면 정말 빨리 알려드리고 싶었어요.

3. 이제 같이 읽어 보겠지만 솔직히 처음 답안지(문제지이죠?^^) 받았을 때 어떤 느낌이 들었어요. 어려웠나요. 아니면 쉬웠나요. 해볼 만 하다?
➡ 작년에도 똑같은 시험을 봤었어요. 작년이나 올해나 그 시험에 대해 크게 알고 있는 학생들은 많지 않아요. 저도 물론 그 학생들 중 한 명이었어요. 처음에 문제를 보고서 우리가 배운 속미인곡이 나와서 정말 반가웠지만 (다)와 (라)지문을 보면서는 정말 어렵다는 생각이 덜컥 들었어요. ^^

4. 시간은 110분이었는데 쫓기는 않았나요. 시간 배분은 어떻게 했지요
➡ 솔직히 제가 워낙 덜렁거리는 성격이라 시간을 배분하고 그것을 딱딱 지켜나가는 사람은 아니에요. 그렇지만 읽는 시간을 더 주어야 한다는 생각은 있었어요. 그래서 한 40분 동안은 계속 본문을 이해하려고 노력했어요.
– 개요는 짜고 했는지…
– 언제부터 썼는지

5. 같이 한 번 읽어 봅시다.

다음 제시문을 읽고 논제에 답하시오.

[논제1] (라)에 비추어 볼 때, (가), (나), (다)의 공통적 주제가 무엇인지 서술하시오. (10점)
(100자 이내, 띄어쓰기 포함)

[논제2] (가), (나), (다)에 나타난 인간관 또는 생활 태도를 (라)의 관점을 활용하여 각각
비판하시오.(90점) (1200자 내외(±100자), 띄어쓰기 포함)

〈답안 작성시 유의 사항〉

1. 시험 시간은 110분임

2. 논술문의 제목은 쓰지 말고, 제시문의 문장을 그대로 옮겨 쓰지 말 것

3. 답안은 검정색 펜으로 작성하고, 수정할 때에는 원고 교정부호를 사용할 것

—경기도 논술 경시대회 2007 문제와 답, 해설

(가) 우리 전통 사회는 농업에 기초를 둔 사회로 자연에 도전하기보다는 자연에 순응하며 이어져 왔다. 이와 같이 자연에 적응하는 오랜 관습 속에서 풍수지리사상이 등장하게 되었다. 풍수지리사상은 도성(都城), 사찰(寺刹), 주거(住居), 분묘(墳墓) 등을 축조(築造)하는 데 있어 재화(災禍)를 물리치고 행복을 가져오는 땅의 생김새를 판단하려 하였다. 그렇다면 오늘날 우리는 풍수지리에서 자유로운가? 혹시 교가의 시작이 "ㅇㅇ산 정기 받아…"이거나 "xx강 휘어감는…"으로 시작하지는 않는가? 이것은 우리가 아직도 풍수지리의 영향에서 자유롭지 않다는 점을 드러내고 있다.

그런가하면 지정학자(地政學者)들은 땅의 위치를 매우 중시한다. 이들은 나라나 집단이 어디에 놓여 있느냐에 따라 정치나 경제가 어떤 영향을 받는지를 연구하여 '지리가 곧 운명'이라는 식의 주장을 펴곤 한다.

—고등학교 ≪한국지리≫ 교과서

(나) 아, 너로구나. 내 사정 이야기를 들어 보오. 내 생김새와 내 거동이 임께서 사랑함직한가마는 어쩐지 나를 보시고 '너로구나' 하고 특별히 여기시기에, 나도 임을 믿어 딴 생각이 전혀 없어 응석과 아양을 부리며 귀찮게 굴었던지 반가워하시는 낯빛이 옛날과 어찌 다르신고? 누워 생각하고 일어나 앉아 헤아려 보니 내 몸이 지은 죄가 산같이 쌓였으니, 하늘을 원망하고 사람을 탓하겠는가? 서러워서 여러 가지 일을 풀어 내어 낱낱이 헤아려보니, 조물주의 탓(운명)이로다.

—정철, '속미인곡'

(다) 일반적으로 도덕을 인간의 고유한 가치 체계라고 생각하여 동물과 인간을 나누는 기준으로 삼고 있다. 하지만 인간의 도덕에도 동물이 지닌 생물학적 속성이 스며들어 있다. 동물과 인간은 도덕적 특징을 공유하고 있다는 말이다. 과학적 탐구의 결과 양자의 구분이 단지 '정도의 차이'이지 '종류의 구분'은 아니라는 사실들이 속속들이 밝혀지고 있다. 양자 모두에게 유전자에 내재되어 있는 방

식으로 행동하려는 본능적 성향이 있다는 점도 드러나고 있다.

이와 같은 점에서 본다면 도덕은 인간 고유의 영역이 아니라, 단지 인간의 진화된 본성의 산물일 뿐이다. 도덕은 우리 행동의 대부분을 지배하는 결정론이 단순하지 않음에서 비롯되는 환상에 불과하다. 그 구체적인 사례로 부모의 자식 사랑에 대해 살펴보자. 부모의 자식에 대한 헌신적 사랑은 유전자를 나눈 뜨거운 사이라는 점에서 출발한다. 부모와 자식들은 50%의 유전자를 공유하므로, 자식들에게 헌신하는 것은 간접적으로 부모 유전자의 번성을 돕는 일이기도 하다. 가족 혹은 가까운 친척들에게 친절을 베푸는 행위는 표면적으로는 이타적 행위이지만, 이때의 이타적 행위는 힘들거나 어려운 일이 아니다. 왜냐하면 그들은 나와 피를 나눈 사람들이기 때문이다. 즉, 동일한 유전자를 공유하고 있기 때문이다.

— 최정규, ≪이타적 인간의 출현≫

(라) 실존주의는 개인적이고 현실적이며 결코 상대화할 수 없는 인간의 실존 문제를 중시하였다. 특히, 실존주의는 현대 과학 문명과 전쟁 속에서 비인간화되어 가는 인간의 현실을 고발하였다. 그리고 이러한 모순을 극복하기 위해 각 개인의 주체적 삶을 강조하였다. 실존주의의 선구자인 키에르케고르(S. A. KierKegaard)는 불안과 죽음의 문제를 극복하고 참된 실존을 회복하기 위하여 '신 앞에 선 단독자(單獨者)'로서 인간의 주체적 결단을 강조하였다. 사르트르(J.P Sartre)가 "실존은 본질에 앞선다."고 말한 것도 이런 맥락에서 이해할 수 있다. 이 명제는 단순하면서도 심오하다. 그 출발점은 인간에 있어서 "본질은 실존에 선행한다."라는 명제였다. 이를테면 종이 자르는 칼이나 시계를 만드는 노동자처럼 우선 도면을 그리고, 그런 다음 그 도면을 실현하는 절대자와 같은 장인(匠人)이 있다고 하자. 이 장인의 작업 과정을 보면 본질인 도면은 존재, 즉 실현에 선행한다. 그러므로 장인이 만드는 제작물체는 그 나름의 목적성이 전제된다. 하지만 사르트르의 실존주의가 뒤엎으려 하는 것은 바로 이러한 사상이다. 만일 인간이 피조물이 아니라면, 어떠한 본질도 그 실존에 선행하지 않는다고 그는 생각했다. 그러므로 인간에게는 어떤 특별한 목적성도 그 존재에 결부되어 있지 않다. 이러한 의미에서 인간만이 완전히 자유로우며, 인간만이 선험적으로 정해진 정의(廷議)로부터 벗어날 수 있다. 규정에 의해 부과된 명령에 따르는 것이 아니라, 선과 악을 '창안하는 것'이 인간이 할 일이다.

— 고등학교 ≪윤리와 사상≫ 교과서

◈ 질문

1. 주어진 지문 가운데 반가운 지문? 어려운 지문?

➡ (나) 정철의 속미인곡은 정말 반가웠지만 (다)와 (라)지문은 정말 어려웠어요.

2. 어려운 지문에 대하여(있다면) – 특별히 어려운 이유는 무엇인가

➡ 어려운 말들이 많았기 때문이죠.^^ 지문을 읽으면서 배경지식이 정말 중요하다는 생각을 했어요.

3. 최정규 글에 대하여, 동일한 유전자를 가지고 있어서 남에게 잘 해 준다면 그것

은 이타주의가 아니라 이기주의 아닌가?

➡ 그것은 본능적으로 행해지기 때문에 잘 해주는 것이 자신에게 이익이 될 거라는 생각은 못하지 않을까요. ^^;;

4. 실존주의에 대해서　　　－ 학교에서 어떻게 배웠나
　　　　　　　　　　　　－ 지금은 어떻게 이해하고 있나.
　　　　　　　　　　　　－ 실존주의에서는 왜 본질보다 실존을 강조했다고 보나.

➡ 어려운 질문인데요. 학교에서 배웠는지 안 배웠는지 기억도 나지 않고, 지금도 썩 이해는 되지 않아요. 답안을 작성할 때, (가), (나), (다)에 반대되는 글이라는 점을 생각해서 써내려갔기 때문에 그 지문을 정확히 이해했다고 말을 못하겠어요.

◈ 답안 1 – 광주 중앙고등학교 송이슬

[논제 1] (라)에 비추어 볼 때, (가), (나), (다)의 공통적 주제가 무엇인지 서술하시오. (10점) (100자 이내, 띄어쓰기 포함)

[답안] 세 글은 인간의 주체적 결단을 강조하는 (라)글과는 다르게 인간을, 자연에 의지하고 정해진 운명에 굴복할 뿐만 아니라 유전자에 내재된 방식대로 행동한다고 설명했다.

[강평] 〈논제1〉은 아쉬운 점이 두 가지이다. 하나는 전체적인 주제를 하나로 취합해 주지 못했다는 점, 즉 '인간의 삶이 결정되어 있다'는 내용을 첨가해 주면 좋겠다. 또 하나는 마지막 문장의 '세 글은'과 '고 설명했다'는 부분을 삭제하면 좋겠다.

◈ 질문

1. 〈논제 2〉의 극찬에 비해서는 평이 짜다. 어떻게 생각하는가.

➡ 평을 보고 제가 잘못 쓴 부분에 대해 부끄럽기도 하고, 앞으로는 그렇게 쓰지 않도록 노력해야겠다는 생각을 했어요.

2. 지금 다듬는다면 어떻게 다듬고 싶은가.

➡ 인간의 주체적 결단에 대한 (라)글과는 다르게 인간의 삶이 환경에 의해 결정된다는 내용이다.

3. 마지막 문장의 첨삭에 대해 동의하는가.

➡ 동의는 하지만 '내가 쓴 문장에서는 그 두가지를 다 넣는게 더 자연스럽지 않을까?' 하는 의문이 들어요.

◈ 답안 1

[논제2] (가), (나), (다)에 나타난 인간관 또는 생활 태도를 (라)의 관점을 활용하여 각각 비판하시오.(90점) (1200자 내외(±100자), 띄어쓰기 포함)

[1] 이 글을 읽고 나는 고등학교 문학선생님께서 들려 주신 김동리의 〈역마〉라는 소설이 떠올랐다. 이 소설에서 주인공의 어머니인 옥화는 아들의 역마살을 피하기 위해 많은 노력을 하지만, 주인공은 자신에게 주어진 운명에 따라 어머니 곁을 떠나 방랑의 길을 걷게 된다. 이 소설은 (가), (나), (다) 글과 인간에 대한 관점이 비슷한데, 나는 이런 관점이 맞지 않는다고 생각한다.

[2] (가)에서는 인간이 자연에 순응하는 것에서 비롯한 풍수지리사상을 예로 들어 인간이 자연으로부터 자유롭지 못하다는 것을 말하고 있다. 그러나 아산만 방조제 공사 때 폐유조선을 사용해 험한 바닷물살을 가로막은 고 정주영 회장의 일화나, 사막을 순식간에 부자들의 로망으로 바꿔버린 두바이의 예를 통해 볼 때 인간은 자연의 제약을 극복하는 자유로운 존재라고 할 수 있다.

[3] (나)에는 자신의 운명에 체념하는 인간의 모습이 나오는데, 이 역시 우리 주변에서 볼 수 있는 여러 사례로 반박할 수 있다. 〈오체불만족〉의 저자 오토다케 히로타다와 루게릭 병이란 무서운 병을 앓고 있는데도 불구하고 불굴의 의지로 세계 최고의 우주 물리학자가 된 스티븐 호킹 박사 등이 그 예이다. 이렇듯 인간은 자신에게 닥친 어떠한 운명에도 결코 좌절하지 않고 끊임없이 도전하고 노력하여 극복해 나가는 존재이다.

[4] (다)에서 글쓴이는 도덕을 인간의 고유한 가치 체계가 아닌 본능적 성향이 진화된 산물일 뿐이라고 주장한다. 즉, 부모와 자식 간의 사랑, 친척들에게 친절을 베푸는 행위가 동일한 유전자를 공유함에 따라 본능적으로 행해지는 것이라고 말하는 것이다. 그러나 예로부터 행해져 내려온 '자신의 진심을 다한다'는 뜻의 '충(忠)'과 '자신을 미루어 남을 대한다.'는 뜻의 '서(恕)'의 정신을 통해 알 수 있듯이 우리 인간은 동물과는 다르게 타인을 존중하고 나를 낮추며 살아왔다.

[5] 과거에 인간은 내세에 의존하고 자연을 두려워 하여 신성시 하였다. 이런 모습도 그 시대의 상황에서 인간이 선택할 수 있었던 최선이었을 것이다. 하지만 시대는 이미 변화의 물결을 탔고 인간은 오히려 자연과 공존하는 법을 알게 됐다. 더 나아가 자연의 법칙을 어기며 생활의 편리함과 더 나은 환경을 추구하고 있다. 지금 이 순간에도 인간은 우주를 밝혀내는 연구를 하고, 수명 연장을 위한 끊임없는 노력을 하고 있다. 그와 동시에 타인을 배려하고 나를 낮추는 법을 배우고 있다. 이런 예를 통해 볼 때 인간은 더 이상 자연 앞에 무릎 꿇고 울부짖는 나약한 존재가 아니라, 주어진 운명을 스스로 개척해 가는 주체적인 존재이다. (1257자)

* 문단 표시([ ])는 인터뷰한 이(글쓴이)가 표시한 것임.

◈ 질문

1. 1등은 했지만 지금 읽어 보았을 때 아쉬운 점은 없는가.

➡ 평에서 나온 것처럼 단순한 예가 아니라 여러 관점에서 바라보는 창의적인 예시를 들었으면 좋았을 것이란 생각이 들어요.

2. 환경운동가들은 정주영 씨의 간척 사업을 부정적으로 본다. 그런 관점을 고려해도 긍정적으로 평가할 수 있는가.

➡ 환경적인 면에서는 물론, 부정적으로 볼 수밖에 없다고 생각하지만 정주영 씨의 아이디어는 인간이 자연환경의 제약을 뛰어 넘었다는 면에서는 당연히 존경받아야 한다고 생각해요.

3. 이 문제에서 요구하는 관점이 바람직한 관점이라 할지라도 특정 관점을 요구하고 있다. 실제 이런 관점에 동의하는가. - 만약 원치 않는 관점을 요구할 때는 어떻게 쓸 것인가.

➡ 우유부단하다고 보일지도 모르지만 저는 어느 한 관점에 전적으로 동의한다거나 반대한다거나 하지 않아요. 모든 관점에는 긍정적인 면과 부정적인 면을 동시에 갖고 있는 양면성이 있다고 생각하거든요. 따라서 반대의 관점을 요구한다면 그 관점의 긍정적인 면을 최대한 끌어내기 위한 노력을 했겠죠.

4. 마치 자로 잰 듯이 분량을 정확히 지켰다. 어떤 방법을 썼는가. - 일부러 자수 조절에 신경을 많이 썼는지 아니면 쓰다 보니 그렇게 되었는지.

➡ 원고지를 쓸 때 이 선을 넘지 말아야 한다는 일종의 경고선을 그어 놔요. 그런 다음 최대한 그 선을 넘기지 않도록 노력해요.

◈ 최우수 학생 답안 강평

　　최우수 작품을 선정하기까지 읽은 횟수만 20여 차례 된다. 위 학생의 논술문을 논제가 요구하는 내용을 가장 무난하고 적절하게 작성한 글이다.

　　(…중략…)

　　〈논제2〉는 형식과 내용 면에서 설명하겠다.

　　형식면에서 '서두, 본문1, 본문2, 본문3, 맺음말'의 구조를 취하고 있다. 이 논제에서 요구하는 비판적인 글을 작성하는 형식으로는 최적의 구성을 취하고 있다. 각각의 분량도 〈서두〉가 200자 정도, 〈본문1〉이 200자, 〈본문2〉가 240자 정도, 〈본문3〉이 240자, 〈맺음말〉이 300자 정도를 이루고 있다. 맺음말이 다소 긴 것이 단점이다. 〈서두〉에서는 예시를 통해 흥미 유발을 하였고 마지막 문장에서 글쓴이의 입장이 제시하였다. 〈본문1〉에서는 제시문 분석, 반례 제시, 주장 강조의 형식을, 〈본문2〉는 (나) 제시문 분석, 반례2개 제시, 주장 강조의 형식을, 〈본문3〉은 제시문 분석, 반대 논거 제시의 형식을, 〈맺음말〉은 현실의 모습 제시, 인간의 지속적 노력 강조의 논리적 전개를 보이고 있다.

내용면에서는 가장 돋보이는 점은 예시가 매우 적절하다는 점이다. 〈서두〉에서 흥미유발의 요소로 제시한 김동리의 '역마'는 운명론적 사고를 지양해야 한다는 주장을 잘 나타내는 요소이다. (가)제시문의 반증으로 제시한 '아산만 방조제 공사', '두바이 발전상'은 (가)의 지리환경 결정론을 반박할 수 있는 자료로 아주 적절하다. 아쉬운 점은 예시 2개를 하나로 줄여 깊이 있고 심층적으로 쓰면 더 좋았을 것이다. (나)에서는 비판의 근거로 '오체불만족'과 '스티븐 호킹 박사'의 예를 들었다. 마찬가지로 반박의 자료로 매우 적절하며 아쉬운 점도 앞의 내용과 같다. (다)에서도 반박의 자료는 예시라기보다는 상술로서 자세히 서술한 경향이 짙다. '충(忠), 서(恕)'의 정신을 들어 인간의 유전자적 결정론에 대한 반박의 자료로 삼았다. 〈맺음말〉은 다른 학생들과 다르게 매우 길게 작성하였다. 이것은 양면성이 있다. 긍정적인 점은 앞의 내용을 정리하고 부연한 측면이다. 하지만 평이하고 개성이 없으며 단순한 제언 정도의 역할만을 한다는 것은 단점이다.

문장의 전개 면, 예시의 적절성, 구성, 표현 등의 면에서 이 논술문은 매우 수준 높은 점수를 줄 수 있다. 다른 무엇보다도 참신한 예시와 유려한 글의 전개는 다른 학생의 수준을 압도하는 면이 있다. 다만, 앞에서도 언급했듯이 창의성이라는 것은 하나의 문제에 대해 다각적이고 심층적인 사고를 하는 과정에서 나온다. 따라서 하나의 예시를 깊이 있게 분석하는 글을 쓰거나 결론을 줄이고 본문의 분량을 늘려 깊이 있는 사고의 글쓰기를 하였다면 더 좋은 논술문이 되었을 것이다.

◆ 질문

1. 워낙 좋은 평이지만 그래도 전반적인 평에 대해 어떻게 생각하는가.

➡ 제 글에 대해 평을 해주셨다는 것 자체가 무척 영광이었어요. 그치만 다른 평들을 읽어보았는데 다른 평들에 비해 제 평이 좀 더 엄격한 느낌을 받았달까? 그래서 조금 서운하기는 했어요.^^

2. 심사위원들에게 한 말씀 올린다면?

➡ 뽑아주셔서 정말 감사드린다는 말이요. 제 글을 뽑아주신 분들에게 감사의 인사를 전할 길이 없었는데 이렇게 여기서 말하게 되네요!^^

기사글 : [논술 하이킥] 경기도 논술평가 인문계 1등 광주중앙고 2학년 송이슬 양

≪ 경기 광주시 광주중앙고 2학년 송이슬(17) 양. 송 양은 4월 경기도내
모든 고교생이 치른 논술능력평가에서 최우수상을 받았다.
당시 송 양의 답안에 대한 심사위원단의 평가는 이랬다.
'적절한 예시와 유려한 글 전개가 다른 학생의 수준을 압도한다.'

논술학원이라곤 근처에도 가보지 않은 송 양은
어떻게 '논술의 왕'이 됐을까?≫

○ 제대로 읽어라

논술에서 송 양이 가장 심혈을 기울이는 부분은 '문제분석'이다. '요약-비판-내 주장하기'로 '세트'형 문제가 나오는 게 통합교과형 논술시험의 추세. 결국 동일한 제시문을 두고 두세 문제가 나오기 때문에 '제시문의 내용이 뭔지' '문제가 요구하는 것이 뭔지'만 정확히 이해해도 문제의 절반은 해결할 수 있다.

이번 논술시험도 마찬가지. 송 양은 제한시간 100분 가운데 40분을 문제분석에 투자했다. 인간의 삶을 환경결정론, 운명결정론, 생물학적 결정론의 시각에서 각각 바라보는 제시문 (가)~(다)와 인간의 주체적 의지를 강조하는 제시문 (라)를 서로 비교하는 문제였다.

송 양은 먼저 제시문을 찬찬히 읽고 밑줄을 그었다. 이후 각 제시문 옆 빈칸에 주제를 한두 줄로 요약해 메모했다. '주제를 요약하라(100자)'는 1번 문제는 제시문을 읽는 과정에서 이미 해결된 셈이다.

'논술의 왕'으로 통하는 경기 광주중앙고 송이슬 양은 평소 친구들과 자유롭게 떠들고 대화하는 것도 논술에 도움이 된다고 말했다. 송 양이 22일 교정에서 친구들과 토론을 하고 있다. 최세미 기자

○ 사례를 메모하라

학생들이 논술에서 가장 흔하게 범하는 실수가 제시문 속 문장을 그대로 옮겨 적는 것이다. 송 양은 일단 각 제시문 옆에 제시문의 주제와 관련된 짧은 사례를 메모한다. 책이나 신문에서 읽은 내용에서부터 수업시간에 들은 내용까지 생각나는 대로 쓴다. 그 중 논제가 요구하는 바나 글 전체의 흐름과 가장 잘 어울리는 한두 개를 선택해 예시로 사용한다. 제시문의 문장을 베껴 쓸 염려가 없는데다가 창의성 측면에서도 높은 점수를 받을 수 있어 일거양득이다.

이번 논술평가에서 송 양은 △충남 아산만 방조제 공사 때 폐유조선을 사용해 바다 물살을 가로막았던 정주영 전 현대 명예회장 및 사막의 부유국으로 발돋움한 두바이(환경결정론 비판) △장애인이 낸 자서전 '오체불만족'과 장애인 우주 물리학자 스티븐 호킹 박사(운명결정론 비판) △교과서에서 본 '충(忠)'과 '서(恕)'의 정신(생물학적 결정론 비판)을 각각 사례로 들었다.

○ 논술공부, 따로 없다

주로 책과 신문에서 글감을 얻는 송 양. 학교 독서교육과 고교 1학년 때부터 들어온 방과 후 논술특강이 큰 도움이 됐다. 광주중앙고는 독서교육이 철저한 학교로 소문났다. 전교생이 한 학기에 책 3권을 의무적으로 읽고 독후감을 쓴다. 송 양이 요즘 읽고 있는 책은 소설 '김약국의 딸들'. 성적순으로 여학생, 남학생 각 100명만 들어갈 수 있는 기숙사에선 별도로 격주 1권의 책을 읽고 독후감 검사를 받는다.

이 밖에 주 1회 1시간 반씩 외부강사가 진행하는 논술특강에선 '뉴스 일기'를 검사한다. 노트의 한 면에는 일주일 동안 가장 이슈가 된 사건의 신문기사를 스크랩하고, 또 다른 한 면에는 기사를 요약(300∼400자)한 뒤 '나의 주장 –주장의 이유–대책'을 3단계로 써보는 것이다.

○ 소크라테스처럼 대화하라

책과 신문에서 아무리 좋은 사례를 발견했더라도 이를 제시문과 연결하는 논리력이 없다면 소용이 없다. 시사 이슈나 배경 지식에 관한 자료를 읽은 뒤 선생님과 20∼30명의 학생들이 자유롭게 문답을 주고받는 논술특강의 '소크라테스식 문답법'은 이런 논리력과 순발력, 그리고 창의적인 적용능력을 키우기에 안성맞춤이었다.

"넌 미국과의 자유무역협정(FTA)이 필요하다고 보니?"(교사)

"저는 FTA를 안 했으면 좋겠어요."(학생)

"왜?"(교사)

"미국보다 우리나라의 농업경쟁력이 떨어지는 만큼 농민들한테 피해가 크니까요."(학생)

"농업은 그렇지. 그럼 농업 말고 다른 분야는 어떨까? 우리 소비자들의 입장에선?"(교사)

○ 생활이 논술이다

논술수업뿐 아니라 모든 대화는 논술의 '잠재적 글감'이 될 수 있다는 게 송 양의 생각. 친구들이나 기숙사 선배들, 학교 선생님과 주고받은 대화 중 되새길 만한 대목은 따로 메모해 놓거나 기억한다.

이번 논술능력평가에서 송 양이 '두바이'라는 멋진 사례를 들 수 있었던 것도, 기숙사에서 3학년 선배 언니와 잡담을 주고받다가 우연히 '얻어들은' 내용을 따로 공부해둔 덕분이다. 당시 송 양은 사막을 배경으로 한 개그 한 토막을 선배에게 들려주며 웃고 있었는데, 선배가 불현듯 "호호호. 사막을 완전히 바꿨다니, 완전 '두바이'잖아?" 하고 말했던 것. 송 양은 두바이에 관한 자료를 샅샅이 찾아보았고 관련 내용을 메모해 두었다.

"그냥 조잘거리고 노는 것 같아도 사실 모든 대화는 '정보의 교환'이 아닐까요?"(송 양)

궁금한 게 생기면 선생님들은 물론이고, 3학년 선배들이나 같은 학년 친구들에게까지 거침없이 물어본다는 송 양은 810명인 전교생이 모두 가족 같다고 말할 만큼 소문난 '마당발'이다.

서울대 사범대 국어교육과에 진학해 장차 문학 선생님이 되는 게 꿈. 송 양은 "FTA 같은 건 사회과목을 잘 하는 친구한테 물어보지만 시나 소설이 나오면 제가 친구들을 가르쳐 줘요"라며 웃었다.

―최세미 기자 luckysem@donga.com

◆ 질문

1. 진짜 논술 학원 근처에도 안 가 보았는가?(농담??)

➡ 아쉽게도 정말 근처에도 안 가 보았어요. 저희 지역은 그다지 번화한 곳이 아니라 논술학원이 없어요. ^^

2. 방과 후 특강은 어떤 내용으로 어떻게?

➡ 1학년 때는 일주일에 두 번 수업이 있었고, 그 중 하루는 논술일기를 써 내야 했어요. 논술일기는 일주일동안 신문을 읽고 그 중 기사 한 편을 골라 기사요약을 한 후 자신의 의견을 쓰는 것이었고요. 2학년 때는 일주일에 한 번 수업이 있었는데 논술일기는 여러 분야 중 자신이 전문적으로 알고 싶은 분야를 선택해서 그 분야에 관한 기사를 읽고 더 심층적으로 써서 냈어요. 수업은 선생님께서 그날그날의 주제에 관한 개념, 용어 등을 설명, 정리를 A3크기의 용지에 프린트해서 나눠주셨어요. 그럼 우리는 선생님께서 논술일기를 채점하시는 동안 그 내용을 읽고, 채점이 끝나면 그 주제에 대해 수업을 받았어요. 선생님께서는 너무 딱딱한 수업을 하는 것을 원하지 않으셔서 늘 주제와는 다르게 샛길로 새는 날이 많았지만 오히려 저는 그런 점에서 더 논술수업을 듣고 싶어 했어요.

3. "생활이 논술이다"라는 말이 아주 멋지다. 특별히 논술에 신경을 쓰기 시작한 것은 언제부터인가?

➡ 고등학교에서 입학 전 프로그램이 있거든요. 그곳에서 처음 논술수업을 들었을

때요. 그때 선생님께서 논술이 얼마나 중요한 것인지 설명해 주실 때는 왜 진작 몰랐을까 하는 생각에 두근두근 거렸어요.

4. 중학교 때까지는 어떤 글을 써 보았는가.
➡ 평범했어요. 일기(관찰일기, 마인드맵, 그림일기, 시, 효도일기 등등), 독후감, 자기소개서 등 모두가 한 번쯤은 써보았을 만한 글들이죠.^^

5. 평소 과목 공부는 논술에 어떤 영향을 끼치는가.
➡ 논술을 그렇게 많이 해보지 않아서 영향을 끼쳤는지는 잘 모르겠지만^^; 많은 예를 들 수 있게 해준다고 생각해요. 문법 같은 경우는 맞춤법 등에 큰 영향을 끼치고, 문학은 여러 작가들의 작품을 접함으로써 제 생각을 풍부하게 해 준다고 할까요? ^^

6. 마지막으로 선생님께 묻고 싶은 것은? - 평소 논술 관련해서 제일 궁금한 것은?
➡ 실례지만 성함이 참 독특한데 의미가 궁금해요.^^ (진심 반, 농담 반;;)
➡ 모두가 궁금하겠지만 논술을 잘 할 수 있는 방법이요.^^

19장 예시답안을 통한 논술 지도

1 | 모범답안과 예시답안의 거리

출판된 논술교재들을 보면 친절하게 예시답안을 제시하고 있다. 모범답안이란 말은 한결같이 피하고 있지만, 교사가 제시하면 그것이 모범답안이 되는 현실이다. 그러므로 예시답안을 만드는 작업을 가볍게 여겨서는 안 된다. 그리고 예시답안은 치열한 분석과정을 거쳐서 나와야 하고, 그것은 문제설정이나 관점설정에 따라 달라질 수 있음을 늘 염두에 두어야 한다. 고려대 기출문제로 문제설정이나 관점설정, 그리고 그에 따른 분석에 따라 예시답안이 얼마나 달라질 수 있는지를 살펴보겠다.

2 | 다양한 관점의 예시답안

여기서는 과학 논제를 가지고 다양한 관점의 예시답안 구성 전략을 살피기로 한다. 과학은 이과생에게만 필요한 학문이 아니다. 왜냐하면 과학 문제는 곧 우리 사회 문제이고 윤리(가치판단) 문제이기 때문이다.

기출문제를 제재별로 분석해 보면 다음과 같다.

제 재	기출 논제	기출 대학	
1. 과학의 본질과 과학적 인식	과학 기술의 개념(혼돈이론)과 현상 인식	연세대	1995
	과학적 절차와 현상 인식(정약용)의 해석	연세대	1998
	자연 과학적 지식의 객관성	서강대	1997
	과학 발전의 누적성과 진보성	가톨릭	1996
	과학적 이해 방식	고려대	1998
2. 과학과 다른 영역과의 만남	과학자의 발견, 발명에 영향을 미치는 요소	이화여대	1997
	과학적 탐구 활동에서 수학의 구실	이화여대	1998
	신화적 설명과 과학적 설명의 관계	전남대	1998
3. 과학과 정보시대	로봇이 인간 삶에 미칠 영향	중앙대	1997
	다품종 생산 체제와 정보화 시대	외국어	1997
	컴퓨터 통신망을 통한 원격 수업의 문제	경희대	1997
	컴퓨터가 과학의 창조적 과정에 미치는 영향	한양대	1997
	근대의 과학 혁명과 현대의 정보 혁명의 비교	한양대	1998
	컴퓨터의 가상공간이 이성에 미칠 영향	시립대	1998
4. 과학과 사회	디지털형 문화가 지닌 긍정적·부정적 측면	한양대	1998
	과학적 패러다임 전환의 시사점	부산대	1998
5. 과학과 윤리	과학 기술의 상업적 전용	인하대	1997
	생명 존중과 자연 보존의 당위성	가톨릭	1997
	의약품 부작용의 피해를 줄이는 다각적 방안	중앙대	1996
	현대 환경문제와 해결방안	중앙대	1998
	정보통신 기술이 인간관계에 미칠 영향	동국대	1998

위와 같은 문제 경향으로 볼 때 진정 과학은 무엇이며, 과학과 우리의 삶은 어떤 관계를 맺어야 하고, 우리는 어떻게 과학을 다루어나가야 하는지 적극적으로 생각할 필요가 있다. 이런 측면에서 보면 과학이 가치중립적인 도구인지 아닌지가 끊임없이 문제 되고 있음을 알 수 있다. 일부 과학자들은 과학은 가치중립적 도구라고 하지만, 그러나 그들이 만들어낸 과학은 우리의 삶에서 자유롭지 못하다. 아인슈타인이 설령 순수 과학적 이유 때문에 원자폭탄을 연구했을지 모르지만 그 결과는 인류의 재앙으로 나타났다. 그런 거창한 제재가 아니더라도 우리 주변의 사소한 예일지라도 과학이 무엇인지 물음을 던지는 실마리로 만들 수 있도록 지도해야 한다.

아래 고려대 문제는 과학이 진정 무엇인지도 생각하게 하면서 역사인식 철학과 과학의 관계 등을 폭넓게 사유할 수 있는 문제다.

제시문 ㉮는 고등학교 과학 교과서에서, ㉯는 정약용의 <밀물과 썰물에 대하여(海潮論)>

에서 각각 발췌·편집한 글이다. 이 제시문을 읽고 논제에 답하라.

논제	제시문 ⑦의 과학에 대한 설명에 비추어 ⓙ에서 정약용이 자연현상을 이해하기 위해 접근하는 방식을 분석·평가하라.
	유의사항 : ·수험생 가치관은 원칙적으로 평가의 대상으로 삼지 않음.
	작성요령 : ·논제와 성명을 쓰지 말 것.
	·글의 길이는 빈칸을 포함하여 1,600자 안팎(1,500자)이 되게 할 것.
	(분량이 지나치게 부족하거나 많은 것은 감점의 요인이 됨.)

　⑦ 물리학은 자연에서 일어나는 현상을 이해하는 데 있어서 가장 기본이 되는 법칙을 발견하고, 또 기술하려고 노력하는 자연과학의 한 분야이다. 그 대상은 우리 주위에서 일어나는 현상일 수도 있고, 크게는 천체에서 일어나는 현상, 작게는 원자 내부에서 일어나는 현상일 수도 있다. 물리학, 더 크게 자연과학은 자연현상에 대해 관찰하고, 우리가 관찰하는 현상으로부터 논리적 방법과 과학적 상상력을 이용하여 가설 또는 기본원리를 제안하고 이를 통해 자연현상을 기술하려고 한다. 나아가 이러한 가설 또는 기본원리가 논리적 추론을 통해 다른 여러 현상들을 예측하고 설명할 수 있으면 하나의 법칙으로 인정될 수 있다.

　이와 같이 관찰, 논리적 추론을 통한 가설의 수립, 검증 등과 같은 과학적 접근 방법을 이용하여 자연현상을 설명할 수 있고, 더 나아가 예측할 수 있으면 법칙이 만들어지는 것이다. 이 법칙은 실험과 관찰을 통하여 끊임없이 수정되고 개량되어 더욱 완성된 체계를 갖춤으로써 과학적 이론이 된다.

　ⓙ-1 음력 초하루에는 아침 밀물이 묘시(卯時, 오전 5~7시)에 있다. 그 후로는 날마다 시간이 늦어져서, 초이틀에는 두 시간의 차이가 나게 된다. 초사흘 이후에도 밀물은 매일 두 시간씩 늦어진다. 또한 음력 초하루에는 저녁 밀물이 유시(酉時, 오후 5~7시)에 있다. 그 이후로 시간이 조금씩 늦어지는 것은 아침 밀물 때와 같다. 열엿새에는 다시 묘시에 아침 밀물이 있고, 유시에는 저녁 밀물이 있다. 이와 같이 조수(潮水)는 보름을 주기로 끝없이 반복된다. 섬에서 오래 살아 조수를 많이 알고 있는 작은 형님이 이렇게 말했다.

　"달이 뜰 때에도 조수가 있고 달이 질 때에도 조수가 있기 때문에, 사람들은 조수가 생기는 원인이 달에 있다는 사실을 알고 있다. 그렇다면 달이 뜰 때에는 밀물이 있고 달이 질 때에는 썰물이 있는 것이 이치일 것이다. 그러나 실제로는 달이 뜰 때에도 밀물이 있고 달이 질 때에도 밀물이 있는데 그 이유는 무엇일까? 또 달이 중천에 떠 있을 때 밀물이 없는 것은 무슨 까닭인가?" 이 문제에 대해 나는 다음과 같이 생각해 보았다. 달은 물의 근본이 되는 정기(精氣)다. 그 정기가 물에 비치면 물이 감응하여 위로 솟구쳐 오르게 된다. 달은 하늘 위에 떠서 항상 지구의 반을 비추고 있다. 두 개의 둥근 물체인 지구와 달이 서로 마주 보기 때문에 이치상 조수가 생기는 것이다. 지구의 반이 지평선의 경계이기 때문에, 달이 가는 곳에는 항상 밀물이 지구의 앞면과 뒷면에 생겨난다. 달이 동쪽 지평선 경계에 이르면 달을 마주 보는 지구의 앞면에 밀물이 나타난다. 달이 서쪽 지평선 경계에 이르면 처음에는 뒷면에 있던 물이 나타나서 밀물이 된다. 그런데 사람들은 자신들이 서 있는 땅에 서서 밀물이니, 썰물이니, 밀려오느니, 빠져나가느니라고들 말한다.

물의 실제 모습은 항상 두 개의 덩어리로 이루어져 있다. 하나는 산 덩어리 같고 다른 하나는 얼음 덩어리 같다. 이 두 가지가 앞서거니 뒤서거니 하면서 항상 달과 함께 대지의 허리 부분을 끝없이 잇따라 돌고 돌아 그치는 때가 없다. 산 덩어리의 형세와 얼음 덩어리의 광채는 그 길이가 몇 천 리나 되어서 언제나 대지의 허리 부분을 감돌고 있다. 그런데 대지의 허리 부분에서 멀어질수록 그 여파가 점차 줄어들어 사람들이 살고 있는 항구에까지 이른다. 사람들은 눈앞에 있는 이 현상만을 보고 이를 밀물이라고 부른다. 그러나 그것은 단편적인 관찰에 불과하다.

나-2 조수(潮水)가 생기는 까닭이 달에 있다는 것을 사람들은 알고 있다. 그렇다면 보름에는 바닷물이 꽉 들어차 사리가 되고, 그믐에는 바닷물이 적게 들어와 조금이 되는 것이 이치에 맞을 것이다. 그러나 실제로는 보름에도 사리가 되고, 그믐에도 사리가 된다. 그리고 상현달과 하현달이 뜰 때에는 조금이 된다. 그것은 무엇 때문인가? 바로 해(日) 때문이다.

해는 불의 근본이 되는 정기(精氣)이다. 물은 불을 만나면 끓어서 솟아오른다. 초하루에는 해가 동쪽에 있고 달이 중간에 있고 지구는 서쪽에 있어서 이 세 가지 물체가 일직선으로 있으면 바닷물이 꽉 들어차게 된다. 보름에는 달이 동쪽에 있고 지구가 중간에 있으며 해가 서쪽에 있어서(달이 뜰 때에 해당한다.) 이 세 가지 물체가 일직선으로 있으면 바닷물이 꽉 들어차게 된다. 상현(上弦)일 때에는 달이 위에 있고 지구가 아래에 있으며 해가 서쪽에 있어서(해가 질 때에 해당한다.) 이 세 가지 물체가 삼각형을 이루면 바닷물이 줄어들게 된다. 하현(下弦)일 때에는 달이 위에 있고 지구가 아래에 있으며 해가 동쪽에 있어서(해가 뜰 때에 해당한다.) 이 세 가지 물체가 삼각형을 이루면 바닷물이 줄어들게 된다.

그런데 달은 빛을 내는 힘이 강할 때도 있고 약할 때도 있으니, 보름날 바닷물이 꽉 들어차는 것은 당연하다. 그러나 초하루와 그믐에는 달이 이미 이지러져 빛을 낼 수 있는 온전한 힘이 있겠는가라는 의문이 들 수도 있다.

이것에 대해서는 다음과 같이 말할 수 있다. 달은 애초부터 차거나 기울거나 하는 것이 아니다. 달과 지구가 서로 비추는데 항상 반쪽만 비추고, 나머지 반쪽은 항상 어둠에 묻혀 있다. 초하루에는 사람들이 어둠에 묻혀 있는 반쪽을 보게 되고 보름에는 빛이 나는 반쪽을 보게 된다. 또한 상현과 하현 때에는 빛이 나는 반쪽의 절반과 어둠에 묻혀 있는 반쪽을 보게 되고 보름에는 빛이 나는 반쪽을 보게 된다. 또한 상현과 하현 때에는 빛이 나는 반쪽의 절반과 어둠에 묻혀 있는 반쪽의 절반을 보게 된다. 따라서 달 자체는 차거나 기우는 것이 아니다. 만약 사람들에게 날개가 있어서 초하룻날 해와 달 사이로 날아가 고개를 숙여 달의 본모습을 내려다본다면 보름달처럼 둥글 것이다. 그러니 어찌 바닷물을 꽉 들어차게 하지 않을 수 있겠는가?[41]

2.1. 문제조건 확인하기

문제와 유의사항을 결합해 보면 요구하는 내용조건은 다음 물음을 충족해야 한다.

① 제시문은 과학을 <u>무엇이라고</u> 설명하고 있는가.
② 위와 같은 설명방식으로 볼 때 정약용의 자연현상에 대한 접근방식은 <u>어떻게 분석</u>할 수 있는가.
③ 그렇다면 정약용의 접근방식에 대한 내 <u>생각(평가)</u>은 무엇인가.

유의사항에서 수험생 가치관은 평가의 대상이 아니라고 한 것은 가치관을 쓰지 말라고 하는 것이 아니라 ③ 조건을 반드시 지키라는 뜻이다. 다시 말해 어떤 수험생이 분석만 하고 거기에 대한 자신의 가치평가를 하지 않았다면 핵심 문제조건을 지키지 않은 것이 돼 많은 점수를 깎이게 된다.

2.2. 문제설정·관점설정, 주장 잡기에 대하여

자기만의 평가를 정확히 내리기 위해 먼저 제시문 가에서 과학을 어떻게 설명하고 있는가를 밝혀야 한다.

자연현상에 대한 **관찰** ➡ 논리적 방법과 과학적 상상력을 이용해 **가설 또는 기본원리** 제안 ➡ 논리적 추론을 통해 다른 여러 현상을 **예측**하고 설명 가능 ➡ 하나의 법칙으로 인정 : 과학법칙

위와 같은 설명을 좀 더 분명하게 나타내면 다음과 같이 된다.

41　조수(潮水) : 바닷물 또는 해와 달의 인력에 따라 주기적으로 들어왔다 나갔다 하는 바닷물.
　　　조금 : 조수가 가장 낮은 때인 음력 매달 초여드레와 스무사흘을 이르는 말.
　　　사리(한사리) : 음력 매달 보름날과 그믐날에 조수가 가장 높이 들어오는 때.

문제발견 단계 : 관찰
↓
문제설정 단계 : 가설, 기본원리 제안
↓
검증 단계 : 실험관찰, 논리적 추론(연역, 귀납)
↓
법칙 수립 단계

　여기서 중요한 과학에 대한 문제설정은 과학은 결과의 학문이 아니라 과정의 학문이라는 것이다. 최종 수립된 법칙 그 자체가 중요한 것이 아니라 그것을 발견하고 검증하기까지의 과정이 중요하다는 것이다. 보통 과학을 '객관성' '규칙' 등으로만 생각하는데 이는 결과 위주로 바라본 것이다. 과정이 중요하다는 것은 문제를 발견하고 가설을 세우는 단계를 보면 알 수 있다. 관찰 동기나 가설 세울 때 동원되는 과학적 상상력은 객관성과 거리가 멀 수도 있기 때문이다.

　그렇다면 이런 단계에 비추어 정약용의 설명을 분석해 보자.

과학설명	정약용의 접근방식의 단순 대비	
	밀물 / 썰물	조금 / 사리
문제발견 : 관찰	관찰(현상) : ① 달이 뜰 때, 질 때 밀물이 있다. ② 달이 중천에 있을 때는 밀물이 없다. 의문 : 달이 뜰 때 밀물이고, 질 때 썰물이어야 한다는 이치는 틀리지 않는가?	관찰 : ① 보름에도 그믐에도 사리가 된다. ② 상현달이 뜰 때나 하현달이 뜰 때나 조금이 된다. 의문 : 보름에 사리가, 그믐에 조금이 되어야 한다는 이치는 틀리지 않는가?
문제설정 : 가설	달이 물의 중심인 것만은 틀림없다. 다만 달의 위치 이동 때문에 위와 같은 현상이 생긴 것이 아닐까. 지구에서의 한 위치를 중심으로만 생각해서는 안 될 것이다.	달, 지구, 해의 관계 때문에 위와 같은 현상이 생기는 것은 아닐까.
검증 : 논리적 추론과 과학적 상상력	전제 : 물의 근본은 달의 정기에 있다. 추론 1 : 달의 위치 이동에 따라 밀물이 생긴다. 추론 2 : 물의 실제 모습인 두 덩어리가 달의 운동과 함께 앞서거나 뒤서거나 하는 효과로 밀물이 생긴다.	전제 : 불의 근본은 해의 정기에 있다. 물은 불을 만나면 끓어서 솟아오른다. 추론 1 : 달, 지구, 해의 위치관계에 따라 사리와 조금이 결정된다. 추론 2 : 달, 지구, 해가 일직선으로 있으면 (초하루/보름) 사리가, 삼각형으로 있으면(상현/하현) 조금이 된다.
법칙		

나는 일단 제시문을 객관적으로 분석할 필요가 있으므로 정약용의 생각을 단순 대비라고 했다. 과연 정약용의 분석과정이 오른쪽 과학 설명 과정으로 볼 수 있느냐에 따라 개인의 가치평가가 달라질 것이다. 위에서 보면 일단 문제발견 과정과 문제설정 과정은 과학설명 과정과 크게 다르지 않음을 알 수 있다. 문제는 검증 단계이다. 전제로 설정된 것과 그것을 바탕으로 한 추론과정을 과학적 검증과정으로 볼 수 있느냐이다. 여기서 개개인의 문제설정 차이가 드러난다. 일단 아래와 같이 세 가지 관점에서 볼 수 있다.

[문제설정 1] 달에 정기가 있다는 전제는 과학적 연구절차를 거친 것이 아니라, 음양오행과 같은 '동양적 우주관'에 근거한 판단이다. 이러한 비과학적 전제에서 출발했기 때문에 나머지 추론도 객관적인 과학적 검증과정으로 볼 수 없다.

[문제설정 2] 달에 정기가 있다는 것은 달 자체가 움직일 수 있는 힘이 있다고 본 그 당시 사고방식의 하나일 뿐이다. 지금의 시각으로 보면 비과학적 표현일지 모르지만, 그 당시로 보면 과학적 사유로 볼 수 있다. 당연히 추론도 과학적 검증방법이다.

[문제설정 3] 달에 정기가 있다는 것은 동양적 철학관으로 비과학적 방법임에 틀림없다. 그러나 전체적인 흐름으로 보면 일반상식에 대해 문제를 제기하고 그것을 합리적으로 검증하려는 절차는 분명 과학적인 방법이요 절차다.

3 | 논증 분석

첫 번째 문제설정에 대한 핵심적인 논증은 다음과 같은 것이다.

정약용은 이미 확정적인 진리로 '달은 물의 근본'이고 '해는 불의 근본'이라고 말하고 있다. 이미 확정적으로 믿고 있는 진리에서 출발하여 다만 추론을 이용해 현상을 설명하려고 하는 것이다. 그렇기 때문에 정약용의 논의는 자연의 다른 현상 일반에 적용될 수 있는 논의가 되지 못한다. 우리가 과학이라고 부르는 일련의 법칙은 자연현상 일반에 대한 동일한 적용이 가능한 것들이다. 예컨대 만유인력의 법칙은 그 대상이 사과든 돌멩이든 컴퓨터든 지구의 중력에 따라 아래로 떨어져야 하고, 이런 물체와 물체 사이의 인력은 지구에서든 화성에서든 또는 행성 간이든 동일하게 적용되어야 하는 것이다. 이런 과학이 이렇게 일반화될 수 있다는 사실에서 바로 과학의 '예측력'이 나올 수 있는 것이다.

— 김재환

두 번째 문제설정은 어떻게 논증할 수 있을까. 우선 '정기'라는 말에 주목해 보자. 사실 동양에서 힘의 근원 또는 힘의 원리로 설명해 온 '기'라는 것은 서구의 과학으로 보면 과학의 대상이 아니었다. 그러나 최근 신과학에서는 이런 '기'를 물질과 관념을 오가는 힘의 원리로 받아들이고 있다. 굳이 이런 현대 과학의 흐름을 빌리지 않더라도 달의 인력을 설명하기 위해 이러한 힘의 원리를 상정할 수 있는 것이다. 검증 단계에서 과학적 상상력을 중요하게 여긴다는 사실을 주목할 필요가 있다. 과학적 상상력은 과학적 절차나 과정 속에서 수용될 수 있는 상상력을 말하는 것이다. 설령 '정기'라는 개념이 비과학적·철학적인 것이라 할지라도 과학적 상상력으로 구성될 수 있다.

세 번째 문제설정은 어떻게 논증할 수 있을까. 핵심적인 논증만을 보도록 하자.

그럼에도 불구하고 정약용의 자연현상 관찰방법을 '과학적'이라고 말할 수 있는 근거는 어디에 있는가? 아니 반드시 과학적임을 전제하지 않아도 된다. 그의 접근방식에 대해 비과학적이라고 주장해도 무관하다. 충분히 그럴 수 있을 것이다. 그러나 여기서는 우선 과학적임을 전제하면서 분석해 보도록 하자. 그의 방식이 과학적인 것은 일상적 경험에 의한 보통사람들의 일반적 믿음에 대해 문제제기하면서 자연현상(밀물/썰물, 사리/조금)을 원리적으로 해명하려 하기 때문이다. 가령 당시 사람들은 자신들이 서 있는 땅을 중심으로 해서 밀물이니 썰물이니 하였는데, 정약용은 달과 지구의 관계, 그리고 물의 운동을 통해 원리적으로 해명하려 했다. 사리와 조금을 해명하는 데 있어서 더욱 특징적인 것은 당시 보통사람들이 달의 원인 때문이라고 믿었던 바를 수정하면서 해라는 또 다른 요소를 끌어들이고 있다는 점이다. 그리하여 정약용은 달과 지구와 해의 위치관계에 따라 사리와 조금의 문제를 풀어나가고 있다는 점이 과학적 방법으로 접근하고 있다고 말할 수 있겠다. 결국 정약용은 먼저 ① 이치와 실제에서 차이와 모순을 발견했고 ② 이때 이치는 부정된다. ㉮에서 제시하는 과학적 연구방법과 비교해 보면 '가설'을 부정하는 셈이 된다. 이 점이 ㉮와 정약용의 차이점이기도 하다. ㉮는 가설을 설정하고 검증하는 것에서 새로운 이론이나 법칙을 체계화하는 것을 말하고 있지만, 정약용은 가설을 부정하고 다른 전제를 끌어들임으로 해서 새로운 이론을 주장하고 있다. 따라서 ③ 정약용은 가설을 검증하는 데서가 아니라 다른 전제를 끌어들이는 다른 사유를 통해서 이론화하고 있다. 즉 과학적 추론과 철학적 사유를 혼합시킴으로써 '검증'이 아닌 다른 사유를 첨가하는 방식을 택하고 있다. 과학적 추론과 철학적 사유의 혼합은 다음과 같다.

사유방식 자연현상	과학적 추론	철학적 사유
밀물과 썰물	달의 위치 이동	달의 정기 / 두 덩어리 물의 역동성
사리와 조금	달-지구-해의 위치관계	해의 정기 / 물과 불의 끓어오름
	양자가 혼합된 효과로서만이 밀물/썰물, 사리/조금 운동이 일어남.	

— 고길섶

결국 고길섶은 정약용이 자연현상을 관찰하고 있는 방식이 현대 과학의 관점으로 볼 때 과학적이냐 아니냐는 이분법적 평가보다 그가 살았던 시대적 문제를 적극적으로 끌어들여 과학적 사고와 철학적 사고를 융합하여 오히려 시대적·과학적 한계를 극복하고 있다고 보는 것이다. 이런 융합 방법을 추구하는 하는 것은 우리가 모든 것을 과학이라는 잣대로만 논증하려는 과학주의를 극복하는 좋은 교훈이라는 것을 강조하고 있다.

어떤 문제설정과 논증을 따를 것인가. 물론 이와는 다른 문제설정도 생각할 수 있을 것이다. 이와 같이 문제설정과 관점설정이 달랐기에 분석과정도 그와 같은 맥락을 따랐다. 그렇다면 예시답안은 어떻게 다를까. 세 예시답안이 어떻게 다른지는 분석과정에서 드러났으니 생략한다. 세 예시답안에 대한 평가는 선생님들께 맡긴다.

문제설정 1 예시답안

우리는 과학의 시대에 살고 있다. 과학은 인간에게 유용한 도구와 기술을 제공하여 인간의 행복한 미래를 기약하게 해 준다. 이런 과학의 성과는 과학적 탐구방법이라는 과학만의 독특한 방법에 의거하여 발전할 수 있었다. 문제의 발견과 가설설정, 가설의 합리적 검증과정을 통하여 결론을 유도해 내는 과학의 탐구방법이 바로 그것이다. 조선 후기의 실학자 정약용이 그의 '해조론'에서 보여주고 있는 밀물과 썰물에 대한 탐구과정은 과학의 일반적 탐구방법에 비추어볼 때 어떤 평가를 내릴 수 있을까?

정약용의 탐구방법은 근대 과학이 도입되지 않았던 당대 과학 수준에 비추어볼 때, 상당히 '과학적'인 추론을 하고 있는 것으로 보인다. 형이 제기한 문제에 대해 그는 나름의 치밀한 관찰과 당대의 보편적인 상식을 뒤집는 해석을 통하여 '결론'에 이르고 있다. 그러나 그의 추론과정은 제시문 ㉮에서 제기하고 있는 과학의 일반적 탐구방법에 바탕하여 평가해 보면 과학적이라고 볼 수 없는 측면이 있다.

정약용의 논의에서 가장 큰 문제로 지적될 수 있는 것은 '검증의 과정'이 없다는 것이다. 자신이 내세운 가설을 실험과 관찰을 통하여 검증하는 것은 과학법칙이 성립할 수 있는 기본적인 전제이다. 그는 '문제'에 대해 자신의 해석을 보여주고 있기는 하지만, 그 해석은 객관적인 실험과정을 통한 것이 아니기에 과학의 탐구방법으로 볼 수는 없는 것이다. 이런 과정을 밟게 된 이유는 그가 검증해야 할 '가설'에서 출발한 것이 아니라, '달은 물의 본성'이요, '해는 불의 본성'이라는 전제에서 논의를 시작하고 있기 때문이다. 그 전제 역시 실험과 관찰이라는 과학의 탐구과정을 통하여 객관적인 진리로서 검증된 것이 아니라, 당시의 자연관에 근거한 것으로 과학적 결론이라 말할 수는 없다.

정약용의 추론과정은 이처럼 과학적 절차를 따르지 않았기 때문에 과학적 태도라고 볼 수 없다. 따라서 그의 결론은 자연현상에 대한 '일반적 설명'을 해낼 수도 없을 것이다. 우리가 오늘날 과학이라 부르는 것들은 모두 동일한 대상과 조건이 갖추어졌을 때 동일한 결과를 얻을 수 있는 것으로 보편적인 일반화가 가능한 법칙과 이론들이다. 그 법칙에 어긋나는 결과가 나타났을 때는 과학으로서의 지위를 잃어버리게 되는 것이다. 또한, 정약용이 객관적 검증의 과정을 거치지 않았기 때문에 추론과정을 통하여 내린 결론이 설사 과학적 결론이라 하더라도 미래에 대한 '예측가능성'이라는 조건을 충족시키기도 어려울 것이다.

과학은 '과정의 학문'이라고 한다. 흔히 '과학적 태도'라고 부르는 것은 바로 과학의 절차를 따라서 판단을 이끌어내는 과정이다. 그러나 모든 현상에 대해 과학적 태도와 방법을 적용할 수는 없다. 과학으로 설명할 수 없는 여러 현상이 실제로 나타나기도 하고, 또 과학적 태도를 적용해서는 안 되는 영역도 존재한다. 예컨대 인간의 주관이 짙게 배어 있는 '문학'과 같은 것들이 그러하다. 요컨대, 과학적 태도는 존중되어야 하지만, 그 한계 또한 아울러 겸허하게 수용해야 하는 것이다. 그런 점에서 정약용의 접근방법은 분명 과학적 탐구과정은 아니지만, 그것이 비과학적이라 해서 배격할 수는 없다. 비과학적인 직관이나 상상적인 접근은 새로운 과학적 발견을 이끌어내는 원천을 제공하기도 하고 자연과 우주, 인간에 대한 폭넓은 이해를 도와주기도 하는 것이다.

— 김재환

문제설정 2 예시답안

자연현상에 대한 관찰과 분석, 그에 따른 과학적 사유는 어느 시대건 있었다고 본다. 문제는 과학에 대한 인식의 차이와 접근 방법의 차이일 것이다. 그렇다면 제시문 ㉯에서 보여준 정약용의 과학적 접근은 어떻게 해석할 수 있을까. 제시문 ㉮는 현대 과학에서 정립된 과학법칙의 설정 절차를 보여주고 있다. 첫째 단계는 주로 관찰을 할 때 생기는 문제발견 단계다. 두 번째 단계는 가설로 문제를 설정하는 단계이고, 세 번째 단계는 논리적 추론과 과학적 상상력으로 검증하는 단계다. 결국 과학법칙은 이런 과정을 거쳐 성립하는 것이다. 여기서 중요한 것은 최종 법칙이 아니라 그런 법칙을 얻기까지 어떤 과정을 거치느냐이다.

정약용은 바닷물의 흐름에 대해 관찰을 하여 형이 제기한 조수 이치에 대해 의문을 제기하고 밀물/썰물의 경우는 달의 이동으로, 사리/조금의 경우는 달-지구-해의 관계 때문인 것으로 가설을 세우고 있다. 이러한 절차는 현대의 과학적 절차와 다름없는 탐구방법이다. 문제는 검증을 어떻게 했느냐이다. 밀물/썰물의 경우 '달에 정기가 있다'를 전제를 하여 달의 위치 이동에 따라 밀물이 생긴다는 것과 물의 실제 모습인 두 덩어리가 달의 운동과 함께 하는 효과로 밀물이 생긴다는 두 가지 추론을 하고 있다. 결국 이러한 추론에서 가장 문제가 되는 것이 '달에 정기가 있다'는 전제다. 이러한 전제가 비과학적이고 이런 전제 외에 객관적 실험 절차도 없으니 비과학적 추론이라고 볼 수도 있을 것이다. 그러나 전제 자체가 꼭 비과학적이라고 할 수 없다. 정기가 있다는 것은 달이 스스로 움직일 수 있는 힘이 있다는 것이고, 그런 전제는 달의 위치 이동을 설명하기 위한 있을 법한 전제이기 때문이다. 그리고 현대 과학, 특히 신과학에서는 '기'를 물질과 정신을 넘나드는 과학적 대상으로 인정하고 있다.

설령 그런 전제가 비과학적이라 할지라도 과학적 검증 절차에서 과학적 상상력이 중요함을 인식할 필요가 있다. 과학적 상상력은 과학이다 아니다, 아니면 객관적이다 아니다가 중요한 것이 아니다. 비과학적 요소라 할지라도 과학적 검증을 위해 구성된 것이라면 과학적 상상력이기 때문이다. 아인슈타인이 공원 벤치에서 상상력과 마음 다루기를 이용해 여러 과학적 가설을 세우고 검증하는 절차로 삼은 예도 있잖은가. 정약용 역시 해석 결과의 옳고 그름을 떠나 문제발견과 그것을 해결해 가는 과정이 현대의 과학적 설명 절차와 다를 바가 없다. 굳이 문제가 있다면 시대적 한계가 있을 뿐이다.

과학은 결과의 학문이 아니라 과정의 학문임을 명심할 필요가 있다. 또 과학적 발견 절차나 설명 절차는 순차적인 것이 아니라 순환적이라는 사실이다. 문제를 발견하고 가설을 세우고 검증하는 것이 꼭 단계적으로 이루어지는 것이 아니라는 점이다. 과학적 상상력을 발휘해 문제를 발견하기도 하고 가설도 세울 수 있다. 그러므로 정약용의 설명과정에서 어떤 특정 요소가 과학적이냐 아니냐를 문제 삼을 것이 아니라 그가 어떤 과정과 어떤 자세로 자연현상을 대하고 있느냐에 주목해야 한다. 그는 시대적 한계 속에서도 성실한 과학자의 자세를 보여주고 있기 때문이다.

— 김슬옹

문제설정 3 예시답안

글 ⤻에서 보여주는바, 조선 후기의 실학자인 정약용은 과학이 전문적으로 발달하지 않은 시대적·역사적 한계 속에서 과학적 사고를 하려 하고 있다. 그러나 제시문에서 나타나는 것처럼 그는 자연현상을 나름대로의 과학적 사고로 관찰하고 해석하려 하였으며 과학적 상상력도 풍부하게 동원하고 있다. 그것들에 기초하여 논리적 추론을 통해 조수운동, 즉 밀물과 썰물, 사리와 조금의 원리에 대해 나름대로 새로운 주장을 하고 있다.

그런데 정약용의 자연현상 관찰방법을 '과학적'이라고 말할 수 있는 근거는 어디에 있는가? 그것은 일상적 경험에 의한 보통 사람들의 일반적 믿음에 대해 문제제기하면서 자연현상(밀물/썰물, 사리/조금)을 원리적으로 해명하려 하기 때문이다. 즉, 당시 사람들은 자신들이 서 있는 땅을 중심으로 해서 밀물이니 썰물이니 하였는데, 정약용은 달과 지구의 관계, 그리고 물의 운동을 통해 원리적으로 해명하려 했다는 것이다. 그리고 사리와 조금을 해명하는 데 있어서도 당시 보통 사람들이 달의 원인 때문이라고 믿었던 바를 수정하면서 '해'라는 또 다른 요소를 끌어들이면서, 그는 달과 지구와 해의 위치 관계에 따라 사리와 조금의 문제를 해명하고 있다.

우리는 정약용이 '가정(이치)'과 '전제'를 둘러싸고 새로운 싸움을 벌이고 있다는 점을 눈여겨볼 필요가 있다. 즉 그는 가정된 '이치'와 현실에서 경험되는 '실제'와의 차이 혹은 모순점을 발견하여 조수운동의 원리에 대해 새롭게 주장하고 있다는 것이다. 그는 달이 뜰 때 밀물이고 달이 질 때 썰물이어야 한다는 것을 가정한다. 그가 말하는 어떤 '이치'—그는 왜 이치인지에 대해서는 설명하지 않는다—에 따르면 말이다. 여기서 정약용은 독특한 방식 두 가지를 사용한다. 첫째, '가정'이라고 하는 것은 글 ㉠에서 말하는 일종의 '가설'로 바꿔 말할 수 있겠다. 글 ㉠에서는 과학적 연구방법으로서 '가설을 설정'하고 그 가설을 '검증'하는 과정을 내세우고 있다. 그러나 정약용은 이와는 전혀 다르게 애당초 '가설(이치)'을 부정하면서 검증과정 없이 자신의 논지를 전개한다. 그러면서 둘째, 그는 동시에 새로운 전제를 끌어들인다. '물과 불의 근본은 각각 달과 해의 정기에 있다.'는 전제 말이다. 이것은 그의 확고한 믿음이다. 이것은 아마도 그의 동양철학적 사상에 기초한 전제로 보인다. 그렇다면 여기서 우리는 자연현상을 설명하는 데 있어서 '과학'에만 의존하는 게 아니라 철학사상에도 의존하고 있음을 알 수 있다.

이 점으로부터 우리는 정약용의 방식이 과학적이면서도 비과학적인 방법이 동원되고 있음을 알 수 있다. 그러나 여기서 말하는 '비과학적'이라고 하는 것은 과학과 대립되는 것(일테면 미신이나 신비주의 따위)으로서가 아니라, 오히려 과학과 협조를 하고 있는 것, 즉 철학적 방법임을 의미한다. 물의 실제 모습을 '항상 두 개의 덩어리'로 이루어져 있다고 묘사하거나 그 두 덩어리의 '앞서거니 뒤서거니' 하는 역동적 움직임들에 따라 밀물과 썰물이 일어난다고 하는 것은 상당히 철학적 사유에 기초하는 것이다. 요컨대 정약용은 '과학적 방법'과 '철학적 사유'라는 두 가지 방식을 혼합하면서 자연현상을 해명하고 있는 것이다. 달리 말하자면, '검증'에 해당되는 부분을 '철학적 사유'로 메우고 있는 셈이다.

정약용이 자연현상을 관찰하고 있는 방식을, 글 ㉠에서 제시하고 있는 과학적 연구방법에 근거하여 '과학적이냐 아니냐'라고 평가할 수도 있을 것이다. 그리하여 정약용의 방식이 글 ㉠에서 제시하고 있는 과학적 연구방법에서 누락된 요소가 무엇인지 짚어낼 수도 있을 것이다. 가령 정약용에서는 '검증'이 없다는 식으로 말이다. 그리하여 '완전한' 과학적 사고라고 할 수 없다고 결론지을 수도 있을 것이다. 그러나 나는 이와 다르게 평가하고자 한다. 즉, 그에 있어서 시대적·과학적 한계가 있음에도 불구하고 철학적 사유와 혼합함으로써 오히려 시대적·과학적 한계를 극복하고 있다는 것이다. 그의 진술이나 주장이 옳고 그름을 떠나서 이런 통합적 방법을 보여준다고 하는 것은 우리가 모든 것을 과학이라는 잣대로만 논증하려는 과학주의를 극복하는 좋은 교훈이기도 하다. 우리는 자연현상을 과학적 방법에서만이 아닌 비과학적 사유와 혼합시킬 때 비로소 진정하게 자연을 이해할 수 있을 것이다.

— 고길섶

4 │ 마무리

논술엔 정답이 없다고 한다. 그만큼 다양하게 글을 쓸 수 있다는 것을 의미한다. 그래서 모범답안은 있을 수 있지만, 정답 답안은 없다.

지도하는 이는 학생들에게 가장 좋은 답안을 제시해야 한다는 강박관념을 버려야 한다. 선생님이 제시할 것이라면, 본론에서 제시한 것과 같이 다양한 예시답안을 제시하는 것이 이상적이겠지만 현실적으로 어렵다. 특별한 경우에는 그렇게 하는 것이 좋겠지만 보통은 그럴 필요는 없다.

그러므로 학생들 눈높이에 맞는 예시 답안을 위해 학생들의 실제 글을 존중해 주고, 적절한 답안 논술이 없을 경우 첨삭을 통해 적절한 답안을 제시하면 된다. 예시답안이 또 다른 논술문 쓰기로 이어지는 징검다리가 되어야 한다.

5부 눈맞추기 논술 지도

20장 눈맞추기 논술 지도

1 눈높이에서 눈맞추기로

'눈높이' 교육이란 말은 특정 회사에서 전략화한 말이지만 이제는 학생들 수준을 적극적으로 고려하는 학습자 중심 교육의 전략어로 자리 잡았다. 이 말도 무척 좋은 말이지만 그런 취지라면 '눈맞추기'라는 말이 더 바람직하다고 생각한다. 눈높이란 말은 '눈'이란 말의 감칠맛에도 불구하고 '높이'란 말이 꺼림칙해 싫다. '높이'란 말은 수준과 위계화를 연상하게 하거나 상정하기 때문이다. 학생 수준에 맞추는 교사의 애정도 필요하지만 중요한 것은 학생과의 상호작용을 어떻게 설정하느냐이다. 그래서 학생의 눈높이가 중요한 것이 아니라 학생과 눈을 어떻게 맞추느냐가 중요하다는 얘기다. 눈이 맞아 살과 영혼을 섞는 연인처럼 학생과 선생은 눈이 맞아야 하느니.

눈맞추기는 상호작용으로 교사와 학생이 동시에 주체로 구성되는 전략이다. 주체는 주어지는 것이 아니라 상호작용으로 구성되고 설정되는 것이다. 그렇다면 논술교육에서 눈맞추기 교육은 어떻게 해야 하는가. 그것은 학생들이 논술을 왜 해야 하는가 하는 맥락이 선생님과의 상호작용 속에서 설정되어야 한다. 눈맞추기 교육은 열린교육이요, 통합교육의 또 다른 이름이다.

사실 논술을 입시제도와 연계하다 보니 뭔가 특별한 글쓰기인 것처럼 생각되지만 논술은 우리 삶에 대한 글쓰기일 뿐이다. 이 글은 그런 전략을 잘 보여줄 것이다.

눈맞추기 논술을 위해서는 논술에 대한 접근 관점부터 논제 만들기, 텍스트 선정, 지도방법 등 모든 과정이 상호작용적 관점에서 구성되어야 한다. 여기서는 텍스트 설정과 논제 만들기에서 지도방식까지 상호작용을 고려한 하나의 메커니즘으로 가상일기와 다양한 논술

방식을 선보이도록 한다. 가상일기 방법은 필자가 개발해 ≪대중매체 읽고 쓰고 생각하기≫ (세종서적)에서 한 편을 소개한 적이 있다. 여기서는 다른 예로 설명하기로 한다.

이 방법은 학생 수준에 맞는 가상일기를 만들어 몇 가지 문제를 설정하여 다양한 토론과 글쓰기를 유도하는 전략이다. 일기라는 것이 누구나 쉽게 접근하는 매체여서 친근감 있으면서 생동적인 여러 소재로 다양한 글쓰기를 시도할 수 있다.

2 | 가상일기 지도 전략

일기는 학생들에게 가장 친숙한 텍스트이자 글쓰기이다. 그래서 일기 양식을 이용해 아이들의 생활 글쓰기로서의 논술 지도 전략을 구성해 보자는 것이다. 이러한 가상일기는 다양한 주제를 쉽게 구성할 수 있어 좋고 아이들과의 눈맞추기도 좋다.

2.1. 텍스트 설정과 논제 구성

먼저 교사는 가르치는 학생 수준에 맞는 가상일기를 만든다. 실제 일기를 가지고 해도 좋지만 이때는 아이들의 허락을 받거나 프라이버시 문제가 생기지 않도록 조심해야 한다. 먼저 가상일기의 구성 실제 예를 보자.

어느 중학생(찬솔이)의 일기

요즘 우리 집 분위기는 말이 아니다. 중3 오빠의 진학 문제로 가족이 둘로 딱 갈리었다. 오늘도 오빠와 아빠가 논쟁을 벌였다. 아니 논쟁이라기보다도 오빠가 혼난 것이다. 오빠는 실업계 고등학교에 진학하길 원했고 아빠는 인문계 고등학교에 가길 원하셨다. 엄마는 당연히 아빠 편이고 대학 다니는 언니도 역시 아빠 편 나만 오빠 편이다.

아빠 말씀은 사내자식이 대학은 나와야 제 구실을 한다는 것이었다. 취직도 잘되고 월급도 많이 받고 결혼도 더 유리한 조건에서 할 수 있다는 것이었다. 오빠는 아무리 그렇다 하더라도 인문계 공부가 싫다는 것이었다. 실업계 디자인학과를 나와 디자이너로서 사회에 진출하고 싶다고 했다. 아빠는 워낙 완강했다. 오늘도 아빠처럼 제대로 배우지 못해 고생하고 있는 것을 보면서도 그런 생각을 하느냐고 오빠를 다그쳤다. 오빠도 만만치 않았다. 왜 아빠의 삶 때문에 내가 하기 싫은 공부를 계속해야 하느냐고 울먹였다. 물론 그렇다고 오빠가 학교 성적이 나쁜 것은 아니었다. 오히려 상위권에 속해 담임 선생님이 실업계를 가고자 하는 오빠를 이해할 수 없다고 아빠께 말씀하셨다고 한다. 나는 아직 1학년이니까 이런 문제는 아직 실감 나지 않지만 나는 그냥 아빠가 시키는 대로 할 생각이다.

위 일기는 실제 일기가 아니라 중2 학생 수준을 상정해서 가상으로 만든 일기다. 그래서 가상일기다. 이러한 가상일기를 만들 때는 주제와 문체 수준을 실제 수준에 맞추어 만들어야 한다. 그리고 특정 쟁점이 부각되어 있어 생산적인 문제설정이 가능하게 해야 한다.

다음 단계에서는 생각해 볼 문제와 논술 문제를 내는 것이다. 대개 세 문제에서 다섯 문제를 낸다.

생각해 볼 문제

1. 아빠 입장과 오빠 입장 각각에 대해 생각을 써 보라.
2. 몇 해 전 서울 강남의 어느 지역에서는 실업계 고등학교가 들어서는 것을 집단으로 반대했다고 한다. 실업계 고등학교가 세워지면 주변 교육 환경이 나빠져 땅값이 떨어진다는 것이었다. 이에 대한 자신의 생각을 써 보라.
3. 담임 선생님의 견해에 대해 어떻게 생각하는가.
4. 이 예화와 관련하여 진학 문제와 직업문제와의 관계에 대해 논술해 보라. 예화에 대한 분석이 포함되어야 한다. (800~1000자)

마지막 문제만 논술 문제이고 앞 문제는 토론 문제이거나 서술형 문제이다. 그러니 논술 문제는 핵심 쟁점에 대한 종합적 사고력을 측정할 수 있는 문제를 내고 그 앞 문제는 앞풀이라 생각하고 가볍게 풀 수 있는 문제부터 설정해야 한다.

2.2. 학생 답변과 선생님 의견설정

학생 답변에 대해서는 교사는 친절하게 설명해 주어야 한다. 답변하는 다양한 방법이나 첨삭지도에 대해서는 제5부를 참고하면 좋다. 실제 학생 답변과 선생님 지도안을 보기로 한다.

학생 답변

1-1 아빠 처지에서 자식을 걱정하는 것은 이해되지만 너무 자신의 주장만을 고집하는 것은 옳지 않다. 오빠 입장에서는 자신의 미래에 책임질 수 있다면 지금 주장은 바람직하다.

　　　　　　　　　　　　　　　　　　　　　　　　　　　　　　　—송지희

1-2 아빠의 입장은 인문계 고등학교를 간 후 대학을 가라는 것이고 오빠는 그냥 실업계 고등학교를 나와 취업을 하겠다는 것이다. 아빠의 의견도 현실을 고려한다면 자식을 생각하는 면에서 이해가 된다. 하지만 자신의 미래는 자신이 선택해야 하는 것이다. 부모가 도움을 줄 수는 있지만 인생을 정해 주지는 못한다. 그러므로 오빠도 아빠의 의견을 잘 생각해 자신이 원하고 적성이 있는 진로를 선택하길 바란다.

　　　　　　　　　　　　　　　　　　　　　　　　　　　　　　　—편수정

2-1 남보다 먼저 전문성을 기르는 학교가 교육환경을 나쁘게 한다니 이해가 안 된다.

　　　　　　　　　　　　　　　　　　　　　　　　　　　　　　　—송지희

2-2 실업계 고등학교가 들어서면 땅값이 떨어지는 것은 사실이다. 현실에서 볼 때 실업계 학교 분위기가 안 좋기 때문이다. 그러나 반대를 하는 것은 잘못된 일이다. 집단이기주의다. 그런 식으로 모든 곳에서 반대를 하면 실업계 고등학교는 설 자리가 없을 것이다.

　　　　　　　　　　　　　　　　　　　　　　　　　　　　　　　—편수정

3-1 공부 못하는 학생이 실업계 고교에 가야 한다는 것은 편견이자 고정관념이다.

　　　　　　　　　　　　　　　　　　　　　　　　　　　　　　　—송지희

3-2 현재 중3들은 내신으로 대학을 가는 것인데 인문계 고등학교에 상위권이 많이 모이기 때문에 오히려 내신이 불리할 수 있다. 그러므로 상위권 학생들이 꼭 인문계를 가야 한다는 것은 잘못된 견해이다.

　　　　　　　　　　　　　　　　　　　　　　　　　　　　　　　—편수정

4-1 이 진로 문제는 요즘 나의 가장 큰 고민 중 하나다. 나의 진로와 직접적으로 관련되는 고등학교에 대한 생각도 많다. 앞의 내용에서 찬솔이 오빠와 아버지는 고등학교 문제로 갈등을 빚고 있다. 찬솔이 오빠는 실업계 고등학교에 가기를 원하고 찬솔이 아버지는 인문계 고등학교에 가기를 원한다. 오빠의 생각은 실

업계 고등학교를 나와 디자이너가 되는 것이다. 아버지 생각은 인문계 고등학교를 나와야 취직도 잘 되고 직장에서 월급도 많이 받고 결혼도 더 유리한 조건에서 할 수 있다는 것이다. 어떤 면에서 보면 아버지의 주장이 옳다고 생각할지도 모른다. 그러나 나는 찬솔이 오빠의 생각을 더 존중해 주고 싶다. 고등학교는 찬솔이의 오빠가 가는 것이기 때문이다. 아버지가 자신의 아들을 걱정하는 것은 이해되지만 그런 이유 때문에 아들을 구속하고 그의 생각을 무조건 나쁘게 여기는 것은 옳지 않다. 아무리 찬솔이의 오빠가 어린 나이라도 자신의 미래인 만큼 신중히 생각했을 것이므로 아들의 생각은 중요하게 생각해야 한다. 찬솔이의 오빠의 담임 선생님 생각도 문제가 있다고 본다. 꼭 공부를 못하는 학생이 실업계 고등학교를 가야 한다는 생각은 편견이자 고정관념이다. 선택의 자유를 제한하는 것은 바람직하지 않다. 용감한 선택에 대해 오히려 칭찬과 격려를 해 주어야 한다. 자신의 진로에 대해 쉽지 않은 결정을 한 찬솔이의 오빠는 참 용기 있는 사람이라는 생각이 든다. 하지만, 그 결정만큼 자신의 미래에 책임을 질 수 있는 능력을 키우기 위해 많은 노력을 해야 할 것이다. 부모님을 설득시키기 위해서라도 말이다.

—송지희 (동덕중 3)

4-2 실업계 고등학교냐, 인문계 고등학교냐···. 이 질문은 현재 중3 모든 학생이 안은 고민일 것이다. 중3 때의 이 고민에 대한 결정은 신중해야 한다. 위의 예화도 역시 이런 고민에 빠진 한 가족의 이야기다. 현재 중3인 오빠의 의견은 자신의 적성에 맞게 실업계 고등학교에 가서 디자인을 배우고 졸업 후에는 대학에 가지 않고 디자이너가 되겠다는 것이고, 아버지의 의견은 남자는 대학을 가야 한다는 것이다. 자신의 인생은 자신이 설계하고 결정해서 꾸려가야 한다는 것에 따르면 오빠의 의견이 옳다. 하지만 현실적으로 여러 가지 의견을 고려해 볼 때 아버지의 의견이 더 좋을 것 같다. 아무래도 사회적으로 볼 때 대학을 나온 사람이 더 우대를 받는 지금의 상황에서는 대학을 안 간다는 것은 조금은 고려해 볼 만한 것 같다. 아니면 실업계 고등학교를 나와서 전문대학을 가는 차선책을 생각해 봐도 좋을 것 같다. 아무튼 중3은 중요한 시기이다. '순간의 선택이 평생을 좌우한다.'는 말이 꼭 맞는 것 같다. 그런 만큼 진로는 앞날을 평생 정하게 될 직업을 결정하는 데 무척 중요한 역할을 한다. 그런 만큼 심각하게 생각해 볼 문제이다.

—편수정 (동덕여중 3)

선생님 지도의 예

· 송지희 학생 답변에 대한 본인의 의견

송지희! 아빠의 입장과 오빠의 입장에서 네가 답변한 것은 너무 간단한 것 같구나. 아빠가 자신의 고집만을 피우는 것은 옳지 않다고 했는데, 아빠는 응당 부모로서 할 말을 하신 것뿐이란다. 자신의 입장에서 최선을 다하신 거야. 너의 생각도 바람직스럽긴 하다. 그러나 고집 피운다는 표현보다는, 차라리 현실과의 적당한 타협이라고 표현하면 어떻겠니? 사실 아빠는 현실 문제를 누구보다 잘 아시는 분이니까 아들의 장래를 걱정해서 하신 말씀이 아니었겠니! 다음으로 오빠의 입장을 말한 송지희의 답변은 아주 명쾌해서 좋구나.

송지희! 두 번째 질문에서 이해가 안 간다는 표현을 썼구나. 그렇다. 사실 우리 학생들 처지에서 보면 현 교육실태를 다 이해하긴 어려울 거야. 실업계 교육정책의 큰 문제점을 부각한 질문이구나. 그렇다면 이런 식으로 답변하는 게 어떨까? 즉, 교육과 부유함과의 관계를 생각해 보는 거야. 강남 주민들이 실업계 고교를 왜 반대했니? 그건 땅값이 떨어질 거라는 이해타산 때문이었어. 교육환경개선 및 실업계 고교 문제점 극복에 대한 근본 대책을 세우기에 앞서 자신들의 부익부 현상을 먼저 생각한 어른들이 얼마나 어린 고교생들을 더 망치고 있니, 너의 생각은 어떤지 그 문제를 더 자세히 써 보렴.

지희야, 세 번째 답변에서 넌 담임 선생님의 견해를 잘 해석했다고 생각하니? 담임 선생님은 공부를 못하는 학생이 실업계를 가야 한다고 말씀하신 게 아닐 것이야. 다만 찬솔이 오빠처럼 내신이 좋은데 대학 진학의 유리한 조건을 왜 스스로 포기하느냐는 뜻으로 한 말이었을 거야. 다만 담임 선생님이 오빠를 이해할 수 없다고 한 표현은 퍽 문제가 있구나. 제자의 마음 하나도 이해 못하고 어찌 스승이랄 수 있을까 싶네. 그렇지만 담임 선생 나름대로 노력은 하시겠지.

네 번째 답변 퍽 조리 있게 잘 썼구나. 그러나 오빠가 너무 긍정적으로만 표현된 것 같다. 오빠가 실업계를 가고자 한 근본 이유는 인문계 공부가 하기 싫어서였잖아. 그렇다면 실업계 공부는 뭐 공부가 아닌가 싶은 의구심이 들지 않니? 어쩌면 실업계 공부가 수백 배 힘들 수도 있단다. 진학 문제가 곧바로 직업문제가 되는 건 아닐 것이다. 사실 대학을 졸업하고 자신의 전공과 전혀 다른 분야에서 일하는 경우가 허다하지 않니.

송지희야, 너의 글은 깔끔하고 패기가 있었다. 거기에 약간의 따스한 시선과, 오빠에 대한 냉철함도 섞여 있었다면 더욱 좋은 글이 되었을 텐데…

· 편수정 학생의 답변에 대한 본인의 의견

편수정! 반갑다. 너의 글은 예화의 분석에만 치중한 점이 있구나. 그래서인지 처음 읽을 때 너의 생각이 차원 높게 보여 선생님이 각 문항별로 너의 답변에 대한 의견을 적어볼게.

먼저 아빠와 오빠의 입장에 관한 문제에서 논리의 통일성이 부족하구나. 아빠와 오빠 둘 중에서 누굴 대변하는지가 모호하다. 좀 더 확실한 답변이 되었으면 더 좋겠구나.

그러나 둘째 질문에 대해선 너의 입장이 아주 명확히 나타나 있구나. 좋았어.

셋째 질문에 대한 답은 담임 선생님의 입장을 반박하고 있구나. 그러나 선생님은 이런 표현보다 담임 선생님의 생각을 이해하는 쪽이 더 좋겠구나. 즉, 찬솔이 오빠가 상위권이기 때문에 대학 진학률이 높잖니. 그래서 유리한 길을 선택하길 바란 것이 아니었을까.

넷째 질문에 대한 답은 예화를 비교적 잘 분석했구나. 그러나 진학 문제와 직업문제와의 관계를 논술하라는 본래 취지에서 약간 벗어난 듯싶구나. 아버지의 입장만 옹호하고, 진로문제의 심각성을 나타내고만 있을 뿐이구나. 구체적으로 실업계에 진학해서 어떤 직업을 갖게 되고, 그 성공률은 얼마나 되기 때문에 실업계 진학이 불리하다는 등의 표현도 있었어야, 아버지 옹호의 말들이 더 설득력 있지 않을까.

수정아, 네가 표현한 것에 선생님은 이런 의견을 덧붙이고 싶구나. 즉, 인문계냐 실업계냐의 문제는 별로 중요하지 않다. 더욱 중요한 것은 본인의 삶에 대한 의욕과 열정이다. 인문계에 진학을 해도 문제아는 있고 또 공부 안 하는 사람은 많다. 그리고 실업계 진학해서 우수한 성적으로 대학 진학하는 사람도 많은 게 사실이다. 그렇다면 예화에서 짚어내야 할 것은 인문계냐 실업계냐의 문제가 아니고, 찬솔이 오빠가 공부가 싫어서 실업계를 간다고 한 것 자체가 문제였다. 실업계 공부가 훨씬 어려울 수도 있기 때문이다. 그리고 직업은 고등학교뿐 아니라 대학교 어느 학과 어느 고교를 나왔느냐에 상관없이 선택해 나갈 가능성이 많아지고 있다. 중요한 것은 학생 각자의 신념이다. 환경에 따라 일단 선택했으면, 그 선택을 확고히 해서 흩어지거나 우왕좌왕함 없이 일관성 있게 나아가는 것이 가장 중요한 것이다.

찬솔이의 일기에 대한 나의 답변

· 아빠와 오빠의 입장에 대한 생각

인생을 오래 사신 아빠의 입장에서 자식의 실업계 진학을 막는 것은 당연하다. 그러나 아들의 근본 취지는 공부가 하기 싫어서라는 것을 인정해야 할 것 같다. 억지로 공부시켜 봐야 효과는 반감될 뿐이다. 차라리 아들이 원하는 길로 보내고 묵묵히 지켜보는 게 더욱 좋을 것 같다. 아들이 언젠가 공부를 하고 싶은 마음이 생기면 나이 서른에도 대학을 진학할 수 있기 때문이다.

아들의 입장은 충분히 이해가 간다. 공부보다 더 좋은 것이 이 세상엔 많이 있다. 그래서 실업계에 진학하여 일찍 세상을 맛보고 싶은지 모른다. 다만 아들이 명심해야 할 것은 실업계 공부가 더욱 어려울 수 있다는 점이다. 그리고 적응 문제가 남아 있다. 나 역시 실업계를 진학했었다. 그러나 적응하기가 보통 어려운 일이 아니었다. 사회에 나와서까지 그 문제는 따라다녔다. 그래서 나는 다시 대학 진학을 하여 내가 진정 원했던 길을 찾았다. 그 길은 바로 소설가의 길이다. 당연히 국어국문학을 전공했다. 그러나 고교는 상업계를 나왔다. 이처럼 자신의 선택이 수시로 바뀔 수도 있지만, 나의 경우는 가난해서 인문계를 못 간 경우이다. 억지로 선택한 실업계가 나의 대학 진학을 막진 못했듯이, 만약 아들이 인문계를 선택할 때 주변의 강압에 못 이겨 하게 된다면 결과는 뻔하다.

· 강남에 실업계교가 못 들어서는 이유

강남은 부유층이 많이 산다. 아흔아홉 개 가진 놈이 한 개 가진 놈의 것을 빼앗아 가지려 한다는 말이 생각난다. 강남 주민은 바로 그런 놈일 것이다. 땅값 운운하기 전에 교육환경 개선 대책이 시급한데도 그렇게 자기들만 잘 살아보겠다는 집단이기주의는 우리나라를 병들게 하는 부분이라고 생각한다. 조속히 그런 생각들을 버리고 어려운 환경의 이웃들과 불우학생들, 문제아들을 수용하고 이해하는 세상이 오길 바란다.

· 담임 신생님의 견해

상위권이면 당연히 대학을 진학하기 쉽다. 그런 뜻에서 담임 선생님은 오빠의 선택을 이해하기 어려웠을 것이다. 그러나 그의 생각이 좀 더 깊었다면 오빠의 이면을 볼 수 있었을 것이다. 즉, 자율적이고 넉넉한 세계에서 재량껏 공부하며 살아가고 싶어 하는 제자를 이해할 수 있었을 것이다.

예화 분석을 통한 진학과 직업문제의 관계 (800~1000자)

고교 진학을 앞둔 아들이 아버지와 선생님께 일방적으로 강요당하는 현실은 우리를 아프게 합니다. 진로문제는 본인의 적성과 능력에 맞게 선택해야 하며, 주변 분들은 그저 학생의 행동과 선택을 믿어주는 것이 소중합니다. 구태여 싫어하는 공부를 억지로 강요할 순 없잖아요! 공부나 실력이 인생의 가치를 좌우하는 건 아닙니다. 더 소중한 것은 사람됨이지요. 그 사람됨이 일생 동안 어떤 직업을 갖고, 어떤 직업의식으로 살아가느냐를 결정해 줍니다.

실업계를 진학해도 대학은 갈 수 있으며, 또 직업도 다양해서 전공과 무관한 직업을 선택할 수도 있습니다. 그러니 진학 문제는 직업문제와 긴밀하다고만 하긴 어렵겠지요. 또 인문계에 진학했어도 졸업 후 대학에 가지 않고, 직접 사회에 뛰어들어 각종 직업을 갖게 될 수도 있습니다. 필요하다면 직업훈련학교에서 한 1년 수습할 수도 있겠지요.

그러니 예화에서처럼, 어른들이 그렇게 찬솔이 오빠 장래문제로 큰 걱정을 하지 않아도 된다고 생각합니다. 모든 선택은 스스로 하도록 이끄는 게 좋은 것입니다. 의욕과 패기, 열정만 갖고 있으면, 찬솔이 오빠는 이 사회에서 꼭 필요한 일꾼이 될 것이기 때문입니다.

― 김미경

3 | 그 밖의 눈맞추기 논술 지도에 대해

도식적 글쓰기가 횡행하는 현실 속에서 눈맞추기 논술 지도는 어렵다. 도식적 논술쓰기는 입시 탓도 있지만 글의 양식을 틀박이로 나누는 기존 글쓰기 교육의 문제도 크다. 이를테면 글의 양식을 수필, 논설문, 설명문 따위로 칼로 썰 듯이 나누는 관행이 문제다. 실제 학교 현장에서 어떤 글이 논설문이냐 설명문이냐를 가지고 싸우는 사례가 많다. 논설문과 설명문이 섞일 수도 있는데 그것을 인정하지 않는다. 설령 주된 특징을 따라 글의 양식을 나눈다 하더라도 획일화해서는 안 된다. 논설문도 다양한 양식이 있을 수 있다. 사설과 같이 서론-본론-결론 식의 딱딱한 논설문도 있을 수 있고, 칼럼과 같이 수필처럼 쓴 논설문(에세이)도 있을 수 있는 것이다. 그런데 우리 현실은 어떤가. 만약 누군가가 대입논술에서 논술문을 칼럼처럼 쓰면 낮은 점수를 받을 것이다. 그러나 나는 학생들 지도에서 오히려 그런 논술을 더 많이 권장한다. 결국 우리가 글을 쓰는 것은 남이 읽으라고 하는 것인데 그렇다면 부드러운 형식이 쓸모가 있는 것이다. 그렇다고 모든 논술을 칼럼식으로 쓰자는 것은 아니다. 사설식의 딱딱한 논술도 필요하기 때문이다.

그렇다면 다양한 칼럼 외 또 다양한 논술문의 양식은 무엇이 있을 수 있는가. 나는 ≪대중매체 읽고 쓰고 생각하기≫[42]에서 편지로 쓰는 논술, 연설문으로 쓰는 논술, 인터뷰로 하는 논술, 청문회로 하는 논술 등을 개발해 선보인 바 있다. 여기서는 편지로 쓰는 논술과 연설문으로 쓰는 논술 두 가지 최종 답안만 보기로 한다. 자세한 전략은 앞 책을 참고해 주기 바란다.

논제	프랑스 여배우 브리지트 바르도의 한국인 보신탕 먹거리 문화 비판에 대하여

브리지트 바르도 여사께.

먼저 자신의 신념을 위해 싸우고 계신 여사께 존경을 표합니다. 그러나 여사께서 몇 가지 한국인의 식습관에 대해 오해하는 것이 있는 것 같아 이 글을 띄웁니다. 우선 여사께서는 한국인의 삶 속의 개의 의미와 유럽인의 삶 속에 있는 개의 의미를 크게 오해하신 것 같습니다. 한국인의 삶 속에

---

42 송재희 · 김슬웅(1999), ≪대중매체 읽고 쓰고 생각하기≫, 세종서적.

서 개는 소나 돼지와 다를 비 없는 가축에 불과합니다. 유럽은 개가 가축 이상의 의미가 있는 존재가 될 수 있겠지만, 한국은 농경사회이기 때문에 그다지 필요가 없는 개는, 오히려 농경사회에 필수적인 소보다 훨씬 못한 대접을 받습니다. 따라서 한국인에게 '개는 인생의 동반자'라는 이야기는 공감을 얻을 수 없을 것입니다.

그렇다고 모든 개를 다 잡아먹는 야만인과 한국인은 분명히 다릅니다. 한국인도 자신의 집에서 정을 주고 키우는 개는 절대 잡아먹지 않습니다. 한국인이 먹는 개는 식용견으로서, 집에서 키우는 작은 개와는 전혀 다른 몸집이 대단히 큰 개입니다.

이 개는 소나 돼지와 마찬가지로 전문적으로 사육되어 유통되고 있으며 법에 따라 관리를 받고 있습니다. 또한 여사께서는 가축의 의미를 혼동하고 계신 것 같습니다. 여사께서는 마치 전 세계인들이 소나 돼지는 먹어도 되지만 개는 안 된다는 생각을 가지고 있는 걸로 알고 계신데, 이슬람 국가들은 돼지를 먹지 않는 것을 율법으로 정하고 있으며, 힌두교 국가는 소를 신성시하여 절대 소를 해치지 않는다고 합니다. 만약 그들이 소를 먹는 당신과, 개를 먹는 우리를 본다면, 개를 먹는 우리보다는 소·돼지를 먹는 당신을 더 혐오스럽게 생각할 것입니다.

또, 만약 그들이 소나 돼지의 행복을 위해서 여사께 소·돼지를 먹지 말라고 하면 여사께선 어떻게 답변하실 것입니까? 당신들이 먹어도 된다고 생각하는 소·돼지는 그들에겐 분명 먹을 수 있는 존재는 아닐 것입니다.

여사님, 지금 당신의 앞에 앉아 있는 개를 우리가 먹는다고 생각하지 마십시오. 우리가 먹는 개는 당신 앞에 앉아 있는 작고 귀여운 개가 아닌 송아지만한 덩치에 살이 돼지처럼 찐, 인간에게 먹히기 위해 태어난 불쌍한 운명을 가진 동물입니다.

당신들이 달팽이를 먹듯이 우리도 개를 먹습니다. 당신들이 달팽이를 먹는 것이 잘못되지 않았다고 하면서 우리가 개를 먹는 것을 잘못되었다고 하는 것을 우리는 받아들일 수가 없습니다.

여사 자신의 관점으로 한국인을 비교하려 하지 마십시오. 우리는 당신과 다른 사고 관념을 가지고 있습니다. 여사께서 민족 개개의 특수한 상황을 인식할 때 동물 보호를 위한 진정한 해답이 나올 수 있을 것입니다.

여사님, 프랑스 속담에도 있듯 바보들만이 고집을 부리는 것입니다.

—편경우 드림(≪대중매체 읽고 쓰고 생각하기≫, 156~158쪽)

논제 환경문제에 대하여

안녕하세요? 저는 동덕여중 1학년에 재학 중인 편수정입니다.

저는 노태우 대통령의 공약사업 중의 하나인 '새만금 간척사업'에 대해 여러분들께 제 의견을 말씀드리고자 이 자리에 섰습니다.

요즘 세계 곳곳에서는 환경운동을 위해 무척 애쓰고 있다고 들었습니다.

네덜란드에서는 제방을 쌓아 만든 농경지가 농약과 유독성 화학물질로 오염되어 상징새인 황새가 그곳을 떠나버렸답니다. 그래서 백여 년을 애써 만든 제방을 일부 허물고 농경지를 바다로 되돌려 보내는 일을 했답니다.

또 독일에서는 '라인강의 기적'이라 할 만큼 유명한 라인강을 잘 다스리기 위해 제방을 쌓았으나 늪지가 없어져서 자연 생태계가 파괴되는 것을 보고 과감히 제방의 일부를 허물기 시작했다고도 합니다. 미국에서도 그랜드 캐년의 강 하류에 세워진 거대한 댐을 허물어야 한다는 운동이 미국 각지에서 벌어진다는 이야기를 책에서 보았습니다.

이처럼 인간이 편리하고자 만들었던 제방이나 간척지들을 미리 실시해 본 선진국들이 죽어가는 환경의 모습을 보고 실패를 절감하며 과감히 자연으로 되돌리는 작업이 한창인 지금 우리나라에서는 군산 앞바다를 메우는 간척사업이 이루어지고 있습니다. 환경학자들이 나름대로 근거를 제시하고 반대하고 있는데도 불구하고 정부 측에서는 앞으로 닥칠 환경재앙이 불 보듯 뻔한데도 불구하고 국민의 소리를 무시한 채 진행 중인 이유를 저희들이 납득할 수 있도록 설명해 주셨으면 합니다.

만약 이대로 간척사업이 이루어진다면 분명 머지않아 그 심각성을 우리도 맛보게 될 것입니다. 서해안의 바닷물을 막아 공업용수로 쓰겠다고 만들어놓았던 인공호수 시화호만 하더라도 인근 공장에서 무단 방류하고 있는 폐수로 인해 심각하게 썩어가고 있는데도 아무도 책임지는 사람 없이 속수무책이라고 합니다.

그럼에도 요즘 새만금 간척사업이 진행되고 있다는 이야기를 저는 이해할 수 없습니다.

얼마 전 신문에서 보았는데 새만금 간척지를 농경지로 사용하려고 하던 것을 공업지역으로 활용한다는 기사를 보았습니다.

공업지역이 들어서게 되면 공장 굴뚝에서 내뿜는 검은 연기와 각종 산업폐기물들은 생태계를 위협할 것이고 결국은 얻은 것보다는 잃은 것이 훨씬 많아질 텐데 막대한 자금과 인력을 투자해서 자연을 괴롭히면 이다음 우리에게 물려주실 것은 과연 무엇이라고 하시겠습니까?

저는 간척지 못지않게 갯벌 또한 우리에게 많은 혜택을 주고 있다고 알고 있습니다.

농지의 1.5배 이상의 생산성을 주고 있고, 금액으로는 1,400여 억 원의 갯벌 생산물이 묻혀버린다고 하니 땅이 넓어지는 만큼 잃는 것이 얼마나 많은지 살펴보았으면 합니다. 이 많은 갯벌 자원이 묻히게 되고 조류의 이상으로 인해 철새들이 갈 곳을 잃고 결국은 생태계가 파괴될 터인데 어른들은 당장의 이익에만 신경을 쓰는 것 같아 가슴이 아픕니다.

좀 더 너른 차원에서 재검토하여 언제나 고요한 아침의 나라로 남을 수 있도록 해 주십시오.

저희에게 말로만 자연을 사랑하라 하지 마시고 여러분들께서 행동으로 자연을 사랑하는 법과 함께 살아가는 법을 저희에게 가르쳐주시기를 간곡히 부탁드립니다.

1998년 10월 편수정 올림 (≪ 대중매체 읽고 쓰고 생각하기≫, 212～214쪽)

위와 같은 글의 형식이 편지나 연설문으로 되어 있다고 해서 주장하는 글쓰기로서의 됨됨이가 문제가 되는 것은 없다. 오히려 전달 효과가 더 클 수 있으므로 잘 된 논술문이 될 수 있다. 입시논술에서도 어떤 학생이 이런 형식으로 썼다면 형식으로 인한 불이익이 없어야 할 것이다. 아무튼 훈련 과정에서 위와 같은 양식의 지도를 많이 할 필요가 있다.

4 | 마무리

학생들과의 눈맞추기 논술은 선생이 문제를 내고 학생이 풀어나가는 방식으로 접근해서는 안 된다. 다양한 양식의 논술을 이용해 문제를 함께 고민하고 학생들 스스로 해결방안을 찾도록 하는 과정이 중요하다.

논술문 쓰기는 우리 삶의 문제를 논리적으로 즐겁게 해결하기 위한 과정이다. 이렇게 학생들이 우리 삶의 문제를 풀어나가는 주체가 될 때 진정한 눈맞추기 논술은 완성되고 공동체 문제를 함께 해결해 나가는 능동적 주체가 된다.

21장 눈맞추기 논제 만들기를 통한 논술 지도

1 | 머리말

교육 논술에는 대개 논제가 따라다니게 마련이다. 논제는 선생과 학생이 논술로 만나는 징검다리다. 징검다리가 잘못되면 서로의 만남은 어긋날 수밖에 없다. 특히 우리나라와 같이 입시논술의 비중이 높은 나라에서는 어떤 방식의 논제가 출제되느냐에 따라 그 파급효과는 매우 크다. 특히 명문대에서 나온 논제는 대폭 확대 재생산된다. 수십 종의 출판물의 질적·양적 가치가 이런 논제에 좌우될 정도이다. 이런 맥락에서 보면 논제 출제를 제대로 하는 것이 논술교육에서 매우 중요하다. 그러나 실제로 논술교육의 취지와 학습자를 고려하지 않은 문제가 너무 많았으며 이는 대학 당국의 논술 폭력에 해당된다.

그렇다면 논제는 어떻게 출제해야 하는가.

2 | 논제 출제의 배제 원리

논제 출제에서 되도록 배제해야 할 것이 있다. 특정 생각을 요청하거나 강요하는 방식은 안 된다. 이런 방식은 연습 과정에서 훈련용으로는 가능하지만, 실제 문제에서는 피해야 한다. 특정한 생각이나 견해를 강요하는 논제로는 다음과 같은 유형의 있다.

> 무슨 관점에 대해서 논하라.
> 제3의 견해를 써라.

다음 견해를 반박하거나 옹호하는 글을 쓰라.

두 입장 가운데 한 입장을 택해 논하라.

긍정·부정 양 입장을 균형 있게 논하라.

위와 같은 유형들은 학생들의 생각을 일정한 방향으로 몰거나 고정하도록 하기 때문에 문제가 된다. 지금은 이런 유형들이 많이 없어졌지만 한때는 대부분을 차지할 정도였다. 대표적인 논제를 하나 보자. 다음은 한양대 1996학년도 문제이다.

논제 글 [나]의 사실에 근거하여, 글 [가]에 나타나 있는 여배우의 태도를 문화상대론의 관점에서 비판하시오.(40점)

—한양대 96학년도 1번 문제

[가] 열렬한 동물 애호가인 프랑스의 여배우 브리지트 바르도는 김영삼 대통령에게 한국인이 보신탕을 먹지 못하도록 조치해 줄 것을 요구했다. 바르도는 "한국을 방문한 여행객들이 이러한 혐오스러운 관습에 충격을 받고 있다."는 내용의 편지를 김대통령에게 보냈다고 공개했다. 바르도는 이 편지에서 "이 같은 야만적인 관습은 경제협력개발기구 가입을 원하는 한국의 대외 위상을 해치는 것"이라면서 한국 정부가 개고기의 판매를 금지시켜 줄 것을 요구했다. 그리고 이 같은 "슬픈 사건"을 논의하기 위한 면담을 김대통령에게 요청했다.

[나] 인도의 힌두교도들은 쇠고기를 먹지 않고, 유대인이나 이슬람교도들은 돼지고기를 혐오하며, 미국인이나 프랑스인들은 보신탕에 대해 생각만 해도 구역질을 느낀다. 이에 반해 어떤 지역에서는 구더기와 메뚜기가 기호식품으로 사랑받고 있다.

한 조사에 따르면 쥐고기를 먹는 사회도 42개나 된다고 한다. 고대 로마인들은 광대한 제국 곳곳의 산해진미를 앞에 두고도 굳이 자신들이 즐겨 먹는 썩은 생선 소스를 찾으며 "이 맛에 필적할 만한 것은 없다."고 말했다.

[유의사항] 글의 길이는 빈칸을 포함하여 500자 이상 600자 이내가 되게 할 것(300자 미만은 0점 처리).

위 문제는 이미 관점과 주장, 근거까지 어느 정도 설정되어 있다. 문화상대주의 관점이라면 바르도를 일방적으로 비판하는 견해밖에 진술할 수 없을 것이다. 물론 바르도의 주장을 옹호하는 것은 아니지만 그렇다고 일방적으로 비판하라고 강요할 수는 없다. 문제에서 비판하라고 강요까지 했는데 이런 것은 진정한 비판이 아니다. 비판은 나름대로 설정한 객관적이고도 합리적인 관점에서 옳고 그름을 따지는 것이다. 우리가 바르도의 행위를 객관적으로 비판하기 위해서는 바르도가 그런 주장을 편 맥락부터 이해해야 한다. 그런데 문제와 같은 주문은 일단 그런 맥락 이해를 차단하게 된다. 위와 같은 문제가 프랑스에서 출제됐다면 맥락이 달라질 수 있다. 우리나라에서 출제되었기 때문에, 더욱이 입시라는 제도 속에서 출제되었기 때문에 맥락은 매우 심각하다. 곧 이런 식의 문제는 은연중에 국수주의나 민족주의를 강요하는 방식이 될 수 있다. 바르도가 일방적으로 한국인을 야만인으로 몰아붙이는 행위나 다를 바가 없다. 결국 학생들은 위와 같은 논제에서는 올바르게 문제를 설정할 수 없다. 바르도의 견해를 지지하는 학생들에게는 큰 고통이 아닐 수 없다.

조건을 잘 지킨 아래와 같은 답안을 가지고 이 문제를 다시 생각해 보자. 위 문제를 그대로 쓴 어느 학생의 글이다.

'혐오식품' 하면 머릿속에 떠오르는 단어가 보신탕일 정도로 대다수의 사람들은 보신탕에 대해 부정적인 생각을 많이 가지고 있다. 그리고 급기야는 어떤 외국 배우까지 우리의 전통음식인 보신탕에 대해 표면적인 반감을 드러내고야 말았다.

하지만 개를 먹는다고 해서 야만인이 될 수도 없고 보신탕 판매를 허용하기 때문에 우리나라의 경제까지 흔들린다는 것은 어처구니없는 일이다. 사실 법적으로는 개는 애완동물일 뿐 식품은 아니라고 농수산부 등의 관계된 관청은 말하고 있다. 그러나 따지고 보면 보신탕은 프랑스의 달팽이 요리, 비둘기 요리 등과 같이 우리나라의 한 전통음식일 뿐이다. 확실한 기록에 따르면 조선 왕조 때부터지만 학자에 따라선 유사 이전부터 식용으로 사용했다고 주장하는 학자가 있을 만큼 보신탕은 어느 우리나라의 어느 음식 못지않은 역사를 가지고 있는 것이다. 그러한 음식인 보신탕을 우리의 역사나 전통이라고는 모르는 한 외국 여자가 판매를 하라 마라 하는 것은 누가 봐도 잘못된 것이다. 물론 그녀로서는 아니 보신탕을 반대하는 모든 동물 애호가들로 봐선 자신들의 사랑스러운(?) 동물들 하나하나가 사람들의 입맛을 돋우기 위해 죽어나가는 걸 봐줄 수 없다는 것을 이해하지 못하는 건 아니다. 그리고 개가 사람과 가장 가까운 동물이라는 것도 수긍하는 바이다. 그러나 그렇다고 해서 개를 먹는 사람들이 야만인이 될 수는 없는 것이다. 그러나 굳이 그들을 야만인이라 부르고 싶다면 비둘기를 애지중지하며 키우는 사람들은 비둘기를 먹는 야만인이라 불러야 될 것이며 소를 친구나 자식으로 생각하는 이에게 쇠고기를 먹는 대다수의 사람들은 야만인이라 불러야 할 것이며 돼지를 자식처럼 키우는 사람들에게서 우리는 손가락질받아 마땅할 것이다. 그렇게 본다면 어느 누가 야만인이라 불리지 않겠는가? 소수의 채식주의자를 제외하곤 아니 어쩌면 채소를 한평생 애지중지 키웠던 사람들에게 그들조차 욕을 먹을 수도 있을 것이다.

우리나라 사람들에게 개는 아주 풍부한 영양가를 지닌 음식으로 평가받고 있다. 동의보감을 살펴보면 개는 약으로까지 생각해도 될 정도로 우리에게 아주 유익한 식품으로 여겨지고 있다. 그러나 최근 어떤 사람들의 연구를 보면 이러한 개를 먹는다면 오히려 불결한 음식 조리법으로 병을 얻을 수도 있다고까지 말하고 있다. 하지만 뒤집어 생각하면 음식 조리법만 개선된다면 그리 해가 되는 것도 없다는 말이 되는 것이다. 그러나 꼭 영양을 따져보지 않더라도 많은 사람들은 개를 먹고 나면 몸이 더 좋아지는 것을 경험한다고 한다. 즉 영양의 문제를 넘어선 우리의 관념적인 생각으로 정신적으로 우리 몸이 가뿐하다고 느끼게 해 주는 역할을 하는 셈이다. 개가 특별한 영양은 없다 치더라도 많은 사람들에게 만족감을 주는 정도라면 그 자체로 보신탕은 그 몫을 단단히 하고 있는 건 아닐까?

한때 우리나라는 88올림픽이라는 행사를 치를 적에 선진국 동물 애호가들의 거센 항의로 보신탕집들이 시외로 몰려가는 수모를 겪기도 하였다. 그러나 이제 우리는 오히려 개를 떳떳이 식품으로 인정하고 외국인들의 항의를 맞받아쳐 버릴 만한 용기를 내야 한다. 보신탕은 우리나라의 한 문화일 뿐이다. 우리나라의 문화가 우리나라 사람들이 아닌 외국인들에 따라 시비가 판가름 지어지고 있는 것이다. 더 이상 우리는 보신탕을 우리 스스로 특별한 음식으로 보아선 안 된다. 다만 하나의 기호품으로 자리매김할 수 있도록 협조해야 되는 것이다

그리고 오히려 개에 관한 허술한 법망 때문에 양질의 식품이 되지 못하도록 방해하고 있는 도축업자들 등을 단속할 수 있도록 해야 할 것이다. 이제 우리는 우리 문화를 남이 파괴하는 것을 지켜볼 수만은 없다. 그리고 당당히 우리는 보신탕을 우리 문화일 뿐이라고 답변할 수 있어야만 하겠다.

―고 1

위 글은 문제조건을 잘 지켜 문화상대주의 입장을 충분히 논증하고 있다. 진짜 이런 입장이라면 이 논술은 잘된 답안이 될 수 있다. 그러나 문화상대주의 입장이 아니라면 이 글은 대단한 작문(?)이 된다. 소설보다 더 그럴듯한 허구가 될 수 있다는 것이다. 이것은 내 생각을 밝히는 글이라는 취지에도 어긋난다. 결국 바르도의 간섭 행위는 잘못이지만 특정 관점의 강요로 내부적으로 다양한 의견을 나눌 수 있는 기회가 차단되는 것이다. 한국철학회는 이 문제에 대해 다음 평가표[43]에 근거해 F학점을 준 바 있다.

---

43 김광수(1996), <각 대학 논술 문제 몇 점인가>, ≪논술 지도교사 및 출제자를 위한 세미나 자료집≫, 한국철학회, 2쪽.

	평가 항목	5	4	3	2	1	비고
문제	1. 논술교육의 정신에 부합하는가?					✓	생각할 여지없는 작문 문제.
	2. 고졸 수준의 이해력에 적합한가?					✓	고졸 수준에 너무 쉬움.
	3. 애매모호하거나 너무 단순하지 않은가?					✓	너무 단순.
	4. 주어진 시간에 적당하가?					✓	시간이 남을 것임.
	5. 보편적 이상과 가치에 부합하는가?				✓		'문화상대주의'라는 주제 자체는 좋으나 그 점에 대한 성찰은 수준 이하.
	6. 시의성이 있는가?			✓			
	7. 학교 교육과 연관이 있는가?			✓			
	8. 통합교과적인가?		✓				윤리, 철학, 사회, 역사.
	9. 제재가 구체적이고 주제와 어울리는가?	✓					개고기.
	10. 제재가 수험생에게 친숙한가			✓			
답안	11. 창의적 사고를 요구하는가?					✓	답이 주어져 있음.
	12. 논리적 사고를 요구하는가?					✓	논리적으로 생각할 여지없음.
	13. 비판적 사고를 요구하는가?					✓	비판적으로 생각할 여지없음.
	14. 폭넓은 독서를 요구하는가?			✓			
	15. 암기하여 답하기 어려운가?					✓	참고서.
	16. 상투적으로 답하기 어려운가?					✓	누구나 하는 말.
	17. 변별력을 높일 수 있는가?					✓	누구나 할 수 있는 말.
	18. 통일된 채점 기준을 적용할 수 있는가?	✓					모범답안 가능.
	19. 채점자들 견해 차이를 조정할 수 있는가?	✓					이론의 여지없음.
	20. 채점자의 주관성/전문성이 개입되지 않는가?	✓					아무나 채점 가능.
	합계	20	4	12	2	10	
	* 총 20항목×5(최고점)=100(만점) * 90점대 AA, 80점대 A, 70점대 B, 60점대 C, 60점대 미만 F			48			F

대체로 옳은 평가이나 통합교과적인가에 대한 평가에서 4점을 준 것은 잘못이다. 특정 관점을 강요하는 것은 통합교과 정신에 크게 어긋난다. 통합교과는 다양한 관점에 대한 열린 사고에서 출발하기 때문이다.

이 문제는 사실 상당히 복합적인 여러 문제를 안고 있다. 문제를 세계적으로 제기한 바르도가 세계적인(?) 여배우이기 때문에 파장이 의외로 컸지만 굳이 바르도의 문제제기가 아니더라도 논쟁 대상이 될 가치가 있었던 것이다. 개와 한국인이 맺고 있는 방식도 다양한데다 다른 나라 동물 문제까지 합세하고 있고 거기다가 강대국들의 입김까지 작용하고 있으니 더욱 복잡한 문제처럼 보이고 있다. 오죽하면 남북한 모두 이름을 바꾸기까지 했다. 남한은 보신탕을 영양탕, 사철탕으로 바꾸었고, 북한에서도 비슷한 이유로 개고기를 단고기로 바꾸었다.[44] 남한의 경우는 88올림픽 때는 줄어들었다가 끝나고 다시 늘어나 바르도가 문제를 제기하고 나선 것이다. 이런 흐름 속에서 우리는 왜 우리의 개고기 먹는 문화가 문제 되는가를 정리할 수 있다. 실제 개고기 식문화를 비판하는 사람은 바르도뿐만 아니라, 한국에서도 얼마든지 있을 수 있다. 월간 《식품과 위생》이 수도권 지역 주민 1,208명을 대상으로 조사한 결과 76%가 보신탕을 먹어보았고 24%가 먹어보지 못했다고 한다. 성별로는 남자가 88.5%, 여자가 39.9%로 남자가 훨씬 많이 먹는 것으로 밝혀졌다. 보신탕을 먹는 습관에 대해서는 67.5%가 고유의 음식 문화이므로 외국인을 의식할 필요가 없다고 했고, 20.9%는 식문화의 보편성 차원에서 대다수 사람들이 싫어한다면 고쳐야 한다고 답했다고 한다.[45]

군이 문화상대주의 입장이 아니더라도 서로의 입장 차이가 큰지 생각해 볼 필요가 있다. 한마디로 개를 보는 시각이 다르다. 서구인들은 대개 개를 가족 구성원의 하나로, 바르도의 말 그대로 친구로 간주한다. 그에 비해 우리나라 사람들은 친근한 가축으로 여기지만, 전통적으로 서구인들처럼 생각하지는 않는다. 그것은 개와 인간이 관계를 맺어온 방식이 서구와 우리나라가 다르기 때문이다. 서구에서는 개와의 관계가 그들의 조상인 유목 민족의 풍습에서 설정되었다. 유목 민족은 자주 옮겨 다녀야 하고 그래서 튼튼한 집을 짓기보다는 쉽게 옮길 수 있는 집을 짓게 마련이다. 그러다 보니 야생동물의 침입이 크게 문제가 되고 그러한 걱정거리를 덜어준 은인(?)이 바로 개인 것이다.

이에 반해 우리 조상은 농경민족으로서 개와 관계를 맺었다. 농경민족은 한 군데서 오래 살아야 하기 때문에 집이 튼튼했고 야생동물의 침입에 개가 큰 구실을 하지 못한다. 또 먹거리가 풍족하지 못했거나 가난한 탓으로 영양 부족에 시달렸던 우리네 민중들에게 개는 몸을 보호할 수 있는 고급 단백질을 제공해 주는, 손쉽게 얻을 수 있는 값진 음식이었던 것이다. 결국 서구인의 기준으로 보면 개를 먹는 것은 친구를 먹는 것이니 야만인이나 다름없는 셈이 된다. 바르도가 동물 사랑 관점에서 한국에 문제를 제기했더라도 실제 문제제기 방식은 보신탕을 먹는 한국인들의 화만 돋우었다. 동물 사랑 방식조차도 문화에서 나오는 것이므로 문화상대주의와 동물 사랑 문제는 밀접한 관련이 있다. 곧 동물을 사랑하는 방식이 각

---

44   전철우, 동베를린 유학 중 귀순, 《동아일보》 1994.4.30.
45   《한겨레 21》, 117호, 70쪽에서 다시 인용.

나라마다 다르다는 것이다.

> 애완을 다시 생각해 보자. 개뿐만 아니라 고양이, 돼지 심지어 악어와 뱀까지도 애
> 완으로 기른다. 폴리네시아 여인들은 돼지를 소중히 여겨 품에 안고 다닌다. 애완의
> 범주에도 성역이 없기 때문에 반드시 개만이 애완이라고 생각하는 것은 틀린 것이다.
> ─주강현, 〈보신탕을 괴롭히지 말라〉, 《한겨레 21》 117호, 1996.7.18. 63쪽.

바르도가 문화상대주의 관점을 존중하면서 동물 사랑을 실천하고자 했다면 아래와 같이
한국 정부에 요청해야 했다.

> 한국인 여러분, 나는 여러분의 개고기 먹는 고 문화를 인정합니다. 나는 한국에서
> 개고기 먹는 문화가 가난했기 때문에 질곡이 심했던 시절에 그야말로 '보신'을 위해 생
> 긴 것으로 알고 있습니다. 그러나 오늘날 한국은 많은 경제성장을 이루었고 '보신'을
> 이유로 개고기를 즐겨 먹을 필연적 이유는 없어졌다고 봅니다. 설령 보신을 이유로 먹
> 는 것을 인정한다 할지라도 제가 듣기에는 한국에는 식도락을 위해 즐기는 경우가 많
> 다고 합니다. 최소한 식도락으로 개고기를 즐기는 습관만큼은 없어져야 한다고 생각
> 합니다. 또 한국인들이 개고기를 너무 좋아하다 보니 자신이 기른 개도 잡아먹고 또
> 맛 내기 위해 잔인하게 도살하거나 고기 양을 늘리기 위해 물을 강제로 먹이거나 주입
> 하여 도살하는 경우가 많다고 합니다. 이런 경우는 강력한 법으로라도 막아야 한다고
> 생각합니다.
> 나는 동물들을 차별하지 않는 채식주의자입니다. (《한겨레 21》 인터뷰 참고) 다
> 만 개와 사람 사이의 관계로 볼 때 식도락을 위해 개를 마구잡이로 죽이는 것은 막아
> 야 한다고 생각합니다. 프랑스에서 잘못된 음식 문화가 있다면 그도 바로잡기 위해 열
> 심히 노력하겠습니다.

바르도가 좀 더 시야를 넓혀 위와 같이 한국을 비판했더라면 그의 동물 사랑 정신은 효
과를 보았을지도 모른다. 그러나 바르도의 입장은 지나치게 편협하여 전혀 효과를 보지 못
했다. 오히려 한국인의 분노만을 자아낸 나머지 바르도의 동물 사랑 정신 자체가 퇴색하고
말았다.

바르도의 견해는 동물 사랑 그 자체 맥락에서도 비판이 가능하다. 어떤 관점인가 보자.

> 나 역시 동물 애호가로서 '개는 개답게' 살아갈 수 있는 개의 행복추구권 보장을 촉

구한다. 개의 성대를 자르고 고자로 만들고 매니큐어를 칠하는 따위는 개의 권리를 침해하는 일이 아닐까.

—주강현, 〈보신탕을 괴롭히지 말라〉, ≪한겨레 21≫ 117호, 1996.7.18.

그리고 좀 더 시야를 확대해 보면 다음과 같은 맥락의 비판이 가능하다.

애완견에 막대한 신경을 쏟는 그 비용은 사실 제3세계의 굶주린 사람들에게 우선적으로 돌려주어야 마땅하다. (…) 그대들 문명의 나라가 솔선하여 지구 각 지역을 파괴하고 문명이란 이름으로 얼마나 많은 '야만'의 나라를 식민지로 만들었던가. 그리고 얼마나 많은 나라의 생태환경과 야생동물을 초토화시켰던가.

—주강현, 〈보신탕을 괴롭히지 말라〉, ≪한겨레 21≫ 117호, 1996.7.18.

얼핏 보면 애완견에 막대한 돈을 쏟는 문명국가 행위와 제3세계의 굶주림 문제는 별개처럼 보인다. 그러나 새로운 관점은 그것의 통합을 가능하게 한다. 애완견에 쏟는 돈은 제3세계를 짓밟은 대가로 나온 것이기 때문이다. 그렇다고 나는 인간의 굶주림을 해결하기 위해 동물을 학대하자는 것은 아니다. 동물 사랑이라는 명목으로 지나치게 과소비되는 돈—주강현님 지적대로라면 그것은 동물 학대 돈이다—을 줄여 인간을 위해 제대로 쓸 수 있다는 것이다.

주강현님 견해가 무조건 옳다는 것은 아니다. 논리의 비약으로 볼 수도 있다. 동물보호운동을 펴는 사람이 제3세계의 굶주림 해결 운동까지 병행할 필요는 없기 때문이다. 다음 글은 이런 맥락의 글이다.

역사 민속학자 주강현씨는 역사민속학자답게 개고기를 먹게 된 역사 문화적 배경을 비교적 자세히 다루고 있다. 117호 커버스토리가 보신탕 취식을 옹호하는 입장에서 작위적으로 꾸며졌다는 느낌을 받는 것은 그의 글 덕택이기도 하다.

개에 대한 그의 견해는 어떠한가. 민속학자로서 인간과 동물과의 관계에 대한 연구에까지 영역을 확대한 그는 단지 '애완'이라는 인간 중심의 입장에서 수입 품종의 개만을 애완견으로 분류한다. 그리고 '애완견'을 키우는 데에 드는 그 비생산적인 경비는 사실 제3세계 굶주린 사람들에게 우선적으로 돌려주어야 마땅하다는 자신의 믿음을 당부한다. 우리는 사람들이 값비싼 자동차를 사는 것에 관하여 "그 돈으로 제3세계 사람들에게나 나누어주지."라고 하지는 않는다. 주씨는 단지 "개라는 먹을거리"에다 투자하는 것은 낭비라는 투다.

주씨는 또 "세계 평화와 국제연대는 이 같은 사소한 문화 차이부터 문화적 다원주의를 이해하는 데서 비롯되는 것이기 때문"이라면서 개고기 취식에 대한 찬반 문제를 민족 간 문제로 비화시키고 있다.

현재 대한민국에서 개고기 취식에 관한 문제는 어디까지나 개인적인 문제이며 가치중립적인 문제라고 생각한다. 따라서 개고기 취식에 관한 문제는 개를 어떻게 생각하는가에 대한 개인 취향이나 인식에 관한 문제이지 국가 간 또는 민족 간의 문제는 아닐 것이다.

스스로를 동물 애호가로서 개는 개답게 살아갈 수 있는 "개의 행복추구권을 촉구한다."는 주씨에게 묻지 않을 수 없다. 어떤 것이 '개답게' 살아가는 것인가.

보신탕에 관한 인식 차이는 바로 '개답게 살아가는 것'이 어떤 것인지에 대한 인식 차이에서 파생되는 문제의 핵심이기 때문이다. 단적으로 주씨는 개답게 사는 것은 '주인에게 충성을 바치다가 고기로서 생을 마감'하거나 '인간의 품을 떠나 자유롭게 살다가는 것'이라고 생각하는 것이 아닌가 싶다.

그러나 나는 '개는 우리의 친구라는 믿음'을 갖고 있다. 이런 믿음이 '서구 우월주의의 문화적 편견에 사로잡힌' 몹쓸 짓이라고 욕해도 좋다. 인간과 동물이 정을 나눈다는 것은 우리 전통의 생명공동체 사상을 들먹이지 않더라도 아름다운 일이라 생각하기 때문이다. 자신을 의지하는 동물을 학대하는 사람이 과연 제3세계 굶주린 사람들에게 먹을 것을 나눌 수 있을까?

《한겨레 21》에도 한마디 하고 싶다. 지극히 가치중립적인 문제를 다수의 원칙에 입각하여 다루지 말아주었으면 하는 점이다. 동물을 착취의 대상으로만 여기는 인간 위주의 현실에서 그나마 애완동물만이라도 더불어 살아보자는 이들의 주장도 들어봄직하지 않을까? 개고기를 많이 먹는다는 어른들은 그렇다 하더라도, 동물을 특히 개를 친구로 생각하고 있는 어린이에게 어떻게 설명할 것인가. "이놈(애완견)은 친구니까 안 되고 저놈(잡견)은 친구가 아니니까 먹어도 돼!"라고 설명해야 할까? 개고기가 '민족음식'이라고 주장하는 것은 약육강식의 세상에 찌든 어른들의 변명이다.

— 홍하일, 《한겨레 21》 119호, 1996.8.1. 110쪽.

그리고 문화상대주의가 무조건 옳다는 것은 아니다. 문화상대주의는 각 나라의 문화는 나름대로의 고유 가치를 가지고 있으므로 우열을 가리거나 한 문화를 중심으로 다른 문화를 비교 평가할 수 없다는 견해지만 요즘처럼 국제화, 세계화를 강조하는 세상에서는 고유문화가 다른 겨레나 나라에 악영향을 끼친다면 최소한 그런 문제를 중심 논의에 둘 수 있기 때문이다. 그리고 고유문화라고 해서 무조건 계승해야 할 전통이 되는 것은 아니기 때문이다.

≪세계일보≫ 2월 8일 자 PC통신 동호인들이 벌인 「보신탕은 고유음식」이란 논쟁에 대해 보신탕이 우리 고유음식이 아니라는 견해를 밝히고자 한다. 우리 전통음식이란 쌀밥, 보리밥, 된장, 고추장, 김치, 나물 반찬 등으로 예로부터 오늘날까지 거의 매일 식탁에 오르는 음식을 말한다. 그러나 보신탕은 뱀탕, 개구리탕, 고양이탕, 구더기탕, 지렁이탕과 더불어 보건복지부가 규정한 혐오식품이다.

일부 국민들의 주장대로 오래전부터 전해 내려오는 모든 습관을 전통으로 무조건 미화할 수는 없다. 좋은 습관은 전통으로 이어나가고 나쁜 습관은 버려야 한다고 본다. 일부에선 보신탕을 그 나라의 사회적 배경과 문화적 차이로 정당화하러 든다. 하지만 가장 중요한 사실은 보신탕을 먹는 것은 모든 동물학대의 시작이라는 점이다. 즉 인간과 가장 친한 동물인 개를 잡아 보신탕을 만들어 먹는 것을 시발로 뱀, 개구리, 고양이, 오소리, 너구리, 족제비, 수달 등의 야생동물마저도 잡아먹게 된다. 다시 말해 개고기를 먹지 않는 것은 동물보호의 시작으로서 이를 통해서만 우리나라의 동물보호가 정착될 수 있을 것이나.

　　　　　　　　　　—금선란(한국동물보호협회장), ≪세계일보≫ 1996.2.28. 18쪽. 독자한마당.

그리고 우리의 보신탕 문화를 잘못된 문화라고 볼 수 있는 또 다른 이유도 있다. 그것은 보신탕 문화는 그야말로 허한 몸을 보하는 식문화가 아니라 개발 위주의 경제정책의 부산물인 졸부 또는 중산층 이상의 부유층 위주로 형성되어 있는 정력 문화와 결부되어 있다는 것이다.[46] 다 알다시피 남한의 중산층은 허리띠를 졸라맨 개발 세대가 형성한 것이다. 빠른 시일 안에 잘살게 된 이 계층은 좀 더 건강하게 오래 살아 그 부를 즐기고 싶은 욕망이 꿈틀거렸고 그러한 욕망은 정력제에 대한 과도한 집착으로 나타났다. 생태계를 잔인하게 파괴하면서까지 정력제를 쫓는 대한민국 남성들의 그 표독스러운 눈빛, 그래서 개고기를 먹고 나서 물건이 어쩌고 하는 담론이 횡행하는 것이다. 그러니 몽둥이로 패서 잡고 물로 불려 개고기를 만든다.

지금까지 보신탕 문제에 대한 다양한 관점의 맥락만을 설명해 보았다. 이렇게 한 까닭은 특정 관점을 강요하는 것이 얼마나 비합리적인 것인지를 반증하기 위해서이다. 따라서 한양대 문제는 최소한 아래와 같은 방식으로 출제했어야 했다.

46　　　김슬옹, <'복날이면 멍멍'에 부쳐>, ≪사회평론 길지≫ 1996년 9월호.

다음 글을 읽고 무엇이 왜 논쟁이 되고 있는지를 분석하고 그 논쟁의 쟁점을 살아가는 삶의 양식에 대하여 자신의 견해를 밝혀라. (1500자 안팎)

다음 두 인용문을 읽고 두 글에서 쟁점이 되고 있는 문제에 대하여 자신의 견해를 쓰라. 어느 쪽을 지지하든 상관없다. 마찬가지로 둘 다 반대해도 상관없고 제3의 견해도 괜찮다. (40점)

㉮ 열렬한 동물 애호가인 프랑스의 여배우 브리지트 바르도는 김영삼 대통령에게 한국인이 보신탕을 먹지 못하도록 조치해 줄 것을 요구했다. 바르도는 "한국을 방문한 여행객들이 이러한 혐오스러운 관습에 충격을 받고 있다."는 내용의 편지를 김대통령에게 보냈다고 공개했다. 바르도는 이 편지에서 "이 같은 야만적인 관습은 경제협력개발기구 가입을 원하는 한국의 대외 위상을 해치는 것"이라면서 한국 정부가 개고기의 판매를 금지시켜 줄 것을 요구했다. 그리고 이 같은 "슬픈 사건"을 논의하기 위한 면담을 김대통령에게 요청했다.

㉯ 브리지트 바르도씨, 나는 그대가 50년대에 선보였던 줄무늬 비키니 옷차림의 아름다운 사진을 오려두기도 했던 순진무구한 영화팬이기도 하다. 그리고 동물을 지극히 사랑하는 그대의 동물보호운동에 아낌없는 경의를 보내왔다. 하지만 당신이 그토록 혐오하는 '개고기 먹는 야만인'의 한 사람으로서, 당신과 같은 '선진 문명인'에게 내 견해를 밝히고자 한다. 도대체 문명과 야만이란 무엇일까. 혹시나 엄청난 서구 우월주의의 문화적 편견에서 사로잡힌 나머지 다른 민족, 다른 문화권의 밥상까지 모독하고 있는 것은 아닐까.

— 주강현, ≪한겨레 21≫ 117호, 1996.7.18, 62쪽.

[유의사항] 글의 길이는 빈칸을 포함하여 500자 이상 600자 이내가 되게 할 것(300자 미만은 0점 처리).

다음으로 아래와 같이 특정 입장에서 쓰라는 문제도 마찬가지이다.

· 다음 글을 읽고 '혼돈'을 긍정적으로 볼 수 있는 경우에 대하여 600자에서 800자 이내로 서술하시오. (40점)

— 연세대 1996학년도 인문계 문제

'혼돈'이란 보통 무질서, 무정형, 무법칙 등과 같은 성질을 가지고 있다고 한다. 그래서 우리는 아무렇게나 흐트러진 서류더미를 볼 때 매우 '혼돈'스럽다는 인상을 받는다. 또 너저분하게 쌓여 있는 옷가지에서도 마찬가지로 '혼돈'스러운 상태를 경험한다. '혼돈'스러운 상태는 대체로 두 가지 측면에서 성격을 규정할 수 있다. 첫째, 미적 관점에서 볼 때 '혼돈' 상태는 추하다. 일정한 정형을 이루고 있지 못한 것이 '혼돈' 상태이기 때문이다. 둘째, 경제적 관점에서 볼 때 '혼돈' 상태에서 어떤 것을 찾는다는 것은 대단히 비효율적이다. 이런 이유로 우리는 대체로 '혼돈'에 대하여 부정적 인상을 가지게 되는 것 같다.

　그렇지만 경우에 따라 '혼돈'을 굳이 부정적 관점에서만 볼 수 없는 사례도 있다. 강물의 흐름은 매우 자의적이고, 그 진행 방향이 예측 불가능하다고 생각할 수 있다. 그러나 높은 곳에서 낮은 곳으로, 굳은 바위보다는 무른 흙 쪽으로 흘러간다는 점에서는 분명히 일관성 있는 법칙을 준수하고 있지 않은가? 이렇게 본다면 법칙과 질서, 그리고 정해진 꼴을 갖추고 있지 않은 것처럼 보이는 대상도 어떤 경우에는 그 정적인 면을 지니고 있을 수 있다.

　'혼돈' 현상은 문제에서도 알 수 있듯이 부정적 측면도 있고 긍정적 측면도 있다. 그런데 긍정적 측면을 논하라고 한다면 학생들은 당연히 긍정적인 면을 옹호하는 차원에서 쓸 수밖에 없을 것이다. 그것이 한쪽 주장을 강요하는 것과 무엇이 다르겠는가.

　다음과 같은 문제도 마찬가지다.

　　· 정보화 사회에서의 기술 발전의 속도와 정보 기술의 사회적 수용 속도에 대해서 서
　　　로 상반된 견해가 있다. 이에 대해 각각 타당한 근거를 들어 균형 있게 논술하라.
　　　　　　　　　　　　　　　　　　　　　　　　　　　　　　　— 광운대 자연계 문제

　균형 있게 논의하라는 것은 문맥으로 볼 때 상반된 견해처럼 극단적으로 쓰지 말고 양쪽 모두를 포괄하는 논의를 펼치라는 주문으로 이해된다. 결국 주어진 상반된 견해는 잘못이니 택하지 말라는 얘기다.

　다음과 같은 한 입장을 택하라는 것도 마찬가지다.

　　· 선진국 진입이란 문턱에 서 있는 우리 한국은 진정으로 세계 일등국이 될 수 있는
　　　것인가? 아니면 불가능할 것인가?
　　　　　　　　　　　　　　　　　　　　　　　　　　　　　　　— 광운대 인문계

　선진국은 될 수도 있고 안 될 수도 있다.

　다음과 같은 완성형 문제도 역시 주제를 강요하는 방식이다.

　　· 다음 글 [개와 [내 사이에 들어갈 적절한 내용을 400자 이내로 채우시오.(10점)
　　　　　　　　　　　　　　　　　　　　　　　　　　　　　　　— 1993년도 모의고사

　[개 요즈음은 많은 사람들이 환경문제에 대해 관심을 갖는다. 이것은 사람 사는 일

에 환경이 그만큼 중요하다는 의미를 지닌다. 아울러 이것은, 요즈음 우리의 주변 환경에 그만큼 해결해야 할 문제가 많아졌다는 의미도 동시에 지니고 있다.

[내] 이러한 사실들은 환경문제 해결에 지역이기주의와 상대방에 대한 불신이 얼마나 큰 방해 요소가 되는가를 보여준다. 함께 사는 사회, 공동체적 삶에 대한 지향이 없이는 앞으로 이 문제에 대한 해결을 더욱 큰 난관에 봉착하게 되리라고 생각한다.

· 다음 글을 완성시키되, 글쓴이의 생각이 이상주의적인 생각으로 바뀌어가는 과정이 선명하게 나타나도록 하여 완결하시오.(단, 길이는 되도록 800자 이내로 쓸 것.) (20점)

—1994년 모의시험 1차

나는 예술상 심사에서 예기치 않은 작품이 당선되는 경우를 가끔 본다. 그런 경우를 볼 때마다 나는, 세상에 객관적인 가치평가라는 것이 과연 가능할 수 있을까 하는 의문을 갖게 된다. 어차피 예술 작품에 대한 평가란 주관적인 기준에 따라 달라질 가능성이 지극히 높다. 따라서 하나의 작품이 진정 창의성을 지니고 있다면, 그것을 '객관적'으로 평가하고 거기에 우열을 매기는 것은 근본적으로 불가능하다는 생각이 들기도 한다.

그러나 다시 생각해 보면… (계속 이어서 쓰시오.)

위와 같은 문제는 학생들도 대부분 부정적으로 보고 있다.

저의 좁은 소견으로는 아니라고 생각되는데요. 이미 나와 있는 것에 자신의 의견을 억지로 맞추어 나가야 하는지 맘에 안 들어요.

—고 3

논술이란 자신의 주장을 펴는 것인데 완성형 문제는 일단 주장을 마음대로 펼 수 있는 길을 제약한다고 생각한다. 고로 논술 문제에 적절치 않다고 생각한다.

—고 3

완성형 문제에는 대개 머리말이 주어지는데 이는 머리말의 성격을 오인했거나 논술의 본질을 잘못 보아서 그런 것이다. 머리말에서 대개 문제설정과 관점설정이 이루어지기 때문에 주제설정에 지대한 구실을 한다. 물론 이런 문제가 논술문을 잘 쓰기 위한 훈련과정의 문제로 설정될 수는 있다. 그런 방식은 훈련과정으로 가능할지 모르지만 대학 입시 문제로 출제

되어서는 안 된다.

다음 논제 문제로 권위주의 문제를 들 수 있다. 1996년도 서울대 문제처럼 문제 자체를 해독(?)하기 어려운 경우이다. 먼저 그 문제를 보자.

· 다음 ■ 부분은 위 제시문이 들어 있는 글의 한 대목이다. 스포츠가 지니는 어떠한 특징 때문에 "스포츠가 집단구획 의식이 주는 현실적 독소를 대부분 중화시키면서 인간이 지닌 이러한 본능적 욕구를 채워준다."고 말하고 있는지에 대해 100자 이내로 쓰라.(10점)

> 우리는 운동경기라는 특별한 행위 양식을 통하여 본능적 집단구획 의식이 묘한 절충을 이루어내고 있음을 보게 된다. 이른바 스포츠라는 일견 무의미해 보일 수도 있는 행위 양식이 현대 사회에서 불길같이 번져 나가고 있는 것은, 바로 스포츠 집단구획 의식이 주는 현실적 독소를 대부분 중화시키면서 인간이 지닌 이러한 본능적 욕구를 채워주기 때문이라고 이해될 수 있다.

먼저 이 문제에 대한 어느 유명한 평론가의 평론부터 보자.

나는 30여 년을 두고 글 쓰는 직업에만 종사해 왔다. 그런 나도 이번 서울대학의 논술시험의 문제가 무슨 뜻인지를 어렴풋하게나마 짐작하는 데 10분 가까이 걸렸다. 그러면서도 출제교수가 무슨 글을 요구하고 있는지를 제대로 파악했다는 자신을 가질 수 없었다. 만약에 나도 수험생들과 함께 그 난해한 논술 문제에 대한 답안을 써야 했다면 나는 아마도 그 문제 자체가 얼마나 문장학적으로 치졸하며 문제가 얼마나 논리적으로 잘못되어 있는가를 조목조목 따지는 것으로 답안지를 채웠을 것이다. 그 밖에는 쓸게 없다고 여겼기 때문이다. 그리고 나는 분명 마이너스 점수를 받았을 것이다. 그처럼 스핑크스의 수수께끼 이상으로 아리송한 문제에 대해서 그것도 제한된 시간에 쫓겨가며 제대로 글을 쓸 수 있다면 그는 대단한 문장가임에 틀림이 없다.
―'홍사중 문화마당', 〈대학의 위기〉, 《조선일보》, 1996.2.5.

글 잘 쓰기로 유명한 칼럼가조차 서울대 문제에 대해 심각한 문제제기를 하고 있다. 이런 문제가 생산된 데는 여러 원인이 있겠으나 한마디로 서울대의 권위[47]의식에 따른 말장난 때

---

47   이때의 권위는 최고의 대학으로서의 권위보다는 경성제국대학 때부터 형성된 억압적 국가의 옹호를

문이다. '집단구획 의식'에서 구획은 원래 경계를 갈라 정하는 것이거나 또는 갈라진 구역을 뜻하는 것으로 '구획정리'와 같이 주로 지역이나 땅 가르기에 쓰는 말이다. 의미 확장을 한다 해도 '집단구획'이라는 것이 집단이 뭘 구획한다는 것인지 집단을 구획한다는 것인지 아리송하다. 결국 '집단을 가르는 의식'이나 '편가르는 의식', 아니면 최소한 '집단을 구획하는 의식'처럼 풀어써야 했다. 제시문이 주어졌으나 이 제시문을 읽으면 더욱 헷갈리게 되어 있다. '중화'라는 말도 원래 서로 다른 물질이 각각의 성질을 잃고 서로 융합할 때 주로 쓰는 말이다. 이 문제의 취지대로라면 차라리 '완화'나 '해소'라는 말을 써야 할 것이다.[48]

문제 해독 자체로 학생들을 시험해서는 안 된다. 문제는 누구나 공유하면서 주장을 설정하고 그것을 펼치는 능력에 초점을 두어야 한다. 이러한 엉터리 문제가 나온 배경을 이해 못할 바는 아니다. 서울대의 권위의식, 참고서 따위의 과열 입시 산업 등이 이런 문제를 부추겼다.

이제까지의 논술 문제들은 지금까지 지적한 대학의 문제를 모방, 확대 재생산 쪽으로 흘러왔다. 허병두 선생의 지적[49]처럼 논제를 이용해 삶의 여러 문제에 대해 문제의식을 불러일으키고 사회적 실천의식을 함양해 온 것이 아니라 입시 측정을 위한 문제 생산에 주력해온 느낌이다.

물론 대학입시의 논제가 모두 위와 같이 문제가 있다는 것은 아니다. 양적으로 보면 긍정적인 평가를 받을 수 있는 출제가 더 많다. 다만 위와 같이 문제가 있는 논제가 양적으로 적을지라도 파급효과가 크기 때문에 더욱 문제다. 긍정적인 문제 유형으로 대표적인 것은 성균관대 문제를 들 수 있다.

'서태지와 아이들'이 〈난 알아요〉로 돌풍을 일으키며 연예계에 등장한 이래 랩, 레게 등 충격적인 모습의 새로운 음악과 춤과 의상이 청소년을 열광시키고 있다. 이러한 현상에 대해 어떤 이들은 '학력'이라는 획일적 척도에 억압된 청소년층이 해방감과 희

받는 지나친 독선에 따른 권위이다.

48 서울대 측이 제시한 정답 기준을 보면 더욱 가관이다. 서울대는 "스포츠가 편을 갈라 싸움을 함으로써 인간의 본능욕구를 충족한다는 특징" "반면 규칙을 정해 싸움으로써 본능욕구를 중화해 준다는 특징"을 모두 기술하는 것 등을 정답으로 제시했다. 이미 출제자의 구체적 주장이 설정되어 있는 것이다. (이런 취지라면 차라리 '스포츠의 긍정적 기능에 대해 논하라.' 하면 될 것이다.)

49 현재 논술고사 질문방식은 문제의식을 갖고 주제를 이끌어내는 힘을 키워주기가 어렵다. 논술의 개념을 대학입시를 위한 측정에만 비중을 두지 말고 학생 개개인이 스스로 생각하고 개성적으로 표현하는 능력을 길러주는 쪽으로 확대할 필요가 있다. (이문재, 〈논술은 '입시문제'가 아니다〉, ≪시사저널≫ 1994.12.8. 40쪽에서 재인용.)

열을 체험하는 모습이라며 수긍하는 자세를 보이기도 한다. 그러나 학부모나 교사 등 청소년의 교육을 담당하는 세대에서는 대부분 이를 조잡하고 천박하고 선정적인 일과성 유행으로 보고 이것이 청소년 문화를 주도하여 청소년의 정서적·인격적 성장에 악영향을 끼치지 않을까 심각하게 우려하고 있다.

여러분은 이 문제에 대해 어떤 견해를 갖고 있는지, 자신의 관점에서 이러한 현상의 문화 사회적 합의와 전망에 대해 논술하라.

> 1. 다음의 항목들을 논의의 내용으로 참고해 보라.
>   [가 청소년 문화의 일반적 속성
>   [나 문화산업의 특성 및 외래문화 수용의 문제
>   [다 문제의 현상에 대한 성격 규정 및 긍정적 혹은 부정적인 평가
>   [라 바람직한 청소년 문화의 형성을 위해 청소년이나 기성세대가 취해야
>   힐 자세
> 2. 수험생의 관점이 긍정적이든 부정적이든, 이는 평가에서 전혀 문제 삼지 않는다.

위와 같은 문제는 수험생의 관점이 어떠하든 문제 삼지 않는다는 점이 좋고 제재가 수험생들의 삶과 밀착되어 있어 좋다. 학생들이 읽은 지식뿐만 아니라 보고들은 경험들을 녹여낼 수 있다. 미학, 문화론, 사회학 등 다양한 학문을 학생 수준으로 연계할 수 있다. 참고하라는 항목이 맘에 걸리기는 하지만 이 내용으로 볼 때 학생들의 생각에 대한 제약으로 작용할 것 같지는 않다.

3 | 논제 출제의 지향점

그렇다면 이제 우리는 어떻게 논제를 출제할 것인가. 먼저 선생님들이 비판적인 논술 소비자로 적극적으로 나섬과 동시에 적극적인 논제 생산자로도 나서야 한다. 실제 논술문(비평문) 쓰기로 대학의 논제를 비판하고 또 실제 논제를 생산하여 학생들과 공유함으로써 엉터리 논술 문제집이 학생들에게 무차별적으로 전달되는 통로를 차단해야 한다.

그리고 논제 생산은 입시형 문제 위주에서 벗어날 필요가 있다.[50] 고 1부터를 기준으로

---

50   윤영소(1995), <수업 실천 자료-논술>, ≪함께 여는 국어교육≫ 24호(여름호), 106쪽.
      고등학교에서의 논술 수업을 대학 입시 경향에 짜 맞출 필요는 없다. 어려운 주제를 많이 다룬다고

한다면 아래와 같은 단계설정이 가능할 것이다.

1단계 논제

학생 개인이 특별한 배경지식 공부 없이 자신을 성찰할 수 있는 문제
자신의 독서 경험을 쓰고 그것의 문제에 대해 논하라.
자신의 소망이 형성되어 온 과정을 간단히 기술하고 그러한 소망 형성에 영향을 끼친 요소들에 대해 써
보자.

2단계 논제

· 학생 자신과 이웃에 대한 삶을 성찰할 수 있는 문제
· 내신제도가 학생들의 친우관계에 미치는 영향에 대해 논하라.
· 고등학생들의 이성교제를 반대하는 어른들이 많다. 이에 대해 자신의 생각을 쓰라.
· 자율학습이나 보충학습에 대한 경험을 바탕으로 그런 학교제도의 문제점에 대해 논하라.
· 장애인 교육시설이 주민들의 반대로 제대로 이루어지지 못하고 있다. 이런 문제에 대해 논하라.

3단계 논제

· 사회나 국가의 여러 문제에 대한 폭넓은 성찰
· 세계화가 우리 삶에 어떻게 문제가 되는 것인지 논하라.
· 우리나라의 지역에 따른 갈등 문제에 대해 쓰라.
· 자기 지방의 특산물 아가씨 제도에 대해 어떻게 생각하는가.

4단계 논제

· 인생과 인간, 사회에 대한 추상적인 논제
· 종교와 인생에 대해 논하라.
· 국가와 개인의 상호 관계에 대해 쓰라.

위와 같은 단계를 다음과 같이 유형별로, 난이도별(자료가 제시될 경우)로 주제별로 세분
화하면 아주 다양한 논제를 생산할 수 있다.

해서 학생들의 논술능력이 길러지는 것은 아니다. 현실의 구체적인 문제나 현상에서도 논리적이고
체계적인 사유를 기를 수 있을 것이고, 문장력 또는 문장의 감수성 역시 쉬운 제재와 어려운 제재를
다양하게 접하는 과정에서, 또 모범적인 문장을 지닌 글을 읽으면서도 길러지는 것이리라.

그리고 중요한 것은 논술 지도 초기 단계에서는 입시형 문제로 할 것이 아니라 학생들의 삶에서 출발하는 논제 구성으로 해야 한다. (학생들 눈높이 또는 눈맞추기 논술에 대해서는 이 책 2부 참고) 다음과 같은 논제가 그런 좋은 보기다.

유형	난이도별	주제별
단독 과제형	상	전통과 문화
		교육과 인생
자료 제시형	중	철학과 태도
		언론과 그 영향
텍스트 분석형	하	사회와 갈등
		여성과 남녀
		청소년과 미래
		노인과 복지
		셈틀과 첨단문명
		과학과 기술
		환경과 공해
		생활과 문제
		국가와 민족
		역사와 흐름
		언어와 표현
		학문과 인격
		경제와 생활
		문학과 현실
		예술과 여가

어느 중학생(예인)의 일기

아침부터 썩 좋은 기분은 아니었다. 화이트 데이라고 며칠 전부터 떠들어대는데 아무리 내가 별 볼 일 없더라도 초콜릿 하나쯤은 받고 싶었다. 그러나 그럴 가능성은 별로 없었고. 어제 앞에 앉은 미정이가 짝 되는 준수에게 연신 떠들어대는 것을 보았다.

꼬집기도 해가며, "너, 내일 초콜릿 안 가져오면 죽을 줄 알아. 제삿날이라고." 나도 그럴 걸 그랬나? 자존심은 상하지만, 그래도 못 받는 것보다는 덜 챙피하잖아. 이런저런 생각에 머리까지 아파왔다. 교실에 들어서니 아수라장이었다.

몇몇 남자애들이 사탕 봉지에서 사탕을 한 움큼 꺼내 마구 뿌리고 있었다. 미니초콜릿하며 온갖 사탕들이 교실 안에 정신없이 뿌려지고 있었다. 뿌리는 애, 잡는 애 교실이 뒤집어졌다. "쳇 안 먹고 만다." 미정이가 얼씨구나 하며 잡은 초콜릿을 넘겨준다. "됐어. 너나 먹어." 그때 내 짝 영빈이가 가방에서 부스럭대며 초콜릿 상자 하나를 내민다. "세상에, 그러면 그렇지. 내가 키 크고 뚱뚱하긴 해도 얼굴은 받쳐주잖아. 그래도 저 킹카가 내게 초콜릿을 줄 줄은 꿈도 꾸지 않았는데."

1교시 수업을 어떻게 했는지 모른다. 나는 정말 행복했다. 그런데 한 시간이 끝나자 영빈이가 가방에서 무언가 꺼내 든다. 세상에 그렇게 화사하게 포장된 초콜릿 상자를 여태껏 본 적이 없었다. 씨익 웃으면서 영빈이가 말했다. "됐지? 너두 받았으니까." 이럴 수가. 오리지널은 다른 반에 있었다. 아, 누가 이 땅에 화이트데이를 들여왔는가.

—안성희 선생님 출제

생각해 볼 문제

1. 위 예화에 나타난 예인이의 성격과 행위에 대해 어떻게 생각하는가.
2. 몇몇 남자애들은 왜 초콜릿을 남발했는가? 이런 행위에 대해 여학생, 남학생 각각의 입장에서 얘기해 보자.
3. 미정이의 행동을 여학생 입장에서 생각해 보자.
4. 영빈이의 행위에 대해서는 어떻게 생각하는가?
5. 이 예화와 관련하여 화이트데이나 밸런타인데이와 같은 기념일에 대한 자신의 생각을 쓰라.

다음 세 자료에 함께 나타난 문제점에 대하여 논하라.

가 한스 기벤라트는 재간둥이였다. 그가 얼마나 곱고 뛰어난가 하는 것은 아이들 틈에 섞여서 뛰놀고 있을 때의 모습을 보는 것만으로도 충분했다. 슈바르츠발트의 보잘것없는 마을에 이와 같은 인물이 난 일은 없었다. 즉 이곳에서는 우물 안의 개구리 신세를 벗어나 넓은 세상으로 눈을 돌려 활동 무대를 전개한 사람이 없었다. 이 소년의 그 엄숙한 눈매나 총명한 이마, 점잖은 걸음걸이는 누구에게서 물려받은 것인지 아무도 모른다.

(…중략…)

수 주일 후에 또 주(州)의 시험이 있을 예정이었다. 국가가 사방의 준재를 뽑는 예년의 큰 '희생'이 '주의 시험'이라 불리어지고 있는 것이다. 그 기간 중에는 시험이 진행되고 있는 수도를 향해서 수많은 가정의 한숨과 기원과 소망이 집중되는 것이다.

한스 기벤라트는 이 조그마한 도시에서 어려운 경쟁사회에 보내지게 될 유일한 후보자였다. 그 명예는 크지만, 그것은 결코 손쉽게 그냥 얻을 수 있는 것은 아니었다.

매일 네 시까지 계속되는 수업 시간에 연이어서 교장 선생 댁에서 그리스어 보강이 있었다. 그리고 그다음 여섯 시부터는 목사가 지도해 주는 라틴어와 신학을 복습해야 했고, 게다가 일주일에 두 번씩 저녁 식사 후에 수학 선생에게서 지도를 받았다.

(…중략…)

담임 선생은 수업 시간이 되기 전에 학생들에게 말하였다. "오늘은 슈투트가르트에서 주의 시험이 있는 날이다. 그러니 우리 모두 기벤라트의 합격을 빌자! 하긴 빌기까지 할 필요도 없을 거야. 너희들 같은 멍청이 열 명을 합해도 그 애 하나를 당해내지 못할 테니까."

학생들 역시 거의 모두가 한스를 생각하고 있었다. 그중에서도 한스가 합격하느냐 떨어지느냐에 대해서 내기를 걸고 있는 아이들의 관심은 더욱 컸다.

진심의 기도나 마음에서 보내는 따스한 동정은 머나먼 거리를 쉽게 넘어서 멀리까지 닿는 것이므로, 한스도 고향에서 모두가 자기를 염려해 주고 있다는 것을 느낄 수 있었다.

오후 두 시에 교실에 들어가자 담임 선생이 먼저 와 있었다.

"한스 기벤라트, 넌 주의 시험에 2등으로 합격했단다."

교실 안은 축복의 침묵이 흘렀다. 교장 선생이 들어왔다.

"축하한다. 무슨 말 좀 해야지?"

소년은 놀라움과 기쁨으로 가슴이 벅차 아무 말도 할 수가 없었다.

"한스 아무 말이라도 해 보아라."

"아주 1등을 해버리는 건데 그랬어요."

— 헤르만 헤세, 〈수레바퀴 밑에서〉

나 닐 암스트롱에 이어 두 번째로 달 표면에 내려선 사람—하지만 아무도 2등은 기억하지 않는다. 1969년 7월 20일, 아폴로 11호 닐 암스트롱보다 한 발 늦게 달 표면에 내려섰던 사람이 있습니다. 지금은 이름조차 잊혀지고 있는 사람—그는 2등이었습니다. 기업간의 국제 경쟁은 전쟁— 전쟁에서 2등은 아무 의미도 없는 일. 반드시 세계 일류 기업이 되겠습니다. 세계 일류—삼성의 마지막 선택입니다.

— 삼성 그룹 광고에서

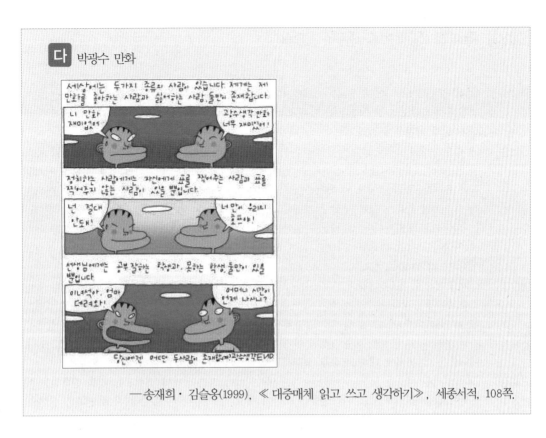

다 박광수 만화

— 송재희·김슬옹(1999), ≪대중매체 읽고 쓰고 생각하기≫, 세종서적, 108쪽.

물론 통합교육이 소재나 교과의 통합을 뜻하는 것은 아니다. 다만 이분법적 사고나 행위 양식의 문제를 생각해 보기 위해 학생들에게 친숙한 문학 텍스트와 광고, 만화 텍스트를 동시에 동원해 문제 인식의 효과를 꾀한 것이다.

4 | 마무리

논제는 교육용 논술에서 우리 아이들을 문제해결로 이끄는 첫 관문이자 소통 도구이다. 따라서 교육자의 논제 설정은 더욱 교육적이어야 하고 논술교육 취지에 잘 맞아야 한다.

논제가 어설프거나 잘못되었을 경우 오히려 역효과를 낼 수도 있다. 논제의 해독 자체가 실력의 열쇠가 되어서는 안 될 것이며 또한 출제자의 의도에 길들이기가 되어서는 더더욱 안 될 것이다. 학생들의 눈과 삶에 맞추면서도 일정한 교육 목표를 이루도록 다양한 전략을 고민해야 한다.

[붙임] 주제별 생활논술 문제 모음

권형숙　[가정/의붓모][초등] <콩쥐팥쥐> <헨델과 그레텔> <신데렐라> 등 여러 동화책에 의붓엄마의 역할이 부정적으로 묘사되어 있다. 동화책에 나오는 의붓엄마에 대한 이런 부정적 시각에 대한 자신의 의견을 논하라.

권효순　[경제/투자][초등6~중학교3] 철이 아버지는 특별한 직업 없이 10년 동안 증권회사에 나가 주식을 사고팔아 그 이익금으로 집안의 가계를 책임지셨다. 그런데 요즘 나라의 경제 사정 악화로 많은 손해를 보았다. 어느 날 친척분이 생활비에 보태 쓰라며 100만 원을 주고 가셨다. 아버지는 그 100만 원을 주식에 다시 투자하려 하신다. 또 안 될 것이라는 생각보다는, 잘될 것이라는 희망으로 도전해야만 성취할 수 있다는 생각을 갖고 계신다. 어머니는 그 돈을 우선 은행에 저축하고 정말 필요할 때 쓰고 싶어 하신다. 이때 철이는 100만 원을 어떻게 해야 좋다고 생각하는지 말해 보세요.

이순희　[교육/TV][중등] 우리 생활에 TV가 주는 영향은 대단히 크다. 특히 각종 쇼 프로그램이나 유명 스포츠인이 등장하는 스포츠 경기 장면을 보면 많은 어린 학생들의 열광적인 장면들을 접하게 된다. 이는 요즘 청소년들의 자기감정에 솔직한 면을 잘 보여주고 있다는 점도 있지만 혹은 가끔 보는 이의 눈살을 찌푸려지게 하거나 어른들에게는 잘못된 것으로 보이는 경우도 있다. 여러분은 이 문제에 대해 어떻게 생각하는지 자신의 관점에서 논술하라.

오혜경　[교육/님비현상][초등 모둠] 장애인을 위한 교육시설이 자기 동네에 세워지는 것을 반대하는 어른들이 많습니다(TV 뉴스, 책, 꽃동네 이야기 참고). 그 어른들은 무슨 이유로 반대를 할까요? 여러분은 여러분 동네에 그런 시설이 세워진다면 어떻게 하겠습니까?

김현주　[교육/님비현상][초등 모둠] 정숙이는 소아마비 장애자로 한쪽 다리가 불편한 영희와 아주 친한 사이입니다. 그런데, 최근 정숙이네 집 근처에 장애자를 위한 특수학교가 설립된다고 하자, 정숙이 어머니는 집값이 떨어지고 주변 환경이 나빠진다며 특수학교 설립을 적극적으로 반대하고 있습니다. 과연 정숙이도 그렇게 생각할까요? 만약 정숙이가 친구 영희를 위해 특수학교 설립을 반대하는 어머니를 설득해야 한다면 어떤 말로 설득할 수 있을까요? 자신의 의견을 자유롭게 써 보세요.

나영옥　[교육/가정, 교우관계][초등6, 중등1, 2년] 요즘 10대 청소년들의 범죄가 심각하다. 친구를 잘못 사귀거나 가정의 불화로 해서 저지르는 여러 가지 탈선행위들을 보면서 우리 청소년들이 가져야 할 마음 자세와 가정의 중요성 그리고 친구의 중요성에 대해서 써 보시오.

안영미　[교육/가정, 교우관계][초등고] 내일이면 학교에서 중학교 시험을 본다. 선생님께서는 점수가 낮아질 경우에는 체벌을 하시겠다고 한다. 공부를 마치고 집에 돌아와 보니 어머니께서 부족한 과목을 보충해 주려고 대기하고 있었다. 그런데 하굣길에서 친구와 함께 오늘 다친 급우의 문병을 가기로 약속이 되어 있었다. 어머니께서는 공부를 강요하고 자녀는 친구가 걱정스러워 문병을 가고자 한다. 서로의 생각이 다를 때 현명하게 해결할 수 있는 좋은 방법을 적어보세요.

정민진　[교육/가정][초등고] 다음의 예화를 읽고 자신의 견해를 써 보세요—올해 초등학교 2학년인 현지는 엄마가 직장에 다니시고 중학을 앞둔 6학년 언니는 학원까지 수업을 마치고 늦게 오기 때문에 학습 준비물이나 숙제를 혼자서 챙겨야 하는데 짝꿍인 진수는 언제나 그 애 엄마께서 준비물도 잘 갖추어주고 그리기나 만들기 숙제도 도와주셔서 상장도 많이 타고 반 아이들에게 인기도 많아 참 부럽다.—이러한 상황에 대한 여러분의 생각이나 의견을 적어보세요.

노연호　[교육/가정][초등 모두] 슬기는 초등학교 3학년입니다. 슬기는 학교가 끝나고 집에 돌아올 때는 항상 우울합니다. 왜냐하면 그 시간에 집에는 아무도 없기 때문입니다. 슬기 엄마, 아빠는 맞벌이 부부이기 때문에 저녁시간이나 되어야 가족들이 모이게 됩니다. 어떨 때 슬기는 너무 속상해서 "엄마도 다른 엄마들처럼 집에 있으면 안 돼?" 하면서 울기도 합니다. 비어 있는 아파트 문을 혼자 열고 들어오는 일이 슬픈 까닭이지요. 어린이 여러분, 슬기 엄마는 어떻게 해야 할까요? 아니, 여러분이 슬기라면 맞벌이를 해야 하는 상황의 엄마 아빠와 살게 된다면 어떻게 해야 할까요? 곰곰이 생각해 보세요. 엄마의 입장과 또 슬기의 입장에 서서 말이에요.

김혜정　[교육/가정][초등 모두] 여러분은 언니나 형제간에 싸우는 일은 없습니까. 형제간의 관계가 친구보다도 잘 싸우는 경우 나와 형제간의 문제 외에 할머니나 부모님의 태도에서 발생하는 문제는 없는지 생각해 보세요.

오영숙　[교육/가정][초등 모두] 열쇠를 가지고 다니는 어린이들이 너무 많다. 학교에서, 학원에서 힘들고 지쳐서 집에 돌아와도 현관문을 열어주며 반갑게 맞이해 줄 사람이 아무도 없다. 어린이들은 어른들의 세계를, 일을 잘 알 수가 없기 때문에 어머니의 부재는 많은 어린이들을 우울하게 만드는 일이 많이 있다. 어머니가 집에 안 계심으로 인해 생기는 여러 가지 감정들을 글로 표현해 보자.

윤옥분　[교육/가정][초등 모두] 요즈음 아이들은 방학이 되면 친척집에 가서 잠을 자고 그 친척집의 생활환경에 대해서 우리 집과 비교하면서 우리 집의 소중함을 생각하는 기회가 많지 않은 것 같다. 여러분들은 친척집에 가서 잠을 자고 생활해 본 적이 있나요. 있었다면 어떤 생각을 했나요

이재숙　[교육/가정][초등 모두] 학교를 마치고 집에 돌아왔을 때 엄마께서 집에 계실 때와 집에 계시지 않을 때의 느낌은 어떻습니까? 엄마께서 직장생활을 하시는 경우와 주부(전업주부)로서 집안 일에만 전념하시는 이 두 가지의 경우 여러분은 어떤 생각을 하고 있는지 써주세요.

고경희　[교육/가정][초등 제] 민정이는 아침에 늦잠을 잤습니다. 지각을 할까 봐 아빠 차로 등교시켜 달라고 부탁했다가 거절당했습니다. 아빠는 왜 거절하였을까요? 나의 생각을 이야기해 보세요.

이혜경　[교육/가족][초등고] 우리나라 가족제도에 대해 논하라. 옛날의 전통 대가족과 요즘의 핵가족에 대해 서술하고 핵가족이 어린이들의 성격 형성에 미치는 영향을 쓰라.

성명순　[교육/감상문][중등2년] 지난 시간에 토의한 ≪중앙일보≫ 기고란에 나온 글과 영화 <아름다운 비행>을 본 후 함께 공감할 수 있는 것을 감상문 형식으로 논하라.

권경자　[교육/감상문][초등6-중등1년] 일반적으로 초등학교에서 글쓰기를 위해 흔하게 주어지는 과제로 '독서 감상문'이 있다. 이는 '감상문'을 작성하기 위해선 독서가 선행되기 때문에 '읽기'가 해결되며 그와 함께 '쓰기' 또한 병행되기 때문이다. 또 그 두 가지의 연결고리로 '생각하기'가 이루어지고 나아가 삶의 변화까지도 부분적으로 이루어진다고 보기 때문일 것이다. 과연 '독서 감상문'이 책 읽기의 전제조건으로 꼭 필요하며 나아가 삶에 어떻게 작용하는지에 대해 써라.

이정화　[교육/검열][초등2-3] 초등학교 3학년 생인 수인이는 얼마 전, 필요한 준비물을 챙겨 오지 못한 자신에게 짝꿍인 경서가 그것을 빌려주자 무척 고마웠다. 그래서 그날 일기장엔 그 고마움을 빼곡히 적었다. 하지만 며칠 뒤, 학급 반장이 일기장을 검사하며 그 사실을 아이들에게 알리는 바람에 경서를 '짝사랑'한다는 놀림을 받게 되었다. 일기를 친구가 검사했던 경험이 있는지, 있었다면 그때의 느낌은 어떠했는지 말해 보자.

김근희　[교육/경쟁][초등고] 예문 : 철우, 강민, 인표, 재욱은 항상 붙어 다니는 단짝 친구들이다. 학교에

서의 이들 사총사의 활약은 대단하다. 모든 면에서 뛰어나길 원하는 이들은 각자 나름대로의 경생과 비교를 쉬지 않고 있다. 그들은 사소한 일에도 등수를 정하고 1등이 되려고 경쟁한다. 그래서 사총사는 모두 좋은 성적을 받고 있다. 질문 : 친구들 사이에서 자유로운 경쟁이 미칠 좋은 영향과 좋지 않은 영향에 대한 자신의 생각을 모아 주장하는 글을 써 보세요.

한정숙   [교육/경제위기][초등 모두] 요즈음 우리나라는 유엔의 경제 신탁통치를 받게 되었다. 그동안 우리는 알게 모르게 너무나 많은 외화 낭비를 하며 살아온 것 같다. 신발, 가방, 학용품, 피자, 햄버거 등등. 외국의 유명 메이커 브랜드가 아니면 엄마에게 떼를 써서라도 사달라고 했는데, 이런 것들이 오늘날 우리나라가 이처럼 어려움을 겪게 된 것이다. 그렇다면 우리는 어떻게 생활 자세를 바꿔야 할까? 각자의 의견을 써 보기로 하자.

변경은   [교육/공공질서][초등저] 삭막한 도시에서 사는 우리 아이들, 정서적으로 메말라 있는 듯한 아이들이 강아지 키우길 원한다. 그러나 아파트에 살면서 애완동물 키우기란 그리 쉬운 일이 아니다. 공동주택에 살면서 지켜야 할 공동의 선이 있기 때문이다. 애완동물을 키울 수 있는 방법은 없을까? 키운다면 문제 될 것이 무엇인가? (집에서, 이웃에서) 키운다면 내가 할 일은 무엇일까?

문성숙   [교육/과제물][초등 모두] 방학 숙제 중 EBS TV와 라디오를 보고 듣고 하는 탐구 생활 숙제가 실제 많은 도움이 되는가. 탐구생활 책에 나오는 실험을 직접 해 보는가. 탐구 생활 중 가장 재미있는 부분은 어디였나요?

정정미   [교육/교복 자율화][초등6년] 교복이 폐지되고 사복을 입었던 중등학교가 다시 교복을 부활시켜 입기 시작했다. 교복과 사복을 입는 두 제도를 모두 실행한 결과 장단점이 발견되었고 그에 따라 각 학교의 자율성(스스로의 재량에 맡기는 것)에 맡겨서 교복의 자율화를 실행하고 있는 것이다. 이에 대해 예비 중학생으로서 찬반의 기본 입장을 먼저 밝히고 그에 따른 타당한 근거를 밝혀서 의견을 써 보시오.

박미정   [교육/교복자율화][초등고] 요즘은 초등학교에서도 '교복'을 입자는 의견이 나오고 있습니다. 학생들 사이에서 유명 브랜드나 값비싼 옷으로 지나친 경쟁이 일어나고 이로 인해 학생들 사이의 이질감이나 소외감이 생겨나기 때문에 이것을 막기 위해 중학교, 고등학교처럼 교복을 입자는 것입니다. 하지만 한편으로 학생들의 개성과 자유로운 생각을 억제한다는 차원에서 반대하는 의견도 있습니다. 여러분은 어떻게 생각하나요?

이경연   [교육/교사성비][초등6년] 초등학교의 남녀 교사 비율에서 여교사의 비율이 월등히 높은 것이 현실입니다. 이러한 현실이 어린이 여러분의 정서 발달에 어떤 영향을 끼칠 수 있다고 생각하나요? 여선생님과 남선생님을 구분해 수업 시 받는 느낌에 대해 구체적으로 밝히고 두 경우의 장단점에 대해서도 서술하세요.

김균성   [교육/교우관계-집단 따돌림][초등학교 1-6학년] 우리 반에서 따돌림을 받는 학생이 있다면 앞으로 어떻게 대해야 할 것이며, 만약에 자신이 따돌림을 당하는 입장이라면 기분이 어떨지 솔직한 마음을 써 보자.

김희숙   [교육/교우관계][중등2년-고등1년] 중학교 1학년 다니는 을순이는 친한 친구 2명과 함께 소문난 삼총사이다. 등교와 하교는 물론 쉬는 시간에도 언제나 붙어 다니므로 주변 친구들의 부러움은 물론 때로는 질투의 대상이 되기도 한다. 그러던 중 학교의 어떤 불량서클에서 을순이의 친구 갑녀에게 가입을 요구하다가 거절을 당하는 일이 있었다. 하굣길에 갑녀가 이 불량서클의 친구들에게 봉변을 당하는 사건이 발생하게 되자 을순이와 또한 친구는 그 자리에서 도망을 하고 말았다. 을순이의 행위는 옳았는가, 아니면 비난받아야 하는가? 이 문제에 대해서 어떤 견해를 갖고 있는지 긍정적이든 부정적이든 자신의 관점에서 논술하라.

박금주　[교육/교우관계][초등3년] 나는 초등학교 3학년생이다. 나에게는 친한 친구가 두 명이 있다. 지윤이와 태연이다. 지윤이는 항상 1등만 하는 명랑한 아이다. 아빠가 의사라고 늘 자랑만 해서 얄밉기도 하지만, 태연이는 바로 옆집 사는 친구인데 공부는 좀 못하지만, 마음씨는 참 착하다. 그러나 태연이네 집은 가난해서 늘 한 가지 옷만 입고 다니고 방과 후 선생님께 늘 남아서 보충수업을 받는다. 나는 두 친구를 모두 좋아하는데 요즈음 한 가지 고민이 생겼다. 엄마는 이상하게 지윤이만 좋아하시는 것 같다. 항상 나보다 공부 잘하는 사람과 놀라고 하신다. 태연이보다는 지윤이와 더 친하게 지내라고. 나는 지윤이보다 공부를 잘하지 못하는데… 지윤이네 엄마가 지윤이보고 나와 놀지 말라고 하면 어쩌지? 나는 누구와 친구를 해야 하나? 나의 발전을 위해 나보다 더 나은 사람과 사귀라는 엄마의 말씀에 대한 나의 생각을 써볼까요?

김현숙　[교육/교우관계][초등3년] 주영이는 작은 일로 은진이랑 삐쳤어요. 그래서 다른 친구들에게 은진이랑 놀지 말라고 했지요. 따돌림을 당한 은진이는 울었어요. 그걸 보고 주영이는 한편으로는 재미있기도 하고 한편으론 미안하기도 했어요. 왜냐고요? 자기도 저번에 친구들에게 따돌림을 당했을 때 바로 은진이가 위로를 해준 적이 있거든요. 이런 주영이의 행동에 대해서 자기의 생각을 써 봐요.

채기정　[교육/교우관계][초등고] 여러분은 학교라는 큰 집단 속에서 생활을 합니다. 학교에는 공부를 가르치는 선생님도 계시고, 좋은 친구도 있어요. 그런데 우리 주변에는 친구를 가지지 못하고 따돌림을 당하는 친구도 있답니다. 나 자신이 그럴 수도 있죠. 따돌림을 당하는 친구, 이 친구를 우리는 다 같이 따돌려야 할까요? 여러분은 어떻게 할 것인지, 또 여러분이 이러한 상황에 처할 경우에는 어떻게 할 것인지 써 보세요.

노옥련　[교육/교우관계][초등고] 요즈음 초등학생들은 친구들로부터 따돌림당하는 왕따(왕따돌림)를 제일 두렵게 생각한대요. 자신을 내세우고 자기주장대로 친구들이 따라주면 좋겠는데 이렇게 부드러운 관계를 유지하려면 '내'가 취해야 할 입장을 몇 가지로 구분해서 적어보세요.(왕따에서 벗어날 수 있는 입장)

정현섭　[교육/교우관계][초등 모두] 제시문 : 이솝우화 중 <여우와 두루미>. 여우 집에 가서 음식을 먹지 못한 두루미는 여우를 자기 집으로 초대해, 똑같은 방법으로 여우도 음식을 먹지 못하게 하였다. 이렇게 했을 때 여우는 자기의 잘못을 반성했을까, 아니면 두루미와의 사이가 나빠졌을까. 여러분이 두루미라면 어떻게 했을지 써 보세요.

박성숙　[교육/교우관계][초등 모두] 소정이와 다은이와 나리는 같은 또래의 동네 친구입니다. 엄마들까지도 친해서 자주 모여 놀게 되는데 소정이는 나리와 잘 놀다가도 다은이가 오면 나리를 따돌리고 다은이와만 수군대고 낄낄대며 놉니다. 그래서 그때마다 나리는 소외감으로 웁니다. 그도 그럴 것이 소정이와 다은이는 강타 오빠를 비롯 유명 연예인을 잘 알고 있는데 나리는 잘 모르기 때문입니다. 그래서 나리는 언젠가부터 별로 좋아하지도 않는 연예인의 사진이나 유행가 가사를 억지로 외고, 모으곤 합니다. 만약 여러분이 나리의 입장이 되었다면 어떤 행동을 할까요?

이영자　[교육/교우관계][초등 모두] 영이와 순이는 서로 자기가 좋아하는 가수들을 자랑하다 다투기까지 하고 지금은 말을 하지 않고 원수처럼 지내고 있다. 두 사람의 문제에 대하여 어떻게 생각하는지 논하라.

신동진　[교육/교우관계][초등 모둠] 요즘 아동의 남녀 성비율이 심각하다. 남자아이가 여자아이보다 많아 학교 현장에서 남자끼리 짝을 하는 경우가 종종 보인다. 종수는 3학년인데 키가 커서 남자아이와 짝이 되었다. 2학년 때까지만 해도 여자아이와 짝을 했는데… 종수의 경우처럼 자기 짝이 이성이었을 때, 동성이었을 때의 느낌(좋은 점과 나쁜 점)을 써 보세요. 만약, 그런 경우가 없었다면 상상해 보고 어떤 짝이었을 때가 더 좋은지 써 보세요.

김경옥　[교육/교우관계][초중등] 반에서 따돌림당하는 친구가 있습니까? 혹은 자신이 친구들에게 따돌림당한 적은 있습니까? 있다면 그 이유가 무엇이라 생각합니까? 자신의 생각을 써봅시다.

심정숙　[교육/교원임용][유아 교육과 관련 있는 교육자, 행정자, 일선에 진출할 학생] 현재 유아교육을 담당하는 제도 중에 교사들이 유치원 경력 3년 이상이면 1급 정교사 연수를 받을 수 있고 또 3년이 지나면 원감 연수를 받아 자신의 지위를 향상시키고 재교육을 받을 수 있게 되어 있다. 그러나 지금 그 기한이 되어도 연수를 받지 못하는 교사가 많다. 6, 7년이 되어도 1급 정교사 연수를 받지 못하는 교사가 있는가 하면 4, 5년 되는 교사가 먼저 연수를 받는 경우도 있다. 그리고 어떤 교사는 연수를 포기하는 분도 계신다. 연수받는 인원을 수용할 수 없어서 이러한 현상이 벌어진다면 어떤 조치가 있어야 하지 않을까? 이 문제에 대하여 자신의 의견을 써주시기 바랍니다.

정창섭　[교육/국산품애용][초등4-6년] 요즈음 거의 모든 학생들 가방 속에 외제 학용품을 아무런 저항감 없이 가지고 다닙니다. 그리고 외제 학용품을 자랑하는 학생도 있습니다. 여러분께서는 이러한 점을 어떻게 생각하는지 외제 학용품과 우리나라 학용품의 차이점이 무엇인지 생각해 봅시다.

전명숙　[교육/글쓰기][중등1년] 글쓰기는 꼭 생활문이나 책 읽기를 통해서만 키워지는 것일까? 컴퓨터의 게임이나 친구들과의 야외 활동(축구, 야구…)을 통해서도 즉 삶을 통해서 가슴에서 우러나는 글을 써 내려가는 것도 글쓰기의 요령이 아닐까? 어떻게 하면 글쓰기를 잘 할 수 있을까?

김균성　[교육/글쓰기][초등 3. 4. 5. 6학년] <토끼와 거북이>라는 동화를 보면, 게으른 토끼와 부지런한 거북이가 서로 경쟁을 하며 마지막에는 부지런한 거북이가 이기는 줄거리로 되어있다. 토끼와 거북이가 '경쟁'의 관점이 아닌, '화합'으로 새로운 동화를 써 보자.

김예원　[교육/글쓰기][초등3년] 「황새와 여우」라는 우화를 읽어보셨지요? ① 황새가 여우의 대접을 제대로 받지 못했음에도 불구하고 감사의 인사를 하고 돌아왔다. 만약 여기서 황새가 화를 냈다면 어떻게 되었을까? 그 뒤의 이야기를 꾸며보세요. ② 황새 또한 여우를 대접했는데 여기에서 황새의 대접 방법은 복수일까? 가르침일까? 이유를 말해 보세요. 더 좋은 방법은 없을까?

손동선　[교육/급식][초등고] 개교한 지 3년째인 우리 학교는, 내년부터 전 학년 급식을 실시하고자 여러분의 의견을 묻습니다. 여론조사에 따르면, 급식을 한 학교의 아동들이, 비급식학교의 아동들보다 체력이 뛰어나다는 통계를 보았는데, 요즈음 아동들은 우리 전통음식보다, 외식문화에 길들여져서 학교급식을 달갑지 않게 생각하는 경향이 있는 것 같습니다. 아동들을 위한다는 목적으로 급식을 하려고 하지만 급식을 원하지 않는 아동들이 많다면 그것이 진정 여러분들을 위하는 길일까요?

최은숙　[교육/논술][대입시험을 앞두고 있는 학생들과 그의 부모들] 1988년 제5차 교육 개정에서 '전인적 인간' '인간다운 인간'을 만드는 것을 교육 목표로 내세운 이후 '인간다운 인간'이 되기 위해서는 바른 사고를 할 수 있어야 하며 자신의 주장을 남에게 잘 전달할 수 있어야 한다는 것을 강조하는 여러 의견들이 나오고 있다. 이 같은 흐름에 편승해 대학 입시에도 학생들의 사고를 측정한다는 목적하에 논술시험을 치르고 있는데 이로 인해 그동안의 암기형 공부 방식에서 벗어나 생각하는 공부를 할 수 있게 되었다는 긍정적인 의견도 있는 반면 더 긴 문장의 암기만을 요구하는 꼴이 되어버렸으며, 또한 학생들에게 과외 과목을 하나 더 늘려놓은 것밖에 되지 않는다는 염려의 목소리들도 많다. 여러분은 '논술'을 부각하고 있는 이런 흐름에 대해 어떻게 생각하고 있으며 '논술'이란 방법이 아닌 다른 부담으로 좀 더 사고할 수 있는 인간을 만들 방법이 있다면 그에 대하여 함께 논하여 보라.

김영정   [교육/대중가요][초등 모두] 초등학생에게 노래를 하라고 하면 동요를 부르는 아이는 거의 없고 서태지의 노래나 HOT의 노래를 부르는 아이가 80%이다. 아이들이 동요에 대하여 관심이 없고 대중가요를 좋아하는 이유는 무엇일까?

서양미   [교육/대중가요][초등 모두] 학교 방송실에서 쉬는 시간에 대중가요를 틀어주었다. 교장선생님께서는 방송실의 학생에게 야단을 치셨다고 한다. 방송실에서 대중가요를 틀어주는 것에 대해서 어떻게 생각하고 있는가.

김춘선   [교육/대중문화][초등 모두] 똘이는 엄마의 뜻에 따라 지난 11월 23일 오후 2시 덕수궁에서 열리고 있는 '왕궁 수문장 교대의식'을 보러 갔다. 1997년 '문화유산의 해'를 맞아 4~11월 사이 매주 토·일요일에 서울시 주체로 열리고 있는 전통문화 행사 중의 하나였다. 약 15분 정도 걸리는 이 의식이 끝나면 사진 촬영을 할 수 있는 기회도 있다. 그런데 많은 사람들이 출연진들과 기념사진을 찍고 난 후 자리를 떴으며, 어린이 관람객들은 흥미보다 지루함을 더 느끼는 듯했다. 오히려 옆 포장마차에서 팔고 있는 오징어에 더 관심을 보였다. ① 이 행사로 대변할 수 있는 전통문화에 대한 우리 어린이들의 관심도는 어느 정도일까? 만일 이 장소에 '대중스타'가 와서 공연을 한다면 어떤 반응을 보였을까? ② 서구문화에 너무나 익숙해 있는 우리 어린이들이 전통문화에 어떻게 친해질 수 있을까 생각해 보자.

이기옥   [교육/대중문화][초등 모두] 부모들은 사랑하는 자녀들과 대화하고 싶어 한다. 그러나 조금만 시간을 같이 하다 보면 어느새 서로 커다란 벽을 느끼고는 도리어 화를 내고 돌아서는 경우가 있다. 그래서 자녀들과 가장 빨리 친해지고 공감대를 이룰 수 있는 방법으로 자녀들이 가장 좋아하고 관심이 많은 인기 가요프로를 같이 보려고 하나 얼마 가지 않아 어른들은 TV 앞을 떠나고 만다. 그렇다면 사랑하는 부모와 자녀가 서로 공감대를 이루고 대화를 나눌 계기가 되는 TV 가요 프로를 만들 수 있는 방법에 대해 나름대로 써 보시오.

권혜정   [교육/독서][초등 모두] 요즘 초등학생들은 TV에서 만화 영화나 오락실에서의 게임 오락을 즐기고 있는 반면 동화책 같은 책 읽기는 게을리하고 있다. 초등학생이 책 읽기 같은 창의성을 개발시키려면 어떻게 해야 할까요?

김영정   [교육/독후감] 초등학교 아이들에게 책을 읽히고 독후감을 쓰라고 하면 얼굴을 찡그린다. 차라리 말로 하겠다고 하는데 글씨를 쓰는 데 대한 거부감은 무엇 때문일까?

김기옥   [교육/만화][초등 3, 4, 5년] 영철이의 친구 중에는 추리 특급, 공포이야기, 만화, 명랑 동화 등을 좋아하는 아이가 많다. 영철이도 평소 만화로 된 책을 많이 본다. 그러나 부모님은 그런 책을 보는 것을 매우 싫어하시는 것은 물론 야단을 치시기도 한다. 여러분들이 만약 어머니의 입장이나 영철이나 영철이 친구의 입장에 있다면 어떤 말을 어떻게 했을까요? 여러분들이 두 사람의 입장 중 하나를 골라 상대방을 설득할 수 있도록 표현해 보세요.

양은아   [교육/만화][초등저] 혜원이는 만화 영화를 아주 좋아합니다. 그렇지만 엄마는 대부분의 만화 영화가 일본 만화이고 내용도 어린이의 정서에 좋지 않다고 생각해서 보지 못하게 하십니다. 그러나 만화 영화를 보지 않으면 친구들과 얘기도 안 통하고 뒤떨어지는 것 같습니다. 그리고 만화 영화는 무엇보다 너무나 재미가 있습니다. 그렇다면, 혜원이는 만화 영화를 보아도 될까요? 아니면 엄마 말씀대로 보지 말아야 할까요?

이은영 [교육/봉사활동][중등] 1996년도부터 각 학교에 '봉사활동'에 대한 지침이 내려졌다. 이 제도는 모든 학생들이 봉사 대상이 되는 기관에 가 해당 시간만큼 봉사활동을 해 점수를 매기는 것이다. 여러분은 모두 봉사활동에 참여했을 것이다. 자신의 경험에 비추어 이 제도에 대한 생각을 써 보시오.

김예원 [교육/사교육] 요즈음 여러분은 방과 후 2, 3개 이상의 과외를 하고 있지요? 과외에 대한 긍정적인 측면과 부정적인 측면을 쓰되 본인의 생각을 중점적으로 서술해 보세요.

이화봉 [교육/사교육][교사 임용고시 수험생들] 현행의 교육제도 아래서 실시될 수 있는 바람직한 사교육의 방향을 설정해 보시오.

이수인 [교육/사교육][모두] 학교 교육만으로는 충분치 않다고 생각하거나 또는 학교 성적을 올리기 위하여 학원이나 그룹과외를 하는 학생들이 많다. 자신의 입장이나 경험을 토대로 학원이나 과외학습에 대한 생각을 논하라.

김명순 [교육/사교육][중등] 학교 교과과정 속에 있는 교과목(영어, 수학 등)의 과외 수업에 대한 자신의 견해를 써라.(필요성 혹은 문제점을 중심으로)

김정희 [교육/사교육][중학2년] 요즘 거의 모든 학생들이 학교 수업을 학원에 가서 공부하고 있다. 이것에 대해 자신의 생각을 써 보아라.

신순금 [교육/사교육][초등 모두] 요즘의 초등학생들은 고학년 저학년을 막론하고 공부해야 할 과제가 너무 많다. 학교 공부가 끝나기가 무섭게 과외공부를 하기 위해 또 다른 책가방을 들고 학원으로 가야 하는 등 마음껏 뛰어놀아야 할 시간을 빼앗기는 셈이다. 저학년일 경우 미술, 피아노 예술 분야에 시간을 쪼개야 하며 고학년일 경우 4학년부터 중학교를 대비해야 한다면서, 영·수 과목 위주로 많은 시간을 투자하며 그 또한 마음 놓고 놀 수 있는 환경이 못되는 것을 볼 때 부모로서 마음이 안타까울 뿐이다. 많은 아이들이 학원으로 보충수업을 하려고 가지만 그곳 역시 특별한…(미완)

심미자 [교육/사교육][초등 모두] 우리 어린이들은 학교 수업이 끝나고도 쉴 새 없이 학원을 전전하며 돌아다닙니다. 어린이 각자가 원하지도 않는 학원을 어머니의 강요에 의해 마지못해 다닐 수도 있습니다. 이럴 때 ○○학원에 가지 않고 그 시간에 내가 하고 싶은 것을 하는 게 나를 위해 더 낫다고 생각한다면 힘껏 말해 보세요.

임택인 [교육/사교육][초등 모두] 초등학생 대부분은 학원교육을 제외하고도 가정에서 하는 학습지를 한두 개 정도는 다 하고 있다고 알고 있다. 늘 밀려서 방문 선생님의 방문 날에야 엄마의 잔소리를 들으며 지루한 듯 같은 문제를 반복해서 푸는 경우가 많은데 이 학습지가 얼마나 학습에 도움이 되며 또 필요하다고 생각하는지 써 보세요.

오명자 [교육/사교육][초등제] 요즈음 초등학교 3학년 정도만 되면 대부분의 학생들은 학원을 다니게 된다. 그것도 보통 2개 이상일 때가 많다. 그에서도 특히 수학 같은 학과를 팀을 짜서 교육을 받거나, 학원에 가서 교육을 받는 학생들이 많다. 어른들은 초등학교 4학년부터 수학이 어려워지고, 초등학교 때 기초를 잡아두지 않으면 중학교, 고등학교 때 힘들어 대학 가기가 어렵다면서 수학을 열심히 해야 한다고 한다. 그렇다면 이렇게 학교에서 배우기 전에 집에서 미리 많은 수학 공부를 하는 것이 어떤 유익한 점이 있다고 생각하는가? (자신의 의견을 솔직하게 쓰면 된다.)

김선미 [교육/사교육][초등 저학년학년] 여러분들은 방과 후 집에서 무엇을 하십니까? A는 책 읽기를 좋아하고 축구하기도 좋아합니다. 그런데 집에 와서 재미없고 지루한 숙제도 해야 되고 학원도 여러 군데 가야 하기 때문에 하고 싶은 책 읽기나 축구를 못하는 날이 많아 A는 행복하지 못합니다. 비창의적인 많은 숙제와 여러 가지의 학원 교육에 대해 어떻게 생각하세요?

신옥희 [교육/서평][중등1년] 초등학생용 책(쉬운 책)을 한 권 읽히고, 그 책의 소개를 신문에 기재하기 위해 써 보자.

김현숙 [교육/선거][초등 5, 6년] 상훈이는 반장 선거하는 날 누굴 찍을까 고민에 빠졌어요. 치방이는 전번에 집으로 초대해서 잘 부탁한다며 대접을 했고 나래는 자기가 마음속으로 좋아하는 여자 친구인데 같이 출마를 했기 때문이지요. 우리 반을 위해선 석규가 좋은데 여자 친구 쪽으로 마음이 기우니 어쩌지요? 여러분이라면?

김기옥 [교육/선거][초등 고] "나도 임원이 되고 싶어요"-철이의 일기. "지금 우리 반 임원은 우리가 학기초에 뽑은 아이들이다. 그런데 나는 그 아이들이 너무 마음에 안 든다. 반장은 너무 잘난 체를 하고 부반장은 너무 아이들을 부려먹는다. 나는 이 임원 뽑는 제도가 마음에 안 든다. 공부 못하고 인기가 없으면 반장도 될 수 없는가? 아마도 나 같은 생각을 가진 아이들이 많이 있을 것이다. "나도 임원을 하고 싶다." 여러분이 만약 철이('나')라면 임원이 되기 위해 우리 반 임원 선거제도를 어떻게 뽑자고 건의하고 설득할 수 있을까요?

이경연 [교육/선거][초등4,5학년] 학교나 학급마다 반장을 선출해 운영하는 방법이 다릅니다. 학기초에 선출된 반장, 부반장이 학기 마지막까지 계속 그 역할을 맡는 경우와 매달 새로 반장선거를 실시하는 경우가 그것입니다. 그 두 경우에 대한 찬·반 입장을 밝혀 자신의 생각을 서술하세요.

박선옥 [교육/성][중등] 아이들이 성장하는 과정에서 어려움에 부딪쳤을 때 문제 해결 과정 중 동성(자매, 형제)관계가 좋은지 아니면 이성관계가 도움이 되는지에 관해 논술하라.

김근영 [교육/성][초등 모두] 학교에서 행해지고 있는 '성교육'을 받아본 느낌은 어떤가요? 여자는 남자에 대해 남자는 여자에 대해 많은 걸 알게 되었나요? 어른으로 성장할수록 우리 몸의 신비, 특히 여성과 남성의 차이와 특징을 알아가는 것은 중요합니다. '성교육 프로그램'에 대해 여러분이 느꼈던 것 부족했던 것, 제시하고 싶었던 것을 차분하게 써 보세요.

최 영 [교육/소풍][초등고] 민주적인 소풍을 가 보았습니까? 봄가을이면 학교에서 소풍을 가지요 여러분이 가장 기억에 남는 소풍은 어떤 것이었습니까? 특별히 생각나는 소풍이 있나요? 그 이유는 무엇일까요? 어렸을 때는 소풍이 즐겁고 마냥 기다려지던 때도 있었는데 학년이 올라갈수록 소풍이 지겨워진 적은 없었나요? 여러 학생들이 소풍을 그저 놀이 기구를 타거나 점심이나 먹고 오는 행사쯤으로 생각한 적은 없었나요? 소풍을 가면 즐거워하는 친구가 있는가 하면 어떤 친구는 억지로 가거나 결석을 하기도 합니다. 우리들이 주체가 되어 소풍을 간다면 어떤 것이 가장 민주적이고 모두가 함께 즐거운 소풍이 될까요? 모든 학생들이 참가하고 만족할 만한 소풍을 만들기 위해서 우리들이 할 일은 무엇일까요? 또 학교에서 소풍을 가는 이유는 무엇일까요? 자신의 경험을 되돌아보고 솔직한 느낌을 써봅시다.

유미옥 [교육/시험][초등4-6] 열린 교육, 새 물결, 새바람이란 교육 개혁안에 힘입어 올해부터 초등학생에게 '시험'이란 제도가 없어지게 되었습니다. 시험이 없어진 것에 대해 초등학생 여러분들은 어떻게 생각하십니까? 깊이 생각하시고, 자신의 생각을 솔직하게 이야기해 주세요.

박현숙 [교육/심리][초등4, 5년] 학교 생활과 가정생활을 통해서 가장 신나는 일은 무엇이며 짜증나고 화가 날 때는 어떠할 때 왜 그런 현상이 나는지 자신의 생각을 조리 있게 표현해 봅시다.

유옥선 [교육/여행][중학생] 여행을 통한 자기 성장에 대해 써 보시오. (1200자 내외)

정권영 [교육/영어조기교육][초등3년] 초등학교 3학년부터 영어 교육이 실시되고 있습니다. 영어 조기 교육에 대한 의견을 쓰시오.

김선옥 [교육/영어조기교육][초등 모두] 초등학교 3학년을 대상으로 영어 조기 교육이 실시되고 있습니다. 학교 교육에서의 장단점과 보완점 그에 반해 학교에서 현장지도를 못 믿는 학부형들의 과외 공부와의 장단점과 보완점을 자유롭게 써 보세요.

최현숙 [교육/예절][초중등] 인사를 잘하면 칭찬받을 수 있다고 생각하는가? 그렇다면 칭찬받기 위해서는 별로 반갑지도 않은 사람에게까지 꼭 인사를 해야 되는지에 대해 의견을 제시하시오.

강은숙 [교육/일기][은평구 신사초등 학생] 신사초등학교에서는 일주일에 3~4회 일기를 쓰도록 지도하고 있습니다. 그런데 일주일에 서너 번 쓰는 일기도 무엇을 써야 할지 학교에서 정해 놓았죠. 월요일에는 교장선생님 훈화 말씀을 적어서 검사를 맡아야 하고, 수요일에는 탈무드 이야기를 들려주고 그것을 쓰게 합니다. 금요일에는 교감선생님 말씀을 듣고 그것을 일기에 써야 하고, 토·일요일에는 '경제일기' '효경일기'라는 제목으로 경제와 효를 주제로 일기를 쓰도록 되어 있지요. 이렇게 쓸거리를 정해 놓고 일기를 쓰는 것이 여러분에게 무슨 도움이 되는지 써 보세요. 만약 도움이 되지 않는다면 이유는 무엇이고, 어떻게 바꾸었으면 좋을지 써 보세요.

김성자 [교육/일기][중고등] 학교 수업 숙제로 내어주는 '일기쓰기'에 대해 다음 글을 참조하여 자유롭게 자기 생각을 써 보시오.(원고지 2~3매 분량) ① 일기를 쓰는 것이 나에게 어떤 도움이나 불편함을 주는지 또 나에게 글을 쓸 때 어떤 느낌을 주는가에 대해 써 보시오. ② 일주일에 써내야 할 횟수를 정하는 것에 대한 내 의견을 써 보시오. ③ 일기쓰기 분량에 대해 자기 생각을 써 보시오. 가정이나 학교생활에서 오는 학생들의 스트레스가 어떤 것인가를 쓰고 이를 풀거나 치료할 수 있는 방법을 서술하면서 그것에 대해 스스로의 평가를 내려보라.

김민주 [교육/일기][초등3년] 우리는 매일 일기를 쓰지요 '나는 왜 일기를 쓰는가'에 대해 써 보세요.

이영주 [교육/입시문제][중등] 몇 년 지나면 지금의 연합고사 제도가 없어진다고 한다. 특수고를 제외한 일반 고등학교는 내신으로만 들어가게 된다는 것이다. 시험을 통하여 자신이 중학교 3년 동안 배운 것을 정리한다는 점에서 또한 평준화라는 관점에서 연합고사의 필요성을 주장하는 사람도 있지만 반면에 결과만을 고집하고 과정을 중요시하지 않는다는 점에서 또한 교육이 시험의 도구로 전락되는 것을 우려하며 살아 있는 교육이 되어야 한다는 점에서 반대를 하는 사람도 있다. 학생들은 연합고사 폐지에 대한 자신의 견해를 적어보아라.

김옥기 [교육/자기극복][초등2학년] 학교 가는 등하교 길은 언제나 바쁘다. 어머니께서는 항상 학교 갈 때 나 끝날 때 곧바로 등하교하고 한눈팔지 말라고 하신다. 학교 앞의 문방구나 오락실을 지나쳐야 하는데 지나칠 수 없을 때 여러분은 그런 유혹을 어떻게 뿌리칠 수 있는지 솔직하게 표현해 봅시다.

심인숙 [교육/자율화][초등 모두] 농부와 세 아들이 있었다. 일하기 싫어하는 세 아들은 청년이 되었어도 빈둥거리며 지냈다. 아들들이 걱정된 아버지는 대대로 물려받은 보물이 밭 속에 감추어져 있다고 유언을 남기고 죽게 된다. 아버지의 말을 믿고 보물을 찾기 위해 부지런히 땅을 판 결과 농사가 잘 된 것을 보게 된다. 그제사 아들들은 아버지의 교훈을 깨닫게 되었고 부지런해졌으며 잘살게 되었다. 문제 : 우리는 학교 공부, 학원, 또는 과외로 바쁘다. 그러나 내가 스스로 하는 것은 거의 없다. 보물(지식)을 찾기 위해 부지런해져야 한다는 것을 어떻게 생각하는가? (깊이 생각해 보고, 솔직하게 적어보자)

김현숙 [교육/조기영어교육][고등] 올해 3월부터 초등학교 3학년 이상의 학생들에게 영어 수업이 실시된다고 한다. 그간의 학교에서의 영어 수업은 물론 학원 및 해외어학연수에 이르기까지 영어를 익히기 위한 직간접의 경험을 통해 초등학교에서의 영어수업이 바람직한 영어 학습인지 아닌지를 써 보아라.

김은숙 [교육/조기영어교육][중등] 요즘은 초등학생은 물론 유치원생까지도 사설학원에서 영어를 배우고 어학연수를 가는 등 영어 열풍이 불고 있다. 이에 정부는 내년부터 초등학교 3학년 때부터 정규 과목으로 영어를 가르친다는 교육개혁안을 발표했다. 어려서부터 영어를 배우는 데 대해 우리 한글 교육과 연결시켜 생각해 보자. 이 문제에 대해 어떤 견해를 갖고 있는지 자신의 관점을 써라.

정태순 [교육/직업선택][중등] 앞으로 자신이 선택하고 싶은 직업(진로 설정)과 취미, 좋아하는 일과의 연관관계에 대하여 논하라.(자신의 직업이나 취미가 아닌 객관적인 입장에서의 직업과 취미에 대하여 써도 무방함.)

박지혜 [교육/질서][초등삼-4년] 어머니나 아버지 또는 윗사람과 함께 외출할 때 전철을 탔다고 생각해 보자. 전철은 아주 재미있는 긴 의자와 복도를 가지고 있다. 사람들도 별로 없어 그 긴 통로를 마음껏 뛰어다니고 싶다. 그런데 엄마는 무서운 얼굴로 (엄하게) 꾸짖으신다. 엄마 옆자리에 꼼짝 말고 앉아 있어야 한다고 말씀하신다. 그 넓은 자리에서 뛰어다니며 여기저기 앉아보고 싶은데, 그러한 행동이 왜 야단맞을 짓이 되는지 생각해서 써 보고, 만약 지하철(차) 속에서 뛰어놀아도 된다고 생각하면 그 이유를 나름대로 써 보아라.

최영주 [교육/질서][초등 저학년] "잔디밭 사이로 걸어 다닙니까?" 여러분은 아파트 내의 잔디밭을 알고 있죠. 잔디밭 사이로 난 조그만 길도 본 적이 있을 거예요. 원래 잔디밭은 들어가지 말라고 철책을 둘러놓았어요. 그런데도 잔디밭이 있는 곳마다 사람들이 만들어놓은 길이 있습니다. 여러분도 그 길로 다닌 적이 있나요? 망설인 적은 없었나요? 그 길을 다니는지 또는 다니지 않는지에 대해 쓰고 어떤 느낌이 드는가도 써 보세요. 마음대로.

김미숙 [교육/컴퓨터오락][초등3년] 엄마, 아빠는 매일 공부나 숙제를 하라고 하지요. 그런데 우리 어린이들은 컴퓨터 오락을 하고 싶지요? 엄마는 컴퓨터 오락은 머리를 나쁘게 하고 우리 어린이의 마음을 밉게 한다는데 어떻게 그런 일이 있을 수 있을까요? 왜 어른들은 컴퓨터 오락을 나쁘게 생각하는 걸까요? 만약 우리 어린이가 컴퓨터 오락의 좋은 점과 나쁜 점을 조리 있게 말할 수 있다면 부모님께서 안심하고 컴퓨터를 맡길 수 있겠지요. 컴퓨터 오락의 좋은 점과 나쁜 점을 발표해 보세요.

최광순 [교육/학원폭력][초등6년-중학생] 1주일 전 중학교 2학년에 재학 중인 순돌이가 공부시간에 옆자리 아이와 이야기를 하다가 선생님께 걸려 앞에 불려 나가 매를 맞게 되었다. 순돌이는 사실 감기가 걸려 콧물이 나와 옆 친구에게 휴지 좀 달라고 했습니다. 화가 난 선생님은 말대꾸를 한다며 다시 순돌이에게 매를 가했다. 그것도 모든 아이들이 보는 앞에서 뺨을 맞고 정강이도 걷어 차였다. 그 모습을 바라보는 순돌이의 친한 친구 창수는 두 주먹을 불끈 쥐었다. 1주일 후, 학교에서 학원 폭력에 대한 자신의 견해를 써서 내라는 담임 선생님의 요구에 창수는 1주일 전 친구가 매를 맞는 장면을 상기하며 '학원 폭력은 무분별하게 휘두르시는 선생님들의 폭력에서 시작된다.'는 명제 아래 글을 써서 냈다. 다음날 창수는 담임 선생님께 불려 가

위와 같은 내용의 글을 썼다고 호되게 매를 맞았다. 만약 여러분이 창수의 입장이라면, 앞으로 남임 선생님과의 관계설정을 어떻게 이루어나가며, 학교생활을 할지 자신의 견해를 써 보세요.

황예순 　[교육/학원폭력][초등 모두] 학교 폭력 문제가 심각한 상태입니다. 만일, 자기보다 어린 학생의 잘못을 좋게 꾸짖은 적이 있는데 자기도 모르는 사이에 폭행자가 된다면 어떻게 대처하시겠습니까.

이선애 　[교육][고등] 현재 우리나라의 교육현실이 많은 문제점을 지니고 있다는 것은 거의 모든 사람들이 인정하고 있다. 그 문제는 대부분 학력 위주의 사회 현실을 배경으로 하여 입시라는 제도를 거쳐 입시 위주의 획일적 교육이라는 형태로 학생들 앞에 나타나게 되었다. 많은 사람들이 교육의 문제점을 알고 있으면서도 학력 위주의 사회 현실이라는 개인의 힘으로 어찌해 보기 어려운 지대한 힘 앞에 무릎 꿇고 입시 위주의 교육방식에 굴복하고 그 제도 안에서 보다 좋은 성과를 얻기 위해 노력하고 있다. 그러면서도 그것이 바람직하지 않다는 것도 알고 늘 갈등한다. 이와 같이 이상 실현을 사회현실이 가로막고 있는 상황에서 개인들이 어떻게 대처해야 하는가에 대해 분량 제한 없이 논술하라.

윤 탁　[교육][고등] 대학입시 위주의 파행적인 고등학교 교육의 내용 보완을 위해 대학 입학시험에 논술이 추가되었다. 아울러 정부는 향후 고교 교육 내용을 통합교과를 중심으로 한 다양한 독서와 토론 위주로 개편하고자 한다. 이에 따라 현행 입시제도하에서 학업 수행과 개편된 입시제도하에서의 학업 수행이 학생들의 전반적인 생활양태에 어떠한 영향을 미치겠는가? 이에 대해 논하라.

엄주연 　[교육][고등] 요즘 시골에 있는 초등학교 학생들은 좀 과하다 싶을 만큼의 대접을 받고 있다고 한다. 뚝뚝 떨어져 살고 있는 한두 명의 학생들을 찾아서 학교 버스가 가고, 방과 후에는 집까지 데려다주고… 넓은 학교, 넓은 교실, 적은 학생수, 다양한 자료실 등 어쩌면 가장 이상적인 교육환경인지도 모르겠다. 그러면서도 학교는 점점 통합되어 가고 폐교는 늘어가고 있다. 인구의 도시집중이 가져다주는 농촌과 도시 교육의 차이점, 문제점과 대책에 대하여 논하라.

이재경 　[교육][초등고] 여름방학이 되면, 항상 우리는 '피서'라는 것을 떠나게 되는데 피서지 결정에 대한 엄마·아빠의 의견차를 간혹 볼 수가 있다. 만일 본인이 산으로 가고 싶다면 그 이유는? 혹은 바다로 가고 싶다면 그 이유는?

선명경 　[교육][초등고] 요즈음 실시되고 있는 열린교육 중 '책가방 없는 날'이 1주일에 한 번 정도 실시되고 있다. 여러분은 그 교육에 대하여 어떤 생각을 가지고 있으며, 부족하거나 개선(고쳐야 할 점) 되어야 할 것은 무엇이라고 생각하는지 각자의 의견을 써 보아라.

고해영 　[교육][초등 모두] ① 운동장에서 남자, 여자 나누어서 공놀이를 하였습니다. 수업 도중에 남자 친구들은 선생님 말씀을 잘 듣지 않았습니다. 수업이 끝나고 선생님은 여자 친구들에게는 초콜릿 2개를, 남자 친구들에게는 초콜릿 1개를 주셨습니다. 여러분은 선생님의 태도에 대해 어떻게 생각하십니까? ② 어른들은 여럿이 모이면 아이들에게 노래나 춤 따위를 시킵니다. 그 자리에서 잘하는 아이는 (곧바로) 똑똑한 아이로 칭찬을 받습니다. 반면에 주저하거나 못하는 아이는 부족한 아이로 대접을 받습니다. 여러분은 어른들의 태도에 대해서 어떤 생각을 갖고 있습니까.

이화정 　[교육][초등 모두] 진아는 초등학교 5학년이다. 진아가 오늘 아침 학교에 가려고 할 때, 직장에 다니는 어머니께서 방과 후 동생을 유치원에서 데리고 와달라고 부탁하셨다. 진아는 여느 때와 마찬가지로 대답하고 학교에 갔다. 진아네 반 4교시 미술시간, 진아는 모둠수업 태도가 안 좋다는 이유로 청소당번이 되었다. 진아는 갑자기 갈등이 생겼다. 늦어도 2시까지는 동생을 데리러 가야 하는데, 청소까지 하면 시간이 없기 때문이다. 여러분이 진아라면 어떻게 하시겠습니까?

문종선 [교육][초등 모두] <왕자님 귀도 당나귀>는 우리 고전 <임금님 귀는 당나귀>를 개작해서 쓴 글입니다. 이 글의 내용은 아버지와 아들이 함께 큰 귀를 가졌다면, 아들은 자신감으로 생각하고 아버지는 수치심으로 여긴다는 것입니다. 여러분도 이러한 입장을 경험한 적이 있는가? 있었다면 어떤 태도를 보이겠는가?

노일향 [교육][초등 모두] 얼마 전에 다마고치가 없다고 아파트에서 뛰어내린 유치원생 이야기가 있었다. 요즘 아이들은 친구가 가지고 있는 것은 자기도 꼭 가져야 한다고 생각하는 경우가 많은 것 같다. 그것이 꼭 필요한 것도 아니고, 도움을 주기는커녕 화를 불러일으킬 수도 있는데 단지 소외당한다고 생각해서 엄마를 조르는 경우가 많다. 이 문제에 대해 어린이 여러분의 생각은 어떠한지 써 보세요.

이문진 [교육][초등 모두] 우리는 흔히 고자질은 나쁜 것이라 해요. 그러나 고발정신은 필요한 것이라고 하지요. 고발정신과 고자질에 대해 자신의 의견을 말해 보세요.

박해숙 [교육][초등 모두] 우리의 아이들은 초등학교에 입학하면서부터 100점의 테두리 안으로 밀려들어간다. 초등 1년생을 둔 어머니로서 100점의 시작을 본 것은 받아쓰기였다. "100점 받으면 엄마가 좋아하지요?" 학부모의 길로 접어드시는 우리의 어머니들 100점을 좋아하는 어머니들이여, 이 무게를 우리의 아이들이 계속 지탱하도록 해야 하나요? 100점과 학부모와 아이들과 우리의 교육정책, 과연 누구의 저울로 재어야 옳을까요?

김부호 [교육][초등보통] 학교 준비물로부터 해방! 내년부터 초등학교의 모든 학습 준비물을 학교에서 준비하도록 결정되었답니다. 여러분들은 학교 준비물 때문에 고생을 해본 적이 있을 것입니다. 만약 모든 준비물이 학교에서 준비된다면 우리는 아침 등교시간에 문방구에서 북적거릴 필요가 없을 것 같죠? 그러나 여러 가지 문제들도 생길 수 있을 것 같은데… 위의 결정에 대하여 찬성을 하는지 반대를 하는지 타당한 근거를 들어 자신의 의견을 써 보세요.

권혁화 [교육][초등학교 교사, 학부모] 지구촌 시대에 세계적인 아이로 키워내는 일은 중요하다고 본다. 누구와도 친하게 지내고, 그 어디에서도 살며, 어떤 음식도 맛보며, 맘껏 해내는 맑고 밝은 어린이로 키워내는 일은 부모님이나 초등학교 교사의 영향이 크리라 생각된다. 이 점에 대해서 자유롭게 논해 보자.

권혜정 [교육] 학교가 파할 때쯤 돼서 갑자기 비가 쏟아지기 시작했다. 다른 친구들은 학교까지 어머니가 우산을 갖고 와, 엄마와 함께 우산을 쓰고 집으로 간다. 그러나 철수는 엄마가 없다. 그리고 아버지는 공사판에서 일을 하시다 저녁 늦게나 들어오신다. 철수는 비를 맞으며 부모를 원망하며 집으로 돌아왔다. 이럴 때 여러분들은 부모에 대해 어떠한 감정을 갖고 집으로 돌아오겠습니까? 부러움, 아니면 원망, 아니면 주어진 현실에 대해 받아들임 중 어느 감정일까요?

황경아 [노동/실업][고등2년] K라는 학생의 아버지는 오십 세를 코앞에 둔 한 회사의 과장이시다. 항상 성실과 근면의 모범이시던 아버지가 직장을 나오시고 또 다른 일거리를 찾아 고민 중이시다. K는 젊은 날, 몸 바쳐 일한 일터로부터 외면당한 아버지의 현실을 이해하기가 어렵다. K는 지금 우리 사회에서 이루어지고 있는 명예퇴직제나 또 어쩔 수 없이 직장을 떠나야 하는 지금 아버지 세대들의 현실에 대해 다시 생각해 본다. 다음 글을 읽고 자신이 K의 입장이라면 어떠한 견해를 가질 것인가 서술하시오.

정미경 [노동/실업][고등] 근래 사회 전반에 일어나고 있는 명예퇴직이나 정리해고제가 가정과 사회에 미치는 영향을 개인이나 단체적 측면에서 비판해 보자.

윤원미 [노동/파업][고등3년] 요즘 대중매체, 언론에서 연일 보도되는 노동자 총파업에 대해 우리의 관심을 돌려보자. 천만이 넘는 노동자들은 '날치기 노동법, 안기부법 개악 반대 및 민주수호를 위한 투쟁'이라는 사안으로 30여 일 동안 힘차게 총파업에 돌입했다. 결사 항쟁의 결의로 맞서는 우리의 형제, 부모들인 노동자들의 모습을 떠올려보자. 이에 대해 정부 측은 선진국형 노동법으로 개정한 이니 집단이기주의적 행동을 자제하고 국민을 볼모로 경제를 파탄시키는 단체행동 파업을 중지하라고 한다. 이에 반발한 노동자 측은 생존권 확보, 인간답게 살기 위해 노력한 이에게 노동법 개정은 재개정되어야 한다고 한다. 또한 외국 여러 언론에도 한국의 현 노동정책에 비판적인 입장이 보도되고 있다. 여러분은 이 문제에 대해 어떤 견해를 갖고 있는지, 자신의 관점으로 사안을 풀어보고, 올바른 대안에 대해 논술해 보아라.

류매형 [노동][고등2년] 1996년 12월 25일 정부 여당이 새로운 노동법 날치기 통과로 이를 반대하기 위해 전노조가 파업을 했고 이로 인해 경제적 손실도 컸지만 사회적으로 미친 영향도 컸다. 인간에게 있어 '노동'이란 어떤 의미가 있으며 노동에 대한 권리에 대해서 자신의 의견을 논술하여라.

이미경 [노동][고등] 노동법의 날치기 통과에 따라 양분되어 있는 노·정 대립에 관해 자신의 생각을 정리해 보시오.(자신이 지지하는 쪽의 행동양식의 타당성에 대해서라든지 어느 한쪽을 지지하지 않더라도 그들의 입장에 대한 자신의 의견을 피력하시오.)

한정옥 [노동][고1] 학원에서 돌아오는 길에 지하철 한 모퉁이에 시 한 수가 적혀 있는 패널을 보았다. 내용인즉, 맹수가 득실거리는 곳으로 토끼를 몰아붙이고 있다는 것이다. 바로 현실의 문제, 곧 노동법 날치기 통과라는, 현 사회 전체의 발을 묶어놓았던 이슈를 다룬 것이었다. 이쯤에서 볼 때, 인류 역사와 함께 한 노동이라는 개념에 대한 고찰과 아울러 이 개념에서 파생되는 구조적인 현상, 자본주의 발전 결과이기도 한 '빈익빈 부익부', 대부분 노동자의 입장에서 추구하는 복지 차원에 대한 자신의 생각을 정리 표현해 보시오.

박옥규 [대중문화/광고][초등6년] 신문광고가 우리의 일상생활에 미치는 직간접적 영향력에 대해 800자 이내로 논하시오.

이혜숙 [대중문화/만화][중등] KBS 2, 5시 30분, <사랑의 천사 웨딩 피치>라는 만화가 선풍적인 인기 속에서 방송되었습니다. 물론 비디오도 나와 있고요. 그런데 이 만화는 일본에서도 제작, 방영되어 인기를 모았던 만화입니다. 요즈음 이와 비슷하게 음악에서도 '표절'이라는 단어가 심심치 않게 나 돌고 있어요. 거의 상업성에만 치우쳐 있고요. 특히 일본 만화는 거의 만화계를 점령하다시피 하고 있다고 합니다. 이 문제에 대해 어떻게 생각하시는지요?

한소라 [대중문화/만화][초등 모두] 도서대여점 등에서 만화를 즐겨 읽는 사람들이 많다. 쌓아놓고 읽는 학생들도 있을 정도로 만화는 누구나 좋아한다. 만화가 인기를 끄는 이유를 생각해 보고 좋은 만화와 나쁜 만화를 구별해 읽는 것이 중요한가 대해서도 써 보라.(500~600자) 자료 제시 : ① 이원복 등 긍정적인 면이 돋보이는 만화에 대한 평 —김수정, ② 도서대여점의 대다수 차지하는 일본 만화 선정성, 폭력성 보도한 신문기사, ③ 만화 판매 혹은 대여 자료.

안정숙 [대중문화/만화][초등 저학년] 만화영화가 우리 정서에 미치는 영향에 대해 자신의 의견을 써 보아라.

윤보라 [대중문화/세대갈등][고등모두] 요즈음은 갈수록 음악의 장르가 다양해지고 있다. 랩, 레게, 발라드, 락 등 전문인이거나 관심이 많은 사람이 아니고서는 그것이 어떤 음악인지 구별하기도 힘들 만큼 세분화되어 가고 있다. 그러나 40~50대의 기성세대들은 텔레비전의 쇼프로를 보다 보면 현란한 춤과 의상을 입은 비슷비슷한 가수들을 보며 채널을 돌리게 된다. 갈수록 그들의 오락 프로는 자리를 잃어가고 있으며 어쩌다 듣게 되는 음악은 반가움마저 느끼게 한다. 이러한 현상은 왜 일어나는 것이며 앞으로의 전망에 대해 자신의 생각을 논술하라.

이월자　[대중문화/스태초등 모두] 박찬호 열풍이 불어 어린이들이 사인회에 참석하느라 멀리 지방에서도 야단법석이었는데, 스타들의 사인이 무슨 의미가 있고 왜 중요한지 써 보세요. 그리고 문화·예술·과학면에서도 우리나라를 빛낸 사람들이 많은데, 왜 스포츠에만 조명을 맞춰 매스컴에서 떠든다고 생각하는지 자기 의견을 써 보세요.

권해옥　[대중문화/우상 동일시][중등] 많은 청소년들의 우상인 연예인이나 스포츠 선수를 닮아가는(의상, 머리 모양) 또래들의 모습에 대해 자유롭게 쓰라.

유옥선　[대중문화/유행][초등6학년] 유행을 따르는 것이 개성인가에 대하여 자신의 견해를 써 보시오.(1200자 안팎)

김정란　[대중문화/음악][고등] 영틱스 클럽과 HOT라는 고교생 그룹들이 학생들에게 인기 있는 이유는 무엇 때문일까? 자신들의 학업에 억압받고 있지만 두 그룹은 자유로운 모습으로 학생들의 감정을 대변해 주어 그러는 게 아닐까? 두 그룹의 어떤 공통점 때문에 열광하고 있는지 자신의 견해를 써라.

이윤경　[문화/전통][초등 저학년] 우리나라는 일 년 열두 달 절기마다 지키는 풍습이나 놀이가 다르다. 설날 아침 조상님께 올리는 차례, 웃어른께 드리는 세배와 더불어 윷놀이, 널뛰기 같은 놀이도 즐기고 있다. 단옷날의 그네뛰기나 씨름하기 등 우리들이 알고 있는 풍습이나 놀이 중 앞으로도 꼭 지켜나가고 가꾸어 나가야 할 풍속이나 놀이를 소개하고 그 이유를 글로 써 보세요.

고윤희　[법/처벌][고등] 범법자들에게 죄의 대가로 벌금형이나 실형을 살게 하는 대신 각종 사회봉사활동을 하게 하는 관례가 있다. 사회봉사활동을 함으로써 기존의 방법에서 얻을 수 없었던 효과를 창출해 낼 수 있는지에 대해 논하시오(혹, 얻을 수 없다면 그 원인은 무엇인지 논술하시오).

안경호　[사회/가정][고등] 현대 사회의 주된 문제의 하나로 가정의 위기론이 제기되고 있다. 이 문제의 극복과 관련하여 가정을 유지시켜 주는 가장 중요한 덕목이 무엇이라고 생각하는가? 그 내용을 밝히고 그 근거를 서술하라.

정은경　[사회/가족][중등] 경제발전이 급속도로 이루어지면서 우리의 가족제도는 대가족제도에서 핵가족제도로 형태의 변화를 가져왔다. 따라서 가족 구성원의 수는 부모와 두 자녀 정도의 양상으로 나타나게 되었는데, 이는 가족 간의 관심과 사랑의 표현이 적극적으로 나타나게 됨도 의미한다. 핵가족제도에서 가족 간의 서로에 대한 사랑과 관심이 사춘기를 맞는 청소년에게는 긍정적으로 작용할 수도 있고 부정적 측면으로 작용할 수도 있다. 이에 대해 자신의 생각을 밝혀라.

이정애　[사회/가족][중등] 과거 우리는 전통적으로 대가족 중심의 가족제도에서 현재 핵가족 중심의 사회제도로 점차 그 가족구조가 변모해 가고 있다. 이러한 가족제도의 변모로 한쪽에서는 노인 소외현상과 극심한 이기주의 팽배를 외치는 목소리가 높아가고 있다. 또 한편에서는 현 정보화시대에 걸맞은 제도는 핵가족 중심의 제도라 보며, 현대 노인층은 자손과 함께 살기를 거부하는 경우도 있다고 한다. 자신의 입장에서 논증을 거쳐 의견을 주장하라. 만일 두 제도에 찬성하지 않는다면 더 나은 가족제도는 어떤 것인지 주장해 보라.

김균성 [사회/국산품 애용][초등학교] 일제(외제) 학용품이 문방구를 완전히 장악한 지금의 상황을 볼 때, 국산 학용품의 사용이 중요해지고 있는데, 이 점에 대해 현재의 경제사정을 연결해 서술해 보세요.

김화훈 [사회/기후와 생활][초등4년] 우리나라는 4계절이 있고, 특히 여름과 겨울은 그 변화가 매우 뚜렷하다고 느낍니다. 만일 인도와 같은 열대성 나라처럼 우리나라도 겨울이 없다면 어떠한 현상이 나타나게 될까요? 자신의 각 관점을 간략하게 밝혀보세요.

민경순 [사회/사회관계][초등교] 여러분은 애완동물을 키워보셨나요? 햄스터, 다람쥐, 개, 고양이, 그리고 다마고치(?)… 키워보니까 어떻던가요? 안 키워보았다면 키워보고 싶지는 않던가요? 그런데 아파트에서는 개를 키우는 것에 대해 반대를 많이 하고 있습니다. 개 키우는 것 때문에 이웃 간에 큰 싸움으로 번진 사례도 있다고 하죠? 실제로 우리 아파트 단지에서도 '개를 키우지 맙시다'라는 반상회보가 거듭거듭 배포되곤 했답니다. 그럼에도 ① 개를 키우는 집이 자꾸만 늘어나는 것에 대해 어떻게 생각하는지요? 또, ② 하지 말라는 것을 굳이 하는 사람들의 심정이 어떠할지, 그 사람들의 마음이 되어 한번 생각해 봅시다. ③ 아파트 생활을 하면서 우리가 지켜야 할 것과 이웃과 더불어 살 수 있는 것(지혜)들에 대해 얘기를 나눠봅시다.

김인화 [사회/소외][고등1, 2년] 가정에서 자신이 겪었던 소외감(부모로부터, 형제자매로부터)이 있다면 그것을 바탕으로 현대 사회의 노인문제에 대한 자신의 생각을 쓰라.

정효심 [사회/신토불이][초등4년] 단비는 어머니께서 만들어주신 된장국이나 김치를 싫어한다. 냄새가 나서 싫다는 것이다. 햄이나 소시지, 라면, 피자, 햄버거 등을 아주 좋아한다. 매번 어머니와 다툼을 하는데 단비가 먹고 싶은 걸로 먹는다. 왜 김치나 된장국을 먹어야 하는지 써 보세요.

이미애 [사회/안락사][중등] 요즘 안락사의 문제가 끊임없이 논의되고 있다. 죽음을 앞두고 고통스러워 하니 그 고통을 짧게 끝내주자는 입장이다. 다른 쪽에서는 인간의 목숨은 고귀한 것이므로 살아있는 한 사람의 임의대로 하여서는 아니 된다고 한다. 과연 어느 쪽이 참의미의 인간성 존중이라고 생각되는지 논해 보라. 제3의 의견도 괜찮다.

김주원 [사회/애완동물][초등5, 6학년-중등용] '애완용 돼지 키우세요.' 포천의 한 종돈업체에서 4년째 애완용 돼지를 '애완용'으로 분양하고 있다. 몸무게가 20kg 안팎에 불과한 이 애완용 돼지는 '포트벨리'라는 베트남산이다. 체구가 작고, 재빠르고, 배설물도 어느 정도 가리고, 이름도 알아 듣는단다. 이 애완 돼지를 분양하고 있는 주원상씨는 '선입관만 버리면 집에서도 키울 수 있는 애완동물'이라며 애완 돼지를 광고하고 있다. 초등용; 돼지를 애완용으로 키웠을 때 장단점을 점검해 보고 기회가 주어져 돼지를 애완용으로 키울 수 있다면 어떤 선택을 할 것인지 써 보자.

이현주 [사회/정보화][중등 모두] 요즘 주위에 흔히 볼 수 있는 광경 중에 핸드폰이나 PCS를 소지하고 이를 사용하고 있는 사람들이다. 장소에 구애 없이 통화가 가능하게 된 것이다. 심지어는 복잡한 출퇴근 전철 안에서도 통화를 하곤 한다. 이런 현상이 나와 주위 또 사회 전체에 미치는 영향에 대해 이야기해 보자.

권우순 [사회/지역갈등][고등1년] 우리나라는 지역갈등 문제가 정치나 경제상황에 심각한 장애요인이 되고 있다. 그러한 갈등을 해소하기 위한 노력이 어떠해야 한다고 생각하는지 쓰라.

한순복 [사회/질서][초등 모두] 요즈음 가족들과 승용차를 타고 외출도 많이 하고 외식도 자주 한다. 그런데 창 밖을 보면 차들은 서로 빨리 가려는지 경적도 크게 울리고 교통법규도 어기고, 때로는 말다툼도 하여 교통질서를 어지럽혀 행복한 가족들의 눈살을 찌푸리게 한다. 어른들의 교통질서 모습에 대해서 자유롭게 써 보세요.

김주원 [사회/편견][중등용] 돼지에 대한 편견, 선입견이 우리 사회에 끼친 영향을 생각해 보고 (학교 생활을 예로 들어) 자신의 의견을 정리해 보자.

김은미 [사회/학생운동][고등1년] 여러분은 한 번쯤 소위 대학 내 '운동권'이라 불리는 학생들이 집회과 정에서 전경들에게 화염병을 던지고 몸싸움을 하는 등 격렬하게 대처하는 장면을 TV나 언론 매체, 또는 집회 현장에서 본 적이 있을 것이다. 이러한 모습을 일부에서 "공권력 탄압에 저항 하려면 어쩔 수 없는 행위"라고 말하는 반면, "너무 지나치다." "학생으로서 있을 수 없는 일 이다."고 반박하는 경우도 있다. 여러분은 이 점에 대하여 어떤 견해를 갖고 있는지 다각적인 관점으로 접근해 논술하라.

이화정 [사회] 유진네 가족은 집 앞 미니슈퍼마켓을 단골로 이용한다. 집 앞에서 좀 더 가면 대형 슈퍼 마켓도 있지만 왠지 인간미 없고 유통 기간도 확인해야 해서 정감 어린 미니슈퍼를 이용한다. 그런데 어느 날 미니슈퍼에서 유통기한이 지난 우유를 먹고 탈이 났다면?

윤인숙 [성/남아 선호][고등] 다음 글을 읽고 성감별과 그에 대한 제재에 대하여 자신의 입장을 펴시오. A부인은 첫 아이로 딸을 낳았다. 남편은 장남은 아니지만 시부모님은 그래도 아들이 있어야 한다며, 둘째는 무슨 일이 있어도 아들을 낳아야 하며, 그러기 위해 성감별도 불사한다는 생각 이시다. A부인은 남아 선호사상의 폐해를 잘 알고, 또 성감별까지 하며 아들을 낳는 세태에 반감을 가지고 있으나, 막상 자신의 일로 닥치자 고민 중이다. 남녀 성비의 불균형이 날로 심 화되어 혼인 적령기의 총각들에게 배우자가 부족한 지경이라 한다. 하지만 성비의 균형이라는 것은 사회체제로서의 문제일 뿐, 딸만 둘 혹은 아들만 둘인 가정으로서는 불평등한 것이다. 제 도적으로 성감별을 금지하고 이를 행하는 의사를 엄벌하는 조치는 개인으로서는 막을 수 있는 불행을 강요하는 것이 될 수도 있다는 생각이다.

안혜경 [성/남아 선호][고등] 한국의 문화·사회적인 관습 때문에 태아감별을 통하여 여자아이는 낙태 를 시키고 있다. 이것은 현재 불균형한 성비를 이루었고 앞으로는 더욱 심해질 전망이다. 사회 학자들이 우려를 표명하고 많은 사람들이 알고 있음에도 불구하고 '아들 선호 사상'은 여전하 다. 여러분은 '아들 선호 사상'에 대하여 어떤 견해를 갖고 있는지 종합적인 해결책이 무엇인 지 다음 사항을 참고하여 논술하시오. ① 아들 선호 사상의 배경 ② 남녀 불평등의 해결 방안 ③ 사회 관습의 문제

조명신 [성][고등1-2년] 최근 어린아이들에 대한 성폭력 문제가 심각한 사회문제로 대두되면서 '조기 성교육의 필요성'이 부각되고 있다. 자신의 성에 대한 호기심이나 충동 등의 경험을 바탕으로 우리나라의 성에 대한 풍토와 관련지어 자신의 생각을 쓰라.

서 나 [성][중등] 여성 및 남성의 성형이 개인 또는 대인에게 미치는 영향을 쓰라.

김성희 [언어/욕설][초등 모둠] 언어가 우리 생활에서 차지하는 비중은 설명하기 어려울 만큼 크다. 출 생과 함께 부모나 주변인들로부터 배우는 말과 글로 우리는 자신을 표현하고 생활에 필요한 정보들을 습득해 나간다.—여기서 '그림'으로 표현되는 정보는 일단 배제해도 좋고 포함시켜도 좋다. 문자도 일종의 그림이지 않은가?—그런데 우리가 배워가는 언어 중에는 꼭 필요한 것들 도 많지만 그렇지 않은 것들도 있다. 그중의 하나가 '욕설'이다. 요즘은 유치원 아이들까지도 아무런 뜻도 모른 채 욕을 하는 경우를 종종 본다. '욕'은 어떤 기능을 가지고 있을까? 해도 좋 은가? 하지 말아야 할까?

문기숙 [정보화/컴퓨터 게임][중등1년] 컴퓨터 게임에 대한 본인의 생각을 논술형으로 써 보아라.

임민정 [정보화/컴퓨터 통신][중3-고1] 요즈음 거의 모든 학생들이 컴퓨터를 가까이하고 있다. 특히 컴

| 김현애 | 퓨터 통신을 많이 하는데 부모님이 반대하는 경우가 많다. 이에 대해서 자신의 생각을 쓰라. |

김현애 [정보화/컴퓨터][고등] 현대 사회는 소위 토플러의 말에 의하면 제3의 물결—정보화 사회—시대라고 일컬어지고 있다. 이런 정보화 사회에 있어서 컴퓨터를 다루는 것은 필수라고들 한다. 컴퓨터는 정보를 수집, 분류, 저장, 교환에 다양하게 활용되고 있다. 혹자는 컴퓨터가 직접 민주주의의 실현—쌍방 간의 여론 교환을 통해서—에 중요한 역할을 한다고까지 주장한다. 그러나 프랑스 같은 나라에서는 컴퓨터가 창조적 사고력을 저해하는 요소가 있으므로 어린 학생들에게는 컴퓨터 교육을 금지하고 있다. 과연 현사회에서 컴퓨터가 차지하는 비중에 대해 필수론, 무용론 또는 제3의 입장을 선택하여 논술하시오.

백향숙 [정보화/컴퓨터][고등] 요즈음 우리 사회에 미치는 컴퓨터의 영향은 대단하다. 우리는 쉽게 컴퓨터와 접하는 사회에 살고 있다. 그것은 편리함과 더불어 파생되는 문제점 또한 간과할 수 없을 것이다. 컴퓨터가 현대인에게 주는 장단점에 대해 자신의 생각을 서술하시오.

장선옥 [정보화][고등2-3년] 정보화 사회에서 인터넷 등 정보기술의 발달에 따른 파급효과로 각 계층에서의 여러 가지 긍정적이고, 부정적인 목소리들이 흘러나오고 있다. 이에 대해서 당신의 견해를 타당한 근거를 들어 논술하시오.

민경자 [정치/선거][고등] '대통령제'에 대한 논란이 대선을 앞두고 다시 일고 있다. 현 우리 정치상황에서 어느 제도가 우리 국민의 삶의 질 향상에 도움이 될지 내각제와 비교하면서 자유롭게 서술하라.

김나영 [종교/신][중학생] 연극 <사천의 착한 사람>을 보면 불쌍하고 가난한 인간을 구하러 온 신이 등장한다. 이 신은 때 묻고 더러워진 옷을 입고 지친 발걸음으로 세상을 돌아다니지만 사람들의 외면을 받는다. 연극 진행과정 내내 신은 인간을 구하려고는 하지만 직접 관여하지 않고 방관하고 있다. 연극에서 보여준 신의 태도를 현대의 신의 위상과 관련지어 자신의 의견을 밝히시오.(1000자 내외)

김선복 [종교][고등1년] 요즈음 사회는 혼란과 격변의 시대라고들 한다. 많은 사람들이 전생에 대한 신드롬이나 역술가들이 성업을 이루고 있다는 것도 이를 잘 대변해 준다. 따라서 종교가 인간과 사회에 미치는 영향력을 서술하라.

양점숙 [종교][고등3년] 종교의 정의와 기능에 대해 논하라.

김희선 [철학/행복][중3-고2] 인간마다 행복하기 위해 노력한다. 지금 행복한가. 행복하지 않은 이유는 무엇이고 행복의 조건은 무엇이라고 생각하는가.

이란주 [철학][고등2년] 일본의 노벨 문학상이라 불리는 다쿠가와 문학상을 받은 희곡가이자 소설가인 유미리씨는 자신의 작품에 일관되게 내재된 테마는 '없음'이라고 하였다. 그녀는 '없음'(무엇인가의 결여)이 자신의 창작 원동력이 되었다고 밝힌 것이다. 윗글을 참고로 하되 '없음'이 인간에게 미치는(혹은 미칠 수 있는) 영향에 대해 긍정적 또는 부정적 측면 어느 쪽이든 상관없이 논하시오.

22장 6단계 논술 지도

1 | 머리말

학생들에게 논술을 어떤 단계로 지도해야 할지는 선생님 모두의 고민거리가 아닐 수 없다. 논술은 본래 통합교육 차원에서 이루어져야 하므로 선생님들의 많은 노력이 필요하기 때문에 더욱 그렇다.

어떻게 단계를 설정하느냐에 따라 학생들의 논술 참여도나 논술 쓰기는 달라질 것이다. 단계 설정은 학생들 중심의 과정적 글쓰기를 고려할 때 가장 효율적일 것이다. 이 장에서는 학생들이 글쓰는 과정에 따른 6단계 지도 전략을 살펴보기로 한다.

2 | 6단계 지도 전략

보통 학생들의 논술은 다음과 같은 과정을 거쳐 이루어진다.

논제
⬇
제1단계 : 왜 이런 문제를 출제했는가 → 출제의도(환경) 파악
⬇
제2단계 : 이 논제가 왜 문제인가
어떻게 바라보아야 하는가 → 문제설정과 관점설정
⬇

제3단계 : 이 문제에 대한 내 생각은 무엇인가 → 주장이나 결론설정

⬇

제4단계 : 어떻게 논증할 것인가 → 분석과 논거설정

⬇

제5단계 : 어떻게 구성하여 멋들어지게 표현할 것인가 → 개요설정

⬇

제6단계 쓰기

⬇

제7단계 다듬기

위에서 2단계와 3단계는 거의 동시에 이루어진다. 그렇다면 아래와 같은 여섯 단계로 지도하는 것이 바람직하다.

제1단계　문제조건 확인과 감잡기 지도 전략
제2단계　문제설정/관점설정 지도 전략
제3단계　논증·분석 지도 전략
제4단계　개요짜기와 구성 지도 전략
제5단계　글쓰기
제6단계　첨삭지도

특정 논제를 가지고 직접 지도과정을 보기로 한다. (이 논제는 학생용으로 ≪대중매체 읽고 쓰고 생각하기≫에 소개한 바 있다.)

논제설정 —원칙과 융통성에 대하여[51]

다음 글은 오헨리가 지은 <20년 뒤>라는 단편소설의 한 부분이다. 20년 전에 헤어졌던 두 친구가 다시 만나기로 했던 약속을 지키기 위해 만나는 장면을 묘사하고 있다. 한 명은 경찰로, 한 명은 수배자로. 여러분이 경관이라면 어떻게 하겠는가. 이 글에서의 경관은 본인이 체포는 하지 않고 동료 경관이 체포하도록 한다. 이 글을 바탕으로 원칙과 융통성의 문제에 대하여 자신의 생각을 쓰라. 이 글에서 경관의 행위가 옳은지 그른지에 대한 분석이

51　학생용은 ≪대중매체 읽고 쓰고 생각하기≫(송재희·김슬옹, 세종서적, 1999), 272~290쪽 참고.

반영되어야 한다. 다른 논거를 끌어와도 좋다. (1600자 안팎)

순찰 중인 한 경관이 한길을 으스대며 걸어가고 있었다. 으스대는 것은 버릇이지 과시하기 위한 것은 아니었다. 왜냐하면 보는 사람이 거의 없었기 때문이다. 시간은 겨우 밤 10시밖에 안 되었지만, 차가운 비바람이 불고 있어서 거리에는 사람의 모습을 거의 찾을 수 없었다.

여러 가지 복잡하고 교묘한 솜씨로 경찰봉을 빙빙 휘두르기도 하고, 이따금 고개를 돌려 평온한 거리를 감시의 눈으로 살피면서 집집마다 문단속을 살펴 나가고 있는 이 다부진 체격에 약간 우쭐거리는 모습의 경관은 치안의 수호자를 보기 좋게 그린 한 폭의 그림이었다. 이곳은 일찍 자고 일찍 일어나는 지역이었다. 이따금 담뱃가게나 철야 영업을 하는 간이식당의 불빛을 볼 수도 있었지만, 대부분은 사무소 건물이었으며 벌써 문을 닫은 지 오래였다.

어느 구역의 중간쯤 왔을 때, 경관은 갑자기 걸음을 늦추었다.

컴컴한 철물가게 문 앞에 불 안 붙인 엽궐련을 입에 문 웬 남자가 기대어 서 있었다. 경관이 다가가자, 그는 얼른 말을 건넸다.

"염려 마십시오, 경관 양반." 하고 그는 안심시키듯이 말했다. "친구를 기다리고 있을 뿐입니다. 20년 전에 한 약속입니다. 좀 이상하게 들리죠? 그럼, 이게 모두 사실이라는 걸 확인시켜 드리지요. 20년 전입니다만, 지금 이 가게가 서 있는 자리에 식당이 하나 있었습니다. '빅 조' 브래디 식당이라고 했지요."

"5년 전까지는 있었지." 하고 경관은 말했다. "그때 헐려버렸소."

문 앞에 서 있는 남자는 성냥을 그어 엽궐련에 불을 붙였다. 그 불빛이 날카로운 눈과 오른쪽 눈썹 가까이에 조그만 흰 상처 자국이 있는 창백하고 턱이 모난 얼굴을 비추었다. 넥타이핀은 묘하게 새긴 큼직한 다이아몬드였다.

"20년 전 오늘 밤입니다." 하고 남자는 말했다. "나는 이 '빅 조' 브래디 식당에서 지미 웰스라는 친구와 식사를 했지요. 지미는 나하고 제일 친했고, 이 세상에서 제일 좋은 놈이었습니다. 지미와 나는 이 뉴욕에서 마치 형제처럼 함께 자랐죠. 내가 열여덟이고, 지미는 스물이었습니다. 지미를 뉴욕에서 끌어낸다는 건, 도저히 할 수 없는 일이었습니다. 그 녀석은 여기만이 인간이 사는 제일 좋은 곳인 줄 알고 있었거든요. 그래서 우린 그날 밤 약속했죠. 어떠한 처지에 있건, 또 얼마나 먼 곳에 있건 간에 꼭 20년 후 이날 이 시간 여기에서 다시 만나자고 말입니다. 20년이나 되면 어떻게 되어 있든 간에 아무튼 우리 운명도 정해져 있을 거고, 성공도 했을 것으로 생각한 거죠."

"꽤 재미있는 얘기로군요." 하고 경관은 말했다. "하지만 다시 만날 때까지의 기간 치고는 좀 긴 것 같네요. 선생이 떠난 뒤, 그 친구분한테서 편지는 있었던가요?"

"있었죠, 한참 동안은 서로 편지를 주고받았습니다." 하고 그는 말했다. "하지만 일이 년 지나니까 서로 그만 소식이 끊어지고 말았습니다. 아시다시피 서부란 일하기가 엄청나게 큰 데거든요. 게다가 난 꽤 분주하게 여기저기 뛰어다녔구요. 하지만 지미가 만일 살아만 있다면, 나를 만나러 반드시 여기로 올 겁니다. 그 친구는 다시없이 성실하고 의리가 굳은 녀석이었으니까요. 결코 잊을 까닭이 없습니다. 난 오늘 밤 이 문 앞에 서려고 천 마일이나 멀리서 달려왔지만, 옛 친구가 나타나 주기만 한다면야 그만한 보람은 있는 일이지요."

옛 친구를 기다리고 있는 사나이는 훌륭한 회중시계를 꺼냈다. 그 뚜껑에는 자잘한 다이아몬드가 박혀 있었다.

"10시 3분 전이군." 하고 그는 말했다. "우리가 이 식당 앞에서 헤어진 게 꼭 10시였습니다."

"그 서부에선 성공하셨나 보죠?" 하고 경관이 물었다.

"그럼요! 지미가 내 절반만이라도 잘되었으면 좋겠습니다. 그 녀석은 사람은 좋지만, 정석대로 사는 녀석이 되어서요. 난 지금의 재산을 모으느라고 아주 날카로운 놈들과 겨루어야 했습니다. 뉴욕에선 인간이 판에 박은 생활을 하게 됩니다. 인간을 면도날처럼 날카롭게 만드는 건 서부지요."

경관은 경찰봉을 빙빙 돌리면서 두어 걸음 걸어갔다.

"가봐야겠습니다. 선생 친구분이 틀림없이 나타나길 빌겠습니다. 약속 시간밖에 안 기다리실 참인가요?"

"그렇게는 안 합니다!" 하고 사나이는 대답했다. "적어도 30분은 기다려야죠. 지미가 어디에 살아만 있다면, 그때까진 올 테니까요. 안녕히 가십시오, 경관 양반."

"그럼, 안녕히." 이렇게 말하고 경관은 일일이 문단속을 살펴보며 순회 구역을 걸어갔다.

이제 가늘고 차가운 이슬비가 내리고 있었으며, 살랑살랑 불던 바람도 세차게 불었다. 이 구역을 지나가는 몇 안 되는 통행인들은 옷깃을 세우고 주머니에 두 손을 찔러 넣은 채 음울하게 입을 다물고 총총히 걸어갔다. 그리고 철물가게 문 앞에서는 젊을 때 친구와 맺은 믿을 수 없을 만큼 어이없는 약속을 지키려고 천 마일 밖에서 달려온 사나이가 엽궐련을 피우며 기다리고 있었다.

한 20분쯤 기다렸을 때였다. 기다란 외투를 입고 깃을 귀까지 바짝 세운 훤칠하게 큰 사나이 하나가 맞은편에서 바쁘게 길을 건너왔다. 그는 곧장 기다리고 있는 사나이 앞으로 다가갔다.

"봅이야?" 하고 그는 의심스러운 듯이 물었다.

"지미 웰스야?" 문 앞에 서 있던 사나이가 소리쳤다.

"야아!" 방금 온 사나이가 상대방의 두 손을 잡으면서 소리쳤다. "틀림없는 봅이구나. 난 네가 살아만 있다면, 틀림없이 올 줄 알았지. 이거, 정말! 20년이면 긴 세월이야. 옛날 그 식당도 이제 사라져 버렸다구, 봅. 그게 아직 있었으면 좋았을 텐데. 그러면 둘이서 다시 식사를 할 수 있을 텐데 말이야. 그래, 야, 서부는 어땠나?"

"근사했지, 갖고 싶은 건 뭐든지 손에 들어왔거든, 넌 무척 변했구나, 지미. 난 네 키가 이렇게 이삼 인치나 더 클 줄은 몰랐는걸?"

"응, 스물이 지나고부터 키가 좀 컸지."

"뉴욕에선 잘하고 있나, 지미?"

"그저 그렇지 뭐. 시청의 한 과에 근무하고 있지. 자, 가자구, 봅. 내가 아는 집에 가서 실컷 회포나 풀자!"

두 사나이는 서로 팔짱을 끼고 거리를 걸어가기 시작했다.

서부에서 온 사나이는 자기 자랑에 들떠 그동안 겪은 일을 대충 이야기하기 시작했다. 상대편 사나이는 외투에 푹 파묻힌 채 흥미 있는 듯이 귀를 기울였다.

길모퉁이에 전등불이 훤하게 빛나고 있는 약국이 있었다. 이 눈부신 불빛 속으로 들어갔을 때, 두 사람은 동시에 얼굴을 돌려 서로의 얼굴을 쳐다보았다.

서부에서 온 사나이는 갑자기 걸음을 멈추더니 팔을 풀었다.

"넌 지미 웰스가 아니야." 하고 그는 쏘아붙였다. "20년은 긴 세월이지만, 사람의 매부리코를 경단코로 바꿀 만큼 길진 않아!"

"그 세월이 때로는 착한 사람을 악한 사람으로 바꾸지." 하고 키 큰 사나이가 받았다.
　　　　　　　　—오헨리/권응호 옮김, 20년 뒤, ≪마지막 잎새≫, 혜원출판사.

제1단계-문제조건 확인과 감잡기 지도 전략

이 단계에서는 환경조건을 정확하게 파악하는 게 중요하다. 학생들에게 조건을 설명해 주는 방식이 아니라 토론을 활용해서 자연스럽게 문제조건을 확인하게 한다. 채점을 해 보면 의외로 논제조건에 어긋나는 답안이 많다. 시간에 쫓겨 그런 경우도 많지만 문제를 스스로 발견하고 풀어 가는 훈련이 제대로 되어 있지 않아서 그런 경우도 많다.

문제는 원칙과 융통성의 문제를 경관의 친구 체포 문제와 관련하여 쓸 것을 요구하고 있다. 복합적인 문제다. 이 문제에 대한 주장을 '경관이 친구를 동료경관을 시켜 체포한 것이 옳으냐 그르냐.' 또는 '원칙과 융통성 관계는 이렇다.'는 식으로 어느 하나만을 설정하라는 것이 아니라 '원칙과 융통성 관계는 이런데, 그런 측면에서 경관이 친구를 체포한 문제는 이렇게 바라볼 수 있다.'는 식으로 두 가지 견해가 하나의 주장으로 응축되어야 한다.

그리고 이미 지문의 내용이 문제에 요약되어 있다. 그 이유는 긴 이야기를 일부만 보여주고 묻기에는 한계가 있기 때문이다. 모두 읽었으리라고 가정을 하면 모르지만. 그렇지만 주어진 지문 줄거리만 봐도 그 흐름을 알 수가 있다. 아마도 지미는 무척 고지식하고 원칙주의자였던 것 같고 그 친구 봅은 자신의 목표를 위해 무엇이든 할 수 있는 거친 사람으로 나온다. 뉴욕과 서부라는 지역 환경 설정이 이런 두 친구의 성격을 은밀히 내비쳐주고 있다.

문제는 경관인 지미에게 초점이 맞추어져 있다. 그가 경관으로서의 공적인 임무와 우정이라는 사적인 감정 사이에서 어떤 행동을 할 것인가이다. 우리 삶 자체는 아마도 이런 사건의 연속인지도 모른다. 우리 수험생들도 자주 이와 비슷한 사건에 맞닥뜨릴지도 모른다. 바로 이런 문제는 소설 속의 경관만의 문제가 아니라 우리 모두의 문제라는 것이다.

그리고 원칙은 근본이 되는 법칙으로 여러 사물이나 일반 현상에 두루 적용되는 법칙을 말한다. 융통성은 때나 경우에 따라 변통할 수 있는 성질이나 재주를 말한다. 그러니까 차원이 다른 말이다. 원칙의 대립어는 예외이지 융통성이 아니다. 융통성의 대립어는 경직성이 된다. 그러니까 원칙과 예외는 기준의 개념이고 경직성이나 융통성은 적용의 문제이다. 물론 경직성은 원칙에 많이 가깝고 융통성은 예외와 많이 관련되어 있다.

제2단계 – 문제설정/관점설정, 그리고 주장설정 지도 전략

문제조건 확인은 곧바로 문제설정으로 이어진다. 문제조건을 정확히 하는 사람이라면 대부분 문제설정을 자연스럽게 확인하게 된다. 역시 이 단계에서도 학생들이 자연스럽게 문제를 설정할 수 있도록 토론을 유도한다. 다양한 문제설정을 받아서 특정 문제설정만 가지고 토론하는 것이 좋겠다. (문제설정에 대해서는 제1부 제1장 참고)

지문 내용을 중심으로 먼저 문제조건에 따라 문제설정을 하면 다음과 같다.

원칙론자 관점

원칙은 분명하고 질서를 유지하는 근본이다. 이에 반해 융통성은 그 기준과 허용 범위가 일정하지 않으므로 그것을 허용하면 원칙 자체가 무너질 가능성이 많다. 이렇게 볼 때 지미는 그 현장에서 자수를 권하거나 그래도 안 되면 체포했어야 했다.

융통주의자 관점

우리 삶은 복잡하고 다양하다. 예외라고 해서 무조건 나쁘다고 볼 수 없다. 원칙을 살리기 위해서라도 적용과정에서의 융통성은 필요하다. 따라서 지미가 친구를 현장에서 체포하지 않고 융통성을 발휘한 것은 잘한 일이다.

제3의 관점

원칙과 융통성은 대립된 개념이 아니다. 융통성이라고 해서 다 똑같은 융통성이 아니다. 원칙은 원칙을

위해 존재하는 것이 아니라 공동체의 이익을 위한 것이라면 원칙을 살리기 위해 어느 정도의 융통성은 필요한 것이다. 지미가 봅이 친구라고 융통성을 발휘해 잡지 않았다면 그것은 잘못된 융통성이겠지만, 체포방식만을 바꾸면서 친구까지 위해 준 것은 오히려 원칙을 위한 융통성이었다.

위와 같은 문제설정으로 보면 원칙과 융통성의 관계가 그리 단순하지 않음을 알 수 있다. 그리고 원칙만 하더라도 원칙을 구성하고 있는 요소들이 대개 복수성을 띠고 있다. 이를테면 고속도로에서 일반 차는 갓길을 갈 수 없다는 것이 원칙이다. 그러나 경찰차나 앰뷸런스는 갈 수 있다. 그렇게 비상용 차가 갈 수 있는 것이 갓길의 본질이기도 하다. 그런데 일반 차와 비상용 차를 쉽게 가를 수 없는 모호한 범위의 차가 있을 수 있다는 데에 문제가 있다. 이를테면 일반용 차가 가다가 그 안에 있는 사람이 몹시 아플 경우는 비상용 차로 인정받을 수 있겠는가. 아픈 상태는 어느 정도까지 인정할 것인가 등이다. 이렇게 보면 원칙은 상당한 예외가 있음을 알 수 있다. 그래도 원칙이 법일 경우는 이런 갈등이 적은 편이다. 원칙이 강제성이 없는 규범이거나 사회적 관습에 따른 도덕적 원칙일 경우는 더욱 문제가 될 수 있다. 결국 원칙과 예외는 이분법적으로 딱 갈라지는 것은 아니다. 당연히 융통성도 예외 편을 주로 드는 것은 아니다.

제3단계 – 논증·분석 지도 전략

논술의 핵심은 논증이다. 역시 분석을 잘하는 학생이 잘 쓰게 마련이다(논증에 대해서는 제4부 제1장 참고). 2단계에서 설정한 문제를 중심으로 다양한 분석을 유도해 본다.

원칙론자라면 적극적 관점에서 원칙대로 하는 것에서 좋은 점을 찾거나 소극적 관점에서 융통성을 적용했을 때의 문제점을 지적하는 것이다. 이를테면 해방 이후 친일파 청산 문제에서 "친일파들을 벌주어야 한다."는 것이 원칙이었다. 그러나 이승만 정권은 자신들의 정권유지 필요성 때문에 원칙을 저버리고 친일파를 오히려 우대하였고, 그 결과 한국은 부패가 심한 나라가 되었다. 그 당시 좀 힘들더라도 친일파 청산을 했더라면 상처가 이렇게 곪지는 않았을 것이다. 이런 구체적·역사적 사례는 분석의 생동감을 준다. 물론 생동감을 주는 것이라면 주변에서 직접 겪은 사례도 좋을 것이다. 아니면 원칙은 하나지만 융통성은 수없이 다양한 경우가 생길 수 있다. 그러므로 융통성 그 자체가 무한대로 뻗어나갈 가능성을 지니고 있다. 융통성 자체를 인정하지 말아야 한다고 생각할 수 있다.

융통성주의자들도 할 얘기가 많을 것이다. 이를테면 원칙만을 고수하다가 문제가 생긴 사건이 좋은 보기가 된다. 이를테면 이번 지방선거에서 선거 벽지 크기를 정한 원칙이 있는데 단 1센티만 넘어도 선거법 위반으로 설정한다고 한다. 그러나 그 1센티미터 차이 때문에 엄청난 돈이 낭비된다고 한다. 미생지신(尾生之信)이란 고사도 있다. 미생이 다리 밑에서 애인과 만나기로 한 약속(원칙)을 지키려다 홍수를 못 피해 죽었다는 얘기다. 좀 극단적인 예이긴 하지만 이런 경우는 고지식하다 못해 미련하다는 말을 들을 수 있는 경우다.

아니면 원칙 자체가 문제가 있지 않느냐고 반문할 수도 있다. 이를테면 법이 원칙일 경우에 실제 잘못된 법이나 악법이 꽤 많다. 지금은 당구장에 고등학생이 드나들 수 있게까지 되었지만 몇 년 전만 해도 들어갈 수 없었다. 20세 이하는 당구장을 이용할 수 없다고 한 법(원칙) 때문이었다. 이에 당구장 주인이 헌법 소원을 냈고 법이 개정되었던 것이다.

이렇게 보면 원칙과 융통성의 관계가 맥락에 따라 많이 좌우됨을 알 수 있다. 선의의 거짓말 경우를 보자. "거짓말은 나쁘다. 거짓말은 해서는 안 된다."는 것이 사회적 규범이요 원칙이다. 그렇지만 우리는 상황에 따라 융통성을 발휘하여 선의의 거짓말을 한다. 그런데 의사는 모든 경우에 선의의 거짓말을 해도 된다는 것은 아니다. 아무리 말기 암환자라도 솔직히 얘기해 주어야 할 환자가 있고 거짓말을 해야 할 암환자가 있기도 한 것이다. 그러니까 융통성 자체가 문제가 아니라 어떤 맥락에서 융통성을 발휘하느냐가 문제다. 그리고 악법과 같이 원칙 자체에 문제가 있을 수도 있다. 이때는 융통성을 어떻게 적용하느냐는 크게 문제가 되지 않는다. 원칙 자체를 고치기 따른 자세가 시급하기 때문이다.

그리고 우리가 원칙 자체를 문제 삼는 또 다른 이유는 원칙이 서로 교차되는 경우가 의외로 많다는 것이다. 이를테면 I.M.F. 한파 때문에 순돌이 아버지가 부도가 나서 많은 빚을 지고 집에 숨어 있다고 하자. 그럴 때 채권자들이 찾아와 순돌이에게 아버지가 어디에 계시냐고 물을 때 순돌이는 뭐라고 대답할 것인가. 말하자니 아버지에게 불효하는 격이 돼 '효도해야 한다'는 도덕적 규칙을 어기게 되고, 말을 안 하자니 '거짓말을 해서는 안 된다'는 도덕적 규칙을 따르지 않은 것이 된다. 이런 경우는 어떤 규칙을 먼저 따라야 하는가.

우리가 원칙주의자나 융통주의자를 비판하는 것은 그것이 너무 지나쳤을 때를 말한다. 그러니까 원칙을 지나치게 강조하면 '고지식하다'든가 '좁쌀'이라는 말을 듣게 된다. 이에 반해 지나치게 융통성을 발휘하면 '적당주의자'라는 평가를 받는다.

제4단계-구성 지도 전략

지금까지 논의했던 것을 바탕으로 스스로 개요를 구성한다. 구상을 알기 쉽게 옮긴 것이 개요인데 개요는 서론-본론-결론이라는 틀 속에서 하기보다는 문단별로 다음과 같이 하는 것이 좋다. 생각을 구체적으로 전략적으로 옮길 수 있기 때문이다. (이러한 전략에 대해서는 이 책 제4부 제2장 참고)

---

1. 문제설정과 방향설정

1) 원칙과 융통성은 꼭 갈등의 관계인가.
2) 경관은 원칙을 지키기 위해 융통성을 발휘한 것은 아닌가.

---

2. 원칙과 융통성은 상대적이고 맥락적이다

1) 원칙에 더 가치를 부여하는 경우 ·좋은 법 지키기
·운동규칙 지키기
2) 융통성에 더 가치를 부여하는 경우 ·자연스러운 인간관계
·비상사태

---

3. 융통성 적용 맥락의 상대성

1) 의사의 선의의 거짓말의 긍정성과 부정성
2) 법적용 융통성의 긍정성과 부정성

---

4. 원칙 자체가 문제가 되는 경우

1) 악법
2) 잘못된 규범이나 규칙

---

5. 마무리 : 경관은 친구 체포하기 전에 그가 왜 죄를 지었는지를 물어야 한다

제5단계-글쓰기

이 단계에서는 학생들에게 직접 써 보게 하는 단계이다. 직접 교실에서 할 수도 있고 숙제로 내줄 수도 있다. 숙제로 내주면 제대로 안 해오는 학생이 많으므로 일정한 시간을 주

고 교실에서 직접 하게 하는 것이 좋을 것이다. 제시문 인용은 6단계에서 함께 하도록 한다.

제6단계 - 첨삭지도 전략

다양한 첨삭지도 전략에 대해서는 이 책 제5부 제1장에서 자세히 설명하므로 생략한다. 여기서는 항목별 첨삭 예를 보이기로 한다.

[개 사회는 여러 가지 성격을 소유한 사람들이 모여 있는 집단이다. 그러기에 많은 사람들을 통제하고 올바른 생활을 위해 법, 규범 등이 생겨났다. 그런데 요즘 이런 규범 때문에 많은 사람들이 스트레스를 받고 있다. 그것은 요즘 사회가 원칙만을 내세우기 때문이다. 원칙이란 사회 구성원이 올바른 길로 가기 위한 길잡이지 그것을 수단으로 하여 권력 행사를 해서는 안 되기 때문이다. 그러므로 지미가 친구를 직접 체포하지 않고 동료 경관을 시켜 체포한 것은 잘한 일이다. 그럼 이런 원칙과 융통성을 어떻게 활용해야 하는지 알아보자.

[내 세상을 살다 보면 우리는 원칙에 어긋나는 행동을 할 수가 있다. 그런 실수 속에서 인간은 좀 더 나은 것을 배우고 깨닫는다. 그러기에 인간의 실수를 원칙에만 적용하지 말고 용서하고 격려해야 한다. 예를 들어, 어떤 대기업에서 신입 사원이 실수를 하여 회사가 곤욕을 치르게 되었다. 일 경험이 없는 신입 사원이라면 누구나 한 번쯤은 실수를 할 수 있는데 단지 결과만이 나쁘다고 하여 원칙대로 그를 해고하면 사회는 인간을 원하는 것이 아니라 기계를 원하는 것이다. 하지만 늘 실수를 하는 자에게는 관용이란 것은 적용되지 않는다. 이처럼 원칙과 융통성은 때에 맞게 잘 활용해야 바른 사회가 된다. 또 초등학교 학생이 가게에 물건을 훔치다 주인에게 발각되었다. 그 아이는 너무 가난하여 한 끼니조차 해결할 수 없는 아이이다. 그럼 주인이 이 아이의 사정은 생각도 하지 않고 무조건 훔친 것에만 집착해 그 아이를 소년원에 보내면 그 아이는 전과자가 되는 것이다. 그럼, 그 아이는 어렸을 때의 한 번 실수로 평생을 전과자라는 딱지를 붙이고 살아가야만 한다. 그러나 이 주인이 융통성을 발휘하여 그 아이를 용서해 준다면 훔치는 것이 얼마나 나쁜 것인지 깨달아 다음부터는 그러지 않을 것이다.

[대 위에서 본 바와 같이 우리 사회는 원칙만이 존재하거나 융통성만이 존재해서는 안 된다. 이 두 가지가 조화를 이루어야만 밝은 사회가 된다. 원칙이란 지키라고 있는 것이지 강제력을 행사하는 것은 결코 아니다. 때론 인간이기에 실수가 있고 실수로써 발전되어 가는 나를 발견할 수가 있기 때문이다. 앞으로 우리 사회는 원칙을 전제로 해서 융통성을 상황에 맞게 잘 사용하여 사회에 존재한 모든 사람들이 원칙에 따른 결과에 부담감을 느끼지 않고 자신의 소질을 마음껏 펼 수 있도록 도와주어야겠다.

— 이도훈

1. 서술 내용의 이해력 및 창의성

1) 문제조건을 잘 지키려고 노력하였지만 문제설정이나 구성, 논증 등에 독창성이 보이지 않는다.

2) '실수'를 중심으로 원칙과 융통성의 관계를 설명하려는 시도는 독창적이지만 실수는 어쨌든 명백한 잘못이어서 원칙과 융통성의 갈등과 조화 문제를 짚어주기에는 적절하지 않다.

2. 논리 논증력

1) 전체 흐름으로 보면 융통성이 중요하다는 얘기인 것 같은데 마지막 문단에서는 원칙과 융통성의 조화 쪽으로 마무리한 것 같다. 주장의 일관성이 약해 보인다.

2) 첫 문단에서 요즘 사회가 원칙만을 내세우고 있다는 것은 설득력이 약해 보인다. 오히려 융통성이 너무 지나쳐 적당주의가 판치는 세상이기 때문이다.

3) 마지막 문단에서 원칙과 융통성의 조화를 얘기했는데 앞 문단들은 원칙 중시의 문제점만 나왔다. 조화를 위해 융통성 중시의 문제점을 지적하고 조화 문제를 따져야 했다.

3. 문장 표현력

1) 첫 문단 첫 번째 문장 "사회는… 집단이다."는 너무 추상적 명제이므로 설득력이 부족한 논제이다.

2) 마지막 문장은 비문이다. 원칙을 전제로 해서 융통성을 상황에 맞게 잘 사용하자는 것과 원칙에 따른 결과에 부담감을 느끼지 않고 살아간다는 것이 어떻게 한 문장으로 연결되는지 이해가 가지 않는다.

이런 단계를 거친 다음 가능하다면 예시답안을 제시해 주는 것이 좋다. 교사가 쓴 예시답안보다는 학생 글 가운데 잘 쓴 글을 제시하는 것이 좋다. 교사가 쓴 글은 아이들에게 오히려 부담이 될 수도 있기 때문이다.

우리는 살아가면서 원칙을 지키느냐 융통성을 발휘하느냐는 갈등을 겪는 경우가 많다. 그러나 그러한 갈등은 지나치게 원칙 중심적이거나 아니면 융통성이 지나쳐 적당주의로 흘렀을 경우이지 그렇지 않은 경우는 갈등의 관계가 아니라고 본다. 오헨리 작품에서 경관은 친구를 체포하게 함으로써 원칙도 지키고 동료를 시켜 체포함으로써 융통성도 발휘했기 때문이다.

원칙과 융통성의 관계는 상대적이고 맥락적이다. 좋은 법을 지킨다든가 운동규칙을 지킨다든가에서는 원칙이 강조되는 경우이다. 그러나 원칙을 지나치게 강조해서는 안 되는 경우가 있다. 이를테면 '미생지신'이란 고사에서 미생은 다리 밑에서 만나자는 약속 원칙을 지키려고 물이 불어나는데도 기다리다가 그만 죽고 말았다. 이런 경우는 고지식하다 못해 미련하다는 말을 듣는다.

융통성이 강조되는 경우는 많다. 이를테면 의사가 말기 환자에게 하는 선의의 거짓말은 융통성의 대표적인 경우다. 그러니까 엄격한 법이나 운동규칙 따위가 아닌 조금 너그러운 사회규범이나 도덕적 원칙 따위는 융통성이 강조되는 경우이다. 물론 융통성을 지나지게 적용하면 적당주의라는 비난을 받게 된다. 융통성을 적용하는 맥락 자체가 사회적으로 규범화되어 있거나 동의되어 있다. 이를테면 우리나라 법원처럼 힘 있고 돈 있는 사람들에게는 원칙 적용이 너그럽고 힘없고 돈 없는 사람들에게는 원칙 적용이 엄격한 것은 받아들이기 힘든 융통성이다. 그러나 법원이 비록 법은 어겼어도 도덕적 기준을 적용해 정상을 참작해 주는 융통성은 우리 모두가 반기는 융통성이다.

또 우리가 주의할 점이 있다. 융통성을 아무리 긍정적으로 바라보아도 그것은 원칙의 가치를 인정한 전제가 깔려 있다는 점이다. 원칙이 잘못되었을 경우는 그때는 융통성 자체가 문제가 아니라 원칙을 바꾸려는 노력 자체가 중요하기 때문이다. 자율학습을 꼭 해야 한다는 것이 학교 원칙이었다. 이런 원칙은 학생들의 개성과 권리를 무시하는 잘못된 원칙이다. 많은 선생들과 학생들이 그 부당성을 끊임없이 지적해 지금은 허용 규정으로 바뀌었다. 물론 아직도 원칙처럼 적용하는 학교가 있어 문제지만 잘못된 원칙이 얼마나 문제가 되는가를 보여주는 사례다.

경관이 범인을 체포해야 한다는 원칙은 의심할 여지가 없지만 만약 그 친구(봅)가 지은 죄가 올바른 원칙(법)에 따른 죄인가를 물을 수 있다. 소설 맥락으로 봐서는 나쁜 죄를 저지른 것 같지만 만약 그 친구가 독재정권에 쫓기고 있는 양심수 수배자라면 나는 체포하지 않을 것이다. 이런 경우는 융통성 적용 범위를 넘어선 원칙에 대한 저항일 수도 있고 아니면 폭넓은 융통성일 수 있다.

3 | 마무리

사실 단계별 지도가 쉬운 것 같지만 그만큼 도식적 틀에 빠질 위험도 있다. 아이들 수준이나 상황에 맞는 방법을 찾아내면 그만이다. 다만 여기서 제시한 6단계 지도 전략은 전형적인 논술 차례를 따라 구성한 것이지만 그 속에는 치열한 논술 구성 과정이 녹아 있다. 다양한 관점에 따라 사색하고 토론할 수 있도록 하면서, 자신만의 관점으로 논제를 해석하도록 유도했다. 마지막 단계는 학생들의 실제 삶일 것이다.

[가] 경술년(1670)에 나는 고향 결성(潔城)으로 돌아가 지냈다. 집 뒤켠에 넓이가 수십 보 남짓에 깊이가 육칠 척쯤 되는 못이 하나 있었는데 긴 여름 동안 나는 하는 일 없이 그 못의 고기들을 구경하곤 하였다.

하루는 이웃 사람이 대를 베어 낚싯대를 만들고 바늘을 두들겨서 낚싯바늘을 만들어 나에게 주면서 낚시를 하도록 권하였다. 나는 서울에서만 오래 지냈기 때문에 낚싯바늘의 길이나 넓이, 굽은 정도가 어떠해야 하는지 알 턱이 없으므로 그저 이웃 사람이 주는 그대로가 적당한 것으로만 알 뿐이었다. 그리하여 종일토록 낚시를 드리우고 있었으나 한 마리도 잡지 못하였다. 다음날 손(客)이 한 사람 와서 낚싯바늘을 보더니

"고기를 잡지 못한 게 당연합니다. 바늘 끝이 안으로 너무 굽어 고기가 물기도 쉽지만 뱉기도 쉽게 생겼으니 끝을 밖으로 조금 펴야 합니다."

하였다. 나는 그 사람을 시켜 낚싯바늘을 두들겨 밖으로 펴게 한 다음 다시 종일토록 드리웠으나 역시 한 마리도 잡지 못하였다.

그다음 날 또 손 한 사람이 와서 바늘을 보더니

"못 잡을 게 당연합니다. 바늘 끝이 밖으로 펴지기는 하였으나 굽은 테의 둥글기가 넓어서 고기 입에 들어갈 수가 없습니다."

하여 나는 또 그 사람을 시켜 바늘 굽이의 둥글기를 좁게 만든 다음 다시 종일토록 드리워서 겨우 한 마리를 잡았다. 그런데 그다음 날 손 두 사람이 왔기에 나는 낚싯바늘을 보여주며 지금까지의 일을 말하니 그중 한 사람이

"적게 잡을 수밖에 없는 것이 당연합니다. 바늘은 굽힌 곡선의 끝이 너무 길어 고기가 삼킬 수 없고 삼켜도 다시 내뱉게 생겼습니다."

하였다. 나는 그 사람에게 그 끝을 짧게 만들도록 한 다음 한참 동안 드리우고 있노라니 여러 번 입질을 하였으나 낚싯줄을 당기는 중에 빠져서 도망가기 일쑤였다. 그러자 곁에 있던 다른 손이 말하였다.

"저 사람의 바늘에 대한 견해는 맞으나 당기는 방법이 빠졌습니다. 대체로 낚싯줄에 매달린 찌는 그 떴다 잠겼다 하는 데 따라 입질하는 것을 아는 것인데, 움직이기만 하고 잠기지 않는 것은 완전히 삼킨 것이 아니라서 갑자기 당기면 너무 빠르고, 잠겼다 조금 나오는 것은 삼켰다가 다시 뱉은 것으로 천천히 당기게 되면 이미 늦습니다. 때문에 잠길락 말락 할 때에 당겨야 합니다. 그리고 당길 때에도 손을 들어 곧바로 올리면 고기의 입이 막 벌어져서 바늘 끝이 아직 걸리지 않아 고기 아가미가 바늘 따라 벌어져 나뭇가지에서 낙엽이 지듯 떨어져 버립니다. 그런 까닭에 비로 쓸듯이 손을 비

스듬히 하여 당기면 고기가 막 삼키자마자 바늘 끝이 복구멍에 걸려 좌우로 요동을 쳐도 더욱 단단히 박히게 되므로 이것이 놓치지 않는 방법입니다."

내가 다시 그 방법대로 해 보니 드리운 지 얼마 안 돼 서너 마리 잡았다. 그러자 손이 말하기를, "법(法)은 이것이 전부이나 묘(妙)가 아직도 부족합니다."

하면서, 나의 낚싯대를 가져다 직접 드리웠다. 낚싯줄도, 바늘도, 미끼도 내가 쓰던 그대로이고 앉은 곳도 내가 앉았던 곳으로, 달라진 것이라곤 낚싯대를 잡은 손일 뿐인데도 드리우자마자 고기가 다투어 올라와 마치 바구니 속에서 집어 올리듯 쉴 새 없이 낚아 올렸다.

"묘라는 것이 이런 것입니까? 그것도 가르쳐줄 수 있겠습니까?"

내가 물으니, 손이 이렇게 답하였다.

"가르쳐줄 수 있는 것은 법입니다. 묘를 어떻게 가르쳐줄 수 있겠습니까. 가르쳐줄 수가 있다면 그것은 묘라고 할 수 없는 것입니다. 그러나 굳이 가르쳐달라고 한다면 한 가지가 있습니다. 당신은 내가 가르쳐준 법으로 아침이고 저녁이고 드리워 정신을 가다듬고 뜻을 모아 오랫동안 계속하면 몸에 배고 익숙해져서 손의 움직임이 자연스럽게 조절되고 마음도 저절로 터득하게 될 것이니, 이처럼 된 후에 묘를 터득하거나 못하거나, 혹 그 미묘한 것까지 통달하여 묘의 극치를 다하거나, 또는 그중 한 가지만 깨닫고 두세 가지는 모르거나, 아니면 하나도 몰라 도리어 의혹되거나, 혹은 문득 자각하여 스스로 자각한 줄도 모른다거나 하는 따위는 모두가 당신에게 달린 것이니 내가 어떻게 하겠습니까. 내가 당신에게 해줄 수 있는 말은 이것뿐입니다."

그제서야 나는 낚싯대를 던지고 탄식하였다.

"훌륭하다, 손의 말이여! 이 도(道)를 미루어 간다면 어찌 낚시에만 적용될 뿐이겠는가? 옛사람이 이르기를 '작은 일로 큰일을 깨우칠 수 있다.' 하였으니 이런 것을 두고 한 말이 아니겠는가."

손이 떠난 뒤 그 말을 기록해 스스로 살피는 자료로 삼고자 한다.

　　　　　　　—남구만, 박소동 옮김, 〈낚시바늘에 매달린 도(道)〉, ≪고전읽기의 즐거움≫, 솔출판사.
　　　　　　　(이 글은 약천집(藥泉集 권28 ≪잡저≫에 실려 있으며, 원제「조설(釣說)」)

[내 옛날에 늙은 쥐 한 마리가 있었다. 이 쥐는 먹을 것을 훔치는 데는 귀신같았다. 그러나 늙어서 눈이 침침해지고 기력이 떨어져 나다닐 수가 없었다. 그래서 여러 쥐들이 그에게 가서 먹을 것을 훔치는 법을 배우고 그 대가로 훔쳐온 것을 그에게 나누어주곤 하였다. 이렇게 얼마간 지나자 쥐들은 마침내 늙은 쥐의 술수를 다 배웠다고 여기고 다시는 먹을 것을 나누어주지 않았다. 이에 늙은 쥐는 분을 품은 채 지냈다.

어느 날 저녁, 시골 아낙네가 밥을 지어놓고 돌로 솥뚜껑을 눌러놓은 채 이웃으로 마실 나갔다. 여러 쥐들은 밥을 훔쳐먹으려고 갖은 꾀를 다 부렸으나, 훔쳐낼 방도가 없었다. 어떤 쥐가 말했다.

"늙은 쥐에게 방법을 물어보자."

다른 쥐들도 모두 그게 좋겠다고 하여 일제히 늙은 쥐에게 몰려가서 방법을 물었다. 그러자 늙은 쥐는 노기를 띠면서 말했다.

"너희들은 모두 내게 방법을 배워서 항상 배부르게 먹고 지냈다. 그런데 지금 와서는 나에게 먹을 것을 나누어주지 않는다. 나는 가르쳐주고 싶지 않다."

쥐들이 모두 고개를 숙이고 절을 하면서 사정하였다.

"저희들이 참으로 잘못하였습니다. 지난 일은 어쩔 수 없지만 앞으로는 잘 모시겠으니, 부디 밥을 훔쳐낼 방도를 가르쳐주십시오."

그러자, 늙은 쥐는 이렇게 일러주었다.

"솥에는 발이 세 개 있다. 그중 발 하나가 놓인 곳을 파내면 조금만 파도 솥이 기울어져서 저절로 뚜껑이 열릴 것이다."

여러 쥐들은 달려가 땅을 파냈다. 그러자 과연 늙은 쥐 말대로 솥뚜껑이 열렸다. 쥐들은 배부르게 실컷 먹은 다음 남은 밥을 싸가지고 와 늙은 쥐에게 바쳤다.

— 고상안, 정선용 옮김, 〈솥뚜껑을 여는 묘수〉, ≪고전읽기의 즐거움≫, 솔출판사.
(이 글은 태촌집(泰村集) 권5 ≪효빈잡기(效嚬雜記) 下 여화(餘話)≫에 들어 있다.)

[유의사항]

1. 한 편의 완결된 글로 쓸 것.
2. 1500자 내외(띄어쓰기 포함, ±150)로 쓸 것.
3. 띄어쓰기와 맞춤법 규정을 지킬 것.
4. 두 글에 대한 분석이 포함되게 할 것.

23장 4단계 논술 지도

1 │ 머리말

앞 장에서 소개한 6단계 지도 전략은 논술이 이루어지는 과정에 초점을 둔 것이라면 이번에는 수업 진행과정에 초점을 맞추어 단계를 구성해 보겠다. 한 논제에 대해 4차시 수업으로 마무리 짓는 것을 상정해 단계를 짜 보면 다음과 같다.

예비 단계(교사만) 논제설정과 참고문헌 조사, 정리, 학생들에게 읽힐 글 선정.
첫째 단계 남의 논술 따져보기－90분.
둘째 단계 논제 관련 토론하기－60～90분.
셋째 단계 논술시험－90～120분.
넷째 단계 첨삭 답안지 나눠주고 총평 강의.

---

2 │ 실제 지도 전략

2.1. 예비 단계

이 단계에서는 교사가 논제를 정하고 관련 자료를 수집 정리하는 단계다. 빠르면 한 주일, 길게 잡으면 한 달까지 걸릴 수 있다. 여러 선생님이 합동작업을 하면 그 기간은 단축될 수 있다.

논제는 일단 '국어순화는 과연 필요한가'로 정하고 이에 따라 각 단계별 진행상황을 설명해 보자. 구체적인 논제도 미리 준비해도 좋으나 첫째 단계와 둘째 단계를 거치면서 학생들의 반응을 보고 만들어도 좋다.

일단 대략적인 제재가 정해지면 첫째 단계와 둘째 단계 자료를 위해 참고자료 조사와 구성을 해야 한다. 참고자료는 크게 책과 논문 그리고 백과사전, 신문이나 잡지 자료를 들 수 있다.

2.1.1. 단행본과 학위 논문 조사

먼저 온라인 국회도서관이나 국립도서관 등에서 검색어를 이용하면 쉽게 자료를 조사할 수 있다. 검색어 '언어' 또는 '국어순화'를 치면 관련 문헌이 나온다. 아예 청구 번호까지 조사하면 도서관에 가서 일일이 검색하지 않아도 된다. 학위 논문은 한국교육학술정보원(riss.kr)을 이용하면 거의 모든 논문의 원문 자료를 집에서 내려받을 수 있다.

2.1.2. 정기간행물 조사

정기간행물은 주로 국회도서관을 이용하면 편리하다. 물론 국회의 정기간행물 목록도 100% 나와 있는 것은 아니다. 그럴 경우 국립중앙도서관 등에서 교차 조사를 해야 한다.

2.1.3. 신문 조사

신문 조사도 요령이 필요하다. 실제 10년 전 신문 자료를 복사하기 위해서는 서울에만 있는 국립 중앙도서관이나 국회도서관을 찾아가야 한다. 그러나 그렇게 하는 것은 엄청난 시간 낭비와 비용이 든다. 그러나 온라인을 이용하면 된다. 그렇다고 해당 신문사 누리집을 이용하면 정확한 날짜별 쪽별 인용을 할 수 없다. 왜냐하면 검색해서 나온 해당 자료는 하루 전에 올린 것이 대부분이기 때문이다.

이럴 때 편리한 것이 "빅카인즈(https://www.bigkinds.or.kr/)"를 이용하는 것이다. 신문 방송 등 국내 54개 주요 언론사의 기사, 칼럼을 쪽까지 알려주기 때문이다.

광복 전 신문 자료는 동아일보는 뉴스 라이브러리, 조선일보는 해당신문사를 이용하면 된다. 동아일보는 무료로 이용할 수 있고 조선일보는 한 건당 500원을 받는다. 서울에 있는 국회도서관에서는 무료로 인쇄하거나 피디에프 파일로 무료로 내려받을 수 있다.

2.1.4. 기타 조사

그 밖에 주제 관련 동호회 카페나 블로그, 밴드를 이용하면 더 풍부한 자료를 얻을 수 있다. 이를테면 세종학교육원(cafe.daum.net/tosagoto)에 들어가면 로그인 없이도 7천 여건의 자료를 내려받을 수 있다. 그 많은 자료를 다 볼 수 없으니 선별하는 작업이 무척 중요할 것이다.

참고문헌 조사는 선생님들의 부지런함 정도에 따라 그 수준 차이가 결정된다. 선생님들은 이러한 절차를 무시하고 시중에 나와 있는 사설 보음책 등만을 활용하는데 이런 책만을 이용하면 매우 위험하다. 출판사의 자의적 기준에 따라 설정된 것이 많기 때문에 그렇다. 어느 출판사에서는 매달 사설만 모아 잡지 형식으로 내는데 이 잡지는 보수·우익 신문 사설만을 편집해 자칫 잘못하면 학생들에게 편향된 시각을 주입하는 결과를 가져올 수 있다.

참고자료는 최근 자료를 위주로 하되 오래된 것 가운데 아주 좋은 자료를 덧붙이는 식으로 한다. 그리고 모은 자료는 두 갈래로 나눈다. 하나는 교사가 참고만 할 것, 또 하나는 학생들에게 나눠줄 것으로 구분하여 인쇄하기 좋게 정리한다.

참고문헌은 아래와 같은 양식대로 정리하는 것이 좋다.

▶ 단행본: 이름(연도). ≪책제목≫. 출판사.
〈보기〉 김슬옹(2020). ≪조선시대 여성과 한글 발전≫. 역락.
  * 경계는 온점(.)으로 함. *비대칭 겹낫표(『 』) 안 쓰기
▶ 학위 논문: 이름(연도). 제목. 대학원과 학위 명.
〈보기〉 김슬옹(2020). ≪훈민정음≫ 해례본의 역주 방법론 정립에 관한 연구.
      연세대학교 대학원 국어국문학과 박사학위 논문.
  * 논문 제목은 일반 논문 제목과 같이 기호로 묶지 않음.
  * 책 제목과 잡지 제목은 무조건 쌍화살괄호(≪ ≫)로 묶음.
  * 책 제목 가운데 또 다른 책 제목은 쌍따옴표(" ")로 묶음.
▶ 일반 논문/정기 간행물
  : 이름(연도). 논문 제목. ≪잡지 제목≫ 호/집. 발행처. 쪽수(처음-끝).
〈보기〉 김슬옹(2008). 세종과 소쉬르의 통합언어학적 비교 연구. ≪사회언어학≫

16권 1호. 한국사회언어학회. 1-23쪽.
* 논문은 논문 첫쪽부터 끝쪽까지 꼭 밝힘.

◑ 인터넷 자료
김슬옹의 한글 춤(https://www.youtube.com)(검색: 2017.3.9.)
* 인터넷 자료는 검색 날짜를 반드시 밝힘.

2.2. 첫째 단계 : 남의 논술 따져보기

첫째 단계에서는 참고자료 가운데 200자 원고지 20매 정도의 논술문 형태의 글을 뽑아 아래와 같은 문제를 출제한다. (실례는 뒤 모형 참고) 이때의 문제는 두 가지 방향으로 출제한다. 하나는 논제에 관해 유연한 사고를 유도하는 것, 또 하나는 남의 논술을 분석하는 능력이다.

· 이 글과 직접 관련은 없더라도 논제에 관한 유연한 사고를 유도하는 문제
· 논제와 관련된 경험을 부담 없이 쓰게 하는 문제
· 주제문 찾기나 주제 쓰기 문제
· 주어진 글의 개요짜기 문제
· 다양한 방식의 요약 문제

이 단계의 문제는 내신평가를 위한 닫힌 꼴의 문제가 아님을 주의해야 한다. 여기서 이 단계 훈련의 중요성을 학생들이 인지하게 해야 한다. 특히 요약의 중요성을 인지시켜야 한다. 왜냐하면 각 대학 논술에서 요약 문제가 거의 없어져 요약을 소홀히 하는 학생들이 많기 때문이다.

개요짜기나 요약 문제를 꼭 넣어야 하는 것은 남의 논술을 잘 이해하고 분석하는 학생이 자신의 논술도 잘 쓰기 때문이다. 그리고 자기주장을 내세우기 전에 남의 주장을 이해하는 태도가 중요함을 알게 하려는 의도도 있다. 90분 수업에서 학생들에게 45분간 풀게 하고 나머지 시간은 학생들 가운데 각 문제별로 학생을 선발해 칠판에 쓰게 한 뒤 공개 첨삭지도로 답안을 지도한다.

첫째 단계 모형은 아래와 같다.

제1단계 남의 논술 따져보기

논술을 잘하려면 남의 글을 제대로 따지는 훈련이 앞서야 합니다.

다음 글을 읽고 물음에 답하라.

① 우리는 간혹 '우리말'을 살리자는 주장에 접하곤 한다. 그럴 때마다 누구나 그러한 주장에 동의한다. 우리말을 살리자는 내용인즉슨 서양말이나 서양 말투, 일본식 말투, 불필요한 한자말 등을 남용하여 우리말이 병들어가고 있다는 것이다. 민족적인 것은 필요한 일이다. 그것은 우리의 현실적인 삶과 깊이 연관되기 때문이다. 따라서 민족적인 것의 일부인 우리말을 지켜내자는 것은 정당한 일이기도 하다. 그러나 그 정당화가 '우리 것'이라는 논리에 과부하를 거는 것이라면 곤란할 일이다. 거기에 함정이 도사리고 있다. 우리는 '우리 것', 바꿔 말해 '우리말'이란 무엇인가에 대해서 질문해 보아야 한다. 이 질문도 적절하지는 않다. 좀 더 분명히 하여, 우리말은 어떠한 방식으로 활동하고 있는가로 질문하자.

② 단일 언어의 자부심이 대단한 우리말도 알고 보면 상당히 '문제아'로 존재해 왔다. 입말의 발전이 고유한 문자와 함께 이루어지지 않고 중국에서 도입한 '한자'에 지배를 당하면서 가능하였기 때문에, 그 고유성은 매우 심각하게 파괴되었다. 그러나 한자말은 좋으나 싫으나 우리 민족의 역사와 함께 우리말의 분포에 있어서 지배적인 지위를 점해 왔다. 여기서 잠깐 질문해 보자. '한자말'은 우리말인가 아닌가? 당연히 우리말이다.

③ 여기에 곡절이 하나 있다. 주지하다시피 문자정책을 둘러싸고 한글전용론과 국한문혼용론은 해방 이후 지금까지 50년 동안이나 팽팽히 맞서 오고 있다. 거기서 논란된 것 가운데 하나가 한자말의 국적이다. 한글전용론자들이 한자말은 우리말이 아니라고 하지는 않으면서도 한자말(특히 어려운 한자말)을 순우리말로 고쳐야 할 것을 주장하자, 국한문혼용론자들은 한글전용론자들이 한자말을 우리말로 포함시키지 않는다고 비난했다. 그렇다면 한자말이 우리말이라고 하는 것은 무슨 근거에서인가? 수천 년 동안 우리의 삶과 함께 민족적인 것으로 이미 되어버렸기 때문이다. 대부분 길어야 수십 년에 불과한 서양말들도 '외국어' 아닌 '외래어' 범주로 들어온 것들은 우리말로 포함시키고 있다.

④ 그렇다면 우리말이라는 것은 '순수한' 형태로만 귀속되는 것이 아니라, 역사적·현실적으로 활동하고 있는 것임을 알 수 있다. 여기에는 두 가지 표상이 가능하다. 하나는, 우리말의 순수한 형태, 다시 말해 '원형'이라는 것은 존재하지 않는다. 한자가 들어오기 이전의 입말들에서 원형을 찾는다는 것도 우스운 일이다. 우리 한민족은 끊임없이 이동하고 다른 민족들과 접촉하면서 형성되었기 때문이다. 따라서 다른 하나

는, 항상 이미 순우리말이라고 하는 것들과 외래적인 것들이 접촉하면서 우리말을 구성해 왔다. 그럼에도 불구하고 우리가 '우리말'이라는 특이성을 사용할 수 있는 것은 외래적인 것들이 우리의 언어적 육체로 분포화했기 때문이다. 서양말도 마찬가지다.

⑤ 이 대목에서 또 문제가 되는 것은 외국어들이 우리의 언어적 육체로 분포되는 과정은 단지 '어휘'의 차원에 한정되지 않고 통사적 관계를 포함한 언어체계 전체에 걸쳐 일어난다는 것이다. 가령 '-에 있어서'나 '-에 다름 아니다', '-진다'와 같은 방식들을 문제로 삼는 것은 이러한 맥락에서이다. 이러한 투의 말 사용을 문제 삼는 사람들은 외국 말법의 흉내 내기에 불과하다고 비난한다. '굳이' 그런 표현들을 안 하고도 순우리말식으로 할 수 있지 않느냐 이거다. 이 문제는 사실 골치 아프다. 단순히 우리말식이니 아니니 하는 잣대로 재단해서 대중들의 맹목적 추종을 유발할 수는 없다.

⑥ 이 골치 아픈 문제에 닥쳐서 우리는 다른 한편으로 '우리말'이라는 범주를 벗어던져야 할 필요가 있다. '우리말'이라는 경계 안에서만 논다면 우리말을 제대로 볼 길이 없다. 언어 일반에 대해서 검토해 보아야 한다.

⑦ 사람들이 '우리'라는 관념이나 말을 사용하는 것은 특정한 상황에서이다. 말에서도 마찬가지다. 우리가 일상적으로 담화하면서도 '우리말'이라는 관념에 얽매이지 않는다. 이 말은 그렇다고 '외국말'을 상상하면서 언어소통을 한다는 것은 아니다. 다시 말해 '국적'을 따져가면서 담화를 하는 것이 아니라 그것과는 무관하게 현실적으로 사용하는 언어를 사용할 뿐이다. 대중들의 언어소통은 우리말이다, 아니다가 문제가 아니다. 담화와 소통의 필요상, 그리고 다양한 방식의 언어적 사용 욕망과 관련하여 그때그때 감각적으로 언어를 생산해 낸다. 예컨대 최근 신조어 '컴맹'이라는 말을 보자. 국어순화론자들은 아마도 '우리말'이 갈 데까지 갔다고 궐기대회를 서두를 것이다. 그러나 이 말은 우리말이니 아니니 하는 의식과 무관하게 이미 있어온 '컴퓨터'라는 말과 '문맹'이라는 말을 감각적으로 조합한 것이다. '셈틀맹'이라고도 할 수 있다. 하지만 대중들은 '컴맹'을 택했다.

⑧ 그것을 지식인들이 만들어낸 허위의식적인 말이라고 비난할지도 모르겠다. 물론 허위의식적일 수도 있다. 그러나 그것이 대중들의 삶을 표시하고 소통하는 하나의 과정을 차지하고 있다면 단순히 '허위의식적'이라고 비난하기에 곤란한 점들이 많다. 예컨대 해방정국 말에 발생한 제주 4·3항쟁시 제주 주민들은 미군정과 이승만 정부에 저항하면서 자신들의 무장대 보초들을 '빗개'라고 불렀다. 이 말을 처음 듣는 사람들은 아마 제주말이려니 어림할 것이다. 그러나 '불행하게도' 그 말은 자신들의 싸움 대상인 미군정의 모국어, 즉 영어 'picket'에서 온 것이다. 제주 주민들은 수만 명이 죽어가는 상황에서 목숨 걸고 싸우는 과정에서 그 말을 자신들을 지켜내는 말로 배치, 사용하고 있었으니, 아이러니라면 아이러니다.

⑨ 한문에 익숙하지 못한 시골사람들도 어려워 보이는 듯한 한자말들을 아주 자연스럽게 사용하는 경우가 많다. 요즘 노점상 하는 사람들에게 길을 물어보면 '왼쪽으로

돌아서'가 아니라 '좌회전해서'라고 가르쳐주기도 한다. 자동차 문화의 결과이다. 지식인의 '말흉내'를 내고 있다고 한심해하는 지식인 국어순화론자들이 그 노점상에게 가서 '왼쪽으로 돌아서'라고 '계도'한다면 그 노점상은 잠시 숙연해할지도 모르겠다. 그러나 달리 보면 그러한 '계도' 행위는 대중들의 언어적 사용 욕망을 '우리말'이라는 이름으로 억압하는 과정이기도 하다.

⑩ 대중들은 현실적인 흐름에 따라서 분포되는 언어적인 사용의 필요와 욕망을 가진다. 그러나 그것이 반드시 '우리말로만'이어야 할 이유는 존재하지 않는다. 그것은 '우리말'이라는 규범과 당위성을 떠나서 소통되는 언어적 현상의 흐름이 결정한다. 거기에는 또한 언어적 권력도 개입한다. 인쇄업계에는 일본말 잔재들이 많다. 인쇄공들은 그 말들을 얼마나 잘 숙련되게 사용하느냐에 따라 노동관계에서 자신의 위치를 결정받기도 한다. 그 '위치'라는 것은 생존환경, 능력 인정, 그 세계에서의 담론구조와 밀접히 연결된다. 즉 그 문제의 일본말 잔재는 인쇄공들을 어떠한 지위의 주체로 호출하는가 하는 의미체계로 사용되면서 그들 사이의 권력을 전략화한다.

⑪ 우리말이란 바로 이러한 언어일반적 과정들을 통해서, 우리말이라는 육체를 역사적·현실적으로 끊임없이 변경하고 분포화한다. 우리말이 무엇이냐고 묻는다면 그러한 과정 자체가 우리말이라고 대답할 수 있다. 따라서 실제로 존재하지도 않는 어떤 '원형'을 가지고 우리말이 병들어가네 어쩌네 하는 것은 편집증적 악몽이다.

⑫ 하나의 예를 들어보자. 어떤 사람은 '되어진다'에서처럼 '-진다'는 원래 우리 말법이 아니므로 쓰지 말아야 한다고 강변한다. 지식인들이 '지식병'에 걸려서 외국 말법을 도용하는 짓이라고 분노하면서 말이다. 민중들의 삶에서 나오는 말과는 거리가 멀다는 것이다. 그러나 제주 토박이의 말을 한번 들어보자. "한 닷새쯤 지나가니까 대충 시간을 알아져갑디다." 이처럼 제주말에서는 '-지다'가 자주 나온다. 이것은 어찌 된 현상일까? 이미 지식인들이 점령해 버린 까닭일까? 나는 다르게 해석하고 싶다. 제주말에 이미 그러한 구조가 고유하게 존재해 온 것이 아닌가 하고. 그렇게 된다면 지식병이니 하는 진단들은 정말 돌팔이 의사의 편집증적 왜곡일 수 있겠다. 여기서 그들이 말하는 이른바 '우리말의 원형'론을 가지고 진짜 우리말의 '원형'을 외국어 번역 말투라고 둔갑시켜 버리는 기괴한 일이 자초된다.

⑬ 그렇다고 여기서 나는 '신원형론'을 주장하고 싶지는 않다. 설령 우리말에 고유하게 존재해 오지 않은 외국식 말법이나 표현이라 할지라도 우리 삶의 방식들을 새롭게 표현해 내고 생산해 내는 데 참여할 수 있다면 굳이 철조망을 단단히 칠 필요는 없다고 본다. 이것은 또 '우리'라는 공동체적 맥락이 아니고 '인간'의 표현적 자유를 위한 한 실천이기도 하다. '우리말'이라는 편집증적 잣대는 사람들의 표현의 새로움, 표현의 차이, 표현의 미세함, 표현의 가능성, 표현의 실험, 요컨대 언어적 사용 욕망을 억압한다. 우리말을 '살리자'는 호소가 사실은 우리말을 '죽이는' 함정이 여기에 있다. 우리말은 항상 이미 위기에 처해 왔다. 그 위기는 앞으로도 계속될 것이다. 그리고 그것은

양극단을 내포한다. 우리말의 '원형'화 극단과 '우리말'의 소멸화 극단 말이다. 우리말의 육체적 분포를 풍부히 하고 우리말을 살리기 위해서 양극단의 경계가 필요하지 않을까?

— 고길섶, 〈'우리말 살리기'의 우리말 죽이기〉, ≪이대학보≫ 1996.5.4.

1. 우리말(한국어)의 조건이나 정의를 나름대로 내려보라. (30자 이상)
2. 다음 어휘 segehwa, 學校는 우리말인지 아닌지 그 이유 또는 근거를 쓰라.
3. 다음 두 문장이 의미 차이가 있는지 아니면 없는지 설명하라.
    ① 이 문은 열리지 않습니다.
    ② 이 문은 열려지지 않습니다.
4. 신조어 '컴맹'을 학교에서 배운 조어법으로 설명하라. 설명이 안 되면 왜 안 되는지에 대해 설명하라.
5. 윗글의 개요를 짜라.
6. 윗글을 200자 안팎으로 요약하라.

2.3. 둘째 단계 : 토론 지도하기

이 단계에서는 관련 주제에 대한 토론을 지도한다. 토론의 원활한 진행을 위해 다양한 관점의 글을 미리 읽어오게 한다. 몇몇 학생을 뽑아 요약 발표를 하게 할 수도 있다. 이때 유의할 점은 선생님은 토론에 깊숙이 관여할 필요가 없다는 것이다.

굳이 교육할 내용이 있다면 총평 강의 때 해도 늦지 않다. 토론은 서로 다른 관점 나누기로 자신의 관점 합리성을 검증하고, 남의 의견도 소중함을 배우고, 그런 과정을 거쳐 제대로 된 글을 위한 분석 훈련을 한다.

토론 모형 대신에 주요 자료만 제시한다.

▶ 주요 토론자료

말은 누가 만드는가?(이오덕)

언젠가 우리말 운동을 하는 학생들의 모임에서 낸 책 한 권을 반갑게 받고 그 첫머리에 나온 글을 읽다가 아무리 되풀이해서 읽어도 알 수 없는 낱말 하나가 몇 번이나 나와서 당황한 적이 있다. 그것은 '모람'이란 말인데, 국어사전을 찾아도 없고, 들온말인가 싶어 외래어사전을 봐도 없었다. 그러다가 한번은 그 모임에 들어 있는 학생을 만나 물었더니 그것은 '회원'이란 뜻으로 쓰인 말인데 '모인 사람'이란 두 낱말에서 '모'자와 '람'자를 따서 만든 말이라 했다. 맙소사! 말을 그렇게 해서 만들다니, 나는 참 어처구니가 없다는 생각이 들었다.

그때 그렇게 해서 '모람'이란 말의 뜻을 듣고도 나는 그 뒤 또 어느 인쇄물에서 그 말이 나왔을 때 이게 무슨 말이라 했던가 생각이 안 나 쩔쩔맸다. 그래 또다시 물었고, 설명해 주는 말을 들었던 것이다.

요즘 젊은이들이 쓴 우리 글을 보면 외국말을 그대로 옮겨놓는 말들이 많이 나오는데, 그런 말은 바로잡으려고 하지 않고, 그대로 써도 될 말을 도무지 알 수 없는 말로 바꿔서 쓰니, 이래서 무슨 우리말 운동이 될까? 학생이고 지식인이고 말을 만들어내는 것은 백 가지로 해로울 뿐이다. 대관절 말을 만들어낼 자격이 있는가? 지식인이나 학생들이 책상 앞에 앉아 말을 만들어내는 것은 관청의 관리들이 제멋대로 말을 만들어 내는 것—그래서 만들어낸 말을 구호로 내걸고 간판에 다는 짓—과 다름없이 겨레말을 어지럽힌다.

또 하나 생각나는 것이 '먹거리'란 말이다. 이 말을 처음 어떤 글에서 읽었을 때 매우 불쾌했다. 그리고 귀로 들은 느낌은 더욱 언짢았다. 이건 우리말이 아닌데, 우리말이 될 수 없는데 하는 생각을 지울 수 없었다. 남의 나라 말은 모르지만 제 나라 말, 제 겨레말은 머리로 분석해서 아는 것이 아니라 느낌으로 안다. 나는 내 느낌이 틀림없다고 믿는다.

그런데 언제부턴가 농민운동을 하는 분들, 공해추방운동을 하는 분들이 이 괴상한 말을 예사로 쓰고 있다. 얼마 전에는 어느 여성단체에서 조그만 책을 보내왔는데, 그 책 이름이 '살아 있는 먹거리'였다. 우리말을 바로 쓰지 못하고서야 어디 무슨 운동인들 제대로 할 수 있겠는가 하는 생각을 아니할 수 없다.

느낌으로 믿는다고 했지만, 말법으로 따져보면 '먹거리'는 '먹다'라는 움직씨의 줄기(어간)에다가 '거리'란 이름씨를 붙여서 만든 말이다. 이런 겹씨(복합어)는 있을 수 없다. '이름씨+이름씨'나 '움직씨의 이름꼴+이름씨'는 된다. '반찬거리' '놀림거리'와 같이, 그러나 움직씨의 줄기에다가 '거리'를 붙여서는 어떤 경우에도 말이 안 된다. '쓰다'에서 '쓰+거리'면 '쓰거리'가 되고, '그리다'에서 '그리+거리'면 '그리거리'가 되어버린다.

'읽다'에서 '읽+거리'면 어떤가?

이것 역시 말이 안 된다. 귀로 들어서 알 수 없는 '이거리'를 우리말이라 할 수 없다. '먹+거리'로 되는 '먹거리'도 그 말소리 '머거리'가 주는 느낌이 안 된다.

'식품'이란 한자말을 쓰기가 안 됐다면 '먹이'란 말도 있다. '먹이'를 하필 짐승들의 먹이로만 옹졸하게 생각할 것 없다. 그리고 굳이 '먹이'가 싫다면 '먹을거리'라고 하면 얼마나 좋은가? '먹을거리' '읽을거리' 이렇게 얼마든지 쓸 수 있는 우리말을 두고 도무지 말법에도 없는 이상한 말, 별난 말을 만들어 쓰고 있는 것이 바로 지식인들이 가지고 있는 '반민중성'이라고 말하지 않을 수 없다.

말을 누가 만드는가? 민중들이, 백성들이 만든다. 백성(민중)들 아닌 어떤 사람도 말을 만들 자격이 없다. 백성(민중)들은 말을 머리로 만드는 것이 아니라 삶 속에서 몸으로 만든다. 만든다기보다 저절로 만들어진다고 해야 하겠지. 지식인들은 백성(민중)들이 쓰는 말을 다만 따라가고 살펴서 그것을 깨닫고 배울 뿐이다. 그래서 같은 백성이 되고 민중이 될 뿐이다.

— 이오덕(아동문학가), ≪말≫지 1991년 4월호.

국어 순화의 뜻(김석득)

순화란, 잡스러운 것을 걸러서 순수하게 하는 일이요, 복잡한 것을 단순(單純)하게 하는 것이다. 따라서 국어 순화란, 잡스러운 것으로 알려진 들어온 말(외래어, 외국어)을 가능한 한 토박이말로 재정리하는 것이요, 비속(卑俗)한 말과 틀린 말을 고운 말과 표준어(標準語) 및 말의 법대로 바르게 쓰는 것이다. 또, 그것은 복잡한 것으로 알려진 어려운 말을 될 수 있는 대로 쉬운 말로 고쳐쓰는 일도 된다. 한마디로 하면, 우리말을 다듬는 일, 그것이 바로 국어의 순화이다.

말을 다듬는 일이란, 말에다 인위적(人爲的)으로 손을 대는 것과 사람의 창조적 힘을 더하는 것을 전제한다. 그러면 과연 말에 인위적으로 손을 댈 수 있고, 사람의 창조적 힘을 더할 수 있을까? 이 물음에 대한 해답은 말에 대한 관점, 곧 언어관(言語觀)에서 구해야 한다. 만일, 말을 단순히 사회적(社會的) 소산(所産)이나 자연발생적(自然發生的)인 것으로만 보는 데 그친다면, 말에 결코 인위적인 손길이나 창조적인 힘을 더할 수 없다는 이론이 성립될 것이다. 그리하여 당연한 것처럼 생각하고 있는 국어 순화 문제도 이러한 쪽에서 보면 그리 단순한 것만은 아니다. 독일이나 프랑스에서 말의 순화 운동의 초기 단계에 순화 반대론자가 있었던 것도 이러한 언어관에 근거를 둔 것이었다. 그러나 우리는 우리말의 순화를 해야 한다고 주장한다.

1. 말의 반작용(反作用)을 막음

말이 살고 죽으며 변하는 일체(一切)는 사회적 자연현상이다. 그러므로 말에 함부로 손을 댈 수 없음은 당연한 일이다. 그러함에도 우리는 말에 손을 대야 한다. 그 이유는, 말을 단순히 '되어진 것'으로만 생각할 수 없고, '무엇을 이루어내는 힘을 가진 것'으로 생각하기 때문이다. 독일의 언어 철학자 훔볼트는 앞엣것을 '에르곤(ergon)'이라 하고, 뒤엣것을 '에네르게이아(energeia)'라 한다. 그리고 그는, 말은 에르곤이 아니고 에네르게이아라고 역설한다.

말을 '이루어내는 힘을 가진 것'으로 보는 쪽에서는, 말을 단순히 표현 수단으로만 보는 것이 아니고, 사람이나 사회의 본바탕, 곧 본질을 이루는 데에 순리 작용(順理作

用)이나 반작용의 힘을 가진 것으로 이해한다. 우리는 우리말의 반작용을 막을 필요가 있다. 이 반작용의 막음, 이것은 국어 순화의 근본적 이유의 하나가 된다.

2. 말은 민족적 세계상의 반영

한 나라의 모든 사람의 공통의식(共通意識)이 모이면 민족의식(民族意識)을 이룬다. 민족의식의 표현은 그 나라 말로 나타난다. 따라서, 각 민족이 쓰는 말에는 그 민족 나름대로의 세계상(世界像)이 들어 있다. 우리 겨레가 쓰는 말은 우리 겨레의 세계상을 담는 그릇이요, 우리 겨레의 공통적인 정신의 상징이다. 그러므로 '말은 겨레의 얼'이라고 한다. 이것은 겨레의 흥망(興亡)과 말의 흥망이 기복(起伏)을 같이하는 역사적 사실을 보아도 잘 알 수 있다. 말의 인식은 자기를 깨치는, 곧 자각(自覺)하는 일인 동시에 민족을 깨치는 일이요, 나아가서 민족을 결합하는 원동력이 된다. 이와 같은 사실은 스위스의 언어학자 소쉬르도 밝혀, "말의 공통성이 곧 같은 혈족(血族)을 뜻하는 것은 아니지만, 같은 말은 공통적인 민족성을 나타내는 것이므로, 민족 통일을 이루는 데에 그것은 무엇보다도 우선한다."고 했다.

말이 겨레의 얼의 상징이며 민족 결합의 원동력이라는 데에서 말이 얼마나 소중한 것인가를 깨닫게 된다. 이처럼 소중한 말의 순화를 들고나올 때 문제 되는 것의 하나가 들어온 말이다. 이 들어온 말은 우리 겨레의 참된 삶이나 정신이 투영된 것은 결코 아니다. 그것은 마땅히 우리말에서 솎아내야 할 말의 잡풀에 지나지 않는다. 밭의 잡풀은 뽑아내는 것으로 끝나지만, 말의 잡풀은 뽑아낸 빈자리에 반드시 다른 말을 갈아 심어야 한다. 갈아 심는 말, 이것은 이미 쓰고 있는 말이거나, 혹은 옛말에서 찾아낸 것이거나, 아니면 주어진 천부의 창조력으로 새로이 만든 말이어야 한다. 새 말의 만듦, 이것은 언어의 자연발생관(自然發生觀)에는 어긋나지만, 우리 민족의 세계상을 담는 그릇인 말을 순화하는 데에 피할 수 없는 창조 작업이다.

3. '체'로서의 기능 회복

말의 순화에서는, 먼저 말의 잡풀이 어느 것인지를 확인하는 과정이 필요하다. 그 다음으로는, 이를 바로 고치는 작업이 뒤따라야 한다. 외국어가 우리말에 들어올 때나 이미 들어와 혼돈을 이루고 있을 때, 우리말은 이들에 대하여 중간세계(中間世界)의 역할을 해야 한다. 중간세계로서의 말은 객관적 세계의 일과 몬(사물이란 뜻의 토박이 말), 곧 사물을 인식의 세계로 걸러주는 '체'로 비유할 수 있다. 이 체가 성글면 우리의 인식도 성글어지고, 이 체가 고우면 우리의 인식도 섬세하고 올바르게 된다. 이와 같이 본다면, 우리말은 우리의 올바른 인식과 가치를 판단하는 '자'가 되기도 한다. 중간 세계에서 인식을 걸러주는 '체', 혹은 가치판단의 '자'로서의 우리말에 확신이 서지 않은 사람은 들어온 말을 말의 잡풀로 인식하지 못한다. 인식면에서 볼 때, 말의 잡풀이란 처음부터 있던 것은 아니다. 우리말을 체로 하여 걸러지면서 비로소 그것이 잡풀로 확인되는 것이다.

우리말의 의식, 무의식은 민족의 자각, 자존의 사상과 함수관계에 있다. 우리의 역사를 보면, 오랫동안의 자아상실의 뒤나 국난(國難)을 겪은 뒤에는, 깨달음의 사상이 고조되어 자각, 자존으로 나타나곤 했다. 한편, 남 곧 외국에 대한 이해가 역설적으로 자각, 자존의 사상으로 나타나기도 했다. 그리고 이 사상은 필연적으로 우리말, 우리글의 재발견(再發見)과 그것의 갈고닦음으로 나타났다. 세종대(世宗代)의 자각시대나, 영정조대(英正祖代)의 실학시대(實學時代)나, 개화기의 근대화과정(近代化過程)에서의 우리말, 우리글의 숭상은 그 역사적인 시련이 있었고, 그러한 시련 속에서 우리말의 심한 오염현상(汚染現象)이 있었음을 되새겨보아야 할 것이다.

　　　　　　　　　　　　　　　　―김석득, 5차 고등학교 국어 교과서에서 일부 줄여 인용

이 자료와 함께 정현주(1994)의 <수업이야기-국어의 순화 단원에서>(≪함께 여는 국어교육≫ 20호)도 나눠줌.

2.4. 셋째 단계 : 논술쓰기

셋째 단계는 논술을 실제로 해 보는 단계이다. 이 단계는 숙제로 내줄 수도 있고 수업 시간에 직접 시간을 정해 할 수도 있다. 숙제로 내주면 수업 시간을 절약하는 이점이 있고 수업 시간에 직접 쓰게 하면 객관적인 논술답안을 얻게 되어서 지도의 균형을 유지할 수 있다.

모의 논제	다음은 어휘 바꾸기에 대한 대립된 글이다. 두 견해에 대한 자신의 생각을 논술하라. (1000자 내외)

'구기터널'과 '구기땅굴'
"구기땅굴로 해서 가십시다."
"예?"
"서대문 쪽이 더 막히니까 자하문 땅굴로 해서 구기땅굴 쪽으로 가잔 말입니다."
"…?"
"구기터널이라고 하면 아시겠소?"
광화문이나 종로 쪽에서 집으로 가는 택시를 탈 때 가끔 겪는 일이다. 까딱하면 파출소나 무슨 기관으로 차를 몰아갈까 봐서 잘 안 쓰지만, 이렇게 말할 때마다 기사는 나를 이상한 눈으로 바라본다.

땅을 파서 만든 길 또는 산이나 바위에 깊게 뚫린 구멍을 가리켜 굴이라고 하니, 땅 속으로 뚫은 길이 땅굴이 아니고 무엇인가.

그런데 전날 나온 국어사전에는 '터널'이란 외래어는 실려 있으나 '땅굴'이란 말은 아예 실려 있지 않았다. 북녘에서 파내려 왔다는 그 무슨 땅굴 때문에 그러는가 싶었는데, 그것도 아닌 듯하다. '남침용 터널'이라고 해야 남녘의 말버릇에 맞을 터인데 반드시 '남침용 땅굴'이라고 하니, 북녘의 말버릇을 존중하여 주자는 동포애인가.

떠나가고 머무는 지점에 마련된 차와 집합장소를 가리키는 말인 '차부'가 '터미널'로 되고, 차표가 '티켓'이 되었으며 '땅광'이라고 하면 무슨 말인지 모르는 사람도 '지하실'이라고 하면 다 알아듣는 세상이다.

이러다가는 몇 해 지나지 않아 전날 쓰던 말이나 순수한 우리말로 된 용어를 쓰는 사람은 행세를 할 수 없는 정도가 아니라 숫제 외국인 취급을 받게 될지도 모르겠다.

— 김성동, ≪한겨레신문≫, '우리말 바르게', 1994.9.28.

'땅굴'과 '터널'은 뜻은 같지만 어감상 다른 말

≪한겨레신문≫ 9월 28일 치 '우리말 바르게'에 실린 글을 보았다.

글에서 지적한 대로 사전적 의미로는 '땅굴'과 '터널'이 같다. 그런데 필자는 '터널'과 같은 의미로 '굴'도 있다는 점을 놓친 것 같다.

그리고 정말로 중요한 것은 우리가 말을 쓸 때는 사전적 의미를 떠나 어감을 더 중요시한다는 것이다. 필자의 주장대로 사전적으로 상대가 말을 받아들인다면 '구기터널'이나 '구기땅굴'이나 같을 수 있다. 하지만 우리는 어감으로 받아들인다.

우리에게 일반적으로 알려진 '땅'이라는 접두사는 지하를 의미한다. 단순히 땅 밑을 가리키는 것이 아니라 숨겨진 것이라는 의미도 가지고 있다. '남침용 땅굴'이라는 말을 풀이한다면 '남침을 위해서 숨겨진 굴'이라는 뜻이다. 그러므로 '구기터널'을 우리말로 쓰고 싶었다면 당연히 '구기굴'로 썼어야 했다. 구기터널은 땅속으로 숨어들지 않고 땅 밑을 잠시 지나 밖으로 나오는 것이므로. 설사 사전에서 동의어로 표기했을지라도 같은 의미일 수 없다고 생각한다. 때로 사전은 어감을 무시하므로.

현실에 맞게 말을 살리고 아름답게 다듬는 것이 정말로 우리말을 사랑하는 것이라 생각한다.

— 이현주, ≪한겨레신문≫ 1994.10.6.10쪽.

2.5. 넷째 단계 : 첨삭과 총평

넷째 단계는 선생님의 준비가 많이 필요하다. 먼저 성실한 첨삭을 해야 한다. 첨삭에서 유의할 점은 맞춤법 교정 위주의 첨삭이어서는 안 된다는 것이다. 그러한 것이 중요하지 않다는 게 아니라 내용, 구성, 정확한 내용 전달 위주가 되어야 한다는 것이다. 그리고 학생 답안지 중에서 잘된 것, 못한 것, 중간 치, 특별한 것 등을 뽑아 이름을 가린 뒤 복사해 공개 첨삭지도를 하든가 아니면 이 글 뒤에 붙은 것처럼 따로 총평 교안을 만들어 강의를 한다.

'삶과 언어'에 관한 논술 총평 강의

1. 관점의 차이에 대하여

· 아래 글들은 학생 논술답안이다. 각각의 생각이 어떻게 다른지 비교해 보시오.

[1] 최근 들어 우리말을 아끼자는 운동이 확산되고 있다. 참으로 바람직한 일이 아닐 수 없다. 하지만 이것을 주장하는 사람 중에는 지금 쓰고 있는 외래어를 순수한 우리말로 바꾸자는 주장을 하는 사람들도 있다. 이것도 어느 정도 수긍 가는 주장이지만 여러 가지 문제들을 수반할 수 있다.

우리는 북한에서 '로터리'를 '도는 네거리'로, '팬티스타킹'을 '양말 바지'로, '베이킹파우더'를 '부풀음제'라고 말하는 것을 들으면 웃곤 한다. 웃음이 나오는 이유는 과연 무엇일까? 아마도 어감 때문일 것이다. 우리도 이처럼 몇십 년 동안에 걸쳐 써와서 익숙해진 말을 바꿀 만한 어휘를 찾기도 어려울 것이다. 물론 '와리바시'나 '캔디'와 같이 우리말로 바꿔 쓸 수 있는 말과 '유아틱'과 같이 외래어도 아니고 우리말도 아닌 어설픈 말은 순수한 우리말로 바꿔야 한다.

하지만 문제가 되는 것은 '텔레비전'이나 '라디오'같이 우리말로 바꾸기가 힘든 어휘들이다. 앞에서 말한 바와 같이 어감이 어색해질 뿐만 아니라 우리말로 바꾼다고 해도 한 단어로 표현하기는 어려울 것이다.

언어는 사전적 의미를 내포하고 있지만 이것만으로는 언어라고 할 수 없을 것이다. 언어는 말소리 또는 말투의 차이에 따라 말이 주는 느낌이 달라지기 때문이다. 이것이 바로 어감이다. '터널'을 '땅굴'로 부른다면 사전적 의미는 서로 같을지 몰라도 그 어감의 차이는 굉장하다.

사람들은 우리말을 아끼자 하면 모든 외래어를 우리말로 바꾸어 사용해야 하는 것으로 생각한다. 어느 한 코미디 프로에서 방송된 것 중에는 야구 중계를 순우리말로 하여 보여주는 것이 있었다. 그 방송에서 '투수'를 '공을 던지는 이'로, '포수'를 '공을 받는 이'로 표현하여 웃음을 자아내게 했었다. 국어 순화란 이 코미디 프로처럼 모든 것을 우리말로 하자는 것은 아니다.

따라서 불필요한 외래어의 사용은 자제하고 우리말로 바꿔야 하겠지만 불가피한 외래어를 우리말로 바꿀 필요는 없다.

[2] '우리말'을 살리자는 주장이 나오면서 사람들은 우리말의 소중함을 다시 한번 생각하게 되었고 외래어로 표기된 어휘들을 우리말로 고치기 위해 노력하고 있다. 우리나라는 35년간 일본의 지배를 받았었기 때문에 우리가 지금 사용하고 있는 말속에는 일본말의 잔재가 많이 남아 있고 광복 후에는 서양말을 숭상하는 사람들이 많이 생겨나서 영어가 최고인 듯이 생각했었다. 하지만 이제 우리나라가 지속적인 성장과 발전을 거듭해 오면서 우리의 훌륭한 문화유산인 우리말을 잘 보존하려는 운동이 일어나고 있다.

우리말을 살리자는 주장에 대한 호응 방법으로는 우선 외래어가 섞인 잘못된 어휘들을 바꾸자는 것이다. 우리가 생활 속에서 익숙하게 사용하여 오던 그런 어휘들을 갑자기 우리말로 바꾼다면 혼란이 생길 수도 있지만 빨리 외래어 어휘들을 고치지 않는다면 우리의 언어생활은 주체적인 말을 잃어버리고 말 것이다. 그런데 여기에 덧붙일 것은 외래어라고 할지라도 현실에 맞게 말을 살리고 아름답게 다듬는 것이 정말로 우리말을 사랑하고 아끼는 것이라 생각한다. 두 번째로 우리나라 국민들의 의식도 외래어, 외국어보다는 우리말을 사용하여야겠다는 생각이 깊숙이 뿌리박혀 있어야 한다. 상대방과 말을 할 때에도 괜히 영어 단어를 섞어가면서 말을 해야 유식해 보인다는 헛된 생각을 버리고 어떻게 하면 우리말을 좀 더 조리 있고 알차게 쓸 수 있을까 하는 방법을 골똘히 생각해 보는 것이 나을 것이다.

그러나 외래어인 어휘들을 바꾸면 안 된다는 의견도 있을 것이다. 단적인 예로 몇 년 전 스포츠 해설을 할 때에 전문적인 용어를 우리말로 바꿔서 하다가 우스꽝스러운 말들이 많이 나왔기 때문이다. 투수를 '공 잡는 이', 포수를 '공 받는 이'로 풀이하다가는 야구 해설을 속도감 있게 빠르게 할 수 없을 것이다. 그러므로 내 생각에는 외국에서 생겨났기 때문에 어쩔 수 없이 외래어를 쓸 수밖에 없는 이런 전문적인 용어들은 제외하고 우리말로 원래 있었던 어휘들은 잘 보존하자는 것이다. 잘못된 어휘를 바꾸려는 노력은 힘든 작업이기는 하지만 우리가 올바른 언어생활을 하기 위해서는 꼭 필요한 것이라고 생각한다.

[해 설] 각자 친구들의 서로 다른 생각을 읽어봄으로써 사유의 폭을 넓힐 수 있다. 모범적인 글보다는 투박하더라도 친구의 글을 읽는 것이 더 효과적이다.

2. 구성에 대하여
1) 첫 문단이 약하거나 불필요한 경우
우리 생활에 수많은 어휘가 점차 순우리말로 바뀌고 있다. 이러한 어휘 바꾸기는 바람직한 일이라 할 수 있을 것이다. 그러나 이러한 현상에는 상당한 무리가 따르고 있다. 우리는 그러한 무리와 올바른 어휘 바꾸기의 방법을 알아보자.

요즈음 우리 사회에 어휘 바꾸기의 바람이 불고 있다. 이러한 현상은 운동경기에서 도 쉽게 찾아볼 수 있다. 최고의 겨울 스포츠인 농구에서 스틸, 인터셉트라는 말 대신 에 볼뺏기, 가로채기 등의 용어가 쓰이고, 축구에서는 드로잉이라는 말 대신 던지기란 말을 사용하고 있다. 그러나 무리한 표현들도 상당히 볼 수 있다. 한겨레신문 스포츠 면에서 본 튄볼잡기란 표현은 상당히 생소하고 많은 생각을 하게 하였다. 한참 생각한 후에야 그 뜻이 리바운드란 영어를 우리말로 바꾸어놓은 것이라는 사실을 알게 되었 다. 또한, 터널이라는 말 대신에 땅굴이라는 표현을 사용하는 것도 상당한 무리가 있다.

우리는 일상적인 언어 사용에서 이러한 무리한 표현 대신 이미 우리에게 익숙해진 표현을 인정하고 아직 완전히 익숙해지지 않은 어휘들을 보존해야 할 것이다. 예를 들 면, 터널을 굴이나 땅굴이라는 어색한 표현 대신에 그 말을 인정하고, 티켓이라는 널 리 확산되려 하는 표현을 차표라는 아직 인정되는 표현들을 사용해 차표라는 말이 티 켓이라는 말로 변화되는 것을 막아야 할 것이다. 그런 연후에는 외국어식 표현을 방지 하며, 지금까지 굳어진 어휘들을 점차 순우리말로 바꿔야 할 것이다.

우리말의 무리한 변형은 한 언어를 쓰는 우리끼리의 의사소통에 장애를 가져오고 서로의 말을 이해하지 못하는 극단적인 상황으로까지 확산될지 모른다. 그러므로 우 리는 현실에 적응하며 천천히 순우리말 어휘를 되찾아 보존해야 할 것이다. 또 더 이 상의 외국 어휘의 확산을 막아야 할 것이다.

[해 설] 수많은 어휘가 순우리말로 바뀌고 있다는 지적은 비현실적이기도 하지만 첫 문단은 일반적이고 뒷 문단 과 중복된다. 그리고 '바람직하다'는 것과 '무리 있다'는 게 글쓴이 관점을 혼동스럽게 한다.

2) 맺음말이 미흡한 경우

과거 36년간의 일제 강점기 동안 한국어 말살 정책으로 일본말이 우리 어휘에 많이 섞이게 되었다. 그 후로도 밀어닥치는 외국 문물에 대한 우리 백성의 무분별한 판단으 로 또 많은 어휘의 외국어가 들어왔다. 하지만 우리말을 살리자는 명목으로 당장 어휘 를 바꿔야 한다는 것은 너무 성급한 판단이다.

역사적·민족적 측면에서 생각해 볼 때 요즘 대두되는 어휘 바꾸기는 당연하다. 요 즘 신세대가 쓰는 한국말 구조에 외국어를 쏙쏙 집어넣는 것은 유행이 되었다. 그래서 이것을 보며 윗세대의 조급한 심정이 가속화되었을 것이다. 그러나 이것은 외국어를 배우는 세대의 단순한 유행에 지나지 않다. 한자가 우리말의 상당수를 차지하고 있으 며 우리말이라는 것은 벌써 인정된 사실이다. 그렇듯 비록 몇십 년이지만 현재 사회 활동할 때 필수 불가결하게 사용되는 말도 우리말이다. 극단적으로 북한에서 바꾸어 놓은 축구용어를 생각해 보자. '골키퍼'를 '문지기' 등으로 고쳐 해설한다면 정말 어색 하기 짝이 없다. 우린 벌써 문지기라는 어휘보다는 골키퍼에 익숙해 있다.

어휘 바꾸기는 소수의 지식인들의 지식을 이용해 시행되는 것이 아니다. 그 사회 대중의 자발적인 의식의 동행 없이는 이루어지기 어렵다. 만약 대중이 어휘 바꾸기를 중대한 문제라 여기지 않는다면 그 주장은 지식인들의 작은 소리침에 불과하다.

또 외견상으로 보이진 않으나 한국인은 한국인으로서의 자각을 내부에 키우고 있다. 애국심도 안정된 생활에서는 쉽게 나타나지 않지만 위급한 상황에서 표출된다는 어느 작가의 말처럼 한국인 내부에는 나라말 사랑이 내포돼 있다. 몇 번이고 바꿨다 하더라도 여전히 이어지고 있는 전통 또한 그것을 말해 주고 있다.

전에 프랑스에서 외국어를 사용하면 벌금을 물게 한다는 법률이 통과됐다고 하는데 과연 그것이 성공할지는 미지수다. 만약 우리나라에서 이런 법률을 실시한다면 어떨까. 보나 마나 큰 혼란이 야기될 것이다. 우리말만을 쓰자면 원만한 국제관계 유지가 어렵다. '세계는 지구촌'이라는 말은 각 나라 문화의 뒤섞임이 불가피하다는 것을 보여 주고 있다.

몇 달 전 태권도가 올림픽 정식 종목으로 채택되어 그 종목의 여러 용어가 한국말로 쓰이게 됐다. 이처럼 아직 개발되지 않은 여러 분야에 한국인의 도약으로 세계에 우리말로 된 신생어가 알려진다면 어휘를 바꾸자는 주장은 사라질 것이다.

[해 설] 어휘 바꾸기를 반대한다는 입장과 찬성하는 입장을 왔다 갔다 하다가 외국에서 태권도 용어가 우리말로 쓰이는 것으로 마무리해 정확한 글의 의도를 파악하기 어렵게 됐다.

3) 몸말에서 예증이 부족하거나 잘못된 경우

우리는 종종 언어를 보존하는 방법에 대한 논쟁에 빠져들곤 한다. 즉 순수한 우리말을 지키고 보존해야 한다는 보수적인 입장과 현실에 맞게 우리말을 다듬어가자는 개방적인 입장과의 대립에 갈등을 하게 된다는 것이다. 두 주장 모두가 장단점을 포함하고 있기에 우리는 어느 한 가지 주장에 절대적으로 따를 수는 없다. 그렇다면 어떻게 하는 것이 가장 올바르게 우리말을 보존하는 것인지에 대하여 생각해 보자.

먼저 순수한 우리말을 지키자는 주장에 대해 살펴보자. 이것은 우리 민족에 대한 자부심과 고유의 민족정신 또한 지켜줄 수 있다는 데에 큰 의의가 있다. 그러나 그것이 지나칠 경우 국수주의, 배타주의에 빠지게 되어 도리어 민족의 발전을 저해하는 현상도 야기할 수 있다. 가령 조선시대에 쇄국정책은 안으로는 민족의 고유성을 지키고 바깥으로는 타국과의 무역까지도 무조건적으로 부정했다. 그 결과 민족의 고유성은 어느 정도 지킬 수 있었지만 반면에 국가의 근대화가 늦어져 지금의 상태까지 도달하는 데 다른 국가들보다도 몇 배의 힘을 더 들여야만 했다. 그때 우리가 좀 더 개방적이었다면 '그렇게까지 힘이 들지는 않았을 텐데' 하는 아쉬움이 있다.

다음으로 현실에 맞게 언어를 가꾸자는 주장에 대해 살펴보자. 이것은 현재 언어를 사용하는 데 역점을 둔 것으로 현실에 맞게 잘 사용할 수 있는 실용적인 측면이 강하다. 또한 언어의 사회성을 잘 반영해 주는 주장이라 할 수 있다. 그러나 자칫 무비판적으로 무조건 변화를 쉽게 받아들인다면 큰 해를 입을 수 있다. 요즘 십대들의 행동에서 볼 수 있듯이 그들은 언어사회의 변동에 가장 빠르게 적응하여 생활한다. 그러나 그들은 종종 자신들을 잊어버린다. 옷, 신발, 머리 그리고 심지어 언어까지 혀를 돌려대며 우리말을 변형한다. 그 이유는 바로 앞에서 말한 바와 같이 무비판적 수용 태도에 있다고 하겠다.

곧 우리는 우리말을 올바르게 보존하기 위해서는 두 가지 주장의 장점만을 살려 우리 민족의 주체성의 바탕 위에서 언어사회의 변화를 받아들이는 것이다. 그러나 비판적인 안목이 없어서는 안 된다. 이러한 요소들이 조화될 때 비로소 우리말을 잘 보존할 수 있을 것이다.

[해 설] 국수주의 예로 조선말의 쇄국정책을 든 것은 설득력이 약하다. 상투적인 예일 뿐만 아니라 국어순화 맥락과 역사적 맥락의 구체성이 많이 다르기 때문이다. 그리고 맨 마지막 문단에서 장점만을 살리자고 했는데 그에 대한 예증이 제대로 되어 있지 않다.

4) 전체 흐름에 대하여

최근 우리 사회는 국제화, 세계화 등을 추구하는 사회로 변모해 감에 따라서 어휘에 대한 사회적인 인식도 바뀌어가고 있다. 그 때문에 우리가 흔히 쓰고 있는 어휘들의 대부분이 들온말로 구성되어 있다. 그래서 그런지 현대인들이 우리의 고유어보다 들온말을 더 자연스럽게 여기고 있는 경향이 있다. 마치 들온말이 고유어보다 우위에 있고 세련된 것처럼 인식해서일까?

그래서 우리는 여기서 들온말과 고유어에 대해서 살펴보고자 한다. 그 예로 '터널'과 '땅굴'에 대해서 알아보자.

우선 터널과 땅굴에 대한 견해를 대표하는 대립된 두 글에 대해서 살펴본다면 전자에 대한 견해는 무언가 빠진 듯한 느낌을 준다. 터널이라는 단어를 무조건 자신의 주관적인 판단 아래 땅굴이라고 명명한 것은 들온말에 대한 반박심에서 그런 것 같은데 후자에서 언급한 '굴'이라는 단어를 썼으면 어색하지 않았을 것이다. 그에 반해 후자는 짧으면서도 전자에 대한 빈약한 점을 논리 정연하게 잘 설명해 주고 있다.

이에 필자는 후자에 대해 찬성하고 싶다. 후자의 글에선 무조건 우리말을 사용한다고 해서 우리말을 사랑하는 것이 아니라 현재의 실정에 알맞게 말을 살리고 어색한 어감이 없이 다듬는 것이 정말로 우리말을 사랑하는 것이라고 언급하고 있다. 그에 우리가 나라말을 더 효용성 있게 쓸 수 있는 방법은 크게 두 가지로 볼 수 있다. 하나는 자신의 주관적인 관점에서 우리말을 새롭게 만들어서는 안 된다는 점이고, 다른 하나는 현실의 실정에 맞는 말을 사용해야 한다는 점이다. 잘 사용하지도 않는 어색한 말을 우리말이라 하여 무조건 쓰는 것은 오히려 우리말에 악영향을 끼치는 지름길이 된다.

지금까지 우리는 우리말에 대한 견해와 우리말을 더 효용적으로 쓸 수 있는 방안에 대해서 알아보았다. 세계화라는 명목 아래서 조기 외국어 교육도 서슴지 않는 지금 이 시점에서 들온말을 지양하고 우리말을 생활화하기 위해서는 우리 국민 각자의 우리말에 대한 애착과 많은 관심이 필요할 것이며, 더 나아가 우리 모두 올바른 우리말을 생활화하기 위해서 노력할 때 우리나라의 밝은 미래는 올 것이다.

[해 설] 첫 문단과 가운데 문단에서는 단순한 국어순화를 반대하는 쪽으로 쓰다가 마지막 문단에서는 들온말(외래어)을 지양하는 쪽으로 마무리하고 있다.

3. 표현에 대하여

· 다음 글을 읽고 표현이 부정확한 부분을 찾아 고치시오.

최근에 언론에서 우리말 쓰기 운동을 펴고 있다. 과거 일제 치하에 있을 때 습득된 일어와 외래어를 순우리말로 바꾸자는 의도이다. 국어를 사랑하고 바르게 쓰자는 취지에서는 감탄할 노릇이다. 하지만 표준어로서의 외래어 즉 아무리 외래어라고 해도 국어로 바꾸었을 때에 의미가 변하여 의사소통하는 데에 혼란이 오게 된다면 부분적으로 수정히여야 한다.

윗글에서 제시한 터널과 땅굴은 바로 서론에서 말한 문제점과 같다. 터널은 사람들에게 공식적인 언어의 역할을 하고 있다. 심지어 도로 표지판과 지도에도 땅굴이 아니라 터널이라고 표시한다. 그런데 국어순화라고 해 터널을 땅굴이라 칭한다면 대부분의 사람들은 땅 밑을 자동차나 기차로 잠시 지나 밖으로 나오는 것으로 알아듣지 못한다. 그들은 북한이 남침하기 위해 파놓은 하나의 굴쯤으로 생각할 것이다. 또한 첫 번째 예문은 국어화된 외래어 사용에 민감한 반응을 보였다. 몇 해 지나지 않아 전날 쓰던 말이나 순수한 우리말로 된 용어를 쓰는 사람은 행세를 할 수 없는 정도가 아니라 외국인 취급을 받게 되겠다는 주장은 극단적인 판단이고 비논리적이다. 올바른 국어 순화라면 현실에 맞게 말을 살리고 아름답게 다듬는 것이다. 따라서 위 주장은 옳지 못하다.

위에서 살펴본 바와 같이 무조건 외래어라고 해서 바꾸지 말고 국어화된 외래어와 바꾸어도 혼란이 없는 어휘를 분류하여 순화한다면 바람직한 어휘 바꾸기가 될 것이다.

[해 설] 외래어도 국어다. 여기서의 '국어'는 '순우리말'을 잘못 표현했다. 그러니까 "외래어를 순우리말로 바꾸었을 때, 의미가 변하여 의사소통하는 데 혼란이 오게 된다면 부분적으로 수정하여야 한다."와 같이 바로잡아야 한다.

· 다음 글에서 감정이 지나치게 노출되어 문제가 되는 부분을 찾아보시오.

요즘 대학생들 심지어 중고등학생들 사이에서도 한자어나 외래어를 순수한 우리말로 바꾸어 쓰기가 점차적으로 늘어가는 추세다. 위에 소개된 두 글 또한 사라져 가는 우리말을 살리자는 주장에 그 견해를 같이하고 있다. 하지만 실천방법에서는 어느 정도 다른 면이 있다. 첫째 글은 무조건 우리말을 쓰자는 것이고 둘째 글은 어감에 맞도록 어느 정도 조절해 쓰자는 주장이다. 그러나 둘째 글의 주장은 적절치 않다. 그럼 다음에서 첫째 글의 타당성과 둘째 글의 비적절성에 대해 살펴보기로 하자.

먼저 첫째 글은 순수한 우리말을 사용하자고 주장하고 있다. 자기 나름대로의 독특한 언어를 가진 민족으로서 그것도 세계적으로 인정받은 훌륭한 언어를 쓰는 것은 지극히 당연한 일이다. <u>구차스럽게 전근대적 발상이니 시대착오적인 사고니 떠드는 사람들이 오히려 이상하게 취급해야 한다.</u>

본디, 말이란 그것을 공동으로 소유하는 집단끼리 유대감을 형성하며 집단 구성원들의 연대의식을 강화시켜 주는 역할을 한다. 만약 통일이 된 후에 남북한 사람들이 제각기 어감에 맞는 말만 골라 사용한다면 외견상의 통일은 이루어질는지 몰라도 더욱 중요한 유대감과 연대의식은 결코 이루어지지 않을 것이다. 결국 남북 사람들을 '어감'이라는 이유로 이질감을 극복하지 못하고 다시 등을 돌리게 될지 모른다. 이와는 대조적으로 순수한 우리말은 지금은 잘 쓰이지 않지만 과거부터 죽 써온 말이므로 남북한 사람들이 금방 익숙하게 쓸 수 있을 것이다. 물론 말이란 계속 변하는 것이지만 변하는 말을 그럴듯한 우리말로 그때그때 만들어 쓴다면 이런 문제 또한 간단히 해결될 것이다.

위에서 살펴보았듯이 순수한 우리말을 단순히 어감이 좋지 않다는 이유로 바꾸는 행위는 옳지 않다고 생각한다. 물론 어감에 맞게 쓰는 것이 나쁘다는 건 아니다. 하지만 앞으로 다가올 장래를 고려해 본다면 순수한 우리말의 사용이 더 적절하다는 걸 알 수 있을 것이다. 최근 매스컴에서 잘못 사용하는 우리말이 종래의 언어관을 어지럽게 하고 급기야는 파괴의 위험까지 초래하고 있다. 이런 현실 속에서 우리는 우리말의 올바른 사용은 물론이고 그 근본을 찾아 보호하는 데에 총력을 기울여야 할 것이다.

[해 설] 반대편 주장이 아무리 혹독하다 해도 감정적으로 대해서는 안 된다. 밑줄 그은 문장은 그런 면을 보여주고 있다.

· 상대방의 견해를 지나치게 왜곡한 부분을 찾아보시오.

요즘 터널을 땅굴로 바꾸자는 말이 나오고 있다. 단지 그것에 국한된 것뿐만 아니라 이미 사용 중인 외국어를 우리말로 바꾸어 사용하자는 의견이 대두되고 있다. 하지만 그것이 진정으로 우리말을 사랑하는 태도는 아닐 것이다. 이제 이런 의견에 대해 비판을 해 보겠다.

그들의 주장이 '우리말을 아끼고 사랑해야 한다'는 것이기 때문에 무조건 나쁘다고 할 수는 없다. 하지만 그들의 주장은 현실성이 없다. 현재 우리말에는 너무 많은 외래어가 들어 있다. 서양어와 한자를 합하면 60%가 외래어라 보아도 무방하다. 그 많은 말을 다시 만들려면 많은 시간이 소비된다. 또 만들어진 말이 제대로 사용될 것인가 하는 의문도 가지게 된다. 표준어의 정의에 '현대 서울의 교양 있는 사람'이 들어 있다. 그런데 우리가 쓰는 외래어는 표준어 규정을 충족하고 있다. 그렇기 때문에 외래어를 표준어로 정해도 무방할 것인데, <u>광범위하게 쓰이고 있는 외래어를 사용하지 말자는 것도 이해할 수 없는 주장이다.</u> 어휘 전용이 어렵다는 것도 그들의 주장을 반박할 좋은 근거이다. 현재 우리가 타고 다니는 '버스'나 '택시' 또 우리 생활에 밀접한 관계를 가지고 있는 '텔레비전'이나 '라디오'를 어떠한 말로 대체할 것인가? 버스를 '큰차', 택시를 '작은 차'로 바꿀 것인가? 더구나 전에 짧던 단어가 오히려 길어진다면 편리성을 추구하는 현대 사회에서 조어는 사멸되고 말 것이다. 외래어를 쓰지 말자는 사람들은 또한 말의 어감을 무시하고 있다. '터널'과 '땅굴' 양자 가운데 어느 것이 어감이 좋은가를 생각해 본다면 그들 주장의 맹점을 느낄 수 있을 것이다.

외래어를 우리 고유의 말로 순화하여 사용할 수 있고 또 그것이 언중의 묵계 속에서 사용된다면 그보다 더 좋은 일이 없을 것이다. 그러나 외래어를 우리말로 바꾸어야 한다는 사람들의 주장은 위에서 살펴본 것처럼 많은 맹점을 지니고 있다 오히려 외래어를 우리 표기법에 맞도록 고쳐 언중에게 알리고 바르게 사용하는 것이 외래어와 우리말의 조화와 더불어 우리말을 사랑하는 길이 될 것이다.

[해 설] 김성동 씨가 모든 외래어를 쓰지 말자고 주장한 것은 아니다.

· 글 주제와 밀접하게 관련된 어휘로 잘못 사용된 어휘가 있습니다. 찾아보시오.

땅굴이라는 말이 터널이라는 말보다 덜 보편적으로 사용되고 있고 어감상 불쾌하게 느껴진다고 하더라도 순수한 우리말인 땅굴이라는 말이 쓰여야 한다. 세계 속의 시민으로 국민들을 도약하게 한다고 해도 외래어를 지양하고 일상어로 사용한다면 <u>우리말</u>은 그와 함께 서서히 소멸될 것이다. 다만 터널이라는 말이 우리의 뇌리 속을 스치는 것은 우리가 외국 문화에 친숙해져 있어 자연스럽게 받아들이는 것일 뿐이다. 그렇다면 외래어의 집합소가 되어버린 우리나라에서 외래어가 그대로 받아들여 쓰여지는 것을 이대로 방치해야 하는 것일까? 민족사적 맥락과 어휘적·내용적 측면에서 순수한 우리말을 써야 하는 이유를 알아보자.

민족의 주체성 말살이 시작된 일제통치 30여 년의 세월 동안 우리 민족은 말과 글을 배척당하였고 쏟아져 들어오는 지배국의 언어인 일어를 어쩔 수 없이 받아들여야 했다. 우리의 말과 글을 잃으면 결국 국가가 소멸될 것을 인식한 일부 지식인들은 한글을 보급했고 끝까지 한글을 지키기 위해 투쟁했다. 외래어가 <u>민족어</u>를 대신하여 쓰이게 되면 결국 국가가 소멸한다는 이론은 당연하다.

또 우리 한글은 표음문자이고 내용적인 측면에서는 민족의 정서가 투영되어 있다. 세종대왕께서는 한글 창제 이후 서민의 언어이고 국가의 언어가 된 한글은 서양의 어느 언어와는 달리 높임법이 발달되어 있고 다양한 표현의 구사가 가능하며 누구라도 쉽게 배울 수가 있다. 또한 민족적 정감을 느껴 한민족임을 공감할 수 있어서 민족의 주춧돌이 되어왔고 주체적인 사상을 존속하게 한 원동력이라 하겠다.

우리말과 글은 선인들의 투철한 자주정신과 애호적인 관심으로 오늘날까지 이어올 수가 있었고 위에서 살펴본 바와 같이 우리 민족 정서의 반영이며 유산이다. 그러므로 '땅굴'이라는 말이 북괴 땅굴을 떠올리게 하는 단어라 하여 그 말을 죽이는 일은 있을 수 없는 일이다. 그러나 국민들의 외래어를 쓰면 고귀해 보인다고 인식하는 그릇된 인식이 사라지지 않는 한 소박한 정서가 담긴 우리말은 계속 소멸될 것이다. 또한 북한에서 쓰이는 말일지라도 우리가 (북한과 남한이) 한 민족인 이상 좋은 언어들은 상호 보완적 태도로 받아들이는 것이 바람직하다.

[해 설] 외래어도 우리말일 수 있고 민족어일 수 있다. '순우리말=우리말, 민족어'라고 생각하는 것은 너무 지나친 배타주의이다(어휘 지도에 대해서는 김슬옹, 1999, 《그걸 말이라고 하니》, 다른우리 참고).

· 다음 글에서 극단적인 표현을 찾아보시오.

땅굴과 터널. 이제는 하나가 순우리말이고 다른 하나가 외래어라는 것 말고도 어감의 차이로 서로 다른 단어가 되어버리고 말았다. 사실 이런 현상은 서양 외래어가 유입하기 이전 한자어로 쓰던 시대부터 점차로 발생해 온 현상이다. 사람과 인간, 늙은 이와 노인 등등… 어떻게 보면 70% 이상이 한자어인 국어에 새로이 서양에서 들어온 외래어들이 더 첨가되었다는 것은 한자어가 단지 외래어로 바뀌었다고 생각할 수도 있을 것이다.

외래어의 사용은 여러 가지 의미가 있다. 일단 단어의 통용을 들 수 있겠다. 예를 들어 컴퓨터를 셈틀이라고 했을 경우 외국인들은 그 단어를 알아들을 수 없을 터이고 우리의 후손들 중 컴퓨터라는 단어를 모르고 셈틀만 알게 될 경우 이들과 의사소통이 쉽지 않을 것이다. 외래어의 사용은 또한 어의의 확대를 가져온다. 같은 의미의 단어라도 시간이 흐름에 따라서 어감이 달라져 그 의미가 서로 달라지게 되어 표현이 더욱 다양해질 수도 있다.

하지만, 만약 그렇게 되어 <u>국어가 온통 외래어투성이가 된다면</u> 어떻게 될까? 언어는 사용하는 사람의 사고형태를 지배한다고 한다. 그렇다면 그렇게 변한 후 우리 머릿속에 남는 것은 무엇일까. 아마도 그것은 한국인의 사고방식이 아닌 새로운 민족의 사고방식일 것이다. 좋게 말하면 세계화가 될지 모르지만 나쁘게 말하면 <u>민족의 소멸</u>이다. 우리가 적어도 민족의 존재를 중요시하는 민족이라면 이러한 현상을 바로잡을 노력을 기울여야 할 것이다.

땅굴, 아니 굴과 터널. 이미 터널이란 외래어를 바꾸기에는 너무 늦었다. 바꾼다 하더라도 상당한 시간과 노력이 필요할 것이다. 하지만 적어도 이제부터 계속적으로 들어오는 외래어는 우리말로 소화할 노력 정도는 할 수 있을 것이다. 무분별하게 밀려오는 외래어들을 어느 정도 우리말로 소화해 낼 때 우리는 우리의 말과 의식을 지켜낼 수 있을 것이다.

나는 지금 우리가 일상적으로 사용하는 외래어, 학술 용어, 그 밖의 전문 용어까지 뜯어고치자는 주장은 하지 않는다. 하지만 지금과 같이 무턱대고 외래어를 그대로 받아들이기만 한다면 우리말을 올바로 지켜나가기는 결코 쉽지 않을 것이다.

[해 설] 밑줄 그은 표현은 극단적인 표현이다.

3 | 마무리

4단계 지도 방법은 한 달 이내에 한 주제를 충분히 소화하는 데에 그 특징이 있다. 흔한 주제를 가지고 단계별 내용을 구성해 보았다. 외래어나 외국어에 대해 긍정적으로 생각하는 학생이건 부정적으로 생각하는 학생이건 우리말에 대한 인식이 이분법적인 경우가 많았다. 우리말 하면 순우리말로 연상하는 것이 그런 점을 잘 보여준다.

그 반면에 외래어와 외국어를 혼동하는 경우도 많았다. 외래어와 외국어 경계가 모호한 사례가 많아서인 탓도 있지만, 외래어의 정확한 자리매김을 몰라서일 수도 있다. 따라서 이런 흔한 주제일수록 좀 더 치밀하게 사고하고 객관적으로 분석할 수 있도록 지도해야 한다.

4단계 지도에서 또 다른 특징은 첫 단계와 둘째 단계에서 남의 논술을 읽게 함으로써 잘 쓰기 위해서는 잘 읽는 것이 중요함을 인식하게 하는 것이 더 큰 의의가 있다.

24장 대입 논술문제 유형과 논술 지도

1 | 머리말

이 장에서는 논술교육 열풍이 불었을 때의 입시논술 문제 유형을 분석해 그 내용과 의미를 체계화하여 보고자 한다.

우리나라는 논술교육에서 입시논술이 차지하는 비중은 거의 절대적이었다. 2000년부 2005년까지 주요 대학에서 논술 시험을 주요 전형으로 설정하자 논술교육 인기는 거의 광풍에 가까웠고, 2009학년도 전형에선 주요 대학들이 정시 논술을 거의 폐지하자 논술교육 자체가 시들해졌고 지금은 아예 명맥만 이어가고 있다.[52]

입시논술의 교육 가치와 효과는 긍정성, 부정성이 선명하게 대립되어 있다. 입시논술의 부정 측면에 대한 비판이건 긍정 측면 살리기건 먼저 앞서야 할 것은 입시논술 문제에 대한 제대로 된 비평 작업이다.[53] 입시논술의 지나친 비중에 비해 그런 작업은 너무도 미미했다. 논술 시험이 끝나고 대중 일간지에 실리는 몇몇 교육 전문가들의 짧은 비평이 고작이었다. 제대로 된 논문이나 풍성한 비판이 매우 드물었다.

입시논술 비평 작업은 그 맥락이 복잡하고 중층적인 것만큼 다양하게 이루어질 수 있다. 기출 논제 비평은 그런 복잡성을 풀어 줄 수 있는 실마리이거나 가시적인 비평이 될 수 있

---

[52] 2009년부터 논술교육이 시들해진 것은 입시 영향 이외에 이명박 정권(2008-2013)의 영어 몰입 교육 정책 탓이 더 크다. 이명박 정부가 논술교육을 퇴조시킨 표면적인 이유는 사교육 비대화 막기였다. 이런 정책 흐름으로 사교육 논술교육을 주도하던 '박학천 논술, 엘림에듀' 등 많은 논술 기업들이 하루아침에 사라져갔다.

[53] 필자는 "김슬옹 · 허재영(1995), ≪통합교과와 생각하기 논술≫, 토담."에서 입시논술을 통합 논술교육 활성화 계기로 삼자고 주장해 왔다. 이런 뜻에 따라 학생용으로 송재희 · 김슬옹(1999), 김슬옹(1999), 김슬옹(2013)을 펴냈다. 초등교사용으로는 "김슬옹(2001)을 펴냈다.

다. 대학 입시논술 전략은 1차적으로 논제에서 드러나고, 논제를 이용해 학생을 비롯한 교육 분야에 가시적으로 영향을 끼치기 때문이다. 따라서 이 글은 대입 논술 문제의 유형을 분류하여 특성과 문제를 분석 비평해 보고자 한다.

대입 논술 문제에 대한 본격적인 학술 비평 작업은 김광수(1996)에서 다음과 같은 평가 항목에 따라 이루어진 바 있다.

[논술 문제 평가표 (김광수, 1996 : 2)]

	평가 항목	5	4	3	2	1
문제	1. 논술교육의 정신에 부합하는가?					
	2. 고졸 수준의 이해력에 적합한가?					
	3. 애매모호하거나 너무 단순하지 않은가?					
	4. 주어진 시간에 적당하가?					
	5. 보편적 이상과 가치에 부합하는가?					
	6. 시의성이 있는가?					
	7. 학교 교육과 연관이 있는가?					
	8. 통합교과적인가?					
	9. 제재가 구체적이고 주제와 어울리는가?					
	10. 제재가 수험생에게 친숙한가					
답안	11. 창의적 사고를 요구하는가?					
	12. 논리적 사고를 요구하는가?					
	13. 비판적 사고를 요구하는가?					
	14. 폭넓은 독서를 요구하는가?					
	15. 암기하여 답하기 어려운가?					
	16. 상투적으로 답하기 어려운가?					
	17. 변별력을 높일 수 있는가?					
	18. 통일된 채점 기준을 적용할 수 있는가?					
	19. 채점자들 견해 차이를 조정할 수 있는가?					
	20. 채점자의 주관성/전문성이 개입되지 않는가?					

위와 같은 평가 전략이 옳고 그름을 떠나 입시논술 문제에 대해 학술적이면서도 공개적으로 비평하려는 시도는 매우 의미있는 작업이었다. 김슬옹(2000나 : 93-114)에서는 이런 비평 작업의 의의와 문제점을 밝힌 바 있다.

입시논술 문제 유형에 대해서는 대체로 이기상(1998)에서 언급한 일반적 분류를 따르고 있다. 곧 "단독과제형, 자료제시형, 요약형, 완성형, 작문형, 일반논술형, 통합 논술형" 등이다.

이런 분류에서 중요한 점은 요약형이나 서술형, 완성형 등을 논술 문제로 보고 있다는 것이다. 이는 근본적으로 '논술' 개념에 대한 근본적인 인시 차이에서 비롯된다. '논술'을 "논리적인 서술 과정"으로 설정한 것이다. 따라서 '논술문'이란 갈래를 아예 인정하지 않는 태도로 발전하기도 한다. 기존의 '논설문'과 차별화하는 전략이기도 하다.[54] 이런 전략은 옳지 않다. 이런 전략대로라면 이른바 사회적 문제가 되고 있는 본고사형 논술 문제(서술형 문제)를 논술 문제로 수용해야 하는 모순에 빠진다. 그러나 우리가 본고사형 서술형 문제를 논술 문제로서 배제하고자 하는 것은 논술교육의 근본 취지를 흐려놓기 때문이다.

우리가 논술 시험과 교육을 이용해 '논술'을 강조하는 것은 학생들의 통합적 사고력과 능동적인 관점이나 주장의 구성 능력을 키워주기 위한 것이다. 그래서 이른바 지식 중심의 서술형을 논술형으로 볼 수 없다는 것이다. 요약형이나 완성형은 자신의 생각이나 주장을 펼치는 논술이 아니므로 온전한 논술 문제는 아니다.[55]

박순영(1998)에서는 "문제 논술, 상황 논술, 태도 논술, 텍스트 논술(교과 텍스트, 교양 텍스트)" 등으로 나누었다. 이밖에 답안 요구 유형에 따라 "논증 요구형, 탐구 요구형" 논술로 나누었다. 신영삼(2000)에서는 자료 유형과 능력 유형을 결합하여, "동조·심화형 자료와 능력 유형, 분석·비판형 자료와 능력 유형, 이원대립·선택형 자료와 능력 유형, 다원대립·선택형 자료와 능력 유형, 규준·척도형 자료와 능력 유형" 등으로 분류했다. 박종덕(2005 : 5-11)에서는 "단독 과제형, 자료제시형(단일 자료제시형, 복수 자료제시형), 완성형, 확대 반응형, 제한 반응형(분량 제한형, 내용 범위 제한형, 서술 양식 제한형)" 등으로 나눴다. 김재호(2007)에서는 "논리 추론형, 자료 분석형, 사회·역사적 맥락 이해형 인간·문화의 원론적 가치 논의형, 시사이슈 관찰형, 가치관 표출형" 등으로 분류했다.

이 논문에서는 기존의 분류법을 참조하되, 그러한 기존 분류법이 갖고 있는 평면성을 극복하는 다중 복합 분류를 시도한다. 또 기존 유형 분류는 형식적 분류에 그치고 그 분류의 사회적 함의나 맥락은 제대로 제시하지 않았다. 분류 자체가 의미 부여이기는 하지만, 여기서는 한 논제를 다각적으로 분류해 논제의 복합 성격과 의미를 드러내고자 했다.

---

54   논술문과 논설문의 구별 문제에 대해서는 1장 참조.

55   요약이나 서술도 객관적 사고력을 바탕으로 한 논리적인 사고력과 밀접한 관련을 맺는다. 그래서 '준논술형'으로 보거나 논술형 문제의 전단계로 설정할 수는 있다. 그렇다고 본격적인 논술 문제와 동일시할 수는 없다.

2 | 대입 논술문제의 유형(갈래) 설정

대입 논술문제는 대학마다 시기마다 다를 수 있다. 그러나 최근 몇 년간의 논술문제는 비슷한 유형을 서로 공유하는 방식이다. 특정 대학만의 독특한 유형은 없다.

일반적으로 논술문제는 크게 세 부분으로 구성된다. 학생들에게 무엇에 대해 어떻게 쓸 것인가에 대해 지시하는 '논제(지시문, 설문)'와 그에 따른 '제시문', 그리고 논제에 따른 '유의사항'이 그것이다. 그렇다면 먼저 가장 분명하게 드러나는 제시문의 성격에 따라 문제를 가를 수 있다. 그리고 논제는 구체적인 지시사항이므로 지시 조건이 중요하다. 따라서 '지시 조건'을 중심으로 나눌 수 있고, 논제가 어떤 성격이냐에 따라 나눌 수 있다. 제시문과 논제 성격을 합쳐 보면 그것이 고전 논술인지 시사 논술인지 드러난다. 또 최근 통합교과논술의 유행에 따라 통합교과형인지 아닌지를 판단할 수 있다. 이렇게 논술문제 유형을 갈래짓기 위한 기준으로 다섯 가지를 세울 수 있다. 곧 "제시문 유형, 논제 조건, 논제 성격, 논제와 제시문 성격, 통합교과/비통합교과" 등의 다섯 가지 기준에 따라 각각 하위 유형을 설정하였다. 이 장에서는 유형별 특성과 예를 살펴보고 3장에서는 2008년도 문제만을 종합 비교 분석하기로 한다. 종합 분석의 편의를 위해 일련의 유형 번호를 다음과 같이 붙인다.

[입시논술 논제 유형 분류표]

기준		갈래	유형 분류
1	제시문 성격	자료제시형	[유형1-1]
		논점형	[유형1-2]
		자료와 논점 복합형	[유형1-3]
2	논제 조건	소극적 폐쇄형	[유형2-1]
		적극적 폐쇄형	[유형2-2]
3	논제 성격	논쟁형	[유형3-1]
		논증형	[유형 3-2]
		설명형	[유형 3-3]
		문제해결형	[유형 3-4]
4	논제와 논술문 성격	시사형	[유형 4-1]
		고전형	[유형 4-2]
		일반형	[유형 4-3]
5	통합교과 여부	비통합교과형	[유형 5-1]
		통합교과형	[유형 5-2]

3 | 제시문 특성에 따른 갈래

입시논술에서는 제시문 없이 논제를 제시하는 단독과제형은 거의 없다. 대개는 두 개 이상의 제시문을 제시한다. 제시문의 성격을 보면, 자료제시형이냐 논점제시형이냐로 나눌 수 있다. 제시문 전체로 보면 두 가지 유형을 섞은 자료와 논점 복합형이 있다.

[유형1-1] 자료제시형 논제

아래 주어진 12개의 제시문 중 일부를 선택한 후, 그로부터 얻을 수 있는 정보를 바탕으로 공룡 멸종의 가능한 원인을 논리적으로 구성하고 가설을 세워 이를 논술하시오. 또 본인이 기술한 가설 중 한 단계라도 과학적으로 입증할 수 있는 연구 방법을 구체적으로 설계하시오.

— 성균관대학교 논술고사 2007년도 자연계

[제시문 1] 메릴랜드 대학의 기상학자 앨런 로보크가 제시한 「1988년 미국 서부 지역에 발생한 대형 산불에 관한 보고서」에 따르면, 산불에서 나온 연기가 대기 역전층에 의해 북캘리포니아와 남오리곤의 몇몇 계곡 위에 체류하면서 그 후 3주간 계속 그 지역에 모여 있었다고 한다. 그 화재로 인해 주민들의 호흡기 문제가 야기되면서 4백 명 이상의 주민들이 매일 치료를 받아야만 했다. 더욱 중요한 것은 연기로 인한 냉각 효과가 있었다는 것이다. 2~3주 동안 매일 계곡 바닥의 최고 기온이 보통 때보다 약 5℃ 이상씩 떨어졌으며, 가장 최악의 주간에는 평소보다 15℃ 이상 감소하였다. 이러한 현상의 원인은 약 200제곱킬로미터의 산림이 불타버렸기 때문이라고 알려져 있다. (나머지 제시문 생략)

[유형1-2] 논점 제시형

다음 두 제시문의 공통된 논지를 추출하고, 그 의미에 대해 논술하라.
[가] 토인비, ≪역사의 연구≫
[나] 이근, ≪과학기술의 새로운 패러다임과 경제≫

— 서강대 2007 수시 1학기 문제

[유형1-3] 자료와 논점 복합형

사례 〈A〉, 〈B〉, 〈C〉는 현실 사회에서 문제가 되는 경쟁의 양상을 비유적으로 보여 준다. 이 세 가지 경쟁의 성격을 설명하고, 이를 바탕으로 경쟁의 공정성과 경쟁 결과의 정당성에 대해서 논술하시오. (제시문 〈1〉~〈7〉을 참고할 것)

— [2006대입] 서울대 논술고사 문제

[사례 1] / [사례 B] / [사례 C]
[제시문 1] (개릿 하딘, ≪ 공유의 비극 ≫)
[제시문 2] (아담 스미스, ≪ 도덕감정론 ≫)
[제시문 3] (요제프 A. 슘페터, ≪ 자본주의·사회주의·민주주의 ≫)
[제시문 4] (프리드리히 A. 하이에크, ≪ 법, 입법, 그리고 자유 ≫)
[제시문 5] (존 롤즈, ≪ 사회정의론 ≫)
[제시문 6] (오토 슐레히트, ≪ 사회적 시장경제 ≫)
[제시문 7] (리스본 그룹, ≪ 경쟁의 한계 ≫)

　　자료제시형은 분석 대상용 자료만 제시한 것으로 객관적 자료를 분석하여 새로운 사실이
나 이면적 의미를 정확히 추론해 낼 수 있는 능력을 요구하는 유형이다.[56] 논점제시형은 다
양한 주제의 제시문을 주고 논제 해결을 요구히는 논술로 주어진 제시문에 대한 독해력이
관건이다. 제시문이 대개 여럿 주어지므로 통합 요약과 통합 분석 능력이 아주 중요한 유형
이다. 자료와 논점 복합형은 자료 제시문과 논점 제시문을 함께 주고 논제 해결을 요구하는
논술문로 특정 유형에 얽매이지 않는 태도가 중요하다. 다양한 자료나 제시문의 맥락적 의
미나 자리매김을 할 수 있는 판단 능력과 구성능력이 필요하다. 자료와 논점을 교차 분석하
는 능력이 매우 중요한 유형이다.[57]

　　2008 정시 논술에서는 자료만 제시한 논제는 없었다. 다음 한양대 문제처럼 논점을 담은 제
시문과 자료를 함께 제시하는 방식이다. 교과 통합이나 통합적 사고력을 지향하는 제시문 구성
이다. 물론 제시문 구성을 이렇게 했다고 해서 꼭 통합교과형이라는 것은 아니다.

> 　　[문항 3] 문화 소비에 대한 지문 〈가〉, 〈나〉, 〈다〉에 나타난 학자들의 견해를 비교하
> 시오. 그리고 지문 〈라〉에서 제시된 도표를 활용하여 학자 B와 C가 학자 A의 견해를
> 각각 어느 정도 타당하게 비판할 수 있는지를 논술하시오 (900~1000자, 50점)
> 　　　　　　　　　　　　　　　　　　　　　　　　　　　　　　　—한양대 인문계 2008
>
> 　　[가] 학자 A는 사회 계급 간에는 문화 상품 소비 방식에 있어서 구조적인 차이가 존
> 재한다는 이론을 발전시켰다. 다시 말해, 계급 간에는 각각의 독특한 문화 소비 취향
> 패턴이 나타난다는 것이다. 개개인이 가지고 있는 취향은 우연적이고 자생적인 개성

56　넓게 보면 제시문 그 자체가 어떤 성격이든 논제 해결을 위한 자료다. 여기서는 '자료'를 좁게 보아
　　주장이나 관점이 선명하게 들어가 있지 않은 객관적 자료에 한정한다.
57　제시문 성격은 지시문과의 결합 맥락에 따라 성격이 달라질 수 있다. 여기서는 되도록 지시문이나
　　유의사항에 관계없이 제시문 그 자체의 성격에 치중했다.

의 표현이라기보다는, 개개인이 소속된 사회 계급의 구조적 속성을 반영한다는 것이다. 이와 같은 논리는, 문화 상품 소비에 있어서 개인의 선호도가 가장 중요하다는 신고전파 경제학의 시각과는 구별된다. 대신에, 학자 A는 개인의 선호도가 형성되는 과정에는 여러 가지 사회·경제적인 요인들이 개입된다고 주장한다. 이것은 일차적으로 문화 상품의 소비는 개인의 취향에 따라 결정되지만, 개인의 취향은 다시 그 개인이 소속된 사회 계급의 속성에 의해 결정된다는 의미이다.

[내 학자 B는 후기 산업 사회에서 사회 계급 간 문화적 차이가 더 이상 존재하지 않게 되었다고 주장한다. 그에 따르면 현대 사회의 문화 상품 소비 유형과 생활 양식은 개인이 소속된 사회 계급에 의해서가 아니라 미디어와 거대 문화 자본 등의 영향을 더 강하게 받는다고 한다. 예컨대, 사회 구성원들은 여러 가지 미디어를 통해 다양한 정보와 콘텐츠를 소비할 수 있는 기회를 비교적 많이 확보하게 되었으며, 결과적으로 사회 구성원 간의 문화와 정보 격차가 과거에 비해 많이 해소되고 있다고 본다. 문화 관련 다국적 기업들의 활동에 따른 글로벌 문화 자본의 팽창도 국가 간 문화 상품의 유통을 활성화시킨다고 한다. 학자 B에 따르면, 이러한 현상은 정보통신 및 교통의 발달, 경제와 문화의 세계화, 이민을 포함한 인적 교류의 증가, 국가 간 교역의 확대와 함께 글로벌 체제를 공고히 하며, 문화 소비의 동질화를 야기하고 있다고 한다.

[대 학자 C는 생활 수준의 향상, 생활 양식의 다원화, 계급 의식의 약화 등으로 인한 문화 소비의 개인주의화 추세가 문화 소비를 다양화시킨다고 주장한다. 개인의 소득 증가와 여가 시간의 확대, 가족 구성의 변화, 고령화, 고용 구조의 변화 등과 같은 사회적 변화가 문화 소비에 영향을 끼친다는 주장이다. 여기서 말하는 문화 소비의 다양화란 개인이 소비하는 문화 상품의 종류가 증가되는 한편, 동일한 문화 상품의 범주 내에서도 개인별로 더욱 세분화된 문화 소비가 활성화된다는 의미이다. 학자 C는 이러한 과정 속에서 개인의 문화 소비가 계급적 종속 구조를 탈피하면서 문화 소비의 다양화가 촉진된다고 주장한다.

[래 1) 1960년대 P국가의 사회계급별 문화 소비 실태

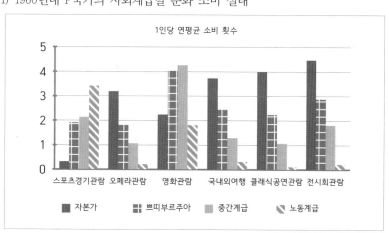

2) 2000년대 P국가의 사회계급별 문화 소비 실태

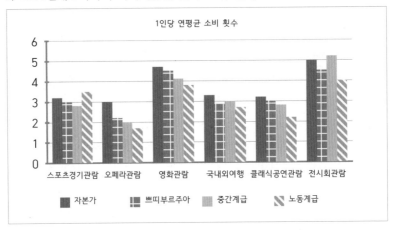

이 논제는 아예 학자에 따른 의도적 논점을 담은 세 제시문과 통계 전문 자료를 통합 교차 분석할 것을 요구하고 있다.

4 | 논제 조건에 따른 갈래

논제 자체가 하나의 텍스트이고 권력이다. 논제는 특정 문제에 대해 대학 당국이 학생들에게 묻는 것이지만 그 의미와 사회적 가치는 매우 높다. 특정 조건으로 한정하느냐 안 하느냐에 따라 학생들이 발휘할 수 있는 자유로운 사고 편차는 매우 크기 때문이다. 특정 조건으로 한정하느냐 안 하느냐에 따라 폐쇄형 논제와 개방형 논제로 나눌 수 있다.

제시문 없이 지시문으로 이루어진 개방형 논제는 특정 제재나 소재에 대하여 자유롭게 개인 의견을 진술할 수 있는 논술이다. 프랑스의 바칼로레아 논술 논제처럼 제시문 없이 '종교적 자유'와 같은 포괄적 제재만 주어지는 논제 유형이다. 개방적인 만큼 학생들이 자유롭게 접근할 수 있다.[58]

물론 제시문이 주어지는 폐쇄형은 읽기와 쓰기를 결합하려는 전략도 있다. 개방형도 제시

58 신향식(2018). "프랑스 바칼로레아와 국제 바칼로레아는 달라요"[인터뷰] 'IB교육평가 정책연구책임자' 이혜정 교육과혁신연구소장. ≪오마이뉴스≫ 2018.9.17.(http://www.ohmynews.com/NWS_Web/) (검색: 2021.1.2.)

문이 가시적으로 주어지지 않았을 뿐이다. 학생들은 자신들이 읽은 수많은 텍스트를 활용해야 한다. 따라서 필자는 이런 개방형 유형을 비가시적 텍스트 유형으로 설정한 바 있다.[59]

한국과 같이 제시문이 주어지는 경우는 기본적으로 폐쇄형이다. 제시문 그 자체가 사고 제한 역할을 하기 때문이다. 폐쇄 정도에 따라 소극적 폐쇄형과 적극적 폐쇄형이 있다. 소극적 폐쇄형은 자료나 제시문만 주고 특정 관점이나 방향을 제시하지 않는 논술을 말한다. 가장 일반적인 유형이다. 적극적 폐쇄형은 자료나 제시문을 제시할 뿐 아니라 특정 방향이나 관점으로 한정하는 논술을 말한다. 특정 관점으로 제한하였기 때문에 자유로운 생각을 펼치는 데에 한계가 있다. 논술 훈련 과정에서 유용하지만 일반적인 자유로운 생각 쓰기로써의 논술로는 적합하지 않은 유형이다.

[유형2-1] 소극적 폐쇄형 논제

　* 제시문 [개와 [내를 읽고, '서구의 가치는 보편성을 담보하고 있다'라고 하는 주장에 대한 자신의 입장을 14～16줄(350～400자) 분량으로 논술하시오. (30점)

―동국대 2006년도 정시

[개 존 로크, ≪통치론 : 시민정부의 참된 기원, 범위 및 그 목적에 관한 시론≫
[내 레비-스트로스, ≪슬픈열대≫

[유형2-2] 적극적 폐쇄형 논제

　* 다음 제시문은 인간 행동을 유발하는 동기에 관한 두 가지 관점이다. 이 중 하나의 관점을 선택하고 그 관점을 지지하는 이유를 예를 들어 제시하시오. 그리고 본인이 선택한 관점에 의거하여 효율적으로 아동을 교육하기 위한 교사의 역할을 논하시오.

―2006학년도 춘천교육대학교 입학전형(정시) 논술 고사 문제

춘천 교대 문제는 대립된 관점 가운데 어느 하나를 강요하고 있다. 제3의 관점도 가능하지만 허용하지 않고 있으므로 적극적 폐쇄형이다. 이에 반해 동국대 문제는 특정 주제에 대해 자신의 입장을 비교적 자유롭게 쓰기를 요구하고 있다. 서구의 가치가 보편성을 담보하고 있다는 주장에 대해 지지하든 반대하든 상관이 없다.

논제 설정에서 과도한 전제 조건을 제시한 것도 적극적 폐쇄형이다.

59　필자는 최근 몇 년간 각종 연수원 직무 연수에서 논술 강의를 해 오고 있다.

* 글 (가)는 모계(母系) 중심적 사고의 그리스 창조 신화로서, 고대 인류가 이 세계의 만물이 어떻게 생겨났는지를 신화적 사유방식에 의지하여 이해하고 있었음을 보여주는 전형적인 예 가운데 하나이다. 글 (나)는 김춘수 시인이 초현실주의 미술가 샤갈의 그림 「나와 마을」을 모티브로 하여 초현실적 세계를 사실처럼 느낄 수 있도록 생생하게 표현해낸 시이다. 글 (다)는 모더니즘 작가 카프카의 작품 ≪변신≫으로, 인간이 벌레로 변해버린 상황을 마치 현실처럼 그려내고 있다.

일반적으로 신화학자들은 예술적 또는 종교적 상상(想像)의 근원(根源)을 고대 인류의 신화적 사유방식에 근거한 세계 이해에서 찾고 있다. 이러한 견해와 관련하여 첫째, 초현실적으로 보이는 고대 인류의 신화 이야기와 현대 작가의 초현실적 세계 묘사는 표현상의 유사성에도 불구하고 어떤 차이점이 있는지 논하고, 둘째, 구체적인 현실과는 동떨어진 신화 이야기 또는 초현실적 세계 묘사가 이른바 이성적, 논리적 사유에 기초한 문명세계에 살고 있는 현재의 우리에게 정서적 공감을 주고 나아가 전율을 일으키기노 하는 까닭은 무엇인지 설명하시오. (450~500자)

— 덕성여대 2008학년도 정시 인문

위 논제는 제시문의 핵심 요지를 제시했을 뿐만 아니라, "이러한 견해와 관련하여 첫째, 초현실적으로 보이는 고대 인류의 신화 이야기와 현대 작가의 초현실적 세계 묘사는 표현상의 유사성에도 불구하고…"와 같이 출제자의 특정 관점을 전제로 깔아 학생들의 사고 영역을 엄격히 제한하고 있다.

이러한 적극적 폐쇄형은 특정 관점을 일방적으로 요구하거나 자유로운 사고를 지나치게 제한하는 바람직하지 않은 논술 문제이다. 논술 훈련 과정에서는 필요하지만 학생들의 창의력이나 비판력 등의 자유로운 사고력을 통합적으로 물어야 하는 최종 시험 단계에서는 적절하지 않은 반사고력 논술, 반통합 논술 유형이다.

2008학년도 논술 시험에서 급증한 서술형 문제도 대부분 이런 유형이다. 제시문과 제시문의 교차 분석이나 통합 분석을 하여 통합적 사고력을 묻는 듯이 보이지만 실제로는 특정 기준이나 관점의 응용이나 적용 수준에 머무르고 있다. 이런 측면에서만 본다면 통합 논술 유행(?)은 거품에 가깝다.

2008학년도 논술은 대부분 서술형이다. 서술형은 논술형의 적극적 폐쇄형과 마찬가지다. 논술형 문제 가운데에서도 적극적 폐쇄형이 훨씬 많았다. 평가를 엄격하게 하거나 공정하게 하기 위한 전략 때문에 학생들의 문제해결 과정을 과도하게 제한하여 생긴 문제들이다.

[연세대/정시/인문/문제2] 제시문 (가)에 나타난 세 가지 관점 가운데 가장 적절하다고 판단되는 한 가지를 적용하여 현재 우리 민족의 정체성을 논의하시오. 아울러 그 관점을 선택한 근거와 그 관점을 적용했을 때 나타나는 한계를 밝히시오. (30점, 800자 내외)

[숙명여대/정시/인문/문제5] 〈나〉와 〈다〉에서 공통적으로 이야기하고 있는 현상과 문제를 요약하고 이를 극복하기 위한 방안에 대해 논하시오. (분량 : 500자±50자)

연세대 문제는 민족 정체성 문제를 특정 방향으로 한정하도록 했고, 또한 한계를 출제자 의도대로 한정하기를 요구하였으므로 적극 폐쇄형이다. 숙명여대는 특정 문제를 제시하였으나 그것을 해결하는 방안에 대해 한정하지 않았으므로 소극적 폐쇄형이다.

5 | 논제 성격에 따른 갈래

논제 성격에 따라 네 가지로 나눌 수 있다. 논쟁에 끼어들게 하는 논쟁형 논제, 논증 위주의 논제, 설명 위주의 논증을 요구하는 설명형 논제, 문제해결 위주의 논제 등이 있다.

논쟁형 논제는 대립된 논점에 대한 자신의 의견을 묻는 논술로 토론형 사회 문제나 보편 문제에 적합한 유형이다. 자신의 논점이나 주장을 분명히 하되 철저하게 논리적으로 접근해야 한다. 대립된 논점에서 제3의 견해라도 그 입장이 분명하면 괜찮다. 다만 입시논술에서는 대립된 논점 가운데 하나를 선택하라는 경우가 많아 제3의 견해가 수용 안 되는 경우가 많다. 이러한 논쟁형 논제에는 반박형과 절충형이 있다. 반박형은 어느 한 쪽 견해를 쫓아 상대편 주장을 반박하는 논제이고 절충형은 일종의 변증법적 전개 방법을 요구하는 것으로 상반된 두 주장(정 ↔ 반)을 살펴본 후, 이를 절충·조화한 제3의 견해(합)를 제시하는 방법이다.

논증형 논제는 보통 사회적으로 타당성, 당위성이 있다고 인정되는 가치 규범에 대하여 그 타당성, 당위성, 중요성, 또는 의의 등을 증명하는 유형이다. 일종의 논문형이므로 차분한 논리 전개가 중요한 유형이다.[60]

---

60 이 논제는 쓰는 학생 입장에서 보면 더욱 세분화할 수 있다. 연역 논증형과 귀납 논증형이 있다. 연역 논증형은 일반적인 명제를 토대로 하여 특정한 개별 명제를 유도하는 글의 전개 방법이다. 즉, 일반적인 원리에서 개별적 상황으로 논의의 폭을 좁혀가는 전개 방법을 적용한 논술이다. 이에 반해 귀납 논증형은 개별 명

설명형 논제는 어떤 주장이나 개념을 제시한 다음에, 그 주장이나 개념에 대하여 나름대로 설명할 것을 요구하는 논술이다. 설명을 논리적으로 하되 자신만의 관점을 적용하는 논술이다. 객관적 설명으로 흐르면 설명문이고 자기만의 설명 전략이나 관점을 세우면 논술문이 된다.

문제해결형 논제는 주어진 상황을 타개하기 위한 방안을 논하도록 요구하는 논술로 목표 지향형 논술이라고도 한다. 삶 자체가 문제의 연속으로 보면 가장 흔한 유형이 될 수 있다. 문제 자체가 문제가 아니라 문제를 어떻게 해결하느냐가 중요하다. 실제 예는 다음과 같다.

[유형3-1] 논쟁형

* 다음 글 (가)와 (나)에 비유적으로 표현된 내용을 해석하여 제시하고, 이를 바탕으로 (다)의 '윤편'의 주장에 대한 반론을 논리적으로 서술하시오. 〈50점〉

— 부산대 2006 정시

(가) (나) 생략

(다) 제나라 환공(桓公)이 어느 날 당(堂) 위에서 책을 읽고 있었다. 목수 윤편(輪扁)이 당 아래에서 수레바퀴를 깎고 있다가 망치와 끌을 놓고 당 위를 쳐다보며 환공에게 물었다.

"감히 한 말씀 여쭙겠습니다만, 전하께서 읽고 계시는 책은 무슨 내용입니까?"

환공이 대답하였다.

"성인(聖人)의 말씀이다."

"성인이 지금 살아 계십니까?"

환공이 대답하였다.

"벌써 돌아가신 분이다."

"그렇다면 전하께서 읽고 계신 책은 옛사람의 찌꺼기이군요."

환공이 벌컥 화를 내면서 말하였다.

"내가 책을 읽고 있는데 바퀴 만드는 목수 따위가 감히 시비를 건단 말이냐. 합당한 설명을 한다면 괜찮겠지만 그렇지 못하다면 죽음을 면치 못할 것이다."

윤편이 말하였다.

"신(臣)의 일로 미루어 말씀드리겠습니다. 수레바퀴를 깎을 때 많이 깎으면 굴대가 헐거워서 튼튼하지 못하고 덜 깎으면 빡빡하여 굴대가 들어가지 않습니다. 더도 덜도 아니게 정확하게 깎는 것은 손짐작으로 터득하고 마음으로 느낄 수 있을 뿐, 입으로

제를 전제로 하여 일반 명제를 추론해 내는 글의 전개 방법이다. 귀납적 전개 방법은 경험적 사실에서 일반적 원리를 도출해 내는 방식을 적용한 논술이다.

말할 수는 없습니다. 물론 더 깎고 덜 깎는 그 어름에 정확한 치수가 있을 것입니다만, 신이 제 자식에게 깨우쳐 줄 수 없고 제 자식 역시 신으로부터 전수받을 수가 없습니다. 그래서 일흔 살 노인임에도 불구하고 손수 수레를 깎고 있는 것입니다. 옛사람도 그와 마찬가지로 가장 핵심적인 것은 책에 전하지 못하고 세상을 떠났을 것입니다. 그래서 전하께서 읽고 계신 것이 옛사람들의 찌꺼기일 뿐이라고 말씀드린 것입니다.”

[유형3-2] 논증형

* [개]글에 제시된 분노에 대한 견해를 참조하여 (나)글의 순정공과 (다)글의 달라이라마가 분노에 대응한 방식을 비교 분석하고, 자신의 견해를 논리적으로 밝히시오.

― 건국대 2006수시2_인문계열

[개 A. C. 그레일링의 ≪존재의 이유≫에서 발췌하고 부분적으로 수정

[내 ≪삼국유사≫에서 발췌

[대 달라이 라마와 빅터 챈의 ≪용서≫에서 발췌하고 부분적으로 수정

[유형3-3] 설명형

* 글 가)의 방식에 의해 높은 삶의 질을 영위하고 있는 것으로 조사된 집단을 글 나)의 방식으로 조사해 보니 낮은 삶의 질을 영위하고 있는 것으로 나타났다. 정책 수립자의 입장에서 이러한 결과를 어떻게 해석하고, 활용할 것인지에 대하여 논술하시오. (15점)(답안지 6~8줄)

― 중앙대 2007 년도 수시1학기

[유형3-4] 문제해결형

* 제시문 [개-[매는 인문학에 관련된 글들을 모아 놓은 것이다. 제시문 [가-[래에서 취하고 있는 입장을 나름대로 구분한 후, 이를 모두 활용하여 제시문 [매에서 제기된 문제의 해결을 위한 자신의 견해를 논술하시오.

― 경희대 2007년도 수시1학기

[예시문]

[개 김인걸, 대담 “인문학 위기인가”에서 발췌
[내 사이드(Edward Said), 대담 “문화의 시대를 대표하는 비평가들”에서 발췌
[대 백승균, “인문학의 새로운 지평”에서 발췌
[래 한국일보, 2006년 7월 29일
[매 송복, “우리는 살아남을 수 있을 것인가”에서 발췌

부산대 2006 정시 논제는 반론을 내세워 논쟁에 참여하도록 요구하고 있다. 건국대 2006

논제는 논쟁과 관계없이 특정 문제에 대해 차분한 논리와 논증을 요구하고 있다. 이에 반해 중앙대 문제는 특정 자료 결과에 대한 해석과 활용 방안을 설명하기를 요청하고 있다. 대부분의 서술형처럼 직접 '설명하시오'라고 요구하는 문제라면 당연히 서술형으로 분류된다. 여기서는 설명 요소가 강하게 설정되어 있는 유형을 말한다. 경희대 2007 논제는 특정 문제에 대한 해결책을 요구했다.

2008학년도 논술에서는 네 가지 유형이 골고루 출제되었다.

> [경희대/정시/인문] 다음 [가],[나],[다]는 가족의 의미에 대해 서로 다른 관점을 나타내고 있다. 세 제시문 각각의 입장에서 [라]에서 제시된 새로운 유형의 가족 현상이 어떻게 받아들여질 수 있는지에 대해 기술하고, 이를 바탕으로 미래 한국사회에서 바람직한 가족의 의미에 대한 자신의 견해를 논술하시오. (1,401자 이상 1,500자 이하)
>
> [숙명여대/정시/공통/문제3] 〈라〉의 표에 나타난 OECD 9개국 일반인의 평균 인식은 '윤리, 사회 책임경영과 이윤창출을 절충해야 한다'가 가장 높다. 향후 우리나라 기업이 윤리, 사회 책임경영과 이윤창출을 어떠한 방식으로 조화시킬 수 있을지 〈가〉, 〈나〉, 〈다〉의 논지를 모두 활용하여 논술하시오. (분량 : 800자±80자)
>
> [숭실대/정시/인문/문제3] 제시문 (A), (B)를 참조하여 아래 글 (바), (사), (아)의 서술 형식에서 비롯된 효과를 비교·대조하시오. (700±50자, 40점)
>
> [한양대/정시/인문/문항 2] 지문 〈가〉와 지문 〈나〉의 핵심 주장을 요약하고, 이를 바탕으로 지문 〈다〉에서 나타나고 있는 갈등 상황을 극복할 수 있는 방안을 제시하시오. (400~500자, 25점)

경희대 문제는 가족에 대한 쟁점에 개입하기를 요구하고 숙명여대 문제는 조화 방식에 대해 논증을 해야 한다. 이에 반해 숭실대 문제는 비교·대조의 틀로 설명하기를 요구하고 한양대는 갈등 문제 해결 방안을 써야 한다.

6 | 논제와 논술문 성격에 따른 갈래

특정 주제나 제재의 관심도에 따라 시사 논제와 고전 논제로 나누고 그런 논술이 아닌 것은 일반 논제로 분류할 수 있다.

시사 논제는 시사 문제에 대한 생각이나 해결을 요구하는 논제 유형이다. 최근 사회적 정치적 사건이 논점이 된다. 시사적 사건이라도 그 문제에 대한 보편적이고 논리적인 사고가 필요하다. 시사 문제는 그 자체가 목표가 아니고 문제해결을 위한 수단일 수 있다.

고전 논제는 고전의 보편적 문제에 대한 생각이나 해결을 요구하는 논술 유형이다. 고전이라 할 수 있는 다양한 텍스트에 대한 이해와 접근력이 필요하다. 인간의 보편적 문제에 대한 고민과 성찰이 필요하다. 시 고전이 아닌 일반적인 논제에 대한 생각이나 해결을 요구하는 논술 유형이다. 시사와 고전을 특별히 표방하지 않는 한 일반 논술에 속한다. 어떤 문제든 그것을 특별한 사건으로 잡아내는 구체적인 문제설정 능력이 필요하다.

[유형4-1] 시사 논제

* [가]와 [나]는 우리나라의 출생 성비(性比) 변화와 관련된 자료다. [나]의 신문 기사를 참고하여 (가)의 통계 자료가 의미하는 바를 해석하고, 이와 같은 성비 불균형 현상이 나타난 원인과 이를 해소할 수 있는 방안에 대하여 논술하시오.

[가] 우리나라 출산 순위별 출생 성비

―통계청, ≪인구 동태 통계 연보≫

[나] "태아 성감별 의사 첫 구속" ≪○○일보 1996. 10. 2.≫

―숙명여대 2006년 정시 논술

[유형4-2] 고전 논제

* 제시문 [가], [나]를 활용하여 '노동'과 관련한 [다]의 입장에 대한 자신의 견해를 논술하라.

[가-1] 아우구스티누스, ≪창세기 축자 해석≫에서

[가-2] [세계 인권선언](1948년, 제3차 유엔 총회)에서

[나-1] 조세희, ≪잘못은 신에게도 있다≫에서

[나-2] 시몬느 베이유, ≪노동일기≫에서

[다-1] 앨빈 토플러 ≪전망과 전제≫에서

[다-2] 마셜 맥루언, ≪미디어의 이해≫에서

―서강대 2006 정시 논술

[유형4-3] 일반 논제

* 다음 제시문(이숭인, 〈애추석사(哀秋夕辭)〉에서 발췌하고 부분 수정)의 '나'와 '옥황'은 삶과 세계에 대한 관점이 다르다. 두 관점이 어떻게 다른지를 구체적인 예를 들어 설명하시오. (띄어쓰기 포함 800자 ± 100자)

―서울여자대학 2007년도 수시

숙명여대 2006 정시 문제는 출생 성비라는 시사 사건에 대해 원인과 해결 방안을 요구하고 있어 시사 논술의 전형적인 예를 보여 준다. 서강대 2006 논제는 '노동'이라는 고전 주제에 대해 역시 고전 제시문을 바탕으로 자신의 견해를 쓰는 논제이므로 고전 논술을 지향했다. 이에 반해 서울여대 2007 논제는 시사성이나 고전성을 특별히 표방하지 않은 일반 논제다. 실제 논술 과정에서는 시사나 고전형이 될 수도 있지만 가시적으로 표방한 논제 조건은 일반적이다.

2008학년도 문제에서는 전형적인 고전 논제는 없었다. 시사 논제이거나 일반 논제 유형이 많았다.

[경희대/정시/자연] 다음 [개, [내, [대, [래는 주어진 특정 조건에서 크기 혹은 양의 변화를 나타내고 있다. 각 제시문에 기술된 변화의 수학적 형태를 추론하는 과정과 그들 간의 공통적인 변화원리를 제시하고, [매에 나타난 석유 생산량 증가가 이 원리를 따른다고 전제할 때, 현재의 석유 가채매장량이 완전히 고갈되는 연수(年數) 추정방법을 구체적으로 기술하시오. 또한, [배, [새, [애를 참고하여 에너지를 포함한 포괄적 자원 부족문제 해결을 위해 인류가 현 시점에서 어떠한 노력을 기울여야 할 것인지 논술하시오. (1,201자 이상 1,500자 이하)

[한양대/정시/인문/문항 2] 지문 〈가〉와 지문 〈나〉의 핵심 주장을 요약하고, 이를 바탕으로 지문 〈다〉에서 나타나고 있는 갈등 상황을 극복할 수 있는 방안을 제시하시오. (400~500자, 25점)

경희대 문제는 에너지 고갈에 대한 시사 논제를 다루었다. 한양대 문제는 특별한 시사성을 띠는 문제도 아니고 그렇다고 고전적 주제나 제시문을 활용한 것도 아니어서 일반 유형이다.

7 | 지식 교과와 논제 사고 영역에 따른 갈래

논제 요구 조건이나 제시문 성격에서 특정 교과나 사고로 한정하느냐 다양한 교과 통합을 지향하느냐에 따라 비통합교과형과 통합교과형으로 나눈다.[61] 비통합교과형은 특정 교과

---

61   최운선·김슬옹·성대선·조일영 편저(2008 : 292)에서는 통합 논술을 "체험, 사고력, 지식, 언어능

나 특정 주제를 표방한 논술 유형이다. 특이성 전략 차원에서 각 교과나 주제별 지식을 쌓고 토론하는 데에 좋다. 특정 교과나 주제를 표방한다 해도 그것을 강조한다는 것이지 다른 지식이나 주제를 배제할 수 없다. 이는 다시 특정교과형과 특정주제형으로 나눌 수 있다. 특정교과형은 교육 과정상의 특정 과목만의 특수성을 위한 논술 유형이다. 특정 주제형은 특정 주제로 한정해서 논의를 하는 논제이다.

통합교과형 논제는 특정 주제를 중심으로 하는 통합교과형과 사고력 중심의 통합교과형이 있다. 하나의 주제에 대해 다양하고 깊이 있게 접근하는 자세가 중요하다. 거시적인 통합 능력과 미시적 분석능력 모두 필요하다. 이 유형도 주제별 논술(특정 주제에 대해 다양한 지식 영역을 넘나들게 하는 논술)과 사고력 논술(어떤 주제든 통합적 사고력을 중요하게 여기는 논술)로 나눌 수 있다.

[유형5-1] 비통합교과형 논제

* 다음 제시문은 웃음의 유발과 관계된 것이다. 각각의 경우 웃게 되는 이유와 그 의미를 분석하고, 적절한 예를 통해 그와 같은 웃음의 사회적 기능을 논술하시오. (1,700자 안팎으로 쓰시오.)

—2004 연세대 논술

[개] 아리스토파네스, ≪구름≫
[내] 라블레, ≪팡타그뤼엘의 아버지인 위대한 가르강튀아의 소름끼치는 이야기≫
[대] T. 코헨, ≪조크 : 조크에 대한 철학적 사고≫

[유형5-2] 통합교과형 논제

* 제시문 [1], [2], [3]을 연관시킬 수 있는 하나의 주제를 찾아내어, 그 주제에 관한 자신의 의견을 쓰시오.

—고려대 2006 수시 2 언어논술(자연계)

[1] 한국 전쟁 기간 중에 나는 종군하여 철원에 간 적이 있었다. 격전이 막 끝난 철원 시가는 완전 폐허였다. 길만 훤히 트인 시가지 도처에서 연기가 무럭무럭 피어오르고 있었다. 길을 따라 걷던 나는 문득 타 죽은 닭을 보았다. 그런데 웬일인지 그 닭은 선 자세로 타 죽어 있었다. 이상하게 여긴 나는 무심코 발로 닭을 건드려 보았다. 그랬더니 그 닭의 날개 밑에서 병아리 몇 마리가 삐악거리며 나왔다. 죽은 어미 닭을 버려둔 채 종종거리는 병아리를 보며 나는 코가 시큰해지고 눈물이 핑 돌았다.

력의 연계성을 강화한 논술"로 보았다. 통합 논술의 전반적인 흐름에 대해서는 김슬옹 강의 통합 논술 60차시 연수 프로그램(유니텔원격연수원www.teacher.co.kr, 교원캠퍼스 www.teacher21.co.kr) 참조.

이 세상의 모든 생명은 유한하다. 억만 겁의 흐름 속에서 어렵고 어려운 인연을 얻어 태어난 생명은 그 태어남의 영겁과는 너무나 대조적으로 무상(無常)하다. 그러나 알고 보면 이 세상 영겁의 흐름도 결국은 무상의 연결을 통하는 것이다. 말하자면 영원과 무상은 서로 별개인 채 대립해서 존재하지 않는다. 실재는 무상하고 영원이란 그 많은 무상들이 통섭(統攝)되어 이루어진다.

무상들이 이어져서 영원을 기약한다고 할 때, 각각의 무상이 시공간에서 차지하는 기능은 바로 영원과 맞먹는 절대적인 것으로 보아야 한다. 영원이란 무상과 무상이 앞뒤로 빈틈없이 연결되어 이루어지기 때문이다. 우리는 무상과 무상의 전후 연결을 과거와 현재와 미래라는 시간의 지속적 구분에다 결부할 수 있을 것이다. 그리고 생식과 생존이라는 실재에서 무상과 무상의 연결은 앞서 태어난 생명에게서 새로운 생명이 태어나는 생의 연속이므로 생명은 어디까지나 고립된 존재일 수 없다. 따라서 공간적으로 나와 남이 만나는 교섭 관계를 고려하지 않을 수 없다.

인간 세상에서 유한한 생명이 무한으로 연결되는 길은 우선 남녀가 결합해서 자녀를 생산함으로 열리게 된다. 무상과 무상은 시간적 전후 계승에 앞서 공간적인 자타(自他)의 결합을 필요로 하는 것이다. 남녀의 결합으로 이룬 부부 관계에서 자녀가 태어난다. 자녀는 현재를 미래로 연장하는 역할을 한다. 자녀가 성장하여 저마다 짝을 찾아 부부를 이루고 자녀를 낳으면서 현재는 과거가 되고 미래가 현재로 다가와 끊임없이 생을 이어간다. 따라서 생식이란 어떤 의미로 보아서는 자기의 희생이다. 그러나 모든 생명은 그러한 자기희생을 겪지 않고서는 못 견디는 미래생(未來生)에 대한 동경을 가지고 있다. 그것은 유한한 자기는 자녀를 거쳐서 무한하게 존속된다고 여기기 때문이다.

그런데 부모의 현재생(現在生)에서 자녀의 미래생(未來生)으로 연결되는 과정과 절차는 결코 간단하지만은 않다. 왜냐하면 생명은 그리 강인견실(强靭堅實)한 것도 아니요, 더욱이 어린 생명은 그 스스로 생을 영위할 능력을 갖추고 있지 못해 부모한테 보호와 양육을 받아야 하기 때문이다. 따라서 부모의 희생이란 생식에서 그치지 않고 보육(保育)까지 연장된다. 자녀는 그러한 부모의 희생을 발판으로 현재성을 굳건히 점유하고 과거와 미래를 연결시킬 수 있는 존재로 성장한다. 자녀가 현재의 점유자가 되었을 때 부모는 과거로 밀려가고 그들의 무상은 끝을 맺는다.

[2] 개체가 희생을 감수하면서 자신이 속한 집단의 다른 개체들에게 이익을 가져오는 현상을 일컬어 이타적이라고 한다. 생물학에서는 집단의 이익을 위한 개체의 희생을 자연 선택의 결과로 본다. 자연 선택에 따른 어느 개체의 자손 감소는 같은 집단 내의 다른 개체들의 자손 증가를 촉진한다. 따라서 어느 개체의 자손 감소가 결과적으로는 집단에게 이익을 가져오므로 이타적인 현상으로 이해될 수 있다.

개체의 희생으로부터 수혜를 입는 범위는 가깝게는 친족에게서 멀게는 그 친족을 포함하는 종족까지 확산된다. 친족의 입장에서 보자면 혈연관계에 있는 어느 개체의 희생은 친족의 내적 결속을 강화하는 이타적인 행동이다. 반면에 그 희생은 혈연이 아닌, 다른 집단들에 대해서는 친족의 이기주의에 기여하는 행동처럼 보일 수 있다. 그러나 유전자적 관점을 취하는 근래의 유력한 생물학 이론에 따르면 한 개체의 희생이 미치는 수혜의 범위가 혈연관계에서 그치는 것이 아니라 종족이라는 포괄적인 수준까지 확대된다고 한다. 다만 희생하는 개체가 수혜자와 얼마나 가까운가에 비례하여 이타적 행동의 정도가 상대적으로 가감된다는 것이다. 따라서 개체의 희생은 그것을 바라보는 시각의 차이에 의해 이기적으로도 이타적으로도 보일 수 있다. 혈연적으로 다른 집단들에 대해 이기적으로 보이는 개체의 희생이 유전자라는 포괄적인 시각을 취하면 이타적이 되는 것이다. 유전자는 개체의 이타주의를 매개로 존속하며 그로써 같은 유전자를 보유한 종족의 번식이 가능해진다.

[3] 포식자를 발견한 땅다람쥐는 예외 없이 뒷다리로 서서 소란스러운 경고음을 낸다. 침입자의 주의를 끌어 주변의 다른 땅다람쥐들이 도피할 수 있도록 하기 위한 것이다. 경고음을 낸 땅다람쥐가 침입자에게 잡아먹히는 대가로 다수의 다른 땅다람쥐들은 생명을 보존하게 된다. 심지어 새끼를 낳아본 적이 없는 어린 땅다람쥐조차 동일한 행동을 취한다. 죽음을 자초하는 땅다람쥐의 행동은 개체 선택의 관점에 비추어 쉽사리 납득이 가지 않는다. 그러나 집단의 차원에서 이해할 때 땅다람쥐가 경고음을 내어 스스로를 위험에 노출하는 것은 결코 무모한 선택이라고 할 수만은 없다. 개체가 희생을 통해 같은 유전자를 지닌 종족의 보존과 번식에 이바지하는 성과를 거두기 때문이다.

당까마귀의 서식지는 유라시아 대륙에 두루 분포한다. 당까마귀는 군거성이 강해 무리를 지어 살면서 목초지에서 유충을 잡아먹는다. 해마다 봄이 되면 당까마귀 떼는 산란과 부화를 위해 높은 나무 위에 집단적으로 둥지를 튼다. 다수가 군락을 이루어 살면서도 당까마귀들은 별다른 충돌 없이 서로서로 잘 지낸다. 당까마귀 떼가 둥지를 튼 숲에서는 새벽부터 저녁까지 소란스런 지저귐이 쉼 없이 들린다. 당까마귀들이 장난치고 짝을 짓기 위해 깍깍대며 서로를 불러대기 때문이다. 끝도 없이 들려오는 시끄러운 소리에 신경이 거슬린 사람들은 당까마귀 떼를 '까마귀 의회'라고 부르기도 한다. 정말 의회라는 이름에 합당할 만큼 당까마귀 떼는 집단의 이익을 우선시하는 것 같다. 당까마귀들은 최적의 개체 수를 유지하기 위해 산란의 양을 조절하기까지 한다. 같은 무리 속의 모든 당까마귀들은 마치 의논이라도 한 듯 그들의 산란능력보다 적은 수의 알을 낳는 것이다. 그런 방식으로 최적의 개체 수가 유지됨에 따라 당까마귀가 굶주림으로 떼죽음을 당하는 일은 벌어지지 않는다.

연세대 정시 문제는 웃음에 대하여 특정 주제(사회)로 한정하고 있기 때문에 비통합교과형이다. 웃음의 사회적 기능을 위해 다양한 교과 지식을 끌어 오게끔 하였다면 통합교과로 볼 수 있으나 이 문제는 그런 장치는 되어 있지 않다. 고려대 2006 문제는 세 제시문을 연결하는 주제가 제한적이기는 하지만 주제를 학생들로 하여금 찾게 하고 있을 뿐 아니라 제시문도 여러 교과를 넘나드는 제시문으로 구성되어 있어 통합교과형 논제이다.

통합교과논술이냐 아니냐는 논제 조건, 제시문 설정 맥락 등을 복합적으로 따져야 하지만 여기서는 여러 교과 지식의 결합이나 횡단을 가시적으로 보여주고 있느냐와 사고를 제한하느냐 안 하느냐를 주로 보았다. 이런 잣대로 보았을 때 2008학년도 정시 논술은 대부분 비통합교과형이었다.

8 | 2008학년도 대입 정시논술 문제 유형 분석

2008학년도 대입 정시 논술 문제를 공개한 대학 문제만을 분류해 보면 다음과 같다.[62]

[2008학년도 대학 정시 논술 유형 분석]

학교		유형	제시문 성격	논제조건	논제성격	시사 고전 외	통합교과 여부
			유형 1	유형2	유형3	유형4	유형5
경희대		인문	유형1-3	유형2-1	유형3-1	유형4-1	유형5-2
		자연	유형1-3	유형2-1	유형3-3 +유형3-4	유형4-1	유형5-2
고려대	인문	문항 I	요약 서술형				
		문항 II	설명 서술형				
		문항 III	유형1-3	유형2-1	유형3-3 +유형3-4	유형4-1	유형5-1
	자연	문항1	설명 서술형				
		문항2	설명 서술형				
		문항3	설명 서술형				
		문항4	설명 서술형				
		문항5	설명 서술형				
덕성여대	공통1	문제1	설명 서술형				
		문제2	설명 판단 서술형				

---

62 학술 발표 때는 수시도 분석하였으나 정시와 정도 차 정도의 비슷한 양상을 보여 최종 논문에서는 뺐다.

대학	계열	문제	세부	유형1	유형2	유형3	유형4	유형5
	공통2	문제1		설명 서술형				
	공통2	문제2		판단 서술형				
	인문전공1	문제1		설명 서술형				
	인문전공1	문제2		판단 서술형				
	인문전공2			유형1-2	유형2-2	유형3-3	유형4-3	유형5-1
	사회전공1	문제1		설명 서술형				
	사회전공1	문제2		판단 서술형				
	사회전공2	문제1		설명 서술형				
	사회전공2	문제2		판단 서술형				
	자연전공1	문제1		설명 서술형				
	자연전공1	문제2		설명 서술형				
	자연전공2	문제1		설명 서술형				
	자연전공2	문제2		설명 서술형				
숙명여대	공통	문제1		요약 서술형				
	공통	문제2		설명 서술형				
	공통	문제3		유형1-3	유형2-1	유형3-2	유형4-1	유형5-1
	인문	문제4		설명 서술형				
	인문	문제5		유형1-2	유형2-1	유형3-4	유형4-3	유형5-2
	자연	문제4		설명 서술형				
	자연	문제5		설명 서술형				
숭실대	인문	문제1		유형1-2	유형2-2	유형3-3	유형4-3	유형5-1
	인문	문제2		유형1-3	유형2-2	유형3-3	유형4-3	유형5-1
	인문	문제3		유형1-3	유형2-2	유형3-3	유형4-3	유형5-1
	자연	문제1		인문계열 문제 1과 같음				
	자연	문제2		설명 서술형				
	자연	문제3	(1)	* 회로도 그리기				
	자연	문제3	(2)	설명 서술형				
연세대	인문	문제1		추론 서술형				
	인문	문제2		유형1-2	유형2-2	유형3-2	유형4-3	유형5-1
	인문	문제3		설명 서술형				
	자연	문제1		설명 서술형				
	자연	문제2		추론 설명 서술형				
	자연	문제3	3-1	추론 설명 서술형				
	자연	문제3	3-2	추론 설명 서술형				
한양대	인문	문제1		유형1-3	유형2-2	유형3-4	유형4-1	유형5-1
	인문	문제2		유형1-2	유형2-2	유형3-4	유형4-3	유형5-1
	인문	문제3		유형1-3	유형2-2	유형3-2	유형4-1	유형5-1
	자연	문제1	1-1	설명 서술형				
	자연	문제1	1-2	추론 설명 서술형				
	자연	문제2		설명 서술형				
	자연	문제3	3-1	설명 서술형				
	자연	문제3	3-2	설명 서술형				
	자연	문제4	4-1	설명 서술형				
	자연	문제4	4 2	설명 서술형				

서울대					설명 서술형				
	인문	문항1	논제1	①	설명 서술형				
				②	설명 서술형				
			논제2		설명 서술형				
			논제3		설명 서술형				
		문항2	논제1		설명 서술형				
			논제2		판단 서술형+설명 서술형				
		문항3	논제1		설명 서술형				
			논제2		설명 서술형				
			논제3		설명 서술형				
	자연	문항1	논제1	1-1	설명 서술형				
				1-2	설명 서술형				
			논제2		설명 서술형				
			논제3	3-1	설명 서술형				
				3-2	추론 서술형				
			논제4		추정 서술형				
			논제5		유형1-1	유형2-2	유형3-3+9	유형4-1	유형5-1
		문항2	논제1		설명 서술형				
			논제2		추론+설명 서술형				
			논제3		추론 설명형				
			논제4		추론 설명형				
			논제5		추론 설명 서술형				
			논제6		설명 서술형				
		문항3	논제1		추론 설명 서술형				
			논제2		추론 설명 서술형				
			논제3		추론 설명 서술형				
			논제4		설명 서술형				
			논제5		설명 서술형				
		문항4	논제1		설명 서술형				
			논제2		추론 설명 서술형				
			논제3		설명 서술형				
			논제4		설명 서술형				
			논제5		설명 서술형				

위와 같은 이상 전반적인 분석에 따르면 다음과 같은 사항을 알 수 있다. 제시문 성격에서는 자료와 논점 복합형이 많았다. 이는 다양한 텍스트 활용 전략을 보여 준다. 논제 조건에서는 소극적 폐쇄와 적극적 폐쇄 유형이 고른 분포를 보여 준다. 논제 성격도 '논쟁, 논증, 설명, 칼럼' 등 다양한 유형이 실제 활용되었음을 알 수 있다. 논제와 논술문 성격 분류에서는 고전형이 의외로 적고 시사형이 훨씬 많음을 알 수 있다. 마지막으로 통합교과형보다 비통합교과형 문제가 훨씬 더 많이 출제되었음을 알 수 있다.

문과, 이과 가리지 않고 제대로 된 논술 문제를 출제한 대학은 경희대가 유일하다. 이외의 대학들은 서술형 문제가 대부분이다. 문제 수로만 본다면 모두 86문제 가운데 14문제만이 논술형 문제이다. 각 대학들은 논술 시험이라고 표방했지만 논술 시험이라기보다 서술형 주관식 시험이거나 그런 유형에 가깝다. 2006, 2007학년도에 시도되었던 인문계 자연계 통합 논술형 문제가 2008학년도 시험에서는 오히려 퇴보했다. 각 대학들은 학생들의 실력을 제대로 평가하기 위해서라지만 논술형 시험 취지를 흐리기는 마찬가지다.

숙명여대 인문계 문제와 같이 최종 논술 문제 전 단계로 서술형을 설정하는 것은 다중 평가 전략으로 긍정적일 수 있다. 그러나 서술형 문제 위주로 내는 것은 옳지 않다. 그러다 보니 우수 학생 유치 명목으로 옛날 본고사형 주관식을 흉내 냈다는 비판을 피할 수 없다. 이런 부정적 현상이 무슨 옷의 유행을 타듯 한결같이 번진 양상이어서 우수 학생을 유치하기 위한 상업성 전략을 위해 무슨 담합이라도 한 듯한 느낌을 준다.[63]

> [고려대/정시/자연/문제1] 제시문 (나)에 기술된 이당류인 설탕이 에탄올로 분해되는 화학 반응 과정을 구조식을 사용하여 설명하시오 (단, 기체 분자는 화학식으로 표시할 것). 또한 제시문 (가)에 근거하여, 에탄올이 연료로 사용될 수 있는 이유를 화학 반응식과 에너지 보존 법칙을 써서 설명하시오.
>
> [서울대/정시/자연/논제3-1] 어떤 분자가 온실효과를 나타내는지 여부는 구성 원자의 종류와 쌍극자 모멘트와 관계가 있다. 쌍극자모멘트는 하나의 결합이나 분자 내에서 음전하를 띠는 부분과 양전하를 띠는 부분이 분리된 경우에 나타난다. 분자에서 결합의 길이나 결합각은 고정되어 있지 않고 분자의 진동에 따라 변할 수 있다. 진동에는 결합각이 변하는 굽힘과 결합의 길이가 변하는 늘어남이 있다. [3-1] 대표적인 온실 기체인 메탄, 수증기, 이산화탄소의 3차원 구조를 그리고 비공유전자쌍을 나타내시오. (…중략…) 이 구조를 고려하여 각각의 분자가 진동을 하지 않을 경우 쌍극모멘트를 가지는지 여부를 설명하시오.
>
> [연세대/정시/자연/문제1-1] 다음 제시문은 해양 원유유출 사고에 관한 것이다 제시문을 읽고 아래 문제에 답하시오. (이 문제는 논리적 사고능력을 평가하기 위한 것이므로 계산능력보다는 수리 분석과 문제해결 능력을 검증합니다.) (40점) [1-1] a. 제시문 (나)의 모델이 실제 상황을 적절하게 반영했는지에 관한 자신의 견해를 간결하게 서술하시오.(5점) b. … 줄임…) $f_n(x)$가 의미하는 바를 설명하시오.(15점)

특히 연세대의 경우는 문항에서 아예 "이 문제는 논리적 사고능력을 평가하기 위한 것이므로 계산능력보다는 수리 분석과 문제해결 능력을 검증합니다"라고 하여 수리논술을 살리

---

63   인용 편의를 위해 제시문을 생략하였다. 문제 설문만을 모아 부록으로 제시하였다. 문제의 기본 성격은 설문만으로도 드러난다. 기출 문제 전문은 해당 대학을 비롯하여 여러 곳에서 쉽게 구할 수 있다. 강호영 논술 교실(my.dreamwiz.com/ghdud99), 이투스 논술(www.etoos.com), 세종학 교육원(cafe.daum.net/tosagoto) 참조

려는 의도를 공개적으로 표방했으나, "자신의 견해를 간결하게 서술하시오"라는 식의 문제 스타일과 점수 배점과 시간 등을 살펴볼 때 학생들이 그런 취지를 충분히 살릴 수 있을지 의문이다.

　문제는 이들 대학들이 통합 논술의 근본 취지에서 벗어난 이런 문제들을 마치 통합 논술 문제인 냥, 또는 논술 시험인 냥 표방하여 출제했다는 점이다. 차라리 '주관식 서술형 문제'라고 제대로 제목을 달았다면 좋았을 것이다. 고려대 측은 이런 유형에 대하여 2009학년도 모의 논술 해설서에서 다음과 같이 설명하고 있다(일부 구절 다듬어 인용).

　　이러한 출제유형은 2007학년도 통합 논술에 비하여 통합의 정도 및 난이도를 완화시킨 2008학년도 논술의 경형을 이어가고 있는 것으로 다음 세 가지 측면에 특별한 비중을 두어서 출제하였다.
　　첫째, 고려대학교 논술시험의 목표로서 대학에서의 수학능력에 대한 객관적 평가와 고등학교 내신성적 및 수능시험 성적에 대한 보정에 적합한 문제를 출제한다.
　　둘째, 수험생들의 수준 및 응시율 등을 고려하여 적절한 난이도를 유지하도록 한다. 논술시험이 변별력을 가질 수 있기 위해서는 너무 어려운 문제와 마찬가지로 너무 쉬운 문제도 좋지 않기 때문이다.
　　셋째, 평가의 객관성을 고려하여 채점의 기준을 최대한 객관화시킬 수 있는 문제를 출제한다. 아무리 그 자체로 좋은 문제라 하더라도 평가의 객관성을 확보하기 어려운 문제는 대입시험을 위한 문제로 부적합하기 때문이다.
　　―고려대 2009학년도 논술모의고사 백서 인문계 해설(고려대 누리집 공개 자료)
　　　　　　　　　　　　　　　　　　　　　　　　　　　　　　　　　　　　　　　10쪽.

　　2008학년도 고려대학교 자연계논술은 자연계의 특성을 살려 언어의 비중을 대폭 줄이는 반면 과학교과와 수리를 통합한 통합교과형의 요소를 가미하였다. 이는 각 대학마다 논술의 유형이 다른데서 오는 혼란을 가급적 줄이고 고등학교 과학교육의 정상화를 돕고자하는 취지에서 비롯되었다. 무엇보다도 이전에 실시했던 수리논술이나 통합 논술이 수리적 능력에 치중하거나 언어적 표현력과 논리적 능력을 위주로 한 것이어서 자연계에 필수적인 과학적 사고력과 분석적 능력을 평가하기엔 미흡하였던 점이 통합교과형 논술을 실시하게 된 이유이다.
　　―고려대 2009학년도 논술모의고사 백서 자연계 해설(고려대 누리집 공개 자료)
　　　　　　　　　　　　　　　　　　　　　　　　　　　　　　　　　　　　　　　38쪽.

　이와 같은 해명은 논술 출제를 하는 거의 모든 대학 입장을 대변하므로 자세히 인용하였다. 그러나 본고사형 서술형 문제는 해명과 같은 긍정 취지는 있으나, 문과 이과로 나누는 한국의 잘못된 중등 교육을 확대 재생산하고 학제적 연구의 흐름을 역행한다는 점에서 문제가 많다. 더욱 큰 문제는 글쓰기 능력으로 자연계 지식의 소통성을 높여야 하는 이과 계열의 대학 준비생들에게 더욱 글쓰기를 멀게 하는 부정적 효과가 나타난다. 아래 최진규 교사의 질타는 매우 의미있는 지적이다.

최진규, 〈통합 논술 학교교육에 재뿌리는 대학〉

2009학년도 대학입시의 핵심은 수능 강화로 요약할 수 있다. 지난해 처음 시행했던 수능 등급제에 대한 보완책으로 표준점수와 백분율이 제공되면서 많은 대학이 정시모집에서 논술고사를 폐지했다. 그렇지만 전체 모집정원의 58%를 선발하는 수시모집에서의 논술 비중은 여전히 높다. 일부 대학(경희대·숙명여대·인하대 등)의 경우, 내신이나 수능 최저 학력 기준을 적용하지 않고 논술만으로 선발하는 전형도 있다. 수시모집만 놓고 보면 올해가 지난해보다 논술 비중이 더 높아졌다고 볼 수 있다.

시행 2년째를 맞은 통합교과형 논술도 시행 초기와는 달리 학교 현장에 빠른 속도로 뿌리내리고 있다. 지난해 정부 차원의 대대적인 지원에 힘입어 통합 논술과 관련하여 연수를 받은 교사들만도 수만 명을 헤아릴 정도다. 매년 팀당 500만원씩 지원받고 있는 전국의 1천여 논술동아리도 현장 논술교육을 주도하고 있다.

교과서를 중심으로 출제하고 있는 통합 논술은 주입식·암기식 교육으로 점철된 고교 교육을 말하기와 쓰기를 중심으로 한 학습자 중심의 창의적 교육으로 바꿔놓고 있다. 일부 대학에서는 내신이나 수능 성적보다 통합 논술 성적이 우수한 신입생이 대학에서도 학문에 대한 적응능력이 뛰어난 것은 물론이고 학업 성적까지 월등하다는 조사 결과를 발표한 바 있다.

이처럼 통합 논술이 교육현장에 성공적으로 안착한 상황에서 수도권 일부 대학이 우수 신입생 선발에 경도된 나머지 본고사나 다름없는 문제를 출제함으로써 일선 교육계의 우려를 자아내고 있다. 한국외국어대는 지난 3일 실시된 '수시2-1 외대프런티어Ⅰ' 전형 논술고사에서 인문·자연계 모두 영어 제시문이 등장했고 자연계 논술에서는 제시된 함수그래프를 이용해 값을 구하면서 풀이과정도 함께 쓸 것을 요구하는 문제가 출제됐다.

이번 외국어대 논술 문제는 이미 예고된 것이나 다름없었다. 지난 8월2일 치러진 논술 모의고사에서 영어 제시문과 수학 풀이과정에 따른 답을 구하는 문제가 출제된 바 있다. 당시에도 일선 교사들 사이에서 본고사형 문제에 가깝다는 지적이 있었다.

지난해 대입까지는 2005년 8월 만들어진 '논술 가이드라인'에 따라 영어 제시문과 수학적 풀이과정을 요구하는 문제 출제는 모두 금지됐다. 그러나 올해부터 새 정부의 대입 자율화 조처로 사실상 '논술 가이드라인'은 유명무실한 조항으로 남게 되었다. 그러나 교육부로부터 대입 업무를 이관받은 대교협이 총장단 회의를 통해 당분간 '논술 가이드라인'을 준수하고 이를 어기면 징계하기로 결의한 바 있다.

이번 외국어대 논술에 따른 논란의 핵심은 본격적인 본고사 부활의 신호탄이 될 수 있다는 데 있다. 말 그대로 본고사 부활은 공교육의 입시학원화를 부추기며 또다시 사교육 만능 시대를 조장할 개연성이 높다. 통합 논술이야말로 공교육을 정상화하고 내신과 수능의 단점을 보완할 수 있는 최적의 전형 방법이라는 점에서 일부 대학이 본고사 부활을 도모하는 것은 우수 학생을 선점하려는 집단이기주의에 다름아니다. 그런 점에서 대교협도 이번 사태의 파장을 고려하여 해당 대학에 대한 강력한 제재를 통하여 본고사 부활에 따른 우려를 불식해야 마땅할 것이다.

　—한겨레신문 [왜냐면] 2008년 10월 26일자_최진규 충남 서령고 교사

대교협이 제시한 해결 방안이 적절하다고 보기는 어렵지만 대입 논술의 긍정성과 부정성을 아주 잘 지적한 칼럼이다. 이러한 문제 많은 자연계 논술 흐름 속에서, 경희대 자연계 문제가 가장 돋보인다.

> [경희대/정시/자연] 다음 [개], [내], [대], [래는 주어진 특정 조건에서 크기 혹은 양의 변화를 나타내고 있다. 각 제시문에 기술된 변화의 수학적 형태를 추론하는 과정과 그들 간의 공통적인 변화원리를 제시하고, [매에 나타난 석유 생산량 증가가 이 원리를 따른다고 전제할 때, 현재의 석유 가채매장량이 완전히 고갈되는 년수(年數) 추정방법을 구체적으로 기술하시오. 또한, [배], [새], [애를 참고하여 에너지를 포함한 포괄적 자원 부족문제 해결을 위해 인류가 현 시점에서 어떠한 노력을 기울여야 할 것인지 논술하시오. (1,201자 이상 1,500자 이하)

위 문제는 학생들로 하여금 자연계 또는 수리적 지식을 독해 분석 차원에서 요구하고 있다. 그리고 그러한 지식을 인류의 보편적 문제로 끌어들이도록 유도한 전략이 논술 시험 취지에 가장 잘 들어맞는다. 제시문 또한 인문학적 제시문(시)과 사회학, 경제학, 자연과학 등 다양한 소재를 횡단할 수 있는 배치를 한 점이 그런 전략을 잘 살려 주고 있다.

문과 이과 관계없이 서술형 문제가 주류 문제로 자리 잡았다는 것은 글자 수 제한 흐름으로 보아도 알 수 있다.

> [경희대/정시/인문] (1,401자 이상 1,500자 이하)

[경희대/정시/자연] (1,201자 이상 1,500자 이하)

[고려대/정시/인문/문제1] 제시문 (1)을 400자 내외로 요약하시오. (20점)

[덕성여대/정시/공통/문제1] (180~200자, 40%)

[덕성여대/정시/공통1/문제2] (280~300자, 60%)

[덕성여대/정시/공통2/문제1] (180~200자, 40%)

[덕성여대/정시/공통2/문제2] (280~300자, 60%)

[덕성여대/정시/사회1/문제1] (180~200자, 40%)

[덕성여대/정시/사회1/문제2] (280~300자, 60%)

[덕성여대/정시/사회2/문제1] (180~200자, 50%)

[덕성여대/정시/사회2/문제2] (280~300자, 50%)

[덕성여대/정시/인문1/문제1] (180~200자, 40%)

[덕성여대/정시/인문1/문제2] (280~300자, 60%)

[덕성여대/정시/인문2/문제1] (450~500자)

[서울대/정시/인문/문제2] (400자 이내)

[서울대/정시/인문/문제3] (600자 이내)

[숙명여대/정시/공통/문제1] 〈가〉의 내용을 요약하시오. (분량 : 100자±10자)

[숙명여대/정시/공통/문제2] (분량 : 300자±30자)

[숙명여대/정시/공통/문제3] (분량 : 800자±80자)

[숙명여대/정시/인문/문제4] (분량 : 300자±30자)

[숙명여대/정시/인문/문제5] (분량 : 500자±50자

[숙명여대/정시/자연/문제5] (분량 : 400자±40자)

[숭실대/정시/인문/문제1] (600±50자, 30점)

[숭실대/정시/인문/문제2] (500±50자, 30점)

[숭실대/정시/인문/문제3] (700±50자, 40점)

[숭실대/정시/자연/문제1] (600±50자, 40점)

[연세대/정시/인문/문제1] (800자 내외)

[연세대/정시/인문/문제3] (1,000자 내외)

[한양대/정시/인문/문항2] (400~500자, 25점)

[한양대/정시/인문/문항3] (900~1000자, 50점)

[한양대/정시/인문/문제1] (400~500자, 25점)

500자 이내의 문제나 글자 수를 구체적으로 지정하지 않은 문제들은 대부분 서술형 문제다. 이는 문제수가 늘다 보니 개별 문제 글자 수가 자연스럽게 줄었다. 또한 아래와 같이 논술형 문제라고 하더라도 글자 수가 500자 이내이면 사실상 서술형 문제이다.

[덕성여대/정시/공통2/문제2] 글 (다)의 입장에서, 글 (가)에서 언급하고 있는 행복에 대해, 주어진 지문들을 활용하여 비판적으로 논하시오.(280~300자, 60%)

[덕성여대/정시/사회2/문제2] 글 (마)에서와 같이 세대 간 갈등이 극단적으로 노출된 고령사회가 현실화될 개연성이 있다. 그와 같은 사회의 도래를 방지하기 위해서는 어떤 사회적 대책들이 강구될 수 있는지 지문들을 활용하여 논하시오.(280~300자, 50%)

위 논제는 모두 '논하시오'라고 했지만, 글자 수가 300자 이내이다. 조건을 충족하면서 자기 나름대로의 논증을 하기는 거의 불가능하다. 논제 조건과 관련 제시문 분석 등을 고려해 볼 때 차분한 논지 전개가 불가능하고, 핵심 요지나 최종 주장만을 써야 하기 때문이다.

이런 서술형 문제는 대부분의 대학이 문항 수를 늘리는 데에서 비롯되었다. 이는 세부적인 평가를 가능하게 하는 장점이 있지만 어느 한 문제에 대해 깊이 있게 사고하는 과정을 측정하기는 어려운 단점이 있다. 문항이 많다 하더라도 통합적이고도 유기적인 접근보다는 특정 지식이나 특정 문제 해결력을 요구하고 있다. 이런 점에서 다음과 같은 고용우 님의 지적은 의미심장하다.

> 대학 입시에 통합 교과형 논술이 도입될 때 그 취지를 다시 생각해 볼 필요가 있다.
> "교과 지식의 단순 반복 학습과 암기 위주의 교육에서 벗어나 학생 스스로 탐구하는 자기주도적 학습능력과 독서·토론을 통한 사고능력의 배양을 지향함으로써 이른바 입시위주의 교육으로 왜곡되어 있는 중등학교 교육의 정상화 유도"
> 이 글은 서울대학교가 통합 교과형 논술을 도입하면서 그 취지를 밝힌 글이다. 이를 두고 많은 논란이 있었다. '5지선다형 문제를 넘어서는 한 차원 높은 시험이다. 주입식 학습 방법에 의존하고 있는 교과 수업의 방향을 일정 부분 변화시킬 것이다. 그동안 소홀했던 독서나 토론이나 글쓰기에 대한 관심이 상대적으로 높아지는 긍정적인 면이 있을 것이다.' 와 같은 긍정적인 반응도 있었다. 그리고 '현실을 무시한 발상이다. 입시논술은 선발 시험 장치이기 때문에 논술의 본래 의미는 상실되고 입시 도구로 전락할 것이며, 학생들의 입시 부담만 가중시키고 사교육 시장만 확대시킬 것이다. 오히려 자발적인 독서와 토론, 글쓰기를 왜곡시키는 현상이 나타날 수도 있다' 와 같은 반대의 목소리도 많았다.[64]

대학들이 서술형 문제를 양산하여 통합 논술 시험 취지를 흐린 만큼 위와 같은 우려는

---

64 본 논문 발표 때의 토론자 글 2쪽.

충분히 설득력이 있다는 것이다.

9 | 마무리

분석을 종합해 보면, 제목만 논술 시험이지 실제 알갱이는 그렇지 않은 주관식 서술형 시험(일명 본고사형)이 많았다. 실상이 이렇다 보니 논술교육이 왜곡되고, 학생들은 더욱 논술을 싫어하는 악순환이 계속되는 듯하다. 이런 열악한 현실 속에서도, 논술 시험을 거쳐서 들어온 대학생과 그렇지 않은 대학생의 학문 탐구 능력은 많은 차이가 있는 것도 현실이다. 학문 탐구 능력을 주로 보고서로 검증하다 보니 보고서 쓰기 능력 자체로 보면 그렇다는 것이다. 이런 점은 입시논술의 부정적 측면을 극복하면 더욱 놀라운 논술교육의 효과를 거둘 수 있음을 보여 주는 것이다.

학문 탐구 능력 차원이 아니더라도 학생들의 적극적이고도 능동적인 문제 해결력을 키우기 위해 논술은 당연히 필요한 것이고 논술교육은 필수 요소이다. 이런 자연스러운 논리적 글쓰기 교육이 입시에 따라 좌우된다면 이처럼 반교육적인 현실은 없을 것이다. 그렇지만 입시논술의 양면성이 분명한 만큼 제대로 된 비판 분석을 거쳐 논술교육의 자양분으로 삼아야 한다.

특정 대학과 입시정책 변덕에 휘둘리는 입시논술 자체가 왜곡된 현실이지만 더욱 열악한 논술교육 현실을 극복하기 위해 긍정성을 살리는 전략이 필요하다. 계량적 분석에 치우치다 보니 각 대학별로 섬세한 분석을 하지 못했다. 부족하지만 이런 논의가 입시논술에 대한 비평, 비판 작업을 더욱 부추기는 계기가 되었으면 한다.

[붙임] 2008학년도 주요 대학 정시 논술 문제 지시문 모음
– 대학교 가나다 순

■**경희대/정시/인문**■ 다음 [가], [나], [다]는 가족의 의미에 대해 서로 다른 관점을 나타내고 있다. 세 제시문 각각의 입장에서 [라]에서 제시된 새로운 유형의 가족 현상이 어떻게 받아들여질 수 있는지에 대해 기술하고, 이를 바탕으로 미래 한국사회에서 바람직한 가족의 의미에 대한 자신의 견해를 논술하시오. (1,401자 이상 1,500자 이하)

■**경희대/정시/자연**■ 다음 [가], [나], [다], [라]는 주어진 특정 조건에서 크기 혹은 양의 변화를 나타내고 있다. 각 제시문에 기술된 변화의 수학적 형태를 추론하는 과정과 그들 간의 공통적인 변화원리를 제시하고, [마]에 나타난 석유 생산량 증가가 이 원리를 따른다고 전제할 때, 현재의 석유 가채매장량이 완전히 고갈되는 년수(年數) 추정방법을 구체적으로 기술하시오. 또한, [바], [사], [아]를 참고하여 에너지를 포함한 포괄적 자원 부족문제 해결을 위해 인류가 현 시점에서 어떠한 노력을 기울여야 할 것인지 논술하시오. (1,201자 이상 1,500자 이하)

■**고려대/정시/인문/문제1**■ 제시문 (1)을 400자 내외로 요약하시오. (20점)

■**고려대/정시/인문/문제2**■ 제시문 (2)의 논지를 밝히고, 이와 대비하여 제시문 (3)을 해설하시오. (40점)

■**고려대/정시/인문/문제3**■ 제시문 (4)의 <표 2>에서 유형 Ⅰ과 유형 Ⅳ의 특징을 각각 설명하고, 두 유형 간의 차이에 내포된 의미를 해석하시오. 그리고 제시문들을 참조하여 한국 사회의 불신 문제에 대한 대응 방안을 논술하시오. (40점)

■**고려대/정시/자연/문제1**■ 제시문 (나)에 기술된 이당류인 설탕이 에탄올로 분해되는 화학 반응 과정을 구조식을 사용하여 설명하시오 (단, 기체 분자는 화학식으로 표시할 것). 또한 제시문 (가)에 근거하여, 에탄올이 연료로 사용될 수 있는 이유를 화학 반응식과 에너지 보존 법칙을 써서 설명하시오.

■**고려대/정시/자연/문제2**■ 제시문 (라)를 읽고, 답안지에 아래 상자를 옮겨 그린 후 서로 다른 혈액형끼리 소량 수혈이 가능한 경우를 화살표로 표시하시오. 그리고 이 화살표 방향이 가능한 이유와 그 역방향은 소량 수혈이라도 불가능한 이유를 제시문 (다)를 이용하여 각각 설명하시오. 또한 사람에게 Rh 응집소가 생성될 수 있는 상황을 두 가지 쓰고 설명하시오.

■**고려대/정시/자연/문제3**■ 제시문 (바)의 힘 $f(x)$ 의 방향과 크기를 구하고, 도선 L 이 회로를 통과하는 동안 세 전구의 밝기가 어떻게 변화하는가를 설명하시오. 그리고 제시문 (마)와 (바)를 활용하여 세 전구에서 방출된 모든 에너지의 합을 구하시오.

■**고려대/정시/자연/문제4**■ 제시문 (사)의 (2)와 (4)가 성립함을 설명하시오.

■**고려대/정시/자연/문제5**■ 대우를 이용하여 제시문 (아)의 [정리 1]이 성립함을 보이고, [정리 1]을 이용하여 [정리 2]가 성립함을 설명하시오.

■**덕성여대/정시/공통/문제1**■ 글 (가)와 (나)는 동양의 장자와 서양의 러셀이 각각 쓸모없는 것이 오히려 유용할 수도 있다는 '무용지용(無用之用)'에 대해 말하고 있다. 글 (가)와 (나)에서 말하는 '무용'의 개념에 어떤 차이가 있는지 쓰시오.(180~200자, 40%)

■**덕성여대/정시/공통1/문제2**■ 글 (나)에서 말하는 '무용한 지식'에 속할 수 있는 학문 분야에는 어떤 것이 있을 수 있는지 쓰고, 이러한 지식이 인간의 삶에서 어떠한 가치를 가질 수 있는지 쓰시오. (280~300자, 60%)

■**덕성여대/정시/공통2/문제1**■ 위 지문들은 인간의 행복에 대한 글들이다. 글 (가)에 나타난 달라이 라마

의 생각과 글 (나)에서 설명된 사드의 생각을 비교하시오.(180~200자, 40%)

▌덕성여대/정시/공통2/문제2▌글 (다)의 입장에서, 글 (가)에서 언급하고 있는 행복에 대해, 주어진 지문들을 활용하여 비판적으로 논하시오.(280~300자, 60%)

▌덕성여대/정시/사회1/문제1▌글 (다), (라), (마), (바) 중에서 글 (가)와 가장 잘 이어질 수 있는 지문을 찾은 다음, 이 두 지문이 논리적·내용적으로 잘 연결될 수 있도록 보충 설명하시오.(180자~200자, 40%)

▌덕성여대/정시/사회1/문제2▌오늘의 한국사회 현실에 비추어 (가), (나), (다)가 정당화될 수 있는 것인지, 아니면 과도한 것인지를 (마) 또는 (바)를 참조해 평가하시오.(280자~300자, 60%)

▌덕성여대/정시/사회2/문제1▌0세기 복지국가에서 노인을 빈곤으로부터 해방하고 퇴직 전의 생활수준을 누리도록 하는 데 결정적인 역할을 수행한 사회보장제도의 성립과 발달을 가능케 한 사회환경적 요인들을 위의 지문에서 찾아 설명하시오.(180~200자, 50%)

▌덕성여대/정시/사회2/문제2▌글 (마)에서와 같이 세대 간 갈등이 극단적으로 노출된 고령사회가 현실화될 개연성이 있다. 그와 같은 사회의 도래를 방지하기 위해서는 어떤 사회적 대책들이 강구될 수 있는지 지문들을 활용하여 논하시오.(280~300자, 50%)

▌덕성여대/정시/인문1/문제1▌글 (가)와 (나)를 읽고 여기서 나타나는 인간의 생물학적 본성과 사회의 관계에 대한 입장을 서술하시오.(180~200자, 40%)

▌덕성여대/정시/인문1/문제2▌글 (나)와 (다)의 주장이 자유로운 도덕적 의지를 지닌 주체로서의 인간이라는 관념과 양립할 수 있는지 서술하시오.(280~300자, 60%)

▌덕성여대/정시/인문2/문제1▌글 (가)는 모계(母系) 중심적 사고의 그리스 창조 신화로서, 고대 인류가 이 세계의 만물이 어떻게 생겨났는지를 신화적 사유방식에 의지하여 이해하고 있었음을 보여주는 전형적인 예 가운데 하나이다. 글 (나)는 김춘수 시인이 초현실주의 미술가 샤갈의 그림 「나와 마을」을 모티브로 하여 초현실적 세계를 사실처럼 느낄 수 있도록 생생하게 표현해낸 시이다. 글 (다)는 모더니즘 작가 카프카의 작품 ≪변신≫으로, 인간이 벌레로 변해버린 상황을 마치 현실처럼 그려내고 있다. 일반적으로 신화학자들은 예술적 또는 종교적 상상(想像)의 근원(根源)을 고대 인류의 신화적 사유방식에 근거한 세계 이해에서 찾고 있다. 이러한 견해와 관련하여 첫째, 초현실적으로 보이는 고대 인류의 신화 이야기와 현대 작가의 초현실적 세계 묘사는 표현상의 유사성에도 불구하고 어떤 차이점이 있는지 논하고, 둘째, 구체적인 현실과는 동떨어진 신화 이야기 또는 초현실적 세계 묘사가 이른바 이성적, 논리적 사유에 기초한 문명세계에 살고 있는 현재의 우리에게 정서적 공감을 주고 나아가 전율을 일으키기도 하는 까닭은 무엇인지 설명하시오. (450자~500자)

▌덕성여대/정시/자연전공1/문제1▌Q의 내부에 반지름이 각각 $\frac{r}{2}$인 두 원들을 다음 <그림1>과 같이 겹치지 않게 넣었다. (여기에서 선분 $\overline{DE}$ 는 Q의 지름이고 O는 Q의 중심이다.) 이 두 원들을 Q의 내부에 다른 형태로 겹치지 않게 넣을 수 있겠는가? 가능하다면 예를 들고, 아니라면 그 근거를 수학적으로 논술하시오.

▌덕성여대/정시/자연전공1/문제2▌Q의 내부에 반지름이 각각 $\frac{r}{2}$인 세 원들을 겹치지 않게 넣을 수 있는가? 가능하다면 예를 들고, 아니라면 그 근거를 수학적으로 논술하시오.

▌덕성여대/정시/자연전공2/문제1▌n번째 단계에서 얻은 꺾인 선분 전체의 길이를 구하는 방법을 설명하고, 몇 번째 단계에서부터 이 길이가 1광년(10^{16}m로 계산)보다 크게 되겠는지 설명하시오.

▌덕성여대/정시/자연전공2/문제2▌코흐 곡선의 프랙털 차원을 구하는 방법을 설명하시오.

(log 2 = 0.3010 , log 3 = 0.4771로 계산한다.)

■**서울대/정시/인문/문항1/논제1**■ 제시문 (가), <도표 1>, <도표 2>를 참조하여 물음에 답하시오.(800자 이내) (1) 구성원 수를 살펴보면 <도표 1>은 31명이고 <도표 2>는 14세(世)부터 18세까지 5명으로, 26명의 차이가 난다. 이러한 차이가 의미하는 바를 서술하시오. (2) 두 족보의 작성 목적에는 뚜렷한 차이가 있다. 이러한 차이에서 드러나는 두 족보의 특징을 구체적으로 서술하시오.

■**서울대/정시/인문/문항1/논제2**■ 제시문 (나)에 따르면 동성동본금혼 규정은 헌법에 합치하지 않는다. 제시문 (나)에 나오는 논거 이외에 혈통 계승의 측면에서도 동성동본금혼 규정이 불합리한 것임을 두 도표를 활용하여 밝히시오.(400자 이내)

■**서울대/정시/인문/문항1/논제3**■ 논제 1과 2의 내용을 바탕으로 제시문 (다)를 읽고 바람직한 성(性) 표시 방법에 대하여 서술하시오. (600자 이내)

■**서울대/정시/인문/문항2/논제1**■ 제시문 (가)를 참조하여 제시문 (나)이 사례 (1), (2), (3), (4)를 현대 민주사회의 다수결 원리에 적용하였을 때 나타나는 문제점 및 그 해결 방안을 각 사례별로 나누어 설명하시오. (800자 이내)

■**서울대/정시/인문/문항2/논제2**■ 논제 1에서 제기된 다수결 원리의 문제점 및 그 해결 방안을 고려하여, 제시문 (다)의 사례에서 A시 의회의결정이 공동체 전체의 정의에 부합하고 보편타당한 것인지에 대하여 자신의 판단을 서술하시오. 그리고 의회의 결정에 반대한 사람들의 의견을 존중할 수 있는 구체적 방안을 제시하시오.(600자 이내)

■**서울대/정시/인문/문항3/논제1**■ 제시문 (가)를 보면 행복도가 소득의 크기에 반드시 정비례하지 않는다. 이를 제시문 (나)와 (다)에 나오는 개념을 이용하여 설명하시오. 그리고 제시문 (다)의 Z국 국민만족도지수 8,168달러가 의미하는 바가 무엇인지를 밝히시오. (400자 이내)

■**서울대/정시/인문/문항3/논제2**■ 1인당 국민소득이 동일하나 서로 다른 소득 분포를 보이는 A, B, C 나라가 있다고 할 때, 제시문 (다)를 이용하여 이들 국가의 1인당 국민소득과 국민만족도지수 간의 차이를 설명하시오. 그리고 이러한 차이가 발생하는 이유를 서술하시오. (400자 이내)

■**서울대/정시/인문/문항3/논제3**■ 논제 2의 결과를 토대로 하여, '모든 국민의 행복 추구'라는 목표를 달성하기 위하여 A, B, C 각 국가가 수립할 수 있는 정책을 제시하시오. (600자 이내)

■**서울대/정시/자연/문항1/논제1-1**■ 제시문 (가)를 참고하여 아래 질문에 답하시오. [1-1] 에너지 평형식 (식 1)에서 지구 복사에너지와 평형을 이루는 태양 복사에너지로 S 대신 S/4가 사용된 이유를 설명하시오.

■**서울대/정시/자연/문항1/논제1-2**■ 제시문 (가)의 반사도 A ≈0.30을 활용하여 S/4에 해당되는ㄴ 태양 복사에너지를 구하고, 이와 열에너지 평형을 이루는 지구 복사에너지를 W/m2 단위로 추정하시오.(유효자리 2자리).

■**서울대/정시/자연/문항1/논제2**■ 온실효과로 따뜻해진 지구가 내는 복사에너지와 대기가 만들어낸 온실 효과를 논제1에서 구한 S/4의 백분율로 구하시오. 그리고 이들 값을 W/m2 단위로 환산하시오.(유효숫자 2자리).

■**서울대/정시/자연/문항1/논제3-1**■ 어떤 분자가 온실효과를 나타내는지 여부는 구성 원자의 종류와 쌍극자 모멘트와 관계가 있다. 쌍극자모멘트는 하나의 결합이나 분자 내에서 음전하를 띠는 부분과 양전하를 띠는 부분이 분리된 경우에 나타난다. 분자에서 결합의 길이나 결합각은 고정되어 있지 않고 분자의 진동에 따라 변할 수 있다. 진동에는 결합각이 변하는 굽힘과 결합의 길이가 변하는 늘어남이 있다. [3-1] 대표적인 온실기체인 메탄, 수증기, 이산화탄소의 3차원 구조를 그리고 비공유전자쌍을 나타내시오. (…중략…) 이 구조를 고려하여 각각의 분자가 진동을 하지 않을 경우 쌍극모멘트를 가지는지

여부를 설명하시오.

■ **서울대/정시/자연/문항1/논제3-2** ▌ 분자의 진동과 쌍극자모멘트를 고려하여 메탄, 수증기, 이산화탄소는 온실효과를 나타내는데 질소화 산소는 온실효과를 나타내지 않는 이유를 추론하시오.

■ **서울대/정시/자연/문항1/논제4** ▌ 사람들의 활동이 만들어내는 온실기체로 인해 대기에 추가된 3W/m2로 인하여 지표면의 온도가 288K(15도)보다 상승하게 된다. 이렇게 지표면과 대기가 새롭게 열에너지 평형상태를 이룰 때, 지표면의 온도가 얼마나 상승하게 될이지 추정하시오.(유효숫자 1자리)

■ **서울대/정시/자연/문항1/논제5** ▌ 지구의 인구는 60억 명이고, 지구의 반경은 6,000Km라고 할 때, 인간이 1인강 3KW에 달하는 에너지를 얻기 위해 지난 10년간 배출한 온실기체로 인해 대기가 지구 표면에 추가적으로 복사하는 에너지를 인구 1인당으로 구해 보시오(유효숫자 1자리). 그리고 이 값에 비추어 지구 온난화 속도를 줄일 수 있는 방법에 대해 논하시오.

■ **서울대/정시/자연/문항2-문항4** ▌ 서술형 문제 생략

■ **숙명여대/정시/공통/문제1** ▌ <가>의 내용을 요약하시오. (분량 : 100자±10자)

■ **숙명여대/정시/공통/문제2** ▌ <라>의 표에 의하면 한국의 응답자들은 '기업의 사회적 역할' 가운데 윤리, 사회 책임경영을 상대적으로 강조하고 있음을 알 수 있다. 이러한 현상이 나타나는 이유를 <다>의 논지와 연결하여 설명하시오. (분량 : 300자±30자)

■ **숙명여대/정시/공통/문제3** ▌ <라>의 표에 나타난 OECD 9개국 일반인의 평균 인식은 '윤리, 사회 책임경영과 이윤창출을 절충해야 한다'가 가장 높다. 향후 우리나라 기업이 윤리, 사회 책임경영과 이윤창출을 어떠한 방식으로 조화시킬 수 있을지 <가>, <나>, <다>의 논지를 모두 활용하여 논술하시오. (분량 : 800자±80자)

■ **숙명여대/정시/인문/문제4** ▌ <나>의 내용을 바탕으로 <가>가 전하고자 하는 메시지가 무엇인지 서술하시오. (분량 : 300자±30자)

■ **숙명여대/정시/인문/문제5** ▌ <나>와 <다>에서 공통적으로 이야기하고 있는 현상과 문제를 요약하고 이를 극복하기 위한 방안에 대해 논하시오. (분량 : 500자±50자)

■ **숙명여대/정시/자연/문제4** ▌ 앞으로 개발될 메모리 집적도가 <가>의 그래프에 나타난 추세를 따른다고 하자. Y를 연도라고 할 때 집적도 S를 Y의 함수로 도출하는 과정을 설명하시오. (분량 : 주어진 난을 적절히 사용함)

■ **숙명여대/정시/자연/문제5** ▌ <다>의 밑줄 친 문제에 대한 해결 방안을 <가>와 <나>를 활용하여 제시하시오. (분량 : 400자±40자)

■ **숭실대/정시/인문/문제1** ▌ 아래 글 (가), (나), (다)를 활용하여 사랑과 결혼의 관계를 분석하는 글을 쓰시오. (600±50자, 30점)

■ **숭실대/정시/인문/문제2** ▌ 제시문 (A), (B)를 참조하면서 아래 글 (라), (마)를 읽고 기록 행위의 가치와 한계에 대하여 논술하시오. (500±50자, 30점)

■ **숭실대/정시/인문/문제3** ▌ 제시문 (A), (B)를 참조하여 아래 글 (바), (사), (아)의 서술 형식에서 비롯된 효과를 비교·대조하시오. (700±50자, 40점)

■ **숭실대/정시/자연/문제1** ▌ 아래 글 (가), (나), (다)를 활용하여 사랑과 결혼의 관계를 분석하는 글을 쓰시오.(600±50자, 40점)

■ **숭실대/정시/자연/문제2** ▌ 광태는 2050년에는 "표준요금체계"를 선택하였지만, 2051년에는 "표준요금체계"와 "계약요금체계" 중 어느 것이 유리한지를 알아보고 요금체계를 선택하기로 하였다. 2050년의 사용량을 검토한 결과 앞으로 두 달 동안 첫 달은 20 kWh, 둘째 달은 40 kWh를 사용할 것으로 예상

되었다. "계약요금체계"를 선택하는 경우에 계약용량을 얼마로 정할 때 가장 적은 금액의 전기요금을 내게 되는지 설명하고, 이것을 "표준요금체계"를 선택하는 경우와 비교하시오. 단, 계약용량은 20 kWh 이상의 정수로 정한다.

▎숭실대/정시/자연/문제3▎다음의 세 조건이 주어졌을 때, <그림 3>의 (a)와 (b)를 나타내는 전기 회로 도를 각각 그리시오. 위 GMR 구조의 MR의 값이 0.25 이상이 되도록 하기 위한 R와 r의 조건을 기술하시오.(문제요약)

▎연세대/정시/인문/문제1▎제시문 (나), (다) 각각의 입장에서 제시문 (가)의 밑줄 친 부분이 타당성을 검토하시오.(30점, 800자 내외)

▎연세대/정시/인문/문제2▎제시문 (가)에 나타난 세 가지 관점 가운데 가장 적절하다고 판단되는 한 가지를 적용하여 현재 우리 민족의 정체성을 논의하시오. 아울러 그 관점을 선택한 근거와 그 관점을 적용했을 때 나타나는 한계를 밝히시오. (30점, 800자 내외)

▎연세대/정시/인문/문제3▎제시문 (라)의 표는 한국 국민임을 자랑스럽게 여기는지 아닌지에 따라 가깝게 느끼는 국가에 대한 응답의 분포가 다름을 보여준다. 한국 국민임을 자랑스럽게 여기는 쪽이 민족 의식이 강하다고 가정하고, 제시문 (가), (나)를 활용하여 제시문 (라)의 표를 해석하시오.(40점, 1,000자 내외)

▎연세대/정시/자연/문제1-1▎다음 제시문은 해양 원유유출 사고에 관한 것이다 제시문을 읽고 아래 문제에 답하시오. (이 문제는 논리적 사고능력을 평가하기 위한 것이므로 계산능력보다는 수리 분석과 문제해결 능력을 검증합니다.) (40점) [1-1] a. 제시문 (나)의 모델이 실제 상황을 적절하게 반영했는지에 관한 자신의 견해를 간결하게 서술하시오.(5점) b. (…중략…) f n(x)가 의미하는 바를 설명하시오.(15점)

▎연세대/정시/자연/문제1-2▎제시문 (나)의 모델에서 a=1일 때, 사고 발생 후 기름이 해안가에서 처음 발견되는 시간을 예측하고 예측한 시간으로부터 2시간동안 해안가에 축적될 원유의 총량의 변화를 설명하시오.(10점)

▎연세대/정시/자연/문제1-3▎제시문 (다)에서 a=2일 때, 자원봉사자를 사고 발생 16시간 후부터 4시간 간격으로 투입하기로 하였다. 제시문 (나)의 모델을 근거로 자원봉사자 수를 어떤 비율로 투입하는 것이 가장 효율적인 설명하시오. (10점)

▎연세대/정시/자연/문제2▎다음 제시문은 지구 내부의 구조와 지구와 태양간에 작용하는 만유인력에 관한 내용이다 제시문을 읽고 아래 문제에 답하시오.(30점) [2-1] (…중략…) 이 때 일어나는 지구 자기장의 변화에 관하여 논하시오.(15점) [2-2] (…중략…) 제시문 (나)를 참조하여 타원과 원형 궤도에 대해 지구에서 받는 태양에너지 변화를 정량적으로 비교하고, 이에 따른 지구 변화에 대해 논하시오.(15점).

▎연세대/정시/자연/문제3-1▎제시문 (다)의 밑줄 친 문장에 언급된 '회복 불가능한 손상'의 원인을 제시문 (가), (나), (다)의 내용에 근거하여 설명하시오.(10점)

▎연세대/정시/자연/문제3-2▎제시문 (라)의 밑줄 친 문장에 서술된 대로 잉어 육수에 일사병 치료제 성분이 있었다고 가정하자. 위의 모든 제시문에 기술된 내용에 근거하여 이 치료제의 생물학적 작용 원리와 화학적 특성을 유추하시오.(20점).

▎한양대/정시/인문/문항 1▎지문 <가>와 <다>를 참조하여, 지문 <나>에서 주장하는 수도권 집중화 문제에 대한 해결 방안을 비판하시오. (400~500자, 25점)

▎한양대/정시/인문/문항 2▎지문 <가>와 지문 <나>의 핵심 주장을 요약하고, 이를 바탕으로 지문 <다>에서 나타나고 있는 갈등 상황을 극복할 수 있는 방안을 제시하시오. (400~500자, 25점)

▎한양대/정시/인문/문항 3▎문화 소비에 대한 지문 <가>, <나>, <다>에 나타난 학자들의 견해를 비

교하시오. 그리고 지문 <라>에서 제시된 도표를 활용하여 학자 B와 C가 학자 A의 견해를 각각 어느 정도 타당하게 비판할 수 있는지를 논술하시오. (900~1000자, 50점)

▌**한양대/정시/자연/문제1**▌두 물체가 힘을 주고받는 경우를 예로 들어, 제시문 <가>에서 설명된 운동량 보존 법칙과 뉴턴의 운동 법칙 (제 2 및 제 3 법칙) 간의 관계를 규명하고, 운동량 보존 법칙을 써서 제시문 <나>의 박테리아 운동을 설명하시오.

▌**한양대/정시/자연/문제2**▌제시문 <라>의 방법을 이용하면 복잡한 계산 과정을 거치지 않고서도 제시문 <다>에 나온 배의 추진력을 유추할 수 있다. 논의를 단순화시키기 위해, 동일한 질량(m)을 갖고 있는 돌멩이들을 초당 n개씩, 배에 대한 상대속력 u로 수평방향으로 던진다고 하자. 이때 배의 수평방향 추진력(F)을 이들 세 가지 물리량 m, n, u만으로 조합된 관계식 $F = k\, m^x n^y u^z$ (k, x, y, z는 상수)로 표현하는 것이 충분한지를 논술하시오. 만일 충분하다면 제시문 <라>의 단위 분석 방법에 따라 지수값 x, y, z를 결정해 보시오.

25장 또물또 특수 원고지를 활용한 논술 지도

1 | 머리말

디지털 글쓰기 시대가 활성화되면서 원고지 사용 비중은 날로 줄어들고 있다. 그러나 원고지는 글쓰기 훈련과정이나 글쓰기 교육과정에서는 반드시 필요한 쓰기 양식이다.[65] 이런 측면에서 200자 원고지는 표준 원고지로서 지속적인 사랑을 받고 있다. 또한 논술교육이 강화되면서 특수 첨삭 원고지도 많이 등장하여 애용되고 있다. 그런데 필자가 20년 가까이 글쓰기 교육을 해 온 경험으로 비추어 볼 때 표준 원고지이건 특수 원고지이건 실용성이 떨어진다는 문제가 있다.

따라서 이 글은 기존 원고지의 문제점을 개선하여 필자가 직접 개발한 일명 '또물또 원고지'의 가치와 실제 구성과 특징을 소개하는 것이다. 이 원고지는 2000년에 개발하여 2003년에 의장 특허 출원(30-2003-34480, 특허청), 2009년에 저작권 등록(저작권 제 C-2009-009632호, 한국저작권위원회)을 마쳤고 그동안 교사 연수에서 무료로 글쓰기 교사들과 원 파일을 공유해 왔다. 이제 이 원고지에 대한 충분히 현장 검증이 되었다고 보아 처음으로 학술적 정리를 하게 된 것이다. 물론 이 논문은 정통 학술용 논문이라기보다 자료 보고용 논문임을 밝혀 둔다.

기존의 이른바 200자(20X10) 원고지는 표준 원고지로서의 효용성은 높지만 크게 다섯 가지 문제가 있다. 첫째는 표준 원고지는 쓰기 불편하다. 일반적인 공책이나 표준 종이 양식인

---

[65] 학습자들한테 원고지를 언제 어떻게 사용하느냐에 대한 논쟁은 있을 수 있지만 원고지 자체의 필요성을 부인하는 사람은 없다. 그렇다면 제대로 된 원고지를 활용한 교육적 효과를 최대한 높일 필요가 있다.

A4 크기와 다르기 때문이다. 둘째, 획일화되어 있다. 초등학생이나 전문 작가나 같은 크기와 모양의 원고지를 사용하고 있다. 셋째, 보관하기 불편하다. 크기가 일반적인 필기 종이류와 달라 그냥 보관하거나 복사하여 보관하기가 불편하다. 넷째, 지도하기 불편하다. 첨삭 공간 문제도 있지만 여러 장으로 구성될 경우 전반적인 흐름을 파악하기 불편하다.

그 외 첨삭 원고지(800자, 1000자)가 나와 있지만, 이들 원고지는 학습자와 교사 입장에 대한 배려가 부족하고 보관하기 불편하다. 또한 200자와 마찬가지로 학습자들의 발달 단계가 고려되어 있지 않다.[66]

2 | 또물또 원고지 개발 취지와 특징

원고지는 글쓰기 욕망 측면에서 보면 지극히 양면적이다. 글쓰기의 욕망을 가두기도 하지만 그 욕망을 펼치는 즐거운 게임 판이 되기도 한다. 극단적이기는 하지만 맞춤법 위주의 글쓰기 지도 공간에서의 원고지는 글쓰기를 싫어하는 학습자들에게는 공포의 공간이며, 원고를 가지고 세상과 소통하거나 꿈을 이루고자 하는 이에게는 설렘의 마당이다. 이러한 원고지의 양면성을 고려하여 부정적 측면을 줄이고자 하는 노력 과정에서 새로운 원고지를 개발하게 되었다.

이 원고지는 다섯 가지 특징을 지닌다. 첫째, 원고지 사용의 올바른 길을 제시하였다. 원고지 쓰기나 지도의 길잡이가 원고지와 함께 구성되어 있어 원고지를 올바르게 사용하는 데에 도움을 준다.

둘째는 학습자들과 교사들 입장을 모두 고려한 원고지라는 점이다. 요즘은 원고 투고할 때 원고지를 사용하지 않기 때문에 원고지는 대부분 교육용으로 쓰인다. 그렇다면 학습자와 지도 교사 모두에게 도움이 되는 원고지가 좋은 원고지다.

셋째는, 다양한 글쓰기를 충족하는 원고지이다. 글쓰기는 수준이나 갈래로 보면 그 폭이 무척 넓다. 기본적인 글쓰기부터 장문의 고급 글쓰기까지, 그리고 시 형식의 운문에서 논리

---

66 200자 원고지 외의 특수 원고지는 시중 판매용 800자, 1000자 원고지 이외에 첨삭 관련 출판사나 학원에서 만든 것들이 꽤 많다. 필자는 10여 년간 이러한 원고지를 수집해 검토해 보았지만 첨삭 공간의 편의성 이외는 또물또 원고지와 같은 특별한 장점이나 다목적 특징을 발견하지 못했다. 따라서 이들 원고지에 대한 학문적 비교 대조의 필요성을 느끼지 않아 본고에서 직접 검토하지 않았다.

적이고 실용적인 논술문 쓰기까지 다양하다. 당연히 원고지는 이러한 다양한 글쓰기 양식을 충족해야 한다. 그런데 200자 원고지는 공간의 제약과 획일화로 이런 다양성을 충족하기 어렵다.

넷째, 원고지는 근본적으로 교육용이기 때문에 원고지 사용의 교육적 효과를 극대화한 원고지이어야 한다. 따라서 이 원고지는 사용자를 중심으로 섬세하게 설계하여 다면적 교육 효과를 거둘 수 있게 하였다.

다섯째, 삶쓰기 차원에서 학습자들을 배려한 원고지이어야 한다. 또물또 원고지는 학습자들의 발단 단계와 편의성을 고려하였고 평가의 인성 측면까지 고려하여 설계하였다.

이러한 취지를 살리는 구체적 특성을 네 가지 측면에서 구현하였다.

첫째, 쓰기와 관리의 편의성을 추구하였다. A4 크기로 설계되어 공책 크기와 비슷해 쓰기 편리하다. 또한 A4 용지의 대중성 때문에 복사와 관리에 편하다. 학생들이 쓴 원고지는 과학적인 지도와 연구를 위해 반드시 복사하여 보관하여야 한다. 그런데 기존의 200자 원고지나 시판되는 첨삭용 특수 원고지는 복사용지 규격과 달라 복사하기 불편하고 보관하기 어렵다. 또물또 원고지는 A4 용지로 되어 있어 그대로 복사하면 된다. 그리고 이 원고지는 A4 두 장이 한 묶음(A3)으로 되어 있어 복사 보관할 때는 A3를 70퍼센트로 축소하면 A4로 되기 때문에 복사와 보관의 효율성을 매우 쉽게 이룰 수 있다.

둘째, 원고지 칸수의 효용성을 추구하였다. 학년이나 단계별로 공책 짜임새나 칸 크기가 다르듯, 또물또 원고지는 칸 크기가 다르다. 학년별로 단계별로 공책 칸 크기가 다른 것이 상식인데 기존 원고지는 모두 똑같은 크기로 되어 있어 비합리적이다.[67]

셋째, 학습자가 쓴 글을 한눈에 볼 수 있다. 이 점은 학습자에게나 교사에게나 매우 중요하다. 1600자까지 한눈에 조망할 수 있어 학습자들은 마지막 종합 검토에 편리하고 교사는 지도하기 위한 학습자들 글의 인지가 빨라 편리하다. 1600자 분량의 글일 경우 기존의 200자 원고지로 하면 8장이다. 8장을 이리저리 넘기면서 전체적인 측면과 세부 측면을 두루 살피는 것은 매우 불편하다.

넷째, 1000자 논술, 1600자 논술 등 입시논술을 고려하여 설계하여 이러한 입시 지도에 효율성이 있다. 우리나라 대입논술은 대부분 1000자~1600자 사이이다. 이런 점을 고려하여 1200

---

67 물론 그러한 획일성은 표준성의 장점이 있다. 따라서 본고는 기존의 200자 원고지를 폐기하자는 것은 아니다. 글쓰기 목적과 지도 전략에 따라 다양한 원고지를 쓰자는 것이다.

자용, 1700자용 원고지를 구성하였다. 또 첨삭 길잡이 측면에서 보았을 때, 논술 지도의 핵심 내용이 <길잡이>에 모두 들어 있다. 합리적인 평가 기준과 첨삭 기준이 잘 정리되어 있는 세이어서 학습자에게는 글쓰기의 지침이 되고 교사에게는 알찬 첨삭 길잡이가 된다.

3 또물또 원고지 주요 구성

3.1. 길잡이 구성

길잡이 내용은 아래와 같이 아홉 개의 영역으로 구성되어 있다.

[표 1] 또물또 원고지 〈길잡이〉 구성 영역

1쪽	2쪽
(1) [1] 쟁점을 치밀하게 분석하자 (2) [2] 주요 문단 쓰기의 문제와 좋은 방향 (3) [3] 문단별로 구상도하고 개요도 짜자 (4) ◆ 실제 예	(5) [4] 원고지 쓰기 주의점 (6) [5] 학습자들이 자주 틀리는 맞춤법 (7) [6] 학습자들이 자주 틀리는 띄어쓰기 (8) ◆ 도움말과 평가 (9) ◆ 논술 잠언

[초급 지도용 원고지 쓰기 길잡이]

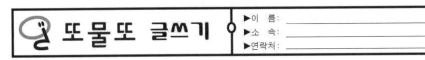

또물또 글쓰기

▶이　름:
▶소　속:
▶연락처:

[1] 쟁점을 치밀하게 분석하자

▶전자 오락 문제

관점	찬 성			반 대		
	교육	경제	사회	교육	경제	사회
소비자	·학습 도움·지능 개발	·전문 프로그래머 배양	·새로운 사회 인간형을 익힘	·학습 내용 편중	·과소비 조장	·편협성·폐쇄성
생산자	·교육 발전에 도움	·소프트웨어 시장 활성화	·놀이 문화 발전	·시장 편중	·소프트웨어 시장 획일화	·사회지탄 대상
학부모	·학습 도움·지능 개발	·용돈 줄 일 수 있음.	·새로운 놀이 문화 창출		·학습 방해	·세대 갈등 조장

[2] 주요 문단 쓰기의 문제와 좋은 방향

구성/문단	안 좋은 태도	더 나은 태도
첫문단(머리말, 서론)	1.일반성과 추상성 지나침2.지나치게 장황스러움3.상투어를 남발함	1. 논점을 분명하게2. 문제제기를 뚜렷하게3. 길지 않게
가운데문단(몸말, 본론)	1. 논거 단순 예시2. 문단 단순 나열3. 분석 논증이 느슨함	1. 논거를 통해 의미 읽기2. 문제 조건을 낱낱이 해명3. 문단구성과 연결 치밀
마무리문단(맺음말, 결론)	1. 서론 반복, 단순 요약2. 상투어 남발(아무튼 외)3. 교훈계몽 말투 남용	1. 본론의 치밀한 분석을 일반화(추상 요약)2. 자신만의 논점을 강조

[3] 문단별로 구상도하고 개요도 짜자

삼단 개요
1. 서론 : 문제 제기
2. 본론
　1) 학생 자살 원인 파악의 필요성
　2) 자살 원인
　3) 대책
3. 결론
　1) 요약
　2) 제언

문단별 개요
1. 문제제기: 자살은 사회적
2. 청소년 자살 원인
3. 대책
　1) 어른들 대책의 문제
　2) 우리가 제안하는 대책
4. 마무리 : 관심이 가장 중요

[실제 보기] 청소년 자살 문제 근본 원인과 대책

<1> 최근 들어 청소년의 자살이 급증하고 있다. 이러한 자살 원인을 개인의 나약함과 맹목성으로 보는 관점은 문제가 있다고 본다. 왜냐하면 자살은 개인적인 문제라기보다는 주변 환경 문제이기 때문이다. 자살 원인을 어떻게 파악하느냐에 따라 대책도 우리의 생각과 달라진다.

<2> 청소년 자살에는 크게 세 가지 원인이 있다. 첫째, 부모의 이혼이나 별거, 혹은 맞벌이 등으로 인한 가족의 무관심이다. 이 경우는 주로 어른들이 흔히 문제라고 부르는 아이들에게 흔하다. 부모와의 대화는 얼핏 생각하면 아무것도 아닌 것 같지만 대화 한 마디 한 마디에 따라 아이에게 엄청난 영향을 준다. 그런데 어려서부터 이런 대화가 부족하게 되면 당연히 가정에 정을 붙이지 못하고 밖으로 나돈다. 심지어 인생에 대한 실망과 좌절로 삶을 포기하게 된다. 두 번째는 친구 문제이다. 청소년이 깨어서 보내는 시간 중반 이상이 학교에서의 친구들과의 생활이다. 그런 긴 시간을 보내는 학교에서 집단 따돌림이나 가장 친한 친구와의 다툼 등은 감수성이 가장 예민한 시절인 청소년기의 아이들에게 치유하기 힘든 상처를 줄 수 있다. 마지막은 바로 교육 환경이다. 청소년기는 뭔든지 배우는 기간이다. 학문적인 것뿐만 아니라 인격적인 것까지도, 하지만 가정 다음으로 아이의 교육을 맡게 되는 학교라는 기관이 오히려 압박이 되는 경우가 있다. 우리나라의 전통적인 유교사상 때문에 출세만이 성공이고, 일류대학을 보내야 한다는 일류병을 갖고 있는 부모님, 선생님들의 무거운 기대, 또 일부 교사들의 감정이 실린 심한 매질, 비효율적인 학습 방법 강요 등이 더더욱 우리의 교육 현실을 못 믿게 하고 회의를 느끼게 한다.

<3> 이런 원인들을 모든 기관들은 잘 안다는 듯이 말한다. 그리고는 자살 예방 대책을 마련했다고 발표한다. 신문 사설들도 구체적인 대안보다는 교과서적인 뻔한 얘기만 하고 있다. 하지만 거의 모두가 청소년 입장에서는 말도 안 되는 대책들이다. '창의력 중심의 즐거운 학교 만들기' 같은 경우는 학교의 실상을 잘 모르는 말뿐인 대책이고, '효율적인 방과 후 과외활동'은 아이들의 관심도가 높지 않으며 수시로 바뀌는 교육제도에는 아이들의 불만만 더해 갈 뿐이다. 그나마 가장 권하고 싶은 것이 상담이다. '전화 상담'이라고 하면 이상하게 생각하는 사람이 있는 것이 사실이다. 하지만 전화 상담은 의외로 효과가 크다. 학교에도 '상담실'이라고 있고, 학생들이 상담을 할 수 있도록 해놨지만, 신분 노출의 위험 등으로 학생들이 꺼리는 편이다. 하지만, '청소년 대화의 광장' 같은 상담원은 전화 상담도 해주고 면접 상담도 해주는데 신분이 노출될 위험이 적고, 또 사이코 드라마나 친구 사귀기 집단 등의 집단 상담, 각종 성격, 적성 검사 등을 통해 고민을 풀어주고 심리적인 안정 상태를 유지시켜 주는 등 많은 도움을 준다. 이미 외국에서는 정착됐다고 알고 있다.

<4> 더욱 더 중요한 건 어른들의 관심이다. 어른들이 관심을 조금씩만 더 갖고 청소년을 보듬는다면, 자살은 많이 줄어들 것이다. 어른들이 좀 더 많은 관심을 갖고 청소년의 올바른 지적·심적 성장을 도왔으면 한다. 그렇다면 자살에 대한 대책은 필요없을 것이다.
(1,560자)
- 중2 편수정

개발자 : 김슬옹＠한국

[4] 원고지 쓰기 주의점

1. 첫 칸 들여쓰기는 문단 나누기, 대화 인용, 대화 다음 서술할 때 한다.
2. 구두점 괄호 등의 부호는 각기 한 글자로 잡는다. 다만, 줄임표(……)와 줄표(──)는 두 칸에 쓴다. 덩치가 작은 마침표(.)와 쉼표(,)는 한 칸으로 쓰되 그 다음 칸을 비우지 않지만, 물음표(?)와 느낌표(!), 줄임표와 같이 덩치 큰 부호 다음에는 한 칸 비운다.
3. 아라비아 낱숫자와 알파벳 대문자는 한 칸에 한 자씩 쓰되, 아라비아 덩어리 숫자와 알파벳 소문자는 한 칸에 두 자 정도씩 쓴다.
4. 틀린 글자를 고칠 때는 셋(═,∨,⌒) 가운데 하나를 쓰면 된다.
5. 교정 부호를 취소할 때는 중앙에 두 줄을 그으면 되고, 글자를 빼라는 표시는 돼지꼬리가 위로 또는 아래로 두 개다(∮).
6. 오른자리올림표(⌐)와 왼자리올림표(⌐)는 벌어진 곳이 최종 위치다.
7. 줄 마지막 칸에서 글자가 끝나 빈칸이 없을 경우는 다음 줄로 절대 내리지 말고 오른쪽 끝 여백을 격결히 활용한다.

[5] 학생들이 자주 틀리는 맞춤법

1. 어미 : 사과든지 배든지/놀랐던지/하노라고 한 것이/공부하느라고
2. 된소리 : -(으)ㄹ꺼나(×)/-(으)ㄹ거나(○),
   -(으)ㄹ찐대(×)/-(으)ㄹ진대(○)
3. 두음법칙 : 몇 년/연 2회, 백분률(×)/백분율(○)
4. 사이시옷 : 전셋집, 햇수/곳간, 셋방, 숫자, 찻간, 툇간, 횟수/치과
5. 어휘 : 편지를 부치다(○)/우표를 붙이다(0), 웃어른, 둘째,
   미장이/아지랑이/멋쟁이/중매쟁이

6. 이/히 : 더욱이, 비로소, 일찍이, 깨끗이, 번번이, 솔직히, 가만히
7. 모음조화 : 괴로와(×)/괴로워(○), 가까와(×)/가까워(○)
8. 준말 : 되었다 - 됐다(×)/됐다(○), 쓰이어 - 씌어(○)/쓰여(○)
9. 조사 : 학생으로서/용기로써
10. 조사와 어미 : 공부함으로써/공부하므로

[6] 학생들이 자주 틀리는 띄어쓰기

1. 의존명사는 무조건 띄어 쓴다 : 할ˇ수, 해낼ˇ터, 끝난ˇ체, 아는ˇ것,
   아는ˇ이, 올ˇ줄
2. 의존명사와 조사
   ㄱ. 할ˇ만큼/너만큼/나는 밥통째 먹으리만큼 배가 고팠다.
   ㄴ. 10년ˇ만에 우리는 만났다./너만 와라
   ㄷ. 할ˇ뿐이다/다섯뿐이다.
3. 의존명사와 점미사 : 보고 싶던ˇ차에 잘 왔다/구경차 왔다
4. 의존명사와 어미 : 간ˇ지ˇ10년/있는지, 필ˇ듯이/다르듯이
5. 관형사와 접두사 : 맨ˇ처음, 맨ˇ끝, 맨ˇ나중/맨손, 맨주먹
6. 단밀어와 복합어 : 지금 공부한다/년 참 어려운 공부ˇ하는구나.
7. 수 : 이십사억ˇ오천육백구십오만ˇ삼천구백팔십육
   24억 4567만 3444
8. 허용규정 : ㄱ. 삼ˇ학년(○)/삼학년(○)
   ㄴ. 읽어ˇ본다(○)/읽어본다(○)

도 움 말 과 평 가

평가영역	평가항목	도 움 말	평가
I.논제 파악과 제시문 분석력	a.**문제 핵심**을 파악했는가		
	b.**제시문 분석**과 내 생각을 잘 연결했나		
II.쟁점 분석 논증력과 사고력	c.**머리말**의 문제제기가 구체적인가		
	d.**몸말**의 분석 논증이 치밀한가		
	e.**맺음말**이 논지를 강화시켜 주었는가		
	f.**문단설정**과 연결이 긴밀한가		
	g.논지나 논증은 **창의성**인가		
III.문장력과 표현력	h.**문장**의 정확성과 효율성		
	i.**맞춤법**과 띄어쓰기		
	j.**원고지** 사용법과 분량		

총평과 도움말	잘한 곳	
	아쉬운 곳	
	노력할 곳	
종합평가	아주 좋음(A), 좋음(B), 조금 아쉬움(C), 노력 필요(D), 치열하게 노력할 필요(E)	

우리 맘껏 써보자. 논게 의도た 과악이 됐다면 내 생각대로 훨씬 써보자. 내가 맘껏 싸우고 싶은 사람에게 도전하듯 논게에 대해 도전해 보자. 어깨와 가슴을 펴고 두 손을 불끈 쥐자. 힌고지를 갈아롱개듯 불펜을 힘껏 휘둘러보자. 아아, 도발적인 첫문단. 문제설정, 판겅 제시, 두 번째, 세 번째 문단의 치밀한 분석 논증, 상큼한 내 생각, 지금까지 한 얘기를 한 단계 끌어올려주는 갈끔하고 분명한 마지막 문단, 강한 호소와 여유, 아아! 익혀 쓰던 바라, 갈도 흐르는구나. 으하하.

세종학교육원   또글또ⓔ한국 http://cafe.daum.net/tosagoto   의장특허출원 30-2003-34480

김슬옹, 《열린 눈으로 생각의 무지개를 펼쳐라》, 글누림.

[1]은 논술에서 가장 중요하지만, 학습자들이 잘 못하는 분석의 실체를 간단하게 보여 준 곳이다. 분석력은 모든 사고력의 기본이다. 서로 다른 견해나 근거를 비교 대조하고 주제별로 입장별로 근거나 의미를 따지는 것이다. 이런 분석의 중요성에 대하여 설명문 방식으로 보여주기보다는 하나의 쟁점에 대해 종합 표[표 2]로 제시해 학습자들이 분석의 실체를 한눈에 알아볼 수 있게 한 것이다.

[표 2] 전자오락에 대한 분석 사례

관점	찬 성			반 대		
	교 육	경 제	사 회	교 육	경 제	사 회
소비자	·학습 도움 ·지능 개발	·전문 프로그래머 배양	·새로운 사회 인간형을 익힘	·학습 내용 편중	·과소비 조장	·편협성 ·폐쇄성
생산자	·교육발전에 도움	·소프트웨어 시장 활성화	·놀이문화 발전	·시장 편중	·소프드웨어 시장 획일화	·시회지탄 대상
학부모	·학습 도움 ·지능 개발	·용돈 줄일 수 있음.	·새로운 놀이 문화 창출	·학습 방해	·낭비벽	·세대 갈등 조장

[2]는 서론, 본론, 결론으로 구성하는 일반적 관례에 따른 문제를 지적하고 바람직한 태도를 명시했다.

[표 3] 또물또 원고지에 수록된 문단 쓰기 주요 문제와 대안

구성/문단	안 좋은 태도	더 나은 태도
첫 문단 (머리말, 서론)	1. 아주 일반적인 경우 2. 지나치게 장황스러운 경우 3. 상투어에 얽매이는 경우	1. 문제제기를 분명히 2. 자기만의 관점을 구체적으로 드러냄
가운데 문단 (몸말, 본론)	1. 논거가 나열만 된 경우 2. 분석 논증이 제대로 안된 경우	1. 논거를 이용해 의미 읽기 2. 치밀한 분석을 이용해 문제조건을 낱낱이 해명
마무리 문단 (맺음말, 결론)	1. 서론, 본론 반복 2. 상투어 남발(아무튼 외) 3. 교훈·계몽 말투 남용	1. 본론의 치밀한 분석을 일반화 2. 논점을 강조

서론 구실을 하는 첫 문단의 경우 대체로 크게 세 가지 문제가 있다. 어떤 주제에 대하여 지나치게 포괄적으로 또는 추상적으로 접근하는 것이다. 이런 식의 출발은 긴 글에서는 논리적일 수 있으나 짧은 글에서는 정작 하고자 하는 핵심 부분은 줄어들게 되어 매우 비생산

적인 글의 원인이 된다. 그 반대로 지나치게 장황한 경우도 학습자들의 답안에서 자주 발견되는 안 좋은 유형이다. "알아보겠다.", "고찰해 보겠다."라는 식의 상투어 남용도 문제다. 이런 상투어가 잘못된 것은 아니지만 글의 내용을 지나치게 형식적으로 구성하는 실마리가 되어 문제가 된다. 따라서 첫 문단부터 문제제기를 분명히 하고 자기만의 관점을 구체적으로 드러내게 하는 지도가 가장 바람직하다.

본론 문단에서의 일반적인 문제는 논거를 나열만 하였거나 주어진 논제나 자신이 설정한 주제에 대해 분석 논증이 제대로 안 된 경우가 많다는 것이다. 본론 쓰는 방법은 수없이 많겠지만 대체로 논거를 이용한 의미 읽기가 중요하다. 논거 그 자체보다는 그 논거가 왜 필요하며 어떤 의미가 있는지를 밝히는 것이다. 또한 다양한 요구조건을 내거는 통합 논술에서는 치밀한 분석으로 문제의 여러 조건을 낱낱이 해명해야 한다.

마무리 문단의 경우도 세 가지 잘못된 태도를 기록해 주의하도록 했다. 이 부분에 대한 학습자들의 일반적인 문제는 세 가지다. 첫째, 서론, 본론을 반복하는 사례가 많다. 짧은 글에서 결론이 서론과 비슷하거나 본론을 단순요약하면 무척 알갱이가 적은 비생산적이고 비창의적인 글이 된다.

둘째는 "위에서 알아본 바와 같이, 아무튼"과 같은 상투어 남발이 문제다. 특히 "아무튼, 어쨌든" 등과 같은 부사가 강조의 의미가 아니라면 앞 본문의 치열한 논증과정을 무시하는 격이 된다. 셋째는 교훈적이고 계몽적인 말투를 남용하는 문제다. 마치 일기문 같은 미사여구나 평생 착하게 살겠다는 식의 뻔한 과장 표현 등이 자주 발견된다. 이런 점을 경계하고, 본론의 치밀한 분석을 일반화하거나 논점을 강조하는 식의 마무리가 적절함을 예시로 들었다.

학습자들에게 실질적인 도움을 주기 위해 기본 항목은 등급에 관계없이 같게 제시하였지만 실제 예시문은 [표 4]와 같이 달리 제시하였다.

[표 4] 길잡이의 모범 예시문 구성

길잡이 단계(원고지 단계)	기본 내용	모범 예문
초급형(원고지 1·2 단계)	같음	초등 5학년 김다현
중급형(원고지 3·4 단계)		중학 3학년 이한별
고급형 1(원고지 5·6 단계)		고등 2학년 김지수
고급형 2(원고지 5·6 단계)		대학 3학년 고정환
전체 대표형		중학 2학년 편수정

위 예 가운데 **초급 초등** 사례만 '[3] 개요짜기'와 더불어 보기로 한다. [3]은 전형적인 삼단 구성을 제시하되 문단별 구성을 권장하도록 했다. 긴 글에서 문단별로 개요를 짠다는 것은 대단히 비효율적이고 가능하지도 않지만 1600자 이내의 짧은 글에서는 매우 효율적이다. 문단 개념을 확실하게 인지하게 할 수 있고 문단별 쓰기가 편하다.

[표 5] 문단별 구성과 개요 내용

삼단 구성
1. 서론 : 문제제기
2. 본론 : 닌텐도를 사야 **하는** 이유와 살 수 없는 이유
1) 사야 되는 이유
2) 살 수 없는 이유
3. 결론 : 해결 방안

문단별 구성(1600자 이내의 짧은 논술에 한함)
1. 문제점 : 닌텐도를 사고 싶은데 엄마가 반대 심함.
2. 닌텐도를 사야 되는 이유
(1) 머리가 좋아진다.
(2) 스트레스가 해소되어 공부가 잘 된다.
(3) 많은 아이들이 가지고 있다.
3. 닌텐도를 살 수 없는 이유
(1) 닌텐도가 비싸다.
(2) 용돈이 부족하다.
(3) 게임에 중독될 가능성이 있다.
4. 해결 방안
5. 마무리

위와 같은 구성에 따라 다음과 같은 실제 모범 예를 수록하였다.

닌텐도 구입 문제에 대하여

[1] 여기저기 닌텐도 열풍이 대단하다. 우리 반에도 반이나 가지고 있다. 갖고 있는 애들이 우리 같은 애를 깔보고 있는 것 같기도 하다. 꼭 갖고 싶은데 안 사주시는 부모님이 원망스럽기까지 하다. 하지만 요즘 고물 자전거랑 글과 가계부란 글을 읽고 다시 생각하게 되었다.

[2] 닌텐도를 사고 싶은 가장 큰 이유는 재미있기 때문이다. 친구들 하는 것 보니까 편하게 재미있는 게임을 즐길 수 있다는 것이다. 거기다가 머리가 좋아지는 게임이란다. 그렇다면 이 게임을 하면 스트레스가 해소되어 공부가 잘 될 거란 생각이 든다.

그리고 많은 아이들이 가지고 있어 없으면 왕따 당한다.

[3] 살 수 없는 이유도 만만치 않다. 일단 닌텐도가 너무 비싸다. 10만 원이 넘으니 한 달 학원비랑 맞먹는다. 우리 집이 영신이네 만큼 가난한 것은 아니지만 그렇다고 부자도 아니다. 다른 애들처럼 학원을 많이 다니지도 못한다. 당연히 내 용돈도 턱없이 부족하다. 엄마는 돈이 없어서 그런지는 몰라도 아무리 머리에 좋은 게임도 자주 하면 중독된다고 반대하신다.

[4] 이번 수업을 통해서 이 물건이 꼭 필요한 것인지를 묻게 되었다. 이것 말고도 갖고 싶은 물건이 많은데, "나에게 꼭 필요한 것인가?, 나에게 즐거움과 도움을 줄 수 있는 것인가?, 오래 쓸 수 있는 것인가?" 등의 기준으로 따져 보았다. 닌텐도가 나에게 꼭 필요한 것은 아니란 생각이 들었다. 당장은 즐거움과 도움을 줄 수 있지만 딱지 유행처럼 곧 질릴 수도 있다는 생각이 들었다. 당장은 좋아하는 축구 운동화를 먼저 사고 싶다.

[5] 매주 받는 용돈으로는 엄마 몰래 군것질하기도 벅차다. 군것질 줄여 저축한다 해도 많은 시간이 걸릴 듯하다. 명절 때 특별 용돈을 받으면 그때 생각해 봐야겠다.

— 초등 5학년 김다현(841자)

[4]에서는 고지 쓰기에서 가장 중요한 것이거나 학습자들이 혼동하는 것만 추렸다.[68]

---

1. 첫 칸 들여쓰기는 문단 나누기, 대화 인용, 대화 다음 서술할 때 한다.
2. 구두점 괄호 등의 부호는 각기 한 글자로 잡는다. 다만, 줄임표(……)와 줄표(──)는 두 칸에 쓴다. 덩치가 작은 마침표(.)와 쉼표(,)는 한 칸으로 쓰되 그 다음 칸을 비우지 않지만, 물음표(?)와 느낌표(!), 줄임표와 같이 덩치 큰 부호 다음에는 한 칸 비운다.
3. 아라비아 낱숫자와 알파벳 대문자는 한 칸에 한 자씩 쓰되, 아라비아 덩어리 숫자와 알파벳 소문자는 한 칸에 두 자 정도씩 쓴다.
4. 틀린 글자를 고칠 때는 셋(=, ∨, ♂) 가운데 하나를 쓰면 된다.
5. 교정 부호를 취소할 때는 중앙에 두 줄을 그으면 되고, 글자를 빼라는 표시는 돼지꼬리가 위로 또는 아래로 두 개다(✪).
6. 오른자리옮김표(ꓶ)와 왼자리옮김표(ꓩ)는 벌어진 곳이 최종 위치다.
7. 줄 마지막 칸에서 글자가 끝나 빈칸이 없을 경우는 다음 줄로 절대 내리지 말고 오른쪽 끝 여백을 적절히 활용한다.

---

[5]에서는 학습자들이 자주 틀리는 맞춤법만 모았다(조경숙·김슬옹·김형배 : 2006 참조)

---

[68] 원고지 쓰기는 국가 표준이 없어 일부 항목은 약간씩 다를 수 있다. 원고지 쓰기의 전반적인 면에서는 정지희 편(2002) 참조.

1. 어미 : 사과든지 배든지/놀렸던지//하노라고 한 것이/공부히느라고
2. 된소리 : -(으)ㄹ꺼나(×)/-(으)ㄹ거나(○), 할까?
3. 두음법칙 : 몇 년/연 2회, 여성/남녀/신여성[신녀성]
4. 사이시옷 : 전셋집/전세방, 햇수/곳간, 셋방, 숫자, 찻간, 툇간, 횟수/치과
5. 어휘 : 편지를 부치다(○)/우표를 붙이다(○), 웃어른/윗옷, 둘째/두 번째,
       미장이/아지랑이/멋쟁이/중매쟁이
6. 이/히 : 더욱이, 비로소, 일찍이, 깨끗이, 번번이, 솔직히, 가만히
7. 모음조화 : 괴로와(×)/괴로워(○), 가까와(×)/가까워(○)
8. 준말 : 되었다－됐다(×)/됐다(○), 쓰이어－씌어(○)/쓰여(○)
9. 조사 : 학생으로서/용기로써
10. 조사와 어미 : 공부함으로써/공부하므로

[6]은 학습자들이 자주 틀리는 띄어쓰기만 모았다.

1. 의존명사는 무조건 띄어 쓴다 : 할∨수, 해낼∨터, 잘난∨체, 아는∨것, 아는∨이, 올∨줄

2. 의존명사와 조사
   ㄱ. 할∨만큼/너만큼/나는 밥통째 먹으리만큼 배가 고팠다.
   ㄴ. 10년∨만에 우리는 만났다./너만 와라
   ㄷ. 할∨뿐이다/다섯뿐이다.
3. 의존명사와 접미사 : 보고 싶던∨차에 잘 왔다./구경차 왔다
4. 의존명사와 어미 : 간∨지∨10년/있는지, 뛸∨듯이/다르듯이
5. 관형사와 접두사 : 맨∨처음, 맨∨끝, 맨∨나중/맨손, 맨주먹
6. 단일어와 복합어 : 지금 공부한다/넌 참 어려운 공부∨하는구나.
7. 수 : 이십사억∨오천육백구십오만∨삼천구백팔십육
       24억 4567만 3444
8. 허용 규정 : ㄱ. 삼∨학년(○)/삼학년(○)
             ㄴ. 읽어∨본다(○)/읽어본다(○)

도움말과 평가는 대학교에서 평가하는 기준을 따르되 꼭 필요한 항목만을 설정해 평가하는 교사나 평가받은 학습자나 모두 편리하게 하였다. 총평은 '잘한 곳, 조금 아쉬운 곳, 많이 노력할 곳'으로 삼분화하여 실제 자극과 격려가 이루어지게 하였다. 대부분 첨삭 원고지가 부정적인 것만 지적하게 되어 있으나 이 평가지는 잘한 곳을 더욱 두드러지게 하였다. 최종 평가도 "아주 좋음(A), 좋음(B), 조금 아쉬움(C), 노력 필요(D), 치열하게 노력할 필요(E)"로

나눠 인간주의 평가와 과학주의 평가를 병행하게 하였다.

[표 6] 또물또 원고지의 〈길잡이〉에서 제시한 평가 기준표

평가영역	평가항목	도 움 말	평 가
Ⅰ. 논제 파악과 제시문 분석력	a. 문제 핵심을 파악했는가		
	b. 제시문 분석과 내 생각을 잘 연결했나		
Ⅱ. 쟁점 분석 논 증력과 사고력	a. 머리말의 문제제기가 구체적인가		
	b. 몸말의 분석 논증이 치밀한가		
	c. 맺음말이 논지를 강화해 주었는가		
	d. 문단설정과 연결이 긴밀한가		
	e. 논지나 논증은 창의성인가		
Ⅲ. 문장력과 표현력	a. 문장의 정확성과 효율성		
	b. 맞춤법과 띄어쓰기		
	c. 원고지 사용법과 분량		

[표 7] 또물또 원고지의 〈길잡이〉에서 제시한 총평과 평가 기준표

총평과 조언	잘한 곳	
	조금 아쉬운 곳	
	많이 노력할 곳	
종합평가	아주 좋음(A), 좋음(B), 조금 아쉬움(C), 노력 필요(D), 치열하게 노력할 필요(E)	

이러한 첨삭과 평가 영역에서는 원고지 자체에는 구체적인 첨삭을 해 주고 이 길잡이에서는 아주 중요한 것을 지적해 준다. '도움말'에 쓰기 요령 [1], [2], [3], [4], [5], [6]의 구체적 항목을 지적해 줄 수 있다. 이를테면 도움말과 평가란에서는 다음과 같이 지적을 해 준다.

[표 8] 또물또 첨삭 기준표에서의 주요 지적 사례

Ⅲ. 문장력과 표현력	a. 문장의 정확성과 효율성	아주 잘했구나.	A
	b. 맞춤법과 띄어쓰기	철수야. [5]-3(두음법칙)을 주의 하렴.	B
	c. 원고지 사용법과 분량	순희야, [6]-2(의존명사와 조사)를 자주 연습하렴.	C

이렇게 주요 지적 사항을 지침에 따라 지적해 줄 수 있어 반복되는 지도에 따른 불편을 줄이고 학습자들의 자율적 고쳐쓰기를 유도할 수 있다.[69]

마지막으로 학습자들의 인지의 편의성을 위해 논술 잠언을 구성하여 제시하였다. 논술 잠언은 논술에서 가장 중요한 것(위에서 설명한 내용)을 잠언식으로 정리해놓은 것이다.

> 우리 맘껏 써 보자. 논제 의도만 파악이 됐다면 내 생각대로 힘껏 써 보자. 내가 맘껏 싸우고 싶은 사람에게 도전하듯 논제에 대해 도전해 보자. 어깨와 가슴을 펴고 두 손을 불끈 쥐자. 원고지를 깔아뭉개듯 볼펜을 힘껏 휘둘러보자. 아아, 도발적인 첫 문단, 문제설정, 관점 제시, 두 번째, 세 번째 문단의 치밀한 분석 논증, 상큼한 내 생각, 지금까지 한 얘기를 한 단계 끌어올려주는 깔끔하고 분명한 마지막 문단, 강한 호소와 여유. 아아! 익히 쓰던 바라. 잘도 흐르는구나. 으하하.
>
> — 또물또 원고지에서 제시한 논술 잠언

3.2. 원고지 구성

실제 원고지는 [표 9]와 같이 모두 6단계 6종으로 설계하였다.

[표 9] 또물또 실제 원고지 갈래 구성

단계	기준 **등급**	크기	글자 칸수(가로*세로*장 수)
1단계	초급 200자용	A4	10자*10*2
2단계	초급 420자용	A4	14*15*2
3단계	중급 600자용	A4	15*20*2
4단계	중급 800자용	A4	20*20*2
5단계	고급 1200자용	A4	20*30*2
6단계	고급 1700자용	A4	25*34*2

---

69 이러한 첨삭과 평가의 실제 사례는 김슬옹(2008)에서 자세히 다룬 바가 있어 여기서는 상술하지 않았다.

[표 10] 또물또 원고지 갈래에 따른 칸의 크기

단계	기준 등급	크기	한 칸 가로 세로 크기 (mm)
1단계	초급 200자용	A4	15*15
2단계	초급 420자용	A4	11*12
3단계	중급 600자용	A4	10*10
4단계	중급 800자용	A4	8*9
5단계	고급 1200자용	A4	8*8
6단계	고급 1700자용	A4	6*6

1단계의 초급 200자용은 초등 1, 2학년 수준의 학습자 공책 크기에 맞추어 칸 수를 구성하였다. 2단계의 초급 420자용은 3, 4학년 수준, 3단계와 4단계의 중급 원고지는 초등 5, 6학년 이상 중학교 수준의 공책 크기에 맞추어 칸 수를 구성하였다. 5단계와 6단계는 고등학교 수준이나 일반 수준에 맞추어 칸 수를 구성하였다. 특히 5단계, 6단계는 대중 칼럼으로서는 일반적인 1000자 칼럼, 1600자 칼럼 쓰기와 입시논술의 원고 양에 맞추어 구성하였다.

세부적인 영역 구성은 다음 그림과 같다.

[3단계 중급 600자용 원고지(축소)]

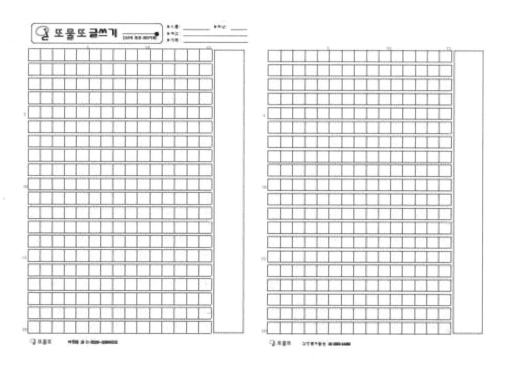

오른쪽 맨 위는 또물또 로고(생각하는 사람)와 제목, 학습자 인적 정보를 적도록 하였다. 왼쪽 오른쪽 칸수는 똑같이 구성하여 한 장을 복사하여 쓰기도 가능하게 하였다. 원고지 오른쪽 끝은 간단한 첨삭란을 두었다. 이 칸의 크기가 작을 수 있으나 '도움말과 평가' 란의 도움말과 병행하는 것이므로 공간의 효율성을 꾀할 수 있다.

4 | 마무리

이제 디지털 매체 발달로 종이 원고지의 필요성과 효용성이 준 것은 피할 수 없는 현실이다. 그러나 교육 차원에서 또는 단계별 글쓰기 지도에서 원고지 효용성은 더욱 필요하다.

또물또 원고지의 긍정성으로는, 첫째 원고지 사용 효과를 극대화할 수 있다. 둘째, 학습자와 교사 모두 편리한 쌍방향 원고지다. 셋째, 글쓰기의 학습 효과가 좋다. 넷째, 통합 논술을 위한 여러 효과를 거둘 수 있다.

부정성으로는, 첫째, A4 용지에 꽉 차 있어 답답한 느낌을 준다. 둘째는 오른쪽 첨삭 공간이 적어 넉넉하게 적을 수 없다.

26장 칼럼형 논술문(에세이) 쓰기 지도

1 | 머리말

칼럼은 지식 측면의 교양과 소통 측면의 대중성을 함께 지닌 대표적인 글쓰기 양식이다.[70] 현대 사회에서 칼럼의 중요성은 여기서 재론하지 않아도 될 만큼 두루 공감하는 바이다.[71] 필자는 최근 5년간의 논술교육 연수에서 칼럼쓰기를 논술교육의 주요 전략과 실제로 끌어와야 됨을 역설해 왔다. 입시 중심 논술교육 문제점을 극복하고 학생들 중심의 삶쓰기 논술교육의 좋은 전략이 될 수 있기 때문이다.[72] 학생들을 아마추어 칼럼가(칼럼니스트)로 키우기 위한 전략이다.

칼럼은 이태준식 전통 글쓰기 갈래로 보면 수필 범주에 해당되고, 구체적으로 보면 중수필 곧 에세이에 해당된다.[73] 경수필인 미셀러니와 구별하는 전략이다. 결국 논설문과 수필문의 혼합 형식이 에세이이고 요즘 분류법대로 하면 이 에세이가 논술문이다. 역시 전형적인 갈래별 글쓰기 잣대로 형식을 강조하면 중수필이요 내용을 강조하면 논설문이 될 수 있는 박쥐같은 양식이 된다. 굳이 형식과 내용의 이분법으로 보면 내용은 논설문이고 형식은 수필인 셈이다.

논술문도 다양하게 나눌 수 있으므로 굳이 에세이 관련 분류를 해보면, 논술문은 사설형 논술문과 칼럼형 논술문으로 나눌 수 있다. 사설형 논술문이 기존의 논설문에 해당된다. 곧

---

[70] 교양에 대한 정의는 다양하지만, 여기서는 상식을 바탕으로 한 바람직한 지식 범주로 본다.
[71] 칼럼의 중요성에 대해서는 최기호 외(2005의 "≪인터넷 글쓰기의 달인≫. 세종서적."에서 필자가 집필한 9장 참조
[72] 입시논술의 전반적인 흐름과 문제는 이 책 24장 참조
[73] 이태준(1948)/장영우 주해(1997)에 따르면, 각종 문장의 요령에서 글의 갈래를 "일기, 서간문, 감상문, 서정문, 기사문, 기행문, 추도문, 식사문, 논설문, 수필"로 나눴다.

학술 논문과 같이 형식과 구성의 정형성을 강조한 것이 사설형 논술문이고, 일정한 논증 형식을 갖추되 최대한 표현의 다양성과 풍부함을 추구하는 것이 칼럼형 논술문이다.[74]

이 논문에서는 D대학 2, 3, 4학년 학생들을 대상으로 실시한 교육 사례를 중심으로 그 전략과 실제를 소개하기로 한다.[75] 수업은 2단계로 진행되었다. 1단계는 중간고사 이전의 전반기 수업 시간에 통합 요약과 칼럼 쓰기에 관한 기본 이론을 진행하였고, 중간고사를 아래와 같이 출제하였다. 중간고사로 칼럼쓰기를 한 이유는 논술문을 잘 가르치기 위해서는 본인(선생)이 어느 정도의 논술문 쓰기 능력을 갖추어야 하기 때문이다. 여기서는 중간고사 이후 마련한 최종 평가 기준의 교육 과정을 소개 정리하기로 한다.[76] 여기서는 요약 쓰기는 기본 과정만 소개하고 칼럼 쓰기와 평가만을 집중적으로 다룬다.

〈시험 문제〉

1. 다음 두 글을 읽고 통합 논술에 대한 주요 논점을 두 문단으로 통합요약하시오. (300~400자) - 핵심어 다섯 개를 각자 선택하여 요약에 반영하고 밑줄로 표시하시오.

2. 두 글에 대한 칼럼을 쓰되 공공매체에 투고가 가능한 형식을 갖추도록 하시오. (1000~1100자) - 별지(이면지)에 문단별 개요를 제시하시오.

〈가〉 통합 논술이 공교육 살릴 기회인가 / 신일용(문단별 대괄호 표시는 필자)

[1] 우리나라 초중고 교육이 온통 '논술'에 휩쓸려 돌아갑니다. 특히 여러 교과를 아우르는 '통합 논술'이 요즘 큰 화두입니다. 이는 물론 정규 교과목으로 개설돼 있지 않습니다. 따라서 학교에서 통합 논술을 가르치는 사례를 찾기란 쉽지 않습니다. 딱히 어느 교과의 몫이라고 지목하기 난감한 사정도 있습니다.

[2] 이런 학교 실정과는 무관하게, 전국은 가히 통합 논술 열풍에 휩싸여 있다 해도 과언이 아닐 정도입니다. 얼마 전 서울대를 위시한 일부 대학들이 2008학년도 입시부터 논술 비중을 크게 올린다는 계획을 발표하면서 그 열풍에 기름까지 부었습니다. 사교육만 살판났습니다. 이와 관련, 본지 3월호 68쪽에 실린 다음 글을 눈여겨 볼 필요가 있습니다.

"암기 위주의 주입식 교육 풍토가 만연한 우리나라에서 논술의 중요성이 부각되는 것은 반가운 일이다. 그러나 문제는 현재의 '논술 열풍'이 깊은 교육적 성찰이 아닌 대학들의 '줄 세우기식' 선발 경쟁에서 비롯됐다는 점이다."

---

74   칼럼, 사설 각각으로 보면 다양한 양식이 있으므로 모든 칼럼, 모든 사설의 형식이 같다는 것은 아니다. '칼럼형'이니 '사설형'이니 하는 것은 일반적 특징이나 이미지에 기댄 명칭이다.

75   불필요한 오해와 추측을 막기 위해 학교와 학생 이름을 익명이나 가명 처리한다.

76   글쓰기 교육 과정과 평가에 대한 최근 연구는 김성숙(2008) 참조.

[3] 그렇습니다. 아무리 곱게 봐주려 해도 요즘의 통합 논술 열풍은 교육의 본령에서 상당히 벗어나 있습니다. 그런데 문제는 공교육이 되레 대학들의 행보에 발맞추기를 시도하는 어처구니없는 일이 벌어진다는 것입니다. 서울시교육청은 최근 중학교 교사까지 논술 연수를 확대하고 학교 정기고사에서 서술, 논술형 문항 비율을 50%로 늘리는 방안을 뼈대로 한 '논술교육 강화 대책'을 내놓았습니다. 통합 논술교육에 대한 책임이 애꿎은 교사들 몫으로 돌아가지 않을까 심히 우려되는 대목입니다.

[4] 하지만 입시 문제를 벗어나서 생각한다면, '통합교과적 사고를 바탕으로 한 글쓰기 교육'은 널리 권장돼야 합니다. 그런 교육을 학교에서 할 수 있는가. 여건이 되는가 하는 문제가 남긴 합니다. 이와 관련, 서울 동북고에서 통합 논술 수업에 앞장서고 계신 권영부 선생님께서 이런 말씀을 하십니다.

"통합 논술 배우려고 학교교육 내던지고 사설학원으로 내달리는 아이들을 그저 지켜보기만 할 것인가. 공간적 시간적 제약은 불 보듯 뻔하다. 하지만 통합 논술은 공교육을 살릴 수 있는 절호의 기회다."

[5] 〈우리교육〉은 지난 달에 이어 이번 달 교과기획에서도 '통합교과형 글쓰기(통합 논술)'을 다뤘습니다. 통합 논술에 대한 분석이나 시비 가름은 일단 미뤄뒀습니다. 물론 〈우리교육〉은 교육적 성찰이 결여된 통합 논술 열풍에 대한 문제의식의 끈은 절대 놓지 않겠습니다.

—우리교육 2006년 10월호. 176쪽. 1200자

〈나〉 통합 논술 학교교육에 재 뿌리는 대학 / 최진규

[1] 2009학년도 대학입시의 핵심은 수능 강화로 요약할 수 있다. 지난해 처음 시행했던 수능 등급제에 대한 보완책으로 표준점수와 백분율이 제공되면서 많은 대학이 정시모집에서 논술고사를 폐지했다. 그렇지만 전체 모집정원의 58%를 선발하는 수시모집에서의 논술 비중은 여전히 높다. 일부 대학(경희대·숙명여대·인하대 등)의 경우, 내신이나 수능 최저 학력 기준을 적용하지 않고 논술만으로 선발하는 전형도 있다. 수시모집만 놓고 보면 올해가 지난해보다 논술 비중이 더 높아졌다고 볼 수 있다.

[2] 시행 2년째를 맞은 통합교과형 논술도 시행 초기와는 달리 학교 현장에 빠른 속도로 뿌리내리고 있다. 지난해 정부 차원의 대대적인 지원에 힘입어 통합 논술과 관련하여 연수를 받은 교사들만도 수만 명을 헤아릴 정도다. 매년 팀당 500만원씩 지원받고 있는 전국의 1천여 논술동아리도 현장 논술교육을 주도하고 있다.

[3] 교과서를 중심으로 출제되고 있는 통합 논술은 주입식·암기식 교육으로 점철된 고교 교육을 말하기와 쓰기를 중심으로 한 학습자 중심의 창의적 교육으로 바꿔놓고 있다. 일부 대학에서는 내신이나 수능 성적보다 통합 논술 성적이 우수한 신입생이 대학에서도 학문에 대한 적응능력이 뛰어난 것은 물론이고 학업 성적까지 월등하다는 조사 결과를 발표한 바 있다.

[4] 이처럼 통합 논술이 교육현장에 성공적으로 안착한 상황에서 수도권 일부 대학이 우수 신입생 선발에 경도된 나머지 본고사나 다름없는 문제를 출제함으로써 일선 교육계의 우려를 자아내고 있다. 한국외국어대는 지난 3일 실시된 '수시2-1 외대프런티어Ⅰ' 전형 논술고사에서 인문·자연계 모두 영어 제시문이 등장했고 자연계 논술에서는 제시된 함수그래프를 이용해 값을 구하면서 풀이과정도 함께 쓸 것을 요구하는 문제가 출제됐다.

[5] 이번 외국어대 논술 문제는 이미 예고된 것이나 다름없었다. 지난 8월 2일 치러진 논술 모의고사에서 영어 제시문과 수학 풀이과정에 따른 답을 구하는 문제가 출제된 바 있다. 당시에도 일선 교사들 사이에서 본고사형 문제에 가깝다는 지적이 있었다.

[6] 지난해 대입까지는 2005년 8월 만들어진 '논술 가이드라인'에 따라 영어 제시문과 수학적 풀이과정을 요구하는 문제 출제는 모두 금지됐다. 그러나 올해부터 새 정부의 대입 자율화 조처로 사실상 '논술 가이드라인'은 유명무실한 조항으로 남게 되었다. 그러나 교육부로부터 대입 업무를 이관 받은 대교협이 총상난 회의를 동해 당분간 '논술 가이드라인'을 준수하고 이를 어기면 징계하기로 결의한 바 있다.

[7] 이번 외국어대 논술에 따른 논란의 핵심은 본격적인 본고사 부활의 신호탄이 될 수 있다는 데 있다. 말 그대로 본고사 부활은 공교육의 입시학원화를 부추기며 또다시 사교육 만능 시대를 조장할 개연성이 높다. 통합 논술이야말로 공교육을 정상화하고 내신과 수능의 단점을 보완할 수 있는 최적의 전형 방법이라는 점에서 일부 대학이 본고사 부활을 도모하는 것은 우수 학생을 선점하려는 집단이기주의에 다름 아니다. 그런 점에서 대교협도 이번 사태의 파장을 고려하여 해당 대학에 대한 강력한 제재를 통하여 본고사 부활에 따른 우려를 불식해야 마땅할 것이다.

— 한겨레신문 [왜냐면] 2008년 10월 26일자_최진규 _1450자

사범대학의 '국어와 통합 논술교육론' 수업이었으므로 그와 관련된 주제 글을 뽑았다. 글자 수는 일반 칼럼 쓰기의 원고 양과 두 시간 동안의 시험 시간을 고려하였다. 보통 입시논술에서 1,200자면 두 시간을 준다. 여기서는 새로 통합요약 문제가 있지만 제시문이 일반 대입 입시보다 간단하고 두 번째 칼럼 쓰기가 통합요약과 밀접한 관련을 맺고 있으므로 적절한 시간이라 보았다. 시험 본 33명의 학생 가운데 두세 명이 쫓기듯 마치기는 하였으나 거의 다 제 시간에 제출하였다.

2 | 1차시 : 칼럼 시험 후 논제 해설과 모범 답안 설명 강의

중간시험이 끝난 후에 논제 해설과 모범 답안 강의는 시범 강의로 진행하였다. 객관적 평가가 중요한 시험 형식의 글쓰기였기에 논제 출제자인 교수자의 설명식 강의가 적절하다고 보았다. 이를 바탕으로 학생들의 상호평가 활동을 유도하기 위한 전략이었다.

1차시 강의에서는 먼저 요약의 중요성을 강조하였다. 다른 텍스트 분석력의 핵심은 요약력이기 때문이다. 따라서 1단계로 주어진 제시문의 내용을 문단별로 간결하게 추려내는 힘이 필요함을 강조했다. 이는 가장 기본적인 독해 능력이요 지식의 재구성 능력이다. 다음은 필자가 강의 중에 전달한 문단별 핵심 요약이다.

〈가〉글의 단락별 요약

⑴ 통합 논술이 크게 인기가 있지만 공교육 여건은 좋지 않다.

⑵ 통합 논술 열풍은 사교육만 부추기고 있고, 이러한 흐름은 교육 성찰보다는 대학들의 선발 경쟁에서 비롯됐다.

⑶ 문제는 서울시교육청이 통합 논술을 교사연수와 정기고사 확대로 부추겨 교사들의 책임 문제로 돌려질까 우려된다.

⑷ 통합 논술은 입시 문제가 아니라면 널리 권장되어야 하고 권영부 선생 지적처럼 공교육을 살릴 수 있는 좋은 기회이기도 하다.

⑸ 우리교육은 통합 논술에 대한 교육 성찰 노력을 계속한다.

〈나〉글의 문단별 요약

⑴ 2009학년도 정시 논술은 거의 폐지되었지만 수시 논술은 오히려 강화되었다.

⑵ 2년째인 통합교과형 논술은 학교 현장에 빠른 속도로 뿌리내리고 있다.

⑶ 통합 논술은 교육 현장을 학습자 중심의 창의적 교육으로 바꾸었고 대학 교육에도 긍정적으로 작용하고 있음이 밝혀졌다.

⑷ 수도권 일부 대학이 본고사형 유사 논술 문제로 학교 현장의 걱정거리를 유발하고 있다.

⑸ 요약 생략 가능 문단

⑹ 영어 제시문과 수학적 풀이과정을 금지하는 2005년도 논술가이드라인이 무너져 문제되고 있다.

⑺ 통합 논술은 공교육을 살리고 내신과 수능 단점을 보완할 수 있는 최적의 전형 방법이므로 이를 가로막는 우수학생 뽑기를 위한 본고사형 입시논술은 강력하게 제재를 가해야 한다.

다음 2단계로는 두 제시문 내용의 공통점과 차이점을 추려내는 것이다. 지식의 통합 분석을 이용한 재구성 능력이다.

공통점

1) 통합 논술 열풍에 주목하고 있다.
2) 통합 논술의 긍정 측면을 인정하고 있으면서 입시논술의 부작용을 걱정하고 있다.
3) 통합 논술은 공교육을 살릴 수 있는 길이 될 수 있다.

차이점

1) 신일용은 입시논술을 통틀어 비판하고 있고 최진규는 본고사형 문제만을 문제 삼고 있다.
2) 신일용은 입시논술로 말미암은 사교육 비대화뿐만 아니라 서울시교육청의 논술 강화도 비슷한 부작용으로 보아 교사 중심의 대안에 주목했다. 최진규는 본고사형 문제를 안 내는 논술 가이드라인을 어긴 대학을 강제라도 막아 입시논술의 긍정성을 살려야 한다고 보았다.

3단계는 통합요약 능력이다. 아무리 주어진 지식을 명쾌하게 분석하고 재구성했다 하더라도 효율적으로 표현하지 않으면 꿰지 않은 구슬 서 말에 지나지 않을 것이다. 이때는 핵심어(중심어)를 중심으로 공통점과 차이점이 선명하게 드러나도록 요약해야 한다고 강조하였다.

통합요약 예시

신일용과 최진규 칼럼은 모두 통합 논술 열풍에 주목하면서 긍정 측면을 인정하고 있다. 또한 입시논술로 인한 부작용을 우려하고 있다. 그러면서도 통합 논술은 공교육을 살릴 수 있는 길이 될 수 있다고 본다.

이에 반해 두 칼럼은 입시논술 문제와 대안에 차이를 보인다. 신일용은 입시논술을 통틀어 비판하고 있고 최진규는 본고사형 문제만을 문제 삼고 있다. 따라서 신일용은 입시논술로 말미암은 사교육 비대화뿐만 아니라 서울시교육청의 논술 강화도 비슷한 부작용으로 보아 교사 중심의 대안에 주목했다. 최진규는 본고사형 문제를 안내는 논술 가이드라인을 어긴 대학을 강제라도 막아 입시논술의 긍정성을 살려야 한다고 보았다. (341자)

4단계는 문단별로 주어진 지식을 재구성하고 나만의 비판을 어떻게 구성할 것인가이다. 이러한 구상은 문단별로 진행하면서 문단별로 아래와 같이 구성해 보는 것이 좋다. 긴 글에서는 아래와 같은 문단별 개요가 어렵겠지만 임용논술과 같은 짧은 논술에서는 문단별 구성이 효율적이다.

문단별 개요

1. 두 칼럼의 문제의식
2. 두 칼럼의 핵심 차이 : 최진규가 옳은 이유
3. 최진규 대안 비판과 다른 대안
4. 공교육 활성화 시키는 전략
5. 마무리와 종합 대안

5단계는 위와 같은 개요에 따라 필자가 직접 쓴 실제 예시 모범 답안을 아래와 같이 제시하였다.

[1] 신일용과 최진규 칼럼은 통합 논술교육의 바람직한 방향에 대해 문제를 제기하고 있다. 핵심 쟁점은 입시논술 문제를 어떻게 할 것인가와 공교육에서 논술교육을 어떻게 할 것인가이다.

[2] 입시논술에 대해 신일용은 부정 측면에 주로 주목하는데 반해 최진규는 본고사형 문제로 악용하는 사례만을 문제 삼고 있다. 입시논술의 긍정성과 부정성이 분명한 만큼 무조건 부정적으로 보는 것은 옳지 않다고 본다. 최진규 지적처럼 통합 논술 입시 덕분에 학습자 중심의 창의적 독서논술 바람이 불었기 때문이다.

[3] 문제는 통합 논술의 취지를 본고사형 문제로 바꾸는 잘못된 대학을 어떻게 제어하느냐이다. 논술 가이드라인에 근거한 대교협의 압력을 대안으로 내세우는 최진규의 견해는 너무나 궁색해 보인다. 그렇게 특정 기관의 강제 압력으로 해결될 문제가 아니다. 입시 교육의 주체인 교사들이 집단으로 나서서 그런 대학을 공개 비판해야 한다. 2008학년도 수시 논술 문제를 보면 그렇지 않은 대학도 많다. 상호 비교 평가를 공론화하면 그런 악용을 줄일 수 있다.

[4] 통합 논술을 공교육에서 어떻게 활성화할 것인가도 문제다. 신일용은 권영부 교사의 입을 빌려 열악한 환경에서라도 공교육에 접맥해야 한다고 주장한다. 이 점은 전적으로 옳다. 통합 논술이 꼭 가야할 길이라면 교육환경이 제대로 될 때까지 기다리는 것은 옳지 않기 때문이다. 동북고의 성공 사례가 있는 만큼 실제 교육 현장에서 하나하나 실천해 나가야 한다. 다만 신일용이 서울시 교육청의 교사 연수와 논술식 수행 평가 강화는 입시논술에 부화뇌동하는 것이라 비판하는 것은 자기모순이다. 서울시 교육청이 입시논술 때문에 그런 정책을 폈는지는 모르지만 교사 연수와 논술식 수행 평가 강화는 공교육을 살리는 핵심 정책이기 때문이다.

[5] 논술은 근본적으로 통합 논술이다. 각 교과의 특이성도 넓히고 모든 교과의 연계성과 그로 말미암은 학습 효과를 살릴 수 있는 최적의 길이다. 이러한 긍정 취지를 살리기 위해서는 입시논술을 바로 잡고 정책이 뒷받침되어야 하고 교사들의 치열한 노력이 함께 필요하다. (1040자)

이때 선생이 제시한 예시 모범 답안 권위의 양면성을 설명해야 한다. 논술 답안에 하나의 모범 답안은 없지만 여러 개의 모범 답안은 있을 수 있음을 학생들에게 설명했다. 공정한 평가 기준용으로서의 모범 답안의 권위도 살리면서 학생들이 쓴 답안 중에도 이러한 모범 답안에 준하는 답안이 있음을 주지시키는 것이다. 따라서 선생이 직접 써서 제시한 모범답안이 왜 모범답안인지 설명해야 한다.

위 모범 답안을 보면, 첫 문단에서 핵심 쟁점을 간결하면서도 구체적으로 제시하고 있다. 이를 바탕으로 가운데 문단(2-4)에서 그런 논점을 치밀하게 분석했다. 이때 앞에서 통합요약한 내용을 차이점을 중심으로 수용하되, 단순 요약을 옮기고 분석하는 전략보다는 분량 제한 때문에 곧바로 분석적으로 기술하는 것이 더 나은 방법임을 설명했다. 그러한 주어진 지식의 분석적 수용에 나만의 비판 맥락을 분명히 결합해야 지식의 진정한 재창조가 가능하다. 주어진 지식을 비판적으로 수용하면서도 자기 색깔을 제대로 결합할 때 합리적이면서도 개성 있는 에세이로 거듭나고 채점위원들의 고른 평가를 얻을 것이다.

위와 같은 강의를 바탕으로 중간고사 답안을 그대로 복사해 준 뒤 아래 한글로 입력하고 "1, 실수한 곳, 2. 잘한 곳, 3. 아쉬운 곳"을 쓴 자기평가서를 파일로 제출하게 했다.

중간고사 칼럼 쓰기에 대한 자기평가 _ 김지한(가명)

[1] ① 패션계만큼이나 유행에 민감해야 살아남는 곳이 바로 우리네 교육계이다. ② 얼마 전만 해도 조기 영어교육이니 유학이니 하더니만, 이번에는 통합 논술교육이 대세다. ③ 통합 논술은 기존의 주입·암기식 교육을 극복할 국면을 제시하고 학습자 중심의 창의적 교육을 열어 준다는 측면에서 매우 긍정적이다. ④ 그러나 까다로운 교육 현실에 어떻게 적용시킬 것인지의 문제가 남아있다.

[2] ⑤ 우리네 교육현실의 까다로움은 뭐니 뭐니 해도 입시로부터 나온다. ⑥ 최진규의 칼럼은 이에 대해 입시 선발 경쟁이 본고사를 부활시켜 통합 논술교육의 취지를 흐린다며 입시를 주도하는 대학에 강력한 제재를 가할 것을 촉구하고 있다. ⑦ 신일용의 칼럼같은 경우에는 한층 더 부정적으로, 논술 열풍 자체가 선발 경쟁에서 비롯되었다고 보며 공교육이 입시에 끌려가는 것이 아니느냐는 우려를 표명하고 있다.

[3] ⑧이렇게 되면 문제는 더 이상 통합 논술교육을 교육현실에 어떻게 적용할 것인지에 그치지 않고, 교육과 입시선발간의 먹고 먹히는 관계에까지 이른다. ⑨이 둘은 사실 상호적으로 긍정효과를 불러 일으켜야 마땅함에도 불구, 우리나라에서는 지나친 교육열과 대학진학에의 맹목성으로 인해 관계가 변질된 것이다. ⑩궁극적으로는 교육의 수단화로 인한 이념의 부재가 그 원인이다.

[4] ⑪그렇기에 무엇보다 시급한 것은 지나친 교육열과 맹목적 입시추구를 지양하는 것이다. ⑫물론 이는 결코 쉽지 않은 일이지만 무엇보다 근본적인 논점임에는 분명하다. ⑬통합 논술교육의 견고화와 대학에의 규제강화가 이루어진다 해도 이와 같은 근본이 해결되지 않는다면 제2·3의 교육문제가 발생하리란 것은 불 보듯 뻔하다.

[5] ⑭등잔 밑이 어둡다는 옛말이 있다. ⑮지금의 우리가 바라보아야 할 문제는 일렁이는 불빛, 통합 논술교육의 올바른 시행 이전 그 등잔의 밑, 곧 교육수요자가 갖는 교육에 대한 태도이다. ⑯학부모와 학생이 갖는 교육에 대한 요구를 보다 진보적으로 수정하고, 입시지향적인 장님교육을 지양해야하는 시점이다. ⑰이럴 때 통합 논술교육 등의 교육방법이 갖는 내적가치가 진정으로 발현될 수 있을 것이다.

—강지해

1) 실수한 곳 : 논점이 통합 논술교육에서 멀어졌다. / 띄어쓰기
2) 잘 쓴 곳(한두 가지) : 적당한 깊이를 비유하여 문제상황을 쉽게 전달하고자 했다.
3) 못 쓴 곳(한두 가지) : [1]문단에서 완전한 문제제기의 방향이 정해지지 않았다. 오히려 [3]문단에서 문제를 다시 설정하는 듯한 느낌마저 든다. / 근본 문제에 대한 해결책이 제시되지 않았다. / 분석이 치밀하지 못하다/ ⑮문장이 명료하지 않다.

이러한 자기평가서를 받은 이유는 진정한 글쓰기 치료를 위한 자기 고백 효과를 거두기 위해서다. 무엇을 왜 실수했는가, 무엇을 어떻게 잘 쓰고 못 썼는가를 1차적으로 스스로 판단하게 해 최종 선생님 논평 평가와의 상승 작용을 꾀한 것이다. 따라서 다음과 같은 논평 피드백을 할 수 있었다.

지해에게

감칠맛 나는 표현이 돋보입니다. 위 글 자체로만 본다면 매우 자연스럽고 글쓰기의 맛을 아는 지혜로운 학생이구나 하는 생각이 듭니다. 다만 지해가 느꼈듯이 네 번째 문단부터는 핵심 논점에서 멀어져 힘을 잃고 있습니다. 첫 문단에서의 핵심 논점을 제대로 설정해 더욱 치열하게 밀고 나가는 자세가 필요합니다. ⑮번 표현은 지해도 스스로 잘 지적했듯이, "지금의 우리가 바라보아야 할 문제는 일렁이는 불빛, 통합 논술

교육의 올바른 시행 이전 그 등장의 밑, 곧 교육수요자가 갖는 교육에 대한 태도이다."
라는 수사가 지나쳐 명료성을 잃게 되었습니다. 표현 의도는 좋으니 두 문장 정도로
간결하게 표현해 보세요.

— 김슬옹

이와 더불어 세 개 정도 예시 답안을 복사하여 나눠 주고 모범 답안에 비해 무엇이 문제
인지를 설명하였다.

3 | 2차시 : 예시 칼럼 평가 기준 마련하기와 개인 평가 과제 설정

평가와 논평에 대한 이론 강의를 한 뒤 공개 평가 기준을 마련하기 위해 첨삭거리가 많
은 예시답안을 모두 나눠 주고 개별 논평 평가표를 수업 시간에 제출하게 했다.[77]

[1] 최근 서울 소재의 한 대학에서 사용한 수시전형이 논란이 되고 있다. 내신을
90% 반영하는 이 학교의 전형에 서울 소재 고등학교의 2등급을 받은 학생은 불합격,
경기도 소재 모 외국어 고등학교의 5등급을 받은 학생은 합격이라는 기이한 결과 때
문이다. 이러한 전형은 우수한 학생을 선점하려는 것으로 사교육을 더욱 강화시키는
문제점을 안고 있다.

[2] 우리의 고교 공교육은 대학 입시제도에 영향을 많이 받는다. 첫 번째 제시문에
서는 통합 논술교육 열풍이 대학 입시제도에서 비롯된다는 문제점을 비판하고 있다.
암기식·주입식의 교육 풍토를 가진 우리나라 공교육에서 통합 논술교육은 창의성을
가져다 줄 수 있지만 그것이 교육의 원래 목적에 맞아야 한다고 주장한다. 그러한 현
상이 가능할 때 통합 논술은 공교육을 살릴 수 있기 때문에 대학의 입시제도 또한 교
육의 목적에 맞아야 하는 것이다.

[3] 두 번째 제시문에서는 직접적인 대학의 입시제도를 예로 들면서 설명하고 있다.
첫 번째 제시문에서의 염려와는 다르게 통합 논술교육이 잘 자리 잡아가고 있지만 본
고사와 흡사한 대학의 입시제도가 그것을 방해하고 있다고 생각한다. 앞서 말한 수시
전형과 제시문의 입시제도는 본디의 교육목적과 맞지 않고 사교육을 부추기는 공통의
문제점을 안고 있는 것이다.

[4] 물론 대학에서도 우수한 학생을 원하는 것은 당연하다. 하지만 그 우수하다는

---

77   평가와 논평 전략에 대해서는 이 책 18장 참조.

잣대가 학생들이 쌓아 온 지식의 양을 파악하는 것보다 창의적인 잠재력을 판단하는 것으로 바뀌어야 한다. 그래야 본래의 교육 목적에도 부합하고 통합 논술교육에도 긍정적 영향을 끼쳐 공교육의 정상화에도 기여할 수 있을 것이다.

[5] 현대의 사회에서는 암기식·주입식의 교육이 중요하지 않다. 창의적이고 독창적인 생각이 필요하고 이는 통합 논술교육에서 얻을 수 있는 것이다. 통합 논술교육은 또한 공교육의 정상화를 가져다 줄 것인데 이를 위해서는 각 대학의 도움이 필요하다. 대학의 입시 제도가 기술적 관심보다 교육적 관심에 가까울 때 우리는 창의적 교육, 공교육 정상화라는 두 마리의 토끼를 한꺼번에 잡을 수 있을 것이다.

— 강마루

아래 평가표는 필자가 개발한 또물또 원고지(의장특허출원 30-2003-34480)에 실려 있는 기준표이다. 대학교 논술 평가의 일반적인 흐름을 반영하여 재구성한 것이다.

[표 1] 항목별 논평 평가표(또물또 원고지 의장특허출원 30-2003-34480)

평가영역	평가항목	도움말	평가
Ⅰ. 논제파악과 제시문 분석력	a. 문제 핵심을 파악했는가?		
	b. 제시문 분석과 내 생각을 잘 연결했나?		
Ⅱ. 쟁점분석 논증력과 사고력	a. 머리말의 문제제기가 구체적인가?		
	b. 몸말의 분석 논증이 치밀한가?		
	c. 맺음말이 논지를 강화해 주었는가?		
	d. 문단설정과 연결이 긴밀한가?		
	e. 논지나 논증은 창의적인가?		
Ⅲ. 문장력과 표현력	a. 문장의 정확성과 효율성		
	b. 맞춤법과 띄어쓰기		
	c. 원고지 사용법과 분량		

[표 2] 총평과 조언

총평과 조언	잘한 곳	
	조금 아쉬운 곳	
	많이 노력할 곳	
종합평가	아주 좋음(A), 좋음(B), 조금 아쉬움(C), 노력 필요(D), 치열하게 노력할 필요(E)	

4 | 3, 4차시 : 조별 논평 평가와 최종 평가안 마련

개별 과제 가운데 비교적 평가 근거를 합리적으로 쓴 세 학생의(조진준, 안현순, 변유순) 논평표를 모두 나눠 준 뒤, 조별 활동으로 들어갔다. 세 학생의 평가 가운데 가장 잘 된 평가로 동의할 수 있는 것은 그대로 옮기고 이름을 밝히게 했다. 동의하지 않을 경우에 조별로 새로 평가하거나 수정한 뒤 그런 변동 내용을 밝히게 했다.

[표 3] 5조의 항목별 평가 재구성

평가영역	평가항목	도움말	평가
I. 논제 파악과 제시문 분석력	a. 문제 핵심을 파악 했는가	문제의 핵심을 파악하지 못하고 있다. 통합 논술에 초점을 맞추지 못하고 공교육과 입시제도의 문제점에만 주목하고 있다.(5조 의견)	D
	b. 제시문 분석과 내 생각을 잘 연결 했나	제시문 분석이 공통점과 차이점에 초점을 맞춘게 아니라 각각의 제시문을 요약, 분석하는 데 그치고 있다. 또한 두 개의 제시문에 대해 피상적으로 접근하고 있을 뿐, 제시문에 대한 자신의 생각을 논리적으로 제시하고 있지 못하다.(조진준 학우 의견)	D
II. 쟁점 분석 논증력과 사고력	a. 머리말의 문제제기가 구체적인가	실제 사례를 제시하여 참신하게 머리말을 제시하려는 노력을 보이나, 문제제기가 쟁점에서 벗어났다. '논술'이라는 핵심어조차 보이지 않는다.(안현주 학우 의견)	C
	b. 몸말의 분석 논증이 치밀한가	주어진 칼럼을 단순 요약하는 데에 그치고 있다. 두 칼럼에 대한 자신의 생각 또한 '통합 논술교육'에 대한 것이라기보는 대학의 학생 선발에 대한 것으로 치중된다.(안현주 학우 의견)	D
	c. 맺음말이 논지를 강화시켜 주었는가	전체적으로 통일성을 보인다고 볼 수 없지만, 그나마 맺음말에서 자신의 주장을 명확히 제시한 점은 높이 평가할 수 있다.(5조 의견)	B
	d. 문단설정과 연결이 긴밀한가	각 문단이 하나의 주제로 연결되지 못하고 있어 주장을 설득력 있게 전개하지 못하고 있다.(안현주 학우 의견)	D
	e. 논지나 논증은 창의적인가	논지도 확실하지 않고, 논증도 적절하게 제시되지 않았다. 더구나 핵심 쟁점에 대해 피상적으로 접근하고 일반적인 진술을 하고 있어 창의적이라고 보기 어렵다.(조진준 학우 의견)	E
III. 문장력과 표현력	a. 문장의 정확성과 효율성	만연체 형식이 빈번하며, 비문이 있다. 조사가 남용되고 있다.(5조+안현주 학우 의견)	D
	b. 맞춤법과 띄어쓰기	맞춤법과 띄어쓰기가 잘 되어 있다.(변유순 학우 의견)	A
	c. 원고지 사용법과 분량	원고지 사용법을 준수하고 있고 분량도 적절하다.(변유순 학우 의견)	A

[표 4] 5조의 종합평가 재구성

총평과 조언	잘한 곳	원고지 사용법을 제대로 알고 있으며 분량이 적절하다.(안현주 학우 의견)
	조금 아쉬운 곳	단순 요약에 그치고 있으며, 문단끼리 유기적으로 연결되어 있지 않다.(5조 의견)
	많이 노력할 곳	제시문의 핵심파악에 좀 더 힘을 써야 할 것 같다.(5조 의견)
종합평가	D(노력 필요)	

[표 5] 15조의 항목별 평가 재구성

평가영역	평가항목	도움말	평가
I. 논제 파악과 제시문 분석능력	a. 문제핵심을 파악했는가	제시문의 핵심을 제대로 파악하지 못했다. 두 제시문은 통합 논술의 긍정적 측면을 인정하면서 부정적 측면과 악용사례를 활용해 올바른 통합 논술의 방향을 제시하고 있다. 그러나 학생의 글은 공교육의 문제점과 입시제도의 문제점을 제기하면서 창의적 교육과 공교육 정상화에 핵심을 두고 있기 때문이다.(변유순)	D
	b. 제시문 분석과 내 생각을 잘 연결했나	제시문 분석이 각 칼럼의 단순 요약에 치중하여 뚜렷한 문제의식이 잘 드러나지 않으며, 그러다보니 제시문 분석과 나의 생각이 잘 연결되지 않는다.(안현주)	C
II. 쟁점분석 논증력과 사고력	a. 머리말의 문제제기가 구체적인가	머리말의 문제제기는 구체적이나 두 글의 입장을 모두 담고 있지는 못하다.(변유순)	C
	b. 몸말의 분석 논증이 치밀한가	몸말의 분석논증에 미흡함을 보여주고 있다. 주어진 두 개의 제시문에 대해 분석하여 학생 자신의 생각을 자연스럽게 이끌어야 하는데 제시문 분석 따로, 자신의 의견 따로 제시하여 문단의 일관성을 보여주지 못하고 있다. 또한 자신의 의견을 제시하는 부분에서도 핵심쟁점을 명확하게 보여주지 않고 일반적 진술을 하고 있다.(조진준)	D
	c. 맺음말이 논지를 강화시켜 주는가	맺음말에서는 앞에서 논했던 이야기와 달리 핵심 쟁점이 되어야 할 '통합 논술'로 회귀함으로써 앞의 문단들과의 일관성에 위배되고 있다. 정작 하고 싶었던 이야기는 맺음말에서 보여주고 있는 것이다. 따라서 논지 강화가 아니라 맺음말에서 비로소 논지를 제시하는 것으로 볼 수 있다.(조진준)	C
	d. 문단설정과 연결이 치밀한가	대체적으로 문단 설정이 잘 되어있으나 통합요약에서 제시문 분석이 다른 문단으로 설정되어 따로 분석되어 있다는 점이 아쉽다.(변유순)	C

	e. 논지나 논증은 창의적인가	논지도 확실하지 않고, 논증도 적절하게 제시되지 않았다. 더구나 핵심 쟁점에 대해 피상적으로 접근하고 일반적인 진술을 하고 있어 창의적이라고 보기 어렵다.(조진준)	D
III. 문장력과 표현력	a. 문장의 정확성과 효율성	문장이 지나치게 긴 것이 있고, 비문이 있다. 조사가 남용되고 있다.(안현주)	B
	b. 맞춤법과 띄어쓰기	맞춤법과 띄어쓰기가 잘 되어 있다.(변유순)	A
	c. 원고지 사용법과 분량	원고지를 제대로 사용하고 있으며 분량도 적절하다.(안현주)	A

[표 6] 5조의 종합평가 재구성

총평과 조언	잘한 곳	맞춤법과 띄어쓰기가 능숙하다. 원고지 사용법이 석설하며 분량을 잘 지켰다. 필체가 반듯해 읽기 편하다.
	조금 아쉬운 곳	자기 생각을 제시하는 부분과 논증이 아쉽다.
	많이 노력할 곳	핵심 주제를 잘 파악하지 못했다. 두 제시문을 통합 요약하는 모습이 아쉽다.
종합평가		조금 아쉬움 (C)

이와 같은 조별 평가를 거쳐 개별 과제 평가가 조별로 집약된 것이다. 조별 활동 결과는 수업 시간에 꼼꼼하게 살필 시간이 부족하므로 다른 수업을 진행하고 그 다음 차시 수업에서 조별 평가 가운데 가장 우수한 조 활동 결과를 가지고 다음과 같이 선생이 설정한 최종 평가안을 강의했다.

[표 7] 조별 항목별 최우수 평가 수정안

평가영역	평가항목	도움말	평가
I. 논제파악과 제시문 분석력	a. 문제 핵심을 파악했는가?	문제의 핵심을 제대로 파악하고 있지 못하다. 두 개의 제시문은 통합 논술과 공교육 대학 입시와의 관련성을 논하고 있는데 이 논술문은 대학이 학생들을 선발하는 기준에 대한 문제의식에 초점을 두고 있다. (조진주 학우 의견) ➡ *지적내용은 옳으나 그렇다고 논점 일탈로 보기는 어렵다. 입시문제 때문에 왜곡된 통합 논술 문제도 있으므로 C로 평가한다.*(김슬옹)	D ➡ C (김슬옹)
	b. 제시문 분석과 내 생각을 잘 연결했나?	제시문 분석이 각 칼럼의 단순요약에 치중하여 문제의식이 뚜렷하게 드러나지 않으며 그러다보니 제시문 분석과 나의 생각이 잘 연결되지 않았다.(안현주 학우 의견)	D

II. 쟁점분석 논증력과 사고력	a. 머리말의 문제제기가 구체적인가?	머리말의 문제제기가 구체적으로 이루어지지 못했다. 수시전형의 내신 반영 비율에 대한 구체적 이야기로 시작하고 있지만 통합 논술이라는 핵심적 논제가 아닌 대학 입시전형의 문제점으로 말미암아 사교육 강화에 초점이 맞춰져 있다.(조진주 학우 의견의 일부) ➡ *I-a. 수정평가에 따라 상향 조정한다.(김슬옹)*	E ➡ D (김슬옹)
	b. 몸말의 분석 논증이 치밀한가?	몸말의 분석 논증에 미흡함을 보여주고 있다. 주어진 두 개의 제시문을 분석하여 학생 자신의 생각을 자연스럽게 이끌어내야 하는데 제시문 분석 따로, 자신의 의견 따로 제시하여 문단의 일관성을 보여주지 못 하고 있다. 또한 자신의 의견을 제시하는 부분에서도 핵심쟁점을 명확하게 보여주지 못 하고 일반적인 진술을 하고 있다.(조진주 학우 의견)	D
	c. 맺음말이 논지를 강화시켜 주었는가?	맺음말의 논거가 몸말의 내용과 잘 연결되지 않는다. 몸말의 논거를 발전시킨 것이 아니라 새로운 의견을 제시하는 것처럼 보인다. ➡ *평가 근거가 적절하므로 하향평가한다. C는 잘한 것도 못한 것도 아닌 보통의 의미다.(김슬옹)*	C ➡ D
	d. 문단설정과 연결이 긴밀한가?	머리말 한 문단, 몸말 세 문단, 맺음말 한 문단, 총 다섯 문단으로 이루어진 문단 설정은 적절하다. 그러나 머리말, 몸말, 맺음말이 하나의 주제로 제대로 연결되지 못 하고 있다.(우리 조 의견)	C
	e. 논지나 논증은 창의적인가?	핵심 쟁점에 대해 일반적인 진술을 하고 있어 창의적이라고 보기 어렵다. 또 논지가 막연하게 드러나 있다.(조진주 학우 의견+우리 조 의견) ➡ *지적 내용이 옳으므로 하향 평가한다.(김슬옹)*	C ➡ D
III. 문장력과 표현력	a. 문장의 정확성과 효율성	네 번째 문단의 '창의적인 잠재력'이라는 표현이 어색하므로 '잠재적인 창의력'으로 고쳐주는 것이 적절하다고 생각한다. 관형격 조사 '-의'가 남용된 부분도 있으나 문장은 대체로 정확한 편이다.(조진주 학우 의견+안현주 학우 의견)	B
	b. 맞춤법과 띄어쓰기	'입시 제도', '입시제도'와 같이 띄어쓰기가 통일되지 않은 부분이 있지만 대체로 잘 했다고 생각한다.(안현주 학우 의견+우리 조 의견) ➡ *'입시 제도', '입시제도' 모두 맞고, 이런 일관성 문제가 크지 않으므로 등급을 내릴 수는 없다.(김슬옹)*	B ➡ A (김슬옹)
	c. 원고지 사용법과 분량	원고지 사용법이 적절하다. 또한 분량도 1040자 정도로 적절하다.(우리 조 의견+조진주 학우 의견)	A

[표 8] 조별 최우수 종합평가 수정안

총평과 조언	잘한 곳	맞춤법과 띄어쓰기가 대체로 잘 지켜졌으며, 원고지를 적절하게 사용했고, 분량도 적당하다.(우리 조 의견)
	조금 아쉬운 곳	-논지가 일반적이며 막연한 내용을 다루고 있어서, 좀 더 글쓴이의 의견을 창의적으로 반영하고 구체적으로 뒷받침해주면 좋을 듯하다.(우리 조 의견) -제시문을 순차적으로 분석하는 것보다 통합적으로 분석하는 것이 더 좋겠다.(김슬옹)

	많이 노력할 곳	문제의 핵심을 잘 파악하지 못해 전체적으로 내용이 잘 전개되지 못 했다. 또한 주어진 제시문이 글쓴이의 의견과 연결되지 못하고 단순 요약되는 데 그쳐서 아쉽다.(우리 조 의견) - *전반적으로 핵심 논제에 집중하는 노력을 기울여야겠다.*(김슬옹)
종합평가		아주 좋음(A), 좋음(B), 조금 아쉬움(C), 노력 필요(D), 치열하게 노력할 필요(E) 상대평가 절대평가

결국 위 예시 답안은 좀 더 엄밀하게 절대평가할 경우 D(노력 필요)이지만 전반적인 논술 수준으로 보았을 때(상대평가)는 C로 평가했다. 선생님의 이론 강의를 바탕으로 학생들 스스로 평가한 내용에 대해 계단식으로 표준 평가안을 마련한 셈이다. 최종 논평과 평가(표8)에 대해 또 다시 토론이나 이의제기를 하려고 하였으나 모두 동의해 주었다. 만일 처음부터 선생이 이런 논평과 평가를 하였다면 수긍 못하는 학생들도 많았겠지만 '개별 활동→조별 활동'을 거치면서 상호 비교 논평을 하였기에 학생들이 충분히 공감을 한 것으로 보인다.

5 | 각 개인 칼럼 논평

이미 학생들과 공유한 논평과 평가가 있었기 때문에 학생 개별 논평은 다음과 같이 짧게 해도 충분한 소통이 될 수 있었다. 또 자기 평가한 학생만을 대상을 했는데 33명 가운데 23명이 중간고사 답안지를 입력해 보내 주어 파일로 논평 내용을 전달할 수 있었다. 낮은 수준의 답안과 높은 수준의 답안을 보도록 한다. 낮은 수준의 답안은 다음과 같은 경우이다.

[1] ①우리나라 중등교육의 귀결점이라 할 수 있는 대학 입시에서 논술비중의 증대로 논술교육에 대한 열기가 뜨겁다. ②이러한 열기만큼이나 논술교육이 우리나라 교육에 미칠 긍정적 영향에 대한 기대도 크다.

[2] ③일부 대학에서는 통합 논술 성적이 우수한 학생들이 학문에 대한 적응능력이 뛰어나고 학업성취까지 월등하다는 결과를 발표하며 통합 논술의 긍정적 결과에 주목했다. ④교육계에서도 암기위주의 주입식 교육 풍토가 만연한 우리나라에서 논술의 중요성이 부각된 것에 대하여 반기고 있다. ⑤하지만 논술의 이러한 긍정적 기대에도 불구하고 새 정부의 대학 자율화 정책에 따라 논술교육이 본고사 부활의 신호탄이 될 수 있다는 우려의 목소리도 있는 모습이다.

[3] ⑥그런데 우리는 이 논술교육에 대해 다시 생각해 볼 필요가 있다. ⑦먼저, 대학에서 발표한 통합 논술의 긍정적 결과에 대한 신뢰도의 물음이다. ⑧일부 대학에서 어떠한 기준으로, 어떠한 조작적 준거를 가지고 결과물을 만들어 낸 것인지 알 수 없는 자료를 바탕으로 통합 논술의 긍정적 시각을 무조건 신뢰할 수는 없다. ⑨또한 통합 논술이 암기 위주의 기존 방법을 타파하는 듯한 느낌의 교육계의 주장도 문제가 있다. ⑩현재 우리나라에서 시행되는 대학에서의 논술교육은 문제와 정답이 있는 특이한 논술이다. ⑪다시 말해 논술자의 주장보다 정형화된 평가준거가 있는 대학 입시논술에서 암기식 교육을 타파할 것이라는 기대는 애초에 모순이다. ⑫마지막으로 본고사의 부활이 사교육 만능시대로의 전환에 대한 주장의 문제점이다. ⑬이미 사교육 만능시대라고 할 수 있는 현재의 시점에서 본고사 부활에 대한 우려를 증폭시키는 문제 제기라고 보여 진다. ⑭이는 본고사 부활, 혹은 그와 같은 교육정책에 현재의 사교육 풍토에 대한 책임을 전가하는 것으로 밖에 여겨지지 않는다.

[4] ⑮이처럼 논술교육에 대한 열기와 그 문제점은 논술교육의 지나친 기대에 기인한 것을 알 수 있었다. ⑯이러한 문제를 해결하기 위해서는 논술에 대한 지나친 기대를 낮추는 것이 중요하다. ⑰논술은 수많은 교육방법 중 하나일 뿐이다. ⑱논술교육은 우리교육문제를 해결하는 만능이 아니고 암기식 교육이 우리나라를 망치는 교육도 아니다. ⑲논술에 모든 기대를 걸지 말고 교육에서의 효과적인 활용방안을 찾는 것에 주목해야 할 것이다.

— 박병호

[1] ①대한민국에서 불티나게 팔리는 상품이 되기 위해서는 두 가지 조건이 필요하다. ②하나는 정력에 좋아야 하고 다른 하나는 수험생에게 좋아야 한다. ③우스갯소리같지만 실제로 수험생 관련 상품의 매출은 다른 것에 비해 높다고 한다. ④이렇듯 직접적인 관련이 없는 상품에까지 영향을 미치는 입시는 언제나 사교육 시장의 호황을 보장한다. ⑤초등학교 때부터 논술학원에 다니는 기이한 현상이 벌어지는 것도 같은 맥락이다.

[2] ⑥그런데 창의적인 사고를 요구하는 통합 논술을 위해 기계적 반복을 거듭하는 학원을 다니는 것은 왜일까? ⑦이런 현상의 원인을 최진규는 지금의 통합 논술이 진정한 의미의 통합 논술이 아닌 본고사의 부활이기 때문이라고 말한다. ⑧본고사의 부활은 공교육의 입시학원화를 부추기며 또다시 사교육 만능 시대를 조성할 개연성이 높은 것이다. ⑨'논술 가이드라인'을 지키지 않은 채로 본고사를 부활시키려 하는 것은 우수 학생을 선점하려는 대학들의 집단이기주의에 불과하다.

[3] ⑩최진규의 논의를 뒤집어 생각해보면 우리는 사교육을 축소하고 공교육을 정상화 시킬 수 있는 방안을 찾게 된다. ⑪그것은 다름 아닌 통합 논술 본래의 취지를 살려 제대로 된 통합 논술을 시행하는 것이다. ⑫이에 대해 신일용은 통합 논술 수업

은 학교교육에서 이루어질 수 있고 이루어져야 한다고 이야기하고 있다. ⑬사교육에서는 시간적 공간적 제약이 존재하므로 한계가 있다는 것이다. ⑭이러한 점은 단순히 통합 논술을 학교에서 시행할 수 있다는 문제에서 한 단계 나아가 통합 논술이 공교육을 살릴 수 있는 기회가 될 것이라고 말한다.

[4] ⑮통합 논술은 기계적인 연습에 의해 되는 것이 아니다. 남의 의견을 마치 내 생각인 냥 포장한다고 해서 되는 것도 아니다. ⑯창의적이고 통합교과적인 사고는 여러 구성원이 고민하고 토론하는 과정에서 생겨난다. ⑰범교과적인 접근이 가능하고 다양한 학습자들의 상호협력이 가능해야 한다는 점에서 통합 논술을 배울 수 있는 최적의 장소는 학교 현장이라고 할 수 있다. ⑱집단의 이기심에 휘둘리지 않고 제대로 된 통합 논술을 시행한다면 그것을 학교현장에서 담당해야 하고 그로인해 학교는 공교육을 정상화 시킬 수 있을 것이다.

―박유전

박병호 학생은 칼럼을 잘 쓸 수 있는 자질이 보인다. 이 글 자체도 나름대로 진지하게 풀어 쓴 알갱이가 뚜렷하다. 그러나 좀 더 객관적으로 보면, 무척 안타까운 답안이다. 내용으로 보면 두 글과 관련된 내용이지만, 남의 생각(두 칼럼 생각이나 주장)과 내 생각의 경계가 모호하고 두 글 차이점에 대한 논점 집중력이 제대로 보이지 않는다.

박유전 학생 칼럼은 초점이 어긋난 경우이다. 두 논점을 자기화하는 자연스러운 문체는 좋다. 다만 주요 논점에 집중하는 힘이 약하다. 첫 문단 마지막 문단이 더욱 그러하다. 입시 논술 문제보다 학원 문제에 더 집중했다.

다음은 잘 쓴 답안 보기다.

[1] ①공교육에서의 통합 논술교육이 논쟁거리가 되고 있다. 공교육의 정상화를 위해 창의적으로 말하고 쓰는 능력을 길러주는 통합 논술의 교육은 필요하다. 그러나 그 교육이 지금까지처럼 대학의 학생 선발 수단으로 전락할 위험이 있다.

[2] ②이러한 문제에 대해 최진규의 글은 대학과 입시 관련기관의 차원에서 문제해결이 이루어질 수 있다고 주장한다. ③즉 통합 논술을 통해 본고사를 부활시키고자 하는 대학에 강력한 제재를 가해야 한다는 것이다. ④그러나 이 문제의 근원적 원인은 잘못된 공교육 시스템에 있다. ⑤공교육과 학교 차원에서의 문제를 해결하지 않는다면 아무리 강력한 법규와 제재가 있어도 문제는 사라지지 않을 것이다. ⑥따라서 신일용의 글이 주장하는 바처럼 공교육과 학교 차원에서 문제의 근원적 원인을 찾을

필요가 있다. ⑦교육을 왜 하는가의 문제에 대한 고민, 즉 교육에 대한 성찰과 철학이 바탕이 된 통합 논술교육만이 문제를 해결할 수 있다고 만이 문 주장하고 있다. ⑧성찰 없는 교육은 단순히 입시만을 위한 도구이며, 사교육이 지향하는 것과 다르지 않기 때문이다.

[3] ⑨그러나 신일용의 글이 주장하는 교육적 성찰이란 어떻게 이루어지며, 이를 공교육의 제한된 여건 속에서 어떻게 해결할 수 있는가의 문제가 남아있다. ⑩이를 위해서는 구체적으로 전문 교원, 즉 일반적인 과정을 통해서 전문성을 갖춘 교사를 논술 전문 교사로 투입할 필요성이 있다. ⑪여러 교과를 세부 영역으로 구분하여 교원을 배치하되,(예로 국어는 말하기, 읽기, 쓰기 등으로) 이 과정에서 각 영역을 통합하여 논술 영역을 신설하고, 이를 위한 전문 교원을 투입하는 것이다. ⑫이 같은 방법을 통해 자격 있는 교원이 교육철학을 갖춘 상태에서 각 교과영역의 통합 논술을 효과적으로 교육할 수 있는 시스템을 창출할 수 있다.

[4] ⑬이를 위해서는 보다 적극적으로 교원을 확충할 수 있는 시스템을 정착시켜야 한다.⑭성찰과 전문성을 갖춘 교원을 투입하는 것으로 이 문제를 보다 구체적으로 해결할 수 있을 것이다.

이 정도면 대단히 우수한 편이다. 통합 논술과 공교육 문제를 잘 잡아서 나름대로의 일관된 논조로 잘 이끌어갔다.

이런 여러 수준을 고려하여 최종적으로 다음과 같은 논평 되돌려보기(피드백)을 했다.

[1] ①통합 논술이 전국적으로 큰 인기를 얻고 있다. ②아직 초등학교에 입학하지 않은 아이들도 논술을 배우러 학원으로 향하고 있다. ③상황이 이러한데, 초중고생은 어떠할까? ④그야말로 통합 논술을 가르치는 학원들과 전쟁을 치르고 있다.

[2] ⑤이러한 시점에서 신일용의 칼럼은 공교육을 살릴 기회로 통합 논술을 언급하고 있고, 최진규의 칼럼은 본고사 부활의 부정적인 면을 통해 통합 논술의 긍정적인 효과를 강조하고 있다.

[3] ⑥그러나 최진규의 칼럼은 통합 논술이 공교육을 정상화시킬 수 있는 하나의 방법이라고 하면서도 어떠한 방식으로 정상화 시킬 수 있는 것인지에 대해서는 제시하지 않았다. ⑦또한 통합 논술이 본고사가 부활한만큼 사교육을 조장할 수도 있다는 것을 간과한 점이 아쉽다. ⑧그러므로 공교육에서 통합 논술이 어떤 영향을 미치고 있는지에 대해 긍정적인 면과 부정적인 면을 언급한 신일용의 칼럼이 더욱 와닿는다.

[4] ⑨통합 논술은 분명 침체하고 있는 공교육에게 희망의 씨앗이 될 수 있다. ⑩그러니 이 기회를 사교육에게 빼앗겨서는 안된다. ⑪하지만 통합 논술 전문 교사의 부재, 학교의 열악한 환경, 정부의 적은 지원, 공교육의 방향과 반대로 가는 대학의 입

시 정책 등의 상황은 암울하기만 하다.

[5] ⑫ 따라서 통합 논술을 공교육으로 흡수하기 위한 대책이 필요하다. ⑬ 통합 논술 전문 교사를 양성하기 위한 사범대와 교육청의 지원, 효율적으로 가르치기 위한 각종 장비의 보완, 이를 위한 정부의 아낌없는 지원, 공교육의 정책과 보조를 맞추어 입시 정책을 정하는 대학의 자세가 있어야 공교육에서도 효과적인 통합 논술교육을 실행할 수 있다.

[6] ⑭ 그동안의 주입식 교육의 폐해는 우리가 잘 알고 있다. ⑮ 21세기 정보화·세계화 시대를 살아가는 우리의 아이들에게는 학습자 중심의 창의적 교육을 하는 통합 논술이 으뜸이 될 것이다. ⑯ 미래에 우리나라를 이끌어 갈 아이들을 위해 학교현장에서 통합 논술이 확실히 자리잡을 수 있도록 각계각층의 노력이 필요하다. ⑰ 지금부터라도 공교육의 정상화를 위해 노력할 통합 논술에게 더 큰 관심을 쏟아서 공교육의 미래가 밝아지길 기대해본다.

— 정혜연

중간고사 답안을 다시 보고나서

1. 실수한 곳 : 통합요약 답안지에 핵심어 다섯 개를 표시하라고 하셨는데, 저는 교수님의 말씀을 잘못 해석해서 그냥 제 종이에만 표시하고, 정작 답안지에는 표시를 하지 않았습니다. 시간도 촉박하고 해서 잊었나 봅니다. 또 띄어쓰기를 제대로 하지 않은 부분이 조금 있었습니다. 다음부터는 좀 더 신경써서 쓰도록 하겠습니다.

2. 잘 쓴 곳 : '통합요약하기'에서 두 칼럼의 공통점과 차이점을 분석해서 쓴 것이 좋습니다.

3. 못 쓴 곳 : '통합칼럼쓰기'를 할 때, 시간이 부족해서 뒷부분의 내용이 매우 엉성합니다. 전에 중간고사 대비 통합칼럼을 쓸 때는 수업시간에 많이 다루었기 때문에 친근해서 쉽게 통합칼럼을 쓸 수 있었는데, 중간고사에서는 처음 다루는 내용이다 보니, 두 개의 칼럼을 해석하는 것에 시간이 많이 걸렸습니다. 또 쓰다 보니 맨 처음에 작성했던 '문단별 개요쓰기'와 다른 방향으로 전개가 되었습니다. 그래서 '통합칼럼쓰기'를 한 뒤에 다시 '문단별 개요쓰기'를 작성하다 보니, '문단별 개요쓰기'가 너무 간단하게 구성되어 있습니다.

혜연에게,

본인 진단이 너무도 정확하니 앞으로 발전 가능성이 무궁무진하다. [2]-[5]의 뛰어난 분석적 글쓰기에 비해 [1] [6]은 격이 떨어진다. 몸통은 대학원생인데 머리와 발은 초등학생격… 첫 문단은 문제제기를 위해 긴장감을 유발하는 효과는 있으나 지나치게 과장되고 상투적이다. 마지막 문단도 중간 문단의 치열한 분석 효과를 약화시키고 있다. 출발과 마무리를 보완한다면 일취월장하리라

— 김슬옹

이런 식으로 자기 평가 파일을 제출한 23명 학생에게 중간고사 답안 평가 되돌려보기를 했다.

6 | 마무리

두 칼럼 분석에서 자신의 칼럼 쓰기와 평가까지 무려 4차시나 진행한 셈이었다. 활동 결과 처리와 과제 문제로 세 시간 연속 수업에서 설정한 시간 분량과 주요 내용을 정리해 보면 다음과 같다.

[표 9] 차시별 수업 현황

차시	시간	수업 내용
1차시	150분	모범 답안 설명 강의
2차시	120분	예시 답안 개별 논평 평가 실습
3차시	120분	조별 공동 논평과 평가
4차시	60분	우수 조별 평가 보완, 최종 평가안 강의

이런 수업에서 예비 선생님들의 논술 능력 향상과 평가 능력을 포함한 교육 전략까지를 함께 하도록 하였다. 이런 수업 효과를 객관화된 자료로 제시하기는 어렵지만 다음과 같은 수업 소감이 긍정 효과를 보여준다고 본다.

> 실제로 글을 써 볼 기회가 자주 주어졌고, 그에 대한 피드백을 받을 수 있었다. 다른 학생들의 글을 평가하는 것은 다른 수업에서 기대하기 힘들다. 이러한 경험은 선생님이 된 후 학생들의 글을 평가하는 데 많은 도움이 될 것 이다.
>
> ― 조영림

> 실제로 논술을 써보기 이전에 두 사설과 칼럼을 분석하고 통합요약을 해보았던 것이 아무래도 가장 도움이 되었던 것 같다. 또한 각자에게 맡겨진 활동이었다면 부담스럽다는 생각이 먼저 들었을 텐데, 조별로 함께 해결하면서 서로의 생각도 공유할 수 있고 그 과정에서 자연스럽게 토론이 생겨나고, 생각을 발전시켜 나갈 수 있었던 것

같다. 무엇보다 이 수업을 통해 통합요약과 통합 논술에 한해서만큼은 확실히 알 수 있었던 것 같다.

—양진숙

기말 시험에서는 논술교육 이론에 대한 평가와 위와 같은 방식의 시험을 다시 치렀다. 그 결과를 보면 어느 정도 수업 효과가 있었는지 가늠해 볼 수는 있으나 시험이란 특수 상황과 한 학기라는 짧은 기간의 교육적 효과를 객관적으로 입증하기 어려워 이 정도의 교육 임상 보고에 그친다.

엄밀한 교육 이론이나 논술 이론으로 분석하고 정리는 하지 못했지만 이는 후속 연구 주제로 남겨 둔다. 그나마 치밀한 과정과 실제 자료를 제시하여 이런 수업의 실질적인 의미나 일부 가시적인 성과는 보여주있다고 생각한다.

[책 끝머리에]－문식성과 통합 국어 능력 : 독서, 토론, 논술의 통합적 언어능력

1. 문식력과 통합 국어 능력

"선생님 우리 애가 책도 많이 읽고 독서능력은 뛰어난데 글은 거의 안 써요?"

흔히 이렇게 말하는 경우가 꽤 있다. 어버이들께는 대못 치는 얘기지만 이런 아이는 독서 능력이 뛰어난 것이 아니다. 독서능력이 뛰어나다면 당연히 글쓰기도 잘해야 한다. 자신이 읽은 책을 털어 놓을 줄 모른다면 그때의 독서능력이 무슨 의미가 있겠는가. 그 반대도 마찬가지다. 책을 많이 읽지 않고 뛰어난 글쓰기 능력을 발휘할 수는 없다. 다양한 선행 지식이나 이런 지식에 대한 분석력을 바탕으로 자신의 생각을 펼쳐야 하는 논술문의 경우는 분명 그렇다.

토론도 마찬가지다. 토론 주제에 대한 읽기와 탐구가 없이 어찌 좋은 토론을 할 수 있겠는가. 토론 기술이나 기본적인 말하기 기술은 타고날 수 있다. 그러나 내용 위주의 깊이 있는 토론 지식이나 능력은 당연히 읽기 능력에서 생산되는 것이다. 그리고 열심히 토론을 잘했다고 해서 거기서 끝난다면 그때의 토론은 생산성이 적거나 의미가 없다. 토론 결과는 되도록 기록해야 한다. 논술문 형식으로 정리하면 좋겠지만 그런 여건이 아니라면 일기에라도 적어야 한다.

이렇게 얘기하면 대뜸 두 가지 질문이 펼쳐진다. 실제로 독서면 독서, 토론이면 토론, 어느 하나만을 잘하는 아이들이 있지 않느냐는 것이다. 당연히 있다. 그렇다면 그 때는 읽기만을 잘한다든가 토론만을 잘한다는 식으로 말해야 옳다.

두 번째 질문은, 그렇다면 우리 아이들을 독서, 토론, 논술의 팔방미인 또는 만능으로 키워야 하느냐이다. 이런 질문은 반은 맞고 반은 틀렸다. 독서, 토론, 논술이 동떨어진 별개의 능력이라면 팔방미인이나 만능이니 하는 말을 적용할 수 있다. 하지만 동떨어진 능력이라기보다는 서로 연계되어 있고 엉켜 있기에 그런 표현은 적절하지 않다. 굳이 통합적 국어 능력 차원이라면 팔방미인이라는 말을 써도 좋다.

그렇다고 읽으면 무조건 토론하고 써야 한다든가 하는 강박관념을 얘기하는 것은 아니다. 왜 읽고 왜 토론하고 왜 써야 하는가에 대한 문제의식과 거기에 따른 판단 능력이 중요하다. 이러한 맥락적 언어 능력을 문식력(literacy)이라 한다. 읽기 쓰기를 중심으로 듣기 말하기를 포괄하는 총체적 언어능력이 문식력이다. 우리나라가 과학적이고 우수한 한글 덕에 글자 해득력(문맹 퇴치율)은 세계 최고지만, 문식력은 OECD 국가 가운데 낮은 수준이라고 한다.

2007년도에 국어과 교육과정이 수시 개정체제로 전환된 이후 2009, 2012, 2015 교육과정을 거쳐 오늘에 이르고 있다. 교과서도 검인정 체제로 바뀌어 수십 종이 쏟아졌다.

이런 변화 외 정작 더 중요한 것은 문식력 차원의 통합적 국어능력을 강조했다는 점이다. 이전에는 듣기, 말하기, 읽기, 쓰기, 문학, 문법이 배타적으로 구성되거나 연계성이 적었지만 새 교과서는 영역 연계 교육을 실시하여 통합 전략을 교과서 편제로 의무화하였다.

2. 통합적 문식력 키우기 핵심 전략

그렇다면 통합적 문식력이 뛰어난 아이는 어떻게 키울 것인가. 세 가지 핵심 전략으로 생각해 보자.

1) 탐구력과 활동력 키우기

"구하면 구할 것이다."라는 종교 잠언이 제격이다. "뛰는 놈 위에 나는 놈이 있다."라는 짧은 속담이 탐구력이 없는 아이에게는 그냥 흔히 듣는 속담에 지나지 않아 말할거리도 쓸거리도 없다. 그러나 조금만 탐구력을 발휘하면 이 짧은 문장을 가지고 몇 날 며칠을 토론할 수 있고 책 한 권을 쓸 수 있다. 뛰는 놈은 나는 놈이 될 수 없는가. 나는 놈이 뛰는 놈보다 나은 것인가. 우리 사회에서 뛰는 놈은 누구이고 나는 놈은 누구인가. 뛰는 놈과 나는 놈이 만나 함께 갈 수는 없는가. 탐구력과 활동력은 맞물려 간다. 탐구력에 따라 활동력이 촉발되고 활동에 따라 다시 탐구력이 길러지기 때문이다.

2) 지식욕 키우기

탐구력이 뛰어나면 으레 지식욕과 문제 해결력이 높아져 통합적 국어능력이 촉진된다. 이때의 지식욕은 단순히 백과사전식 지식이 아니라 꼬리에 꼬리를 물고 이어지는 연쇄사슬식 지식이고 이 꼬리 저 꼬리가 때에 따라 하나의 꼬리가 되기도 여러 꼬리가 되기도 하는 꼬리꼬리 지식이다. 위 속담 문제를 해결하기 위해 국어사전 지식도 필요하고, 뛰는 놈 나는 놈의 위계성에 따른 사회학적 지식도 필요하고, 때로는 뛰는 놈 나는 놈의 생물학적 능력을 따지기 위해 생물학적 지식도 따져 보아야 할 것이다. 사회학적 문제가 더 중요한지 생물학적 문제가 더 중요한지를 따지기 위해 치열한 사유와 토론도 필요하리라. 이러한 지식 횡단은 문제 해결과의 긴장 관계를 유지할 때 공허한 지식이 아닌 생산적인 지식이 된다. 그리고 문제해결 수단으로서의 지식도 있지만 또 다른 문제를 촉발하는 지식이기도 하다.

3) 능동적 표현력 키우기

마지막으로 능동적 표현력이 중요하다. 인간만이 창조적인 언어를 가졌다는 것은 바로 인간은 표현 동물임을 의미한다. 책은 독자 입장에서 보면 이해의 대상이지만 그 이전에 이미 능동적 표현체임을 기억할 필요가 있다. 어떤 저자의 치열한 노력과 적극적 표현 결과물인 것이다. 그런 책을 이해한다는 것은 그런 능동적 표현 문화에 참여한다는 것을 의미한다. 그렇다고 똑같은 책을 쓰자는 것이 아니라 책 내용에 대해 몇 마디 말이건 쪼가리 글이건 능동적으로 쓰고 발표하는 것이 중요하다는 것이다.

이제 지금은 1인 블로그 시대다. 블로그는 디지털 시대에 표현 욕망의 해방구다. 온 가족이 하나의 블로그를 만들 수도 있고 각자 만들어도 좋다. 서로 읽은 책에 대해 질문이나 발제를 10개씩 만들어 보자. 또 서로 댓글을 달아 보자. 밥상머리에서는 그 댓글로 이야기꽃을 피워 보자. 똑같은 내용이라도 컴퓨터로 읽을 때와 대화로 나눌 때 그 의미와 느낌이 사뭇 달라질 수 있다. 아이들은 이렇게 매체를 넘나들며 또 다른 배움과 나눔의 즐거움을 얻을 것이다. 가족끼리 격론이 벌어진다면 더더욱 즐거운 소통의 장이 열리리라. 이렇게 해서 아이들은 자연스럽게 읽기와 쓰기, 작은 토론, 붙이기(사진, 동영상), 덧보태기(사진 설명문 따위) 시도를 할 것이다. 아이들은 가족과의 소통으로는 상상이 안 되는 세계와 이미 줄이 닿아 있을 것이다. 연계와 통합은 그런 것이다.

[부록] 논술 기본에서 고득점까지 : 논술 잘 쓰는 10대 전략(학생용)

제대로 쓰는 논술을 찾아서

또물또(이 땅의 모든 학생들), 또 논술의 계절이 스산한 바람으로 다가왔구나. 하긴 논술의 계절이 따로 있는 건 아니지만 입시 따라 하다 보니 계절이 있는 듯하구나. 논술이 두렵다고 했니. 또물또, 아니다. 두려운 건 논술이 아니라 네 마음일 게다. 또물또는 이제껏 살아오면서 어떤 문제에 대해 자기 생각을 남에게 많이 이야기해 왔을 터. 그걸 좀 더 체계적으로 정리한다고 생각해라. 왜 그런지 내 말을 잘 들어보렴.

논술의 기본, 논증게임

우리가 논술은 왜 하는가부터 생각해 보자. 자기 생각이나 주장을 누군가에게 알려주기 위해 쓰는 것이겠지. 그렇다면 주장 그 자체가 중요한 것이 아니라 <u>왜 그런 주장을 해야 하는가</u> 내지는 주장을 <u>어떤 방식으로</u> 알리느냐가 중요하겠지. 물론 알리는 방법도 여러 가지여서 감정에 호소할 수도 있고 이성에 호소할 수도 있지. 이성에 주로 호소하는 게 논술 아니겠니. 논술은 이성에 호소하는 방식으로 논증을 하는 거고 그리고 주장은 시에도 소설에도 있지만 합리적 논증은 논술에 주로 나타나는 특징이고 말야. 그러므로 설득하는 <u>과정과 맥락</u>이 중요하다는 거야. 쉬운 예로 양치기 소년이란 글(텍스트)을 주고 거짓말 문제에 대해 쓰라는 논술 문제가 있다고 쳐봐. 그러면 대부분의 학생들은 거짓말하는 것은 나쁜 것이다. 그러므로 거짓말하지 말자고 쓸 거야. 그런 주장이 아무리 옳다고 하더라도 그 주장 자체는 별로 의미가 없을 거라는 얘기지. 거짓말하면 왜 나쁜 것인지를 조목조목 써야 한다는 것이야.

주장(주제) 잡기에서 문제설정으로

그런데 문제는 양치기 소년을 똑같이 읽었다 하더라도 거짓말에 대한 문제설정이 다를 수 있다는 거지. 어떤 학생은 거짓말하면 나쁘다. 그러므로 양치기 소년은 거짓말을 하였으므로 벌을 받았다고 할 수도 있고, 또 어떤 학생은 거짓말한 소년이 나쁜 것이 아니라 거짓말을 할 수밖에 없는 환경을 만든 마을 어른들이 잘못이라고 할 수도 있지. 아니면 거짓말한 소년도 잘못이고 그렇게 만든 마을 사람들도 잘못이라고도 할 수 있지. 그러니까 어떤 관점에서 문제를 설정하느냐에 따라 글의 성격이나 방향이 확 달라지겠지. 또물또는 어느 쪽일까 생각해 보렴. 내친김에 그 흐름을 간단히 보자.

첫 번째 견해는 어떻게 되겠니.

"거짓말이 판치는 세상이 되었다. 그래서 그런지 거짓말 때문에 죽었다는 양치기 소년 이 야기는 더욱 우리에게 많은 교훈을 준다. 그는 나쁜 거짓말을 하는 바람에 많은 사람들의 바쁜 시간을 빼앗았고 자신은 비참하게 삶을 마감했다. 이처럼 거짓말은 남에게나 본인에게 나 모두 나쁜 것이다."

두 번째 견해라면 어떨까.

"거짓말은 늘 있어 왔지만 요즘은 사회적으로 더욱 문제가 되고 있다. 문제는 왜 사람들 이 거짓말을 하는가이다. 양치기 소년 이야기에서도 사람들은 그 소년이 거짓말한 그 자체 만을 본다. 그가 왜 거짓말을 했는지는 제대로 생각하지 않는다. 양치기 소년은 마을 사람들 을 위해 일하였음에도 늘 혼자서 외롭게 지내야 했다. 그렇다면 거짓말한 그 소년이 잘못이 아니라 그렇게 만든 마을 사람들이 더 잘못이다."

세 번째 견해라면 어떨까.

"거짓말이 횡행하는 세상이 되었다. 이런 때일수록 누가 왜 어떤 거짓말을 하는가를 세밀 하게 살펴야 한다. 그런 면에서 양치기 소년은 우리에게 적절한 의미를 던져준다. 왜냐하면 양치기 소년의 죽음은 그 소년 자신과 마을 사람들 모두의 합작품이기 때문이다. 물론 근본 적인 원인은 그 소년을 늘 심심하게 만든 마을 사람들에게 있겠지만 그러한 환경을 슬기롭 게 극복하지 못하고 습관성 거짓말로 마을 사람들을 놀린 것은 그 자신이기 때문이다."

어떠니. 또물또, 문제를 어떻게 설정하느냐에 따라 맥락이 확연히 달라지지.

논술 잘 쓰는 비법 - 분석력

논술이 논증게임이라는 것은 앞에서 얘기했지. 그런데 논증력은 논리력에서 나온다고 생 각하는 학생들이 많더구나. 논리력이 중요하긴 하지만 그것은 논증을 구성하는 하나의 장치 일 뿐이고 뛰어난 논증력은 분석력에서 나온단다. 우선 어떤 문제에 대해 이모저모 뜯어보 는 능력이 있어야 자기만의 논증을 할 수 있는 것이니까 말야. 이를테면 전자오락에 대해 쓰라고 하면 일단 전자오락 문제에 대해 이모저모 따질 수 있어야 한다는 거야. 먼저 뛰어 난 분석력은 적극적인 문제설정에서 나온단다. 과연 전자오락이 어른들 생각처럼 나쁜 것인가, 아니면 친구와 멀어지면서까지 전자오락에 빠질 필요가 있는가 등등 말이야. 다음으로 좋은 분석은 다양한 관점으로 따져보는 데에 있다. 전자오락 문제가 간단한 것 같지만 아래 도표에서 보듯이 얼마나 많은 관점에서 분석할 수 있니.

입장	찬 성			
	교 육	경 제	사회/문화	건 강
학생 (소비자)	·학습 도움 ·지능 개발 ·컴퓨터 실력 향상 ·자연스러운 외국어 접촉 ·창의적 사고 확장 ·3차원적 공간 경험	·기능 향상으로 다양한 효과를 거둘 수 있음. ·소비로 경제 활성화 ·전문 프로그래머 배양 ·인터넷 능력 향상	·새로운 사회 인간형 (사이버)을 익힘. ·새로운 놀이문화 익힘.	·스트레스 해소
생산자	·교육발전에 도움. ·전문 프로그래머 양성에 도움	·소프트웨어 시장 활성화 ·중소기업 활성화	·놀이문화발전	
학부모	·학습 도움	·용돈 줄일 수 있음.	·새로운 놀이문화 창출	·스트레스 해소로 아이들 건강에 좋음.
선생님	·학습 도움 ·지능 개발	·멀티미디어 교육환경 조성	·학생들의 사회 적응력 육성	
입장	반 대			
	교 육	경 제	사회/문화	건 강
학생 (소비자)	·학습 내용 편중 ·균형 있는 발전 저해	·과소비 조장	·편협성 ·폐쇄성	·시력 나빠짐.
생산자	·시장 편중(오락 프로그램 때문에 교육용이 안 팔림)	·소프트웨어 시장 획일화로 더욱 손해		
학부모	·학습 방해	·용돈을 많이 주어야 함.	·놀이문화에 편중 ·세대 간 갈등 조장	·몸이 허약해짐.
선생님	·학습 방해	·낭비벽이 생김.	·오락 집중으로 적응력 저하 ·폭력성 조장	

물론 편의상 학생, 학부모, 선생님, 생산자 등으로 구분해 분석해 보았지만 학생들도 생각이 다양할 거야. 그리고 학생 입장이라 하더라도 생산자 입장에서 부모님 입장에서의 여러 문제를 고려할 수 있고 말야. 이렇게 분석은 쪼개 보기도 하고(구분) 이리저리 합쳐 보기도

하고(분류) 아니면 학생과 부모님의 서로 다른 생각을 견줘 보기도 하고(대조) 아니면 학생과 생산자의 비슷한 점을 추려 보기도 하고(비교) 하면서 전자오락이 우리에게 어떤 의미가 있는지를 따지는 거야. 그래서 전자오락을 대체로 긍정적으로 생각하는 학생들은 두뇌 발전에도 좋고 정신건강이라든가 경제발전에 좋은 점을 얘기하면서 전자오락이 청소년들의 삶에 매우 가치가 있다고 쓰면 되고 부정적으로 생각하는 학생들은 그 반대의 여러 논거와 관점을 추슬러 입증하면 되는 거지. 물론 전자오락은 지나치게 하면 해롭고 적절하게 이용하면 이롭다는 제3의 견해도 얼마든지 있을 수 있지.

꼭 짚고 넘어가야 할 열 가지

또물또, 공부에는 왕도가 없다는 말 많이 들어봤지. 논술도 마찬가지란다. 꾸준히 읽고 쓰는 것이 약이지만 그래도 입시논술에서 몇 가지 주의하거나 집중할 점이 있단다. 이 점을 집중 훈련하거나 주의하면 꽤 괜찮게 논술을 할 수 있을 거야.

첫째, 문제설정을 잘해야겠다. 앞에서 얘기했듯이 어떤 관점에서 어떻게 문제를 설정하느냐에 따라 글의 성격도 달라지지만 글의 힘이 어렵지 않게 결정된단다. 이러한 문제설정은 좀 더 구체적으로 해야 한다. 전자오락은 긍정적인가 부정적인가보다는 전자오락이 공부와 우정에 어떤 영향을 끼치는가 식으로 문제를 설정해야 한다.

둘째, 자신만의 관점을 분명히 할 필요가 있단다. 어차피 논술은 자신의 관점을 설득하는 데에 있으므로 그것을 분명히 해야 한다는 것이야. 이를테면 유전공학 문제에 대해 쓰라고 했더니 어떤 학생이 "유전공학은 불치병을 치료할 수 있는 길을 열게 되었으므로 인간에게 무척 유용한 분야이다. 그러나 환경문제를 일으키므로 더는 발전시키지 않는 것이 좋다. 하지만 일부 환자들을 위한 분야는 발전시켜야 한다. 그렇더라도 남용되지 않도록 최대한 개발 분야를 줄여야 한다."라고 썼다면, 이것은 관점이 분명하지 않은 경우이다. 유전공학을 찬성한다는 것인지 반대한다는 것인지가 분명하지 않다. 물론 제3의 관점이라면 어떤 때는 좋고 어떤 때는 나쁘다는 것인지 그 기준을 분명히 해야 한다.

셋째, 개요를 전략적으로 짜야한다. 수험생들은 짧은 시간에 실수 없는 완결된 답안을 작성해야 하므로 되도록 개요짜기를 해야 한다. 그런데 서론-본론-결론식의 상투적인 개요를 짤 필요는 없다. 내가 권하고 싶은 것은 대입논술이 대개 1500자 안팎이고 적게는 세 문단에서 많게는 여섯 문단으로 쓰게 되므로 문단별로 개요를 짜는 것도 괜찮을 것이다.

이러한 문단별 개요짜기는 전체 구성을 긴밀하게 할 수 있고 개요에 따라 원고지에 옮길 때 편리하다.

넷째, 첫 문단을 잘 쓰자. 첫 문단은 첫인상이다. 첫인상만 보고 모든 것을 판단하는 것은 잘못이지만 첫 문단에서 읽는 이의 관심을 끄는 것은 전략이다. 그래서 세 가지는 피해야 한다. 하나는 너무 일반적인 명제로 시작하지 말자는 것이다. 환경호르몬 문제에 대해 쓰라고 했는데 인간은 과학 기술을 많이 발전시켜왔다는 식의 문장은 너무 김빠진다는 것이다. 곧바로 환경문제로 시작해서 자신만의 문제를 설정하는 것이 좋다. 또 하나는 그렇다고 해서 너무 구체적으로 시작할 필요는 없다. 이를테면 몇 월 며칠 무슨 물건을 샀는데 그 물건이 어쩌고저쩌고. 역시 김빠진다. 나머지 하나는 상투적인 말투는 최대한 자제해야겠다. 이를테면 고찰해 보겠다, 알아보겠다, 내 의견을 피력해 보겠다는 등등. 그렇다면 어떻게 쓰는가. 자신만의 문제설정과 방향 제시 정도로 쓰는 것이 좋다.

다섯째, 마지막 문단에서 논점을 강조하거나 새롭게 치자. 흔히 학생들은 마지막 문단에서 세 가지 부족한 점을 보인다. 하나는 서론을 반복하는 경우이다. 짧은 논술문에서 서론을 반복할 필요 없다. 다른 하나는 본론을 단순 요약하는 경우이다. 긴 논문에서는 그럴 필요가 있겠지만 역시 대입논술에서는 지면 낭비. 나머지 하나는 조화시키자는 식으로 계몽적으로 끝내는 경우이다. 앞에서 조화시켜야 하는 맥락을 논증하였다면 별 문제없으나 긍정, 부정을 나열하고 나서 무책임하게 조화시키자고 한다면 설득력이 없다. 그 밖에 "요컨대, 앞에서 알아본 바와 같이" 따위의 상투어도 최대한 자제하는 것이 좋다. 그렇다면 어떻게 써야 하는가. 자신의 주장을 앞에서 언급한 표현과 다른 방식으로 강조해 주는 것이 좋다. 또는 자신의 주장 가운데 더 중요한 부분을 강조해 주는 전략도 좋다. 이를테면 환경호르몬 문제를 도덕적인 측면, 경제적인 측면, 생존의 측면으로 언급했다면 그중에서 생존의 문제가 가장 중요하다고 강조하는 식이다. 그래도 여유가 있다면 자신의 논점 가운데 부족한 점을 살짝 보완해 주는 것이다. 이를테면 앞의 경우라면 문화적인 측면은 세 관점 모두와 관련되므로 여기서는 따로 언급하지 않았지만 무척 중요하다는 식으로.

여섯째, 논증을 치밀하게 하자. 논증의 중요함은 앞에서 분석 전략을 얘기하면서 충분히 설명했다. 논증은 단순히 논거를 들고 추론하는 문제가 아니라, 발견한 문제에 대해 어떻게 분석해서 의미를 부여해야 할지 중요한 과정의 문제이다. 그러므로 일단 다양한 관점에서 이리저리 따져보고 거기에 걸맞은 논거를 찾아내고 분석하는 힘이 필요하다. 이를테면 가족의 문제에 대해 쓰라고 했을 경우 단지 막연하게 IMF시대 가족의 소중한 가치가 더욱 부각되었다는 식의 논증은 너무 일반적이고 맥 빠진다. 그보다는 고아수출 1위, 빈익빈 부익부, 결손가족, 가족중심의 출세주의 등의 논거를 활용해 우리나라 가족 사랑은 이기적이라는 의미를 도출해 내는 것이 더 치밀한 논증이다.

일곱째, 뭔가를 다르게 쓰자. 대개 대입논술은 주장이 비슷할 수가 있다. 그러므로 문제설정이 색다르다든가 논거가 풍부하다든가 아니면 표현이 특이하다든가, 뭔가 하나 정도는 색다르게 쓰도록 노력해야 한다. 물론 일부러 색다르게 쓰려고 할 필요는 없다. 자신만의 문제를 찾아내 치열하게 고민하다 보면 그런 결과를 얻게 될 것이다. 창의성은 두 가지가 있다. 하나는 타고난 감수성이나 직관에 따라 번개 치듯이 급하게 이루어지는 경우이고 또 하나는 앞선 사람들의 생각을 바탕으로 좀 더 치열하게 고민해서 조금 더 깊이 들어가 얻어내는 창의성이다. 논술에서 더욱 중요한 것은 뒤쪽이다.

여덟째, 물고 늘어지는 일관성을 확보해야 한다. 첫 번째 문단에서 제기한 문제설정에 대해 매 문단에서 좀 더 확대 발전시켜 가며 고민한 흔적을 보여주어야 한다. 뭔가 각 문단마다 따로 노는 듯한 느낌을 주어서는 안 된다. 이를테면 환경호르몬 문제에 대해 두 번째 문단에서는 경제적인 측면에서 물고 늘어지고 세 번째 문단에서는 도덕적인 측면에서 물고 늘어지고 네 번째 문단에서는 문화적인 측면에서 물고 늘어지고 해서 환경호르몬에 대한 자신만의 치열한 고민을 보여주면 좋다. 서로 다른 관점을 문단마다 나열하고 배열하는 것이 아니라 한 문제에 대해 이리 치고 저리 치는 전략이 필요하다는 것이다. 이런 문제는 문체와 구성도 중요한 몫을 차지한다.

아홉째, 생동감 있게 표현을 하자. 학생들의 논술답안은 김빠지는 경우가 많다. 서론-본론-결론의 틀에 맞추어 상투적 구성과 표현을 한 경우가 많고 또 교과서식 문장을 모방해서 더욱 그렇다. 또한 문법 교과서 법칙대로 전형적인 문장을 찾아서 쓰려니 더욱 안 된다. 그러지 말고 자신만의 이야기를 남에게 차분하게 들려주듯 쓰면 된다. 지나치게 흥분하지 말되 끈끈한 고민의 흔적을 남겨야 한다.

열째, 기본적인 조건을 잘 지키자. 대입논술은 조건과의 싸움이다. 워낙 많은 학생들이 경쟁을 하다 보니 그런 게임의 규칙이 중요하다. 상식적으로 생각해 봐도 축구를 하면서 규칙을 안 지킨다고 생각해 보라. 보기도 싫고 경기는 엉망이 될 것이다. 기본규칙을 지켜주면서 자기만의 게임을 펼쳐야 한다. 기본규칙을 안 지켜서 좋은 내용에서 감점이 된다면 조금 억울하지 않은가. 문제조건을 지키는 것은 읽는 사람을 위한 배려이다. 내 글을 읽어주는 사람을 즐겁게 하지는 못할망정 불쾌감을 주어서야 되겠는가. 맞춤법 따위의 형식조건도 웬만큼 지켜주는 것이 좋다. 가끔 실수로 틀리는 것이야 애교로 봐줄 수도 있지만 한 문단에서 여러 부분이 틀린다면 채점자들은 분명 마뜩찮게 다른 요소까지 부정적으로 볼 것이다.

그래 또물또, 열 가지 주요 전략을 들어 보니. 어떠니. 이제 감이 잡힌다고. 에끼 이 녀석, 감 잡는 것만으론 부족하지. 당찬 자신감이 생겨야지. 그래도 논술이 이제 두렵지 않게 됐다고. 그래 그럼 성공이다. 한술에 배부를 수는 없지. 다만 두려움 없는 너의 첫 마음이 커다란 자신감을 몰고 오리라.

참고문헌

강버들(2013). 고등학교 통합교과형 논술교육의 활성화 방안 탐색. 부경대학교 대학원 박사학위 논문.

고길섶(1994). ≪논술행 기차를 바꿔 탑시다≫. 문화과학사.

고길섶(1996). 논술 전략. ≪함께 여는 국어 교육≫ 29호. 나라말.

권순희(2013). 통합적 글쓰기 교육: 생물교육에서의 논리 논술교육. ≪선청어문≫ 40집. 서울대학교 사범대학 국어교육과. 303-335쪽.

권영민(1997). ≪우리문장강의≫. 신구문화사.

권영부(2006). 사회 변화를 보면 통합 논술이 보인다. ≪교육마당21≫ 297호. 교육인적자원부. 52-53쪽.

권태현(2012). 고등학생의 쓰기 효능감과 서술형 및 논술형 평가 결과의 상관관계 : 고등학교 2학년 문학 과목을 중심으로. ≪국어교육학연구≫ 44집. 국어교육학회. 37-66쪽.

권희정(2006). 공교육이 책임지는 통합교과형 논술. ≪서울교육≫ 184호. 서울특별시교육연구정보원. 49-55쪽.

김경훤(2008). 논술교육을 위한 어법적 글쓰기 : 대학생들의 글쓰기를 중심으로. ≪철학과 현실≫ 76호. 철학문화연구소. 162-173쪽.

김광수(1995). ≪논리와 비판적 사고≫. 철학과현실사.

김광수(1996). 각 대학 논술 문제 몇 점인가. ≪논술 지도교사 및 출제자를 위한 세미나 자료집≫. 한국철학회.

김두루한(2020). ≪배움혁명≫. 참배움.

김명석 외(2008). ≪성신 글쓰기≫. 성신여자대학교출판부.

김문수(2017). ≪논술의 기술: 합격을 부르는 좋은 글은 첫 문장에서 비롯된다≫. 서교출판사.

김미선(2012). 논증적 역사 글쓰기가 비판적 사고력에 미치는 효과 : 사범대학 역사교육과의 논술교과 운영을 중심으로. ≪역사교육≫ 121집. 역사교육연구회. 43-97쪽.

김미숙(2007). 논술교육 이대로 좋은가: 논술 사교육 실태와 논술교육의 방향. ≪교육개발≫ 159호. 한국교육개발원. 20-28쪽.

김민정(2007). 국제이해교육을 위한 통합 독서토론논술 프로그램 연구. 숙명여대 국제관계대학원 석사학위 논문.

김봉군(1980). ≪문장기술론≫. 삼영사.

김삼승(2000). 중학생을 위한 논술문 쓰기지도 방안연구. 순천대학교 교육대학원 석사학위 논문.

김상무(2006). 논술교육은 정규교육과정 속에서 : 독일. ≪교육정책포럼≫ 144호. 한국교육개발원. 20-22쪽.

김상수(2008). 교원이 작성하는 통합 논술의 실제 ≪교육경북≫ 141호. 경상북도교육청. 28-40쪽.

김선민(2007). 교육과정 재구성을 통한 논술 교수학습에 관한 연구. ≪한국초등국어교육≫ 34집. 박이정. 165-187쪽.

김성숙(2008). 미국의 대학 글쓰기 교육과정과 평가. ≪작문연구≫ 6집. 한국작문학회. 99-125쪽.

김성우(2008). 대입 논술 고사의 이중성과 교육적 함의. 한국교원대학교 대학원 석사학위 논문.

김세연(2014). ≪(중・고등학생을 위한)청소년 글쓰기≫. 푸른영토.

김숙정 외(2005).논술교육 어떻게 할 것인가 <좌담>. ≪교육마당21≫ 263호. 교육인적자원부. 4-9쪽.

김슬옹 외(2001:개정판). ≪상상력과 창의력을 키우는 동화 읽기 쓰기≫. 나른세상.

김슬옹(1997). 김슬옹 선생님과 함께 하는 통합 교과 여행 1: 또물또! 그래 묻고 또 묻자꾸나. ≪논술세대≫ 6호(9월호). 자유학교. 52-58쪽.

김슬옹(1998). 언어분석을 위한 맥락설정 이론. ≪목원어문학≫ 16집. 목원대학교 국어교육과. 5-65쪽.

김슬옹(1998). 적극적인 토론과 발표를 이끄는 문제설정식 수업전략. ≪대학교육≫ 94(7・8월 합본호). 한국대학교육협의회.

김슬옹(1998). 이규보 '슬견설' 읽기의 주요 관점설정－고전 읽기와 관점설정의 중요성. ≪한글새소식≫ 307호. 한글학회.

김슬옹(1999). ≪그걸 말이라고 하니≫. 다른우리.

김슬옹(1999). ≪삐딱하게 보고 뒤집어 생각해라≫. 미래 M&B.

김슬옹(1999). 관점설정과 논술교육. ≪한민족문화연구≫ 4집. 한민족문화학회 엮음. 새로운 사람들. 93-101쪽.

김슬옹(2000). ≪통합 교육을 위한 삶 쓰기 논술교육≫. 인간과자연사.

김슬옹(2001). 글쓰기와 논술교육에 대한 책읽기. ≪함께여는 국어교육≫ 48호(여름호). 전국국어교사모임.

김슬옹(2001). 독서법과 독서교육에 대한 책읽기. ≪함께여는 국어교육≫ 47호(봄호). 전국국어교사모임.

김슬옹(2001). 말하기 교육에 대한 책읽기. ≪함께여는 국어교육≫ 49호(가을호). 전국국어교사모임.

김슬옹(2004). 소주제별 네 박자 또물또 독서 교육 프로그램 구성 전략과 실제. ≪교육 한글≫ 16・17호. 한글학회. 113-161쪽.

김슬옹(2004). 텍스트형 논술교육을 통한 사고력 교육 전략. ≪자하어문집≫ 19집. 상명어문학회. 31-76쪽.

김슬옹(2005). 언어 분석 방법론으로서의 담론학 구성 시론. ≪사회언어학≫ 13권 2호. 한국사회언어학회. 43-68쪽.

김슬옹(2008). 교과서 중심 통합교과논술 수업 모형 구성. ≪돈암어문학≫ 21집. 돈암어문학회. 311-362쪽.

김슬옹(2008). 대입 논술 문제 유형 분석. ≪우리말교육현장연구≫ 2권 2호. 우리말교육현장학회. 75-132쪽.

김슬옹(2008). 대학 새내기를 위한 발제법 : 독서토론의 즐거움. 발제의 치열함. ≪사람과 책≫ 45호. (3월호). 교보문고. 12-13쪽.

김슬옹(2008). 칼럼형 논술문(에세이) 쓰기 지도 전략과 실제. ≪동국어문학≫ 19・20집. 동국어문학회. 동국대학교 사범대학 국어교육과. 5-27쪽.

김슬옹(2009). ≪담론학과 언어분석-맥락・담론・의미-≫. 한국학술정보(주).

김슬옹(2009). 문식성과 통합 국어 능력_독서 토론 논술교육 연계 전략-독서, 토론, 논술의 통합적 언어 능력 키워야. ≪독서논술 로드맵≫ 5호(2009.7.15.). 대교솔루니. 3쪽.

김슬옹(2010). 국어교육 내용으로서의 '맥락' 연구. 동국대학교 대학원 국어교육학과 박사학위 논문.

김슬옹(2012). ≪맥락으로 통합되는 국어교육의 길찾기≫. 동국대출판부.

김슬옹(2013). ≪열린 눈으로 생각의 무지개를 펼쳐라≫. 글누림.

김슬옹・허재영(1995). ≪통합교과와 생각하기 논술≫. 토담.

김영민(1998). ≪손가락으로, 손가락에서: 글쓰기(와) 철학≫. 민음사.

김영채(1998). ≪사고력: 이론, 개발과 수업≫. 교육과학사

김욱동(1999). 이규보의 생태주의. ≪비평≫ 창간호. 비평이론학회 엮음.

김윤지(2013). 문학 작품을 활용한 통합형 논술교육 방안. 동국대학교 교육대학원 석사학위 논문.

김은주(2006). 가장 훌륭한 논술책은 교과서! ≪교육정책포럼≫ 144호. 한국교육개발원. 12-15쪽.

김재진(2000). 논술쓰기 능력 신장 방안연구. 논쟁하기 전략을 중심으로. 한국교원대학교 교육대학원 석사학위 논문.

김정욱(2018). 담화 구조 지식이 대학 신입생의 논술문 쓰기 수행에 미치는 영향 연구. 연세대학교 교육대학원 석사학위 논문.

김종률(2011). ≪논술 사고 교육론≫. 한국학술정보.

김종률(2013). 논술 체계와 국어과 논술교육의 방향 연구. ≪우리말글≫ 59집. 우리말글학회. 101-127쪽.

김주환 엮음(1997). ≪7년간의 실수≫. 나라말.

김준기(2011). 통합 논술과 인재 선발과의 상관성 고찰. ≪새국어교육≫ 88호. 한국국어교육 학회. 31-55쪽.

김중신(2011). ≪이공학도를 위한 글쓰기 논술교재≫. 수원대학교 공학교육혁신센터.

김중신·원진숙(2007). 국어교육과 통합 교과논술의 향방. ≪국어교육학연구≫ 29집. 국어교육학회. 5-32쪽.

김창원 외(2005). ≪국어과 수업 모형≫. 삼지원.

김철민(2010). 자기 첨삭 활동을 통한 논술 능력 향상 방안 연구. 한국교원대학교 대학원 석사학위 논문.

김태길 외(1985). 우리에게 명저란 무엇인가. ≪신동아≫ 1985년 1월호 별책부록(한국의 명저 100권).

남영신(2014). ≪글쓰기는 주제다≫. 아카넷.

로버트 J. 굴라 지음/이경석·김슬옹 옮김(2009). ≪논리로 속이는 법 속지 않는 법≫. 모멘토.

린다 플라워/원진숙·황정현 옮김(1998). ≪글쓰기의 문제 해결전략≫. 동문선.

마상룡·김슬옹·이원근·박예경·한금윤(2005). ≪논술 짱 구술 UP≫. 세종서적.

마성식(1996). ≪언어 사고 생활≫. 한남대학교출판부.

명인진(1999). ≪생각하는 방법의 세계≫. 인간과자연사.

박낭자·양승희(2002). ≪주제 중심 통합교육과정의 이론과 실제≫. 창지사.

박부권(2014). ≪사고와 표현의 문법 : 창의적 논술의 지상 중계≫. 동국대학교출판부.

박순영(1998). 논술고사의 목적과 방향. ≪12개 대학 98·99 논술고사 해설집≫. 12개 대학 논술 공동 연구회.

박영기(2015). 소통과 배려를 위한 독서와 글쓰기 수업 사례 연구 : 글로벌 시대 교양교육의 새로운 모색. ≪대학작문≫ 11호. 대학작문학회.

박은아(1994). ≪창조적인 글쓰기≫. 샛길.

박인기·김슬옹·정성현(2014). ≪토론교육 무엇을 어떻게 가르칠 것인가≫. 스푼북.

박정하(2007). ≪통합교과형 논술 이론에서 실전까지≫. 동아일보사.

박정하(2007). 논술교육의 주체는 누구인가: 인문 교육으로서의 글쓰기 교육을 위한 모색. ≪시대와 철학≫ 40호. 한국철학사상연구회. 521-550쪽.

박정하(2008). 공교육에서의 논술교육 : 누가 어떻게 가르칠 것인가? ≪비평≫ 18호. 생각의나무. 188-202쪽.

박정하(2013). 고전 논술 다시 검토하기 : 대학 글쓰기 교육에 적용할 가능성 찾기. ≪사고와 표현≫ 6집 1호. 한국사고와 표현학회. 175-202쪽.

박정하(2015). 논술교육의 주요 쟁점. ≪한국사고와 표현학회≫ 524호. 한국사고와표현학회. 253-278쪽.

박정하·최지현(2007). 통합 교과형 논술과 논술교육의 방향. ≪국어교육학연구≫ 29집. 국어교육학회. 65-92쪽.

박정희(2013). '바칼로레아'와 '책문'을 통한 글쓰기 교육. ≪철학논총≫ 71집 1권. 새한철학회. 129-147쪽.

박종덕(2005). ≪국어 논술교육론≫. 박이정.

박종덕(2008). ≪국어 교육을 위한 통합국어논술교육학≫. 한국문화사.

박지윤(2013). 요약하기 전략 학습을 통한 논술문 고쳐쓰기 사례 연구. 이화여자대학교 교육대학원 석사학위 논문.

박현이(2012). 융합적 사고에 기반한 이공계 글쓰기 교육 : 문학텍스트를 활용한 학술 에세이 쓰기를 중심으로. ≪교양교육연구≫ 6권 4호. 한국교양교육협회. 41-10쪽.

방지영(2010). 관점 바꾸어 쓰기 활동이 쓰기 수행 능력과 태도에 미치는 영향, 한국교원대학교. 석사학위 논문.

배규한(2011). ≪사회학적 통찰과 상상 : 한국사회 논술≫. 교육과학사.

배상복(2014). ≪기자 아빠의 논술 멘토링≫. 하다.

배석원(2008). 논술교육 강조하여 국가경쟁력 높여야 ≪철학과 현실≫ 77호. 철학문화연구소. 100-106쪽.

변활주(2018). 대입 통합교과형 논술고사의 문항 분석과 발전 방안 연구. 한국외국어대학교 교육대학원 석사학위 논문.

서울특별시교육청(2007). ≪논술교육동아리 선생님을 위한 통합 논술 지도 길라잡이≫. 서울시교육청.

서울특별시교육청(2008). ≪읽기에서 논술까지 : 중학교. 1≫. 서울특별시교육연구정보원.

서울특별시교육청(2009). ≪토론·논술 길라잡이≫. 서울특별시교육연구정보원.

서울특별시교육청(2017). ≪(중학교)논술 지도 길라잡이≫. 서울특별시교육연구정보원.

서정수(1985). ≪작문의 이론과 방법≫. 새문사.

서정수(1991). ≪문장력 향상의 길잡이≫. 한강문화사.

서진희(2008). 과정중심 쓰기 프로그램이 논술능력에 미치는 효과. 전북대학교 교육대학원 석사학위 논문.

성낙수(2000). 중등학교 논술교육에 대하여. ≪한국어문교육≫. 한국교원대학교 한국어문교육연구소. 1-26쪽.

성낙수(2005). 모범적 논술 지도 사례 : 한국교원대학교 교양 필수 과목 '사고와 표현' 사이버강의를 중심으로. ≪새국어생활≫15권 4호. 국립국어원. 53-71쪽.

성일제 외(1989). ≪사고력 교육의 이론과 실제≫. 배영사.

송무아(2006). 논술 텍스트의 구조 분석 및 단락 형성 방안 연구. 연세대학교 교육대학원 석사학위 논문.

송은옥(2016). 논술 시험 제도와 문항 연구. 부산대학교 대학원 박사학위 논문.

송재희·김슬옹(1999). ≪대중매체 읽고 쓰고 생각하기≫. 세종서적.

신향식(2009). ≪신문 글의 구성과 단락 전개에 관한 연구: 4대 일간지 사설·칼럼 단락 구성 분석≫. 어문학사.

신향식(2018). "프랑스 바칼로레아와 국제 바칼로레아는 달라요"
[인터뷰] 'IB교육평가 정책연구책임자' 이혜정 교육과혁신연구소장. ≪오마이뉴스≫ 2018.9.17.(http://www.ohmynews.com/NWS_Web/) (검색: 2021.1.2.)

신현숙(2007). ≪내 아이를 위한 독서·토론·논술≫. 미래지식.

신혜금·김슬옹(2006). ≪대한민국 큰 섬 독도≫. 덩더쿵.

심재홍(2006). 토론 방식을 적용한 논술의 단계. ≪서울교육≫ 184호. 서울특별시교육연구정보원. 56-64쪽.

안광복(2012). ≪키워드 인문학≫. 한겨레출판.

안윤희(2008). 논술 클럽 활동을 활용한 논술 지도 방안 연구. 한국교원대학교 교육대학원 석사학위 논문.

양석환(2001). 논술 과정의 문제 해결 전략에 관한 연구 : 초등학교를 중심으로. 단국대학교 교육대학원 석사학위 논문.

양영유(2006). 공교육 논술교육에 바라며 : 독서와 논술 지도, 공교육의 힘으로! ≪교육제주≫ 131호. 제주도 교육청. 41-45쪽.

에리히 프롬/이상두 옮김(1975/1998). ≪자유에서의 도피≫. 범우사.

오용순(2012). 독서교육 연구의 동향 분석. 가톨릭대학교 대학원 석사학위 논문.

오현아(2013). 주제 중심 논술교육에 대한 비판적 고찰. ≪선청어문≫ 40집. 서울대학교사범대학 국어교육과. 455-480쪽.

우한용(2008). ≪문학과 논술, 어떻게 할 것인가≫. 푸른사상사.

원만희(2015). 고등학교 교양교과 과목으로서의 '논술' 교육과정의 성격, 목표, 내용체계 고찰. ≪교육과정평가연구≫ 504호. 한국교육과정평가원. 1-28쪽.

원진숙(1995). ≪논술교육론≫. 박이정.

원진숙(2007). 논술 개념의 다층성과 대입 통합 교과논술 시험에 관한 비판적 고찰. ≪국어교육≫ 122호. 한국어교육학회. 201-231쪽.

월간 ≪배워서 남주자≫ 편집부 편(2003). ≪나를 찾는 독서논술≫. 해오름출판사.

유광찬(2000). ≪통합교육의 탐구≫. 교육과학사.

유종호(1985). 우리에게 고전은 무엇인가. ≪신동아≫ 1985년 1월호 별책부록(한국의 명저 100권).

유한구·김승호(1998). ≪초등학교 통합교과 교육론≫. 교육과학사.

유협(劉勰)지음/최동호 역편(1994). ≪문심조룡(門心調龍)≫. 민음사.

유혜령·김성숙(2011). 문법 능력과 작문 능력 간의 상관성 고찰 : 고등학교 1학년생의 논술문을 중심으로. ≪청람어문교육≫ 44집. 청람어문교육학회. 611-638쪽.

윤금준(2016). 반성적 쓰기를 활용한 상위인지 강화가 논술 쓰기 능력 및 쓰기 효능감에 미치는 영향. 한국교원대학교 교육대학원 석사학위 논문.

윤상철(2008). 개별교과를 활용한 논술교육 ≪열린교육실행연구≫ 11호. 덕성여자대학교 교육대학원 부설 열린교육연구소. 75-99쪽.

윤영선(2006). ≪마음까지 건강해지는 이야기 논술 논술 감정 다루는 법에서 시작된다≫. 지식나이테.

윤영선·김슬옹(2018). ≪장영실과 갈릴레오 갈릴레이-나란히 보는 두 과학자 이야기≫. 숨쉬는책공장.

이가령(2014). ≪이가령 선생님의 싱싱글쓰기≫. 지식프레임.

이경섭 외(1994). ≪교과통합의 연구≫. 교육문화사.

이경화(2006). 독서, 논술교육 어떻게 할 것인가? ≪어린이와 함께 여는 국어교육≫ 5호. 전국초등국어교과모임. 22-30쪽.

이계삼(2010). ≪삶을 위한 국어 교육≫. 나라말.

이광모(2008). 학문 영역별로 시행되는 논술은 모두 동일한 '하나'의 논술인가?. ≪철학과 현실≫ 78호. 철학문화연구소. 279-292쪽.

이규호(1968/1978). ≪말의 힘≫. 제일문화사.

이기상(1998). 논술고사 출제 문제의 유형 분석. ≪12개 대학 98·99 논술고사 해설집≫. 12개 대학 논술 공동 연구회.

이남주(2001). 효율적인 논술 지도 방법 연구 : 협동 수업과 통합 교육을 중심으로. 동국대학교 교육대학원 석사학위 논문.

이동숙(2006). 통합학습 방법을 적용한 논술 지도 방안 연구. 강원대학교 교육대학원 석사학위 논문.

이류경(2015). 초기 논술 능력 신장을 위한 지도 방법 연구 : 육하원칙에 따른 질문 전략을 중심으로. 청주교육대학교 교육대학원 석사논문.

이문희(2007). 신문을 활용한 논술교육이 논술 능력과 태도에 미치는 영향. 관동대학교 교육대학원 석사
학위 논문.

이부련(2006). 바깔로레아와 중등교육기관에서 시행하고 있는 논술교육 : 프랑스. ≪교육정책포럼≫ 144
호. 한국교육개발원. 16-19쪽.

이삼형 외(1994). ≪논술 지도의 실제≫. 서울특별시교육연구원.

이상룡·박종식·김치완(2004). ≪논리와 논술≫. 부산대학교출판부.

이상태(2010). ≪(사고력 함양을 위한)국어 교육설계≫. 박이정.

이수열(1993). ≪우리말 우리글 바로 알고 바로 쓰기≫. 지문사.

이승훈(1992). ≪글을 어떻게 쓸 것인가≫. 문학아카데미.

이영진(2009). 논술 지도에서 교사답안 작성이 첨삭 지도에 미치는 영향 분석. ≪새국어교육≫ 82호. 한국
국어교육학회. 365-389쪽.

이영진(2009). 논술교육이 수능 성적에 미치는 영향 분석. ≪청람어문교육≫ 39집. 경북대학교 과학교육
연구소. 173-211쪽.

이영호(2009). 문학을 활용한 논술 쓰기 사례 분석 : 이문열의 <우리들의 일그러진 영웅>을 대상으로. ≪국
어교육학연구≫ 36집. 국어교육학회. 465-492쪽.

이영호(2012). ≪국어교과논술교육론≫. 월인.

이영호(2014). 대입 논술고사의 문항 분석과 발전 방향. ≪청람어문교육≫ 49집. 청람어문교육학회. 51-72쪽.

이오덕(1993). ≪삶을 가꾸는 글쓰기 교육≫. 한길사.

이오덕(1994). ≪우리문장 바로쓰기≫. 한길사.

이왕주(2006). 글쓰기에 관한 몇 가지 성찰. ≪윤리교육연구≫ 9호. 한국윤리교육학회. 1-12쪽.

이욱희(2013). 대입논술고사의 체제 변천. ≪국어교육연구≫ 31집. 서울대학교 국어교육연구소 229-270쪽.

이욱희(2014). 대학입학 논술고사의 변천 연구. 고려대학교 대학원 박사학위 논문.

이원석(2012). 대입 논술고사 출제·채점 방식에 대한 고찰 : 고등학교 교육과정 반영을 위한 교사 참여
방안을 중심으로. ≪교육과정평가연구≫ 15권 1호. 한국교육과정평가원. 267-290쪽.

이은모(2001). 문제 제기 및 분석, 해결책 찾기 중심 활동이 논술 능력 신장에 미치는 영향. ≪충남교육≫
134호. 충청남도교육과학연구원. 107-112쪽.

이재기(2007). 논술고사의 주요 쟁점과 개선 방안 탐색. ≪교육과정평가연구≫ 10집 2호. 한국교육과정평
가원. 125-144쪽.

이재승(2006). 통합적 국어교육의 개념과 성격. ≪한국초등국어교육≫ 31집. 한국초등국어교육학회. 171-
192쪽.

이정화(2011). 문단 쓰기 중심의 '전략적 개요 짜기'를 활용한 초등학교 논술 지도 방안 연구. 공주교육대
학교 교육대학원 석사학위 논문.

이지나(2007). 중학교 논술 지도의 중요성과 '토론·논술 수업'의 실제. ≪서울교육≫ 186호. 서울특별시
교육연구정보원. 36-42쪽.

이찬승(2013). 대입제도 발전방안 평가와 대안 : 문제해결의 10가지 원칙과 새로운 방안 제안. ≪학교운영
위원회≫ 163호. 주간교육신문사. 11-28쪽.

이태준(1948)/장영우 주해(1997). ≪아버지가 읽은 문장강화≫. 깊은샘.

이현주(2012). 텍스트성 중심의 논술 첨삭 기준 설정 연구. 서울교육대학교 교육대학원 석사학위 논문.

이호철(1994). ≪살아있는 글쓰기≫. 보리.

임경순(2005). 국어교육에서 말하기·쓰기교육의 한 방법. ≪한국어문학연구≫ 21집. 한국외국어대학교 한국어문학연구회. 277-292쪽.

임경순(2017). 2015 개정 교육과정과 국어교육의 가능성. ≪국어교육≫ 159호. 한국어교육학회. 1-29쪽.

임근수(2006). 통합 논술, 학교 현장에서 어떻게 지도할 것인가? : 독서와 논술. ≪충북교육≫ 152호. 충청북도교육청. 20-25쪽.

임덕준(2005). 윤리 교육과 철학 그리고 논술. ≪철학윤리교육연구≫ 21권 35호. 한국철학윤리교육연구회. 89-106쪽.

임선하(1993). ≪창의성에의 초대≫. 교보문고.

임성규(2009). 초등 논술의 개념과 교육적 의의. ≪초등국어교육연구≫ 10호. 경북대학교 과학교육연구소. 133-154쪽.

임영규(2009). 독서토론 중심의 독서논술 프로그램 운영. ≪교육연구정보≫ 55호. 강원도교육 과학연구원. 150-162쪽.

임칠성(2006). 통합 논술 첨삭 지도 방법 고찰. ≪새국어교육≫ 74호. 한국국어교육학회. 49-74쪽.

장하늘(1993). ≪문장표현법≫. 문장연구사.

전지니·강수진·김형중·마상룡·박종우(2020). ≪대학생을 위한 말하기와 글쓰기 전략≫. 태학사.

정기철(2001). ≪논술교육과 토론≫. 역락출판사.

정달영(1997). ≪국어 문단 이론과 작문교육≫. 집문당.

정복순(2007). 단계적 논술 실태와 논술 지도 방법론 연구: 독서 논술을 중심으로. 충남대학교 교육대학원 석사학위 논문.

정성현(2000). ≪지글보글 맛있는 글쓰기≫. 아이북.

정연정(2009). 통합 교육을 바탕으로 한 효율적인 논술 교수 학습 방안. 동국대학교 교육대학원 석사학위 논문.

정옥년(2007). 글쓰기 위한 읽기의 성격과 전략. ≪작문연구≫ 5집. 한국작문학회. 75-103쪽.

정지희 편(2002). ≪원고지 사용법≫ 명지출판사.

조경숙·김슬옹·김형배(2006). ≪나만 모르는 우리말≫. 모멘토

조인선·이성은(2011). 초등학생의 논술능력 신장을 위한 비판적 읽기 프로그램 개발. ≪교과교육학연구≫ 4호. 이화여자대학교 사범대학 교과교육연구소. 857-876쪽.

조혜정(1994). ≪삶읽기와 글읽기≫. 또 하나의 문화.

주재우(2013). 고등학교 '고전' 과목을 통한 논술교육의 방향. ≪국어교육연구≫ 32집. 서울대학교 국어교육연구소. 581-608쪽.

지명숙(2013). 창의지성교육 실현을 위한 평가혁신의 방향. ≪경기교육≫ 192호. 경기도 교육청. 39-43쪽.

진동섭(2016). 발표, 토론, 실험, 실습에 적극 참여하고 독서 통한 글쓰기 역량을 키워라. ≪월간교육≫ 4호. 125-132쪽.

차오름(2002). ≪사고력 교육 어떻게 할 것인가≫. 헵타드 사피엔스에듀.

채영랑(2011). 요약기법을 적용한 독서교육 프로그램이 중학생의 논술능력에 미치는 영향. 공주대학교 교육대학원 석사학위 논문.

최광석(2009). 문학기반 논술의 유형과 교육 방법. ≪국어교육연구≫ 44집. 국어교육학회. 221-248쪽.

최기호 외(2005). ≪인터넷 글쓰기의 달인≫. 세종서적.

최명환(2004). 논술고사의 전통과 지향 : 교육대학 논술고사의 출제방향과 채점기준을 중심으로. ≪공주교대논총≫ 41집 1호. 21-37쪽.

최명환(2011). ≪글쓰기 원리 탐구≫. 지식산업사.

최영신(2013). 대입 논술고사 출제 경향 분석: 2008~2013학년도 27개 대학을 중심으로. 가톨릭대학교 교육대학원 석사학위 논문.

최운선·김슬옹·성대선·조일영(2008). ≪논술 이렇게 써야 한다≫. 한국교육문화원.

최원준·김진희(2009). 체육과 논술교육의 현황과 지향. ≪중등교육연구≫ 57집 제3호. 경북대학교사범대학부속중등교육연구소. 191-209쪽.

최은경(2009). 중학 논술의 평가 기준 연구 : 개정 7차 국어과 교육과정을 중심으로. ≪교사교육연구≫ 48권 2호. 부산대학교 사범대학 과학교육연구소. 21-39쪽.

최은희·유담(2014). ≪독서 디베이트≫. 글누림.

최인숙(2013). 국어과 논술형 평가의 이해와 실제. ≪경기교육≫ 192호. 경기도교육청. 66-71쪽.

최인영(2007). ≪국어 시간에 논술 가르치기≫. 나라말.

최인영·박영민(2007). 정규교과에서 통합 논술 가르치기. ≪국어교육학연구≫ 29집. 국어교육학회. 93-125쪽.

최종섭·김종엽(2019). ≪꽃꼰대 가라사대≫. 행복에너지.

최진규(2008). ≪교육이 살아야 대한민국이 산다 : 최진규 교육칼럼집≫. 에세이퍼블리싱.

충청남도 당진교육청(2008). ≪좋은책과 함께하는 독서논술 한마당≫. 충청남도당진교육청.

충청남도교육청 편(1994). ≪국어과 교육(사고력을 기르는)≫. 대한교과서주식회사.

토마스 D. 코웰스키·미샤 슈바르츠만/김병옥·오연희 옮김(1997). ≪문단, 어떻게 읽고 쓸 것인가?≫. 예림기획.

한귀은(2007). 소통과 자율을 위한 논술교육. ≪어문학≫ 97집. 한국어문학회. 419-445쪽.

한기호(2006). 누가 문화라는 이름으로 명예살인을 정당화 했는가 : 중학교 2학년 문화상대주의 수업의 문제점. ≪철학윤리교육연구≫ 36호. 한국철학윤리교육연구회. 37-43쪽.

한영희(2007). ≪논술 작성의 이론과 실제 : 기초에서 완성까지≫. 신아사.

한우리독서문화운동본부 교재집필연구회(2006). ≪독서 교육론 ; 독서 논술 지도론≫. 위즈덤북.

한초롱(2012). 전통 글쓰기를 활용한 논술 지도 방안 연구 : 조선시대 책문과 대책을 중심으로. 강원대학교 교육대학원 석사학위 논문.

한혜정·진동섭 외(2015). ≪고교 교양 교과 교육과정≫. 한국교육과정평가원.

한효석(1995). ≪이렇게 해야 바로 쓴다≫ 1·2. 한겨레신문사.

한효석(2019). ≪한효석의 너무나도 쉬운 논술≫. 아카넷.

해오름 아카데미 월간지. ≪배워서 남주자≫.

허경철 외(1993). ≪사고력 교육의 이론과 실제≫. 서울특별시교육연구원.

허덕희(1999). ≪어린이 독서교육≫. 인간과자연사.

허병두(1997). ≪문제는 창조적 사고다≫. 한겨레출판사.

허선익(2010). 논설문의 요약글 산출 과정에 관련된 변인 분석. 경상대학교 대학원 국어교육학과 박사학위 논문.

홍윤기(1997/1999). ≪엄마가 어떻게 논술 지도를 할까≫. 대교출판.

홍인선(2007). ≪통합 교과논술교육의 체계화에 관한 연구≫. 한국교육정책연구소.

황재범(2003). 한국에서의 논술문 쓰기 교육의 문제 및 논술문 작성법 시론. ≪철학논총≫ 32집. 새한철학회. 559-577쪽.

국립국어원 편(2019). ≪(개정) 한눈에 알아보는 공공언어 바로 쓰기≫. 국립국어원.

문화체육관광부 편(2020). ≪국어책임관 길잡이≫. 문화체육관광부.

Andrew Ferguson(2011). 논술 500단어에 미래가 달렸다? : 미 학교 당국은 큰 비중을 두지 않지만 지원자와 부모는 골치 앓아. ≪뉴스위크 한국판≫ 1006호. 중앙일보시사미디어. 42-44쪽.

Catherine Twomey Fosnot 외/조부경 외 옮김(2001). ≪구성주의 이론, 관점, 그리고 실제≫ 양서원.

E. 마르텐스/이기상 옮김(1989). ≪철학교육≫. 서광사

Herbert H.Clark.Eve V.Clark/이기동 임상순 김종도 공역(1988). ≪언어와 심리≫. 탑출판사.

Edward O.Wilson(1999). Consilience_The Unity of Knowledge. New York:Vintage Books A Division of Random House, INC. 에드워드 윌슨/최재천 · 장대익 옮김(2007). 통섭. 사이언스북스.

Irene C. Fountas Gay Su Pinnell(2001). *Guiding Readers and Writers Grades 3-6*. Heinemann.

L.S.Vygotsky(1962). Thought and Language. THE M.I.T.PRESS.

사람도서관대학교(https://www.facebook.com/groups/625544131485184) (2021.2.1.)

세종국어문화원(www.barunmal.com) (2021.2.1.)

세종학교육원(cafe.daum.net/tosagoto) (2020.2.1.)